CHRONISCHE SCHMERZEN

Annehmen oder ständig dagegen kämpfen. Selbst wenn es auf den ersten Blick nicht so scheint, so ist es doch leichter, Schmerzen anzunehmen als immer zu kämpfen. Der Frieden, den wir mit diesem ständigen Begleiter machen, ermöglicht den neuen Blickwinkel, den Humor und ja, so unwahrscheinlich es klingen mag, das Wiedererlangen von Lebensfreude trotz Schmerz.Haft!

Dieses Buch ist lesenswert, nicht nur, weil es Betroffenen Mut macht, sondern auch Angehörigen und Freunden einen fast spürbaren Eindruck darüber gibt, was es heißt, 365 Tage Schmerzen zu haben, nicht den Kopf in den Sand zu stecken, sondern vielmehr peu à peu neue Trampelpfade zu gehen und dabei zu lernen, die Chance zu erkennen, die im achtsamen Annehmen von Schmerz steckt. Lassen Sie sich ein auf Schmerz.Haft!

– Die Dame in Schwarz –

IMPRESSUM

AUTOR:
Bernhard Horres

LEKTORAT:
Oliver Kather

GESTALTUNG:
Juliane Appel

SATZ:
Karina Lotz

Schrift Buchcover:
The Sans 3 Light Cap, Copr. Luc as de Groot 1994

VERLAG:
edition federleicht, Fuldatal
www.edition-federleicht.de

1. Auflage 2023

ISBN 978-3-946112-89-1

BERNHARD HORRES

Schmerz.Haft

ROMAN

edition federleicht

Schmerz.Haft

EINE TRILOGIE

DIE LANDUNG
DIE METAMORPHOSE
DIE AUSWILDERUNG

Für mich

Menschen stolpern nicht über Berge,
sondern über Maulwurfshügel.

sagte Konfuzius schon vor gut 2500 Jahren
**551 v. Chr. †479 v. Chr., Chinesischer Philosoph*

EPISODE 1

DIE LANDUNG

TAG 01 MO

Irgendetwas stimmt nicht mit der Stille. Ziehe den Schlüssel. Warte. Körper, Geist, Seele, alles steht still. Ich parke abseits der schmalen Asphaltstraße, zwischen zwei mächtigen Kastanienstämmen. Der gepresste Körper. Diese Enge. Außen das Rauschen der Blätter. Innen das trockene Knistern der Gedanken. Im Magen rotieren Ameisen. Zerknitterter Atem. Ich öffne das beschlagene Fenster, atme ein ... aus, ein ... immer wieder. Mir wird schwindelig. Die Ameisen rotieren jetzt in meinem Kopf. Die Jahre. Die Schmerzen. Das Warten. Dein Schweigen. Und wieder aus. Schließe das Seitenfenster. Der Blick ist klarer. Warum bin ich eigentlich hier? Wie viel Schmerz kann ein Mensch tragen, wie viel Tod kann ein Leben tragen, wie viel Lasten sammeln, wie viele Abschiede nehmen. Ringe nach Atem, stoße die Tür auf, ein ... aus, ein ... Warum zögere ich? Atme. Drehe meinen Körper nach links, die Beine, die Füße spüren körnigen Boden unter den Ledersohlen. Steige aus. Entfalte den gepressten Körper. Suche Halt. Stehe für drei Augenblicke still ... halte inne. Lausche. Das Rauschen. Watte in meinen Ohren. Schlage die

Tür zu, gehe nach hinten. Ein Klick und der Kofferraum grinst mich an. Hastiger Wind greift nach meinem leichten Wettermantel, so grau wie das Grau meiner Limousine. Unter dem anthrazitfarbenen Doppelreiher fröstelt die Haut. Ein schneller Blick nach oben. Die Kastanienbäume strotzen mit ihrem Grün gegen bewölktes Blau. Mitten im Frühling. Lege den Kleidersack über den Trolley. Stelle sorgfältig die zusammengetragene Last auf den ausgetretenen Weg. Klemme eine Aktentasche mit den obligatorischen Papieren und Röntgenaufnahmen dazwischen. Wie immer. Schultere eine Tragetasche und schließe den Kofferraum. Ordne eine gefallene Gelsträhne. Drehe mich nicht um. Stehe aufrecht. Ein ... aus. Blicke den beiden Kastanienreihen nach, die den gewölbten Asphalt rahmen. Das Rauschen entfernt sich, wie meine Gedanken. Ein ... aus. Die Gedanken schmelzen wie Eis. Die Ameisen schweigen.

Nein, ich kann nicht mehr zurück.

Hier können Sie aber nicht parken ... das ist verboten. Zwei kopfschüttelnde Fußgänger drängeln sich an der Limousine vorbei, queren die Straße, verlieren sich mahnend unter den hohen Blättern. Idioten ... drehe mich um, greife nach der sorgfältig aufgetürmten Last, der beladene Trolley schaukelt knirschend hinterher. Mit jedem Schritt färbt der aufwirbelnde Staub meine blank polierten Budapester. In rhythmischem Schwanken taumelt links die schwere Schultertasche, rechts knirscht das Gepäck. Ein Windarm kühlt den Schweiß unter dem geschlossenen Doppelreiher. Aber wo bitte hätte ich denn sonst parken sollen? Auf halber Strecke ringe ich nach Atem. Eine verblasste Gestalt. Das linke Bein schmerzt, bleibt stehen.

Nein, drehe mich jetzt nicht mehr um,
jetzt nicht mehr.

Es ist nicht mehr weit ... lächelt ein Kahlköpfiger mit blutrotem Gesicht und blauem Trainingsanzug trainierend an mir vorbei. Kein Hecheln zu hören. Na ... der hat ja gut reden ... ohne Gepäck keine Last. Dreißig Meter entfernt der dreigeschossige Gebäudekomplex. Weiß, schlicht, mit zwei alugraugerahmten Fensterreihen. Oben spiegelt eine schräge Reihe lebendig scheinender Dachfenster die vorbeiziehenden Wolkenbänke. Blick auf meine alte Bergmann. Geerbt. Die Zeit. Aber das ist eine andere Geschichte. Nicht das erste Mal stehe ich erschöpft mit hämmerndem Unbehagen an diesem Ort. Noch könnte ich alles rückgängig machen, mich einfach umdrehen und fortfahren mit dem bisherigen Leben. Da drängt sich diese Erinnerung ins Gedächtnis. Ja, vor vier Wochen, ja, da hatte ich die Wahl, aber nicht den Mut, die Einladung zum Erstgespräch einfach zu zerreißen, alles als einen verzweifelten Irrtum zu betrachten, umzudrehen. Und was wäre dann ... überlegte ich damals, faltete die Einladung wieder sorgfältig zusammen, verwarf das Zögern, um dann doch pünktlich um zehn das Gebäude zu betreten. Und jetzt. Während ich verharre, erinnere ich wie gestern ...

Warum sind Sie hier ... fragt überraschend Dr. Richard Papst, Chefarzt der psychosomatischen Schmerzklinik, nachdem wir beide in seinem Besprechungszimmer auf grün gepolsterten Lehnstühlen an einem runden Holztisch Platz genommen haben. Keine Antwort. Sie können ruhig ablegen ... sagt er freundlich, zupft an seinem blauweiß gemusterten Pullover. Der Chefarzt eines solchen Hauses, wie lässig. Ich hatte mich damals gewundert: so légère gekleidet mit Pullover und Jeans. Es ist so ein schöner Tag heute ... bitte, und Dr. Richard Papst weist auf eine stilvolle Garderobe an der Wand, Wenn Sie mögen, können Sie Ihr Jackett dort aufhängen, Ach, geht schon ... danke, stattdessen öffne ich das Jackett und schlage das Revers zur Seite. Erste Annäherung. Stütze beide Handflächen auf meine schwarze Levis, richte mich auf, der Rücken quält, versinke in die Betrachtung der filigranen Stern-Intarsie des Holztisches, die zu einem Drittel von einer moosgrünen Aktenmappe verdeckt wird, ein schmaler Füllhalter schielt schräg zur Seite. Schlage verunsichert die Beine übereinander und streiche eine Strähne ins Haar zurück, hebe mit leeren Augen den Blick in ein mir sympathischer werdendes Gegenüber. Wie alt mag er wohl sein? Der grauweiße Kurzhaarschnitt sagt ja schließlich nicht alles. So ... Sie sind also Jean-Paul Gris, holt der Chef das Wort an unseren Tisch zurück, schiebt die moosgrüne Mappe ein wenig zur Seite und sagt, Ich mache mir lieber einen ersten persönlichen Eindruck, möchte Sie gerne etwas näher kennenlernen. Darf ich Ihnen ein Glas Wasser anbieten ... Ja, danke ... antworte ich mit trockener Kehle. Dr. Richard Papst füllt beide Gläser zur Hälfte aus der geschliffenen Karaffe, die direkt neben ihm steht. Pause in unseren stillen Blicken, bis die Gläser wieder auf den silbernen Untersetzern stehen, und wiederholt die Frage, Warum sind Sie hier?

Ich bin seit 22 Jahren Schmerz!

Erschrocken über die eigene Spontaneität, greife ich in meinen Wortschatz, Ich wollte sagen ... ich habe seit 22 ... Ja, das ist schon gut so, unterbricht Dr. Richard Papst meinen Korrekturversuch, Ihre Seele hat eine ganz eigene Sprache. Ich stutze. Sinke zurück in den Lehnstuhl. Ja, da haben Sie wohl recht. Ein Lächeln zeichnet mein müdes Gesicht. Spüre das Eis unter meinen Füßen, auf dem ich so lange Jahre tapfer gestanden habe. Endlich ist es gebrochen. Jetzt ist es raus, unterschreibe mit …

Ich bleibe!

Erste Observation. Das Gebäude, welches ich fortan als *die Anstalt* in meinen Wortschatz aufnehme, streckt sich zu gleichen Teilen rechts und links des rot gepflasterten Eingangsbereiches. Direkt gegenüber, auf der anderen Straßenseite, registriere ich eine Gruppe rauchender, bunt gekleideter Männer und Frauen, höre nur das Rauschen ihrer Worte, ohne zu verstehen, umklammert von dem unbehaglichen Gefühl, dass sie jede Bewegung eines neuen Gastes, selbstredend völlig unauffällig, verfolgen. Die Kofferrollen schnarren über die ziegelroten Pflastersteine, vorbei an einer zur rechten angelegten Außenterrasse, eingerahmt von blühenden Pflanztrögen. Hier warten leere, graulackierte Gitterbänke auf Sonnenhungrige oder Ruhe suchende Erschöpfte. Drei kugelförmig dressierte Bäume auf spargeldünnen Beinen wirken wie Köpfe von Akupunkturnadeln. Dazwischen wachen drei Sonnenschirme über dunkelblaue Schatten.

Passiere die Grenze, die sich wie von Geisterhand öffnet. Zwei Glastüren, Schutzschleusen, die das Innere vom Äußeren trennen. Nach gut fünf Metern erstarre ich mit meinem Gepäck mitten im Foyer. Wie eine Statue in grau und schwarz, stumpf und unfertig, bemüht aufrecht, ratlos, orientierungslos.

Zweite Observation mit hungrigem Blick: weißgrau marmorierte Eingangshalle. Erkenne das gläserne Empfangsmodul wieder. Keine zehn Schritte entfernt. Guten Tag ... hier bin ich und werde bleiben, scherze ich in den länglichen Glasspalt hinein. Herzlich Willkommen, strahlt ein geschminktes Gesicht zurück. Wir haben fest mit Ihnen gerechnet, Monsieur Gris, Woher wissen Sie ... wieso kennen Sie meinen Namen, Sie waren vor vier Wochen schon einmal hier, an einem Montag, ich erinnere mich noch sehr gut. Ihr Lächeln, als Sie sich so humorvoll von uns verabschiedeten und davonflogen, wir waren uns Ihrer sicher. Sehe die adrett in blau gekleidete Rezeptionistin ungläubig an. So viel Freundlichkeit befremdet mich, das habe ich nicht erwartet, wenn ich überhaupt etwas erwartet habe. Zu viele Enttäuschungen in den letzten Jahren. Zu viele Türen in fremden Häusern geöffnet, immer wieder auf der Suche, immer wieder. Nur stur wurde gefragt: Name, Vorname, Alter, Röntgenbilder, Berichte, Formulare. Noch nie wurde ich so persönlich und herzlich empfangen, auch wenn ich noch so elend, grau und schmerzvoll aussah. So wie auch jetzt im Spiegelbild der Empfangsscheibe.

Wie sind Sie denn gekommen? Erst nicht sicher, ihre Frage richtig verstanden zu haben, antworte ich, Wie ... ach so, na ja, mit dem eigenen Auto, Haben Sie denn schon einen Parkplatz gefunden, Nein, parke noch etwas ungeschickt zwischen den Kastanien, Dann bekommen Sie jetzt erst einmal Ihre Chipkarte und fahren bitte direkt in die Tiefgarage, dort ist ein Platz für Sie reserviert, alles andere erledigen wir später, Ihr Gepäck lassen Sie einfach hier stehen.
Keine zehn Minuten später. Atemlos, wieder am Empfang. Erleichtert, den reservierten Parkplatz sofort gefunden zu

haben, reiche ich den Chip durch die Glasspalte, So, geschafft, vielen Dank, Nein, den Chip können Sie gerne behalten für die Dauer Ihres Aufenthalts. Und hier, bitte schön, etwas Arbeit für Sie. Mit einem rotgeränderten Lächeln reicht sie mir einen blättergefüllten Hefter über den Tresen. Füllen Sie bitte erst einmal diese Formulare aus, nehmen Sie sich alle Zeit, wir werden uns um Sie kümmern, sobald Sie fertig sind.

Fertig bin ich schon lange ... sehe die Rezeptionistin hinter der glasgesicherten Rezeption an. Kein Formular wird mir helfen, antworte ich, nehme mit unsicherer Hand diese leeren, auf Antworten lauernden Formulare entgegen, danke. Begebe mich zur zugewiesenen Sitzgruppe. Allein, mein Gepäck neben mir, öffne ich den Hefter mit den Formularen, lege meinen schwarzen Montblanc ungeöffnet auf die weißen Antwortfelder. Meine Gedanken pochen im Brustkorb, drehen den Magen. Wie unbekannt bin ich mir selbst, lehne mich erschöpft in den bequemen Sessel. *Später, später ihr Formulare ...* spöttle ich leise. Aus schmalen Augen beobachte ich die offene Empfangshalle.

Hier landen sie also, die, die kommen, die, die es selbst wünschten, die, die es nicht wollten, nicht anders konnten, aber mussten, weil ihnen die Kraft fehlte oder die Erkenntnis wuchs, dort draußen nicht weiter ihren Mann oder ihre Frau stehen, oder besser spielen zu wollen – oder jene, die geschickt wurden, die nichts mehr wussten, weder das Oben noch das Unten, dafür das Grau sahen, das Selbst verloren gaben wie ihre Farben. Hier kommen sie also alle an. Observiere mit skeptischer Distanz die elenden Gestalten, die meinen Blick kreuzen, kneife die Augen etwas enger zusammen.

Sehe ich etwa auch so aus, so wie diese Lahmen und Erschöpften, die hier ans Ufer angespült wurden und in diesem Hafen ankern. Am Rande ihres Seins. Versuche mich selbst aus ferner Distanz zu betrachten, niemand hat mich gebracht, kam allein, freiwillig, besaß noch die Kraft, mit dem eigenen Boot einzulaufen. Ich wehre mich, diese Bilder in dem lichtdurchfluteten Foyer der Anstalt anzunehmen.

Monsieur Gris ... die freundliche Stimme der Rezeptionistin holt mich in die Realität zurück, In zehn Minuten gibt es Mittagessen. Schaue erschrocken auf die Uhr, Ja, bitte ... stammle ich, stehe auf und nehme den kleinen schwarzen Ring-Chip entgegen. Damit können Sie Ihr Essen für den nächsten Tag auswählen, einfach vor den Bildschirm halten und bestätigen. Kann ich den Hefter schon mitnehmen? Irritiert von der Frage blicke ich sie an, Nein ... sorry, bringe ihn gleich, *bin noch nicht fertig*. Fülle die Antwortfelder rasch aus, gebe die Ruder, sozusagen, zusammen mit den flüchtig ausgefüllten Formularen mit einem ‚Bitteschön' an Ort und Stelle ab, nicht aber den berühmten Löffel. Dazu bin ich nicht bereit. Dennoch stelle ich mir die Frage ... sind wir nicht letztendlich alle Getriebene? Die Kundigen wie die Unwissenden. Die einen drehen das Hamsterrad, bis ihnen die Füße glühen, die Beine oder das Herz den Dienst versagen, sie aus der Zentrifuge herausgeschleudert werden; die anderen treiben in einer Nussschale in den Wirren der Alltagsmeere, verlieren die Ruder oder den Kompass. Das sei ja nun mal dahingestellt und im Auge des Betrachters zu entscheiden, was nun verloren oder abzugeben sei am Ende einer Erschöpfung.

Ruder oder Löffel.

Kein Formular. Nur ein schwarzes Notizbuch mit ersten Schreibversuchen. Am Morgen fließt aus zittriger Hand ein wiedererwachter Tintenstrich auf chamois getönte Seiten. An solch einem Ort bin ich also gelandet oder gestrandet. Gelandet. Gestrandet. Alles, was seit gestern auf mich einströmt, ist eine Verdichtung. Links das lebendig gewordene Dachfenster. Habe Glück mit dem Zimmer. Schwere Wolkenbänke hängen auf dem Horizont, es gießt in Strömen, Windhosen flattern spöttisch ums Dach, grelles Sonnenlicht wird sie später trocknen. Lichtwellen im strömenden Wandel. Auf und ab. Stauen. Fließen. Der Staub des Gestern zerläuft zu Rinnsalen auf dem Fensterglas, behindert nicht meinen Blick nach draußen, hinterlässt nur geronnene Zeitspuren. Stehe auf, sehe unten das nasse Grün der schaukelnden Baumschirme, darüber ein Chaos aus Wolkenbänken und Licht. Gedanken fliegen durch die Zeit, ohne genau zu wissen, worauf sie warten. Habe keine Vorstellung von dem, was auf mich zukommt. Was auf mich wartet. Was mich verändert. Ohne Grund ist hier keiner gelandet oder gestrandet, so viel ist sicher, werde mich in das, was geschieht, hineinfallen lassen. Der Blick nach draußen und die Ungewissheit ermüden. Setze mich zurück an den schmalen Schreibtisch. Vielleicht werden die Aufzeichnungen mir irgendwann helfen, alles zu verstehen. Also verwandelt die goldene Feder meine Gedanken in Worte, damit sie nicht verloren gehen. So vieles ging in den letzten Jahren verloren, mündete im Schweigen. Jetzt kommen erste Worte wieder. Kann mich mit ihnen in dieser fremden Umgebung unterhalten. Worüber sprechen wir. Gestern dieses Zimmer bezogen, die Koffer hinter schlichten Schranktürreihen geleert, Sakkos in Reih und Glied geordnet, dann in der östlichen Zimmerecke stumm und kraftlos in einen weißen Polstersessel gefallen. Die Zimmer sind größer als erwartet, blicke mich um ... na, was sagst du, alles ist doch hell und praktisch, in ein zartgraues Licht getaucht. Vor dem einfachen Schreibtisch unter dem Dachfenster, auf dem gefüllte Lese- und leere Notizbücher neben dem Tintenfass lauern, wartet ein gepolsterter Hocker. Zwei Armlängen entfernt das Bett und je zur Rechten und zur Linken ein Schubladenmöbel ... die Wände raufaserfrisch und weiß, neben der lichtgrauen Zimmertür ein mannshoher schmaler Spiegel. Selbst ein Ventilator steht auf einem schwarzen Bein in der schattigen Zimmerecke und wartet mit mir auf sonnige Zeiten. Gestern Vormittag angekommen. Gestrandet oder gelandet? Geplant für vier Wochen. Nichts schien real, weder das Zimmer, das mich mit einer intensiven Reinigungswolke aus Kamillenaroma empfing, noch die Zeit, die vor mir lag.

Und. Wie war sie. Die erste Nacht. Berauschte Unruhe. Zu spätes Einschlafen. Rotationen. Wenden. Einschlafen. Aufwachen. Einschlafen. Schlafen. Im Traum erwacht. Rundum nur Vollmond. Wo bin ich? Frage leise ins Licht der Nacht. Was mache ich hier? Sehe entsetzt in die Fratze des Mondes. Gegenüber werfen Wolken ihre bizarren Schattenarme auf die Wand. Zum Fürchten diese Bilderflut, muss da durch, gehört alles zur Therapie, gehört alles zum Ziel: weniger Schmerz, die Erlösung von den Lasten, die mich beschweren, vor allem die Schmerzen und die Einsamkeit darin, endlich die Anerkennung im Rentenverfahren, nie wieder Formulare, sehne mehr Atem, atmen, Weite, atmen, will aufsteigen, fliegen, fliegen, fliegen. Soll ja angeblich helfen, leichter durchs Leben zu gleiten. Sagt man das so? Sollen sie mich doch alle in Ruhe und Frieden leben lassen, mir nicht erzählen, ein Wunder hätte den Schmerz auf gutachterlichen Formularen davongetragen. Alles soll protokolliert sein. Auch die Folgen des Schmerzes. Ich bin seit 22 Jahren Schmerz! Am Morgen schweißnass.

12.23 Uhr *Du bist, was du isst.* Notiert Monsieur Gris nach dem Mittagessen. Nein ... ‚*das*' bin ich nicht!

Das Essen, so wie es ausschaut, wird mich nicht therapieren bestätigte mir schon gestern meine Zunge. Es wird mich eher erleichtern. Aber hoffentlich nicht schaden. Im Moment plagen mich ganz andere Sorgen. Schleppe 95 Kilo Lebendgewicht. Meine rechte Hüfte, das geflickte linke Kniegelenk hämmert, zwirbelt die Rippenseite hoch bis tief in den Brustkorb, bis zum 12. zertrümmerten Brustwirbelkörper hinein, alles ist ... Schmerz!

Strahlt das schon nach außen? Keiner beachtet mich. Jeder ist mit sich selbst beschäftigt. Habe überhaupt nicht das Gefühl, hier anzukommen, alles ist fremd, aber ordentlich und sauber. Versuche, Begegnungen aus dem Weg zu gehen, Gespräche zu meiden, schlendere stattdessen ziellos durch das Haus, Observationen, bleibe stehen, zögere, versuche, mich innerlich diesem Ort zu nähern und bemerke, dass das Stehen mühsamer als das Gehen ist, überall diese langen Flure, mustere diese Endlosigkeit, die Schritte *fordern.* Heute keine weiteren Termine. Bleibe am Mittagstisch sitzen. Genieße das Alleinsein. Stütze meine Erinnerung in einer Handfläche und schreibe.

Sie sind so still ... fragte mich meine Tischnachbarin beim Mittagessen und sieht mich dabei erwartungsvoll von der rechten Seite an. Es scheint wohl nicht zu schmecken. Nun ja, nicht wirklich, habe auch keinen rechten Appetit. Was ist denn los ... Ach, es sind wieder die Schmerzen, die nerven heute so furchtbar. Na, das wird schon werden, versucht die Dame in Schwarz von schräg gegenüber mich mit einem roten Lächeln zu ermuntern. Alles zu viel!

Genieße weiterhin, mit mir selbst zu sein, lausche in die offene Mensa. Gedankengestützt. Erinnerung, Tintenfluss ... Genau vor vier Wochen, nach meinem Vorstellungsbesuch bei Dr. Richard Papst, observierte mein Blick beim Verlassen der Anstalt den Speisesaal wie ein Voyeur. Natürlich nur von außen durch die bodentiefen Fensterflächen. Schweifte verstohlen über die Reihen, weiß gedeckter Esstische, die kleinen goldlichtgedimmten Lampenschirme zwischen den Tischpaaren wirkten wie warme Lichtinseln. Diese Atmosphäre erinnerte an heimelige Separees und offene Gespräche, nahm sie verheißungsvoll als Na-ja-das-wird-schon-nicht-so-schlimm-werden zur Kenntnis.

Stoppe verunsichert in der offenen Tür des Speisesaals, schaue noch einmal zurück, sehe jetzt ein wogendes Meer bunter Menschen anbranden. Nichts darf verloren gehen. Bin nicht alleine. Wie seltsam sie alle aussehen. Sehe mich ja nicht selbst, vielleicht auch besser so, aber frage, sehe ich denn auch so aus? Irgendwie fertig. Mir fehlt der Abstand.

Stehe neben mir. Überall Geräusche, Gerüche. Farbflecke irren umher, sitzen nach dem Essen noch schwatzend auf ihren Plätzen. Die meisten tragen Sport-, Jogging- oder nachgebende Freizeitkleidung. Heute Morgen nach dem Frühstück, gegenüber der Anstalt beim Rauchen, verblüffte mich eine direkte Frage. Sind Sie der neue Therapeut hier im Hause. Als neuen Anstaltstherapeuten verdächtigten sie mich, weil ich der Einzige hier unter den Insassen bin, der ein schlichtes graues Sakko trägt, ein schwarzes Hemd, Jeans und richtige Schuhe mit Schnürsenkeln. Keine welken Schlappen mit farbigen Socken oder ausgetretene Turnschuhe. Nein, sehe immer so aus, konnte die Antwort nur lauten, ihr werdet euch schon daran gewöhnen. Drückte die halbe Zigarette aus und entzog mich weiteren Erklärungen. Kleider machen Leute, in den Köpfen der anderen und im eigenen. Vielleicht gibt man ja die Kleiderordnung auf, Tag um Tag, ein Stück mehr, so wie die Gesichter, die ihre Farben im Laufe der Jahre verlieren, wenn das Leben, die Enttäuschungen, die Qualen und die Schmerzen die Lebenslust entfärben und sie welk zu Boden fällt.

Die Flut lässt mich schweigen.

Und holt mich, für einen Moment, in die stille Selbstbetrachtung dieses Morgen zurück. Suche das eigene Bild im Spiegel. Suche Zeichen. Wer bist du? Finde nur spiegelnde Gedanken, die verwirren und in den Ohren rauschen. Der Satz zerfranst mein Spiegelbild, während die Gedanken fluten und fluten: *Die Flut lässt mich schweigen. Die Flut lässt mich schweigen.* Sinke tiefer und tiefer, drohe in mir selbst zu ertrinken, stütze mich am Beckenrand. Haltet an! Wie sehe ich überhaupt aus? Schaue tief in die Augen meines Gegenübers. Zwei blaue Glasperlen drohen aus ihren schwarzen Ringen zu springen. Weiche erschrocken zurück, stehe neben mir. Lösche das Licht im Bad.

Brauche die ersten Tage, um in der Fremde zu landen, nicht nur, um alleine in der Stille dieses unbekannten Raumes zu schlafen. Werde mich ab morgen ans Essen gewöhnen, sogar ein gewisses Vergnügen daran finden. Dies zu verfolgen wird mir ein Besonderes sein. Schreibe weitere Worte auf der Suche nach Essbarem und erinnere an gestern Mittag, Hähnchen- oder Schweinchenfaser wurde serviert, wer weiß das schon, in gedickter Soße mit Currypulver geschmacklich toupiert, ohne Erfolg. Dazu aufgeplatzter Reis als Dekorationselement. Kleines buntes Einerlei aus Fünf-Liter-Dosen will Gemüse sein, bleibt ohne Geschmack und die Reste stumm auf meinem Teller. Anschließend den ersten Kaffee am Kiosk bestellt, unweit der gläsernen Rezeption, den Becher aus einer Pumpenkanne befüllt, samt süßer Puddingschnecke, eisigkalt, klebrig und süß. Der Kaffee so mager wie zum Frühstück. Und abends gibt es roten *Blümchen*-Tee, Hagebutten oder Früchte, wie üblich in solchen oder ähnlichen Häusern. Und dazu, als Highlight, Kartoffelsalat aus dem Industrieeimer mit einem Wiener Würstchen. Wie gerne wäre ich in Wien, weit weg von allem, und stelle mir vor, bei einem Frühstück im Café Einstein dort das Leben zu genießen. Et voilà, und die Tage wären warm und sonnig, ohne Schmerzgedanken, voller Drang, neugierig entdeckt zu werden. Bin sicher, man sieht es mir an. Die leeren Augen erkennt der Spiegel.
Stattdessen liegt ein Wurstbrot vor mir. Unten gekörntes

Harry-Brot, oben blasses Fettiges. Gewöhn dich daran, auch beim Frühstück. Begrüße blicklos meine Tischgenossen, Guten Morgen ... bleibe namenlos, gedankenlos, mögen sie doch denken, was sie wollen, die, die ich kaum wahrnehme an Tisch Nr. 9, die mir dennoch ein einstimmiges ‚Guten Morgen' zumurmeln. Mir gegenüber ein honoriger Herr, aus weißem Kinnbart plaudernd, gekleidet in einen frisch gestärkten Trainingsanzug, den blauen mit den drei schnellen Streifen. Er kommt jeden Morgen mit dem Rad und radelt abends zurück ins traute Heim, betont, er sei ein sogenannter Externer. Und Lehrer ... seit über dreißig Jahren. Ausgebrannt und wieder aufgerichtet, verlässt er bald den Tisch für immer, was sein joviales Strahlen erklärt, das ich nicht erwidern kann. Mir zur Rechten ein frisches zappeliges Gemüt aus den neuen, nun schon alten, Bundesländern, inmitten ihrer Zeit, die sie hier beruhigen soll, weil das Hamsterrad, aus Rost und Eisen sie hierhin geschleudert hat. Ihr gegenüber die Nr. 1 am Anstaltstisch, eine schwarz gekleidete, ebenmäßig geschminkte Blondine, schlank und elegant, mit stillen roten Lippen und scharfen schwarzen Augenbrauen, registriert, ohne aufzublicken, den stummen Namenlosen auf Platz Nr. 3 am Tisch Nr. 9. Alles hat hier seine Ordnung. Der Computer oder die Algorithmen generieren die Plätze, und die Küchenfeen weisen die neuen Gäste ein. Es gibt keine Zufälle. Erste zarte Gesprächsteile werden ausgetauscht wie falsche Banknoten. Annäherung. Suche Gegenpol für einen echten Worthandel. Warte. Spüre. Hüfte. Brustkorb. Will raus. Rauchen. Eine erste VanNelle nach dem Frühstück.

Auf zur ersten Visite. Der lange Weg zurück von der Raucherbank, durchs weite Foyer, mit dem Aufzug in den Dritten, nach rechts, mit gedämpften Schritten über eine mit Goldwappen gekrönte königsblaue Auslegeware, vorbei an einer Reihe stummer, nummerierter Türen, rechts 310, links 309, 308, 307, 306, bis zum Ende des langen Flurs, links vor dem Kopffenster zum Park endlich mein Zimmer Nr. 305. Hinter der Tür wartet das Warten auf das Anklopfen der Visite. Dann. *Herein* ... mit meliertem hochgewachsenem Lächeln auf weißem Kittelkragen, schwingt Guten-Tag-mein-Name-ist-Doktor-Federer, Facharzt für Depressionen, durch die geöffnete Tür. Doktor Federer trägt diesen berühmten Namen seit 48 Jahren. Er ist die mir schriftlich avisierte Stellvertretung für den Chefarzt Dr. Richard Papst. Papst verweilt im Kurzurlaub. Dr. Federer entschuldigt sich für seine Verspätung, grüßt mit sauberem Händedruck und spielt zum ersten Satz auf. Na, wie fühlen Sie sich heute, sind ja gerade erst angekommen? Schlage den Ball zurück, bitte ihn, Platz zu nehmen, Angekommen noch nicht, nur hier ... betont bemüht, meine Unsicherheit mit einem Wortspiel aufzulösen. Ja, das braucht alles seine Zeit ... sagt er, Die habe ich ja reichlich mitgebracht, retourniert mein Satz, knapp übers Netz. Während unseres kurzen Wortballwechsels trägt er Notizen in mein noch jungfräuliches Moosgrün und schließt die Akte. Wenn wir etwas für Sie tun können, sagen Sie es uns einfach. Was hätte ich denn für Wünsche, ich weiß nichts ... Brauchen Sie vielleicht etwas? Wie soll ich das wissen, bin erst den zweiten Tag hier, reagiere leicht ungehalten und verschlage den Ball, Vielleicht Medikamente, oder so? Sorry ... Nein danke, habe alles dabei für die ersten Tage, Schön ... dann kommen Sie erst einmal richtig an, lassen Sie sich Zeit. Spiel, Satz, Sieg. Wir erheben uns. Dr. Federer überreicht mir einen Streifen bedrucktes Papier, einen Terminhinweis, den zweiten für heute, verabschiedet sich mit einem ‚Guten Tag' und reicht mir seine ausgestreckte Hand übers Netz. Ihr Name Gris ist ja auch nicht ganz alltäglich, er stoppt kurz in der offenen Tür. Nein, nicht ganz alltäglich, dafür ist Ihrer aber umso berühmter. Ist auch nicht immer ein Segen, nimmt den Schläger und schließt die Zimmertür.

Stille. Kein Warten.
Verschreibe die Zeit, bis ich pünktlich der Aufforderung des mir überreichten Terminhinweiszettels folge. Melde mich bei Schwester Regina. Sie heißen wohl immer so oder so ähnlich, und auf meine Frage antwortet sie, Bin schon lange dabei, von Anfang an, seit 27 Jahren. Sie führt ihre Station mit fester Hand und herzlichem Wesen. Und ich bemühe mich, das gebrochene Eis nicht wieder zufrieren zu lassen. Bitte folgen Sie mir, Aber liebend gerne, wo gehts denn hin. Sie flattert voraus. Nicht weit, kommen Sie mit, nur bis ins Nebenzimmer, hier, bitte, nehmen Sie schon einmal Platz, bin gleich soweit. Schwester Regina drückt ein paar Tasten, scrollt mit der Maus, Nur noch ein paar Voreinstellungen ... so, fertig ... dreht mir den empfangsbereiten Laptop zu, Ah, computergestützte Offline-Frageformulare, hübsch und farbig aufbereitet. Versuche, mir selbst gute Laune zu bereiten. Schwester Regina animiert mich, Ja, es ist ein Haufen von Fragen, nicht lange überlegen, einfach spontan auf die Antworten klicken, das Programm wird Sie führen. Spontanität ist mein zweiter Vorname, grinse ich, werde sehen, wohin mich das Programm führen wird. Na, dann rufen Sie mich, wenn Sie fertig sind, bin nebenan. *Hallo!* hätte ich ihr fast hinterhergeschrien ... *Ich bin schon fertig.*
Nun, schön der Reihe nach, die computergestützten Fragen

beantworten, sagt man das so ... kann man Fragen stützen, damit sie nicht umfallen, wie die, die sie beantworten sollen. Zurück zu den mir gestellten Offline-Fragen. Ja / Nein oder klicken Sie in ein leeres Kästchen oder auf eine angebotene Zahl von 1 bis 10. Spontanes Drücken, über hundert Mal, bis mich ein blaues ‚*Danke*'-Blinken vom Bildschirm erlöst. Mit einem farblosen ‚*Danke, habe alles erledigt*' verlasse ich das Schwesternzimmer, wechsle die Szene, bin unterwegs ins Päpstliche Chefbüro zur Chefsekretärin, den gesammelten Papierkram, die üblichen Unterlagen und ein paar unterschriebene Formulare abgeben, alles hat ja seine Notwendigkeit. Vorab noch schnell eine VanNelle.

10.42 Uhr Alles läuft ruhig an. Auf den königsblauen Goldwappen, zwischen Zimmer 307 und 305, begegnet mir die Stationsärztin aus Serbien, ohne weißen Kittel, rosa Rollkragen ohne Kaschmir, jung, natürlich, weiblich, fragt mit rauer sympathischer Stimme, Sie sind doch Herr Gris ... Ja, sagt die Antwort, Dann herzlich willkommen, ich bin ihre Stationsärztin. Sind Sie gestern gut angekommen, ist alles in Ordnung? Wie war denn die erste Nacht und überhaupt so, Na ja ... es geht so, antwortet das Ich einsilbig und achtet auf den Hochwasserstand der Augen. Die Flut darf nicht über die Ufer. Nur ein Rinnsal. Leben Sie sich erst einmal ein, wir sehen uns noch.

12.55 Uhr Monsieur Gris hat geraucht. Gegessen. Na ja. Habe es wirklich versucht. Weiterhin namenloser Blickkontakt am Tisch. Ob dies wohl zur Wohlergehens-Therapie gehört, frage ich mich, jetzt wieder allein, am noch nicht abgeräumten Mittagstisch Nr. 9. Es gab heute Balkangemüse (TK-Ware), grüne, zu weiche Bandnudeln, eine blasse, getrocknete Hähnchenkeule, alles ohne Geschmack. Die Kunst scheint zu sein, alle Gerichte, mögen sie noch so unterschiedlich aussehen, wie ‚*eins*' schmecken zu lassen.

Lesbare Gedanken wollen auf weiße Blätter. Eine verständliche Erwartung an eine lückenlose Observation. Es ist 17.12 Uhr. Nicht das mir der Wille fehlt oder weiße Nebel mir die Sicht verschleiern, es fehlt mir, vor allem in diesen ersten Tagen, die klare Sicht auf das Geschehen. Der Abstand oder die Nähe. Ganz leer bin ich nicht. Aber immer noch namenlos und wortkarg. An Tisch Nr. 9 wedelt mein bemühtes Lächeln beim Abendbrot ein rotes Freigänger-Rezept vor den verdutzten Gesichtern. Die Rote Karte … fragt die Nr. 1, Ich freu mich … auf Ostern, habe Hafturlaub für drei Tage, erkläre ich. Was ist los?, fragt das Zappelige neben mir, Habe ab Samstag Freigang aus der Anstalt … für eine kulinarische Heim-Therapie, beruhige ich sie und stecke den roten Abwesenheitsschein in die dafür vorgesehene transparente Anwesenheitsfolie bei Tisch. Jeder achtet auf den anderen.

TAG 03 MI

Mein dritter Tag erwacht mit verdichteten Emotionen. Meine Oberfläche eine abgetretene Plastikfolie. Stumpf und trüb. Darunter lähmt Traurigkeit. Monsieur Gris nimmt jetzt besser eine Valoron (*Valoron N Retard 50/4 mg ist eine Kombination aus einem stark wirksamen Schmerzmittel aus der Gruppe der Opioide und einem Opioid-Antagonisten. Es wird angewendet zur Behandlung starker und sehr starker Schmerzen*). Um die Schwere zu durchbrechen. Zuvor aber noch schnell den Termin zur Blutprobe wahrnehmen. Nüchternheit ist im Hause erwünscht, auch abends, vor allem aber nachts. Humor hilft, die trübe Folie zu durchlöchern. Im Schwestern-Nebenzimmer fließt mein Blut in bunte Röhrchen. Erster Aderlass. Erste Valoron. Verbringe ein schweigsames Frühstück an Tisch Nr. 9 unter der Obacht von drei prüfenden Augenpaaren. Endlich erstes Rauchopfer im Freien. Dann schickt mich mein Therapieplan in den ersten Trainingskreis. Der Körper muss in Bewegung bleiben, nicht nur die Seele, heißt es da. Im weißen Kellergeschoss die Trainingsfläche unter Neonlicht. Werde ans Ergometer angeschlossen und strample bei beschwingter Lautsprechermusik mit weiteren verkabelten Insassen in die Therapie-Pedale, *Atemlos* mit Helene Fischer. In 15 Minuten verlieren Sie 29 Kalorien, sagt die Trainingsaufsicht und erklärt dem musikalisch erwärmten Körper das MTT (*Manual Therapeutische Training*) an den Geräten. Erst langsam steigern, 3 x 20 Wiederholungen, dann Pause, endet die Gebrauchsanweisung. Zähle in Gedanken. Auf und Ab. Auf und Ab. 18.

09.55 Uhr Endlich wieder Zeit zum Rauchen. Ich rauche gerne, rauche gegen den Schmerz, wenn er in mir bohrt. Früher auf meinen Frankreichtouren mit dem schwarzen Traction 11CV gönnte ich mir gerne eine echte französische Gauloise, die Blaue ohne Filter, ohne Schmerz. Drehe jetzt VanNelle, halbschwarz. Nehme später noch eine zweite Valoron, die Weiße, nicht nur zum Spaß, es ist mir ernst. Mein Körper meldet Hochalarm. Auf und Ab. Vibriert. Nach dem MTT. Auf und Ab. 16.

Das Lesen in dem lebendigen Anstaltscafé lenkt mich bis zum Mittagessen ab. Punkt 12.00 Uhr zu speisen ist mir völlig fremd. Alles braucht seine Zeit bis zur Verschiebung des gewohnten Alltags, so hat man mir gesagt. Nehme den Speisezettel in die Hand, das Menü Nr. 1, das Stammessen, wie es hier genannt wird, Rindergulasch mit Petersilienkartoffel. Will nicht wirklich wissen, woher das Rind kommt und warum die Kartoffeln so unter Schwindsucht leiden, erkenne das Balkangemüse, das von gestern, nur heute aufgerüstet mit Maiskörnern und roten Paprikastücken, die ich verschmähe, weil sie ungeschält sind. Beende einsilbig einen weiteren Tag. War nicht meiner. Das weiße Valoron trug mich da durch.

TAG 04 DO

Die dritte Nacht. Satt. Fett. Schwer. Ein zu früher Morgen. Eine in unruhiger Nacht gesammelte Wut springt hellwach aus dem zerzausten Bett, durchbricht die Traurigkeit des Vortages. Ohne Valoron. Ich schweige. Ich schreibe.

Seit Stunden peitscht ein kreiselndes Gedankenspiel alte Erinnerungen und Formulare wild durcheinander. Kommt jetzt alles wieder hoch? Sitze ungewaschen an meinem schmalen Schreibtisch, unter dem schlafenden Dachfenster. Das Bürokratiemonster faucht und greift nach mir. Muss es in die leeren Seiten pressen und dann zuschlagen. Schräg fliegt die schwarze Tinte über die leere Seite, kaum dass die Worte meinen Gedanken folgen können, unterstreiche geräuschvoll den ersten Satz mit der Feder, kleckse. Höre das Monster brüllen. Schreibe weiter. Da bescheinigt der bestellte ärztliche Gutachter des staatlichen Sozialversicherungssystems, ohne rot zu werden, dem Sozialgericht, dass ich vollschichtig für 8 Stunden täglich in meinem alten Beruf arbeiten kann. Muss kotzen, mir wird schlecht im Hirn. Ende letzten Jahres durfte ich vor ihm antanzen, wie Fred Astaire mit Gehstock, nur weil ich im Sommer einen Antrag auf Anerkennung der vollen Erwerbsunfähigkeit gestellt hatte, wohlgemerkt nach Rücksprache mit und auf Empfehlung von einer beratenden amtlichen Rentenstelle. Nach dem 15-Minuten-Termin wusste der Gutachter über alles bestens Bescheid, begründet seine Ablehnung Wochen später in 35! gutachterlichen Normseiten. Dabei bin ich noch nicht einmal zehn Schritte in seinem kleinen Untersuchungszimmer auf- und abgelaufen. Das war für mich das Größte. 8 Stunden täglich stehen und gehen sei kein Problem, musste ich lesen. Amtlich Schwarz auf amtlich Weiß attestiert, 35! Seiten lang. Nur ein paar Fragen hat er gestellt, unsinnig erscheinende Fragen. Ob ich gerne nach Mallorca fliegen würde, wenn ich in einem Preisausschreiben eine Wochenendreise gewonnen hätte. Also keine Fragen, die ich ihm hätte schmerzvoll beantworten können, was ja wohl seine Absicht war. Anschließend drehte und zog er vorsichtig an meinem Knochenbau. Drei Minuten auf der schmalen Liege, wohl ein Härtetest, und als ich mich wieder aufrichten sollte, gerade auf der Kante saß, tickte er mit einem kleinen, makellos verchromten Hämmerchen unter beide Kniescheiben. Aha, der Reflex funktioniert ja noch, strahlte er sichtlich. Das wars dann. Hatte schon *so* einen Hals, zog mich wieder an und verließ innerlich schnaubend seine Praxis. Wenn ich jetzt wieder daran denke, kommt es mir richtig hoch. Würg. Sind sie die gut bezahlten Callboys unseres staatlichen Kranken-Sozial-Versicherungs-Renten-Systems? Sorry für den prostituierten Ausdruck. Jeder der einen Antrag stellt steht gleich unter Generalverdacht ein Simulant zu sein, aber sind sie das nicht selbst. Bin wütend, verletzt, derart missachtet zu werden und frage mich hier, nicht ganz ohne Sarkasmus, sind nicht sie die wirklichen Simulanten, die die völlige Gesundheit der Probanden in amtlichen Vordrucken simulieren. Mit voller Absicht und Wissen verkaufen sie sich für teures Geld: knapp 2000 € für ein Gutachten. Sie schreiben Lügen, um dem Auftrag gerecht zu werden, dem behördlichen Herrn devot zu dienen. Klar, sie müssen sich ernähren. Und wenn die eigene Praxis noch nicht oder nicht mehr so richtig läuft, wie sie sollte (das habe ich später aus vertrauensvoller Quelle erfahren), sind Gutachten eine lukrative Einnahmequelle. Doch auch ich muss mich ernähren, auch bei mir läuft das Laufen nicht mehr so richtig wie es sollte. Das hohe Sozialgericht, vor dem ich dann gegen dieses vorformulierte Gutachterurteil klagte, beorderte mich vor gut zwei Monaten zu zwei weiteren, diesmal *gerichtlich* bestellten Gutachtern. Meine Klagebegründung war wohl überzeugend genug, den Richter zu dieser Order zu veranlassen. Erschien voller Zuversicht pünktlich zu den beiden Terminen, voller Hoffnung auf richterliche Objektivität. Der Erste ... ein jovialer graumelierter Orthopäde, der sich später als pensionierter Chirurg entpuppte, wollte sich für sein Hobby, das Segelfliegen, etwas dazu verdienen, so an zwei Tagen in der Woche. Erfahre durch Fragen so einiges. In der 15-minütigen Vermessungszeit (*er nimmt es sehr genau*) schnippelt der Chirurg mit einem kleinen handgroßen Plastikwinkelmesser an mir, vor mir, auf mir knöcherne Messwerte ab, versucht, mathematisch und schriftlich zu rekonstruieren, wie weit sich alles streckt und beugt, als wenn ich ‚damit' ein Problem hätte. Entdeckt dabei locker ein linkes Schubladen-Kniegelenk, stellt sehr ausdrücklich weitere statistische Anamnese-Fragen für seinen Bericht. *Hallo …* denke ich da. Keine Fragen zu meinen Schmerzen, warum und wann, welche Wege, das Stehen. Meine Antworten barsch abwehrend, wie lästigen Straßenschmutz. Das habe mich nicht zu interessieren, er mache nur ein orthopädisches Gutachten, und schiebt die Röntgenbilder, die ich ihm über den großen Schreibtisch reiche (*wurde schließlich schriftlich dazu aufgefordert, alle Röntgenaufnahmen mitzubringen*), ungelesen zurück, murmelt etwas von, sind ja schon älter. Meint er jetzt mich oder die Aufnahmen? Und Tschüss.

Auf zum zweiten Gutachtertermin, im Zimmer nebenan, praktischerweise ein Doppeltermin, erst die Knochen, dann die Seele. Warte entspannt auf den vereidigten Psychiater. Das nenne ich mal Hand in Hand arbeiten, übrigens an den zwei gleichen Tagen in der Woche. Warte allein in einem betont schmucklosen schmalen Flur, mit einem schlichten einbeinigen Garderobenständer und drei harten Holzstühlen. Sitze auf dem mittleren, sozusagen zwischen den Stühlen, was einer gewissen Ironie entspricht, genau mittig zwischen den beiden Begutachtungszimmern, rechts Knochen, links Psycho. Zwischenraum. Warten. Sitzen. Warten. Der vereidigte Herr Psychiater, ein echter Psycho aus einem Trash-Film, dunkel dubios, fettiges, zotteliges, schwarzes Haar, schleicht, tief in sich selbst versunken, zweimal gebeugt an mir vorbei, ohne aufzusehen, ob er denn weiß, wer ich bin, erst mit leeren hängenden Händen von links nach rechts, dann zurück von rechts nach links. Jetzt mit einer angefüllten Akte in der Hand, die ich kurze Zeit später als die meinige von nebenan wiedererkenne, schließt seine Zimmertür, öffnet sie, ruft zu mir herüber, ohne dass ich ihn sehen kann.

Herein ... thront hinter einem großen Schreibtisch, Fenster im Rücken, wie geschickt. Fragt Daten ab, wegen der Statistik. Wie alt, wie oft und wann, was machen Sie denn so den ganzen Tag. Nachdem ich ihm erklärte, dass es oft schon eine schmerzhafte Last sei, meinen Körper durch den Tag zu bringen, er aus seiner strähnigen, zur offenen Akte gebeugten Mähne mir etwas Unverständliches ins Wort säuselt, da frage ich dezent, Entschuldigen Sie bitte, ich kann Sie nicht verstehen. Was er sagte war nicht wichtig, und nachdem ich ihm offenbarte, dass ich schreibe und dass es mir Halt gebe, er mich brüsk unterbricht, Ach! ... stutzt kurz, Sie s c h r e i b e n ... dehnt dabei das letzte Wort, blickt süffisant auf und schiebt von ganz oben nach, So, so ... und worüber wollen Sie denn schreiben, wenn Sie den ganzen Tag nichts erleben ... außer Schmerzen, schiebt er verspätet nach, fällt in die offene Akte zurück. Muss die Luft anhalten, jetzt nur nichts Falsches sagen. Und wie alt war Ihre Mutter, als Sie geboren wurden, fragt er überraschend, ohne auf das Vorhergehende weiter einzugehen, so dass ich nur irritiert stocke, Äh ... Ja, weiß nicht ... da müsste ich erst mal ... Das müssen Sie doch wissen, wann Ihre Mutter geboren wurde, blafft er mir ins Gesicht, und bitte freimachen ... säuselt er, ohne mich wirklich anzusehen ... bis auf den Slip und hinten in der Ecke mal auf die Liege setzen. Tickt er noch richtig, bin immer noch irritiert, bleibe wortlos und entkleide mich betont langsam, ohne ihn anzusehen, denke mir nichts Weiteres dabei, am besten seiner Anweisung ohne Abwehr und der Frage nach dem Warum folgen. Sitze mit baumelnden Beinen fast nackt auf der Kante, da eilt er herbei, tickt und tackt mit dem kleinen Silberhammer, den er urplötzlich in der Hand hält, tickt auf beide Knie und Ellengelenke, tick, tack. Danach setzt er sich wieder an seinen beeindruckend großen Schreibtisch, hinter ihm das Fenster, psychologisch klug gewählt, wendet aufs Neue ein Papier, trägt eine Notiz ein, eine zweite, eine dritte, und dann *Fertig* ... ruft ... Sie können sich wieder anziehen, Sie werden benachrichtigt, Wann kann ich mit dem Ergebnis rechnen? Worauf er knapp erwidert, In 4 bis 6 Wochen. Hand- und blicklos ruft er, *Tschüss* ... während ich gebeugt die Schuhe zubinde und er, mit der grünen Akte unterm Arm, den Raum verlässt. Diese beiden Gutachter werden zwei Bösachten über mich erstellen und dem Gericht mitteilen, dass und ob ich längere Strecken und Zeiten stehen kann etc., etc., etc. ... ohne mich jemals danach gefragt oder getestet zu haben. Die Gutachten liegen fertig in der Schublade, der Auftrag ist definiert, die Antwort schon bereit zum Abrufen, die Frage-Unterhaltung ergänzt die weißen Anamnese-Felder, geboren, wohnhaft, Eltern ... Unterschrift und die abgestempelte Wahrheit. Hauptsache Geld. Hätte dort als gackerndes Huhn vor ihren Schreibtischen sitzen können, die Gutachten wären nicht anders ausgefallen. Versuche mich zu motivieren, mich selbst mit diesem Bild zu erheitern, nicht frustriert zu bleiben. Stelle mir vor, gackernd und flügelschlagend ihnen ein Ei oder zwei gelegt zu haben. Das musste mal raus, der Humor baut auf. Zur Bestätigung unterschreibt Monsieur Gris mit einem Tinten-Ei. Ohne Klecks. Voilà. Bald ist Ostern.

Die Lunte glimmt. Fühle mich völlig erschöpft nach meinem morgendlichen Schreibanfall. Schlage die Seiten zu. Jetzt ist es raus, höre mich selbst reden, die Worte mehrmals ein- und ausatmen. Scheiße! Stehe am geöffneten Fenster, könnte schreien und frage mich allen Ernstes, ob ich nicht die

Schnauze gestrichen voll habe, wie man so sagt. Angefeuert vom morgendlichen Körperschmerz spüre ich, wie dieses Gebräu aus Frust, gestauter Wut, die aufgetürmte Last der schmerzhaften Jahre und die verletzende Erfahrung dieser doppelten Ignoranz & Arroganz der beiden Gutachter sich zu einer explosiven Mischung verdichten. Dass dies wie ein Verstärker auf das Schmerzempfinden des Betroffenen wirkt, bestätigt die Erkenntnis aus der Schmerztherapie. Dieser fiese pochende Stachel bohrt sich ins Fleisch. Vielleicht will er mir etwas sagen. Vielleicht, dass ich noch sehr viel Geduld aufbringen und vieles lernen muss, bevor ich mit der nötigen Erkenntnis allem Vergangenem und Kommendem sowie solchen emotionalen Erschütterungen schmerzfrei, vielleicht sogar mit Verständnis der Ursachen und einer dadurch gewonnenen Stärke an Gleichmut und Gelassenheit, entgegentreten kann.

Die Lunte brennt. Falle. Es kommt zu einer spontanen Entladung. Auf dem Weg zur Raucherbank falle ich buchstäblich in die Stationsarme des rosa kaschmirlosen Pullovers mit dem serbisch weiblichen Charme, der nicht lange fackelt, mich nach einem kurzen Gespräch, Wie geht es Ihnen heute Morgen, sofort, nicht erst zur bestellten Nachmittagsstunde, zu meiner betreuenden Therapeutin mit den Worten, Keiner muss hier warten, wenn die Seele kippt, zur Gesprächstür begleitet. Ihre Therapeutin Frau A weiß Bescheid, habe kurz mit ihr telefoniert, Sie können sofort hinein.

Stehe mit zittriger Hand an der Klinke, mit rauschendem Hochwasser im Kopf, mit Schmerz im Herz, im Rücken, im Knie, in den Hüften. Stehe mit wässrigen Augen vor der verschlossenen Tür, zögere einen Moment, wische eine nachlaufende Träne aus dem Augenwinkel und klopfe dreimal. Kommen Sie herein, seien Sie herzlich willkommen, mein Name ist A, ich bin ... bitte nehmen Sie Platz, Hier, frage ich vor zwei einladenden Polsterstühlen stehend und verschlucke eine nachlaufende Träne, Wo Sie möchten, hier oder dort. Wähle den Platz links direkt an der Sonnenfensterbank, die die ganze Front des schmalen Raums einnimmt. Frau A lässt mir einen Augenblick Zeit, Entschuldigen Sie mich bitte kurz, bin gleich ganz bei Ihnen, schwingt ihren runden Körper erstaunlich flink zu ihrem Schreibtisch und sucht nach ein paar Unterlagen. Sehe einen freundlichen, hellen Raum, ein paar wenige Bilder, ein schmales Holzregal mit Reihen bunter Buchrücken aus der Welt der psychologischen und therapeutischen Wissenschaft, einige meine ich sogar zu kennen, auch ein paar diverse Bildbände über Blumen und Bäume, gestützt von kleinen Skulpturen aus Metall oder Holz. Rechts zur Eingangstür der mit farbigen Mappen belegte Schreibtisch, an dem Frau A im Stehen noch einige Papiere ordnet. Ein Bildschirm flimmert Blaues über ihre Sommersprossen, Tastatur und Drucker, sehe, wie sie nun mit dem Rücken zu mir steht, schätze sie gerade mal auf Mitte dreißig. Eine überaus füllige, aber vivace Erscheinung, die ihre wallende rote Haarpracht mit einem lässigen Schwung über ihre Schulter wirft. Ein sehr übersichtlicher Raum, scanne, speichere, nichts soll verloren gehen, drehe wieder links zum Sonnenfenster, das mir einen weiten Blick auf den grünen Anstaltspark erlaubt, und bemerke erst jetzt die drei weißen Porzellanvasen auf der tischhohen Fensterbank, allesamt gefüllt mit Papageientulpen, die sich zum Sonnenlicht schlängeln, lebendiger wirken als ich, mir aber ein leichtes Strahlen ins Gesicht zaubern. Der Anblick dieser üppigen Tulpenpracht in Verbindung mit dem Namen A hebt ein längst verschollenes Bild in mein Bewusstsein. Mit einem inneren Lächeln erinnere ich einen Lieblingsfilm aus meiner Kindheit, als Filme noch in schwarz-weiß ausgestrahlt wurden, an eine spannende Vorabend-Serie mit dem Namen *Adrian, der Tulpendieb*. Sozusagen der holländische Robin Hood, aus einer Zeit, als Tulpenzwiebeln noch mit Gold aufgewogen wurden. Meine Therapeutin wäre ein Vermögen wert. Dieses Gedankenbild werde ich nicht mehr los, werde sie fortan in Gedanken, natürlich nur in Gedanken, die Frau des Tulpendiebs nennen. So ... jetzt habe ich Ihre Unterlagen gefunden. Frau A legt eine flache, moosgrüne Mappe aus der Hand, nimmt mir gegenüber mit raumfüllendem Strahlen Platz.

Nach einer knappen Stunde beendet sie das Gespräch. Ich werde darüber keine detaillierten Aufzeichnungen hinterlassen. Halte dafür aber eine schriftliche Bestätigung in der Hand, dass ich heute nicht mehr zum MTT und zum Ergometer-Training muss. Kann kaum laufen vor Schmerzen, dafür werden meine Tränen weiterlaufen, bis meine Seele Entwarnung gibt, den Hochwasseralarm für beendet erklärt. Mein kindlicher Filmgedanke, in dem ich den Namen Adrian in Verbindung mit der Frau des Tulpendiebs bringe, zeigt mir, trotz aller Hochwasserstände dieses Vormittags, dass ich nicht vollständig meinen Humor verloren habe. Trotzdem heule ich, seit Jahren nun zum zweiten Mal, ganz ohne Scham vor so viel Empathie, die mir gegenüber den Sessel in Gänze ausfüllte und einfach nur zuhörte, mich wirklich ernst nahm. Geheult, geheult, geheult, die drei Papageien nicken mit ihren Köpfen. Sie versteht mich, weil sie die Fähigkeit und Bereitschaft besitzt, sich in meine Gedanken, Motive und Emotionen hineinzuversetzen, mir ihre Unterstützung zusichert. Sie wird sich für mich einsetzen, notiere ich nach der ersten Gesprächskur.

12.00 Uhr Rauchen, trocknen, durchatmen unter hohem Kastaniengrün.

12.23 Uhr Raum-Zeit in der voll besetzten Anstaltsmensa. Das vierte Mittagessen, dem ich mich ohne großen Appetit widme. Die Kunst der Zubereitung der täglichen Speisen wird hier zur Perfektion getrieben, lasse ich am Mittagstisch verlauten und erhalte von schräg gegenüber eine rot lächelnde Zustimmung. Mag sich die Optik und die Konsistenz der einzelnen Zutaten voneinander unterscheiden, Farbe und Geschmack werden perfekt vereinheitlicht. Wie schaffen die das nur, ich wundere mich nicht wirklich. Ofengemüse mit Röstkartoffeln und Quarkdipp steht verlockend auf der schicken Menükarte mit dem goldenen Gütesiegel. Gemüsestücke, verschiedene Arten und Größen, einheitlich in der Farbe, ein blass-braunes Grau. Die Röstkartoffeln verbrannt oder zerfallen, mit Mikrospuren von getrocknetem Rosmarin, ohne Geschmack, völlig neutral. Wirklich, kaum zu glauben. Der Kräuter-Quark-Dipp bleibt ein unberührtes Fragezeichen, klumpig, ungeschlagen mit dunklen Stippen vertrockneter Petersilie durchzogen, dann ACHTUNG! gewürzt mit einem Kilo Kochsalz auf zwei Kilo Quarkmasse. Ungenießbar. Zum obligatorischen Dessert eine Zitronenspeise, rein chemisch aufgebürstete, gelierte Festmasse. Es ekelt mich. Ich schiebe die kleine Glasschale zur Seite. Die meisten schlemmen das obligatorische Dessert ganz oder wenigstens teilweise auf. Die Dame in Schwarz, die blonde Eleganz mit den stillen roten Lippen, die Nr. 1 am Tisch und ich, essen nicht. Ein erster leiser Blickkontakt zwischen uns entdeckt den Humor im Auge des Gegenübers. Taue langsam auf.

14.53 Uhr Erwarte meinen ersten Besuch in der Anstalts-Cafeteria. Eine spontan angekündigte Stippvisite von meiner Frau. Lila wird Dynamik in den anwendungsfreien Nachmittag wirbeln. Hoffe, dass die heiße Dusche nach dem Mittagsschlaf wie auch das frisch aufgelegte holzig-rauchige Aroma meines Eau de Toilette die Spuren des aufgewühlten Vormittags glätten. Vor knapp zwei Stunden meldete sich Lila, Hey ... hast du am Nachmittag Zeit ... bin in der Region unterwegs zum Kunden ... könnte so gegen drei nach dem Termin bei dir sein, Das passt aber gut, habe frei, heute keine Termine mehr, ich freue mich ... wie lange kannst du bleiben, Bis zum Abend, wenn du magst ... Dann können wir ja zusammen essen gehen, Ja, gerne, antwortet Lila, Ich werde etwas für uns finden ... bis gleich, Gut, ich freu mich auch, dann bis gleich. Lila legt auf.

Allen Freunden und Bekannten habe ich vorsorglich untersagt, mich in dieser Zeit zu besuchen, mein Wunsch, einmal wirklich total abzutauchen, ist mir enorm wichtig. Für eine Zeit lang alles hinter mir lassen, eintauchen in die bewusste Wahrnehmung des Selbst, um endlich die ersehnte Veränderung meines festgefahrenen Zustands herbeizuführen. 22 Jahre Schmerz sind genug, auch wenn ich davor 32 Jahre ohne ihn gelebt habe, genug ist genug, so kann es nicht mehr weitergehen. Etwas Verborgenes in mir erwacht, ist entschlossen sich von dieser Last zu befreien.

Kurz nach drei erspähe ich Lila im Foyer, nehme sie mit einer stillen Umarmung in Empfang, Hey ... Herzlich willkommen in der Anstalt ... Darf ich dich spontan zu einem Espresso einladen ... folge mir. Führe Lila unter den wachen Augen meiner Mitinsassen durch die gut gefüllte Cafeteria. Komm ... hier ist noch ein Tisch frei, setz dich schon mal, bin gleich zurück ... hier ist Self-Service. Zahle vier Euro am gläsernen Kiosk, nehme zwei doppelte Espressi entgegen, Zucker, rühren, kalt. Sollten sie vielleicht in vorgewärmte Tassen füllen, sage ich zu Lila. Sie lächelt. Gebe den heißen Wunschgedanken zusammen mit den schnell geleerten Tassen zurück. Die Bedienung, die meine humorvoll vorgetragene Anregung mitsamt den Tassen dankend entgegennimmt. Sorry, Lila, das nächste Mal sind die Tassen und der Espresso heiß ... habe gerade etwas verändert. Beginne mich bewusst wahrzunehmen.

15.23 Uhr Gesprächspause. Rundherum lärmt Wort- und Platzwechsel. Stehe auf, entschuldige mich bei Lila. Sehne Stille. Nein, ich komm nicht mit raus, ich warte hier, geh ruhig eine rauchen, sagt sie. An der Raucherbank warten die anderen. Man kennt sich nach drei Tagen. Hier treffen sich immer die gleichen, die Süchtigen, auf eine Zigarette oder zwei und ein schnelles Wort. Du hast Besuch bekommen ... fragt eine bunt gekleidete Beobachterin und bläst den Rauch in die Luft, Ja ... und wir gehen heute Abend aus essen, Na, dann viel Spaß und guten Appetit. Die Sonne wärmt meine schmerzenden Knochen und meine Laune spürbar auf, Lila soll sich ja freuen, das ist mir wichtig, ich möchte sie nicht noch mit meinen Leiden beladen, sie hat nach Jahren noch immer so schwer an ihrer Depression zu tragen. Beim Kaffee wie beim anschließenden Abendessen in der ‚überall' gleichen Fußgängerzone, eine lieb gemeinte rauchende Insassenempfehlung zum So-tollen-leckeren-Italiener-Gambrinus-in-der-Altstadt könnt ihr gehen, ein Name wie überall, klingen die Gespräche zwischen Lila und mir leer und fremd, gleiten über Oberflächen hinweg, erschöpfen sich in meinen Schilderungen der äußerlichen Umstände in der Anstalt, meinem Tagesablauf, übers Essen. Vermeide Lila gegenüber meinen Hochwasseralarm von heute Morgen zu erwähnen, kennt mich nicht weinend, wie sollte Lila das alles verstehen, mich verstehen, mich verkraften, so steingefüllt mit ihrer Last, ihr Inneres so fest verschlossen wie eine Auster. Knapp dreißig Jahre leben und arbeiten wir zusammen. Kann das jetzt nicht thematisieren, erinnere mich zu schmerzhaft an das vorletzte Jahr, wie Lila jeden Morgen weinend am Frühstückstisch saß, nie wusste warum, nicht darüber sprechen wollte oder konnte. Ach, ist nichts ... schon gut ... geht gleich wieder vorbei, austerte sie. Ich hielt es kaum mehr aus, dieses tägliche Weinen, ihr Schweigen, das Warum, ihr nicht helfen zu können. Jetzt höre ich ihr zu, ihre Worte geräuschvoll wie frisch geöffnetes Mineralwasser, sprudeln von bemühten Telefonaten, vom Kundenbesuch, der nicht so erfolgreich verlief, wie sie es sich so sehr wünschte. Eine Enttäuschung mehr im Album ihres Lebens. Ich hatte die Veränderung in dieser Welt schon lange kommen sehen. Eine Welt, aus der ich vor vier Tagen ausgestiegen bin, so schnell entfernt sich das Draußen. Lausche was sie sonst noch so macht ... wen sie getroffen hat ... höre zu, lasse sie reden und schweife dabei in meinen Gedanken immer wieder davon, vielleicht weil ich nicht wieder aus meiner Glocke herausgeholt werden möchte, in die ich gerade erst mit Haut und Haaren eingetaucht bin. Die grauenhaften

‚überall' Spaghetti aglio e olio con peperoncini (*aus dem Essigglas*), der ultimative Küchentest, wenn es keinen Risotto mit frischen Steinpilzen zum Testen gibt, hielten keinerlei Versprechungen und keiner Erwartung stand. Ich werde nie wieder einen Insassen fragen, Wo kann ich hier so richtig lecker essen gehen. Sorry, Lila. Sie setzt mich vor der Anstalt ab. Abschied unter späten Raucheraugen.

Zum Ende des Tages verziehe ich mich auf die zweite, meist verwaiste, Raucherbank. Sie steht etwas abseits, wie meine Gedanken, mir gehen die akustischen Dialogfetzen, die in meinem Kopf wie aufgescheuchte Mückenschwärme toben, auf die Nerven. Drehe eine Zigarette, atmet tief durch. Pendel zwischen den Welten. Was für ein Tag, was für ein Ausbruch, was für ein Einbruch. Stehe wieder auf, ohne die Zigarette anzuzünden. Muss die Mückenschwärme vertreiben, gehe mit schmerzendem Knie bis zum Ende der abschüssigen Kastanienallee. Erst jetzt habe ich das Gefühl, wirklich allein zu sein, zünde die gedrehte VanNelle mit meinem silbernen DuPont-Feuerzeug an, pendle ein paar Schritte unter den Kastanienbäumen hin und her. Die wenigen Heimkehrer, die mir kurz vor 22.00 Uhr begegnen sprechen mich nicht an. In meinem Kopf dreht sich noch immer das lärmende Lichterkarussell, aber meine Schritte verlangsamen die Rotation, das Nikotin beruhigt das Blut. Es fällt mir schwer die Ereignisse des Tages zu sortieren, in welche Ordnung soll ich sie bringen. Ein Lichtblick stoppt das flackernde Karussell, hält an, steigt aus und denkt an das kommende Wochenende, drei Tage Freigang. Ostern. Drücke die halbe Zigarette ins Grün. Heute ist Gründonnerstag. Erinnere an die Begegnung vom späten Nachmittag, oben auf dem langen Anstaltsflur der dritten Etage, als ich allein kurz in mein Zimmer gehe um mein Sakko für den Abend mit Lila zu wechseln, da begegnet mir meine Gesprächstherapeutin Frau A zum zweiten Mal, Oh ... Sie noch hier... bin erfreut, Sie zu sehen, Ich bin schon auf dem Weg nach Hause, begleiten Sie mich doch ein Stück, bittet sie mich. Wie geht es Ihnen, Na ja ... es geht schon wieder, habe gerade Besuch von meiner Frau, wir gehen gleich essen, aber das Mittagessen heute ... und berichte ihr die Einzelheiten ... war eine Zumutung. Wir lachen darüber und fahren im Aufzug nach unten, wo Lila wartet. Aus therapeutischen Gründen verordne ich Ihnen ausnahmsweise eine Verlängerung Ihrer Ausgeherlaubnis, Sie können schon morgen Abend nach Hause fahren, nicht erst Samstagmorgen, ich schicke Sie einfach zur kulinarischen Erholung über Ostern heim ... kochen Sie mal was Gutes, Ihre Frau wird sich freuen, das Kochen ist ja Ihre Passion soweit ich mich ... und erinnern Sie mich bitte morgen Früh an den roten Abwesenheitsschein, den stecken Sie an Ihren Essplatz, sonst wird man Sie vermissen und suchen ... Ja, ganz bestimmt werde ich das tun, merci, Also dann bis morgen und Kopf hoch, denn hier verpassen Sie nichts über die Feiertage.

TAG 05 FR

Der Riss in meiner Seele bleibt offen nach einer traumlosen Nacht. Ein schmaler Sonnenschein trennt mich von dieser Traurigkeit. Der Schmerz fordert jetzt meine Aufmerksamkeit. Nehme heute keine Valoron. Heute nicht. Vorgestern zwei, gestern eine. Das vertreibt zwar den Schmerz, hebt die Stimmung, befreit für Stunden den Kopf, der den Körper dann vergisst. Kostet aber Kraft. Viel Kraft. Der Körper vergisst nicht. Die Erschöpfung folgt. Auf dem sprichwörtlichen Fuß. Lege den schmalen Sonnenschein um meine Schulter. Der Rücken bleibt stumm, das linke Kniegelenk schreit nur schrittweise. Eine Folge des Skiunfalls. Vor 22 Jahren hatte ich fast mein Bein verloren. Im Zuckerwatten-Stubaital. Die letzte Abfahrt. Der letzte Tag. Ein schwerer Sturz. Die Spuren hatten sich gekreuzt. Die linke Bindung hielt hartnäckig, konnte nicht loslassen. Das Kniegelenk rotierte. Der Schock verlieh mir adrenalingesteigerte Klarheit. Sekundenschnell. Über meine Zukunft. Zur Belohnung erhielt ich einen Hubschrauberflug über die Alpen. Vollgepumpt mit Morphium. Das Draußen, die surreale Schönheit der schneebedeckten Berge, eingebrannt das rosa Zuckerwatten-Glühen des sinkenden Tages im Inneren. Unvergesslich dieser Ausblick aus dem Helikopter, alles andere wummerte unter dem Flapp, Flapp, Flapp der Rotorblätter. Morphium betäubte Trance.

Glockengeläut. Das Geschenk am Heiligabend. Sie bemühten einen chirurgischen Spezialisten, den begnadeten Edelstahlkünstler Dr. G., holten ihn vom abendlichen Weihnachtsbaum weg. Keiner der im Krankenhaus anwesenden Chirurgen brachte den Mut zur Operation auf, eine verdrehte Trümmerfraktur des Tibia-Kopfes mit einer komplizierten Wadenbeinfraktur, die den Unterschenkel um das Vielfache anschwellen ließ, sie befürchten das Schlimmste. Der herbeigeeilte Spezialist leistet meisterhaftes, ein Wadenschnitt bis auf den zertrümmerten Knochen zur Entlastung, eine fünfstündige Operation, Knochenaufbau und zwei Edelstahlschienen, fixiert von zehn Edelstahlschrauben, retten mir das Bein. Mein schönstes Weihnachtsgeschenk. Es folgten vier

Wochen in denen ich wie ein schuppenloser Fisch ans Bett gefesselt war. Vierundzwanzig Stunden bewegte eine surrende Motorschiene mein offenes Bein langsam vor und zurück, vor und zurück, Tag und Nacht. Die erste Woche überlebte mein Körper ohne Verstand, das Bewusstsein schwebte am Tage im Morphiumnebel, taumelte in der Nacht atemlos durch einen Horrorfilm, immer auf der Flucht vor den lodernden Grimassen, stolperte orientierungslos durch die glühende Unterwelt. Unvergesslich. Diese Schmerzen. Die kommen und gehen, wie diese Erinnerung. Verschwinde jetzt ungesehen in meinem Zimmer, will keinen mehr sehen, ziehe die Decke über den Kopf, die Erinnerungen sollen zur Ruhe kommen. Verschlafe den Tag bis zum Nachmittag, versäume eine Anwendung und das Mittagessen, stecke den roten Abwesenheitsschein in die Folie am Tisch, damit sie mich nicht vermissen, schaffe mit Mühe die lange Fahrt nach Hause. Am Abend meiner Erschöpfung nur ein kurzer Eintrag ins schwarze Buch: Und abends komme ich müde nach Hause, ohne gekörntes *Harry*-Brot, ohne roten *Blümchen*-Tee, nur erschöpfte Gespräche und Tränen von Lila in meinen Armen. Gebratener Lachs auf Spinat, mehr schaffen meine Beine nicht. Karfreitag. Ich habe fertig.

TAG 06 SA

Vom Morgen umarmt. Von schweren Armen, Tränen und dem ersten schweigsamen Eindruck. Lila sehnt. Was kann ich für dich tun … frage ich sie. Einen Cappuccino. Schreibe später ins Buch meiner Observationen, bin ratlos, fühle mich so hilflos, was kann ich anderes tun außer zuhören und für sie da zu sein. Wir verbringen jede Minute aneinander. Rauche zu viel.

Einkäufe am Morgen. Am späten Mittag zaubere ich uns einen Salat von grünem Spargel, diagonal geschnitten, lauwarm, mit geröstetem Sesam und Balsamico aromatisiert und zeige Lila meinen therapeutischen Ausgeherlaubnisschein, eine Kopie die wir sicherheitshalber mit uns führen müssen, falls draußen etwas passieren sollte. Schlafen, Schlafen, Schlafen. Arm in Arm. Verschränkung. Ohne Worte. Rosamunde Pilcher träumt im TV leise und unbemerkt vor sich hin. Kein Traum mäht den Rasen, da muss ich selbst die Hand anlegen, die Frau wird es nicht können, sie hängt an mir. Und ich hänge an einer Valoron die mir mähen hilft. Wir bleiben dicht. Langsam schmelzen die Schmerzen im chemischen Nebel. Die Starken. Die Schwachen lauern. Das Pochen versandet. Ein jahrelanges Ritual. Beide warten. Ich warte. Lila wartet. Warte in meiner eingezäunten grünen Insel der Verbundenheit, der kurzen Wege, sehne mich so sehr nach Stille und Erholung, muss aber stark sein für Lilas Tränen und klammernde Arme. Lila wartet auf innigste Vertrautheit. Drei Tage auf Hafturlaub. Es ist Ostern, da wird das Ei in der Schale verrückt.

TAG 07 SO

Kein buntes Ei im kurz gemähten Rasen, auch kein verrücktes im Morgenlicht.

07.30 Uhr Alles schläft im Draußen. Lila ist erschöpft und schläft lange. Unten in der Küche presse ich mir einen heißen, starken Kaffee, schäume die Milch darüber, schreibe, lese. *José Saramago – Der Doppelgänger*. Die vertraute Balkonecke. Schattig. Blicke auf das aufsteigende Licht, höre Lila die Treppe herunterkommen, schalte das Aggregat wieder ein, bereite ihr einen Cappuccino, schäume die Milch. Tränen verlassen ihre stummen Augen, trockne sie in meinen Armen. Still. Traurig. Mach dir keine Gedanken … schluckt sie, Mach ich mir aber doch … sage ich und trage sie durch den Tag. Woher nehme ich immer diese Kraft? Sehne nach Leichtigkeit. Ein spätes Vormittags-Spinat-Rührei nach *Johann Lafer* lenkt ab, beruhigt meine wunde Seele, erleichtert meine Last und ich trockne Lilas gerötetes Augenlicht. Zwei Stunden verschlungener Schlaf. Das Knie wird endlich leise, aber die Hüfte, die Lendenwirbel kreisen, nerven, penetrieren. Ein bekanntes Wiederkehren. Die Schwachen sind wieder stark geworden. Verweigere ihnen die Valoron.

15.00 Uhr Das Knie schläft. Muss an die Luft. Ein kurzer Spaziergang mit dem Auto. Nur noch wenige Meter zu Fuß hoch bis zum Bauernhauscafé am Rande der heimischen Wildkräuterwiese, der Stolz der grasenden Biologenschar, um diese Zeit noch ungemäht und ungesichelt, streckt sie sich im Schatten schweigender Windflügelarme. Sonne. Wärme. Alle Tische sind belegt. Ist hier noch frei … Ja, antwortet ein Paar mit einem Ridgeback, Danke, und wir setzen uns an den halb besetzten Tisch, bestellen Kuchen und Tee. Sieben Jahre ist er alt, sofort entstehen vertraute Gespräche unter Hundekennern, man hat gemeinsame Bekannte. Sie, eine schlanke dunkelhaarige Hochzeitsfotografin, seit 25 Jahren selbstständig und immer noch begeistert von ihrer Arbeit. Ihr Begleiter, Freund oder Bruder, wirkt viel jünger und unscheinbarer, wie ein schmaler Hering neben einem glänzenden Delphin. Er ist zu Besuch über die

Ostertage, von Beruf Lebensmitteltechniker, der weiß also genau, was alles so drin ist, was wir im Supermarkt kaufen. Das bestätige ich ihm. Heiterer Wortwechsel kreuzt intensiv den Luftraum. Zu schnell fühle ich mich verdichtet, schaue lieber in die ziehenden Wolkenformationen und hinunter zum Hund, der liegt unterm Tisch und döst. Schaue ihm entspannt zu, während oben die Gespräche mich nicht mehr berühren. Komm wir gehen ... sage ich zu Lila. Sie kommt schwer los von den Wortgirlanden. Die Wolken ziehen schneller. Sonnengelaunt verlassen wir das Ridgeback-Paar. Nachmittags möchte ich nur lesen, lesen, lesen. Allein. Im Garten unterm Rosenapfelbaum. Nichts mehr hören. Gedankenflucht. Mein zweiter Freigänger-Tag. Lila hängt an meinem Dasein. Wie Falschgeld, das Wort schreckt mich auf. Wir flattern durch den Rest des Tages. Flügel sinken. Warten, warten, warten ... worauf. Abends stehe ich in der Küche, allein, auf eineinhalb Beinen, Lila liegt auf dem Sofa und schaut mir zu, während ich in aller Ruhe ein geschmortes Kalbsteak aus dem Ofen zelebriere. Beim Metzgerfreund meines Vertrauens am Vormittag erworben, da weiß ich, wo die Rinder herkommen, sie grasen auf seiner Weide hinterm Haus. Garniere die Teller mit weißem gebratenem Spargel, hoble ein paar transparente Parmesanspalten darüber. Ein alter schwerer Barolo begleitet unseren Abend. Der Schlaf betäubt. Die Nacht ist lang.

TAG 08 MO

06.20 Uhr Stehe dennoch früh auf, wie jeden Tag. Hebel einen ersten Cappuccino mit der zischelnden Pavoni, wie jeden Tag. Genieße die frische Stille, die Weite, das Alleinsein. Möchte nur schreiben, fliehen, bemerke, wie vollgestopft ich bin, mit Gedanken, Figuren, Bildern, die mich verfolgen, mit all den verglühenden Worten der letzten Tage, spüre wie wilde Schlingen sich um mich verdrehen. Muss mich freischreiben. Immerzu diese lähmende Traurigkeit unter dieser drückenden trüben Plastikfolie, die sich nur mühsam in großen Wogen bewegt. Kann mich nicht wenden, nicht heben, unter ihr entfliehen. Kein Entkommen. Kein Sturm. Nur Druck. Keine Risse. Diese stöhnende Lava im Inneren, die mich verbrennt, bin ich selbst. Nur die Vögel scheinen in bester Konzertlaune zu sein, so unbekümmert trällern sie ihre Lieder. Die Balkontür steht weit offen. Rieche Kaffee, den Regen der Nacht, der meinen Schlaf so nässte. Der schwere Rotwein glättete mit 14,5 Umdrehungen den Schlaf. Kein Gedankenspiel mehr. Stillstand. Unbewusstsein. Das gleißende Sonnenlicht tanzt vergnügt in den kleinen glitzernden Wasserperlen. Jetzt am Morgen, nach dem ersten heißen Schluck, kommt alles zurück, alles, die Gedanken, die Bilder, die Ungewissheit. Was will ich, was bringt die Zeit. Wohin mit mir? Wo ist die Knospe, die ich sehne, aber nicht sehen kann, das Aufblühen, die Fülle, Spüren. Kribbeln. Leben. Mein Leben! Ich spüre und zugleich spüre ich nichts. Wie betäubt. Und immer wieder dieses Warten. Warten. Morgens schon warten auf den Nachmittag. Also nicht bis zum Letzten zögern. Den therapeutischen Hafturlaub selbstbestimmt beenden. Dann wieder für drei Wochen in die Anstalt, so der Plan. Ich atme gierig den Geruch nach einer feuchten Daunennacht. Die glitzernden Perlen schweben zur Sonne ... alles so friedlich im Draußen. In mir die Unruhe. Nur darunter. Diese Bewegung zwischen Kopf und Bauch. Die Folie spannt. Behält. Hält. Ich komme nicht frei. Meine erste VanNelle bläst den Rauch in das Knarren der alten Holztreppen. Ich höre Schritte, schließe das Buch, tauche auf.

07.20 Uhr Empfange eine stille Umarmung von Lila. Halte sie. Tränen, immerzu diese Tränen. Dieses Fließen. Abschiedsgedanken am Morgen. Um diese Zeit, was ist mit mir los. Behalte die Worte, brühe Lila einen Cappuccino. Dann endloses Warten. WARTEN. Ein Blick auf die alte Bergmann-Uhr. Worte schweben unausgesprochen, dehnen die Zeit zwischen uns. Zerreißen jede Rippe in mir. Ich möchte allem nur entfliehen. Kein Gestern, kein Morgen.

13.10 Uhr Ein verborgener Blick auf die Bergmann-Uhr. Ziehe die verlorene Zeit auf. Ein schneller kurzer Abschied ohne Tränen. Zuvor sind schon zu viele geflossen im Inneren wie im Äußeren. Die schwere Plastikfolie bäumt sich wieder auf, die Traurigkeit gibt keine Ruhe, will raus, sticht immerfort mit stumpfer Spitze. Während der ganzen Rückfahrt, oder ist es schon die Hinfahrt, lärmt das Knistern. Die Kilometer ermüden mein Denken. Endlich Leere.

Stunden später atme ich den Anstaltsduft. Abendessen. Es wimmelt im Anstaltsrestaurant. Habe keinen Appetit auf *Harrys* gekörntes Einerlei. Auch keinen Hunger. Aber es scheint mir ein gutes Alibi zu sein, die anderen zu treffen. Meine Tischnachbarin, das frische zappelige Gemüt aus den neuen Bundesländern am Tisch Nr. 9, Platz Nr. 4, fängt mich ab, Hast du nicht Lust auf eine Runde Skat, brauchen noch einen dritten Mann, Gerne, jederzeit, antworte ich und bemühe ein Lächeln, Aber bitte ... nicht heute ... versuche höflich abzusagen, Biste nisch jut drauf … Sorry, nein … aber morgen ganz gerne und wann … frage ich, Kein Problem … nach dem Abendessen, Gibt es jetzt noch irgendwo einen Kaffee, Ja, aber nur noch im Keller aus dem Automaten gegenüber dem Aufzug, schmeckt sogar, Danke für den Tipp … bis morgen dann. Fahre abwärts, habe keine Kraft mehr, die Treppe zu nehmen. Der Plastikkaffee ist billig und schmeckt grausam. Rauche eine letzte VanNelle im Stehen vor der Raucherbank, das Stimmengewirr lenkt mich ab, den Rest Kaffee gieße ich unbemerkt in die Büsche hinter der Bank. Schreiben oder Lesen. Treffe keine Entscheidung, drehe um. Gute Nacht allerseits bis morgen … Gute Nacht und schlaf gut, höre ich im Weggehen. Die Schmerz.Schatten fallen. Fallen in die erste Nacht nach dem ersten Schmerz.Haft-Urlaub.

TAG 09 DI

06.30 Uhr Mit schwerem Wattekopf erwacht, was für eine Nacht. Ob das die Träume sind die sich so inhaltslos drehen, bewegende Träume, an die ich keine Erinnerung habe, die mich trotzdem beunruhigen, mir die Bilder zu Staub zerfallen, wenn ich nach ihnen greife, wenn ich nach ihnen suche, in ihrem Staub nur die Unruhe finde. Das lange heiße Duschen vertreibt die Suche nach den fehlenden Bildern, komme dampfend wieder ins Hier zurück. Kein Handtuchwechsel am Wochenende, nehme das alte vom Boden auf, ist ja auch kein Hotel, nur eine Anstalt, ich werde mich noch an so manches gewöhnen. Strecke meine nackte Haut aus dem schrägen Dachfenster in die Morgenluft, erinnere an den späten Abend, an heftige Gewitter und Hagel, die nicht nur da draußen tobten. Was für ein Morgen. Ein neuer Tag. Ferner Nebelhorizont. Halbmond auf Blau. Die Sonne klettert voller Optimismus aus ihrem Daunenbett, das Zerren und Reißen klettert in meine Lendenwirbel und schon scheppern Gedanken, laut wie Blechdeckel hinter meiner Stirn. Wann werde ich meine Identität aufdecken? Was ziehe ich heute an?

07.09 Uhr Habe mich endlich entschieden. Gehe hinunter zum Frühstückssaal. Ein buntes Meer brandender Wortwellen empfängt mich. Frühsport für die Ohren. Habe übers Osterwochenende meinen Platz nicht vergessen, hänge mein blaues Leinenjackett über den rot gepolsterten Buchensessel. Zwei neugierige Augenpaare begrüßen mich, Na, leckere Feiertage gehabt, fragt das zappelige Gemüt zu meiner Rechten, und verlangt nach meinem leeren Kaffeebecher. Was gab es denn Gutes, ergänzt eine Neue, die schon von meinem kulinarischen Ausgehrezept gehört hatte, und für die nächsten Wochen den Platz mit dem jovialen Lehrer mit den frischen weißen Trainingsstreifen getauscht hat, Keine harten bunten Eier ... scherze ich ... dafür aber ein köstliches Spinat-Eier-Omelette nach *Johann Lafer*, und das Zappelige auf Platz Nr. 4 stellt die rote Isolierkanne zurück, schmiert fett die Butter aufs gekörnte Harry, Ein Ei gab es die Tage hier auch, Ach ja dann... bemerke ich lustlos, ein buntes etwa, Klar, aber es war hart und kalt, antwortet sie mir, der sich besinnt, dass er ja noch immer namenlos ist. Trinke stumm einen ersten Kaffee. Habe nicht nur Glück mit dem Zimmer. Sehe wie die Nr. 1 den bunt wogenden Speisesaal auf zwei schwarzen Gehstützen zielsicher durchschreitet. Richte mich auf, genieße diesen freien Blick zur Eingangstür, sehe ein elegantes frisches Strahlen unter den schulterlangen blonden Haaren auf mich zuschwingen, und all die anderen Augen, die ihrer Spur folgen. Ein lässig hingeworfenes ‚Guten Morgen allerseits' klingt wie heitere Frühlingsmusik in meinen Ohren. Gekreuzte Worte murmeln ihr vom Tisch entgegen. Die Melodie klemmt ihre beiden schwarzen Gehstützen in die provisorisch angesteckten Metall-Tischklammern die dauernd herunterfallen. Auch jetzt. Kann ich helfen, Nein danke ... es geht schon, es geht doch immer ... erwidert die Dame in Schwarz und versucht es erneut, da ist sie eisern und schafft es mit einem Gewinnerlächeln, So ... das hält. Nach dem zweiten Anstaltswachmacher oute ich mich, Entschuldigt bitte alle, die letzten Tage waren nicht meine, ist mir noch nie passiert ... Ach, das kennen wir auch, tröstet das zappelige Gemüt von der Seite, Wie konnte ich nur so unhöflich sein ... reiche reihum die Hand, Monsieur Gris, und sorry für meine Namenlosigkeit der ersten Tage, bin noch gar nicht richtig angekommen. Dann waren die Feiertage ja nicht nur eine kulinarische Erholung, strahlt die Dame in Schwarz von schräg gegenüber, aus wachen klaren Augen. Eigenartige, wissende, große, blaue Augen, die nicht viele Worte brauchen, um zu sprechen, Dann sei jetzt herzlich willkommen, Monsieur Gris, wir duzen uns hier alle. Wir reichen uns noch einmal die Hand wie Verbündete. Noch einen Becher Kaffee, Monsieur Gris, witzelt sie, Ja, den kann ich jetzt gut brauchen, und halte ihr meine Tasse hin. Die Tischgespräche bekommen erste Farben, werden spannender, zumindest mit der Dame in Schwarz von schräg gegenüber. Sie ist auch Schmerzpatientin. Wie ich. Seit 22 Jahren. Wie ich. Es gibt keine Zufälle. Das verbindet, das versteht. Mit wenigen Worten. Die Neue, mir gegenüber, blutjung, wie man so sagt, ohne Kerl aber mit Kind, schockblond, lange, weiß lackierte

Fingernägel blenden alles was darunter liegt aus. Slang, bleibt einfach in Wort und Ausstrahlung, aber voller Dynamik. Die Dame in Schwarz bleibt erfrischend humorig, kann die Ironie in ihren Worten so fein dosieren, dass es mir eine Freude ist sie so pointiert reden zu hören. Es ist der jahrelange Schmerz, der dich prägt, dem du nicht einfach erliegen willst, wenn du leben möchtest, das verbündet ohne viele Worte. Kenne das nur zu gut, wenn der Schmerz dich zu sehr quält, dann wächst aus der Ironie eine unangenehme Zynismus-Pflanze. Das kennt Monsieur Gris. Lila hat ihn stets sch(m)erzhaft darauf hingewiesen.

In den nächsten Wochen wird er dreimal am Tag durch dieses bunte Meer der Menschlichkeit schwimmen. Doch jetzt geht es ins Kellergeschoss, zur ersten therapeutischen Schwimmstunde in der Blauen Lagune, wie sie die Wellnessoase in der Anstalt nennen.

Mon dieu … schreibe ich, aquariert, trainiert, geduscht, getrocknet bei einem ersten richtigen Kaffee in der Anstaltscafeteria … es gibt so viele unterschiedliche Typen und Arten des Seins, der Körperformen, wie es Bäume und Blätter gibt. Große, kleine, dicke, dünne, krumme, lange und kurze, glatte, farbige und welke. In der Blauen Lagune sehe ich alle diese Formen deutlich vor mir. Für 30 Minuten gefangen zwischen blauen Kachelwänden. Wie Menschen sich verändern im Laufe ihres Werdens. Der Bademeister, in strahlendem Weiß, hinter Glas geschützt. Die Schönheit liegt natürlich immer im Auge des Betrachters. Das Chlor brennt in den meinen. Und wir dürfen uns fragen, Was ist überhaupt Schönheit? Sind wir Menschen nicht von Geburt aus alle schön und perfekt. Wenn ich den vielen glücklichen Müttern und meiner eigenen Überzeugung Glauben schenken darf, vor allem da ich keine eigenen Kinder zeugte und großzog, muss ich ihnen ja glauben, dass eine jede Mutter, auch meine, das schönste Baby der Welt an ihrer Brust nährte. Aber warum verlieren, wenn ich mich hier im Kellerbad umsehe, den Körpern ausweiche, aller schützenden Kleider befreit, so viele, so viel von dieser natürlichen Schönheit, Jahr für Jahr, auf dem Weg zum Erwachsenwerden. Und dafür die ganze Anstrengung fragte ich mich beim Schwimmen und tauche kurz ab. 30, 40, 50 Jahre, ob Mann oder Frau, sie sich bemüht haben oder auch nicht, das weiß ich natürlich nicht, dort anzukommen wo sie jetzt stehen oder schwimmen. Ich meine rein körperlich. Fett trägt die Last nach oben, solange sie schwimmt. War das ihr Ziel. Oben, über allem zu schwimmen. Immerzu rudernd auf der Suche nach Anerkennung. Erfolgreich sein. Fühlen sie sich hier angekommen, mit 40, 50 oder mit 60 Jahren? Haben sie das erreicht, was sie anstrebten? Habe ich erreicht was ich wollte? Diesen Widerschein von 95 kg im Spiegelbild, vor dem ich fast ertrunken bin. Was hat ihre Körper so verändert. Was ist mir passiert? Musste ich mich schützen, um oben zu bleiben? Spieglein, Spieglein an der Wand. Ist unser Körper nicht ein wertvolles Geschenk, in dem wir wohnen dürfen … sagt die Dame in Schwarz, als ich ihr meine Beobachtung mitteile … er ist ein Ort, wo sich unser Sein zuhause fühlen darf, Aber warum werden denn so viele Körper so missachtet, frage ich sie später bei einem Kaffee, Weil er so selbstverständlich da ist, Ist er das denn wirklich. Haben wir ihn selbst so gestaltet, wie er uns im Spiegelbild anschaut. Meine 95 Kilo haben mich erschreckt. Versprechungen, Hoffnungen, Frust, Versagen, Enttäuschungen, Gefangensein in den Umständen, in den Schmerzen sind keine Entschuldigungen, aber mögliche Ursachen. Und warum sehe ich so aus wie ich aussehe. *Du isst was du bist.* Wende am blauen Kachelrand. *Nein, das bin ich nicht.* Fragen nach der Ursache tauchen unter, bleiben ohne Antwort oder verharren in ängstlicher Ablehnung einer Veränderung. Ob ich schon ein Kilo in der Blauen Lagune verloren habe?

Begleiten wir Monsieur nun weiter durch diesen Vormittag. Uns bleibt nicht verborgen, dass heute sein ISG [(1)] ihn mächtig nervt und mit seinen unteren Lendenwirbeln mal wieder im Streit liegt, so schräg wie er seine Schritte durch den langen gelben Flur seiner Station 8 setzt. Sein linkes Knie zeigt sich lauf- und stehbereit, wartet geduldig vor dem Aufzug auf die Abfahrt zum nächsten Termin und beide Daumen massieren derweil die schmerzenden Lendenwirbel.

Auf, auf, Monsieur Gris ... zur Progressiven Muskelentspannung nach *Jacobsen*, mahnt mich der Therapieplan. Pünktlich 10.45 öffnet die Tür wie von Geisterhand. Ein Dutzend Verspannungen fluten den abgedunkelten Raum, suchen eilig einen Platz, einen Stuhl, eine Matte, bin heute das erste Mal in dieser Gruppe, suche Entspannung von Kopf bis Fuß. Gesäß, Lenden und Nacken grollen. Die Stuhlfläche ist hart. Der Nacken steif. Die therapeutische Stimme erkältet, Schließen Sie die Augen. In der Dunkelheit sehne ich mich nach den Liegestühlen der >Manual Therapeutischen Klinik<, die ich vor knapp zwei Jahren aufsuchte, aufsuchen musste, weil mir plötzlich das rechte Bein einfach so wegknickte und ich in Panik geriet. Sehe dieses Bild jetzt vor mir. Sehe den in

Farbe getränkten Pinsel fallen, die Lackdose ergießt sich über meine Füße, mir war, als würde ein Stromschlag meinen Körper aufbäumen, ein lautloser Hitze-Blitz, von Kopf bis Fuß, hoch und runter, schlägt durch die Rückenmarkverkabelung, Hochspannungs-Schweißtropfen stürzen aus den Haaren, tropfen schillernd in die frisch lackierte Schranktüre. Dieser Film rattert hinter meinen brennenden Augenlidern, während ich eine irgendwie bequeme Sitzposition suche. Die Bilder flattern hinter meinem Frontallappen, spüre mich zurück, mitten in diesen Film hinein. Seit Tagen stehe ich gebückt, von früh bis spät, schleife und streiche Möbelschränke, um mir die Trauer fernzuhalten, um die Bilder loszuwerden, die mich seit kurzem verfolgten. Es sind die ersten Möbelstücke über die ich mich schleifend und streichend bücke, die mein Vater sich mit Anfang dreißig von seinem erstverdienten Geld als selbstständiger Schneidermeister anfertigen ließ. Vier Sideboards aus Birke und Buche in denen sein ganzes Kapital, seine wertvollen Anzugsstoffe, auf lange flache Kartonrollen gewickelt, für seine Kunden fein säuberlich gestapelt auf Zuspruch und anschließende Verwandlung warteten. Die Boards standen auf kurzen Holzbeinen, warteten in unserem sogenannten Nur-Sonntags-Wohnzimmer auf Kundschaft. In der Ecke ein schmaler Kristallspiegel auf verchromten krummen Rollbeinen, der sich der selbstverliebten Bewunderung seiner Betrachter und Betrachterinnen sicher sein konnte, ob in halb- und fertiggestellten Maßanzügen oder eleganten Kostümen. Das schwarze Sofa an der Wand gegenüber mit den geschwungenen korbgeflochtenen Armstützen, reserviert für Papas täglichen 15 Minuten Mittagsschlaf. Höre noch Mutters Stimme, Gib jetzt Ruhe. Im rechten Winkel vor dem Fenster zur

Straße ein sehr eleganter Holzschreibtisch auf dünnen Beinen, die Tischfläche grün bezogen und mit glänzenden Messingköpfen rundum geschützt vor allzu viel Anstößigkeit, auf dem das cremefarbene Bakelit-Telefon thronte und Kundenwünsche und Termine entgegen nahm, ein klingelndes Heiligtum in unserem Wohnzimmer. Viele Morgen später werde ich davor sitzen und meine handschriftlichen Observationen in den Laptop übertragen. Das Bakelit-Telefon ist schon lange verschwunden, an seiner Stelle wird mir eine alte Bürolampe meine Tintenworte zurückholen. Einen Fernseher gab es nicht. Später schenkte uns Oma ihren ersten, unseren ersten, ein furniertes Möbelstück auf schrägen Ballettfüßchen mit zwei schmalen Klapptüren, die den Bildschirm schützten. Oma hatte sich einen neuen gekauft, damit wir Kinder ... so war sie halt. Den Schreibtisch und die vier Sideboards habe ich geerbt. Wie seine Zeit. Papas Tod kam so unerwartet wie das Wegknicken meines rechten Beines, traf mich so unvorbereitet wie der verstörte Anruf meiner Mutter. Jean-Paul ... sie zögert und ich höre wie sie ... Was ist los, Mama, Kannst Du sofort kommen ... Was ist passiert ... Papa ... schluchzt sie, Was ist mit ihm, frage ich atemlos aus 200 km Entfernung, Er liegt seit gestern im Krankenhaus ... sagt Mutter ... hat seit zwei Tagen einen Baum zersägt, gespalten und die Scheite hinter der Garage aufgestapelt, stottert ihre feuchte Stimme ... da ist er vor Schmerzen krummgelegen ... lag einfach so im Gras ... konnte sich nicht rühren, das ganze Programm ... Notarzt, Krankenwagen und in seinen Arbeitsklamotten auf die Liege geschnallt und ab ins örtliche Krankenhaus in die Notaufnahme. Mit 86 Jahren und seinem schmerzenden Rücken, diese alte Kriegsverletzung aus der Gefangenschaft in Frankreich, schluchzt sie, Was sagen denn die Ärzte, frage ich. Diagnose von Mutter, Irgendetwas mit seinem Rücken. Einen Tag später erfahre ich die Diagnose der Ärzte, Darmkrebs im Endstadium, die totale Streuung. Zehn Wochen später wünsche ich ihm im Hospiz, in dem er die letzten Tage langsam und qualvoll, unter dem Einfluss stärkster Opiate, vom Leben Abschied nahm, Papa … ich wünsche Dir eine gute Reise … wohin sie auch immer gehen mag, dort wird es Dir gut gehen, drücke seine Hand und öffne das Fenster, damit seine Seele … und wische mir eine Träne aus den Augen. Und all diese quälenden Bilder wollte ich einfach mit neuer Lackfarbe überstreichen. Sie verschwinden aber nicht so einfach und so springt mir der Satz von Dr. Schwertfeger wieder wie ein Warnschild ins Bewusstsein, erinnere, wie ich ihm damals im Aufnahmegespräch schilderte, das mir das Bein einfach so wegknickte. Sie haben es wohl übertrieben schrieb er auf meinen diagnostischen Quittungsbeleg, den er mir in der >Manual Therapeutischen Klinik< überreichte und mir einen zeitnahen Aufnahmetermin versprach. Ist nicht oftmals der Vater dem Sohn ein Vorbild, dem er nacheifert, so wie ich, der glaubte etwas übermalen, vertreiben zu können? Bis mir das Bein wegknickte.

Flapp, flapp, flapp, ratscht die leere Filmspule. Finde wieder zurück in den abgedunkelten Raum. Habe immer noch keine entspannte Sitzposition gefunden. Lausche der erkälteten Entspannungsstimme, die uns, von Muskel zu Muskel, noch immer zu weiteren Entspannungsübungen anleitet. Lege keine neue Spule in den Projektor ein, winde mich auf dem harten Stuhl, träume zurück zu den wunderbaren Ganzkörper-Lederpolster-Sessel der >Manual Therapeutischen Klinik<. Da hieß Entspannung Schweben-auf-Wolken, zu leiser OM-Musik unter weichem Licht und weicher Stimme. Jeder wie er kann. Größer hätte der Kontrast zwischen Traum & Wirklichkeit nicht sein können. Dort lautloses Schweben mit *Jacobsen* in der Vergangenheit, hier hart und sachlich und nasal angeleitet von Muskel zu Muskel in der Gegenwart. Entschlossen melde ich mich ganz offiziell von weiteren realen Stuhl- oder Mattenverspannungen ab. Schluss jetzt! Will leben, nicht träumen. So viel ist klar – Ich habe Emotionen! Ab in den Untergrund mit euch! Frequenzverkabelt erwärmen sich die Verspannungen von *Jacobsen* nach 15 Minuten am Ergometer. Fahrradfahren für die Kondition wie es so schön heißt, heute ohne Helene, sie ist wohl fischen mit ihrem Silbereisen. Motivationsfrei geht es an die Geräte, zum MTT, zum Manuell Therapeutischen Training, diese Erklärung nur, um einer eventuellen Verwirrung oder Falschdeutung zuvorzukommen. Kann ich die Übungen nicht auch auf dem Ball sitzend bedienen, das Stehen geht mir zu sehr ins Kniegelenk, frage ich mit heiterem Wort die Flächenaufsicht, Das versteh ich aber nicht, reagiert irritiert der aufmerksame Trainingstherapeut, da ist das Knie ja immer geknickt, er betont das *immer*, Ich weiß ... aber es wird so nicht belastet, das Knie hat halt seine eigene Erfahrung nach 22 Jahren mit dem Schottergelenk, es steht nicht so gerne unter Last, scherzt mein Wort. Er kann so überzeugend sein mit seinem gebeugten Lächeln und siehe da, ich darf mit dem Therapeutensegen die Zugbewegungen für die Rückenmuskulatur im Ballsitzen durchführen. Auf und Ab. Auf und Ab. 3 x 20 Wiederholungen. 3 x 20! Auch das anschließende Stehen am Bande, das seitliche >Dreh-Dehn-Zieh< mit dem blauen Gummiband, das ich versuchsweise bemühe, lehnt mein

Kniegelenk ab. Bitte schön, auch du hast Gefühle. Es gibt immer eine Alternative. Sodann. Mein Therapieplan möchte mich, im Anschluss ans MTT, ins Wasser lassen. Da kann ihr Knie ja schwerelos stehen, sagt die Flächenaufsicht und setzt das Ich-war-da-Kürzel darunter. Nun denn, auf, auf zum Therapeutischen Schwimmen in der Blauen Lagune mit Aufsicht hinter Glas. Doch selbiges fällt aus. Das Glas ist leer. Hurra. Ich habe Emotionen.

Statt im Wasser stehe ich nun schwerelos vor der Raucherbank im Wortgeflecht. Nach einer VanNelle zurück auf meinem Zimmer 305, am Ende des langen gelben Flurs, warte ich auf meine zweite Visite. Der Papst ist, wie ich hörte, aus dem Kurzurlaub zurück. Nach der ersten Woche in der Anstalt näher bei mir selbst angekommen, fühle ich mich endlich bereit, meine Wünsche zu formulieren: Akupunktur, Physio, Cranio-Sacrale (2). Im Vertrauensgespräch mit dem Papst werde ich ihm ausführlich meine dokumentierte Schmerzerfahrung der letzten Tage schildern, Rasenmähen mit Valoron, das Lauern, das Warten, werde über mein Zuhause an den Ostertagen reden, die kurzen Wege, über meine Unsicherheit, auch über Lila, die Tränen, die Kraft meiner Arme, ihn fragen, woher ich sie immer nehme ... und werde ihm einen ersten positiven Eindruck über die Atmosphäre hier in der Anstalt vermitteln, dieses Aufatmen, mein wiedererwachtes Schreiben. Die Einsicht in die Notwendigkeit der Befreiung. Päpstliche Aktennotizen ins Moosgrüne. Der Füllhalter schielt nicht mehr, er sammelt positives an diesem Tag.

12.15 Uhr Mittag. Bitte keine trägen Soßen, bitte nicht. Greife stattdessen unter das kalte Büffetlicht zum allgegenwärtigen

Eisbergsalat, der hart und lange haltbar, aber stets farbig dekoriert ist, mit Tomatenvierteln, gelben Maiskörnern, roten Paprikastücken und mit angelegtem Dosen-Thunfisch in gepressten Schichten. Das hübsche Bunte verschwindet unter einer Schöpfkelle steif-cremig-süß-säuerlichem Joghurtdressing. Geschmacklos auch das industriell gerundete Ciabatta-Brötchen, das auf meinem Teller liegen bleibt, alleine wegen des Geruchs, das muss ich hier mal festhalten, nichts mag ja verloren gehen, auch das nicht. Vieles mag ja bei mir verstopft sein, aber meine Nase informiert immer noch einwandfrei.

Eine *VanNelle* im Anschluss schmeckt voller Aromen und würzig auf meiner Zunge. Immerhin. Ich spüre jetzt beim Stehen mein linkes Knie vibrieren. Alle Plätze auf der Raucherbank sind um diese Zeit, kurz nach Mittag, stets belegt, um einen Platz bitten möchte ich nicht, denke kurz an zuhause, dort sind die Laufwege vom Essen zum Rauchen deutlich kürzer und die Sitzplätze immer frei. Heimvorteil. Dafür rauche ich hier deutlich weniger. Die Lendenwirbelsäule macht sich nach einer zweiten Zigarette bemerkbar, sie fordert stoßweise Aufmerksamkeit, es ist dieses Stehen auf einer Stelle, das nach einiger Zeit das Knie irritiert. Ich grüße dich, sorry, aber im Augenblick habe ich keine Lust auf dich. Mein Kopf klart langsam auf, erwarte mit Freude den nächsten Gesprächstermin mit der Frau des Tulpendiebs. Seitdem ich mich dazu entschied, die Warnschilder besser zu beachten, seitdem bemerke ich, dass sich meine Seele, Schritt für Schritt, aufschließen konnte. Seitdem geht es mir so viel besser da drinnen. Akzeptanz. Raumgewinn. Erweiterung. Werde gleich, bei einem schnellen Espresso *(die Tassen sind jetzt vorgewärmt)*, ein paar Worte aufschreiben, möchte nichts vergessen, wenn ich am Tulpenfenster Frau A gegenüber sitze. Alles drängelt nun heraus, was die Seele in den letzten Tagen, Wochen, Monaten und Jahren gesammelt hatte: Das Warten? Die Träume? Tränen. Die tiefe Traurigkeit. Das Dehnen der Zeit. Das Sehnen nach Erblühen. Nach Begeisterung. Blühen. Sprühen. Die Lust auf ... Was? Leben! Die Angst. Vor Tod. Vor mehr Schmerz. Schatten. Vor Verletzungen. Die Ironie -> Zynismus -> Sarkasmus ... Flucht oder Abwehr? Hinter verschlossenen Türen fließen Tränen der Befreiung. 22 Jahre Schmerz öffnen Raum im Raum.

Abendessen mit rosa *Blümchentee*. Na ... Du hattest wohl eine gute Zeit bei Frau A. Die Dame in Schwarz, die übrigens bei der gleichen Therapeutin in Gesprächskur verweilt, lächelt leise über den geleerten Blümchenteebecher, ihre schmalen roten Lippen verbergen weitere Fragen vor den anderen. Wieso meinst Du, frage ich und schüttle verschmitzt den Kopf, Na, Du siehst so anders aus, Und wie sehe ich aus, Du strahlst zum ersten Mal, und sie stellt den leeren Becher auf die weiße Tischdecke, Na, dann kann ja der Termin nicht schlecht gewesen sein, schmunzle ich, Hast Du vielleicht gleich Zeit und Lust auf einen kleinen Spaziergang, Ja gerne, sagt sie, Aber geh ruhig erstmal eine rauchen. Dann komm ich auch mit ... springt das Zappelige auf und eilt schon vor, Dann bis gleich ... lasse die Nr. 1 am Tisch zurück. Eine Van-Nelle auf der freien Raucherbank mit leichtem Wortwechsel, keine schweren Sätze, lieber ein lustiger Spruch von Mund zu Ohr, Bis später und einen schönen Abend noch in der Anstalt, Dir auch. Aber wir sehen uns doch gleich zum Skatspielen, Ja klar ... habe aber erst noch eine Verabredung unter den Kastanien, Ach ja, viel Freude dabei ... Ja, das werde ich sicher haben und verlasse gut gelaunt die Raucherszene. Magst Du eine Runde drehen ... Ja, was glaubst Du denn, worauf ich hier warte, ich komme ... lächelt die Nr. 1, und meine Verabredung zum Spaziergang greift in beide Gehstützen und schwingt mit einer eleganten Drehung aufrecht an meine Seite. Langsamen Schrittes gehen die Dame in Schwarz und ich, vertieft im innigen Wortwechsel, bis zum Ende der Allee, wir wenden unsere Gedanken unter den letzten Kastaniendächern, begleitet von der goldenen Musik ihrer Armreifen und erreichen mit lächelnden Worten den Anstaltsbereich. Und das Lachen nicht vergessen beim Spiel, wünscht mir die Nr. 1 zum Abschied, Auf keinen Fall ... und wir sehen uns zum Frühstück.

Die Verabredung zum Skatspiel wartet schon ungeduldig. Hoch und heilig habe ich es ihr ja gestern Abend versprochen. Der Dritte Mann. Gegen das Zappelige aus den neuen Bundesländern bin ich chancenlos, sie ist Profizockerin im Netz und analog an den Tischen, schreibt und rechnet wie ein Wiesel, ich habe nur Chancen mit meinem Humor. Und der 2. Mann, der mit den tätowierten Armen, der immer nur kurzärmelige schwarze Szene-Shirts trägt, retourniert mir mit sympathischer Ironie meinen Humor, Hochwürden ... nennt er mich, weil ich stets ein schwarzes Buch mit mir rum trage. Mahnt beim Skat, wenn ich mit meinen Gedanken mal wieder nicht beim Spiel bin, Hochwürden, Sie müssen aber jetzt reizen, 18 – 20 – Zwei – Vier – Weg, Grand Hand. Ha. Die wieselflinke Addition des Abends errechnet mir den zweiten Platz. Immerhin. Nicht gewonnen, nicht verloren. Ein kurzweiliger Abend mit Spaß.

22.04 Uhr Meine Schritte treten leise auf, stören nicht die Stille in dem langen spotgedimmten Flur. Stehe vor meiner Zimmertüre, zögere einen Augenblick, drücke entschlossen die Türklinke, trete ein und werde sofort den überlebensgroßen Zimmerspiegel zur Nacht abdecken. Alles braucht hier Zeit. Dank einiger Goldfolienhasen, die ich vom österlichen zuhause mitnahm und einiger liebevoll erklärender Worte, Wegen dem Chi und so, mein Bett stehe immerhin zwischen Fenster und Spiegel, erklärte ich am Morgen der Stationsschwester Regina und bat sie um ein großes weißes Laken. Was sie über mich dachte war mir so ziemlich egal, was Sie jetzt denken mögen, sei dahingestellt wie der vielzitierte Eimer Wasser. Kurze Zeit später erscheint eine der verständnisvollen Pflege-Elfen der Nachtaufsicht und überreicht mir ein frisches, weißes Leinentuch. Bitteschön, Monsieur Gris, das Größte, was wir finden konnten, Schwester Regina bat mich darum, sie hofft, es hilft dem Chi ... Danke sehr, es wird sicher helfen. Sie verlässt das Zimmer, ich drapiere das weiße Laken wie einen Vorhang über den Spiegelrahmen. Das mit der Zeit und dem Spiegel-Chi, das erklärte mir einst ein weiser Inder. Er leitete als Chefarzt die Akut-Schmerz-Station eines kleinen ländlichen Krankenhauses in der Eifel. Sowas hört man ja nur unter der Hand. In meiner Verzweiflung suchte ich ihn vor 20 Jahren zum ersten Mal auf, kam 2 x für einen längeren Aufenthalt wieder und fuhr später noch jahrelang zur ambulanten Schmerzbehandlung hin. Bei ihm lernte ich unter anderem die lindernde und ausgleichende Wirkung der Akupunktur kennen, die Schmerzblockaden lösende Neuraltherapie und vieles mehr. Auch ein mitfühlendes Verständnis für meine damals höllischen Rückenschmerzen fand ich in vielen guten Gesprächen mit diesem stets geduldigen und immer mit einem feinen Lächeln gezeichneten Arzt. Aber das Allerschönste, was ich dort erlebte, nach Jahren des größten Leidens, war die sofortige erlösende Wirkung einer Schmerzfreiheit, zumindest während meiner dortigen Aufenthalte. Dank eines direkt in die Wirbelsäule eingesetzten Katheders träufelte ein steter Fluss eines betäubenden Anästhetikums, welches 3 x täglich nachgefüllt wurde, mir meine Träume zurück. Als Anästhetika (Einzahl *Anästhetikum*) bezeichnet man Medikamente, die zur Erzeugung einer Anästhesie (*Zustand der Empfindungslosigkeit zum Zweck einer operativen oder diagnostischen Maßnahme*) dienen. Soweit wikipedia. Ergänze durch eigene Erfahrung, Und zur Unterbrechung eines jahrelangen Schmerz-Karussells und zur Wiedererlangung der Denkfähigkeit und der Lebensbegeisterung. Dieser überzeugende, weise, vor allem erfolgreiche Arzt und Kämpfer gegen die *größten Schmerzen,* die hier in dieser ländlichen rauen Eifel-Region so schmerzhaft landeten, wurde später aus diesem kleinen 60er Jahre Krankenhaus vertrieben, vertrieben vom Neid der schmerzlosen Kollegen, den niedergelassenen Ärzten dieser sturen Region, weil er ihnen die so einträgliche ‚*Arbeit*' am Dauerauftrag Schmerzpatient stahl. Er verließ eines Tages, ohne viele Worte, dieses Krankenhaus und die Region und machte sich in der Großstadt Colonia, mit einer ambulanten Schmerzpraxis selbstständig. Nach lindernden zwei Jahren verblasste dieser Kontakt.

TAG 10 MI

Trotz des abgedeckten Spiegels fand ich in dieser Nacht nicht richtig in den Schlaf. Leinentuch hin oder her. Zu vieles spiegelte sich in meiner Gedankenfülle. Vielleicht braucht, so wie ich, auch das Chi erst ein paar Tage, um zur Ruhe zu finden. Von den verdeckten Reflektionen dennoch geblendet und verknittert erwache ich, erleichtert den Nachtgedanken endlich zu entfliehen. Eine lange heiße Dusche befreit mich von den Knittern und glättet meine krause Laune bis zum Frühstück. Sende als letzter dem erwartungsvollen Tisch, Ein fröhliches Guten Morgen allerseits, Gleichfalls der Herr, alle nicken mir murmelnd zu, nur die Dame in Schwarz lächelt mir eine Frage entgegen, hebt meine Laune mit ihren intelligenten meerblauen Augen, Und ... was steht heute auf dem Programm Monsieur Gris, Habe gleich um Neun einen Termin bei einer Frau K. ... Zur Cranio etwa ... fragt die Dame in Schwarz von schräg gegenüber erstaunt. Sicherheitshalber schlage ich meinen Therapieplan auf, Ja zur Cranio-Sakral-Therapie, sorry ... sehe gerade ... aber erst morgen, heute ist nur das Vorgespräch mit Frau K, Welches Glück du hast ... wie hast du das bloß geschafft, kaum jemand bekommt so schnell einen Termin bei ihr ... ich warte schon seit zwei Wochen darauf. Denke, mit einem inneren Lächeln, kurz an die letzte Visite beim Papst und sein Versprechen, sich um meine Wünsche zu kümmern. Eine tolle Technik, die die Frau K bei Schmerzkandidaten wie uns anwendet, hat die Dame in Schwarz gehört, bei ihr kannst du lernen, den Schmerz zu vergessen. Ich nehme ein stilles Bekümmern in ihren Worten wahr, Ich werde es ja spüren und dir sofort berichten, ob ich den Schmerz vergessen habe. Aber vielleicht kann ich ja was für dich tun, heitere ich sie auf. Eine stille Idee in mir blüht auf. Sollte die Cranio etwas so Schönes bewirken können. Werde beim Chef für die Dame in Schwarz ein gewinnendes Wort einlegen. Mein Knie hat es ja auch geschafft die Trainingsaufsicht im Kellergeschoss zu überzeugen. Vorfreude ist die schönste. Den Schmerz einfach vergessen?

Das werde ich mir kurz nach 12.00, dies sei schon vorab erwähnt, beim Anblick der *grauen* Scheiben vom Tafelspitz und *brauner* Meerrettichsoße fragen, und mir selbst beantworten. Es gab ja immer etwas Neues zu lernen, in jeder Schmerz.Haft-Anstalt. In all den Jahren erfuhr ich immer etwas Neues. Heute lernte ich bei Frau K die Cranio-Sakrale-Technik und die Wirkung der Lösung festsitzender Blockaden und einen neutralen Romanesco pur zum Tafelspitz kennen. Na ja. Muss man denn alles kennenlernen? Anscheinend ... Ja. Werde mich noch heute, spätestens Morgen, für die Dame in Schwarz beim Papst einsetzen, ihn um die Dringlichkeit eines *Schmerz-kann-man-vergessen-lernen* Termin bitten. Schmerz verbündet. Schmerz macht stark. Schmerz versteht. Der Schmerz will leben.

10.15 Uhr Der Termin für die Gruppentherapie bei Dr. Richard Papst blinkt im Therapieplan auf. Mit heiterem Wort mische ich mich unter die Wartenden, die sich, stehend oder sitzend, vor der Saaltür C-0/S04 im Erdgeschoss mehren, je näher die Zeit aufs Ziel vorrückt. Ein großer lichtdurchfluteter Raum mit bodentiefen Fenstern zum Grün hinaus empfängt die zum Gruppengespräch Geladenen. 12 bilden einen großen Sitzkreis auf bequemen Polsterstühlen. Fast wie beim letzten Abendmahl, denk ich und bleibe skeptisch bei diesem Bild. Es ist meine erste Erfahrung dieser Art, in einer anonymen Gruppe über Gefühle zu reden oder die der anderen kennenzulernen, bin aber offen, bin ja schließlich angekommen und bereit etwas für mich zu ändern, mir die Last von der Seele zu reden, ganz offensiv ... Wenn es uns hilft, ich bin bereit, du auch, frage ich den treuen Schmerz an meiner Seite. Kein Protest. Na dann mal los. Die Assistentin vom Papst, meine Frau A, stellt einen großen Blumenstrauß in die Gruppenmitte. Nein, Tulpen sind es nicht, wie jemand jetzt vielleicht vermuten könnte. Ein weißer strahlender Strauß, Lilien oder so mit Grünzeug. Den spendiert der Chef jeden Mittwoch aus eigenen Mitteln, betont Frau A, reagiert damit auf eine kritisch gestellte Insassenfrage nach dem Kostenträger, Wer bezahlt denn eigentlich jede Woche diesen großen Strauß?

Der Papst nimmt Platz neben der Frau des Tulpendiebs, die ich nur in meinen Gedanken so nenne, dazwischen stellt sie das Flipchart auf drei drahtige Beine, welches nun den Kreis zum Abendmahl schließt. Jeder schaut sich um. Ein jeder sieht den anderen. Langsam fällt Stille in den Raum. Ein jeder hat seine Position gefunden. Ich studiere die Gesichter, kenne nicht alle, aber ein paar. Erfreut die Dame in Schwarz zu sehen, die, mir gegenüber, etwas unruhig auf dem leichten Polsterstuhl, eine bequeme Sitzhaltung sucht und mit übereinander geschlagenen Beinen, die in kniehohen schwarzen Schnürstiefeln verborgen sind, bald findet. Bin erleichtert meine mir schon vertraute Frau A hier neben dem Chef zu wissen, was mir das Entrée meiner ersten Gruppenerfahrung angenehmer gestaltet. Für alle Neuen, das ist die Chaosgruppe ... eröffnet Dr. Richard Papst, Chef der psychosomatischen Schmerzklinik in verwaschenen Jeans das therapeutische Abendmahl, der ein freundlich gewinnendes Begrüßungslächeln in die Runde schickt, sich kurz den Versammelten vorstellt, dabei jeden in Augenschein nimmt und den Neuen wie auch den Eingeweihten erklärt, dass dies ein absoluter Schutzraum sei, in dem jeder und jede sagen darf, was ihm oder ihr auf dem Herzen liegt, dass alles, was hier gesprochen und gehört wird, in diesem Raum sicher behütet bleibt. Seine warme und klare Stimme, die lockere Art seiner einfachen Worte, die er so oft mit einem Lächeln würzt, dabei aber stets respektvoll und ernst bleibt, wenn es um die persönlichen Belange der Einzelnen geht, lösen ein sofortiges Vertrauen in der Runde aus. Ich beginne mich wohlzufühlen, meine anfängliche Skepsis bröckelt wie ein trockener Keks bevor er den Mund erreicht. Bin bereit und voller Erwartung und dennoch lausche ich mit einer gewissen inneren Anspannung seinen und den weiteren Worten aus der Chaosrunde.

Ein jeder stellt sich jetzt bitte kurz vor, Wer er ist, der Vorname genügt, warum er hier ist, wie lange, was ihn bewegt oder ihm auf dem Herzen liegt, wie jeder mag und möchte, und ich bitte jeden darum, mir zu sagen, ob er einen Themenwunsch hat, über den wir hier gemeinsam sprechen werden. Mir steigen langsam die Tränen in die Augen, während ich den anderen zuhöre, ihre Vornamen, Sorgen, Probleme und Themenwünsche vernehme, die Reihe näher und näher an mich heranrückt, um mich selbst allen zu öffnen und vorzustellen. Als Vorletzter in der Runde bringe ich kaum die nötigsten Worte heraus, schiebe mit feuchtem Wort meinen Namen über die Lippen und bringe nur noch meinen Themenwunsch heraus, *Ich bin seit 22 Jahren Schmerz, ich kann nicht mehr*. Nun ist es raus. Ich gebe das Wort gerne weiter. Dann fließen stille Tränen. Ich quälte mich schweigend auf meinem Polsterstuhl, erblicke gegenüber ein mitfühlendes Gesicht, wische verlegen die Tränen zur Seite, sie soll sie nicht sehen, rutsche hin und her, stehe auf, bewege mich, setze mich wieder hin, mein Rücken steht in Flammen, drehe und winde mich, derweil ich den besprochenen Themen kaum mehr folgen kann, aber so gerne möchte. 1 ¾ Stunden im Sitzen fordern Tribut. Um mich von meinen Schmerzen abzulenken, bemühe ich mich, den einzelnen Beiträgen aus der Runde und den erklärenden und verbindenden Worten des Papstes zu folgen. In seiner verwaschenen Bluejeans und seinem lässigen Pullover begeistert er mich mit dem was er sagt, Alles bleibt hier in diesem Raum, was besprochen wird. Diese Aussage zu Beginn der Gesprächsrunde ermöglicht eine vertrauensvolle Atmosphäre, in der ich mich frei fühle, ohne mich verstellen oder verbergen zu müssen. Nur der Schmerz trübt meinen ersten Eindruck dieser neuen Erfahrung. Zum Ende der Stunde nimmt mich der Papst zur Seite, ihm ist mein Winden und Quälen nicht verborgen geblieben, Ich habe schon mit Frau A darüber gesprochen, wir werden für Sie einen Termin ermöglichen, in der Burgklinik bei Dr. No, erinnern Sie mich bitte bei der nächsten Visite daran, ich möchte nur das Beste für Sie, flüstert er mir zu, während er mir sein Ich-war-hier-Kürzel in den Therapieplan zeichnet. Meine anfängliche Skepsis gegenüber der Gruppentherapie ist nun völlig aufgelöst und ich bedanke mich, ohne genau zu wissen wofür, was mich in der Burgklinik bei Dr. No erwarten wird. Jetzt benötige ich eine Valoron, weil ich sonst nicht über den Tag komme.

Das Mittagessen bleibt heute zum ersten Mal ohne schriftliche Erwähnung. Wir wissen nicht, ob Monsieur Gris überhaupt an dieser kulinarischen Bemühung teilnimmt, so kurz nach dieser ersten neuen Erfahrung, können uns aber gut vorstellen, dass er in diesem Moment lieber alleine bleibt, soviel hat uns sein Gesichtsausdruck verraten. Die Valoron scheint ihn zu sättigen und zu ermutigen, wir sehen ihn erst später wieder vor der Raucherbank in anregenden Gesprächen mit den Gleichgesinnten, er dreht sich eine zweite Van-Nelle im Stehen und geht, bevor die Lendenwirbel ihn wieder rufen, rauchend ein paar Schritte alleine auf und ab, dann folgen wir ihm ins Zimmer 305. Er zieht sich um. Im schwarzen Sportdress, ohne die schnellen weißen Streifen, sinkt er mit dem Aufzug von der Dritten ohne Unterbrechung in den Keller zur MTT unter Leuchtstofflicht, und zum ersten Mal geht er nach dem Gerätetraining hier in die Sauna, klein, finnisch, übersichtlich. Monsieur Gris genießt diese Wärme, die er sogar alleine genießen kann, die angenehm in Knochen, Muskel und Sehnen einzieht, seinem Körper zu einer wohligen Entspannung verhilft. Die in weiß gekleidete Saunaaufsicht beendet sein Schwitzen mit dem liebenswürdigen Hinweis, Um 15.15 Uhr ist Schließzeit, Sie haben aber noch 15 Minuten Zeit. Wieder zurück zu Zimmer 305. Umziehen. Relaxen. Alles möchte in ihm nachwirken. Jetzt ist erst mal Ruhe! Keine Termine mehr für heute.

16.15 Uhr An meinen Anblick haben sich die anderen Insassen wohl mittlerweile gewöhnt, hinterlasse ich noch schnell in meinem Observationsbericht, keiner verwechselt mich mehr mit dem neuen Therapeuten. Bin weiterhin stets bemüht mich gut zu kleiden, bei schönem Wetter mit leichtem Leinen-Sakko, schwarzem Shirt und Hemd, Jeans und sorgfältig geschnürten Lederschuhen, farblich dezent abgestimmt, niemals bunt wie ein Pfau. Niemand wird mich in nachgebender Sportkleidung und ausgetretenen Sportschuhen oder welken Schlappen sehen, weder beim Rauchen noch in den Räumen außerhalb der MTT Fläche, auch nicht in der Mensa, das wäre das allerletzte. Selbst in die Blaue Lagune gehe ich angezogen, behalte Haltung und ziehe mich erst in der Umkleidekabine um, ich käme erst gar nicht auf die Idee, in Badehose und Bademantel und Aldiletten halbnackt durch die Anstalt zu schlappen, wie ich schon die eine oder den anderen irritiert beobachtet habe. Wir sehen ihn und dieser Hinweis darf an dieser Stelle noch eingefügt werden zum besseren Verständnis und zur Vervollständigung des Bildes, wir sehen ihn stets mit einem Buch und einem schwarzen Schreibheft in der Hand, nie hat er es eilig. Hochwürden ... wie ihn der Tätowierte, der 2. Mann der Skatrunde, ganz liebenswürdig nennt ... haben Sie Ihre Predigt schon fertig geschrieben, setzt seine Schritte mit Bedacht, wirkt auf uns sehr entspannt und zurückhaltend, nie erleben wir ihn aufdringlich, wir nehmen ihn in der Rolle eines stillen Observateurs wahr.

Bei der Guten-Laune im Cafeteria-Kiosk bestelle ich mir einen heißen Schümli. Vor Tagen schon verabschiedete ich mich von dem aus der 2-Liter-Pumpkanne gepressten Anstalts-Kaffee. Zu flach, zu schwach, aber billig. Entdeckte bald die Köstlichkeit dieses vollaromatischen Schümli, den ich dank meines Vetos, als Lila mich am vierten Tag meines Aufenthaltes besuchte, nun aus vorgewärmten Tassen genießen darf. Mit diesem Aromagetränk versorgt beginne ich eine neue Lektüre. Haruki Murakami >Schlaf<, eine schmale traumhafte Erzählung über das Nicht-mehr-schlafen-Können, bereichert mit wunderbaren japanischen Tuschezeichnungen. »Es ist der siebzehnte Tag ohne Schlaf …« So beginnt Haruki Murakamis Erzählung über eine junge japanische Frau, die nachts kein Auge mehr zu tun kann. »Ich kann einfach nicht schlafen. Noch nicht einmal ein Nickerchen.« Neben Murakami ist José Saramago zurzeit mein Lieblingsschriftsteller, von dem ich fast alles mit Begeisterung gelesen habe. Seine Sätze sind oft lang, lang und länger, manchmal über eine ganze Seite, dennoch verliere ich nie den Faden, stolpere nie, falle nicht aus dem Satz, kann seinen Sätzen Wort für Wort folgen, die Sätze auf die innere Spule des Verstehens wickeln, ohne sie zu verknoten, ohne mich in ihnen zu verheddern, sinke dabei tief und tiefer in das hinein wohin er mich führen will, folge ihm ohne Fragen, ohne jemals zurückblicken zu müssen. Der Geräuschpegel in der Cafeteria, die sich offen im Halbkreis um die Aufzugssäule schmiegt, ist mit rauschenden Wortschiffen angefüllt, *Wie eine Glocke, die mich berauschend umschließt.* Bemerke, wie schwer es mir fällt, im Moment die Konzentration zu halten. Lese einen ersten Abschnitt, einmal, zweimal, dreimal, lese jedes Wort einzeln, verliere die Buchstaben aus der Reihe, greife sie wieder auf, stelle sie in den Satz zurück und beginne von vorn, obwohl die Sätze keine Bandwürmer sind, die meidet Murakami tunlichst. Mein Kopf ist dicht, vollgestopft, nicht nur mit den rauschenden Wortschiffen aus der Cafeteria. Mein Kopf hat keinen Platz mehr für neue Wörter. Versuche dennoch, erneut die Zeilen zu lesen. Ohne Erfolg. Versuch macht klug.

17.00 Uhr Abendessen. Wie immer. Mit rosa Blümchentee. Am Abend entscheidet sich Monsieur Gris, lieber allein zu sein. Ein wohl wichtiges Fußballspiel sammelt die Interessierten, Frauen wie Männer, im gepolsterten Keller-Fernseh-Raum. Er sammelt lieber die Fußballbilder im Zimmer, liegt ausgestreckt auf dem Bett, das TV lenkt von seinen Gedankenstrudeln ab. Nur ein Tor fällt ins Gewicht. Monsieur Gris gönnt sich zwei Schokoriegel und eine kalte Cola aus dem Kellerautomaten.

TAG 11 DO

Ohne es zu bemerken, bin ich wohl spät eingeschlafen. Am Morgen nehme ich meine ersten Gedanken ungewaschen mit an den schmalen Schreibtisch unter dem schrägen Dachfenster und schreibe, bevor die heiße Dusche alles wegschwemmt.

Habe wilde Träume. Es ist so spannend in ihnen zu sein, dass ich immer wieder einsteigen möchte, wenn ich befürchte herauszufallen oder aufzuwachen, doch gleichzeitig beschleicht mich dabei etwas Beängstigendes. Nicht mehr zurückzufinden aus dieser neuen Welt, die mir fremd ist, aber in der ich mich wohl fühle, solange ich mich dort aufhalte. Ich kenne diesen Ort nicht. Verliere in dieser neuen surrealen Traumwelt alles – bis auf mein Selbst. Lerne dort neue Menschen kennen. Denen ich vertraue. Ein neues Leben. Die Bilder üben einen starken Reiz auf mich aus, sind enorm stark. Ich habe Emotionen. Und ich habe eine diffuse Angst, etwas Unbestimmtes zu verlieren, weiß nicht was, kann es nicht benennen. Bewegungen und Begegnungen in einer Welt, die sich in mir verändert hat, eine lebendige Dimension in einer surrealen Realität in 3-D und brillanter HD-Auflösung. Könnte ich doch des Nachts schreiben. Ohne

Bewusstsein! Zu schnell lösen sich die Bilder auf. Kann sie nicht halten.

07.13 Uhr Bin wieder auf Obst umgestiegen, teile ich den erstaunten Blicken am Frühstückstisch mit, während ich den letzten freien Platz an unserem Tisch mit einem *Einen-wunderschönen-Guten-Morgen-die-Damen* auffülle, Passt mir besser so, als immer dieses *Harry*-Brot. Aber ein Kaffee darf es doch wohl noch sein Monsieur Gris, der ist nicht von Harry wie du ja weißt, und schon neigt das Zappelige mit sicherer Hand die rote Isolierkanne über meinen leeren Becher, Merci die Dame, sehr aufmerksam, dafür ist er aber koffeinkastriert, Na dann Prost Monsieur Gris..., lächeln die roten Lippen von schräg gegenüber. Meine Augen sagen, Danke, ihre Augen strahlen in meinen, Verstehe. Ich frühstücke seit 17 Jahren Obst, geschnitten, püriert, zum Kauen oder Trinken, je nach Lust, Angebot und Jahreszeit. Am Tisch zelebrier ich voller Vorfreude, mit meinem roten Schweizer Taschenmesser, eine reife Mango, die ich gestern in der Stadt erstanden habe, nachdem ich im Hause vergeblich nach reifen Früchten suchte, fächere sie nun zu einer goldgelben Sonnenblume aufs Porzellan und versuche weiterhin, den Anstaltskaffee zu genießen. Das Zappelige zu meiner Rechten beißt genüsslich in ein fettiges Wurstbrötchen, schenkt mir noch einen weiteren Becher Kaffee nach. Das Schockblonde gegenüber schmiert leidenschaftlich eine zweite Scheibe *Harry*-Brot und belegt das gekörnte mit einer Scheibe gelbblassem Käse. Die Dame in Schwarz bleibt bei ihrer Schale Müsli mit Quark und sendet mir einen anerkennenden Blick zu, Das sieht ja köstlich aus ... Das Auge isst schließlich mit, vor allem rutscht es besser und trägt nicht so auf, erwidere ich, Ich musste endlich etwas ändern, strahle ich ihr gewinnendes Lächeln mit Anerkennung zurück.

Und ebenso änderte ich meine anfängliche Ablehnung und entschließe mich nun doch zur weiteren Teilnahme an *Jacobsens* Progressiver Muskelentspannung, korrigiere die Entscheidung, mich dem Angebot der Anstalt zu verschließen, möchte aber diesmal im Liegen auf *zwei* blauen Matten die Entspannung suchen. Was das Spüren des Schmerzes betrifft, da möchte ich nun ganz optimistisch sein. Da fällt die Entspannungsübung um 10 Uhr ganz offiziell aus, wegen einer wetterbedingten Erkrankung der Ansagestimme. Dagegen der Termin um 11 Uhr, meine erste praktische Cranio-Sakral-Therapie, die Anwendung bei Frau K – *das* war dann Entspannung pur, meine Erwartung hatte ich nicht zu hoch gezogen. Konnte, zu sanfter Raummusik, unter ihren achtsam arbeitenden Händen ganz einfach wegtauchen, den Schmerz vergessen. Nicht ganz … wie ich schon bald bemerkte. Der Pulsschlag im 12. BWK blieb an mir hängen, wie ein trotziges Kind. Doch der ganze stille Rest, das Knie, die Lendenwirbel werden sich erst später wieder erinnern und aus dem Vergessen auftauchen. Aber es ist ein hoffnungsvoller Anfang.

12.00 Uhr High-noon. Die Flügeltüren zum Hungersaal öffnen sich. Die Gespräche an unserem Tisch Nr. 9 werden jetzt intensiver, lebendiger und die Speisen mit einer Prise Geschmacks-Humor gewürzt, seitdem ich nicht mehr, namenlos, auf Platz Nr. 3 sitze. Auch das ist ein hoffnungsvoller Anfang. Ich lerne, mehr und mehr, den erfrischend heiter-ironischen Wortwechsel mit der Dame in Schwarz kennen und schätzen, wie auch den kulinarischen Austausch über die täglichen Bemühungen der Anstaltsküche. Das wirkt wie eine unterstützende Therapie, die mich zu beleben scheint, mir des Öfteren ein Lächeln ins Gesicht zaubert, mich mit einer inneren Leichtigkeit beflügelt, die ich so lange vermisst habe. Ich lerne, die Welt nicht mehr allzu ernst zu nehmen und mich selbst nicht mehr zu wichtig.

Und schon öffnet sich meine Seele ein Stück weiter in der Gesprächskur mit der Frau des Tulpendiebs. Doch zuvor notiere ich meine Wahrnehmung zum Menü von heute, aber nicht so, wie es auf der von der DLG prämierten und mit einem Goldenen Wappen geschmückten Speisekarte lockt: *Putenstreifen gebraten, mit einer Backkartoffel, Quarkdipp*, sondern so wie ich die Ankündigung auf meiner Zunge erlebe und fast unberührt vor mir stehen lasse, sie mit einer humorvollen Bemerkung einleite, Dipp, diesmal nicht versalzen, und, weiter, die Putenstreifen wie von einer Häckselmaschine wild geschnetzelt und ungewöhnlich grau in der Farbe, versehen mit einem strengen unangenehmen Duft, der mir in die Nase steigt und ein jeder wird verstehen, dass ich nur die glasige Backkartoffel probierte. Mein schockblondes Gegenüber, das Corinna mit dem Slang, wundert sich, Ich fand's sehr lecker ... Pute mag ich gerne, hat so wenig Fett. Blicke nur wortlos auf das magere Grau. Mit irritiert verständnisvollem Ausdruck im Gesicht schreibe ich das Wort nun fort, Ein langer Nachmittag liegt vor mir, werde mich aufs Bett legen, sicherheitshalber den Wecker auf 13:40 stellen, damit mir noch Zeit für eine VanNelle bleibt. Um 14:00 beginnt das Gespräch mit der Frau des Tulpendiebs, die mit der ansteckend *guten Laune* und dem wallend roten

Haar. Wir wissen nicht, was hinter der verschlossenen Türe zwischen den beiden besprochen wird, vielleicht thematisiert Monsieur Gris seinen Traum, seine Verlustangst, vielleicht das Wahrnehmen seiner innerlichen Veränderung. Wir sehen nur, als sich die Türe nach einer Stunde wieder öffnet, wie aufgeblüht er den Raum verlässt, mit einem breiten Lächeln und einem Herzlichen-Dank-für-Ihr-Ohr sich von der Frau des Tulpendiebes verabschiedet, Also dann bis zum nächsten Mal ... und einen sonnigen Tag.

Nach dem Abendessen Skatspielen bis zur offiziellen Bett-Zeit um 22.00. Hochwürden mit seinem schwarzen Buch in der Hand, der wieselflinke Zappel-Profi mit Stift und Block und der tätowierte Arm mit einem neuen frischen Szene-Shirt in schwarz mit rotem Mega-Blitz, der gerne Süß-Saures mit trockenem Humor nachlegt. Traumlose und spiegelfreie Nacht ohne Reflektionen. Selbst das flatternde Chi scheint unter dem Leinentuch nun endlich zur Ruhe gekommen zu sein.

TAG 12 FR

Wir begleiten Monsieur Gris nun seit fast zwei Wochen auf seinen inneren und äußeren Wegen durch die Anstalt, so gut wir das konnten, soweit uns der Blick in seine Gedanken und Aufzeichnungen darüber Aufschluss gaben, was oder wer ihm begegnete, was er mit wem oder alleine unternahm, dachte, träumte oder fühlte. Und nicht immer gelang es uns, mit seinen inneren und äußeren Schritten mitzuhalten. Es entstanden hier und da Schattenräume. Räume, die wir nicht durchdringen konnten. Wir Ihnen aber das, was wir erfahren konnten, Ihrer Aufmerksamkeit nicht vorenthalten haben, wir Ihnen bisher nur das wiederzugeben in der Lage waren, was wir in seinen Observationsaufzeichnungen vorgefunden haben oder selbst beobachten konnten. Und heute ist solch ein Tag, ein Tag, an dem sich lange Schattenarme dicht um Monsieur Gris‘ Bewegungen legen, uns seine Schritte, Gespräche und Begegnungen im Schattenraum dieser Zeit unsichtbar bleiben. Wir können nur vermuten, aufgrund unserer Erfahrung der letzten Tage, dass er seine Observationen, wie meist am Nachmittag an seinem kleinen runden Schreibtisch in der Cafeteria, mit einem oder zwei Schümli, zu Papier brachte:

Fast zwei Wochen bin ich nun hier. Und es knistert. Das Wetter wird immer besser. Hellt langsam die dunklen Schatten meiner Seele auf. Alles bedarf der Zeit, um in neue Farben einzutauchen, dort anzukommen, wo ich gestrandet oder gelandet bin, um am Ende eines langen dunklen Tunnels auszusteigen. Dieser Rückblick erschreckt mich für einen kurzen Augenblick. Wie gierig sauge ich nun das Licht ein, das mir hier begegnet, den frischen Atem, den meine Seele so lange vermisste, ich nicht bemerkte, wie mich das alles langsam zu ersticken drohte. Aufgewacht kann meine Seele nun, je und je, wieder Heiterkeit empfinden, akzeptieren, was mit mir geschah, geschieht, geschehen wird, so endlich zu der Erkenntnis gelangen, dass es richtig ist, sich nicht mehr gegen etwas stemmen zu müssen. Mehr und mehr verliere ich das, was mich belastet. Beginne die Dinge, die Last, den Schmerz loszulassen, mich voll und ganz zu öffnen. War mein Leben nicht so, als würde ich Jahr für Jahr durch die gleichen Räume gehen, dabei wurden immer nur die Gegenstände in den Räumen, die ich durchschritt, größer, die Farben der

Wände aber immer blasser und stumpfer, sozusagen ein metamorphisches Altern, das meine Seele schrumpfen ließ und die Schmerzen quälender wurden, die Zeit anhielt und jeder Schritt Stillstand bedeutete, meine Ohnmacht vergrößerte, Raum für Raum mein Selbst zusammendrückte und mir die Seele krauste. Tag für Tag entfaltet sich nun dieser Seelenkasten, in dem solange so vieles eingesperrt, gefesselt und aufgestaut verborgen im Dunkel lag. Ich selbst war es, der die Lebensräume Jahr für Jahr durchschritt. Hier konnte sich meine Seele einen Spalt weit öffnen, fand die Worte wieder, um sie aufzuschreiben, damit sie nicht verloren gingen wie in den letzten Jahren, die Farben und auch der Humor, der sich schon in Zynismus, quasi in die offenen Arme seines Bruders, des Schmerzes, geflüchtet hatte. Ich steige mit Achtsamkeit auf eine Leiter, öffne ein Fenster und sehe mit Spannung in eine unentdeckte Zukunft, auf der Suche nach meiner verlorenen Identität. Nichts geht verloren auf dieser Welt, auch ich nicht. Mich darauf einzulassen, nicht mehr stark sein zu müssen, langsam alles loszulassen, ist natürlich nicht einfach. Geöffnete Türen werden wieder zuschlagen. Um sich erneut zu öffnen. Um die Schmerzen zu spüren, die keiner sieht. Klingt vielleicht paradox. Zu wissen, dass ich hier unter Menschen bin, die sich nicht wundern, dass Seelen auch große Verbände tragen können, auch wenn kein Blut nach außen sickert; ganz im Gegensatz zu denen im Draußen, die den Gips eines gebrochenen Beines beim anderen mit Bedauern wahrnehmen, weil dieser Schmerz ja so schön sichtbar wird, sie selbst keinen kennen, nicht solchen, zumindest keinen unsichtbaren und nur das Pflaster auf einer Wunde akzeptieren, das einen blutigen Schnitt zusammenhält. Seelen können Wunden davontragen die bluten, lautlos bluten.

Narben hinterlassen. Seelen werden verletzt, nicht nur Fleisch und Knochen. Das ist der große unschätzbare Vorteil hier auf der Kastanieninsel, in dieser Anstalt der Gelandeten und Gestrandeten, im Hafenbecken der angeschwemmten oder abgegebenen Löffel und Ruderblätter. Dies ist der bedeutende Unterschied zu den reinen Schmerzkliniken, die ich in all den Jahren kennengelernt habe. Neben den zahlreichen Schmerzbeladenen, die mich stets zu dicht mit ihren grauen Gesichtern umzingelten, mir mit ihren Worten die Ohren verstopften, so empfand ich es damals, gab es dort zwar immer eine psychotherapeutische Ansprechperson, wie das schon klingt, was sich aber gut in den selbstverliebten Glanzbroschüren so mancher der Schmerzkliniken darstellte, also es gab immer eine sogenannte Psychologische Fachkraft, immer sehr jung, immer frisch nach absolvierter Ausbildung in den Kliniken, der man/frau vielleicht zwei- oder dreimal in den Wochen des gesamten Aufenthalts begegnete, wenn man/frau Glück hatte und die Fachkraft nicht wegen einer Unpässlichkeit verhindert war, was leider allzu oft vorkam, die aber nie die Fesseln meiner Seele berührten, diesen verschlossenen Kasten nie einen Spalt öffneten, so auch nie tiefer mit mir in ein Thema eintauchen konnten, so auch nie die Fesseln der Seele als solche erkannten, die sich in all den Jahren um sie geschlungen hatten, geschweige sie gelöst oder auch nur gelockert hätten, sie sich zwar bemühten, sich aber mit allgemeinen Hinweisen und Informationen schon erschöpft gaben, mir aber jede Einzelne, es waren seltsamerweise immer nur Frauen, warum auch immer, das müsste mal ergründet werden, mir ganz freundlich zum Abschied ihre guten Wünsche und Sprüche für eine gute Zukunft mit auf den guten Weg gaben. Zuviel des Guten. Zurück blieb stets ein fader Geschmack, ein unbefriedigtes Gefühl, nur auf einer spiegelglatten Oberfläche gesurft zu haben, ohne jemals eine schiffbare Passage in die Tiefe meiner Seele zu finden.

Hier geht es mir also deutlich besser, auch wenn immer wieder mal Tränen aus geöffneten Schleusen fließen. Das heißt aber auch Druck ablassen, die Lasten mindern. Es ist diese Symphonie aus Akzeptanz und Wissen, die hier in dieser Anstalt so befreiend und heilend auf meinen gefesselten Seelenkasten wirkt. Dieser Zusammenklang öffnet verschlossene Türen und zeigt mir Wege, die ich gehen kann. Wodurch wird das eigene Sein bestimmt, wenn nicht durch die Beziehung zu und mit anderen Menschen. Nicht nur die sich annähernde Gemeinsamkeit in den Gesprächen mit dem Papst, auch die Frau des Tulpendiebes, ich nenne sie immer noch so im Stillen, dieser Sonnenstrahl in der Dunkelheit meines zusammengepressten Herzens, oder die Frau K mit ihrem unerschütterlichen Glauben, dass wir Schmerzen auch vergessen können, worauf ich allerdings noch warte, zumindest auf die Nachhaltigkeit des Vergessens, ich weiß, ich darf nicht ungeduldig sein, auch wenn die Sehnsucht nach Vergessen noch so groß ist. Oder die wöchentlichen Gruppentherapien im Kreise der Chaosrunde, die der Anstaltschef Dr. Richard Papst so humorvoll leitet. Er besitzt die besondere Gabe, mit seinen Worten und humorvollen Zeichnungen seelische Themen so schmerzfrei zu erklären und die Zusammenhänge zwischen dem Draußen, das uns umgibt und prägt und an uns zerrt, und dem Drinnen, das uns formt und lenkt, so bildhaft zu vermitteln, dass ein jeder sie versteht und nachvollziehen kann. Oder die Mitinsassen, in deren Chaosgruppenmitte es mir nicht schwerfällt, loszulassen, ganz offen zu sein, ganz ohne Scham zu sprechen. Und besonders die motivierenden Gespräche mit der Dame in Schwarz. Meist bei einem gemeinsamen Schümli in der Cafeteria. Und unser sich mehr und mehr entfaltender und ehrlicher Austausch über unsere Erfahrungen. Und das nicht immer einfache Leben mit dem ständigen Begleiter Schmerz. Und diese Intensität. Diese Offenheit. Eine beflügelnde Erfahrung. Noch nie habe ich jemanden wie sie kennengelernt, die die gleiche Sprache spricht, ein Verstehen, ohne viele Worte. Und auch mit so viel Humor und strahlender Lebensfreude dem Schmerz mit einem Lächeln begegnend. Das gibt mir Mut. Und mir ist in unseren Gesprächen nicht verborgen geblieben, dass der Schmerz bei ihr, wie auch bei mir, unsichtbare Spuren, seelische Narben hinterlassen hat. Wir können einander tief in unsere Seele blicken und durch die Worte hindurch vertrauen. Tragen wir nicht alle Masken, um da draußen zu bestehen, habe ich sie einmal gefragt, geraten wir im Leid denn nicht leicht aus den Fugen. Und sie lächelte bedrückt, Ja, das passiert mir auch immer wieder. Was für eine innere Wohltat, zu wissen, damit nicht alleine zu sein. Hinterhältige Borniertheit und Arroganz, gut gemeinte Hilfen, Vorwürfe oder Missverständnisse, diesem sind wir zu oft begegnet in unserer 22 jährigen Schmerzkarriere. Gemeinsame Erfahrungen binden und stärken. Und JA, sie motivieren.

Wie fühlen Sie sich heute, fragt der Papst zu Beginn seiner zweiten Visite, nachdem er mein Zimmer betreten hat. Wir blicken uns, über den schmalen Schreibtisch hinweg, an dem wir gegenüber Platz genommen haben, einen Augenblick lang mit einem Lächeln an. Ich öffne mein Buch der Observationen, blättere, bis ich die Antwort gefunden habe, und zeige ihm eine dreiteilige Skizze, die ich für mein und sein Verstehen angefertigt hatte. Eine einfache Strichfigur umwickelt mit endlosen Schnüren, *das Halten!* Das Halten! der letzten Jahre. Eine zweite, die das Zerbröseln der Krusten unter den Fesseln verdeutlicht, und eine dritte Skizze, die vermittelt, dass ich ein langsames, befreiendes Aufatmen nach zwei Wochen Aufenthalt, ein erstes Lösen aus der Gefangenschaft erlebe. So hat mir das noch niemand vermittelt, sagt er. Dafür ist er mir dankbar und lobt mich, ihm meine Erfahrung so bildlich vermitteln zu können, ihm erklären zu können, wie aufgehoben ich mich hier fühle und verstanden werde, über alles frei sprechen zu dürfen, ohne Argwohn oder die Angst, missverstanden zu werden, und ich so voller Hoffnung sei, die Hilfe zu erfahren, zu lernen, mit meinen Schmerzen freundschaftlicher umzugehen. Zu weinen. Loszulassen. Hoffen wir, dass das Wetter so bleibt ... sagt er zum Ende unseres Gesprächs ... außen wie innen ... nehme sein Wort auf und ergänze, Wo man es ja nicht so sieht, aber das Leuchten von Innen verändert das Scheinen im Äußeren, Das ist nicht zu übersehen, schmunzelt er zurück. Zwischenfazit: Mein Gefühl bessert sich. Ich habe Emotionen. Der Schmerz scheint seine heiße, scharfe Spitze verloren zu haben, klingt ferner und dumpfer. Noch bleibt mir aber die Angst vor neuen Verletzungen der Seele, wenn Gutachter dem Sozialgericht bescheinigen, und das haben sie nachweislich getan, dass ich 8 Stunden täglich, das heißt in der Formularsprache *vollschichtig*, wieder in meinem alten Beruf tätig sein könnte, ich ja völlig schmerzfrei sei und sie ein ‚unauffälliges' Gangbild, nach 2 x 3 Metern Hin und Her, für erwiesen dokumentieren. Eine seltsame Wunderheilung. Ich könnte sie dafür tagelang küssen, wenn es sein muss, sogar ihre Füße. Nur ein Scherz am Rande – der Humor erleichtert das Leben. Mein Ziel ist jetzt: 100% Rente. Mich von allen diesen Formularen zu befreien. Gerade jetzt, wo sie sich so plötzlich bemühen, mir die vor 16 Jahren erkämpfte Berufsunfähigkeit zu kippen. Hilfe! Ich bin motiviert.

TAG 13 SA

06.00 Uhr Der Schmerz spricht mich nun freundlicher an, bleibt aber als blasser Schatten lauernd an meiner Seite, wie auch jene immer wiederkehrende Angst, dass das Verblassen nur unter dieser Schutzglocke anhält, hier, wo ich keine Verantwortung und keine neuen Lasten tragen muss außer der Verantwortung für mich selbst, mich ganz darauf konzentrieren kann, das zu werden, was ich bin, und das Loslassen-Wünschen mein Thema ist. Umsorgt von liebevollen Kräften, die den Schmerz akzeptieren, mir glauben und mich nicht in Frage stellen und damit meiner wunden Seele schmeicheln, notiere ich noch schnell vor dem Duschen. Werde später weitere Gedanken in mein schwarzes Buch schreiben.

06.30 Uhr Gestern bei der Chefvisite demonstrierte ich dem Papst, wie ich mich fühle. Mit Hilfe dieser schlichten Strichzeichnungen konnte ich zum Ausdruck bringen, dass das Lockern der Fesseln zwar bemerkbar sei, mir dann aber in der Dunkelheit der Nacht Gedanken hochsteigen, die mich verunsichern, dass es nicht die Fesseln alleine seien, die mir den Atem und die Kraft rauben, sondern dass eine Patina mich umgibt, eine Kruste aus Hunderten getrockneter Farb- und

Lackschichten, von denen ja bisher nur ein paar Fragmente absplitterten. Enttäuschung flutet mein Denken. Das Sehnen nach Befreiung bleibt, im Schwanken zwischen Tag und Nacht. Es sind erste Schichten die blättern, es bilden sich Risse, nur Geduld, sagte er zu mir, alles braucht seine Zeit. Dass die Schmerzen flacher und dumpfer werden, je nach Begleitumständen, guter oder schlechter Laune, guter oder schlechter Schmerz, wenn man überhaupt von gutem Schmerz sprechen kann, ja, das kenne ich zur Genüge. Begeisterung lässt bekanntlich Flügel wachsen, die auch schnell wieder zerbrechen können. Kenne die Hoffnung, die wiederkehrende Enttäuschung. Nach dem letzten Schmerzklinikaufenthalt vor zwei Jahren wuchs die Hoffnung … vielleicht ist ‚*er*' jetzt weg, dachte ich nach vier Wochen Betäubung mit Lokalanästhetika, den Schmerz distanzierenden Medikamenten und nach all den Körper bewegenden Maßnahmen, um dann festzustellen, dass diese Hoffnung außerhalb dieser Schutzzone zu bröckeln beginnt. Also alles nur Splitter. Das ist eine Erfahrung. Und wenn dann die Geschehnisse auf einen einschlagen, wie Lilas Tränen und Schweigen, wie Verlust und Verletzung, Tod und Angst, Ignoranz und Dummheit; die eigene Mutlosigkeit dich knebelt, du mehr und mehr und mehr tragen, halten, halten und immer wieder Tränen in deinen Armen halten musst, dann fragst du nicht mehr nach dem Sinn des Lebens, nach dem Morgen, dann ist die Zukunft die Last, die alles bestimmt, alles niederdrückt. Das ist die andere Erfahrung. Ich möchte so gerne lernen, geduldig zu sein.

07.00 Uhr Ein symbolisches Frühstück in der Anstalt. Eine schnelle VanNelle im Stehen vor der belebten Raucherbank und ein „Schönes Wochenende" allerseits. Abflug.

07.30 Uhr Die lange Fahrt mit leichtem Gepäck. Motiviert nach Hause. Bei aufgedrehter Klassikmusik die Freude und Hoffnung genährt, daheim die wartende Lila ohne Tränen in meinen Armen zu wiegen. Wie fremd das eigene Heim mich anschaut, nach zwei Wochen intensiven Fernbleibens. Ich bin ein Pendel zwischen zwei Welten, ein Schwanken zwischen zwei Inseln. Zwischen Kopf und Bauch. Ein erster Cappuccino und Lilas sehnende Worte auf dem Balkon, ein langer stiller Blick in den Garten, die warme Sonne auf der Haut. Mein Knie ist still, seit 2 Tagen, jetzt, wo die Wege wieder kürzer sind, hoffe ich auf weiteres Schweigen, sogar der Rest BWK(3), LWS(4), ISG summen nur leise. Mit Optimismus geht's ins heimische Inselwochenende. Lila wird mich fordern, bin gut gelaunt, erwarte auch liebsten Besuch.

10.30 Uhr Einkauf in der Stadt. Schlange stehen an der Kasse.

11.30 Uhr Den leeren Kühlschrank auffüllen. Alles kostet Kraft.

12.30 Uhr Klingelt es an der Haustüre. Hurra. Mein bester Freund, der glatzköpfige Finne aus Frankreich ist gelandet. Sechs Jahre mehr Lebenserfahrung auf seinem Konto als ich. Der jüngste Spross einer finnischen Diplomatenfamilie, immer unterwegs, Weltenbummler, Lebens- und Sprachkünstler, Unternehmer, zuletzt leitete er für ein paar aufregende Jahre mit seiner dritten Frau, einer klassischen Gobelin-Französin mit Stil & gesticktem Gespür, die ihren Lehrerberuf hasste und an den Schulanfängern verzweifelte und letztendlich mein Freund an ihr, ein charmantes altes Chateau-Hotel in Arc-en-Barrois in einer typisch französischen Gemeinde mit 789 Einwohnern in der Haute-Marne, ausgestattet mit 20 stilvollen Zimmern und einem Restaurant in einem holzvertäfelten historischen Bildersaal mit bodentiefen Sprossenfenstern und weiß verschleiertem Ausblick in den morbiden Schlossgarten. Wir umarmen und drücken uns dicht und lange, *Bonjour mon ami*, herzlich willkommen. Drücke vorsichtig Emilie, die französische Lebensgefährtin meines besten Freundes, die geduldig wartet, einmal links, einmal rechts. Eine junge Kunsttherapeutin, die vor zwei Jahren von einem leichten Sommerwind aus der Haute-Provence getragen vor seinen Füssen landete, halb so alt wie er, so dünn und zart wie eine gespitzte Buntstiftmine. Eigentlich wollten mich beide in der Anstalt mit ihrem Besuch überraschen, durfte aber in aller Freundschaft einen diplomatischen Wunsch äußern, der mir gerne erfüllt wurde, sie lieber in meinem eigenen Revier zu empfangen. Das überzeugte auch die Frau des Tulpendiebs und stellte mir den roten Urlaubsschein aus.

13.00 Uhr Ein unerwartetes Klingeln an der Haustüre. Ein lauter Freund, der eigentlich nur kurz die Frau von Monsieur Gris auf einen Kaffee besuchen wollte, sich aber nun lauthals erfreut zeigt, dass auch ich da bin. Mit Dir hab‘ ich ja gar nicht gerechnet, fliegt es mir laut um die Ohren, Ich mit Dir aber auch nicht, magst Du auf einen Imbiss bleiben, Ja gerne … poltern 125 Kilo Stimmgewicht.

14.00 Uhr Zwischen dem Stimmengewusel der Gäste, die Lila tatkräftig mit Worten und Lachen anfeuert, bereite ich aus den Einkäufen eine appetitliche kalte Platte vor, von der nichts übrig bleiben wird.

15.00 Uhr Erschöpft bitte ich die Runde um eine Stunde gestreckte Körperruhe, nur für mich, Bitte bleibt sitzen ... Lila wird sich um euch kümmern. Mein Freund kann in meinen Augen zwischen den Zeilen lesen. Das erhoffte Schweigen meiner Schmerzen ist ausgeblieben, das Summen stark angestiegen. Lärm. Nach oben flüchten und entspannen.

16.00 Uhr Der monatliche Flohmarkt im Viertel steht an, ein mit Platanen gesäumter Wochenmarktplatz. Bunte Stände, voller Leben und Figuren aus dem Viertel. Krause und gebügelte Klamotten, sehr viele, kleinkinderreich. Nur 580 Meter mit dem Fahrrad, nur die Straße bergab. Mein Knie will geschont werden, die anderen bummeln auf ihren eigenen Füssen zum Platz. Da endet nach 20 Minuten Flohmarktschlängeln plötzlich meine Beinstandzeit. In zügigen Schritten, bedacht darauf, schmerzendes Stehen zu reduzieren, suche ich den direkten Weg zum Sitzplatz vorm Markt-Café. Im Schatten eines Sonnenschirms bestelle ich ein prickelndes koffeinhaltiges Kaltgetränk zur Belebung meiner Muskelschwäche. Lila, die nach mir sucht und mich mit einem, Hai ... da bist du ja ... findet, holt sich einen Kaffee, setzt sich zu mir, und ich hoffe, dass sie meine Schmerzen nicht lesen wird, sie kennt dieses Buch natürlich auswendig und kann darin lesen, lässt es mich aber in diesem Moment nicht wissen. Die beiden Franzosen ‚flohen' weiter über den Marktplatz, Arm in Arm oder Hand in Hand, Emilie findet einen blauweißen Matrosenanzug für kleines Geld, der ihr gut stehen wird, mein Freund Willem findet sie amüsant, er liebt sie innig und ich interessiere mich jetzt für nichts mehr. Schmerzhaftes verzehrt meine Aufmerksamkeit wie ein hungriges Tier. In meinem Kopf dröhnt der Sofa-Liegen-Schrei meines brennenden Körpers. Sofort. Sofort. Überlasse Lila den Fahrradschlüssel. Sie versteht, sie komme später mit den anderen nach. Die 580 Schritte zurück, bergan, die jetzt wie 1000 wirken, werden steifer, das Knie schreit laut auf, weil jemand eine glühende Drahtschlinge darum zog. Minuten später liege ich völlig erschöpft in den Armen des rettenden Sofas, wische eine Träne aus dem Augenwinkel, befinde mich inmitten eines heftigen Streits zwischen der LWS und dem bohrenden ISG, erlebe Vibrationen im Knie, die durch den ganzen Körper hämmern, laut wie in einem Stahlwerk. Die Valoron braucht Zeit zum Reifen.

18.30 Uhr Die drei, die ich auf dem Flohmarkt zurücklassen musste – der Dicke dröhnte schon frühzeitig nach der geleerten kalten Platte wieder von dannen – folgen mir später mit meinem herrenlosen Rad. Aus den Valoron-Träumen aufgewacht, Na wie geht's Dir jetzt ... fragt Lila mein Ohr, Es geht schon wieder, sagt meine verschlafene Stimme. Lila bittet mich und ich bereite, leicht erholt, ein frühes kleines Abendessen für meine Gäste. Entschuldigt bitte, ich werde heute Abend zuhause bleiben, sage ich zu den Gesättigten, um nicht ganz zu zerbrechen, denke ich. Die drei treffen sich mit meinen Freunden, ziehen los in die städtischen Nachtansichten, dem jährlichen Kulturevent der Stadt mit offenen Galerien, Museen und Musik. Ein lieber Musikerfreund spielt in einer Galerie seine Saxophone, Alt und Bass, hätte ihn so gerne wiedergesehen und seinen Tönen gelauscht.

20.30 Uhr Stattdessen krieche ich alleine unter die Sofadecke, das TV säuselt zur Ablenkung, ich weiß nicht, wie ich mich wenden und drehen soll.

21.00 Uhr Falle ins Bett, versinke in tiefe Valoron-Träume. Die Nachtschwärmer werden erst kurz nach eins in der Nacht zurückkommen, völlig durchnässt und total erschöpft von nächtlichen Regengüssen, voller künstlerischer Ein- und sprachlicher Ausdrücke, erfahre ich am nächsten Morgen beim späten Frühstück.

TAG 14 SO

Schlafe bis 09.00 durch, ein seltenes Novum. Mein aufmerksamer Freund, schon lange wach, bietet sich an, holt für alle Croissants & Brötchen. Lila deckt liebevoll den Tisch für ein gemeinsames Frühstück mit Wortwechselfäden, die sich um den erlebten Abend und die sonntäglichen Pläne und um meine Schmerzen spinnen. Es ist Zeit zum Packen. Begleite meinen Freund bis ganz nach oben ins Gästezimmer und nutze dann die Zeit, um mich kurz ins Bad zurückzuziehen. In meiner Verzweiflung schreibe ich ein kurzes Wort der Tristesse: Wie schade, wir hatten nicht eine einzige Minute Zeit miteinander allein zu reden, obwohl Willem mein allerbester Freund ist und mich extra besuchen kommt. (*Wir, die beiden Fossile, die sich seit fast 20 Jahren nur echte Briefe mit echter Tinte schreiben. Wir hatten es ein einziges Mal per E-Mail probiert und sofort entschieden: Das spart uns zwar die Briefmarke, aber auch die Authentizität – ergo NOGO!*) Sie reisten aus Holland an, besuchten dort den jüngeren Bruder meines Freundes. Trotzdem bin ich jetzt froh, auch wenn ich dabei ein schlechtes Gewissen vor mir herschiebe, dass die beiden nach dem Frühstück nun weiterfahren. Mein Freund hat ein sehr feines Gespür, kann mich gut lesen und verstehen, auch ohne Worte, dafür kennen wir uns zu lange, ihm blieb mein Befinden nicht unbemerkt. Ich sehe, dass es dir nicht gut geht, das war alles zu viel für dich am Wochenende, du hast Schmerzen und brauchst Ruhe und keine Leute mehr um den Kopf. Wir werden Liège besuchen, Emilie kennt die Stadt noch nicht und ich möchte sie ihr zeigen, ein spontaner Beschluss, wie er ‚*offiziell*' am Frühstückstisch verlauten ließ, und dann werden wir langsam wieder nach Frankreich zurück tingeln. Dankbar bin ich für diesen Freund, der versteht, ohne dass ich mich erklären muss, der spürt, ohne dass ich etwas sagen muss. Fühle mich unendlich erschöpft ... der Körper vergisst nicht so schnell, brauche aber Zeit und Worte für die Liebste, für ihre Tränen, die dann doch noch fließen werden, und höre ihr zu. Ich werde zurückpendeln, von Insel zu Insel. Und hoffen. Worauf? Nicht zu ertrinken in den Fluten oder weiter zu hinken, mit unauffälligem Gangbild, bitte, bitte, Schmerz, lass nach, bleibe blass, ich höre dich, auch wenn du leise summst.

Da höre ich schon ihre Schritte aus dem Gästezimmer, die schwebenden von Emilie und die deutlichen vom Freund mit Koffer, schließe die Tinte und das Buch. Begleite sie nach unten. Stilles Verstehen und herzliche Umarmung zum Abschied. Bon voyage mon ami, schreibe Dir aus der Anstalt, À bientôt mon ami, je pense à toi. Ich bin so dankbar, dass die beiden jetzt fort sind, habe ein schlechtes Gewissen, kann es aber nicht ändern, mein Körper diktiert lauthals wo es lang geht. Herr und Frau Gris sind nun alleine. Ich genieße, nach einiger Büroarbeit, die über die Woche hin liegen geblieben ist, mit Lila sofort das stille Sofaliegen, der Rücken summt auf, die angesammelten Formulare benötigten meine ganze Aufmerksamkeit, aber ich benötige jetzt viel dringender, nach diesem intensiven kurzen Wochenende, Abstand, Ruhe und Entspannung und einen Schutzraum um loszulassen. Am späten Mittag finde ich noch irgendwo Kraft, zaubere ein schnelles Basilikum-Pesto auf Bio-Spaghetti, hoble Parmesanspalten. Leise Worte, ein paar Tränen, auch zum Abschied, Arm in Arm.

Völlig erschöpft startet Monsieur Gris, dreht das Autoradio ganz laut, fast bis zum Anschlag, während er über die Autobahn fliegt, so schnell wie die Musik, seine Gedanken im Sturzflug, dann – dieser eine Moment, nur ein tausendstel Wimpernschlag lang, nicht mehr, nur mal um auszuprobieren, ob dann alles ... und schon, kaum dunkel, schon zerronnen ist dieser Wimpernschlag, nur ein Blitzgedanke. Das Steuer fest in der Hand. Heil angekommen! *Mon dieu*, sein letzter Eintrag für heute.

TAG 15 MO

Der Körper vergisst nicht. Und der Schmerz nicht das Wochenende. Voilà, da geht noch was, falte das Wochenende aus dem Bett, glätte alle Knitterfalten unter dem heißen Duschstrahl, ziehe mich an und verlasse, wie ein Seemann nach einem Sturm, das Zimmer und rudere durch den langen gelben Flur bis zum rettenden Ufer. Der neue Therapieplan für die Woche liegt, wie jeden Montag, in meinem Briefkastenfach Nr. 305. Ein weiß gestrichenes Holzregal, mit schmalen, verschließbaren Fensterrahmen, wie in einer Reihenhaussiedlung. Ein jedes Fach mit einer Zimmernummer versehen. Darin warten die neusten Nachrichten für die Bewohner der dritten Privat-Etage. Links daneben, unmittelbar vor dem Aufzug, lädt eine Sitzgruppe mit echtem Tischtuch und echtem Blumenschmuck zu einem spontanen Plausch oder zu einer stillen Leserunde ein. Schnell ist hier ein Kontakt fernab des Gewusels hergestellt, ein Wort des Trostes oder der Ermutigung zugesprochen, wenn jemand dort still vor sich hin kümmert oder im Vorbeigehen wird ein freundliches ‚*Hallo*' oder ‚*Bis gleich*' ausgetauscht. Ich bin froh jetzt hier alleine zu sitzen, eine willkommene Gelegenheit, um mein linkes Bein zur Seite zu strecken.

Ich falte die Nachricht auseinander und lese, dass ich nach dem Frühstück mit der tiefenpsychologischen Körpertherapie starte, in der es darum geht, sich selbst und seinen Körper bewusst wahrzunehmen. Es folgt die 1¾ stündige Gruppentherapie beim Papst, auf die ich mich besonders freue und nach dem Mittagessen steht ein weiterer Termin bei Frau A zum Einzelgespräch an. Auf dem Plan stehen nicht die langen Flure, 3 x Mensa, hin und her, nicht das Stehen vor der Raucherbank gegenüber der Anstalt, dafür aber am Nachmittag noch ein letzter Termin: >Surf & Turf<, wie ich das MTT-Geräteturnen im Keller mit anschließendem therapeutischen Schwimmen von nun an scherzhaft nennen werde. Anschließend ein entspannender Saunagang. Voilà, denke ich, da geht ja wirklich noch was, und hefte den Marschplan in mein Therapieheft. *Allez!* Monsieur Gris.

16.00 Uhr Habe fertig. Spüre keine wirkliche Erholung. Nur Erschöpfung. Habe fertig, sage ich nur, nach dem Wochenende zuhause und dem dichten Arbeitstag heute. Die drei Damen sehen es mir an. Beim Tischfeedback um 17:15 zum Abendbrot mit Einerlei, Was kraust Dich heute so... fragen die roten Lippen der Dame in Schwarz und lächeln leise, verstehend, Die Drahtschlinge dreht jetzt fester, das pulsierende Glühen im Knie, der Punkt gibt keine Ruhe, sage ich, Ach... ‚*er*' will doch bestimmt nur raus und dann für immer entschwinden, Ist nicht so schlimm, habe nur Geburtswehen im Knie ... versuche ich bei Tisch, mit Humor aus schmalen Lippen, zu erklären.

Gedächtnisverlust bis 19.00 Uhr. Dem Schmerz im Schlaf entfliehen. Von 19.20 bis 21.15 das verabredete Treffen zum Skat in der Cafeteria mit dem zappeligen Profi und dem tätowierten Arm im Szene-T-Shirt. Hochwürden ... geht's Ihnen heute nicht so gut, Nein, zwei Stunden im Sitzen, länger hält Monsieur Gris die Wehen im Knie nicht aus. Das Knie stört meine Konzentration ... sage ich. Trotzdem liege ich vorn bis zum letzten Spiel. Aber dafür spielst Du heute sehr riskant und liegst vorn, bestätigt das Zappelige. Addiert und ausgerechnet falle ich dann doch auf Platz zwei zurück und verabschiede mich frühzeitig zur Nacht. Navigiere durch den langen Flur, pulsiere ins Zimmer. Eine Valoron für die Nacht. Schokolade für die Nerven. Wasser gegen die Süße. Dann die Überraschung. Auf meinem Bett finde ich ein Geschenkpaket und bin gerührt, ein lieber Freund aus der Heimat hat an mich gedacht und ein gelbes Postpaket geschickt, gefüllt mit allem, was man so in der Diaspora vermissen könnte, Süßes, Streichhölzer, eine Kerze, ein französischer

Rohmilchkäse, eine halbe Flasche Bordeaux, sogar eine Packung blaue Gauloises ohne Filter, die Echten. Trotzdem, die Nacht ist hart wie Stahl, das Knie will geschmiedet werden, solange es heiß ist, der Puls schlägt und schlägt, lässt nicht locker, der Schmerz will wiedergeboren werden, auch nach 22 Jahren (*das Knie und der Unterschenkel zerrissen genau ein Jahr vor meinem zweiten Unfall, der mir den 12. BWK [Brustwirbelkörper] zertrümmerte*). Die Wehen setzen jetzt verstärkt ein. Gut zwei Stunden später wirkt *endlich* die Valoron, die zweite für heute. Ich biege, biege, strecke und biege nochmals. Freude. Spüre. Hoffnung. Es biegt sich ohne Schrei, der Draht ist gezogen, die Glut erloschen, die Wehen vorbei, der Schmerz versiegt. Bis dass die Hydra im Traum ihr Opfer fordert. Schlagt ihr doch den Kopf ab, scharf, präzise, mit einem einzigen Schlag. Ruhe. Schmerzträumer. Nicht entbunden, festgeklemmt im Geburtskanal. Erinnerung blockiert. Widerschall.

TAG 16 DI

Noch vor dem Frühstück greife ich pfeifend zu einer Valoron. Guten Morgen, meine Damen ... und nein, ich habe heute keinen schwarzen Tag, nur schwarzen Humor, retourniert mein bemühtes Lächeln den besorgten Blick der Dame in Schwarz. Sie sieht, ich schweige. Beim ersten Kaffee denke ich, das Tischfeedback funktioniert ja perfekt, versuche mit Ironie zu punkten. Zähle: Acht, Neun, Zehn, meine Damen ... ich muss jetzt geh'n. Zurück aufs Zimmer. Eine schnelle Notiz:
Spüre Wut gegen Unbekannt. Knicke heute Surf & Turf. Kann nicht. Will nicht. Gebe dem Knie was es fordert, einen

schlafenden Nachmittag. Zuvor zur Visite beim Papst, dann Start zum zweiten Kranichflug. Nach der ersten Cranio-Sakralen-Flugtherapie fiel das Knie ja immerhin für zwei Tage ins Vergessen, bin auch gespannt auf die nächste Gesprächskur, wie Sigmund Freud die Gesprächstherapien seinerzeit nannte. Das Knie sehnt die Liege-Kur.

Erst gegen Mittag zieht die Valoron meine Mundwinkel Richtung Norden, nimmt meine miese deprimierte Laune gleich mit. Wie befreit sich mein Denken fühlt, sobald der Schmerz ins chemische Vergessen gerät. Schattenfrei unterhalte ich meine drei Tischdamen beim Mittagessen, würze nicht nur das Essen, sondern auch die Unterhaltung, mit Spaß und Ironie. Die gläserne Gewürzsammlung, die die Dame in Schwarz und ich aus dem Schmerz.Haft-Urlaub vom Wochenende mitbrachten, wir hatten uns zuvor besprochen, bereichert die Aromen-Einfalt zum Wohle der Speisen. Und wenn sie noch nicht ganz gestorben sind, könnte das Nachwürzen ja helfen ... scherzt die Dame in Schwarz, Du bist, was Du isst ... sage ich und markiere hoffnungsvoll den Pilz mit der Pfeffermühle. Heute Vegetarisches: *„Frische Champignons mit Knoblauch-Dipp“* lockt die prämierte Speisekarte. Ich schlängele durch die Mensa, das müsste ihnen ja gelingen, denke ich und reihe mich erwartungsvoll in die Schlange vor der Essensausgabe ein. Hinter dem Edelstahltresen eine ärmellose weiße Kitteldame, kaum dass sie über die Tellerstapel blicken kann, so klein und dick und stramm sie dort steht, fast schon stoisch, mit krausem Kugelkopf und verkniffenem Blick aus kleinen dunklen Perlaugen, leert unermüdlich Kelle um Kelle mit nackter Elle über die Champignon-Teller, und ich frage sie völlig spontan mit meinem schönsten Valoronlächeln, Ob ich nach dem Essen denn wohl noch küssen könne. Nun ja, immerhin gab es ordentlich gerührten Pulverknobi-Dipp. Das erschrockene Gesicht sackte blutleer, als hätte es soeben einen Infarkt erlitten. Ob die Kitteldame mit der Knobi-Dipp-Kelle meine Frage zu persönlich nahm. Der zelebrierte Livebericht wird der Tageslacher am Damentisch. Lach-Yoga-Feedback. Na, das wird sie ja dann wohl missverstanden haben ... schmunzelt die Dame in Schwarz und streut versuchsweise etwas Chilipulver zur Belebung über das Vegetarische, Wollte nur witzig sein ... spiele den Ball mit feiner Ironie cross over. Immerhin leeren wir beide unsere Teller, fast zur Hälfte. Dann wird's mit dem Küssen ja noch klappen, witzelt das Zappelige von rechts und schiebt ihren geleerten Teller zur Seite. Leichte Sättigung und endlich der herbeigewünschte Schlaf. Am frühen Nachmittag der ersehnte Flug des Vergessens unter den Händen der Frau K, entspannt gelandet, umgestiegen, weitergeflogen zur Freud'schen Gesprächskur. Muss sie unbedingt nach der Bedeutung des surrealen 3-D-Traumes fragen, den ich schon dreimal träumte.

Wir sehen, dass er kurz vor dem Gespräch versucht, diesen Traum mit flüchtigen Worten auf einen Spickzettel zu skizzieren. Aber wie will er etwas skizzieren, was er nur als verzerrte Puzzlestücke in der Erinnerung wiederfand. Dennoch möchten wir diesen Versuch von Monsieur Gris hier nicht außer Acht lassen, geben die Wortskizzen so wieder, wie wir sie entziffern können: *Surreale, phantastische Bilder ... 3-D-Gebilde ... bin immer unterwegs, nicht alleine, wohin??? Plötzlich wieder alleine ... Ebenen verschieben sich ... farbige Bildflächen ... schräg ins Surreale, schön und faszinie-*

rend, furchtsam und fremd. Suche ... aber was? Den Weg ... begegne fremden Leuten, verliere Geld, alle Schlüssel und alle anderen Sachen, bis ich nur noch als nackte Figur existiere, ich mich vom Ich löse. Angst ... nie mehr zurückzufinden. Begegne einer erlösenden Zartheit von Umarmung ... verliere sie wieder ... Auflösung ... Umarmung ... und wieder diese Angst, alles zu verlieren. Wache auf, nicht sicher, ob in Wirklichkeit oder im Traum, will sofort wieder zurück ... Träume so fantastisch schön, fremd, neu und abenteuerlich ... springe raus, falle zurück, fühlt sich völlig anders an. Schade, dass ich in die Realität zurückkomme. Will ich vor etwas flüchten?

Wir werden an dieser Stelle die Deutung dieser Traumfragmente der Phantasie der Leser und Leserinnen überlassen müssen in unserer Unkenntnis einer professionellen traumtherapeutischen Erklärung, die möglicherweise aber Monsieur Gris hinter der verschlossenen Türe, während der Gesprächskur mit Frau A, gelang. Nur eines wissen wir sicher, weil es nicht zu übersehen ist, Was ist heute los mit Dir, Du hast so gute Laune, was ist geschehen ... hört er nicht nur einmal auf seinen langen Wegen. Monsieur Gris strahlt an diesem Nachmittag, man sagt bis über beide Ohren, schwingt nach dem Kranichflug leichten Fußes durch die Anstalt, erst recht nach der Gesprächskur mit Frau A. Korrekt gekleidet zieht er behutsam, in aufrechter Haltung, Schritt für Schritt, seine geraden Wege durch die Anstalt, stets mit einem schwarzen Schreibheft in der Hand, wirft, je und je, einen lächelnden Gruss, mal hier-, mal dorthin. Erst zur Raucherbank, dort ein fröhlicher Wortwechsel, auf dem Rückweg spricht ihn der Tätowierte an, Hallo, Herr Hochwürden, alles gut ... die Predigt für heute Abend schon vorbereitet? Ach ja sicher, Herr Tattoo, aber Sie haben ja zuvor noch einen Beichttermin bei mir ... witzelt Hochwürden, verbeugt sich mit einem Handstreich, Also dann bis später ... und wir folgen seiner Spur bis zur Cafeteria.

16.00 Uhr Schümli-Zeit. Zeit für eine Nachlese mit Tintenfluss. Habe endlich alle Plantermine mit dem Montblanc abgehakt, nun frei, frei über eine besondere Aufgabe nachzudenken, nicht nur nachzudenken, sie auch aufzuschreiben, lautet die Bitte von der Frau des Tulpendiebs, Schreiben Sie doch mal über Ihren Traum vom Chateau, wenn Sie können und mögen, hatte sie mich liebevoll gebeten, Warum nicht ... reagiere ich gelassen ... wenn Sie meinen. In der Gesprächskur am Nachmittag sprachen wir, nebst Traum & Deutung, auch über Tagträume. Kennen Sie Tagträume ... Ja, die kenne ich zur Genüge, ganz besonders einen, der mich seit zwanzig Jahren begleitet.

Einen Tagtraum, den ich in mir trage wie einen wertvollen Schatz. Den Traum von einem Chateau in Frankreich. Fluchtpunkt Auberive. Ein kleines, vergessenes Dorf in der Haute-Marne. Versetzen wir uns einmal in einen französischen Film-Noir aus den späten Fünfzigern. Tauchen wir mit unseren Gedanken in die Vergangenheit. Das offene Buch wartet vor mir. Ich starre auf die leeren Seiten, blende mehr und mehr alles aus, das Gewusel in der Cafeteria, das Geklapper und Geplapper des Geschirrs und der Worte, das Karussell der Taggedanken, alles kommt langsam zur Ruhe, als würde sich ein schützender Mantel des Schweigens um mich legen, erste Schatten der Erinnerung projizieren Traumbilder, erste Worte tanzen auf den Seiten, laden mich ein mit ihnen zu kommen, fordern mich auf ihnen eine lesbare Form zu geben. Entschlossen öffne ich den Montblanc, drehe die Tinte in die goldene Federspitze, schon läuft das Wort voraus, schwarze Zeilen fließen, bilden lange Satzfäden, als gäbe es kein Morgen, als wäre es an der Zeit darin einzutauchen.

Wo fange ich an … zögere einen Moment, hebe den glänzenden Tintenansatz vom Papier, leere den kalten, bitter gewordenen Rest Schümli … wo beginne ich über einen Tagtraum zu schreiben, der mich schon so lange begleitet und je und je beflügelt hat, wenn der Mut drohte in der Schmerz.Haft zu verblassen. Die Flügel sind müde geworden. Vielleicht fange ich dort an … gibt es eigentlich *Traumwurzeln*, das könnte man ja mal googeln, aber später … die Traumflügel erhoben sich kurz nach den beiden Unfällen, die mich so lange flach liegen ließen. Dieser große Bildband über französische Chateaus, mit dem alles anfing, war mir Motivation. Ein Geschenk von Lila. Sie weiß, dass ich Frankreich und die Chateaus mit ihrem morbiden Charme liebe. Zur weiteren Motivation, wieder einigermaßen mobil auf meinen Beinen nach den beiden Unfällen, erwarb ich 1996 gut dreißig Meter prächtigste Buchsbaumstecklinge. Ein spontaner Impuls meiner Seele. Was für ein Anfang. Dieser Start für einen Garten im Chateau. Völlig verrückt. Wohin damit. Dabei stolperte ich über diese Kleinanzeige in der Tageszeitung: *Buchsbaumstecklinge aus Hobbyzuchtaufgabe*. Völlig unvernünftig. Eine Mietwohnung ohne Garten, zwar in einer Villa aus der Jahrhundertwende mit großem rundem Balkon, aber mitten in der Stadt. Ich musste diesem Impuls folgen, fuhr aufs Land und erstand von einem lieben, älteren Herrn 400 prächtig verzweigte und gesunde Stecklinge für kleines Geld. Mein Schwager nahm die in Wannen gestapelten Stecklinge in seine Obhut, was für ein Glück. In jenem Jahr erfüllte sich der Bruder von Lila seinen selbstgebauten Traum vom Eigenheim mit Vorgarten am Rande seines Heimatdorfes, welches er nie verlassen hatte, und der noch nackte Vorgarten erhielt so seine erste grün-gereihte Ordnung. Mir schwebte weiterhin dieser Traum von einem Chateau in Frankreich im Kopf herum. Immer wieder flüchtete ich auf körperlosen Reisen zu imaginären Chateaus, wenn mir die Decke mal wieder zu nah und auf den Kopf zu fallen drohte und die Schmerzen mir ins Hirn brannten. In den ersten Jahren nach den beiden Unfällen habe ich so manche Zimmerdecke studieren können. Irgendwann wurde es leicht, in diese weißen Felder grenzenlose Reisen hinein zu malen, Pläne zu schmieden. Fünf Jahre später zogen die Stecklinge gesund und erwachsener in unseren Garten ein. Dieser begegnete mir genauso unerwartet wie damals die Stecklinge, na ja, nicht ganz unerwartet, wir suchten seit Jahren ein Haus, in dem wir Arbeit und Privates voneinander getrennt, aber zusammen leben konnten und hatten die Suche fast schon aufgegeben, da fiel uns dieses authentische hundertjährige Stadthaus ohne Vorgarten, aber mit einer großen leeren Wiesenfläche dahinter, wie vom Himmel vor die Füße. Es war natürlich kein Schloss, aber immerhin wurden wir von zwei morbiden, metallgestützten Steinkugeln am Treppeneingang des Hauses empfangen, als wir den Besichtigungstermin wahrnahmen, und da ahnte ich, dass Träume leben, ja sogar leibhaftig leben und wachsen können. Oft sind es nur die Kleinigkeiten am Anfang, du sammelst und sammelst, so beginnen Träume langsam Wirklichkeit zu werden, begeistern und tragen dich im Hier & Jetzt. Mein Traum bewegte sich in die richtige Richtung. Ich war hochmotiviert. Das spendete mir Kraft. Ein gutes Jahr später, die Stecklinge rahmten stolz die neu angelegten historischen Rosenbeete hinter unserem Haus. Zum ersten Mal blühten weiße Decken-Traum-Reisen in der Wirklichkeit rosarot auf. Unter leichten Flügeln schmolzen schwere Schmerzen. Wie oft waren sie da einfach verschwunden, vergessen, manchmal für Tage. Blasse Schatten erhielten keine Aufmerksamkeit. Dann unternahm ich nicht nur Tagtraumreisen. >Tour de France< nannte ich die Reisen mit einem alten, wiederhergestellten Oldtimer. Ein Citroen 11CV, Baujahr 1955. Erwarb das gute Stück Zeitgeschichte, völlig überraschend, während eines Besuches bei meinem Freund Mathias, der damals in Paris Kunst studierte. Es war nur ein kurzes Wochenende, das ich bei ihm in Paris erlebte. Am letzten Abend gingen wir zusammen aus, mein Freund kannte die einschlägigen Bars, schleppte mich durch die nächtliche Szene von Paris, wo wir einen Bekannten aus Deutschland trafen, der bald nach Guadeloupe auswandern wollte, sodass wir spontan Abschied feierten und uns ordentlich betranken. Am nächsten Morgen, aber ich denke jetzt, wenn ich mich recht erinnere, es war schon Mittag, wurde mir klar, in dieser Nacht bist du, per Handschlag, der neue Besitzer einer Gangsterlimousine geworden. Nach der Restaurierung trug die schnaufende Limousine mich viele Jahre, für jeweils vier oder fünf, einmal sogar für sechs Wochen, treu durch Frankreich, der Bildband über die Chateaus reiste stets mit. Ich hatte das Gefühl meine Träume selbst *erfahren* zu müssen. Wir entwickelten eine innige Beziehung, eine tiefe Verbundenheit, wenn man das über einen Bildband und einen Oldtimer so sagen kann, immerhin wurden wir im gleichen Monat und Jahr geboren. Alleine den Wolken folgen. Keine Termine. Keine Ziele. Keine Menschenmengen. Kein Lärm. Nur Gedanken. Natur. Mit der Traumfähre auf Seelenreise, mit einem Auge auf alle Chateaus. Augenorgasmus. So verliefen meine Reisen, nicht zu Fuß, aber dennoch immer in Bewegung. Kein Druck. Freiheit spüren. Aufatmen. Einatmen. Ausatmen. Das monotone Arbeiten des Motors mein sonores Mantra. Der Geruch von Öl und Benzin Aroma für die Sinne. Tagelang alleine, Fahren ohne Plan und Karte, nur den Wolken und der Intuition folgend. Herzliche Begegnungen mit Einheimischen in verwunschenen Dörfern und typisch französischen Bistros in denen ich einkehrte, *une boule de vin rouge* zur *Plat de Jour* trank oder auch zwei, wurden zu unvergessenen Ereignissen, abseits von allem Lärm der großen Straßen und dichten Städte. Ich erkrankte an einer frankophilen Infektion. Wenig Schmerzen. Kaum Valoron. Viel Vision. Viel Flügelschlag.

Es geschah im zweiten Jahr meiner >Tour de France<. Die schwarze Gangsterlimousine entdeckte den imaginären Ort meiner Tagträume. Sie fand ihn, ich war nur der Chauffeur meiner Träume, ich folgte ihnen, ohne bewusst oder aktiv nach ihrer Verwirklichung gesucht zu haben. Oder doch? Das Unterbewusstsein führt ein eigenständiges Dasein, ein selbständiges Leben im Untergrund. Wie bei einem Eisberg, das Sichtbare wird von 90% seiner Unsichtbarkeit getragen. Und sendete, im richtigen Augenblick, eine Botschaft an die Oberfläche. Heißt es nicht sogar, dass das Unterbewusstsein 90% unserer Entscheidungen steuert, vielleicht sogar noch mehr, wie damals, als ich aus einem Impuls heraus die Buchsbaumstecklinge erwarb oder über Nacht der neue Liebhaber dieser schwarzen Gangsterlimousine wurde. Bewusst oder unbewusst, auf jeden Fall bescherte mir der Anblick dieses verträumten Ortes, jenes tiefe Gefühl, endlich angekommen zu sein. Ein Fata Morgana-Sommer. Dabei hatte ich zuerst dieses schmiedeeiserne Tor im Ausschnitt einer langen jahrhundertbemoosten Mauer im Vorbeifahren gar nicht so richtig wahrgenommen. Das monotone Geräusch des stundenlangen Dahingleitens an dem heißen Sommertag versetzte mich in eine Art tiefe Gedanken-Landschaft-Trance-Glocke, als etwas in meinem Bauch spürte, ich muss zurück. Nach drei, vielleicht waren es auch sechs oder nur fünf Kilometer, wendete ich, folgte diesem Impuls, der immer stärker wurde, wir fuhren zurück, hielten an, und ich stieg aus. Bald verklang das Motorengeräusch in meinem Kopf, ein warmer Mantel der Stille umhüllte mich. Niemand war zu sehen, kein vorbeieilendes Auto störte diesen Moment, ich ging völlig allein in den Anblick des Ortes und eines verlassenen Chateaus versunken. Wenn ich mich daran erinnere, jetzt während ich diese Zeilen schreibe, fühle ich die Intensität wie gestern. Ich fühlte mich so lebendig wie lange nicht mehr. Mitten in einer Szene aus einem alten schwarz-weiß-Film. Alles war plötzlich wahr und richtig. Wie ferngesteuert folgte ich der langen, morbiden Mauer, die das Objekt umarmte wie einen verschollenen Schatz, den ich entdecken durfte. Auf der Rückseite des Chateaus öffnete sich das Bild einer uralten Platanenallee. Sie lud mich ein, ihr zu folgen. Führte mich über eine gewölbte Brücke, zwischen zwei schmiedeeisernen verrosteten Geländern hindurch, querte einen quellklaren, sprudelnden Bach. Am Ende der Allee wartete ein vermooster Bouleplatz auf Rotwein trinkende Spieler. Und auf mich.

Rechts und links davon duckten sich krumme Dorfhäuser aneinander, eine Kirchturmspitze beobachtete sie seit hunderten von Jahren, in einem Bistro mit erloschener Neonreklame servierte der betrunkene Bürgermeister einen Absinth. Alles dehnte sich im Halbkreis um die Chateau-Mauer. Die Platanenallee mündet in ein mächtiges, zweiflügeliges Schmiedeeisentor. Vor mir das zweigeschossige U-förmige Gebäude mit zwei mächtigen Chateau Flügeln. Und sofort lief die Phantasie auf Hochtouren. Mitten auf der schmalen gewölbten Dorfstraße, im Schatten der alten Moosmauer, mietete ich als einziger Gast ein bescheidenes Zimmer über dem Restaurant des Dorfes, *Lion d'or* baumelte verrostet über dem Eingang, der Name blätterte von der Fassade. Ich blieb und kam gar nicht mehr los von dieser Kraft, als ich das Fenster zum Hof öffnete und es mir den Blick auf das Innere des Chateau-Geländes freigab. An diesem Ort, in dieser Stille, in dem die Zeit die Wirklichkeit verloren gab, in einer von Gott und dem menschlichen Fortschritt vergessenen Region, in der mehr Kühe als Menschen lebten, in der es keine in weiß gegossenen Plastikstühle und keine schreienden Werbeplakate und blinkende Neonreklame gab, blieb ich, saß für Stunden am Fenster. Atmete ein. Atmete aus. Tankte Energie. Verlor Schmerz. Durchschritt am nächsten Tag einen offenen Nebeneingang zum inneren Gelände. Saß für Stunden inmitten des Gefühls, eines neuen schmerzfreien Lebens. Den Walkman im Ohr, Buddha & Bonsai Klänge träumten mit, ich fühlte starkes Leben und Zukunft, konnte alles hinter mir lassen. Über Jahre kehrte ich immer wieder dorthin zurück, zum Auftanken meiner Seele. Und zum Weinen. Tränenfluss. Vor Freude. Dieser einstige Tagtraum überschritt bald die Grenze in das Land meiner Realität. Mit der Zeit wuchsen Pläne, Grundrisse und Bilder, Konzepte, Ideen, Lebensmodelle, Kosten, Korrespondenzen, Treffen und Gespräche mit Freunden und Bekannten. Dann der Kontakt mit dem französischen Eigner, Inhaber einer großen Chemiefabrik. Das war vor elf Jahren. Und nun, heute. Versuche ich, es nicht mehr so wichtig zu nehmen. Alles hat seine Zeit, alles kommt und geht. Jahrelang war mir dieser Traum Motivation und Begeisterung, die mich antrieb. Dieser Traum war Aufrechterhalter, Kraftspender, Schmerzverblasser, ein für das Hier & Jetzt motivierender Erinnerungsraum und zugleich Zukunftsraum meiner unerschütterlichen Zuversicht. Aber auch Fluchtpunkt. Ich konnte meinem Optimismus vertrauen, mich auf meine Zuversicht verlassen, konnte andere anstecken oder aufregen, vor allem aber mich selbst. In den Momenten, wenn die Hoffnung schwindet und die Zuversicht bröckelt, waren mir das Chateau und all die Gedanken daran Labsal und Schmerzmittel, nicht frei von Nebenwirkungen, ein Raum, in den ich fliehen konnte, um mir ein Lächeln und den Mut fürs Leben zurück zu holen. Ich glaubte fest daran, nicht nur einen virtuellen Rückzugsort gefunden zu haben, nein ich war davon überzeugt, dass es mir gelingen würde, dieses Projekt zu leben, mit anderen zu beleben, mich auf meine Intuition zu verlassen, dass ein Traum zu realisieren sei, dass wir einen Traum leben und nicht nur das Leben träumen können, auch wenn noch so viele Vernunftgründe dagegenstanden wie Betonklötze. Für alles gibt es doch Lösungen, Wer nicht will findet Gründe, wer will findet Wege, hatte ich stets gesagt, und Probleme helfen uns dabei, kreative Möglichkeiten zu entwickeln, einer Lösung näherzukommen, nach unseren Überzeugungen zu leben. Nichts ist unmöglich. Aber meine Erfahrung lernte eine andere Sprache. Je klarer meine Vorstellung wurde, zurück in der Realität meines Zuhauses, desto größer wurden die Betonklötze in den Köpfen der anderen, sie wuchsen, sie wurden unbeweglicher und schwerer. Sie hielten sich an dem fest, was sie glaubten sicher zu besitzen, so dass sie sich nicht auf ein unbekanntes Neues einlassen wollten oder konnten. Sie hörten mir aber immer gerne zu, belächelten mich, manch einer hielt mich für völlig verrückt, in ihren Augen war ich der Träumer und sie die Realisten. Ich war woanders angekommen, fühlte die selbstbestimmte Freiheit und hatte den Mut zu planen. Mein Umfeld erlebte ich wie gefangen in ihren Gegenargumenten, die ihnen nie auszugehen schienen. Sie sammelten Gründe, ich suchte Wege, sie vermochten nicht von den mit Geh- und Verbotstafeln beschilderten und ausgetretenen Autobahnen ihres Alltags abzubiegen, noch nicht einmal in ihrer Phantasie, noch nicht einmal für Stunden konnten sie dieser Vorstellung auf neuen grünen Trampelpfaden folgen. Selbst Lila wollte oder konnte meinem Traum kein Ohr öffnen, wollte mir nicht folgen, *Du Träumer …*

Ob es der Ruf des abendlichen Harry-Brotes war, das Monsieur Gris mit diesem Satz seinen Tagtraum hier abrupt enden ließ, oder ob er einfach nur genug geschrieben oder die Tinte geleert oder weil er sich erschrocken an *Du Träumer…* erinnert hatte, das wissen wir nicht. Vielleicht will er auch nur vor dem Abendessen noch schnell eine VanNelle rauchen, sein Blick auf seine Uhr holt ihn in die Zeit zurück. Er zieht den Stecker seiner Erinnerung, schließt das Buch, zögert einen kurzen Moment, als hätte ihn ein letzter Gedanke angehalten und nicht sein steif gewordenes Knie. Und mit einer kurzen Verzögerung öffnet er den Montblanc noch einmal, schreibt in großen Lettern den letzten Gedanken für heute ins Buch: ALLES ZERSPRINGT IM GLASSCHRANK DER SCHMERZEN!

TAG 17 MI

Die Bedeutung der täglichen Nahrungsaufnahme schwindet mehr und mehr aus Monsieur Gris' Aufmerksamkeit. Aber lassen wir uns überraschen, wir sind da voller Hoffnung, dass er sich, aufgrund seiner Passion, dennoch über weitere Menüfolgen zum Ausdruck bringen wird. Seine Devise heißt aber nun erst einmal: Morgens Obst, mittags meist vegetarisch und nachgewürzt, am frühen Abend um 17.00 Uhr ein leichter Salat, Blümchentee, oder eine erfrischend kalte Buttermilch.

Ein weiterer Tag in der Schmerz.Haft. Gestern Morgen beflügelte eine kleine weiße Valoron mein linkes Knie. Heute am späten Nachmittag, unter den spannungslösenden Händen von Frau K, in der Cranio-Sakralen-Flug-Therapie, verblasst der Schmerz zum Schatten. Ich selbst wusste es nicht, wer oder was letztendlich den Ausschlag gab, mein Knie lief für den Rest des Tages völlig schmerzfrei. Dafür verwickelte sich, über den langen Vormittag hin, mein zertrümmerter 12. BWK mit der Lendenwirbelsäule in ein heftiges Streitgespräch, es ging mal wieder um das brüllende ISG, das aus der Spur geraten war, welches partout keine Ruhe geben wollte und mit seinem Schrei nach Aufmerksamkeit bei jeder Bewegung nervte.

Mir wurde bald klar warum. Erst die Tiefenpsychologische Körpertherapie, 1 ½ Stunden Körperwahrnehmung im Stehen, Gehen und Sitzen, gefolgt von der Chaosgruppentherapie beim Papst mit 1 ¾ Stunden Stuhlsitzen raubten mir den vorletzten Nerv. Die Grenze wurde beim quälenden Last-, Steh- und Sitzwechsel im Gesprächskreis der Chaosgruppe überschritten. Hielt es kaum aus, der Stausee randvoll gefüllt, schwappten die Fluten zum Ende der Stunde über die Augenufer. Aber es war mir egal, oder auch nicht. Bin frustriert. Immer wieder dieser Streit der Wirbelsäule mit dem ISG. Der Nerv. Der Frust. Erst nach dem Mittagessen entspannt sich mein Körper und meine Frustration löst sich unter den professionell massierenden Händen der Physiotherapeutin auf, die bald jeden Punkt meiner Muskelverkrampfung aufspürte, den BWK Schmerzpunkt verschieben konnte. Mir blieb nur das Gejammer der unteren LWS, mein ISG nagelte weiter bei jedem Schritt.

Ob sie bemerken, dass ich Ihnen auf die Pelle rücke, sie loswerden will, ihnen keine Beachtung mehr schenken möchte, frage ich mich und lächle über diesen Gedanken. Ihr habt so viele Jahre um meine Aufmerksamkeit gebettelt, nun lehnt euch mal alle zurück, ich habe ganz andere Pläne, um die ich mich in Zukunft kümmern möchte. Nach einem erholsamen Nachmittagsschlaf gönne ich mir, zum krönenden Abschluss eines knochenstreitenden Tages, die wohltuende Hitze eines entspannten Saunagangs. Es gab keinen Streit mehr, keiner schrie um Aufmerksamkeit, soweit hatten die Knochen mich verstanden und schwiegen. Ob sie schmollten? Am Abend leerte sich plötzlich die Anstalt. Wir erhielten für den Abend eine offizielle Amnestie: Freigangerlaubnis bis 00:59 – *Tanz in den Mai – um 01.00 Uhr schließen aber die Tore*, lautete die schriftliche Anweisung der Anstaltsleitung auf den überall ausgehängten Hinweiszetteln. Ich war noch nie ein Ein-Bein-Tänzer. Und die Sünden des tätowierten Arms blieben an diesem Abend ohne erlösende Beichte. Wie fast alle anderen war er zusammen mit dem zappeligen Skatprofi zum örtlichen Tanzvergnügen in den nahegelegenen TURM geströmt. Im Mai schlagen die Bäume aus sagt der Volksmund und am Abend bleibt die Raucherbank zum ersten Mal leer, ich genieße in voller Länge eine ganze VanNelle.

TAG 18 DO

1. Mai. Tag der Arbeit. Keiner arbeitet. Feiertag in der Anstalt. Es gibt nichts zu tun. Weder im Inneren der Kastanieninsel, noch im Draußen des Festlands. Stehe spät auf, dusche, bis alle Schmerzen im heißen Dunst vernebeln. Die Anstaltsleere des Abends erstreckt sich bis in den Morgen, bis tief in die Weite des Frühstücksaals. Vereinzelte frühe Gestalten, vermutlich Nichttänzer oder Frühheimkehrer, sitzen wie farbige oder graue Punkte vor weißen Tischdecken. In Anbetracht dieses spärlichen Bildes bleibe ich allein an meinem Frühstückstisch. Die drei Damen von Platz Nr. 1, 2 und 4 sind ausgeflogen, haben verschlafen oder sind zum Feiern nach Hause gefahren. Vielleicht auch vom gestern angereisten Partner für einen Tagesausflug entführt. Bleibe allein ohne Therapie-Termine, beschließe, mal einfach spontan zu einem zweiten Frühstück nach Hause zu fahren, um einen kuscheligen Tag zuhause zu verbringen. Was soll's. Melde mich nicht offiziell ab, keiner wird mich heute vermissen, selbst die Dame in Schwarz ist mit ihrem Partner auf Tagestour. So verlasse ich nach einem ersten Kaffee ohne Geschmack und Gepäck unbemerkt das Anstaltsgelände. Unter

dem Himmel hängt ein krauses nasses Wolkentuch. Die Nacht hat dem Morgen eine graue Kappe aufgesetzt. Von schweren Kastanienblättern rollen dicke grüne Tropfen. Der Tag wird zu dichter Zweisamkeit. Die Rückfahrt erschöpft. Die Nacht sorgt für Verdichtung.

TAG 19 FR

Bin verärgert, gefüllt wie ein praller Wasserballon. Bereue die Cashewnüsse, die ich in der Nacht essen ‚musste', sie stehen mir noch am Morgen bis zum Hals. Kein Stoppschild in der Nacht bewahrte mich davor. Der Frust fütterte. Drückt jetzt auf den Magen. War die Dichte zu viel? Die leere Dose finde ich neben dem Bett. Zu viel. Zu viel. Bloß kein Frühstück. Ein Joghurt, der Apfelsaft und viel Wasser haben den Druck lösen können. Zu vieles aufgenommen und eingestapelt. Muss unbedingt Druck ablassen, das ist klar. Sicherheitshalber. Auf allen Ebenen. Damit kein Unglück passiert. Dieser sich mehrende Innendruck erhöht die Sehnsucht nach Leichtigkeit und Flucht. Will keine Gewichte mehr tragen, auch keine Tränen. Trinke nur einen faden Kaffee mit den Damen am Frühstückstisch. Na, keinen Appetit, fragt das Zappelige und beißt herzhaft in ein Wurstbrötchen. Habe schon einen frühen Termin, weiche ich aus, Na, wo geht's denn hin so früh, möchte die Dame in Schwarz wissen, die heute ein elegantes, eng anliegendes, schwarzweiß-gemustertes Strickkleid unter ihrer kurzen schwarzen Lederjacke trägt, Gleich kurz nach acht geht's schon los zur Körperwahrnehmung, gebe ich schmal zur Antwort und denke, was für eine Ironie nach dieser druckvollen Nacht mit den Cashewnüssen und motiviere mich, pünktlich zum Therapeutischen

Gruppen-Training der körperlichen Wahrnehmungssteigerung zu erscheinen. Mir ist klar, ich darf mich jetzt nicht hängen lassen. Rauche noch schnell eine erste *VanNelle,* bevor ich zum Training eile und als Letzter die Türe schließe. Ob es nun daran liegt, dass heute die Körper-Gruppe die meisten Übungen im Liegen durchführt, ja vielleicht, oder ob mein Entschluss, mich nicht hängen zu lassen, dazu beiträgt, was ja meiner Motivation mit Sicherheit nicht geschadet hat, plagen mich heute die 1½ Stunden Körperarbeit nicht so sehr wie die Male zuvor. Meine erwachte Begeisterung, die mich durch dieses Vormittagstraining trägt, verschafft mir Erleichterung. Zum Abschluss der körperlichen Wahrnehmung besteht die letzte Gruppenaufgabe darin, aus langen Holzstäben gemeinsam eine Skulptur zu bilden. Teamarbeit. Mit anschließender „Wie-ging-es-Ihnen-dabei-Besprechung". Wie haben Sie sich bei dieser Aufgabe gefühlt, fragt die therapeutische Gruppenleiterin, die sich nur mit Nachnamen Meysel nennt. Ich scheine derjenige in der Gruppe zu sein, der keine Berührungsängste kennt, lege als Einziger den letzten Holzstab, einen Besenstiel ohne Borsten, so auf die schon am Boden weit verstreute *Skulptur*, dass sich zwei Holzstäbe berühren. Habe mich einfach mal quer gelegt. Warum haben Sie sich so entschieden, fragt mich direkt die Frau, deren Vorname nicht Inge ist, Wir hatten ja einen Auftrag, so habe ich Sie verstanden, und ich dachte, eine Skulptur sei ein zusammenhängendes Objekt, erkläre ich der irritierten Gruppe, Sie gaben uns doch die Aufgabe, als Team gemeinsam eine Skulptur zu errichten, und nicht alle Stäbe getrennt voneinander auf dem Boden zu verstreuen, so habe ich mit dem letzten Stab versucht, eine dritte Dimension zu bauen. In der anschließenden Diskussion über Berührung und Berührungsängste blühe ich förmlich auf. Entwichen ist jeglicher Druck, selbst der Schmerz scheint sich um anderes zu kümmern und geht seiner Wege.

11.15 Uhr Hochmotiviert eile ich zum Termin ins Kellergeschoss. EEG. Hirnvermessung. *Kein Gel ins Haar !* mahnt ein fettes Ausrufezeichen im Terminplan. Sicherheitshalber streiche ich mit meinem Fünffingerkamm das Haar nach hinten, kein Gel, kein Stress. Derweil zwei flinke Hände meine Gedanken fachfraulich verkabeln, rote, blaue, grüne, gelbe Noppen saugen sich an meiner mit medizinischem Gel befeuchteten Kopfhaut wie Froschfüße fest. Na, da wird ja eine Menge Heiterkeit durch die bunten Drähte fließen, scherze ich die flinken Hände an, die nun den großen schwarzen Stromschalter mit einem Lachen, So jetzt wird's heiß … auf Stufe 5 umlegen. Farbige Fieberkurven zittern meine Gedanken aufs Millimeterpapier. Blicke auf den hin- und her gefalteten Messergebnisstreifen. Na, das kann ja heiter werden. Nach dem Abendessen mit Blümchentee stecke ich den zweiteiligen roten Abwesenheitsschein, von Frau A ausgefüllt, in den kleinen Briefkasten neben dem Eingang des Restaurants, so wie in die dafür vorgesehene Lasche an Tisch Nr. 9. Ein Essen weniger am Wochenende in der Anstalt und keine Suche nach einem verlorenen Schaf.

TAG 20/21 SA/SO

Dass er nun jedes Wochenende nach Hause kann, damit hat Monsieur Gris nun wirklich nicht gerechnet. Erinnert sich an die wochenlangen Aufenthalte in den verschiedensten Schmerzkliniken des Landes, in denen dies nicht so selbstverständlich war und, wenn überhaupt, dann nur aus wichtigstem Anlass, bei frühzeitigem Antrag und großem Formularakt. Nur einmal während des Aufenthaltes sei dies möglich, hieß es immer von bürokratischer Seite, wegen der Unfallversicherung und so, wenn Monsieur den Wunsch verspürte, nur einmal auf und davon, dem Elend vor Ort mal für ein Wochenende zu entfliehen. Monsieur Gris ehrte diese Vorschriften, so dass er sich nie um eine Heimfahrt während seiner 4- bis 6-wöchigen Aufenthalte bemühte, umso dankbarer nimmt er hier dieses unkomplizierte Angebot wahr. Die offiziell von der Unfallversicherung akzeptierte Begründung dieser Anstalt, vorgedruckt in einem Formular, heißt, salopp ausgedrückt: *Den Faden nach draußen nicht reißen zu lassen.* Die Folgen dieses wöchentlichen Pendelns zwischen den beiden Welten, die Unterschiede zwischen dem neuen Drinnen und dem alten Draußen werden ihm deutlich vor Augen und vor die Seele gestellt. Im sprichwörtlichen Morgengrauen verlässt er ungefrühstückt die noch im Dämmerzustand liegende Anstalt. Niemand nimmt Notiz, nur der stets früh umherirrende tätowierte Arm wünscht, Ein köstliches Wochenende ... Hochwürden.

Nach einer stummen, klassikfreien Fahrt ins heimische Draußen betrete ich zaghaft das Wochenende. Lila träumt noch Träume, oder keine. Um 08.49 Uhr sitze ich mit einem heißen Cappuccino im ersten Sonnenlicht auf dem Balkon, spüre, dass mich irgendetwas plagt, so lange und intensiv, wie ich gedankenverloren ins Nichts stiere, derweil der erste Cappuccino langsam auskühlt. Ein langer Zug an der Van-Nelle befreit mich aus der Erstarrung. Der Mantel der Einsamkeit legt sich erdrückend um meine hängenden

Schultern, auf die schwere Gedankenblöcke drücken. Vor mir leere Seiten, der Kaffee kalt. Immer diese verdammten Sehnsüchte, ich bin ja wie ein Junkie, mit tausend Gedanken im Kopfkarussell, sie kommen weder zur Ordnung noch zur Ruhe, sehnen sich nach dem nächsten Schuss, bis alles schwindelt, kreist, und alle Klarheit verwischt. Nur sehne ich mich nicht nach dem Goldenen Schuss, sondern giere nach Sommer und Leichtigkeit, dürste nach Stille, nach einem belebenden Lächeln, nach wärmender Sonne für meine Seele. Und Frische. Was bleibt, ist der lärmende Rummel im Morgenkopf und ein schaler Geschmack. Morgenstund' hat Gold im Mund.

Als das Kreisen zum Stillstand kommt, wird mir langsam klar, sie, die noch träumt oder nicht, wird meine ganze Aufmerksamkeit fordern, in meinen Armen den Schutz vor den Trommelschlägen dieser Welt suchen. Das Wochenende schiebt die Stunden ineinander. Presst sie in einen Fluss drückender Zeit. In meiner Brust ein Schrei: Friss' mich auf mit Haut und Haaren, friss alles auf, damit nichts mehr bleibt. Mit Lilas Tränen fließt alles heraus in meine kraftlos gewordenen Arme, die sie halten, halten müssen. Sie ist alleine. Sie braucht mich so sehr. Meine Schulter. Meine Worte. Meine Wärme. Ich bin verantwortlich. Und gebe, was ich kann. Aber eine Ohnmacht lähmt mich und meine Hilflosigkeit lässt mich an meiner eigenen Kraft zweifeln. Woher soll ich die Energie nehmen, schreie ich die Worte in die leeren Seiten. Ich weiß nicht mehr, wie ich ihr helfen kann. Ich kann nicht mehr. Ob ich ihr überhaupt helfen kann. Ich bezweifle es. Die Zeit wird es bringen, klopft es in meinem Hinterkopf. Auch das werde ich tragen, tragen müssen wie mich selbst, ich flehe es still ins Universum hinaus, Nimm mir all die Last mit Leichtigkeit, verteil sie … ich halte inne und frage ins Nichts hinein, Aber wohin, wohin nur, wo kann ich die Last abladen. In meiner Verzweiflung freue ich mich plötzlich auf den Montag, sofort meldet sich mein schlechtes Gewissen, wie eine nervöse Warnlampe flackert dieser Gedanke. Wie auf der Flucht. Ich bin verwirrt, irritiert, dieser eine Gedanke steht ungeduldig an den Gleisen, wartet ohne Gepäck auf die Abfahrt, ich steige virtuell ein, reise mit diesem Gedanken zum Montag, denke an die ferne Kastanieninsel, an das unbeschwerte Lachen. Dort sind hundert Schultern, hundert Geschichten, hundert Gesichter, hundert Ohren, die getragen werden wollen, die mich tragen. Dort bin ich nicht einsam, ernte Lob und Anerkennung. Die Geschichten dort lasten nicht schwer auf mir, unter ihnen fühle ich mich leicht, nicht hilflos, sogar hochmotiviert und, je und je, wachsen mir Flügel der Begeisterung, die die eigenen Schatten verblassen lassen. Die Kastanieninsel verbündet die Gestrandeten. Keiner geht hier unter, auch ich nicht. So dicht und doch so fern. Sie alle wiegen nicht so schwer wie die Last, die mir hier im Draußen so zu schaffen macht, die Last, die ich zuhause trage. Die Last der Hoffnungslosigkeit, der lautlos im Raum schwebenden Worte, die in dieser zusammengeschobenen Zeit neben mir liegen, ich muss sie aufrichten in diesen wenigen Stunden, die mir bleiben, und ich frage mich, Schwimmt diese Last nun mit all den Tränen auf und davon. Keiner gibt mir eine Antwort, meine Worte füllen derweil die leeren Seiten, ich schöpfe Kraft, wie Papier. Notizen auf Bütten, das Auge isst ja mit und bleibt nicht trocken, ich fasse meine Erfahrungen der letzten Zeit zusammen, so als könnten sie mir etwas versprechen, mir einen Silberstreifen in den fernen Horizont pflanzen. Nach drei Wochen auf der Werft schreibe ich: Die Arbeiten schreiten voran. Schon liegt mein Rumpf frei. Strebe für Strebe wird mit Rostschutzfarbe versehen. Später soll ich dann wieder hinaus aufs Meer, runderneuert und stark, so der Plan. Doch wohin wird die Fahrt gehen, frage ich mich dann und sehe verunsichert nur das Kreiseln des Kompasses, suche eine Richtung, in die ich durchstarten könnte, stattdessen kommt der Schmerz zurück, der mich daran erinnert, das Leck zu schließen, die Balance wieder zu finden, ohne dabei selbst dahin zu faulen, wie der Zahn der Zeit. Die Zeit soll es lieber richten, ich weiß ja, sie arbeiten daran, ich höre es, jeden Tag, wie sie werkeln, hämmern und schleifen, ich vertraue diesem Halt im Becken dieser Werft, fühle mich dort sicher, anerkannt und stark wie schon lange nicht mehr, und ich stelle mir voller Erwartung auf diesen Tag der Überfahrt zurück aufs Festland die Frage: Gibt es zum Abschied aus der Anstalt ein neues Lebens.

Die Werftsirene zerreißt das Bild, die Möwen verlassen erschrocken die Kaimauer, fliegen übers Meer, nur eine bleibt am Boden, Flügel schlagend wie meine Hoffnung. Der Lärm kehrt zurück. Und am Himmel zerreißt ein Wolkenlaken, Sonnenarme saugen Bodennebel auf und endlich, endlich atme ich das Grün, das Leben, sehe silbernen Horizont und warte in aktiver Geduld auf die Rückkehr der Werftarbeiter. Träume einen Moment ein flackerndes Bild, eine bröckelnde Mauer, moosgrüne Patina, greife nach dem morbiden Charme des verwunschenen Châteaus, streiche das schmiedeeiserne Gartentor mit neuer Farbe an und blicke hinaus, soweit ich kann. Die Möwe schlägt Flügel, fliegt durch meinen Blick und landet vor meinen Füßen, ich lausche Stunden.

Über dem Meer suche ich den Horizont. Finde den Silberstreifen. Da schließt sich das Wolkenband, die Möwe hebt ab. Die Werftarbeiter kehren zurück. Ich lasse es geschehen. Der erste Schutzanstrich beginnt zu trocknen. Zum Finale kommt der glänzende Lack auf den Rostanstrich. Nur Geduld. Die Sirene heult laut auf, ich steche in See und lasse den Schmerz zurück. Und der Flügel schlägt nicht mehr. Ich schaue auf meine alte Bergmann-Uhr. Das Wochenende hat die Zeit verdichtet.

TAG 22 MO

Dieser neue Tag auf der Werft verfliegt, sie werkeln, hämmern und schleifen, Monsieur Gris wirkt hochmotiviert und nimmt alle Termine pünktlich wahr. Am frühen Nachmittag beendet er einen langen Brief an seinen besten Freund, den mit der Matrosenkleid-Künstlerin, berichtet ihm von seinen Observationen aus der Anstalt und seinen Gedanken vom Wochenende. Am späten Nachmittag wird der Briefkasten im Foyer geleert und eine weiße Möwe fliegt mit seinen uns unbekannten Gedanken und Worten nach Frankreich. Sein Knie spricht nur leise, wir hören keine Klagen, nur ein schwaches Summen. Dafür quälen ihn LWS & ISG vom langen Sitzen und der rostige Nagel bei jedem Schritt, sein linkes Bein will wieder taub werden. Wir beobachten, wie er die Cafeteria nach dem Briefschreiben verlässt und mit selbstmotivierenden Gedanken unter den grünen Kastaniendächern verschwindet, auch die Taubheit verschwindet. Bewegung. *VanNelle.* Bewegung. *VanNelle.* Monsieur Gris hellt auf, durchsteht den Tag, ohne umzufallen.

Es gibt diese Tage. Ich sage, ich habe den Tag abgelaufen, nicht abgehakt.

Ein Termin jagt den andern. Der Therapieplan fordert heute meine ganze Aufmerksamkeit. Bin dankbar dafür, so fühle ich mich angenehm gefördert, blicke noch einmal zurück zum letzten, schon so fernen, Wochenende. Zuhause hatte ich nicht so viele Termine. Na ja, zumindest hatte ich zuhause keine Termine, die sich ausschließlich um mich ‚Selbst' drehten, dennoch mit mir selbst zu tun hatten. Meine ganze Aufmerksamkeit galt Lila. Aber ich jammere nicht, genieße heute jeden Termin, bin hochmotiviert und entschlossen, finde genügend Zeit für eine entspannte *VanNelle* auf oder vor der Raucherbank und schreibe eine kleine Episode, die ich gestern am frühen Abend erlebte:
Die Raucherbank gegenüber der gläsernen Anstaltstür (*die Bank steht übrigens auf öffentlichem Wegesrand und ist nicht mehr offizielles Anstaltsgelände, hier trennt die schmale Asphaltstraße unter den Kastanienbäumen die Zuständigkeiten*) ist die beliebte Litfaßsäule dieser Psychosomatischen Schmerz-Anstalt auf der Kastanieninsel. Hier laufen die Geschichten zusammen, die das Leben jedem einzelnen (*in diesem Fall den rauchenden*) Insassen in Körper und Seele schrieb. Bei wenigen fließen Worte leise und weise, die meisten stolpern und poltern aus offenen Mündern, roten oder faltigen, verweben oder verhaken, bäumen auf oder fallen, erzählen ein jedes auf seine Art, über Schicksal, Leiden, Gebrechen, und einer, der erst wenige Tage unter uns weilt, kotzt jetzt wiederholt und ungefragt gröbste Worte der Be-

schwerden vor unsere Füße, klagt lärmend über die Unfähigkeit der Ärzte hier vor Ort, Die haben mir alle meine Tabletten geklaut ... die haben ja keine Ahnung, was ich alles brauche ... die können doch nicht einfach ... und überhaupt. So geht's eine Zeitlang polternd weiter. Obwohl ihm keiner wirklich zuhört oder zuhören möchte, kommt jener junge Mann im besten Alter mit seiner fettigen, strähnigen Haarlänge nicht zur Ruhe, klammert sich weiter an unsere Ohren, Ich lass mir doch von denen nichts sagen ... ich weiß genau Bescheid, was hier läuft, flucht der Strähnige weiter und weiter, reißt den silbernen Pull-Ring von einer Bierdose und schüttet einen schäumenden Schluck in sein Gezeter. Ja, wenn der laut klagende Meisterpatient sich so überheblich überdreht, mit pseudo-medizinischem Wissen seine eigene Klugheit so großmäulig demonstriert, da klingeln nicht nur bei mir die Ohren und weil sich sonst keiner wirklich darum müht, die schäumenden Kaskaden zu beenden, versuche ich mit einer Prise Scharfsinn und Gelassenheit diesen erhitzten Geysir zu kühlen. Wir verstehen Dich ja und hören Deine Klagen ... aber lasst uns lieber zusammen lachen und vertrauen ... das Leben ist doch wohl schon hart genug ... *„Beinhart!“*, schimpft der ertappte Bierraucher lauthals und lacht schallend auf, speit jetzt Geschäumtes statt lautes Wort, sodass ein jeder sich erschrocken zur Seite streckt, zischt die halbvolle Bierdose in die Büsche hinter die Bank, wirbelt zweimal um die eigene schräge Achse, stampft wütend laut von dannen. Zwei Tage später wird er vorzeitig entlassen – Diagnose: Therapieresistent.

Mein letzter offizieller Termin für heute führt mich am Nachmittag, mit einem grünen Taxi-Kosten-Übernahme-Schein, ... Klinik! ... Kürzel! ... Stempel! in der Hand, zum ersten Mal, zum nahegelegenen >Burgschlösschen<. So wird dieser Ort in der Anstalt genannt. Nur wenige durften dort hin. Jetzt stehe ich davor. Beeindruckt. Staune. Schweige. Schreibe. Bevor die Wolke des Staunens die Wirklichkeit verschleiert. Was für ein romantischer Name B-u-r-g-s-c-h-l-ö-s-s-c-h-e-n. Die rosa Prinzessinnenwolke folgt mir dicht auf den Fersen, gut 50 Schritte weiter, wir stoppen. Wende meinen Blick. Staune und notiere. Es war einmal eine hässliche alte Kröte, die küsste einst das süße Burgschlösschen ... Kopfbilder//bruch. Scherbengericht. Unüberschaubares Grau. Vom Himmel bis zur Erde. Von West bis Ost. Wettergegerbter Beton. Ein gewaltiger Klinikkomplex aus den sechziger Jahren. Drei scharfkantige Türme, gelöchert mit endlosen, senk- und waagerecht hinausblickenden Reihen schwarz glänzender Glasaugen, ragen wie mächtige Drillinge in den strahlenden Himmel, umarmt von einem dichten Tannennadelwald. Ein jeder dieser Türme nennt sich hinten Hof. Um sie auseinander zu halten gab man ihnen zweckdienliche Vornamen. Sie besitzen zwar keinen grünen Hof, stattdessen gestaltete man sie mit kariösem weißem Strich, markierte addiert 1000 Parkbuchten in Reih und Glied und legte so die Ordnung auf die asphaltgraue Hof-Fläche. Ein jeder neuer Gast wird so begrüßt, markiert führt der Weg zur gläsernen Eingangstür. Der erste Vorname der drei Geschwistertürme lautet Wiesen, Nachname Hof, der zweite Turm nennt sich Tannen-Hof, der dritte wird dann folgerichtig Quellen-Hof genannt. Das Klinikpersonal trägt die dazu passenden Uniformen mit gedruckten Namensschildchen an der Brust, damit der Mensch innen und außen weiß, wer er ist, wo er ist und wo er hingehört. Im ersten Turm, dem Wiesenhof, schmückt ein grünes Kostüm mit Blümchenwiesenbluse das Dienstpersonal, ein schlichtes klassisches Tannengrün auf moosgrünen Gesundheitsschuhen leistet im Tannenhof den Dienst am Kunden, wie hier die Patienten genannt werden. Im dritten, dem rechten Turm am Waldesrand im Osten, dem Quellenhof, trägt man und frau ein modisches Quellblau auf klassisch dunkelblauem Untergrund zu schwarz lackiertem Schuhwerk auf gedämpfter Sohle. Ich bin zutiefst beeindruckt. Die Wolke des Staunens ist verschwunden. Ich wende meinen Blick, schaue dem davondieselnden Taxi nach, bis sich sein Hellelfenbein hinter fernen Buschbaumreihen verliert, blicke auf meine Uhr, Es ist Zeit, na dann mal los ... drehe in die Wirklichkeit zurück und wanke desillusioniert über die asphaltgraue Vor-Hof-Fläche, sicher geführt von den kariösen weißen Strichen, stets darauf bedacht, sie nicht zu betreten. Die automatischen Glastüren saugen mich in den romantischen Quellenhof. Eine mattblauschimmernde Rezeptionsnixe erklärt mir freundlich den Weg zur Quelle. Pünktlich erreiche ich den Termin beim ach-so-viel-gelobten Orthopäden Prof. Dr. P. Ein drahtiger hochgewachsener Iraner im weiß gestärkten Kittel. Unter dichtem, glänzendem Haar strahlen zwei dunkle Mahagoniaugen aus einem makellosen orientalischen Teint. Er sei ja ‚a-c-h-s-o-o-o' charmant, schwärmt die begeisterte Damenwelt in der Anstalt, Ja, und er sei ein s-o-o-o verständnisvoller Mann.

Dr. Richard Papst hat sein Versprechen gehalten. Für Sie nur das Beste. Er hatte mir versprochen, den Termin beim Akupunkteur der Orthopädie, Prof. Dr. P, zu ermöglichen. Nun sitze ich gespannt auf hölzernem Stuhl im Licht gedimmten, fensterlosen Vorzimmer und warte auf eine orientalische Begegnung. Kopf-Kino. Kleine Nadeln, große

Erleichterung. Endlich die ersehnte Akupunktur zur Entspannung. Körperbreit schwingt die weiße Arzt-Türe auf. Aus dem warmen Lichtspalt spricht ein freundliches, Bitte, Monsieur Gris, treten Sie ein. Kein Kopfbilderbruch. Ich kann die Damenwelt jetzt gut verstehen. Er bittet mich höflich Platz zu nehmen. Ein ausführliches Gespräch schafft zusätzliches Vertrauen in angenehm ruhiger Atmosphäre. Anamnese. Historie. Verlauf. Ich darf erzählen. Prof. Dr. P nimmt sich Zeit, fragt nach, folgt mit Respekt meinen Schilderungen. Bitte ... machen Sie sich einmal frei. Eine ausgiebige Körpergerüstuntersuchung im Stehen, Streck- und Beugung werden eingehend begutachtet. Auch im Liegen. Aber kein verchromtes Hämmerchen. Sie können sich bitte wieder anziehen, machen Sie ruhig langsam, wir haben alle Zeit. Kontrastgedankenprogramm. Die mitgebrachten Röntgenaufnahmen meiner Knochen, besonders die des verschraubten Unterschenkels, werden mit einatmender Hochachtung gewürdigt und still bewundert. Bildbetrachtung auf Augenhöhe vor Opal-Weiß schimmernder Röntgenwand. Prof. Dr. P lässt lautlos die Luft aus der Lunge, formt anerkennende Worte mit vollen Lippen, Eine hervorragende Arbeit des österreichischen Operateurs ... Wo, sagten Sie, wurden Sie operiert ... In Innsbruck ... Ein wahrcr Edelstahlkünstler, bei allcm Respekt ... schwärmt er, da hatten Sie aber großes Glück. Ich kenne viele solcher Bilder, die Betroffenen verloren meist ihr Bein nach solch komplizierten Trümmerfrakturen oder sitzen heute im Rollstuhl, streicht mit der Rechten durchs gewellte schwarze Haar. Ja, da hatte ich wirklich Glück ... strahle ich aus feuchten grünblauen Augen in die Mahagonifarbe. Die Damen versprachen nicht zu viel.

15.38 Uhr Nun sitze ich natürlich nicht im Rollstuhl. Habe ja noch so manche Wege zu gehen. Vom Sommermantel meine Gedanken umhüllt, schwimmen sie mitten im wogenden Wortmeer, im leichten Spiel feinster Vernetzungen versunken, vor mir das offene Buch meiner Observationen, der geschlossene Füllhalter neben einer geleerten Tasse Schümli. In der gut besuchten Anstaltscafeteria steigt der Geräuschpegel. >*Ein Geräusch bezeichnet das, das man hören kann*< und das deutsche Wörterbuch dudet weiter: <*ein lautes, leises, dumpfes, durchdringendes, störendes, (un)angenehmes G;*>||*K-: Geräusch-, -minderung, -pegel; geräusch-, -empfindlich* || >.

Wir lassen Monsieur Gris mit seinen Gedanken einen Moment lang allein, blättern derweil im Ergebnis der Zeit ein paar Seiten voraus, erfahren, dass das mit der Akupunktur bei Prof. Dr. P nicht funktionierte und auch später nicht funktionieren wird. Eine Kostenübernahme, die das Sekretariat des Quellenhofs nach seinem Erstbesuchsgespräch umgehend beantragte, wurde, eine Woche später, von der Privaten Krankenversicherung abgelehnt. Sicher ist sicher. Die durch den Chefarzt Dr. Richard Papst medizinisch notwendig begründete Verordnung der schmerzlindernden Akupunktur, durch die aktuelle Stellungnahme des Prof. Dr. P untermauert, wird aus formellen Gründen abgelehnt. Die sogenannten Sachbearbeiter der PKV ignorieren die aktuelle Begründung, argumentieren mit alt bekannten Argumenten, *Was nicht geholfen hat, das hilft nicht, wenn die Schmerzen ja immer wieder kommen ... es gibt ja probate anerkannte Schmerzmittel* und erwarten dennoch eine erneute Stellungnahme in Form eines medizinisch begründeten, ausführlichen Berichtes von meinem früheren Akupunkteur aus der fernen Heimat, der mich mit den kleinen Nadeln jahrelang schmerzlindernd begleitete, mich aber seit einem Jahr nicht mehr behandeln darf. *Was nicht geholfen hat, das hilft nicht.* Sachbearbeiter Logik. Das erinnerte *Perfekt* besiegt das aktuelle *Präsenz*. Was bedeutet, keine Nadeln für Monsieur Gris, nur eine kurze trocknende Enttäuschung und wieder neue Formulare ausfüllen. Monsieur Gris verzichtet mit Humor.

Schließe meine Gedankenseiten wieder, stecke den geschlossenen Füllhalter ins Innere meines blauen Leinenjacketts zurück, drehe eine VanNelle, strecke Bein und Rücken, bringe leeres Schümli-Porzellan beschwingt zum Kiosk zurück. Erstmal genüsslich auf ein unterhaltsames Wort zur Raucherbank.

16.12 Uhr Nach einer guten halben Stunde und einer guten VanNelle, wie hätte sie auch schlecht sein können, möchte ich mich endlich meiner Lieblingsbeschäftigung, den schreibenden Observationen, widmen. Was nicht ganz einfach ist. Platzsuche. Alle Tische scheinen besetzt. Kaffee & Kuchenstau am Nachmittag. Ein ganz gewöhnlicher Dienstag. Schaue mich langsam um. Der Schein trügt nicht. Erspähe im offenen Foyer, hier und da, besetzte sprechende Polstergruppen, finde aber dann, etwas abseits, vier ärmellose freie Sessel vor einem flachen Resopaltisch. Endlich alleine. Öffne mein schwarzes Schreibbuch, nehme den Montblanc und es scheint, als würde ich damit ein Magnetfeld aktivieren. Keine zwei Minuten später sitzen drei Figuren um mich herum und reden schnurstracks kreuz und quer, bevor der erste wiedererwachte Gedankengang sein Tintenwort hinterlassen kann. Lasse gelassen einen schmalen Blick, schweigend im Dreiviertelkreis, über die drei Köpfe fließen, weiße Kühle, weiß eingefasste Fenster, weiße Marmorfliesen und glatt verputzte weiße Wände. Darin badet ein wogendes Meer bunter Punkte. Zu dritt brüten sie an meinem Tisch ihre Seeleneier aus, jeder wie er kann. Eine verdächtig dünne Bleistiftdame, ohne schützenden Holzmantel, im mittleren Alter, mit noch dünnerem Haar, redet ohne Punkt und Komma, sitzt mit übereinander geschlagenen Spargelbeinen zu meiner Rechten, trägt nur ein hellblaues, ärmelloses FC Schalke-Tank-Top über dunkelblauen Shorts, ihre nackten weißen Beine enden in den schnellen Sportschuhen mit den drei weißen Streifen. Sie strahlt mit ihren gut fünfzig Jahren, so schätze ich ihr Alter mit Respekt, wie ein heißer Ofen im Winter. Mir gegenüber sitzt blass und etwas unterwürfig, nennen wir ihn Herrn Detlef, und ein jeder hat sein eigenes Bild von einem Detlef den er kennt, schräg im Sessel, trägt einen bunten, zu engen Ringelpulli, darüber eine schlammgraue Outdoor-Jacke mit Club-Emblem, darunter eine beige Breitcordhose, vor den irrenden Augen eine schwarze Brille, darüber lichtes, hellbraunes Scheitelhaar, hört der Schalke-Fan-Dame sehr interessiert zu und schwitzt, kann sie nicht stoppen. Wortüberfluss. Der dritte Kopf am Resopaltisch, zur Linken, ein Baum von einem Kerl, lauscht jetzt schweigend dem Rauschen fließender Worte, die ihn wie ein flüssiges Schlafmittel umspülen, sinkt tiefer und tiefer in den Sessel, bekleidet mit einem blauen HSV-Trikot. Zur Stoßzeit ist es in diesem weitläufigen halbrunden Café-Raum so laut wie auf einer bedrohten Hummelfarm. Das weißverputzte Treppenhaus mit dem Edelstahlaufzug markiert die Raummitte. Observiere stumm das Summen der Hummeln, Leute schwirren, Leute gehen, Leute stehen, Leute kreuzen die Wege wie auf Schnittmusterbögen. Draußen fällt leichter Regen. Schnittmustergestalten warten vor dem Aufzug auf Einstieg, Auf- oder Abfahrt. Besonders fallen mir die Männer ins Auge. Sehe sie im Profil, wie sie mit überhängenden Bäuchen auf dünnen krummen Beinen stehen, gebeugt und meist mit eingebüßtem Po-Profil. Ganz anders die wartenden Frauen, wenn Bauch, dann aber auch ein üppiges Hinterteil. Balance. Eine wahre Fundgrube körperlicher Verformungen. Streiche über den eigenen Bauch, fünf Kilo sind schon geschmolzen, fünf mehr dürfen noch weg! Stände mir auch besser. Das baumstämmige HSV-Trikot trainiert nicht mehr, schläft noch immer den Schlaf der Gerechten. Der höfliche Herr Detlef mit dem schütteren Scheitelhaar und dem blassen Teint hängt weiterhin in der Wortfalle des strahlendblau sprudelnden Schalke-Tank-Tops fest, kommt nicht mehr raus, Schweiß perlt auf seiner Stirn. Zum Glück lassen sie mich in Ruhe schreiben. Da fällt plötzlich das Wort-Raum-Echo von der weißen Decke ab, der Geräuschpegel fällt zu Boden, etwas Unsichtbares gab das Zeichen, die sprechenden Polstergruppen verstummen, bunte Punkte lösen sich, strömen wie Schwärme aus, die Cafétische leeren sich in Windeseile. Alarm! Nein. Atme er leichtert auf. Kein Feuer. Eine Bulimie-Dame mit Blumen besticktem Bauchtäschlein huscht schattenhaft durch meinen Blick. Ich würde jetzt gerne hier im Sitzen eine Zigarette in diesem Theaterstück anzünden. Natürlich ist hier Rauchverbot. Bekannte und weniger bekannte Gesichter eilen durch mein Blickfeld. Schemenhafte Spuren. Die Tinte folgt den Beobachtungen, nichts soll verloren gehen, lehne mich ins Polster zurück, weil ich den Ruf meiner LWS höre, notiere letzte Worte, Sehe sehr viel Weiß, etwas Textiles und meine, etwas erfrischend grüne Farbe an den Wänden würde dem Auge schmeicheln. Ein kleines dickes Frauenzimmer spricht hemmungslos ins Smartphone, folgt lauthals dem Schwarm, der sich nun weit hinten staut. Alle scharren in den Startlöchern. Da dämmert es mir, Na klar, es ist ja 17:00, Abendbrotzeit. Schaue verdutzt auf die alte Bergmann-Uhr, Es ist aber erst 16:53! Ein Rollstuhlfahrer wartet alleine vor dem Aufzug. Jetzt wird er von helfender Hand hineingeschoben, die Edelstahlflügel schließen ihn ein. Es geht aufwärts. *Allez!*

TAG 24 MI

06.03 Uhr Mit knöcherner Mühe quäle ich mich aus dem Schlaf, taste, spüre Schmerz im Brustkorb, drehe mich auf die linke Seite und frage, Habe ich die ganze Nacht hart auf rechts gelegen, fühlt sich so an, so als hätte mich jemand unter einer Walze hervorgezogen. Beim Aufstehen springt jede einzelne Rippe in die richtige Position zurück und, durch die Geräusche geweckt, erwacht und grüßt der erste Lendenwirbel mit einem ordentlichen Tusch, Hallo ... ich bin auch schon wach. Verknittert mustere ich mein Spiegelbild, verzerrt, unrasiert, Und ... Ist Dein Schmerz schon geringer geworden... grinst mich Monsieur Gris an. Dass der Schmerz geringer wird, seitdem ich hier bin, das sehe ich noch nicht. Ich spiegle ihm ein Lächeln zurück, Was aber geringer ist und wird, ist das Zerbröseln meiner Seele. Auch wenn es nur wenige manuelle Massagen hier in der Anstalt gibt, hier wird vor allem die Seele gestreichelt, durch die Gesellschaft der Insassen, die offenen Gespräche, durch die aufmerksamen

Ärzte, die Therapeuten und durch die stets liebevollen Schwestern, ich sage dir: *Die Elfen helfen* und wische mein beschlagenes Gegenüber aus dem Spiegel. Die Atmosphäre in den täglichen Angeboten für Körper, Geist und Seele, vom Autogenen Training über die Chaosgruppe zum Snoezelen-Raum bis hin zur Sauna, lockern Gefesseltes, tragen allesamt zur inneren Entspannung, zur Loslasserei bei. Nur Geduld. Ein paar tiefe Atemzüge entknittern das Gesichtslaken. Ein paar Spritzer >*Trumper's Spanish Leather Cologne*< benetzen den Zweitagebart und heben meine Mimik ins spiegelnde Lächeln. Das, was sich über all die Jahre aufgestaut und sich so ordentlich da drinnen ein- und festgesetzt hat, dabei schlage ich mir liebevoll mit der Rechten auf meine behaarte Brust, Ja, das fällt nicht so plötzlich wie eine lose Tür aus den Angeln, nur wenn ich mal daran klopfe, hast du mich verstanden! Die ersten Wochen, und das wird mir im morgendlichen Spiegelbild so erfrischend klar, sind eine erste Anschubhilfe, quasi eine Bewusstwerdung mit anschließender Reanimation aus der Leblosigkeit, ein wunderbarer Beginn, das drohende Ersticken zu verhindern.

11.45 Uhr Sie konnten es nicht verhindern. Nein, ich bin nicht erstickt. Es gibt aber Momente, in denen es gut ist, keine Kalaschnikow zur Hand zu haben. Ich wäre nicht sicher, ob ich sie nicht auch benutzen würde. Den Schmerz einfach mal erschießen, rücksichtslos in die Menge halten, bis er getroffen am Boden liegt. Scheiße! – Ich will nicht abdrücken! Fast wäre mir das Wort herausgestürzt. Ich will nicht abdrücken! Lege die Waffe zur Seite. Ende.

Die Erlösung. Endlich wieder aufstehen, strecken, gehen,

ströme mit der Chaosgruppe hinaus auf den Flur. Die letzten 1 3/4 Stunden trotzte ich meinen Schmerzen, blieb aus Begeisterung und Freude bei der Papst-Runde. Das lange Sitzen eine Riesenqual. Sicher, ich hätte aufstehen und vorzeitig gehen können, hätte nicht viel erklären müssen, der Papst hatte es mir angeboten jederzeit die Runde zu verlassen. Mein Gesicht spricht eine eigene Sprache, nicht nur meine Seele. Dabei war ich nach meinem morgendlichen Spiegelzwiegespräch so motiviert und voller Hoffnung in den Tag gestartet, Na, wir beide werden es heute trotzdem mit Freude angehen lassen. So erfrischt und mit guter Laune erscheine ich zur Gruppensitzung. Das Highlight am Mittwoch wollte ich um keinen Preis versäumen. Notgedrungen greife ich vor dem Mittagessen zu einer Valoron, zahle den Preis, komme verspätet zu Tisch, schweige, picke wie ein Vogel in dem, was ich nicht essen will, treffe eine TK-Erbse mitten ins grüne Herz, Schuss und getroffen. Ohne Kalaschnikow. Am frühen Nachmittag beende ich, innerlich wieder aufgerichtet und beflügelt, die Gesprächskur bei der Frau des Tulpendiebes. Mit einem schmalen Buch und der CD unterm Arm *Stressbewältigung durch die Praxis der Achtsamkeit* schließe ich die Türe hinter mir und den offiziellen Terminplan für heute. Der Nagel nagelt heftiger. In meinem Zimmer lege ich eine Aspirin nach, raffe mich auf, grinse noch einmal in mein Spiegelbild: Kalaschnikow-Tag. Schuss und Schluss. Jetzt. Los.

Ohne Gepäck verlasse ich in salopper schwarzer Kleidung, Jeans, leichtem V-Pullover über weißem T-Shirt, auf schwarzen blankpolierten Budapester Schuhen die Anstalt und erreiche am späten Nachmittag meinen heimischen Schreibtisch.

Hier erwarten mich erste Texte aus dem PC und eine Stunde Vorbereitung für den Abend. Vor zwei Jahren hatte ich die Seiten gewechselt. Saß zuvor jahrelang auf der anderen. Studierte das Kreative Schreiben und schrieb und schrieb, Worte, die nur so aus mir herausflossen, sich zu nachdenklichen Betrachtungen oder kleinen surrealen Geschichten formten. Manche sagen, man müsse sie zweimal lesen, um sie zu verstehen. Nun begeistere ich die anderen. Eine überraschende Aufgabe, die unerwartet auf mich zukam. In die ich aber sofort hineinwuchs, weil ich zu schätzen lernte, dass diese Tätigkeit mir viel zurückgab von dem, was ich bereit war zu geben. Die charmante Dozentin, die über so viele Jahre an den Mittwochabenden mit immer neuen Schreibanregungen die Teilnehmer am >Kreativen Schreiben< begeisterte und uns zu immer neuen Texten ermutigte, kündigte aus beruflichen Veränderungsgründen, zog bald darauf für eine neue Aufgabe in den hohen Norden. Und das sollte es jetzt gewesen sein, schmollte die Gruppe. Vor allem aber würde ich die Abende vermissen. Keine neue Lehrkraft stand in den leeren Startlöchern ihres Weggehens. Wir wollen aber weiter schreiben, lautete der einstimmige Gruppenwunsch. Dann sprang plötzlich ein Wort aus der Gruppe, auf der Suche nach einer Lösung, Das ist jetzt Deine Aufgabe, Monsieur Gris. Du kannst das doch, hast schon so vieles organisiert, und reden kannst du auch. Alle blickten zum völlig Überraschten. Ich ...? Gesagt – getan. Einverstanden, ich werde es nur ganz anders machen ... Ja, das können wir uns denken. Seit zwei Jahren leite ich nun an den Mittwochabenden das >Kreative Schreiben< für Fortgeschrittene. Eine willkommene Aufgabe, die ich mit wachsender Freude und Engagement wahrnehme. Meinen Wunsch, das Haus an den

Mittwochabenden zu verlassen und erst zur späten Stunde zurückzukommen, entsprach Dr. Richard Papst. Der Papst zeigte sich mit meiner Bitte sofort einverstanden. Erlaubnisschein. Stempel. Reisen Sie auf literarischen Flügeln.

So startete heute, nach den offiziellen Osterferien, das zweite von drei Trimestern. Beflügelt mit dem päpstlichen Segen landete ich im kreativen Wortraum und begrüßte bekannte und neue, erwartungsvolle Gesichter mit einem Herzlich willkommen. Das neue Konzept für das 2. Semester >*Eine literarische Nachtreise auf dem Zeitstrahl einer Stadt*< fand offene Ohren und traf auf schreibbegeisterte Literaten. Haruki Murakamis Buch >*Afterdark*<, in dem der Autor die Ereignisse einer Nacht in Tokio aus der Perspektive eines magischen Kameraauges erzählt, lieferte mir die Anregung für den kreativen Schreib-Stoff. Dank der schriftlichen Ausgeherlaubnis des Chefs wird die Nacht-Fee nun jeden Mittwoch, nach der offiziellen Schließzeit von 22:00, die seitliche Anstaltstür öffnen und mir eine ‚*Gute Nacht*' wünschen. Glücklich, den richtigen (*literarischen*) Ton getroffen zu haben und erschöpft von der rauschenden Rückfahrt, versinke ich im frisch bezogenen Daunenkissen.

TAG 25 DO

Warum? Warum kann das nicht einmal anders sein. Wann? Immer wieder diese Schmerzen. Der zweite Morgen in Folge an dem ich mich fühle, als wäre in der Nacht eine Walze auf mir spazieren gefahren. Ob's an der Matratze liegt, frage sie ungläubig und antworte mir selbst, Nein ... du bist die gleiche Matratze seit drei Wochen, eine schöne, neue, ganz ohne vorgeformte Liegedellen. Zum ersten Mal habe ich einen Morgen völlig verschlafen, trotz des kleinen surrenden Reiseweckers, den ich überhörte, am Abend vorsichtshalber auf 6:30 stellte. Fühle mich jetzt, zwei Stunden später, schwer und zugleich leer im Kopf, erschöpft im Körper und wackelig auf meinen Beinen, erinnere unter der heißen Dusche an das Gestern, diesen intensiven Tag, an den motivierten, aber dennoch intensiven literarischen Abend, die späte rauschende Rückfahrt. Der Morgen danach. Der Preis der Valoron? Der Preis meiner Begeisterung?

Zum Frühstück bleibt Platz Nr. 3 leer. Stattdessen bestelle ich mir am Kiosk der gerade geöffneten Cafeteria einen ersten starken Kaffee und verlasse mit angespitztem Gang die Anstalt. Brauche jetzt dringend frische Luft, um gegen das Gefühl des Erstickens anzukämpfen, meinen Ärger über dieses *Warum* aufzulösen. Natürlich auch eine erste VanNelle. Na, so frisch ... und schon wieder so schick, der Herr, zollt mir eine Rauchende im Schatten der Litfaßsäule ihre Anerkennung, mit einem schiefen Seitenblick auf meine frisch polierten Schuhe, Ja nun, die weißen Kontrastnähte deiner Jeans betonen aber auch den *guten Geschmack*, lenke ich ab, Ja, dat ist aber nur 'ne Kopie von 'ner teuren Designerjeans, dat Original kann isch mir doch nisch leisten, erwidert ein dunkelblond gerahmtes Lächeln das schmeichelhafte Kompliment.

10.15 Uhr Tiefenpsychologisches Wahrnehmungs-Training. Na, da werde ich ja ordentlich was wahrzunehmen haben. Neun sehr unterschiedliche Körper stehen zu zweit oder dritt im Wort miteinander vernetzt und warten auf den Kursbeginn der eigenen Wahrnehmung. Die so generalstabsmäßig frische wie liebenswerte Kursleiterin, mit Vorname nicht Inge, überrascht uns mit einer spontanen Krankmeldung. Ein Zettel an der verschlossenen Trainingstür avisiert uns eine Vertretung. Eine Dame namens Ramses, heißt es handschriftlich. Drei erstaunte Augenpaare lesen den Namen, eines liest laut vor, Ah ... eine Frau Ramses die Zweite! ... Wohl eine Ägypterin, narre ich die beiden anderen Augenpaare ... aber solange wir keine Pyramide bauen müssen. Fast unbemerkt auf leisen Sohlen steht die Ägypterin, die keine ist, mit einem *Guten-Morgen-ich-bin-die-Vertretung-Gruß* vor der versammelten Körpergruppe. Eine zarte Dame, sie mag so etwa sechzig+ sein, eine aufrechte Figur, graues weiches Haar, rosige Gesichtsfarbe, Jeans und graue Strickjacke. Ein Blick leuchtet auf, Meine Damen und Herren, ich lade Sie heute ein ... weist dabei in den hellblau ausgelegten Trainingsraum, ... eine sehr sanfte Methode der Wahrnehmung in der Körpertherapie kennenzulernen. Den Erwartungsbogen aufgespannt, lauschen wir aufmerksam ihren warmen Worten, im Halbkreis stehend auf bunten Strümpfen, ich auf schwarzen. Ein paar Hinweise schweben durch den Erwartungsraum, Jeder nimmt sich gleich eine blaue Liegematte, ein Kissen ... ein paar Erklärungen folgen und enden mit, Jeder nur, soweit er kann ... niemand muss sich quälen. Nein, sie ist keine Ägypterin, das habe ich gleich erkannt. Nein ... sie arbeite da ganz anders ... sie komme aus dem Land der Yoga-Therapie, diese entspannende und heilende Welt hat mich schon immer inspiriert. Also nicht aus der zackigen Kung-Fu-Welt, vergleiche ich im Stillen die erkrankte Frau General von Meysel mit der sanften Ägypterin. Trotz aller gedämpften und fließenden Bewegungen, die unter ihrer Anleitung folgen, bleibt es nicht aus, dass die 1½

Stunden Körperwahrnehmung, diese Belastung durch das Gehen und Stehen, am Ende als beißender Schmerz im Knie zu spüren ist. Diese heftige Reaktion im zerstörten Gelenk schaukelt mich, wie einen Seemann, über die Wellen der blauen Auslegware auf mein Zimmer zurück. Getrieben von der erlösenden Sehnsucht nach Vergessen, greife ich ein volles Glas Wasser und setze mich an den Schreibtisch, Uff, endlich eine Valoron. Ein kurzer Blick in den Therapieplan: Pünktlich zur Testdiagnostik! Verkabelt mit meinem Gehirn sammelt ein gieriges Computerprogramm Reaktion, Auffassungsvermögen, Kombinationsgabe, so als wolle es meine Logik und mein Denkvermögen auf vollwertige Funktion überprüfen. Ja, das will es. Alles hat hier seinen Sinn, und ich drehe und winde mich mit Sinn in meinem gepolsterten Eingabesessel. Zu Beginn noch hochmotiviert, mit der Eingabedauer genervter, genervter, immer neue und neue Aufgaben zu lösen, versenke ich das letzte Drittel der Testrunde, wechsle vom Sitzen ins Stehen, und mir wird das richtige ‚*d*' oder ‚*g*' oder das lösungskorrekte Anklicken von ‚..*a*.' oder ‚.*o*..' so wurscht wie nur sonst was. Endlich fertig werden wollte ich, weil ich mich so fertig fühlte. Abgerissen die bunten Kabel und Tschüss. Das Mittagsmenü fliegt geschmacklos an mir vorbei und als Nachtisch gönne ich mir noch eine süße Valoron ohne Vanille-Soße, bevor ich der Matratze meinen Schlaf anvertraue.

In solchen Stunden, wenn das Bewusstsein tief versinkt, bin ich völlig schmerzfrei. Klettere danach erfrischt ins Bewusstsein zurück. Die Valoron wie der tiefe Schlaf sind genau die richtige Vorbereitung, damit die wegträumende musikalische Entspannungsübung, das Autogene Training bei Frau

Doktor Z, wenn man/frau es so nennen mag, gleich auch greifen und reifen kann. Die Entspannung reift auf der 3-fach ausgelegten Matte zur Traumblüte. Der Rückenschmerz wird allmählich breiter, dumpfer und ruhiger, dampft entspannt davon. Dafür legt sich die Drahtschlinge wieder heftiger ums Knie. Vielleicht hat sich der Rücken die Valoron ja alleine genommen. Ganz egoistisch. Schritt für Schritt mit steifem Bein bleibt das Knie jetzt ganz allein. Ist wohl nur eine Folge der nicht ägyptischen Körpertherapie, versuche ich mich zu ermuntern, auf der Suche nach einer Erklärung. Möchte die Ursache finden, begründen, denn nur dann ... aber wie so oft stellt sich diese Frage, ohne eine befriedigende Antwort zu liefern. Die eine Antwort, Sie können keinen Schmerz haben, alles ist ja ‚knöchern' ausgeheilt, was in der Vergangenheit von den amtlich begutachtenden Ärzten so oft zu hören war, akzeptiere ich nicht. Dass die Gutachter dem Schmerz keinen Glauben schenken, wirkt wie ein Verstärker auf das Schmerzempfinden. Ich bin doch kein Idiot, wenn ich sage, meine Seele hängt auf Halbmast. Darum ist es kein Problem, den folgenden Nachmittagstermin abzusagen, Radfahren auf dem Ergometer und MTT-Turnen an den Geräten kommen heute zum Erliegen. Entschlossen beschlossen. Habe dafür ja den Nachmittag tiefentherapeutisch verschlafen. Punkt.

Kurz vor 17.00 Uhr verweile ich bei meiner Lieblingsbeschäftigung in der Cafeteria, mit einem starken aufmunternden Schümli an meiner Seite. Observationen. Flüchtige Notizen. Erinnerungen. Das Mittagessen. Ein schlechter Witz ohne Humor. Ich ahnte ja schon, dass das Essen mich immer wieder beschäftigen wird. >*Feta mit Tomaten, Pesto-Kruste gratiniert*< diese Ankündigung auf der prämierten Speisenkarte lockte heute Mittag. Serviert wurde Fetakäse im dicken fettigen Panadewintermantel, ölig frittiert, nicht gratiniert, die Tomaten vertrocknet. Ein Konvektomat(5) kann sanft und schonend erwärmen oder töten. Wenn das Küchenpersonal ihn richtig einzusetzen weiß, ist er ein wärmender Segen für die Speisen. Zeit, Luftfeuchtigkeit und Temperatur spielen eine entscheidende Rolle. Notiere ergänzend: Aß nur den Feta! Ohne Mantel!

Das frische zappelige Gemüt aus den neuen, nun schon alten Bundesländern, seit gut drei Wochen meine Tischnachbarin zur Rechten auf Platz Nr. 4, verabschiedete sich gestern Abend mit großem Tamtam in heiterer Geselligkeit mit Tüten-Keksen und bunten Allerlei-Konfekten in der Foyer-Halle. Klar, ich war natürlich eingeladen, aber es ist nicht so meine Sache, mich in solch buntem Treiben wohlzufühlen, das war es noch nie.

Lieber bedanke ich mich bei ihr im Stillen, abseits vom Wortgetümmel im Schatten der Raucherbank, bei einer letzten gemeinsamen Zigarette. Danke dir für deine gut gelaunte Begleitung in all der Zeit, du warst mir ein Vergnügen ... sage ich zu ihr und werde von einer herzlichen Umarmung umschlossen. Danke auch dir für deinen begleitenden Tisch-Humor, deine Anregungen in den persönlichen Gesprächen, die ich mit dir führen durfte, wenn mir der Druck mal wieder zu groß wurde und mein Hamsterrad sich drehte, das hat mir sehr geholfen, du warst mir immer ein guter Zuhörer, und dein Optimismus hat mich tatsächlich angesteckt. Mit einem zwinkernden Auge in ihrem verschmitzten Grinsen und mit einer verbeugenden Geste fügt sie noch hinzu, Monsieur Gris

... toll, dass Du mich beim Skatspielen immer gewinnen ließest, werde mich bessern ... Ja, auch ich werde mich bessern, es war mir ein besonderes Vergnügen, von dir zu lernen und mit dir zu lachen, mach's gut ... du bist auf dem richtigen Weg ... Du auch, und dir noch eine gute Zeit, sagt das zappelige Gemüt. Ein motivierender Abschied. Am Morgen sehe ich sie nicht wieder.

Der Computer lebt, erkennt und verdichtet sofort die entstandene Leere an meiner rechten Tischseite. Zum heutigen Abendessen stellt sich ein neuer Gast an Tisch Nr. 9 auf Platz Nr. 4 vor. Die ‚Schnelle Inge', betitle ich die Neue an meiner Seite, Anfang 60, einen Kopf kleiner, Kräuselhaar ohne richtigen Farbton, hüftbeleibt unter der gedeckt gemusterten Ärmelbluse, nicht schüchtern, nur etwas nervös, mit unüberhörbar rauchiger Sprachenergie von rheinischem Oberklang. Eine neue, fieberhaft rastlose Tischbegleitung, die ich noch intensiv zu spüren bekommen werde, vor allem mein rechtes Ohr, sei hier an dieser Stelle verraten. An diesem Abend verschwinde ich früh ins Bett, ohne viele Worte, ohne Kartenspiel. Ein trainingsintensiver Tag sucht die tiefe Bewusstlosigkeit der Nacht.

TAG 26 FR

Die dritte Nacht in Folge. Die wohltuende tiefe Bewusstlosigkeit der kurzen Nacht nicht wahrgenommen, umso deutlicher das frühe Erwachen.

Morgenstund' hat Gold im Mund, witzelt der vielzitierte Volksmund, Scheiße ... hat aber heute nur schlechten Geschmack im Mund. Sie haben mich zum dritten Mal in Folge unter der Planierraupe hervorgezogen, was sagst Du Volksmund jetzt dazu. Fehlen Dir die Worte – mir nicht. Metallische Walzengefühle begleiten mein mühsames Aufstehen, ich fühle mich gerädert. Alle Körper- und Schmerzpunkte diskutieren wie wild miteinander, kreuz und quer fliegen die Argumente hin und her, sie scheinen zu keiner Einigung zu gelangen, jeder buhlt um meine Aufmerksamkeit.

06.03 Uhr Sitze im Zimmer 305, geduscht, gestiefelt und gespornt, vor meinem unbequemen schmalen Schreibtisch. Mein graues Jackett schwebt auf dem Kleiderbügel. Mit müden Augen sehe ich nach links durch die schrägen Dachfenster in ein wolkenloses Draußen. Der Tag verwandelt die Dunkelheit der Nacht. Die Müdigkeit motiviert mich nicht wirklich zum Schreiben. Statt des Schweizer Taschenmessers nehme ich mir das altgediente Opinelmesser zur Hand, das mich schon früher auf meinen >Tour de France-Reisen< begleitet hat, klappe die Klinge auf und teilte eine saftig-reife Ananas in mundgerechte Stücke, zelebriere mit aller Liebe zum Detail einen fruchtigen Frühstücksteller, der unter einer Schutzfolie bis 07:00 reifen wird. Derweil blättert die Müdigkeit im Buch der Achtsamkeit, pickt hier und da nach fetten Worten. • **Lebe den Augenblick**: seine Frische • **Meditation**: Gedanken, die nur beobachten • **Achtsamkeit**: Sagen, was Ja / was Nein. Nehme spontan den Füllfederhalter zur Hand, notiere in mein schwarzes Buch: Achtsamkeit: Tp-Körpertherapie => **NEIN** (*bitte streichen*) notiere: MTT / Ergometer} **Ja // Nein** – (*von Fall zu Fall).* Dann schließe ich das schwarze Buch, verblättere die Zeit im Buch der Achtsamkeit auf der Suche nach weiteren fetten

Worten, lösche die kleine Schreibtischlampe. Draußen ist derweil der Morgen, ohne sonniges Licht, erwacht. Endlich sieben Uhr – Der Seemann schwankt zum Frühstückssaal. Es ist hohe See, draußen wie drinnen, das Wetter stürmisch, schwere Regenschleier fallen aus tief sitzenden Wolkenbänken, ohne Lichtblaublick. Was für eine Aussicht aufs kommende Wochenende.

Die >Cranio-sakrale-Anwendung< nach dem Frühstück wirkt heute nicht so lindernd, wie ich mir das, gerade heute, so sehr gewünscht habe. Dabei habe ich doch schon an Leib & Seele die lösende Wirkung erfahren. Nein, heute scheint sich nichts zu bewegen, heute nicht, es wirkt nicht so befreiend wie beim ersten und zweiten Mal. Nur Geduld, etwas wird sich schon lösen zu gegebener Zeit. Wenn die Frucht reif ist zu fallen, werde ich es spüren. Schiebe jetzt erstmal mein schmerzliches Vermissen des erwünschten Erfolges ohne Groll, aber mit Geduld und einem schmalen Lächeln auf das verschleierte Grauwetter.
Und wir werden observieren, ob oder wann etwas fruchtet oder fällt.

09.28 Uhr Bei einem Schümli versenke ich die Wartezeit und meine Gedanken. Sitze in der weißen Cafeteria, an meinem Lieblingsplatz, dem kleinen runden Café-Schreibtisch. Hier sitze ich besonders gern unter all den Menschen, lieber als alleine in meinem Zimmer, hier habe ich den besten Überblick auf das Leben, das mich umspült, hier fühle ich mich wahrhaftig und lebendig. Das Licht reflektiert auf dem glänzenden Marmorboden. Wenig Bewegung um diese Zeit. Noch flimmert der Lärmpegel knapp über dem Boden, wie ein morgendlicher Nebeldunst. Vor mir der Knotenpunkt, die Schnittstelle aller Bewegungen des Hauses. In meine Überlegungen spitzt, ungefragt, je und je eine Frauenstimme. Nie sind es die Männer, die hier Raum füllend auftreten, halte ich fest und frage mich, ob Frauen denn mehr Druck in ihrer Lunge haben. Oder strammer gepresst sind. Schrille Heiterkeit verdeckt die restlichen Stunden des Tages.

Das kommende Wochenende entzieht sich, ohne erkennbaren Grund, unserer Observation. Monsieur Gris hinterlässt uns keinerlei Aufzeichnungen. Vielleicht, das sei nur eine Vermutung und an dieser Stelle erlauben wir uns ausnahmsweise eine eigene Annahme, bewegte ihn das heimische Wochenende nicht so sehr wie an den Wochenenden zuvor. Wir wollen hier auch nicht unserer eigenen Phantasie gestatten, weitere Vermutungen anzustellen. Bleiben wir geduldig, berichten wir nur über das, was sich unserer Kenntnis nicht entzieht. Wir wissen aber, dass er am Freitagnachmittag die ‚rote' Karte, jene schriftliche Ausgangserlaubnis, von der Frau des Tulpendiebes erhielt. Zum Abschied gab sie ihm noch eine Überlegung mit auf den Heimweg, bis Montag darüber nachzudenken und zu entscheiden, ob er der angebotenen Verlängerung seines Aufenthaltes um zwei weitere Wochen zustimmen möge. Dann ließ er uns zurück.

TAG 29 MO

Die schmerzhafte vergangene Woche, die ab Dienstag bis zum Donnerstag hin ihren Höhepunkt erreichte, tausche ich heute gegen einen optimistischen Start in eine neue Woche. Der Schmerz ist zwar spürbar, aber nicht zu beachten, unterstreiche ich fett das erste Wort des Tages. Obwohl das Wetter diese neue Woche grau, regnerisch und stürmisch einleitet, sich tief über das Anstaltsgelände neigt, möchte ich, so mein fester Entschluss, den Tag mit angenehmen Gedanken willkommen heißen. Alles Schwere, alles Belastende meidend. Eine Erkenntnis aus dem Wochenende. Zu diesem Zeitpunkt wurde mir klar, dass es so wie bisher nicht immer weitergehen kann. Ich traf eine Entscheidung.

Pünktlich um 07.00 Uhr erscheine ich gut gelaunt zum Frühstück, schäle und fächere einen Apfel mit meinem *Opinel-Messer* und bediene mich eines Bechers schwindsüchtigen Anstalts-Kaffees. Genieße die Gesellschaft meiner Tischnachbarn, die jetzt, abgesehen von dem aus dem weißen Kinnbart plaudernden Herrn mit den drei schnellen Streifen aus der ersten Woche, ausschließlich weiblicher Natur sind und mir stets gerne einen zweiten Kaffee aus der roten Isolierkanne nachschenken. Die ‚Neue', die wirklich Inge mit Vorname heißt, fühlt sich an unserem weiß gedeckten Tisch nun herzlich willkommen, was sie mit einer deutlichen Wortvermehrung zum Ausdruck bringt und mich schneller als gewünscht zur Raucherbank treibt.

07.38 Uhr stehe jetzt mit Zuversicht an der Rampe dieser neuen Woche, schaue optimistisch in ein gräulich nieselndes Einerlei. Der erste tiefe Zug an der VanNelle vermischt sich mit dem Grau des Lichts und meinen rück- und vorpendelnden Überlegungen. Das Wochenende über konnte ich mich von meinen körperlichen Schmerzen erholen, ich genoss die kurzen Wege, die kurzen Flure und schwerelos die Tränen. Bestätigte meinen Entschluss von Freitag, die Tiefenpsychologische Körpertherapiestunde mit einem NEIN abgesagt zu haben. Bewusste Schmerzvermeidung. Und JA, ich habe mich dazu entschieden, sogar im guten Einvernehmen mit Lila, der angebotenen Verlängerung meines Aufenthaltes zuzustimmen. Werde mich und meine Umgebung weiterhin aufmerksam observieren. Werde beobachten, wann der Schmerz abnimmt, wann er zunimmt. Was ihn verstärkt oder mindert. Und was meine Seele weiten wird. Das Wetter trifft keine Schuld, aber es bestimmt deutlich die Richtung, in die sich der Schmerz und die Stimmung entwickeln. Grau verstärkt – Sonne mindert. Tränen beschweren – Lächeln erleichtert. Werde mit aller Aufmerksamkeit auf meine Wege, Stehzeiten und körperlichen Aktivitäten achten, die auf dieser Richtung geparkt werden. Up oder down, verstärken oder erhellen. Seele zu oder auf. Werde versuchen, mir in dieser neuen Woche so wenig Gewicht wie möglich aufzuladen.

Nach meiner ersten VanNelle im Stehen, im Regen an der Rampe einer neuen Woche, suche ich mit dem Therapieplan, dem schwarzen, fast vollgeschriebenen Notizbuch und einem neuen Roman unterm Arm nach einem stillen Platz in die Cafeteria. Dank der abgesagten TP-Körper-Therapiestunde bei Frau Meysel bleiben mir noch gut zwei Stunden bis zum 10.00 Uhr Termin zur Gruppentherapie beim Papst. Werde heute besonders darauf achten und vergleichen, ob mir diese 1 3/4 Stunden in der Chaosgruppe wieder so zu schaffen machen wie in den beiden letzten Runden, oder ob es mir ohne diese körperliche Vorarbeit bei der Frau, deren Vorname nicht Inge ist, besser ergehen wird. Immerhin habe ich mir ja für diese Woche Sonne im Herzen verordnet, trotz oder vielleicht sogar wegen dieses unaufhörlichen Regens. Aufmerksam studiere ich die langen Wege, die mein Knie sprechen lassen, welches nur leise wimmert, nur einen schmerzfernen dumpfen Ringdruck empfindet. In der Wärme der Cafeteria versinke ich im Weiterlesen des hier angefangenen Buches, dem ersten von José Saramago verfassten Roman >DIE STADT DER BLINDEN<. Aus Sicherheitsgründen, oder doch nur aus einer schwelenden Angst heraus, gönne ich mir eine Ibuprofen 800, bevor die päpstliche Chaosgruppe beginnt. Nach solch einer achtsamen Vormittagsgestaltung überstehe ich die Gruppentherapie beschwerdefrei. Nur Lende und Hüfte mucken einmal kurz auf, veranlassen aber nur ein Wechseln der Sitzposition. Der Lohn der Achtsamkeit scheint erste Erfolge zu zeigen. Erlebe einen ersten Montag seit vier Wochen, der meinen aufsteigenden Schmerz nicht auf eine Höllenfahrt zum Gipfelkreuz schicken wird. Schon freue ich mich auf die nächste Sitzung der Chaosgruppe am kommenden Mittwoch. Endlich frei von penetrierenden Schmerzen, endlich den spannenden Worten und interessanten Erläuterungen, Betrachtungen und Hinweisen des Papstes und den Erfahrungen der Gruppe mit einer wiedererwachten Begeisterung folgen. Trotz dieser Euphorie ist mir bewusst, wie zart dieses Pflänzlein Hoffnung ist. Bis eine Pflanze groß und stark ist, ist selbst eine Eiche mit einem unbedachten Tritt verbogen, geplättet oder gar ausgerissen und somit alle Hoffnung auf Wachstum schnell verdorrt. Wie vertraut sind mir solche Wechselszenen der Hoffnung & Enttäuschung aus meiner langjährigen Schmerzkarriere. Wie oft ist die Hoffnung zertreten, zerrissen und verletzt worden. Durch eigene Unachtsamkeit, Ungeduld, Überschätzung der eigenen Kraft oder durch widrige äußere Umstände und Lasten, auch durch erlittene seelische

Verletzungen menschlicher Art & Weise. Und wieder schießt jetzt dieser Stachel für einen kurzen Augenblick wie ein Pfeil nach oben, wenn ich an die dreiste Behauptung des Gutachters denke, ich könne ohne Probleme, da ja völlig schmerzfrei und ohne jegliche Einschränkung, meinen alten, so sehr geliebten Beruf als Mode-Designer wieder vollständig aufnehmen. Ich, der Simulant, in den Händen eines wahrhaftigen Simulanten, der ja *nur* die Aufträge zur Kostenminderung erfüllt und zu bestätigen hat. Diesen ärgerlichen Gedanken kann ich jetzt mit Gelassenheit verabschieden. „Monsieur Gris, Sie haben Post." Im Spiegelbild der gläsernen Rezeption sehe ich ein Gesicht, sonnig bis heiter, in bester Laune und nehme die Absage der PKV (*Privaten Krankenversicherung*) für eine Akupunkturbehandlung bei Prof. Dr. P mit einem Lächeln entgegen.

16.53 Uhr Kurz vor *Harrys* Abendbrotzeit, ich sitze schon seit einer guten Stunde vor einer geleerten Schümli-Tasse in der Cafeteria, vertieft in Observationen, im Wechsel von Schreiben und Lesen. Meine letzten Worte für heute: Ich muss achtsam bleiben, muss mich bewegen. Ein paar Schritte gehen und wenn es nur zum Rauchen vor die Türe geht, bevor das Abendessen uns die gläsernen Pforten öffnet. Vielen Dank für diesen leichten Tag.

TAG 30 DI

Herzlichen Glückwunsch zum Geburtstag, lieber Papa! Hoffe, Dir geht's gut – dort wo auch immer Du mit Mama wieder zusammen bist. Feiert ordentlich Deinen Tag im Himmel und mache Dir keine Gedanken beziehungsweise

Sorgen um mich. Ich komme gut zurecht. Freue mich, dass Ihr für die Ewigkeit zusammen bleiben könnt. Danke Dir!

Es ist die erste virtuelle Geburtstagskarte, die ich meinem im vorletzten Jahr verstorbenem Vater schreibe. Werde sie nicht in den Briefkasten werfen. Eines Tages werde ich ihm die Karte selbst überreichen. Wenn auch ich dort bin, wo es keiner Worte mehr bedarf. Wo alles gesagt und alles verstanden ist. Wo das Sein genügt. Alles Warten endet. Es keine Fragen mehr gibt. Schreibe die Karte, bevor das Leben in der Anstalt beginnt. In der Frühe des Tages genieße ich die Leere der Cafeteria an meinem kleinen runden Schreibtisch. Wie jeden Morgen wischt das Bodenpersonal den Staub der Nacht mit glänzender Feuchtigkeit vom Boden. Dann können sie alle wieder kommen, den Tag mit ihren Abdrücken kreuzen, ihre Spuren für den nächsten Morgen hinterlassen.

Unter den Kastanien schlagen erste Raucher neue Wortplakate an die Litfaßsäule. Ich hänge nichts dazu. Rauche abseits eine erste VanNelle vor dem Frühstück. Ob mein Vater eigentlich weiß, wo ich jetzt bin. Die letzte Frage, die mein Vater mir vor gut eineinhalb Jahren im Hospiz stellte, *Was bedeutet schon Zeit ...* beschäftigt mich immer wieder. Was heißt schon Zeit. Wieviel Zeit bleibt. Wieviel Zeit ist nötig. Wieviel Zeit ist vergangen. Scheinbar gibt es einen Zustand im Leben eines Menschen, in dem Zeit keine Rolle mehr spielt. Wie stark und erhaben mein Vater diese Welt verließ, mit wieviel innerer Ruhe er von allem Abschied nahm beeindruckt mich nachhaltig. Wie aufrecht seine Haltung, als er aufbrach. Gute Reise ... Papa. Meine letzten Worte an ihn. Dann öffnete ich das Fenster, damit seine Seele die letzte

Reise ungehindert antreten konnte. Wochen lag er im Hospiz, hat die Schmerzen gesammelt, bis das Album des Lebens gefüllt war, der Krebs seine Arbeit einstellte. Er stand so aufrecht, obwohl er im Liegen ging. Für immer. Warte! hätte ich am liebsten geschrien. Aber Zeit war keine Einheit mehr. Alles nur noch Sein. Mutter wollte nicht länger warten, ihr Sehnen war zu stark. Kein Jahr verging. Am Tag vor Papas Geburtstag folgte sie ihm. Ihr Warten nahm ein selbstbestimmtes Ende. Sie hörte einfach auf zu leben. Sie hat die Zeit bestimmt, sich ihren letzten Wunsch erfüllt. Ich habe sie neben ihn gelegt. Unter einen Baum im Grünen. Für immer. Heute Morgen spüre ich keine Schmerzen.

Die Schnelle Inge, wie ich sie nenne, die Neue, die jetzt neben mir frühstückt, ist nicht das, was ich mir wünschen würde, wenn ich was zu wünschen hätte. Die Schnelle Inge ist da ganz anders, so viel anders als das frische zappelige Gemüt aus den neuen nun schon alten Bundesländern, deren Platz sie neben mir eingenommen hat. Sie verstand meinen Humor und die feine Ironie, nahm die Worte auf und retournierte sie, nicht immer passend, dafür aber meist sehr witzig. Ich vermisse sie an meiner Frühstücksseite. Inges Ohren dagegen sind verschlossen. Ob sie jemals verstanden hat und verstehen wird, was die Worte bedeuten, fragte ich mich schon nach dem ersten Tag. Nun ja, denke ich mit einem deutlichen Blick zur rechten Seite, und einen zweiten, heiteren sende ich der Dame in Schwarz schräg gegenüber. Zu dritt spielt man leichter den Humorball, höre ich ihre Gedanken sprechen, Nun werden wir beide uns in Zukunft die Bälle zuspielen, sende ich ihr mit einem Lächeln zurück, welches sie erwidert. Schmerz versteht auch ohne Worte.

Um 09.30 Uhr gehe beziehungsweise fahre ich in die 3. Etage zur Gesprächskur, wie C. G. Jung sie damals nannte, aber heute klingt ja alles therapeutischer. Also treffe ich mich mit der Frau des Tulpendiebs zur Gesprächstherapie, wie es heute üblicherweise heißt. Im Gepäck die schriftliche Ablehnung meiner Krankenkasse. Ein Sachbearbeiter reagierte umgehend auf das medizinisch begründete Anfrageschreiben von Prof. Dr. P aus dem Quellenhof. Mit einer nicht nachvollziehbaren Begründung lehnt der Sachbearbeiter alle weiteren Akupunktursitzungen ab, da es ja nach 12 schon erhaltener Sitzungen in der Vergangenheit nicht zu einer nachhaltigen Heilung der chronischen Schmerzen gekommen sei, so sprach die Ablehnung ganz nüchtern in eigener Logik. Die Krankenversicherung wünscht, so ist zu lesen, nicht vom aktuell behandelnden Arzt der Orthopädie des Quellenhofs eine medizinische Begründung für die schmerzlindernde Behandlung, nein, sie fordert eine neue ausführliche Begründung von meinem früheren Akupunkteur, dem sie das Perforieren, wie ich es scherzhaft nenne, untersagt hatten. Er perforierte mich bis zum Ende des letzten Jahres. Und ich war natürlich nicht völlig geheilt worden. Wie sollte auch eine **T**raditionelle-**C**hinesische-**M**edizin-Nadel das reparieren können, was nicht zu reparieren möglich ist. Das hat dieser Arzt, ein erfahrener Meister & Ausbilder der Akupunktur, ja vor Jahren schon zweimal der Krankenversicherung gegenüber schriftlich begründet und ihr sogar nachvollziehbar die Hintergründe erklärt. Die Reaktion der PKV: Die zweite Begründung enthalte ja die gleiche Begründung wie die erste. Immer wieder werfen sie mir Steine in den Weg. Jetzt stand auch noch das Ergebnis der von den Krankenkassen selbst finanzierten Studie (*German Acu-*

puncture Trials, 2002–2007, genannt Gerac-Studie der Krankenkassen) über die Wirksamkeit der Akupunktur gegen die 2000 Jahre alte Erfahrung der Traditionellen Chinesischen Medizin. Der Mensch ist doch kein Auto, manchmal grämte ich über die Tatsache, dass ein gebrochener Achsschenkel und eine zertrümmerte Kardanwelle beim Auto schadlos auszuwechseln sind, dies aber leider bei einem Körper nicht möglich ist. Nicht nur Menschen können, wie so oft, beratungsresistent sein, das können auch Versicherungen. Die Nadeln haben mir immer gut geholfen, das Schmerzniveau auf einem niedrigen Stand zu halten und das ganz ohne Nebenwirkungen. Das interessiert, nachlesbar, keinen Formularsachbearbeiter. Aber vielleicht sind die Formulare ja auch nur fehlerhaft, die sie tagein tagaus bearbeiten müssen, resümiere ich bei einer VanNelle vor der Anstaltstüre. Der Frau des Tulpendiebes teile ich entschlossen mit, auf weitere Auseinandersetzungen mit der PKV zu verzichten, obwohl Frau A mir ihre volle Unterstützung zugesagt hatte. Trotz der Rauchbewegung vor der Anstaltstüre spüre ich, wie diese Formulargeschichte nach mir greift, sich an den 12. BWK hängt und zu pumpen beginnt, scharf sich der Schmerz zu Wort meldet. Da sind sie schon wieder, diese Verletzungen. Ich hasse sie, Nein, ich verachte sie, diese fehlerhaften Formulare an sich und in Form nicht reflektierender Sachbearbeiter. Sie reagieren nur auf Anweisung und suchen in Tabellen die Bestätigung, um Anfragen abzulehnen, weil sie die leeren Felder für ein JA nicht finden können. Es ist nur das System, was den Menschen nicht achtet, das ich nicht verstehe, denn es ist so gewollt, wie es eingerichtet ist.

Diese Art von Verletzung ist nicht die Ursache, aber sie verstärkt meinen Dauerschmerz im 12. BWK. Ursache ist der schwere Autounfall vor 21 Jahren, der diesen wichtigen Wirbelkörper zerbröselte. Verlasse die Raucherbank, habe genug vom Neuesten gehört, gehe bis zum Ende der Kastanienallee, kühle mit ein paar tiefen Atemzügen meinen erhitzten Formular-Geist. Gut gelaunt kehre ich zurück, treu meinem Motto für die Woche: Heiterkeit & Lächeln. Es bleibt mir noch etwas Zeit bis zur nächsten Anwendung. Die schwarze Tinte verflüssigt weitere Gedanken ins Buch. Das Knie hat sich übers Wochenende erholt, dank kurzer Wege, kaum Belastung. Auch Montag ohne Mühe, dank der Absetzung der belastenden Tp-Körpertherapie. Und meldet sich erst heute wieder zurück, nach den reichlichen Flurstrecken, vor allem nach der frühen Ergotherapie (15 Min. Radfahren) und der anschließenden MTT an den Geräten, die ich direkt nach dem Frühstück mit Schwung bediente. Sehne nach Entlastung. Notiere: Seelen-Schnitte suchen BWK // Lastentragen sucht Knie // Und wenn ich jetzt nicht achtsam bleibe, werden sich beide wieder in ein Streitgespräch über mein ISG mit seinem rostigen Nagel verwickeln. Ich schließe mein schwarzes Schreibbuch, verlasse meinen kleinen runden Schreibtisch, dehne den ermüdeten Körper, nehme den Edelstahlaufzug zum Keller, wie fast immer, nur manchmal steige ich die Treppe, die hinter dem Fahrstuhl hinauf- und hinabführt. Lächeln.

11.24 Uhr Vor mir die verschlossene Türe zum Flugplatz. Warten ist mir eine Freude. Wartezeiten sind unerwartete Geschenke. Solche Leerzeiten füllen leere Heftseiten. Bin stets mit ihnen im Dialog. So entstehen Inselnotizen in der Zeit zwischen den Minuten. Sie warten überall, diese Minuten und Stunden, ich suche sie nicht, sie finden mich. Na, wieder fleißig beim Schreiben, grüßt mich ein vorbeieilendes Wort auf zwei schnellen Beinen, dem ich nur kurz ein Lächeln mit auf den Weg gebe. Dann ist es wieder still vor der geschlossenen Türe. Dahinter lauert der ersehnte Cranio-Sakral-Flug mit der Frau K. Minuten später höre ich ihre Flügel, höre, wie sie mit einem Guten Morgen Monsieur Gris um die Ecke flattert. Auf der weichen Liege lasse ich alles Schwere los und mich tragen, aber heute fliege ich nicht so weit, wie ich es mir wünsche. Das Formulardenken fliegt mir im Kopf umher, komme heute schwer los von dieser Kopfrollbahn, meine Seele kommt nicht ganz frei, kann nicht in Ruhe davongleiten. Sofort im Anschluss versinke ich dafür tief im heißen wohligen Moorwickel. Nach 15 Minuten intensiven Abtauchens und Vergessens werde ich wieder ausgerollt aus den Tüchern, in die ich so liebevoll eingewickelt wurde. Und die Gedanken fallen aus ihrem Versteck. Wie gerne wäre ich in dieser Wärme liegengeblieben, hätte das Umherziehen belastender Gedanken für immer im Moor versenkt. Ausgewickelt werden sie mir dennoch bis zum Autogenen Training um 14:00, wie ein nasser Hund, treu folgen. Mit meinen Tischdamen werde ich die Mittagstisch-Gesprächs-Therapie anwenden, die Hundeleine kappen. Gewürzt mit Humor und einer belebenden Prise Ironie im Blick.

16.30 Uhr Den traditionellen Schümli verdaut. Schreibe diesen Tag in die Seiten. Starte heute meine fünfte Woche. Werde noch drei weitere auf der Kastanieninsel verbringen. So der neue Wunsch-Plan des Papstes, dem ich sofort zustimmte. May be … wenn Formular und Genehmigung sich mit unserem Wunsch die Hand geben. Wer hätte das gedacht, unser Wunsch wird umgehend von der PKV bestätigt. Derweil bastle ich an „einem Satz“, dessen Thema am gestrigen Montag in der Chaosgruppe engagiert besprochen wurde, suche diesen einen Satz, der den Unterschied zwischen Aufmerksamkeit & Achtsamkeit auf den Punkt bringt. *„Achtsamkeit führt zu einer Erweiterung der Freiheit im Becken der alltäglichen Aufmerksamkeit durch die Erkenntnis zu bewusstem Handeln.“*

Ganz leise pulsiert das gebeugte Knie unterm Cafétisch.

TAG 31 MI

Der Schmerz liegt auf der Lauer.

08.28 Uhr Zum Einzelgespräch bei Frau A erscheine ich mit Blei verdichteter Laune. Zwei Minuten bleiben mir noch für eine kurze Notiz: Habe ich einen Lagerkoller? Bevor ich die Antwort notieren kann, öffnet die Türe. Dahinter suche ich Entlastung. Mir wird hier alles zu dicht, zu eng, denke plötzlich an Flucht. Gestern Abend musste ich fluchtartig die Anstalt verlassen, alleine ins Grüne, einfach mal bis zum Horizont, bis ans Ufer, den Wind und nur den Wind um die Ohren wehen lassen. Musste mal den Kopf frei kriegen. Ein Impuls trieb mich, fast hätte ich die Kastanieninsel verlassen, das Boot nicht mehr in den Hafen zurückgerudert. Eine Stunde stand ich still im Wind. Die ganzen Worte, das alles hier, alles, was mich in den letzten Wochen bewegte und dieses Pendeln zwischen dem heimischen Festland und der Kastanieninsel, den Tränen und dem Lachen, die Gedanken, die ins Rollen kamen, mussten mal freigelassen werden, klagte ich bei Frau A und konnte meine Seele entlüften. Das geschieht den meisten hier, das wird sich ganz schnell wieder legen und, wissen Sie was ... Sie schaffen das, motiviert mich die Frau des Tulpendiebs mit den richtigen Worten und ihrem ansteckend wallendroten Lächeln. Ohne nachhaltige Folgen entkomme ich dem Lagerkoller, verwandle ihn sogar in Zuversicht. Mit neuer Energie geladen verlasse ich den Raum, schlendere vergnügt ganz ohne Schmerzen zum nächsten Termin. Auf dem Weg stoppe ich am Kiosk, nehme einen belebenden Espresso und verteile flugs ein paar freundliche Worte mit Humor. Die Frau des Tulpendiebs schenkte mir eine sonnige Reise.

10.00 Uhr Wartende strömen in den lichtdurchfluteten Raum, formieren auf meeresblauem Teppichboden den Gesprächskreis. Helfe der Dame in Schwarz, schiebe ihr den Polsterstuhl vor, Wäre Ihnen dieser Platz hier recht ... sogar mit Aussicht, schließe die Stuhlreihe und setze mich ihr gegenüber in den Kreis. Sie kann sich mit den Gehstützen elegant und leicht tragen, nur nicht *mit* Stuhl ... erhalte für das Angebot ein dankbares Lächeln geschenkt.

Dr. Richard Papst begrüßt die Chaosgruppe, Guten Morgen allerseits, alle gut gefrühstückt ... und erntet ein mehrstimmiges >*Ja klar*<. Eröffnet, wie jeden Montag- und Mittwochmorgen, die Gesprächsrunde mit der Bitte um kurze Vorstellung, diesmal im Uhrzeigersinn und blickt nach links. Ein großgewachsener Herr mit wenig Körperfleisch unter seinem lichten Haarkranz schaut verlegen von seinen Füßen auf, Möchten Sie heute mal beginnen, es geht reihum, wir stellen uns kurz vor, Name, Rang, Befinden, Themenwunsch

... erläutert dem Neuzugang, dass der Rang die Dauer des Aufenthalts bedeutet, und mühsam finden dünne Worte Auslass, nennen Name, erste Woche, schlecht geschlafen, kein Wunsch, kurz angebunden geben seine Worte den Faden an den nächsten weiter, und sein Blick fällt zurück auf die Füße, die unruhig im meerblauen Boden Halt suchen. Name, Rang, Befinden, Themenwunsch, der Zeiger tickt weiter, von Stuhl zu Stuhl, stoppt. Mein Name ist zwar Monsieur Gris, wie ihr mich nennt, übersetzt heißt das Herr Grau ... aber ich konnte in den letzten vier Wochen wieder neue Farbe auftanken, seltsamerweise wachte die fünfte heute Morgen mit einem verdichteten Lagerkoller auf ... ich warte auf das Ankommen meiner Worte ... den ich aber in der letzten Stunde, mit Hilfe einer Elfe, in einen sonnigen Inselurlaub verwandeln konnte, und schaue kurz nach rechts in ein wallendrotes Lächeln. Die Dame in Schwarz kennt diese Stunden in der Gesprächskur bei ihr. Ernte jetzt einen verständnisvollen Blick von gegenüber und nicke ihr zu, der Zeiger tickt weiter ... Name, Rang, Befinden, Themenwunsch, der Zeiger tackt bis zur Dame in Schwarz. Sie trägt den sechsten Rang, Ja ... bis auf die Knochen ... aber sonst geht's gut, ein schmales Lächeln stellt die Frage, die auch mich beschäftigt, Und wie behalten wir die Farben, die wir hier tanken ... tick-tack-tick, die Runde schließt, ein jeder nannte seinen Wunsch für das heutige Thema, soweit er oder sie es mochte oder vermochte. Der Chaoschef greift den Faden mit einem ‚Danke', wickelt ihn auf und extrahiert das Tagesthema. Seine kongeniale Assistenz zur Seite, Frau A mit ihrem wallendroten Lächeln, zentriert derweil den obligatorischen Mittwochsstrauß auf dem Meeresblau, ein Farbenmeer von Tulpen. Präpariert das Flipchart mit weißen Bögen und hält, für ihren so zeichnerisch begabten

Chef, die Marker mit einem >Bitte-schön< bereit. Der Papst fasst den extrahierten Themenwunsch mit seinen Worten zusammen, markert auf das leere Blatt.

>ES< >ICH< >ÜBER-ICH<

Dank des spannenden Themas über das ES, das ICH, und das sogenannte ÜBER-ICH, genau mein Thema, steige ich alsbald aus meiner Verschwiegenheit des Zuhörens aus wie aus einem zu eng gewordenen Anzug und lebe auf, heute kein quälendes Drehen auf dem Stuhl. Da ich ja kaum mitschreiben konnte und jetzt hier aus der Erinnerung über das ES – ICH – ÜBER-ICH nachsinne ... es ging da um Zuständigkeiten, Verantwortung, vor allem für sich selbst, ums Außen und Innen, und immer wieder um das Draußen, die scheinbar zwingenden, aber vorhandenen Umstände und um den inneren Garten, die Seele und das Auftanken und zum Ende der Gesprächsrunde vervollständigten die päpstlichen Marker das Bild auf dem Flipchart, runde und ovale Kreise, Linien, Pfeile, Verbindungen, Worte und der berühmte Blumenkohl, links die Kreativität, rechts die Logik und irgendwo in der Mitte dazwischen, im Zusammenspiel mit den anderen Gehirnanteilen, das kleine limbische System, Hort unserer Emotionen, Quelle der Endorphine, der sogenannten körpereigenen Opioid-Peptide, die in der Hypophyse und im Hypothalamus produziert werden ... und all das, was der Papst in Worten viel deutlicher und anschaulicher mit Humor aufs Flipchart bannte, würde ich hier, aus der Erinnerung, nur zu ungenau beschreiben können und habe mich entschlossen, zum Tagesthema zu googeln und werde den Ausdruck später beilegen[6].

Bewegliche Flügel erleichtern das Leben. Ich denke, ich werde heute Nachmittag den Hydro-Jet knicken und der Dame in Schwarz lieber einen starken Schümli und ein Ohr spendieren und schon steigt meine Laune bei diesem Gedanken bis über das Mittagsessen hinaus. Und so wundere ich mich dann nicht wirklich über die geäußerte Bitte von der Dame in Schwarz, Hast du heute Nachmittag Zeit für einen Schümli ... als hätte sie meine Gedanken lesen können, Und auf ein motivierendes Wort ... ergänze ich aufgehellt, Ja gerne ... passt es bei dir um Drei ... und schaut mich erwartungsvoll an, Wären sechs oder nur fünf Minuten später auch recht, dann bin ich frei ... Ja, das werde ich wohl noch aushalten, lächelt sie gewinnend, bis dann ... Ja bis dann, ich freue mich darauf. Sicherheitshalber eine Valoron.

Dann sitze ich also zwischen dem ES und dem ÜBER-ICH-Stuhl, scherzt die Dame in Schwarz kurz nach Drei und strahlt, Ja, diese Stühle sind mir auch vertraut, erwidere ich, stelle zwei starke Schümli auf den kleinen runden Tisch und nehme ihr gegenüber Platz. Das ICH hört ja dauernd das Wunschprogramm von rechts und links, vom ES und vom ÜBER-ICH und sucht, in der Vermittlerrolle, die Lösung der Konflikte für unser Ich, Das kann ja heiter ... aber auch sehr anstrengend werden, weiß die Dame in Schwarz zu erwidern und erhält von mir die Bestätigung aus der eigenen Erfahrung, Ja, das ÜBER-ICH kann uns ganz schön fordern. Es hat uns ja zum Pflichtbewusstsein erzogen, hat uns das schlechte Gewissen schon sehr früh eingepflanzt, Das kenn ich zur Genüge!, Woher Du?, frage ich nach, Mein Vater ist so ein Disziplintrainer, stell dir nur mal vor, du kommst als

Mädchen frohgelaunt mit einer Eins aus der Schule, und er schaut dich nur fragend an, hätte das nicht auch eine Eins mit Sternchen sein können?, Wow! Was war er denn von Beruf? frage ich sie, Ein überzeugter Chirurg mit dem Anspruch, dass sich alles mit einem scharfen Messer reparieren lässt, Und deine Mutter? Sie ist mit ihrer Menschlichkeit daran verzweifelt, hat sich in eine andere Welt geflüchtet, hatte Krebs bekommen und sich einem sogenannten Seelenheiler in die Hände gegeben, der sie von allem, vor allem von ihrer Familie isolierte. Ihre Worte zögern. Ich sah sie erst auf der Intensivstation der Klinik wieder, als sie kaum noch ansprechbar im Sterben lag … sie hielt es einfach nicht mehr aus. Zwischen all der Leichtigkeit, die sie versprüht, spüre ich eine Schwere in ihren Worten, denke an meine Mutter und sage, So wie meine Mutter. Sie hörte einfach auf zu leben, als mein Vater vor zwei Jahren an Krebs verstarb, es dauerte kein Jahr, bis sie ihm folgte. Sie hörte einfach auf zu essen und zu trinken. Möchtest du noch einen Schümli? fragt sie mich. Mindestens noch einen, denke ich, sage aber, Nein danke das wird mir zu spät, Ach ja, Mittwochnachmittag, du musst ja gleich los. Ich spüre, dass sie gerne noch länger bei einem zweiten Schümli mit mir gesprochen hätte, zögere kurz, Ja, es wird wirklich Zeit, ich muss los, und lasse ihr noch eine Buchempfehlung da: *Der Menschenspringer* – Ein psychologischer Fantasy-Bestseller von Ralph Gawlick, von dem es auf der Rückseite heißt: *Schauen Sie ins Unterbewusstsein von völlig verschiedenen Menschen vom Triebtäter bis zum biederen Geschäftsmann.*

Verlasse zum zweiten Mal an einem Mittwochnachmittag die Anstalt. Den geplanten Nachmittagstermin um 15.30 zur

Hydro-Jet-Massage habe ich erfolgreich auf den nächsten Tag verschoben. Unser Gespräch begleitet mich auf der Fahrt. Ihre Worte schweben neben mir. Pünktlich um halb sieben eröffne ich mit einem >Herzlich willkommen< das Kreative Schreiben. *Das Magische Auge ist eine besondere Perspektive des Schreibens. Als imaginärer Autor besitzt es die Fähigkeit, alles zu sehen und alles zu hören. Es kann aber weder denken noch eigene Vermutungen anstellen noch aktiv in eine beobachtete Szene eingreifen.* So unterschiedlich die Persönlichkeiten und Schreiberfahrungen der zehn Teilnehmer und Teilnehmerinnen, so unterschiedlich sind auch die Herangehensweisen an dieses Thema. Sie entwickeln mit Begeisterung, Woche um Woche, surreale, fantastische, sehr präzise und teils spannende Texte, auch ein sehr ‚neutraler' Text meldet sich zu Wort, eine sachlich beschriebene Observierung ohne atmosphärische Dichte. Jeder gibt sein Bestes. Das Magische Auge fördert unsere Kreativität heraus genau hinzusehen. Ein jeder schreibt, wie er schreibt und entwickelt seinen eigenen Stil. Die Begeisterung der Gruppe wächst im Verlauf des Abends mit dem Reflektieren über die vorgetragenen Texte. In diesen drei Stunden sind alle Schmerzen vergessen. Wie schon am Nachmittag zuvor und auch heute den ganzen Tag kein Knochengeschrei, da fliegt die Zeit nur so dahin, ob aufgrund der Valoron oder/und meiner Begeisterung sei dahingestellt, auf jeden Fall ist dieses tragende Gefühl, die Schreibbegeisterten durch den Abend zu führen, ein Hochgenuss. Lösche das Licht, schließe die Tür zum Wortraum. Vor mir die Rückleuchten. Auf diesem roten Zeitstrahl der Nacht fliege ich wie ein Vogel, bei aufgedrehter Klassikmusik, zurück zur Anstalt. Nach einer letzten VanNelle unter schweigenden Kastanien versinke ich erschöpft aber zufrieden in eine tiefe und traumlose Nacht.

Der Schmerz liegt auf der Lauer.

TAG 32 DO

06.15 Uhr Und dann das! Wofür und warum? Der Lohn der Begeisterung?

Ein Gute-Laune-Gefühl lässt mich mit elegantem Schwung aus dem Bett schwingen ... Scheiße! stocke, fast wäre ich gestürzt, erreiche kaum den gegenüberliegenden Duschraum. Sperre! Ein heller Schmerz schießt durchs Kniegelenk, elektrisiert mich. Zittere über die Flure zum Frühstück, zum anschließenden Ergo-Fahrrad-Training, welches ich nach drei Minuten bei schwachen 25 Watt Widerstand abbrechen muss, im Sitzen kann ich dennoch die Geräte auf der Trainingsfläche bedienen. Bin bemüht, man/frau hat ja so seinen Ehrgeiz. Denke kurz an das *Es* und *Über-Ich* von gestern Nachmittag und finde zwischen diesen beiden Stühlen mit dem *Ich* die Lösung. Nach Rücksprache und Einverständnis mit der Trainingsaufsicht, Herrn H, knicken wir das anschließende therapeutische Schwimmen. Das Knie knickt nicht mit, auch nicht unter Wasser, lasse ich ihn scherzend wissen. Nur den Humor nicht verlieren, tröstet Herr H, vermerkt eine sch*m*erzhafte Entschuldigung im Therapieplan. Und nun? frage ich den Schmerz. Kennst du den Film ‚*Lohn der Angst*‘ *mit Yves Montand*, wie schön ... na gut, weißt du ich möchte ihn unter dem Titel ‚*Lohn der Begeisterung*‘ nicht neu drehen. Schiebe das gesteifte Knie ganz lässig und großzügig aufs elende Regenwetter und nicht auf den engagierten gestrigen Tag, nicht auf den Seminarabend oder die lange Hin- und Rückfahrt, schreibe ... auf dass mein Humor nur so schwarz werde wie die Vollmondnacht, die mich um 22.53 ‚heim' führte und mir den Weg hell beschien. Shit Happens! Ob mich die Kartoffelspalten mit Bratgemüse und Dipp am Mittag wieder launiger machen würden, bleibt abzuwarten, bleibe selbst ohne Erwartung. Bon appétit.

Und morgen fange ich ein neues Buch an. Wenn sich die ersten Gedanken wieder wie frisch gefallener Schnee auf die leeren Seiten legen! Nein, ich habe heute keinen schwarzen Tag, ich habe nur schwarzen Humor. Und verschlafe, nach dem morgendlichen Kranichflug bei Frau K, den anschließenden Massagetermin. Gerädert erwache ich kurz vor Mittag, verknittert, meine Stimmung Unterlippe Oberkante.

12.00 Uhr Eine kleine Portion gespaltener Kartoffeln mit Backgemüse, ohne Dipp, führt am Ende zu einem leeren Teller und damit, hoffentlich, zu einem sonnigen nächsten Morgen.

13.00 Uhr Termin Frau A. Nein, ich habe keinen schwarzen Tag, nein, ich hab' nur schwarzen Humor ... knistere ich zur Begründung auf die Frage von Frau A, Wie geht es Ihnen denn so heute ... warum so ernst. Wir stecken die Köpfe zusammen, um dahinter zu sehen, warum das Knie mir seit dem Aufstehen so lauthals die Ohren volljammert. Ist das die Strafe für meine Begeisterung ... und nach den reinigenden Worten des wallendroten Lächelns ziehe ich die Frage nicht erschrocken, aber erleichtert zurück. Gemeinsam blättern wir im Observationsbuch zurück, finden Schmerzspitzen und vergleichen die Therapiepläne der letzten zwei Wochen, suchen Gründe oder vergleichbare Vorkommisse. Alles bleibt ohne wissenschaftlichen Erfolg. So oder so. Schiebe es dann, wie schon angedacht, aufs Tief, Regen, das Wetter kann sich ja nicht gegen den Vorwurf wehren. Vielleicht war es aber doch der Vollmond. Verabschiede mich nach einer Stunde wiedererblüht von der Frau des Tulpendiebs. Auf dem Weg zum Autogenen Training passiere ich kurz mein Zimmer, werfe eine Valoron mit einem Glas Wasser ein und hoffe auf anschließende Entspannung. Um 15.10 Uhr observiere ich bei einer kleinen Tasse Crema die Umgebung und verflüssige meine Gedanken ins Buch, registriere den kühlen Charme der Cafeteria und denke an den roten Freigangschein von Frau A, Freitagabend bis Sonntagabend, was meine kulinarische Laune beflügelt. Am Freitagabend wird es einen auf der Hautseite gebratenen Lachs mit Kartoffelpüree und Zitronenschäumchen geben, so mein Plan. Voilà. Diese köstliche Aussicht wird mich durch den Rest des Tages tragen.

TAG 33 FR

Ein neues Buch. Ein neuer Morgen. Erste Gedanken. Der geleerte Mittagsteller vom Vortag hat sein Versprechen eingelöst. Ein früher Sonnenschein lichtet das schräge Dachfenster. Hinter Doppelglas reisen weiße Kondensstreifen auf eisblauem Himmel. Fühle mich nicht gerädert, nicht wie von einer Walze überrollt. Habe eine traumlose Nacht verbracht. Mein Lächeln dankt es dem Spiegelbild. Das Knie verlor den Schmerz in der Nacht. Das Knie geht gut, das freut den Rest. Nur in der linken Wade miaut ein streunender Muskelkater. Ist wohl gestern passiert, vom steifen Gangbild, lautet meine optimistische Diagnose. Begründe das Jammern des gestrigen Knies mit der Vollmondnacht von Vorgestern, wie auch immer, Knie hin oder her, es läuft nun rund. Aber Vorsicht ist die Mutter aller Porzellanläden, es ist erst 06.31 Uhr ... meine Stimmung ist heiter. Um acht die Arbeit auf der Liege im Trainingskeller. Unter Anleitung und Mithilfe des polnischen Hünen Herrn L bewältigen wir sehr diszipliniert das wöchentliche Kniestabilitäts-Muskelaufbau-An-und-Ent-spannungs-Training. Im Anschluss das therapeutische Schwimmen, dass ich gestern wegen ... ausfallen ließ, schwimme aber nur ‚dreigliedrig', um mein linkes Knie zu schonen. Beim Rückweg ins Foyer werde ich langsamer, lausche ... halte kurz an, höre ... das Knie gibt Widerworte bei jedem Schritt. Finde keinen freien Tisch in der Cafeteria.

Stelle behutsam meine heiße Tasse Crema auf einen Tisch, an dem ein älterer drahtiger Herr einfach nur so da sitzt, tief versunken in einem gebrauchten blauen Trainingsanzug ohne weiße Streifen, der scheinbar nur auf irgendetwas oder irgendjemanden wartet. Hei ... Grüße ich kurz und frage, Ist der Platz noch frei ... ohne ihn dabei direkt anzusehen, Ja sicher ... sagt der alte Herr verknittert und glättet sich. Danke sehr, möchte Sie aber nicht stören, Bitte setzen Sie sich. Ich nehme mein Buch von José Saramago, will es öffnen, schon fängt der wieder aufgerichtete Trainingsanzug an, an meinem Ohr zu knabbern wie an einer Salzstange. In zehn Minuten ist mein Ohr zerbröselt. Erfahre alles aus einem mir völlig unbekannten und namenlosen Leben. Scheinbar gibt es ein großes Bedürfnis sich die Seele freizureden. Ich bleibe entspannt, leere ungelesen den Rest Crema. Die Ohren wieder gerichtet, erhebe ich mich höflich. Entschuldigung, muss jetzt erst mal nach draußen eine rauchen, habe gleich noch eine Anwendung, Ja, ja, ist schon OK ... winkt der Alte ab ... der Therapieplan hat ja jederzeit Vorrang. Das versteht selbst die noch nicht völlig ausgeleerte Seele und sinkt ins Trainingsblau zurück. Auf dem Weg nach draußen erinnere ich mich an die Vereinbarung mit Frau A, die mir empfahl, eine *Schritt-Tabelle* anzulegen, um genau festzuhalten, ab wann die Schmerzen im Knie beginnen. Notiere dreiundvierzig Schritte hin, achtundvierzig Schritte zurück, kleiner Umweg, zehn Minuten im Stehen an der Litfaßsäule, rauchen. Alleine in einer kleinen Sitzgruppe lese ich bis zum nächsten Termin. Der blaue Trainingsanzug ist wieder sicher versunken. Dann mache ich mich auf den Weg in die erste Etage. Die dort Wartenden sprechen mich nicht an. 10.45 Uhr startet die ‚*Lösungsorientierte*' Gruppe 1 bei Frau Dr. E., so der Plan. Ja ... antworte ich mit einem Lächeln auf die Frage eines Wartenden, Ja ... ich bin auch das erste Mal hier, dabei bin ich doch nur ‚*Problemorientiert*'. Ein Monsieur-Gris-Wort-Witz vor der geschlossenen Tür. Eine unsichtbare Hand öffnet von innen und bittet herein.

Eine knappe Stunde später blicke ich auf weitere Termine im Therapieplan, nach dem Mittagessen das Depressions-Seminar IV bei Dr. Federer. Um halb drei das Snoezelen im weißen Raum mit den bedrohlichen Schmetterlingsprojektionen, immerhin habe ich heute eine eigene CD mit: *Tai Chi Too*. Von Buddha & Bonsai.

Ein leises Brummen ums Kniegelenk begleitet meinen Weg ins Untergeschoss. Zähle die Schritte, notiere Zimmer > Aufzug zweiundvierzig, das lenkt vom Schmerz ab, Aufzug > Gang > Vortragsraum achtundfünfzig, die Zahlen trüben nicht meine gute Laune. 13.10 Uhr Dr. Federer lässt uns schon zehn Minuten vor der verschlossenen Türe warten. Nach nur drei Minuten, als Zeit- und Schritt-Observateur, angelehnt an der weiß gestrichenen Wand, wird es mir zu bunt, finde ganz hinten im Gang einen leeren Stuhl. Um 06.31 noch Optimist, um 13.06 denke ich, ob es nicht besser gewesen wäre eine Valoron zu nehmen, stehend wird der Schmerz nicht einfach hinausfließen. Bin aber froh, keine genommen zu haben, lieber achtsam die Schritte zählen, und sitzen bleiben bis ... denn sonst wird nachher das Snoezelen nur Vibrationen statt Entspannung bringen.

Nun denn, mit entschuldigter Verspätung teilt Dr. Federer, mit langen Schritten und seinem Tennisschläger in der Hand die aufgereihte Warteschlange, öffnet die Tür zum Vortragsraum, der uns einen schmalen Blick in einen begrünten Innenhof bietet. Die Ungeduldigen drängeln nach, circa 25 Insassen, meist weiblich, sie blühen in der Mitte ihres Lebens. Wir finden Plätze in bequemen Polsterstühlen, aufgereiht in Reih und Glied, wie in einem kleinen Kinosaal. Die leere Leinwand ziert das Kopfende, rechts und links rahmt ein samtroter Schal das Theater der Depressionen, davor ein Tisch, dahinter der Vortragende, der Unterlagen, Ball und Schläger und die Folien sortiert und kopierte Materialien auslegt. Die Spannung erzeugt Erwartung. Dr. Federer begrüßt die aufgereihten Erwartungen, nennt das heutige Thema des Depressions-Seminars IV >*Rückfall & Verhütung*<. Zu Beginn gibt er eine Buchempfehlung, Kopien liegen hier aus, zum Ende der Stunde nehmen Sie sich bitte eine mit, sagt er routiniert, mit neutraler Stimme. Er preist das Buch die *'Seelenfinsternis'* von Piet C. Kuiper, als sehr gut lesbar an, ergänzt, dass der Autor selbst Psychiater war und leider an einer fünfjährigen Depression litt. Klickt einen kleinen Schalter, schiebt eine Folie unter den aufleuchtenden Schwanenhals und eröffnet den Depressions-Vortrag mit einer rhetorischen Frage, Was kann man machen ... um nicht wieder in die Depression zu fallen? Notiert auf der Folie des Overheadprojektors seine eigenen Antworten: Sport – liebevolle Gestaltung, optisch und sozial, des Umfelds – Achtsamkeitsheft und Medikamente. Ein langgezogenes *Aaaah* raunt auf. Der letzte Punkt wird dann zum längsten Vortragsteil der Stunde. Alle nehmen ja genug Pillen, zu diesem Thema werden die Fragen hageln, die ansonsten sehr dünn ausfallen, Helfen sie oder nicht, Nebenwirkungen Ja oder Nein. Ich sammelte ja auch Erfahrung, schwor diesen Pillen ab, diesem ganzen verordneten Psychotablettenscheiß zur Schmerzreduzierung oder zur Erheiterung beschatteter Stimmung. Ich erlebte und erlebe immer nur, dass diese Mittel mir einen eisernen Helm auf den Kopf setzen. Reduziert wurde nur das Gefühl der freien Entfaltung der Gedanken, was aber meine Stimmung nicht wirklich aufzuhellen vermochte. Nur der Valoron bleibe ich treu. Dieses kleine weiße Ding stellt die Schmerzen hinter mein Bewusstsein und hellt vorne meine Stimmung auf. So macht jeder seine Erfahrungen. Verfolge weiterhin die dahinfließenden Worte, das vorhersehbare Füllen der Folien mit Antworten und notiere auf meinen Knien, was ich observiere. Um 13.43 Uhr könnte ich platzen, so vollgestopft fühle ich mich, mir ist langweilig, die emotionslose Stimme von Dr. Federer ermüdet mich zusehends, klick-klock-klick-klock, ich spüre meinen Körper, vom Knie bis zum Nacken, bin genervt, überlege, soll ich jetzt aufstehen, gehen, wiederkommen, soll ich bleiben? Ich fühle mich intellektuell um zwanzig Jahre zurückgeworfen und frage mich, wo sitze ich hier eigentlich, mich nervt der Schmerz. Pardon, wenn Sie zwischen den Zeilen die Frage erlauben, Ist es nicht eher die Langeweile oder die fehlende Begeisterung, die Monsieur Gris so nerven.

Basteln, Singen, Gedichte schreiben lenken mich nicht ab. Ich bin jetzt trotzig, beende die Observation, verschraube den Montblanc und möchte mich einfach nur wegträumen und auf den Schluss-Gong warten. Noch während ich diese Worte notiere, schlägt er auch schon, füge noch schnell ein Fazit dazu: Aktivitäten als Gegenmaßnahme zum Schmerz, fordern nur Bein und Rücken! Ich brauche die Begeisterung, die mich auf Flügeln durchs Leben trägt. Punkt!

Die Polsterreihen lösen sich auf. Wenige greifen zur kopierten >Seelenfinsternis<, alle strömen hastig hinaus, aber nicht, ohne sich das wichtige Ich-war-da-Zeichen im Therapieplan vom Spielführer abzeichnen zu lassen. Als Letzter erhalte ich das Zeichen, falte die >Seelenfinsternis<, zähle die Schritte zurück zum Zimmer, achtundfünfzig, zweiundvierzig, notiere 100.

14.15 Uhr mit einem Glas Wasser versinkt die Valoron ins pulsierende Knie. Noch vierzig Minuten bis zum Snoezelen. Es wird dort gerne gesehen, fünf Minuten vor der Zeit zu erscheinen, so bleibt mir noch Zeit für eine VanNelle unter den Kastanienblättern und ein Wort aufs andere. Ich durchquere das Foyer. Schrittnotizen am Rand. Begegnungen. Ein liebenswerter, aber immer negativ gestimmter Mitinsasse nähert sich der Aufzugstür, Na, wo geht's denn hin, fragt er mit krausem Gesicht, Ich wähle ‚K' wie Konfektion ... scherze ich, drücke den Knopf, der sofort aufleuchtet und ergänze, Fahre runter zum Snoezelen, Darf ich einmal mitkommen, ich kenne diese Räume noch von früher ... Ja, gerne, antworte ich, kommen Sie mit. Ein Lächeln glättet spontan das krause Gesicht. Mit der zuständigen Frau Ludowitzki (*wir nennen sie mal so, sie ist so niedlich wie urig*) besichtigen wir zu dritt den kleinen weißen Raum. Wir witzeln, Nein, zu dritt geht's hier nicht rein, das ist nur was für Einzelpersonen ... snoezelt Frau Ludowitzki. Zwei vorbeischlendernde Flurpassanten auf dem Weg zur Fangoanwendung lachen an uns vorbei. Ich komme gleich ... ruft Frau Ludowitzki den beiden hinterher und betritt allein mit mir den weißen Raum. Die mächtigen wandfüllenden Schmetterlinge drehen ihre Kreise. Damit mir nicht schwindelig wird, frage ich vorsorglich, Könnten Sie bitte für mich die Farbscheibe aktivieren ... worauf sie entschuldigt, Die Fernbedienung ist schon seit Tagen defekt ... erklärt, dass Frau K, zuständig für diese Abteilung, die schriftliche Anforderung auf Reparatur erst unterschreiben müsse, aber leider krank sei. Und anstatt der Schmetterlingsscheibe ... frage ich dezent, so schnell gebe ich ja nicht auf ... gibt es vielleicht grüne Landschaften oder segelnde Wolkenschiffe auf blauem Himmel, Ach, ich liebe sie so, diese Schmetterlinge ... erwidert die kleine drollige Frau Ludowitzki ...wissen Sie, ich komme ja vom Lande, betont die Snoezelen-Raum-Gebieterin mit einem postpubertären Kichern, ich liebe auch die Spinnen. Ihr Versuch einer spielerischen Antwort auf meinen Wolkenwunsch. Na, die Spinnen würden ja die Ruhesuchenden bestimmt beruhigen ... scherze ich, glaube aber kaum, dass der Versuch, Spinnen in Wandgröße krabbeln zu lassen, irgendjemandem eine Freude bringen würde, Nein, wir haben nur diese mit den Schmetterlingen. Die Spinnenliebhaberin reicht mir die Wolldecke, legt meine Buddha-CD in den Player und schließt leise die Türe. Jetzt liege ich mit geschlossenen Augen bäuchlings auf dem erwärmten Wasserbett, setze mich nicht dem rotierenden Flug der Rieseninsekten aus. In der beruhigenden Wellenbewegung verspüre ich die verblassenden Vibrationen, die Valoron legt langsam den Schmerz hinter mich, erhellt vorne meine Laune, die sanft in die fernöstliche Musik fließt, höre bald nur noch ein fernes Säuseln und merke wie meine Gedanken, die durch Raum und Zeit schweben, sich auflösen. Vierzig Minuten später schüttelt das ländliche Lächeln meine Schulter, Hallo ... Monsieur Gris aufwachen ... die Zeit ist um.

Zurück in meinem Zimmer, innerlich erfrischt, wieder in der Realität gelandet, packe ich die schmutzige Wäsche der letzten Tage, Kulturbeutel, Bücher und Heft in eine Reisetasche. Schultere sie schwankend über die Gänge zum Foyer, platziere seit neuestem, wenn ich Freitagnachmittags die Anstalt verlasse, zuvor noch drei Grußkarten für meine in der Anstalt verbleibenden Tischgenossinnen auf Tisch Nr. 9. Klopfe dazu dreimal an der Seitentüre des Restaurants. >Nur für Küchenpersonal<. Ein kleines Konfekt fürs Personal, lächelnd mit einer Bitte überreicht, ermöglicht mir kurz den verbotenen Eintritt in den verwaisten Speisesaal. *Ein sonniges erfrischendes Wochenende wünscht die Hoteldirektion Flaxheide* – steht auf einer vorbereiteten Blumengruß-Karte, schwungvoll unterschrieben mit *Prof. Dr. Snoezelen*. Humple mit meiner schweren Reisetasche beschwingt zum Ausgang, bekomme ungefragt Tragehilfe von Herrn Detlef und dem langen Marc von Station T-10, sie begleiten mich bis zum Auto in die Tiefgarage. Vielen lieben Dank für eure Hilfe, Bis Sonntag dann und genieß ein köstliches Zuhause, Euch auch ein wunderschönes Wochenende. Gefüllt von den Eindrücken der Woche fliege ich ohne klassische Musikbegleitung nach Hause, wie ein Schmetterling im Sommerwind, bei offenem Fenster. Das Radio bleibt aus. Die Luft ist warm. Den Wind im Haar. Das monotone Surren der Reifen in den Ohren. Vor der Haustüre bekomme ich beim Aussteigen einen Krampf in der rechten Wade. Pedalüberlastung. Strecke energisch mein Bein, voilà ... sicher gelandet.

Und plötzlich ist Sommer. Gehe direkt in den Garten, schwebe strahlend über langes, saftgrünes Gras, drücke in die Arme der Liebsten meine leicht gewordene Seele und empfange das Gewicht ihrer Tränen in den meinen. Ein warmer Nachmittag legt schräg spätes Licht über den Garten. Im Schatten, unter dem Rosenapfelbaum, schreibe ich ins Buch: Ich schaue dem Garten tief in die Augen und spüre die Schönheit und die Wärme ... und wieviel Schönheit empfängt das Herz durch die Augen ... bin glücklich. Die Valoron breitet ihre starken Arme aus, beschattet den Schmerz im Knie. Am Abend stillen ein Lachsfilet auf der Hautseite gebraten mit einem Safran-Kartoffelpüree und ein Zitronenschäumchen den leisen Hunger. Mein Heimatort gewinnt 3:1 gegen Darmstadt. Lila ist begeistert. Und ich gewinne eine bleibende Erinnerung an die Schönheit eines späten Sommertages. Die Schnäbel jubilieren ein unsichtbares Concerto.

Ich hinterlasse noch die folgenden Zeilen, die ich ironisch

mit „*Ferien auf Sagrotan*“ überschreibe. Jemand verließ die große Insel Valoron, die Süße der blühenden Kastanienwälder, die zauberhafte Heimat der Elfen und des Lächelns. Sie halfen ihm, sein Gepäck auf die Fähre zu laden. Unterm Himmelblau schwankte jemand zum Kommandostand, startete und winkte zum Abschied den Verbleibenden. Die Fahrt über das bewegte blaue Sommermeer, welches jemand hinter sich ließ, beruhigte alle aufgewühlten Erinnerungen der letzten Tage. Ein Wochenende auf *Sagrotan* war sein Ziel, seine kleine paradiesische Insel im blühenden Grün.

Und wir fragen uns, was erwartete jemand dort auf *Sagrotan*. Ein Name, der an ein vielbeworbenes Desinfektionsmittel erinnert, ein Werbeversprechen, das 99,8% Reinheit verheißt. Die Sehnsucht nach Hause zu kommen und alles in Reinheit vorzufinden? Trieb ihn der Wunsch übers Meer bis ans andere Ufer, in der Hoffnung, dass sich dort alles Schwere, Graue und Deprimierende derweil gereinigt hätte? Würde er mit offenen Armen, in diesem Punkt war er sich ganz sicher, aber würde er auch mit einem freien, leichten Lächeln empfangen werden? War das sein unausgesprochener Wunsch nach Ferien auf *Sagrotan* oder nur eine Illusion, die wie eine schillernde Seifenblase zu platzen drohte, das wissen wir nicht, wir wissen nur, dass Monsieur Gris nichts ohne Grund schreibt. Was er schreibt, das bewegt ihn. Was wir hier, so gut es uns gelingt, wiedergeben.

TAG 34/35 SA/SO

06.42 Uhr Bin schon früh auf, schreibe voller Tatendrang diese Zeilen in der Ecke meines schmalen Balkons, nenne ihn meinen Hochsitz auf der Ferieninsel *Sagrotan*. Ein schwarzer ungesüßter Kaffee dampft neben mir, dem gewohnten Cappuccino mit Milchschaum habe ich ‚Lebewohl' gesagt. Au revoir. Und fünf weiteren Kilos. Mein Herz ist beseelt von der Schönheit der unter mir schlummernden Gärten. Leichte Gedanken, die ich in meinem Gepäck übers Meer mit auf die Ferieninsel nahm, beflügeln diesen Morgen. Unter nahtlos blauem Himmel atme ich die Reinheit auf *Sagrotan*, trotz der Tränen von Lila, die ich tapfer trage, tragen werde. Die Schnäbel trällern ein fröhliches Morgenkonzert in die ersten Strahlen der Sonne. Das Kniegelenk schweigt, sehnt nicht nach Valoron. Nur meine Erinnerung hat nichts vergessen. Das Vergessen ist ebenso ein Teil des Lebens wie das Erinnern. Aus meiner Achtsamkeit wird aktive Entscheidung wachsen. Wenn ich am Sonntagabend über das Meer auf die Inseln Valoron zurück segle. Dort werde ich eine leichte Zeit genießen, den helfenden Elfen ihre Arbeit erfolgreich werden lassen, bereichernde Gespräche führen. Meine Seele wird sich mehr und mehr weiten wollen. Ich möchte nun der Insel lieber einen schöneren Namen geben und frage mich, Seit wann heißt sie eigentlich Valoron. Die Zeit ist reif für feenhafte Gedanken, reif für die Leichtigkeit des Seins. Vielleicht werde ich die Insel >Île Papillon< nennen. Die Schmetterlingsinsel am Rande des großen Salzmeeres. Damit bin ich vorerst einverstanden. Ein friedlicher stiller Samstag mit meiner Liebsten daheim im schattierten Sonnenlicht endet mit einem köstlichen Kalbskotelett von meinem Metzgerfreund des Vertrauens, dazu gibt es gebratenen grünen Spargel mit Bohnenkraut aus dem Garten, und später gewinnt FC Bayern gegen den BVB mit 2:0 im DFB Pokal nach Verlängerung. Lila freut sich nicht, sie feuerte für den BVB. „Die

Gedanken sind frei“. Lese im Garten. *Die Stadt der Blinden* von *José Saramago* öffnet mir weiter die Augen. Sei achtsam in der neuen Woche, mit diesem Gedanken verabschiede ich mich von Lila am Sonntagnachmittag, nicht leichten Herzens.

TAG 36 MO

Endlich angekommen auf >Île Papillon<. Chefarzt Dr. Richard Papst hatte es mir versprochen. Komme heute zum ersten Mal in den Genuss dieser besonderen Vortragsreihe. Ich möchte nur das Beste für Sie ... erinnere im Schweiße meines Angesichts an sein Versprechen. Die Perlen eines jeden Schrittes der letzten halben Stunde, die ich durch das riesige Gebäude des >Burgschlösschens< irre, haften kalt auf der Stirn. Mit dem Taxi angekommen. Andere hätten den großen Park in zwanzig Minuten zu Fuß durchquert. Lerne aus Erfahrung. Mit dem Terminzettel in der Hand eile ich von Auskunft zu Auskunft, die Zeit wird knapp, irre von Hinweis zu Hinweis, folge immer neuen, die Richtung wechselnden Antworten. Entschuldigen Sie, können Sie mir bitte weiterhelfen, ich suche den Vortragsraum von Dr. No. Erschöpft erreiche ich um 10:45, gerade noch pünktlich, den versteckt gelegenen Seminarraum U 261 im Kellergeschoss. Der berühmte Dr. No, eine saloppe Erscheinung, unspektakulär mit schlammfarbiger Cordhose und rotkariertem Flanellhemd, bequemen Schuhwerk, meliertem vollen Haar, so um Ende fünfzig, begrüßt die Anwesenden mit einem, Herzlich willkommen. Zähle zehn Teilnehmer, derweil Dr. No die weit geöffneten Fenster schließt. Das Gehirn braucht Sauerstoff, damit es aufnahmefähig wird. Seine erste Frage an die

Platzgenommenen, Sitzen Sie auch alle bequem, möchte jemand noch ein Kissen, eine Decke oder seine Beine auf die gepolsterten Hocker legen, sie sind nicht nur Dekoration, jeder darf hier ganz bequem sitzen. Ein befreiendes Raunen löst die Anspannung. Ein Hocker duckt sich unter weibliche Beine, ein Kissen stützt, eine Decke wärmt, jemand öffnet sein Buch und den Montblanc.

Dr. No, kaum drei Meter von seinem Publikum entfernt, wartet, bis ein jeder seine ideale Position gefunden und eröffnet das Spiel seiner Worte mit dem Satz, Ich kenne den Schmerz ... lässt diesem Satz Zeit, anzukommen, bis ein bestätigendes Echo erfolgt. Ich kenne ihn seit 1988, also verlieren wir keine Zeit, Fragen können Sie gerne zum Ende der Stunde stellen. Sofort ist er mitten im Thema. Im Durchschnitt dauert ein Arztkontakt siebeneinhalb Minuten, und fragt sich selbst, Wie können die Schmerzpatienten ihr Anliegen, das sie über so viele Jahre tapfer tragen, loswerden? Nie, und betont das NIE. Ich habe schon alle und alles gesehen, was mit dem Schmerz verbunden ist. Achtzig Prozent aller Schmerzen, die die Menschen quälen, haben keine körperliche Ursache, stellt er in den Raum und fährt fort, Aber alle Muskeln und Venen können schmerzen, weil sie Nerven haben. Schmerzpatienten sind die Fleißigsten, Sie sind dic Macher ... motiviert er mit ausgestreckter Hand die andächtig Lauschenden. Wird sehr deutlich in seiner Stimme. Es gibt sogar Phantomschmerzen von entfernten Organen, nicht nur von getrennten Extremitäten, das kennen Sie ja von amputierten Beinen. Fragt, Woher nehme ich die Kraft??? und fährt sich mit der Hand durch sein dichtes meliertes Haar, zeichnet mittig auf dem Flipchart ein großes Dreieck, schreibt das Wort

MENSCH hinein, links das Wort KÖRPER, rechts SEELE und auf die Spitze GEIST, umrandet die drei Worte mit je einem Rechteck, die das Dreieck MENSCH umrahmen. Verbindet die drei Rechtecke mit einer Linie und setzt >Die Balance< mitten unter MENSCH ... diese drei bilden eine Einheit. Das ist Ganzheitsmedizin, hier die drei Kraftzentren, Körper, Geist und Seele, die den Menschen zur Verfügung stehen, deren Wirkung sich ins Plus oder ins Minus neigen kann.

Dr. No's lebhafter Vortrag, ein nicht nur rhetorisch brillantes Ein-Personen-Bühnenstück, fesselt meine ganze Aufmerksamkeit. Auch die der anderen. Die klaren, direkten Worte wärmen die gequälten Seelen wie eine warme Dusche auf einer Südseeinsel. Und sie fließen wie heilendes Öl auf Rücken und Knie. Die Kräfte gehen heraus und kommen hinein, führt er in seiner Schilderung mit sonorer Stimme fort, nennt dies das Prinzip >Portemonnaie<, zieht sein eigenes aus der Gesäßtasche, öffnet es, Was hier raus geht, muss auch wieder rein kommen, sonst bin ich bald pleite. Die Folge in der 1. Phase des Outputs: Schwächung der Seele, Schwächung des Geistes, Schwächung des Körpers. Wer Schmerz ist, fragt: Wovon hatte ich zu viel, was mir schadet (*Verbrauchen-Ausgeben*), wovon hatte ich zu wenig was mir gut tut (*Auftanken-Einnehmen*). Ein Ackergaul, der stets zu lange auf dem Feld arbeitet ... und amüsiert die Gruppe mit einer entsprechenden Skizze ... der stirbt! weil er keine Kraft mehr zum Fressen hat. Seine Beispiele sind drastisch, lassen nicht mehr los. Betont die Empfindlichkeit der Seele bei körperlicher Überanstrengung! und verweist auf die beiden Rechtecke, Körper und Seele, links und rechts vom MENSCH. Nimmt dann den schwarzen dicken Marker, zeichnet mit Schwung eine steil ansteigende Kurve aufs Blatt, die sanft und langsam wieder absteigt, reiht darunter waagerecht die Ziffern 0, 10, 20, 30, bei 30 steht die Kurve am höchsten, 40, 50, 60, 70, sanft abnehmend endet die Kurve bei 80, liegt unten, und er beschriftet die Zahlenreihe mit dem Wort: Alter. Das Lebens-Leistungs-Niveau, lausche mit spitzen Ohren und schreibe mit, ohne hinzusehen, liegt bei 30 ganz oben auf der Kurve, und erinnere genau, fünf Jahre später, mit 35, erhielt ich meine zwei Körper-Attacken. Warum? Als könne Dr. No die unausgesprochene Frage in meinem Gesicht lesen, antwortet er, Die Ursache ist eine versteckte Überforderung. Mit seinem ganz eigenen Humor erklärt er Ursache und Wirkung. In der 1. Bundesliga hat ja jeder Leistungssportler einen Trainer an seiner Seite, der auf ihn aufpasst. In der Regel sind diese Fußballer maximal dreißig, somit auf dem Höhepunkt ihrer körperlichen Leistungsstufe. Bei uns allen wird der „Leistungscharakter" in der Kindheit angelegt und fest geprägt wie auf einer Münze. Dabei ist „Lob" ein seelisches Nahrungsmittel, eine Prägung, die aber auch nach hinten losgehen kann, zum Beispiel bei der Krankenschwester, sein Lieblingsbeispiel, die immer und überall ihre Hilfe anbietet auf der Suche nach Lob und Anerkennung, sich auf Dauer damit überfordert und oftmals als Schmerzpatientin hier endet. Er hat sie alle kennengelernt, die Lahmen und Schmerzbehafteten, begann hier im Hause vor 26 Jahren als Orthopäde, lernte so viel Leid und nachhaltigen Schmerz kennen, dass er sich dazu entschloss, als Schmerz-Psychologe allem Schmerz den Kampf anzusagen. Heute reist er durch die Nation und hält überall vielgelobte Seminare und schreibt anerkannte Bücher zum Thema Schmerzbewältigung(7).

11.40 Uhr Dr. No fasst noch einmal alles straff zusammen. >Das Grundgesetz des Ausgleichs< *Was ich verbrauche, muss ich erholen.* Ende > Burgschlösschen, die I. <

Der Vortrag, der Tintenfüller, das Buch geschlossen. Aufstehen und strecken. Jeder erhält sein Ich-war-hier Zeichen. Es war mir eine Freude, Ihnen zuhören zu dürfen, verabschiede ich mich mit Handschlag, und Dr. No sieht, dass das lange Sitzen meinem Rücken zusetzte, Gönnen Sie sich einen entspannten Tag, denken Sie daran, wer Kraft verbraucht, muss auch wieder Energie auftanken. Ausgabe und Einnahme.

Nun … wie war der Vortrag bei Dr. No? fragt die Dame in Schwarz und bedankt sich für den Schümli, den ich auf dem kleinen runden Tisch abstelle. Zum Schutz gegen das lebhafte Gewusel der offenen Cafeteria und allzu neugierigen Blicken erklären wir beide diesen Platz am Fenstereck neben der Kaffeeausgabe, verborgen hinter zwei mannshohen Grußkartenständern, zu unserem Konferenztisch.

Sehr beeindruckend … eröffne ich, räuspere mich, nehme förmliche Haltung an, Oui Madame, da ich ja in den Genuss der Vorträge mit dem päpstlichen Auftrag gekommen bin, Ihnen die Vorträge von Dr. No wiederzugeben, bitte ich nun um Ihre volle Aufmerksamkeit! Ich öffne theatralisch mein schwarzes Buch, streiche die Seiten zweimal glatt, wie die Kanten meines Revers, und ein neugieriges Lächeln blinzelt mir erwartungsvoll entgegen. Deshalb habe ich ja alles genau dokumentiert, damit kein Wort verloren geht, versuche mit ernster Geste die erste Vortragswiedergabe zu starten, lege den Montblanc neben die dicht beschriebenen Seiten, Oh, das sehe ich, würden denn zwei kleine Pralinen zum Schümli die Ausführungen stören? Mit einem seidigen Lächeln greift die Dame in Schwarz in ihren Rucksack, den sie stets lässig, leicht geschultert mit sich trägt, und legt zwei Pralinen auf die geöffneten Seiten. Ganz im Gegenteil, ich freue mich, sie werden mich beflügeln! Das war meine federleichte Hoffnung, strahlt sie erwartungsvoll, Und ich kann nur sagen, um deine Frage zu beantworten, ich war völlig begeistert von seinem Vortrag, Das merke ich dir an, leuchtet ihr Gesicht. Zwei dunkle Pralinen schmelzen in lächelnden Mündern. Ich werde versuchen, alles so wiederzugeben, wie ich seine Worte aufgenommen habe, Bin sehr gespannt und auch ganz Ohr, Also ... starte ich und stelle die Tasse ab, das erste Thema lautet ›Das Grundgesetz des Ausgleichs‹, und die weiteren Worte sprudeln mit Begeisterung über den geschützten Konferenztisch. Das mit dem Ackergaul ist mir nicht fremd, bestätigt die Dame in Schwarz die kleine Strichzeichnung, die ich ihr zudrehe. Ist das nicht ein schönes Pferd? Sie lächelt lautlos, aber ich spüre die Überforderung, die sie bedrückt. Manchmal weiß ich nicht mehr, wo mir der Kopf steht, wenn die Schmerzen unerträglich werden, und ich sehe in ihren Augen diese Erinnerung schimmern, Das kenne ich zur Genüge, wenn der Geist möchte und der Körper nicht mehr kann, bestätige ich aus der eigenen Erfahrung und zitiere einen Satz von Dr. No: Leid absorbiert die Energie in den Menschen, die diese Schmerzen empfinden, es raubt aber auch denen Energie, die gezwungen sind, das mitanzusehen, und damit ist keinem gedient. Aber vergessen Sie nie sich selbst, betonte Dr. No immer wieder. Ich schaue sie lange an. Durch kristallblaue Augen kann ich bis tief in ihre Seele blicken und spüren, dass sich unsere Seelen berühren.

Sie sieht mich lange an, schließt den Glanz in ihren Augen, atmet durch die Nase, und ihr Mund dehnt sich flach und stramm, bereitet sich vor auf die Tränen, die nicht kommen, I c h weiß manchmal nicht mehr, wie .... Ihr Satz versiegt, ihre Augen werden glasig, Sorry, Du brauchst Dich nicht zu entschuldigen. Ich lege meine Hand auf ihre und spüre Erleichterung, Danke, das tut so gut! Auf ihren Lippen flimmert ein feines Lächeln. Ich freue mich schon auf den nächsten Vortrag von dir, Aber nur wenn du zwei Pralinen spendierst. Pünktlich bewegt ein Raunen die Cafeteria, ein hungriger Strom Insassen fließt zielsicher zum Abendbuffet. Wir erwachen aus der Vertrautheit unserer Worte. Das Abendessen läuft uns ja nicht davon, scherzt die Dame in Schwarz. Gut fünfzehn Minuten später schließe ich meine Vortragsaufzeichnung, fünf weitere Konferenzen werden folgen. Danke Dir, das war sehr eindrucksvoll, so vieles, was du gesagt hast, hat mir aus der Seele gesprochen und mich berührt, es ist so befreiend, mal ganz offen mit jemanden darüber reden zu können, Danke Dir, es tut vor allem hier drin gut, und ich lege meine Hand ganz sanft auf ihr Herz, ohne viel Worte und Erklärungen einfach verstanden zu werden. Die Pralinen haben bestimmt geholfen. Ein leichtes Abendessen könnte uns jetzt nicht schaden, lädt sie mich lächelnd ein, schultert den Rucksack und greift die schwarzen Gehstützen mit den Worten, Na, dann wollen wir mal ... Sehen, womit sie uns heute verwöhnen wollen ... ergänze ich ihren Satzfaden mit einem verschwörerischem Grinsen. Als Letzte durchqueren wir das Wort gefüllte Anstalt RESTAURANT mit den großen goldenen Buchstaben. Na ... wo wart ihr denn, wir haben euch beide schon vermisst, strahlen die beiden Damen von Tisch Nr.9.

Heute Abend schlafe ich schmerzfrei und zufrieden ein. *Bonne nuit.*

TAG 37 DI

Eine ‚Gute Laune' überflügelt das morgendliche Ringgefühl im Knie, werde heute besonders darauf achten, die gute Laune zu mehren. Leichten Fußes schwebe ich durch die Gänge und lande kurz vor acht vor der verschlossenen Türe bei Frau K, startklar für den nächsten Cranio-Sakralen Flug. Genieße jetzt einmal wöchentlich die begehrteste Behandlung in der Anstalt. Das Lösen der Energieblockaden. Davon haben Schmerzpatienten ja bekanntlich mehr als genug. Auch die Dame in Schwarz erfährt nun dieses wöchentliche Glück der blockadelösenden Anwendungen, nicht wissend, dass ich mich für sie beim Chef sehr deutlich eingesetzt habe. Dr. No's Vortragswiedergabe gegen wöchentliche Kranichflüge, lautete unser Deal mit Handschlag besiegelt. Über die Wirkung der Flüge auf Körper, Geist und Seele, die wir beide hier zum ersten Mal erleben dürfen, tauschen wir uns aus. Wie so oft des Nachmittags bei einem stärkenden Schümli in der Cafeteria. Sprechen offen und ohne Scham über unser Leben mit dem Schmerz, der uns beide seit 22 Jahren begleitet. Nein, es gibt keine Zufälle, warum wir beide hier gestrandet sind, sind wir uns ohne viele Worte einig. Ja, das glaube ich auch, dass das einen ganz besonderen Grund hat, schaue auf das Zifferblatt meiner alten Bergmann-Uhr. Zeit für einen Augen-Blick auf den Therapieplan: 08:45 „Körperwahrnehmung & Achtsamkeit" bei der zackigen Frau M, die wieder genesen ist, 10:45 Taxi zum >Burgschlösschen<. Aber zuvor die Visite beim Chef. Worauf verzichte ich, was wünsche ich mir. Auf das, was mir nicht gut tut; das, was mir gut tut, laut Dr. No. Ein Gesprächspunkt für die Visite. Werde sicherheitshalber, weil mir das so wichtig ist und ich den Chef nicht verpassen möchte, die Stationsschwester fragen, Wann und wo kann ich Dr. Papst am besten zum Visitetermin erwischen. Bis dahin werde ich darauf achten, was mir gut tut.

Der Kranich flattert mit leichter Verzögerung, in bester Laune um die Ecke. Hallo, Monsieur Gris ... sorry, Kein Problem ... Warten ist kein Verlust und schließe das Buch der Observationen, Bitte treten Sie ein. Nach sechsunddreißig Minuten unter ihren flugerfahrenen Händen entlässt sie mich: Körper, Geist und Seele gelöst in den Rest des Tages. Frau M‘s anschließende Trainingsstunde strapaziert mein Knie, trotz Achtsamkeit und häufigen Sitzens rebelliert es nun. Nein, ich finde es nicht blöd, dass ich der Einzige bin, der größtenteils bei den Übungen sitzt, während die anderen laufend, stehend, gehend ihren Körper wahrnehmen. Bleibe meiner ‚Guten Laune‘ treu und nehme lieber wahr, was mir gut tut.

Vor dem Schwesternzimmer auf Station Nr. 8 warte ich auf die Visite. Fünf Minuten später bittet mich Dr. Richard Papst in seinen Besprechungsraum. Wir nehmen Platz, die Sonne scheint, strecke mein steifes Bein in den Schatten. Na, Monsieur Gris ... wie war denn so die letzte Woche für Sie, was bewegt Sie heute. Seltsamerweise war die fünfte Woche so schlimm wie die erste, klage ich etwas zerknirscht, spreche ihn nochmal auf den Lagerkoller an, die Dichte, schildere, dass sich am Wochenende mein Knie vom Schmerz erholen konnte, erkläre dies mit den kurzen Wegen daheim, im Kontrast zu den langen Gängen und Fluren. Zeige mein Schritttagebuch, teile ihm meinen Entschluss mit, in Zukunft noch achtsamer zu sein und bedanke mich für die Teilnahme an den Vorträgen bei Dr. No. Nur das Beste für Sie, ich schicke Sie ins >Burgschlösschen<, das habe ich Ihnen ja versichert. Berichte enthusiastisch vom ersten Vortrag, wie gut er mir gefiel, wie lebendig die Worte von Dr. No waren und wie sie mir einen Perspektivwechsel auf die Schmerzen ermöglichten. Und ich habe auch mein Versprechen, den Vortrag an die Dame in Schwarz wiederzugeben, eingehalten. Das war mir eine besondere Freude. Bin nun sehr gespannt auf die Fortsetzung, gleich um viertel vor elf geht's zur zweiten Runde. Aber ich vermisse die Montags-Runde mit Ihnen in der Chaosgruppe ... Terminüberschneidung. Dr. Richard Papst strahlt über die Anerkennung, notiert letztes Wort in meine moosgrüne Akte und macht mir Mut, Das wird schon, den Lagerkoller haben Sie ja erfolgreich in einen sonnigen Aufenthalt verwandeln können. Bleiben Sie dran und verpassen Sie nichts, die Vorträge sind sehr wichtig für Sie, und wie ich sehe, leben Sie ja richtig auf. Ein Lächeln. Ein Händedruck.

Mit dem grünen Taxifreifahrtschein, den ich ihm zu verdanken habe, erreiche ich kurz vor Elf das >Burgschlösschen<. Diesmal kenne ich den Weg und lenke den Fahrer rechts um den mächtigen Betonkomplex herum zu einem Seiteneingang. Damit die Wege kurz bleiben ... überreiche ihm den Transportschein, Danke. Soviel zur Achtsamkeit, die mehr und mehr Raum einnimmt.

>Burgschlösschen, die II.< Dr. No schließt die offenen Fenster. Frische Luft für einen frischen Geist ... empfängt so die kleine zehnköpfige Gruppe mit seinem einnehmenden

Wesen. Nachdem jeder seinen Platz gesichert hat, begrüßt er uns mit einem Lächeln und mit einem knappen Herzlich willkommen ... wir wollen sofort anfangen und er beginnt mit der Zusammenfassung der Runde I. Ich möchte keine wertvolle Zeit verlieren ... öffnet mit Schwung den Vorhang, schreitet auf der Bühne entschlossen von rechts nach links, zurück zur Mitte, stellt ein einfaches Symbol aufs leere Flipchart: Rechteck mit Spitzdach. Stellen Sie sich jetzt einmal ein Haus vor. Zeichnet ein paar Tropfen an die Innenseite des Rechtecks, Die Kellerwand ist nass ... und fragt, Was nun ... erwartet keine Antwort, Dann kommt der Trockner für zwei Wochen in den Keller, arbeitet Tag und Nacht, bis die Wand wieder trocken ist. Nach zwei weiteren Wochen wird sie wieder nass. Was nun. Bitte! Nicht gleich wieder nach dem Trockner rufen, sondern mit Achtsamkeit durchs Haus gehen, die Ursache finden für die wiederkehrende Nässe. Das versteht jeder in der Runde, der eine quittiert es mit einem Lächeln, ein anderer mit sichtbarer Nachdenklichkeit, ich mit aufmerksamen Notizen. Mit jedem Wort, das ich höre, mehrt sich meine Begeisterung für das, was mir hier vermittelt wird, sauge die weiteren Sätze wie ein trockener Schwamm auf. Die fehlende Körper-Heilungs-Kraft entsteht durch eine schleichende Erschöpfung von Geist-Körper-Seele, notiere weitere Worte. Dr. No: Sie erinnern sich an Gestern: das MENSCH-Dreieck. Ein ‚wackelndes' Unternehmen ruft nach einem Unternehmensberater. Er witzelt, Ich bin ein Gesundheitsberater für ‚wackelnde' Menschen. Ist es nicht so ... und blickt mit ansteckender Lebensfreude in die Runde, Wir laufen herum wie die Duracell-Hasen, unterstreicht mit seinem Pantomimenspiel die Worte, alle erinnern sich an die TV-Werbung für leistungsstarke Batterien, hält kurz inne und sagt ... Bewegung haben wir doch genug, und rudert mit seinen Armen, Nur fehlt uns die bewusst-gesunde Bewegung, zum Beispiel die Sportgruppe einmal die Woche, das hilft, belebt und tut uns gut, bis ... hält auf einmal inne, lässt die Arme sinken, seine Worte ankommen ... bis aus irgendeinem Grund das erste Mal abgesagt wird, dann das zweite Mal, das dritte Mal, und so weiter ... bis die Batterien leer sind, der Schmerz die Oberhand gewinnt, der Körper sich wieder erschöpft und geschwächt meldet. Ein Unternehmen fixiert schriftlich, was es alles Geld und Kraft kostet. Nicht, was ich liebe, wird gefragt! Auch die Liebe kostet Kraft ... die Kinder, die Liebste, der Partner ... all die Dinge, die wir lieben, kosten uns Kraft, zwar weniger als das, was wir nicht lieben, das ist dann noch teurer. Und auch in die Dinge, die wir sonst noch so lieben, investieren wir viel Kraft. Der Rosengarten, die Buchsbaumhecken, denke spontan an meinen geliebten Garten, an meinen Rücken, an die gut zwanzig Meter lange kniehohe Hecke, an die Vielzahl geformter Kugeln und Buchsquadrate, die ich seit dreizehn Jahren so liebevoll im Sommer beschneide, an die Schmerzen, Und der liebe Hund ... holt Dr. No mich aus meinen Gedanken zurück, die sich gerade Lila zuwenden wollten ... unsere Hobbys, sie alle kosten uns Kraft, bringen nicht nur Spaß. Eine lange Liste entsteht jetzt auf Zuruf aus dem Publikum, die Kraft-Kosten-Liste nennt Dr. No sie und unterstreicht die Sammlung, blickt fragend in die Runde, Aber eines fehlt hier noch auf der Liste ... alle warten stumm, bis er mit großen Lettern das fehlende DU! DAS ICH! darunter schreibt. Stille ... Rechnen wir erst einmal alles zusammen, ohne das ICH. Addiert die zugerufene Liste: 230% Schock! Das geht an die Reserven ... legt er nach. Betroffenheit breitet sich aus, hier und da stille Erkenntnis, buchsbaumartig bei mir, Lila und die Tränen, höre deutlich wie die Schuppen von meinen und den anderen Augen fallen. Das geht mir alles an die Nieren, auf die Nerven, zitiert Dr. No den wissenden Volksmund, Das geht auf die Reserven. Selbst ein liebevolles Streicheln der Wange, nach siebenundzwanzigmal nervt auch das. Es gibt Menschen, die haben nicht mehr die Kraft zu lachen, zu weinen, zu leben. Es ist nicht eine Frage des Verstandes. Er zückt sein Portemonnaie, Von hundert Euro darf ich immer nur achtzig ausgeben, bilde Reserven, sonst pfeift bald alles aus dem letzten Loch, und der Mensch kriecht am Boden. Von 230% auf 150% zu kommen ist nicht die Lösung ... betont er, ... dann dauert es nur noch länger, bis es wieder kracht. Die Gefahr dabei ist der unbemerkte Rückfall. Nach der Kur ist man noch lange kein anderer Mensch, erst zuhause beginnt der Prozess der Heilung. Mach dir dein Leben bildlich, päpple nicht immer die anderen auf, wenn es ihnen schlecht geht ... das sagt er sehr deutlich, vor allem, wenn sie dich nie fragen, wie es DIR! geht und verweist einmal mehr auf das vielzitierte Krankenschwesterbeispiel und wiederholt, Das Wiederheimkommen ist nur ein Anfang! Die Betroffenheit spiegelt sich in zehn berührten Mienen. Er gewährt eine Pause zum Entspannen und Sackenlassen, blättert um und kommt jetzt zu den Ursachen des Schmerzes. Notiere >Der Rückenschmerz< ... ein Synonym für alle Schmerzen und erklärt, Zum Beispiel der Hüftschmerz ... und dreht eine Pirouette ... der Orthopäde schraubt ein neues Gelenk ein ... er weiß, wovon er spricht, aus jahrelanger Erfahrung ... erforscht aber nicht die Ursache ... und erklärt ... der Verschleiß ist kein Grund für Schmerzen, dann müssten ja alle über Sechzigjährigen einen Morphiumbeutel tragen. Er weiß genau, wie er die Aufmerksamkeit wach hält. Die Empfindlichkeit nimmt extrem zu oder im schlimmsten Fall ab, wenn die Nerven von einem ‚Schaden' penetriert werden. Auch kranke Organe wirken auf die Rückensäule. Ernährung auch. Denke sofort an die Anstaltskost. Aus meiner Erfahrung und die habe ich hier in vielen Jahren sammeln können, unterstreicht Dr. No, ist der Grund für jahrelange Schulterschmerzen nicht das verschlissene Gelenk, denn meistens sind die Schmerzen nach dem ersten Herzinfarkt ja wieder weg, weil die Ursache für die Schulterschmerzen ein krankes Herz war. Die häufigste Ursache für Schmerz ist der STRESS. Stresshormone gehen ins Blut! Und fließen durch den ganzen Körper, was in einem Blutbild gut erkennbar ist. Ereignisse der ersten fünf – zehn – fünfzehn Jahre eines Menschen bilden diese Stresshormone beziehungsweise die Sensibilität dafür. Die erlebten Kindertraumata wirken bis ins Erwachsensein, sind prägend im Inneren und wirken dann nach außen. Den stärksten Einfluss, in der Zeit von Null bis fünf Jahre, hat das Würgen der Nabelschnur bei der Geburt. STRESS ist die Hauptursache bei SCHMERZ. Er unterstreicht diesen Satz und schließt den Vortrag Nr. II.

11.56 Uhr Draußen strahlt die Maisonne. Das Grün schlägt aus. Warte ohne Eile im Schatten des Haupteingangs auf das bestellte Taxi. Vermisse eine Sitzbank. Warum fehlt sie hier? Fehlt sie aus Kostengründen oder Gedankenlosigkeit, aus Unkenntnis für die Bedürfnisse der verwundeten Knie oder Rücken, die hier täglich ein- und ausgehen und auf ein Taxi warten? Spüre ein leichtes Hungergefühl. Die Gedanken warten nicht, sie kreisen im Kopf wie ein Karussell. Das soeben

Gehörte summt wie fernes Rauschen. Begeisterung und Verwirrung zugleich. Ein ohrenbetäubendes Geräusch schreckt mich auf: ein Outdoor-Sauger-Mann im grünen Overall saugt stoisch den Schmutz von den Blumenbeet-Rändern, derweil das, was er lärmend einsaugt, hinten durch einen auf den Rücken geschnallten Sack wieder heraus geblasen wird. Da springt das Saugrohr von der Saugmaschine, lässt den Outdoor-Sauger-Mann für einen Moment im aufgesaugten Staub verschwinden. Schon eilt der zweite Mann im grünen Overall herbei, versäubert mit dem Hofbesen die Reste der zuvor besaugten Beet Ränder. In der sich langsam auflösenden Staubwolke erscheint das bestellte Taxi, bringt den verblüfften Monsieur Gris zurück zur Anstalt, gerade noch rechtzeitig zum Essenfassen. Die grünen Bandnudeln sind mit einem Streifen gebratenem Tofu geschmückt, mit trocken gebräunten Tomatenscheiben verziert. Verspeise alles nur zur Hälfte unter dem ironischen Beitrag der Dame in Schwarz, Schmeckt dir die kulinarische Offenbarung heute etwa nicht ... und lasse die Bandnudeln weiter vor sich hin trocknen, Nein ... lieber ist mir eine Praline am Nachmittag mit Dir, Na, das wird ja dann eine Offenbarung. Derweil meine beiden anderen Mitesserinnen nur blassbraun geronnene Soßenspuren eines Schweinegeschnetzelten auf ihren Tellern zurücklassen und sich genüsslich am synthetischen Dessertschälchen mit Sahnehäubchen erfreuen. Das Knie hat sich von den Vibrationen nach Frau M‘s Körpertraining am Morgen und der Rücken von dem lebhaften Vortrag von Dr. No nun völlig erholt. Nur bei längerer Belastung schimmert ein ferner Schatten. Richtige Schmerzen brauchen da schon Drahtseile, die schnüren und dann brennen. Also ... sage ich bei Tisch ... ich behalte heute die gute Laune und steigere das

Wohlbefinden und für euch meinen belebenden Humor. Er hält an diesem Tag. Ein Lächeln zum Nachmittagstreffen.

Erinnerst Du Dich noch an den ersten Vortrag von Dr. No, die Überforderung und der Schmerz ... Ja und ich bin mir sicher, dass mich die Umstände oft überfordern, antwortet die Dame in Schwarz und legt zwei dunkle Pralinen auf den kleinen runden Konferenztisch, ich hoffe sie sind eine kulinarische Offenbarung, Zwei Schümli zum Praliné, frage ich sie, das dürfte den Schmerz ja nicht anfeuern, Ja, liebend gerne, aber ich bezahle heute. Rot lackierte Fingernägel angeln geschickt eine gelebte Geldblechdose aus dem Rucksack, Nicht immer kann *man* sich den Umständen entziehen ... und sie legt mir die Münzen in die Hand mit den Worten, *frau* aber auch nicht immer ... Ja, das stimmt ... und stelle die beiden Tassen ab, setzte mich zu ihr, sehe sie direkt an, Pardon ... lächle ich, beuge mich ein wenig vor und streiche ihr eine blonde Strähne hinters Ohr, Aber auf Dauer ... Sind wir dann alle pleite ... ergänzt sie, legt ihre rechte Hand auf die geschlossenen Seiten, Einnahmen- und Ausgaben, fasse ich zusammen und berühre jede einzelne ihrer rotlackierten Fingerspitzen, Ich erinnere mich genau ... sie steckt die klimpernde Geldblechdose zurück und greift zum Schümli, Auf die Schmerzen, Monsieur Gris, und das Ende aller Überforderungen!, Dann mal los ... mit Dr. No's 2. Offenbarung, Aber bitte nur mit Begeisterung, motiviert sie mich, Aber ja, sie wird meine Worte beflügeln, Da bin ich sicher ... bin ganz Ohr. Öffne mein Observationsbuch, blättere, bis ich die richtige Seite und die pointierte Einleitung finde, Voilà, präsentiere Ihnen heute den II. Auftritt auf der Schmerzhaftbühne: *Nasse Kellerwände zu schleichender Erschöpfung bei 230%.*

>Burgschlösschen, die III.< 10.45 Uhr Die Bühne ist vorbereitet, der Vorhang gefallen, der Raum gelüftet, die Fenster wieder geschlossen. Zwanzig Ohren wie Schirme aufgespannt. Dr. No knüpft ohne Umschweife an den gestrigen Vortrag an, 80% aller Schmerzen sind Stressfolgen. Warum … fragt er rhetorisch, Warum ist es nicht Standard, bei einem Blutbild nach den Stresshormonen zu suchen und auf sie zu achten, gerade bei Schmerzpatienten ist das enorm wichtig, das bleibt ihm bis heute unverständlich, und seine Körpersprache bringt dies deutlich zum Ausdruck. Die Empfindlichkeit unserer Schmerz-Alarm-Sirenen im Gehirn wird in den ersten Lebensjahren angelegt. Das Magengeschwür ist nicht die Ursache für die Magenschmerzen, es ist der Stress! wiederholt er mit diesem Beispiel. Stress ist Überforderung und führt zur Muskelverspannung. Ein verspannter Muskel zieht die anderen Muskeln unnötig mit, sie werden kürzer, dies führt zu schleichender Erschöpfung, was wiederum zur Verstärkung des Schmerzes führt. Ein nachvollziehbarer Kreislauf. Zur Bestätigung seiner Worte zieht Dr. No eine Teilnehmerin mit in sein Therapiespiel, fragt sie höflich um Erlaubnis, greift dann mit einem ‚Dankeschön' ihre Hand, derweil ihr Unterarm fest auf der Armlehne liegen bleiben soll, zieht eine Zeit lang fest an dieser Hand und fragt, Wo tut es weh … auf Dauer? und zieht noch ein Stück fester, In der Schulter … bekommt er nicht ganz unerwartet, zur Antwort und gibt die gezogene Hand mit einem Lächeln wieder frei. Und was machen Sie dann … man geht zum Arzt, klagt über die Schulterschmerzen, er verschreibt Salben, ein schmerzlinderndes Mittel, Massagen, spritzt Ihnen vielleicht

ein schmerzstillendes Medikament, wenn es arg wehtut, aber keiner erkennt die wirkliche Ursache oder forscht nach ihr. Am Ende führt der anhaltende Schmerz zum Weichteilrheuma, zu Knochenhautschmerzen, und der Schmerz nistet sich tief ins Gedächtnis des Bindegewebes ein. Dieser Kreislauf erzeugt auf Dauer eine Verstärkung des Systems Anspannung > Schmerz > Anspannung, und dadurch wird die Leitempfindlichkeit sensibilisiert, der Nerv lernt dazu, wird immer, immer und, wiederholt, immer und immer nerviger, es entsteht eine neue selbstständige Schmerzkrankheit, losgelöst von der eigentlichen Ursache, wird so zum ständigen Lebensbegleiter, der Schmerz zum Inhalt und treuen Freund, man zieht sich mehr und mehr zurück von allem und jedem. Die Folge ... wir konzentrierten uns immer stärker auf den Schmerz, und dann kommen die Ängste dazu, die Sorge um die Zukunft, die Arbeit und so weiter, und dann ... er lässt wieder eine kurze Wortpause im Raum wirken ... verstärken die Ängste zusätzlich den Schmerz und führen oftmals zur Resignation. Alle medizinischen Mittel helfen ... für eine begrenzte Zeit, wichtig ist und bleibt aber, bei aller medizinischen Hilfe, die Ursache zu finden, sonst führt dieser Kreislauf zur Nervigkeit aller Nerven, und die Schmerznerven werden immer empfindlicher. Dann sprechen die Experten vom chronischen Schmerz ... dreht sich zum Ende der Stunde auf seiner Bühne noch einmal um die eigene Achse, wendet sein Schlusswort an die versammelten Schmerzkandidaten, die an seinen Worten kleben wie die Fliegen an der Honigstrippe, Man muss am Ende der Ursachenforschung die ÜBERFORDERUNG mindern, reduzieren auf 80%, damit immer genug Reserven übrig bleiben für ein lebenswertes Leben, für das ICH! Und verabschiedet sich mit einer letzten Frage, ohne auf eine Antwort zu warten: WAS überfordert MICH? Bleiben Sie achtsam und genießen Sie den Tag mit einem Lächeln.

13.45 Uhr Früher als sonst an einem Mittwochnachmittag verlasse ich die Anstalt Richtung Heimathafen. Leicht wie ein Schmetterling, lande ich am heimischen Ufer. Hey Lila, einen Kaffee im Garten, das Wetter ist so einladend, Bist heute aber früh da ... Ja, möchte noch die Texte korrigieren und etwas Theorie für den Abend vorbereiten, Dann bring ich uns einen Kaffee raus ... Danke, eine gute Idee. Drucke die neu erarbeiteten Texte mit dem Tintenstrahl aus. Lese sie mit beschwingter Freude im Garten bei 28° im Schatten des Rosenapfelbaumes, versehe jeden einzelnen, je und je, bei einem Schluck Kaffee mit Fragen oder kurzen Anmerkungen. Willst du noch etwas essen ... fragt Lila, Nein danke, nicht vor dem Unterrichten. Am Abend sind wir ausnahmsweise einmal nur zu viert. Die anderen haben aus den unterschiedlichsten Gründen abgesagt, das ist wie ein Geschenk, die Arbeit vor Ort ist sehr konzentriert, wir können intensiver in jeden Text einsteigen. Gebe jedem Kursteilnehmer etwas von der Begeisterung zurück, die ich von ihnen empfangen habe, tanke Kraft, vermindere so mein Schmerzempfinden. Einnahmen – Ausgaben. Bin so dankbar für diese literarische Tätigkeit. Sie verleiht mir ein Gefühl von Stärke, Leichtigkeit und Freiheit. Erhalte Bestätigung und Anerkennung für das, was ich bin, was ich gebe, bestätige die Worte von Dr. No, Mehrt das, was euch gut tut. Das Schreibthema des 2. Kursabends, der „Zeitstrahl der Nacht“, beginnt zu leuchten, die Texte, die wachsen, sind bemerkenswert und die Autoren und Autorinnen ernten ein Lob aus tiefster Überzeugung.

Schwinge mit bester Laune zurück zur Anstalt. Flügelschlag zu Bach, Präludium, noch ohne Fuge, Cis-Dur.

TAG 39 DO

Ein mächtiger Ackergaul, gespannt vor einen mit Kisten beladenen Fuhrwagen, darauf der Kutscher, der die Zügel hält. Das ist das Erste was als Skizze an diesem Morgen in mein Buch fällt. Es ist die bildliche Essenz dessen, was ich heute Morgen bei Frau M während ‚Körperwahrnehmung & Achtsamkeitstraining' lernte. Der Wagen ist der Körper, der Kutscher der Verstand, die Pferde sind die Sinne, die Zügel das gelenkte Denken und der Fahrgast ist die Seele. Der (*emotional*) intelligente Führer lenkt die Kraft, die ihm zur Verfügung steht, ob beim Pferd oder beim Unternehmen oder bei sich selbst!

Am Nachmittag, eine gute Stunde vor dem Abendessen, schreibe ich die Reflektionen vom Tage auf die noch leeren Seiten. Warte an unserem kleinen runden Konferenztisch auf die Verabredung mit der Dame in Schwarz. Nichts soll ja verloren gehen. Jedes Warten ein Geschenk. Mein linkes Knie meldet sich mit leichtem, aber deutlichem Pumpen. Ob es zu viel gestanden hat bei Frau M, trotz meiner Achtsamkeitsbemühungen. Rom wurde ja auch nicht an einem Tag erbaut, tröste ich das Knie. Wir dürfen noch viel lernen und üben, also ruhig. Liebevoll massiere ich die Kniescheibe. Überprüfe mein Schritttagebuch: zu viele Flure durchkreuzt, zu viele Termine, immer unterwegs, nur zwischendurch mal kurz für eine Zigarettenlänge auf der Raucherbank gesessen oder davor gestanden. Über tausend Schritte bis zum Mittag.

Blaubeerpfannkuchen wurde serviert, die sahen aus wie aufgewickelte dünne Crêpes. Auf dem Teller schwammen drei weiche Röllchen in lauwarmer Vanillesoße, war schon ganz OK, na ja ... so eben. Nur versprach uns die Menükarte einen Apfelpfannkuchen. Eine leere Versprechung. Sorry, der Koch hatte sich bestimmt nur versprochen, als er die Karte im Stress seiner Küchenhilfe diktierte. Reflektiere meine Gesprächsstunde bei Frau A, notiere Erinnerung ... damit nichts verloren geht: Habe geweint, mich erlöst und befreit gefühlt, als ich ging. Bei ihr kann ich alles loslassen, ohne Hemmung, kann mit ihr ganz offen über meine Gefühle reden, über das was mich bewegt. Über die Türen, die sich mir neu öffnen. Der ausgesprochene Gedankentraum am Ende der Stunde trieb mir das Wasser über die Augenränder. Ich spürte in dieser Stunde so viel Energie und Lebensfreude in mir aufsteigen, war zutiefst bewegt und zugleich irritiert, weil ich dieses hoch motivierende Gefühl, welches mich derart intensiv berührte, so lange vermisst hatte. Diese Kraft, die in mir aufstieg. Und als ich ihr gegenüber alles zum Ausdruck bringen konnte, meinen Gedanken und meiner Phantasie Worte verlieh und ihr anvertraute, wie mir die Sinne standen und allem freien Lauf ließ, konnte ich die Tränen nicht mehr zurückhalten. Zu schön meine Vorstellung. Wenn alles so laufen könnte, wie es mir meine Phantasie in Bildern zeigt, ich wäre glücklich und könnte endlich, endlich dem folgen, was mir als Lebensweg vor Augen stand. Eine wunderschöne Vision offenbarte sich: Das rosa Monet-Haus, den Rosengarten genießen und beleben, daraus schöpfen, diese Energie tanken für das Äußere. Aber nicht nur diese Kraft spüren. Auch die Farben für den inneren Garten wieder zum Blühen bringen. Nicht zu vergessen, die Kraft, die dort innen liegt und strömt. Mit der Liebsten im Arm, Lachen bei Wort und Kartenspiel und einem Glas Wein, einen tiefen Blick des Verstehens in ihren klaren Augen sehen, ganz ohne viel Worte, und das Grün des Gartens einatmen, solange wir wollen und wünschen, frei sein vom Druck der Umstände. Frei sein von all der Last, die mir auf den Schultern liegt, auch die Last von Lilas Schultern weichen sehen, unter der sie seit langem täglich und tränenreich leidet. Frei sein von all den lauernden Formularen, die mich seit Jahren traktieren, geregelt und abgeschlossen die Rente zu 100% anerkannt (*das langwierige Verfahren ist beantragt und eingeleitet*). Und dann das beim >Kreativen Schreiben< lehren dürfen, was ich hier empfangen habe, das weitergeben, was mich überzeugt, und, wenn es gut läuft, später auch einmal hier in der Anstalt. Vielleicht reicht das alles aus, auch finanziell gesehen, hier auf dieser Heimat-Insel weiter leben zu dürfen, in dieser phantasievollen Harmonie der Vision. Und dabei die inneren Farben immer wieder neu auftanken können und die Disziplin finden und behalten, die Idee für SCHMERZ.HAFT (*Arbeitstitel*), die eines Tages wie selbstverständlich in meinem Denken aufleuchtete, mit Worten der Kraft und Motivation, zwischen zwei Buchdeckel füllen zu dürfen, meine gewonnenen Eindrücke und Erfahrungen niederzuschreiben aus dem innigen Bedürfnis heraus, sie zu teilen, und damit zu helfen, den Leidenden wie den Lächelnden: Erkennen, sehen, verstehen. Die Vergangenheit loslassen, von der ich gerade träumte. Neue Wege gehen. Veränderung. Mir schwindelte. Mut haben. Nie aufgeben. Karussell zwischen Kopf und Bauch.

Ausgefüllt mit diesem Gedanken durchquere ich die Glasschleuse nach draußen, gönne mir eine VanNelle Pause. Die

Worte an der Raucherbank strömen an mir vorbei wie das ferne Rauschen des Meeres. Du wirkst so versunken ... holt mich die kopierte Markenjeans mit den weißen Steppnähten aus meinem Bild ins Hier und Jetzt zurück und bietet mir Feuer an ... so raucht es sich besser, Danke ... nehme einen ersten tiefen Zug, blicke auf die Zeiger meiner alten Bergmann-Uhr, drücke die Zigarette in den gefüllten Würstchendosenascher, der sehnsüchtig auf Entleerung wartet und kehre weiteren Fragen den Rücken. Dreißig, einunddreißig, zweiunddreißig, dreiunddreißig ... zähle die Schritte, jeder Schritt ist ein Schritt auf neuen Wegen, höre meine eigenen Gedanken, die zwischen Kopf und Bauch rotieren. Der Himmel zieht sich langsam zu, mein Blick nach oben verrät es, unten drückt die Schwüle der letzten Tage. Auch die Kühle der weiß gekachelten Cafeteria, die ich jetzt wieder betrete, ist nicht mehr kühl. Seit Tagen steht die warme Luft, trotz der gekippten Fensterreihen. Sommerliche Windstille. Spüre Bewegung in mir.

16.31 Uhr Am runden Konferenztisch nimmt mein Warten auf die Dame in Schwarz ein freudiges Ende. Dieses Warten ist ein Geschenk. Mit einem Schmunzeln schwingt sie um die Ecke, Der Schümli wird uns gleich serviert, Monsieur bin ich zu spät, Nein, Madame ... zu spät ist es nie, die Pralinen spendiere ich heute ... und lege die süße Motivation auf eine Serviette neben den geöffneten Schmerz-Vortrag: >Burgschlösschen, die III.< Merci ... sagt die Dame in Schwarz, lehnt die beiden schwarzen Stöcke ans Fenster, den Rucksack daneben, und mit einem herbeigeeilten Lächeln, Bitteschön ... stellt die Kioskdame zwei starke schwarze Schümli neben die Pralinen, Danke ... Gern geschehen, für Sie jederzeit, und Madame nimmt mit einem, Dann kann es ja jetzt losgehen, mir gegenüber Platz. Am Ende der Ursachenforschung die ÜBERFORDERUNG mindern, auf 80% reduzieren, verdichtet sich das Thema des III. Vortrags zur Schlagzeile des Tages. Gemeinsame Forschung am vor fremden Blicken geschützten Konferenztisch, die Suche nach schmerzverstärkenden Ursachen, sich verpflichtet fühlen immer das Beste zu geben, Aber nicht das eigene Selbst dabei verraten, bemerke ich, warum immer nur den Forderungen des Umfelds gerecht werden und sich nicht dem widmen können, was das eigene Herz begehrt, welche Träume beflügeln uns, Ich habe einen Traum ... sagt die Dame in Schwarz, Ich sehe ihn im Glanz deiner Augen, Sehnen wir die gleichen Träume, fragt sie. Und was heißt loslassen, all das verbindet uns die nächste Stunde. Der Kiosk schließt um fünf, das Abendessen lockt uns nicht weg. Niemand ist mehr in der Cafeteria. Gehen wir nach draußen ... fragt die Dame in Schwarz, Ja gerne, wir brauchen jetzt eine Brise, frische Luft, bin sofort zurück. Im Kellergeschoss ziehe ich zwei Flaschen kalte Automatencola, verbinde mich mit der Dame in Schwarz auf ein weiteres beflügeltes Wort unter den Schatten spendenden Akupunkturbäumen. Schaue mich kurz um, rolle eine VanNelle, rauche verbotenerweise auf der Anstaltsseite, kein Offizieller bemerkt diese flüchtige Gesetzesübertretung, die Dame in Schwarz verscheucht eine koffeinsüchtige Wespe, die geleerten Flaschen verschwinden unter der Gitterbank. Gleich Lust auf eine Runde unter den Kastanienblättern, Ja ... Ja, dann los.

Der Tag endet pünktlich. Um 22.00 Uhr liege ich ausgestreckt auf dem Bett, wie ein schwerer Sack. Im Fernseher flimmert die letzte Folge der Simpsons. In mir flimmern

Schmetterlinge. Denke mit geschlossenen Augen an die schwimmenden Vanilleröllchen, an die eisgekühlte Automaten-Cola ohne Abendessen, an den beflügelnden Worttausch. Fühle mich dennoch unwohl, aufgestaut, verstopft ... nicht nur vom Essen. Viel Neues und Unerwartetes gilt es zu verdauen. Von dem wenigen, das ich hier zu mir nehme, kann ich mich doch nicht so prall fühlen. Die Waage beweist mir das Gegenteil. Noch 84 Kilo Lebendgewicht, da geht noch was. Versuche unter Mühen, alles herauszudrücken, die ganze angesammelte Last. Der Schweiß auf der Stirn zeugt von der Anstrengung, weiteres Gewicht zu verlieren. Fühle mich wie ein großer Hase mit langen Ohren auf Verstopfung, sehe das artgerechte Ergebnis. Die Ironie hilft mir, das Schmerzhafte zu erleichtern. Die Ereignisse der letzten Zeit, die innigen Gespräche mit der Dame in Schwarz, die Vertrautheit der Worte unter den Kastanienblättern rotieren im ‚Darüber-nachdenken'. Im Hintergrund das bläuliche Flimmern aus dem auf ‚Aus-in-dreißig-Minuten' programmierten Fernseher. Loslassen. Mut haben.

TAG 40 FR

Trotz der erfrischenden Dusche noch etwas zerknirscht, aber erleichtert, von der schweren Nacht endlich erlöst zu sein, beschließe ich, den beginnenden Tag mit Leichtigkeit zu nehmen und sause mit dem chromblitzenden Aufzug drei Etagen nach unten. Schlendere mit leichtem Schritt durch das glänzende, frisch gewischte, menschenleere Foyer, nicht ohne die beiden Damen hinter der gläsernen Rezeption mit einem freundlichen, Wünsche Ihnen heute einen besonders schönen und sonnigen Tag, zu begrüßen.

Erste morgendliche Observation. Um 07.15 Uhr ist Frühstückszeit im **RESTAURANT**, wie die zehn großen goldenen Buchstaben links an der weißen Wand mit ihren zahlreich darunter platzierten Auszeichnungs-Diplomen den noch verschlossenen Speisesaal so einladend markieren und die Hungrigen so früh anlocken. Besonders die Gierigen, die über den Hungerdrang hinaus das Gefühl der Dringlichkeit antreibt, die schon Minuten vor der offiziellen Zeit der Entriegelung der Glasflügel einen Blick auf die gedeckten Tische werfen. Seit fünfzehn Minuten observiere ich die Szene mit Abstand, sehe, wie sie sich von Minute zu Minute dichter der Befrühstückung entgegendrängeln. Und plötzlich, wie aus heiterem Himmel, wie man/frau so sagt oder als hätte jemand ein Zeichen gesehen, steigt ein Surren aus der versammelten Menschentraube. Eine sich mehrende Unruhe presst sich durch das geöffnete gläserne Nadelöhr, von der Weite des Raumes aufgesaugt. Beobachte, wie sie wenige Sekunden später, als ich der letzten Traube folge, in der Mitte, am gutgefüllten Buffet, mit flinken Händen und kundigen Blicken zu einer ersten Nahrungsaufnahme die Cerealien, Brot, Brötchen, blasse Wurstscheiben, mit grünen, gelben oder roten Punkten markiert, je nach Fettgehalt, schwindsüchtige Käsescheibe und diverse, in Gläsern gehortete Ballaststoffen geschickt auf die immer gleichen rotgeränderten Teller platzieren, und sich durch die Nachdrängenden des zweiten Anlaufs schlangenförmig hindurchkämpfend auf ihren angestammten und nummerierten Futterplätzen mit ersten Erschöpfungserscheinungen einfinden. Eine gehaltvolle Observation, stelle ich mit Abstand fest, bemerke erst nicht die Dame in Schwarz, die sich mit ihren beiden Gehhilfen unbemerkt hinter mir angeschlossen hat und mir mit wippendem blonden Haar, Einen fröhlichen guten Morgen der Herr wünscht. Monsieur, was sehen sie heute so beschwingt aus? Merci für das Kompliment, Madame, wie ich sehe hatten sie schöne Träume, Oui. Erst im dritten Anlauf, getragen von einer kleinen nachschwappenden Welle, trage ich erhobenen Hauptes zwischen den Brötchenaufschneidern und -aufschneiderinnen mit linker Hand zwei kleine rotgeringelte Porzellanschälchen mit Joghurt hindurch, schwinge gut gelaunt durch die gefüllten murmelnden Tischreihen, je nach Gusto in der Direttissima oder im Slalomlauf. Grüße mit der Rechten den Einen oder die Andere mit leichtem Zuwinken und einem Lächeln oder berühre die eine oder andere Schulterecke eines mir Vertrauten im Vorbeigehen, unterstreiche dies, je und je, mit einem Guten Morgen Rüdiger, Guten Morgen Thomas, Guten Morgen Silvia, setze mich ohne Eile an Tisch 9 auf Platz 3, begrüße die beiden anderen wartenden und Wurstbrötchen frühstückenden Damen, Euch auch einen sonnigen Tag, reiche der Dame in Schwarz, mir schräg gegenüber auf Platz 1, die mit Erfolg die Gehhilfen in die Tischklammern eingerastet und schon Platz genommen hat, die mitgebrachte Joghurtschale über den Tisch. Bitte schön ... natürlich auch Dir einen sonnigen Start in den Tag mit Humor bei einem leichten Frühstück ohne Ei, Na, heute schon so gut gelaunt oder nur schwarzen Humor mitgebracht, retourniert sie mit feiner Ironie. Die Dame neben mir auf Platz 4, die Neue, die Schnelle Inge, schenkt mir derweil einen dampfenden Anstaltskaffee ein, wie jeden Morgen, sie ist so mütterlich in ihrer rheinischen Art. Greife mit der rechten Hand in die Tasche meiner sommerlichen Leinenjacke, die auf der Rücklehne des Ärmelpolsterstuhl hängt, fische das Opinelmesser, öffne die Klinge, bereite zwei, drei Papierservietten vor mir aus, die ich aus dem Spender von der Tischmitte entnehme, beginne in aller Seelenruhe, heute einen Apfel, sonst auch gerne eine Birne oder eine selbstgekaufte Mango, je nach Morgenlaune, zu schälen, zu teilen und arrangiere ihn formschön auf dem rotgeränderten Teller, tauche ein Stück der Frucht in das Weiß des Joghurts und genieße einen weiteren Morgen als Hahn im Korb am Damentisch. Es dauert nicht lange, Noch einen Kaffee, Monsieur Gris, vernehme ich von rechts oder von schräg gegenüber. Ja, gerne, die Dame, das Koffein wird mich ja nicht umbringen. Sodann wird eine zweite Tasse aus der roten Isolierkanne nachgeschenkt. Der sieht heute Morgen ja mal wieder aus wie dünner schwarzer Tee, sagt die Nr. 1 am Tisch, Je nach Laune des Küchenpersonals, mal mehr, mal weniger, kommentiere ich mit einem Grinsen die freundliche Geste. Nein ... nimmt die Dame in Schwarz den Wortball auf, wirft ihn mit feinster Ironie zurück ... es ist bestimmt nur ein mäßig heißer ‚*Den Haag*', dem die Kraft der Bohne zu früher Zeit entzogen wurde.

Mit der Zeit verwandelt sich der voll besetzte Saal, der sich so Gold glänzend Restaurant nennt, in einen brausenden Konzertsaal. Die täglichen Ouvertüren der Nacht, des Aufwachens und Aufstehens und der vor allen liegenden therapeutischen Zukunft des Tages, jeden Morgen neu aufgeführt, gespielt auf den noch teils schläfrigen, teils schon gut geölten und gestimmten Sprachbändern erklingen auf einem Ton-Bett aus Moll- und Dur-Sprungfedern. Einzelne Soprane und Altstimmen springen keck aus der Bettdecke hervor und schwirren über die Köpfe des Chors, dringen hier und da mit einem Solo durch. Alles versinkt in ein kauendes, murmelndes Klanggewitter, bevor der Raum sich erholt, um erneut, pünktlich um 12.00 Uhr, diesem Klangorchester zum 2., dann um 17.00 Uhr zum 3. Satz einen Auftritt zu gewähren. Und das von Montag bis Sonntag, von Januar bis Dezember, jahrein, jahraus. Der Strom der Gelandeten und Gestrandeten, der Befreiten und Entlassenen versiegt nie.

Rauche, *Den Haag* gedopt, die erste VanNelle des Tages an der voll besetzten Raucherbank im Kreise der in saloppem Freizeitzeug Verhüllten, als einziger mal wieder gekleidet mit einem leichten sommerlichen Leinenjackett, Jeans, schwarzem Hemd und ordentlich gepflegtem Schuhwerk, in der Hand das schwarze Buch, stets bereit für einen Eintrag. Lausche ohne viel Worte den neuesten medizinischen Erkenntnissen oder den neuesten Gerüchten aus der pulsierenden Welt der Mitinhaftierten, wie ich sie und mich selbst so scherzhaft nenne, vor allem dann, wenn jemandem die ersehnte Entlassung bevorsteht, da trägt mein Humor das Wort zu Felde. Aufmerksames Zuhören liegt mir näher als das Reden, das haben sie längst bemerkt. Erlebe so manches Mal das Gehörte wie einen Wettstreit bunter Worte, Farben, die sich hoch auftürmen und ineinander verlaufen. Du findest immer so schöne Bilder, höre ich von Einzelnen, die sich in stillen Momenten, abseits der Worttürme, mir anvertrauen und sich freuen, von meinem positiven Denken angesteckt zu werden.

Um 10.42 Uhr sitze ich vor dem Gruppenraum Nr. 5 und warte mit ein paar Mitinhaftierten auf den Start der Vortragsreihe ‚Lösungsorientierte Gruppe 1' bei Frau K. Da wird mir plötzlich bewusst, heute ist mein 39. Tag in der Schmerzvollzugsanstalt. In diesem Moment nähert sich eine hochgewachsene Frau mit festem Schritt, eine ausdrucksvolle Erscheinung. Notiere, ein markantes slawisches Gesicht mit wachen Augen holt mich mit Schwung ins Hier und Jetzt zurück. Folgen Sie mir bitte, meine Damen und Herren, nehmen Sie sich alle einen Stuhl. Es klappert und ruckelt, bis alle auf den aus einer Ecke herbeigezogenen Stühlen ihren selbstbestimmten Platz in dem von Frau K gewünschten Halbkreis eingenommen haben. Die Damen, die meisten davon erschöpfte Mütter im mittleren Alter, quasi in der Blüte ihres Lebens, welk an ihren Rändern. Auch die wenigen Herren folgen für die nächste Stunde aufmerksam dem Angebot der Konfliktbewältigungsstrategien der referierenden Frau K, die die Gruppe immer wieder mit lebhaften Fragen öffnet und dadurch aktiv zur Teilnahme animiert, die sich mehr und minder über ihre Konflikte in der Partnerschaft, aber meistens mit den Konflikten Mutter-Kind untereinander austauschen. Zum Ende der interaktiven Vortragsstunde, bereichert vom Gehörten und den gewonnenen Erkenntnissen und Hilfestellungen, werden ruckelnd und stapelnd die Stühle zurückgestellt, nach und nach das >Ich-war-hier-Zeichen< von der motivierten Referentin im Therapieplanheft markiert, bevor sich dann die Schar angeregt in alle Richtungen vereinzelt. Ich warte, bis sich das Gewusel gelegt hat, die Luft rein ist und ich allein bin, wende mich dann fragend an Frau K, Darf ich Ihnen etwas sagen … Na klar, sicher doch … Sie haben eine wunderbare, intelligente und sehr plastische Bildsprache, lobe ich sie, die leicht errötet unter ihrem krausen blonden Haar, Trotz meines Dialektes … fragt sie gespielt unsicher, Nein … genau wegen Ihres Dialektes. Verbleibe für ein paar Sätze im Gespräch. Erfahre, dass sie 1992 aus Bosnien geflohen und seitdem im Hause als Konflikt-Therapeutin tätig ist, sie diese Arbeit sehr, sehr liebt, was unschwer zu erkennen ist.

Gewöhnlich hellwach, meist mit voller Konzentration bei allen Anwendungen und Vorträgen, fühle ich mich jetzt schlagartig müde, erschöpft, erfasse nur das Rauschen des 2. Klangkonzertes im Restaurant der Hungrigen. Der Verzehr der Spinatlasagne mit Fäden ziehender analoger Käsesoße lädt meine verbrauchte Energie nicht wirklich auf. Rette meine Energie nach dem Mittagessen mit: *Einen leistungsorientierten, kleinen schwarzen Kaffee bitte*, und die Damen in und vor dem Kiosk der Cafeteria stimmen vergnügt ein, So haben wir das ja noch nie gehört ... für einen Espresso. Ich bitte auch so einen Leistungsorientierten, bestellt eine Dame im engen bunt geringelten Pullover, Mir bitte auch einen Espresso, ordert eine nicht so Mutige im erdfarbenen Pullover-Aufzug. Ja, man passt sich so langsam an die therapeutische Sprache hier im Hause an ... windet sich die bunt Geringelte an meine Seite ... Sie waren doch auch eben bei dem Vortrag. Ja, stimmt, ob das wohl ein Zeichen des Erfolgs der eifrigen Elfen ist, dass sich unsere Sprache so ändert, erwidere ich, vielleicht werde ich mal meine Gesprächstherapeutin darauf ansprechen.

Ein Blick zum tickenden Handgelenk, 12.58, in den Therapieplan, 13.00, die Zeiger mahnen zur Eile ins Untergeschoss. Dicht gedrängt stehen sie schon in der Enge des schmalen fensterlosen Flurs, rechts und links angelehnt an weiß gestrichenen Gangwänden. Schwimme wie ein lesender Fisch durch ein buntes Meer flimmernder Sätze, stelle fest, dass mehr Frauen als Männer hier warten. Finde, gut dreißig Meter entfernt am Ufer der Wartenden, einen leeren Strandstuhl, auf dem ich das Stehen entlasten kann und bade, in mein Observationsbuch schreibend, in der Gischt eines auf- und abschwellenden Worttsunamis, der sich über die Weite des meerblauen Linoleums ergießt.

13.06 Uhr Die flimmernden Sätze verstummt, die schäumenden Worte geglättet versinkt das wogende Meer in den gepolsterten roten Sesseln des Vortragsraumes. Herr Dr. Federer, Spezialist für Depressionen, professionell in Weiß gekleidet, steht aufschlagbereit vor der herabgerollten Kinoleinwand, wartet einen Moment, bis Ruhe einkehrt, schlägt sodann zum 1. Satz eines neuen Spiels auf: >Depression, die Zweite<. Fischt alsbald mit der therapeutischen Frageangel im voll besetzten Spielfeldrand nach den Symptomen einer Depression. Und sammelt so viele davon, Wie nie zuvor ... betont er therapeutisch motivierend. Sammelt bis 13:26 das Aufgefischte, springt zur Seite und wirft das warm getönte Licht des Overhead-Projektors auf die leere Leinwand, ordnet die gesammelten Symptome in vier Spalten. Erste Spalte: Die Gefühle. Dr. Federer reiht sie ordentlich darunter und referiert sie tonlos in die Ohren der Betroffenen. Spalte zwei: Das Denken. Erläutert mit einigen Beispielen, ordnet das Denken sinngemäß vom positiven zum Negativen. Reiht in die dritte Spalte: Das Verhalten, setzt in die Vierte: Die körperlichen Symptome. Ganz bei der Sache, schweife ich dennoch kurz ab, sehe in Gedanken, wie ich nach meinen Unfällen und den ersten Schmerzklinikaufenthalten mich fast ein Jahr lang unter der Decke aufs Sofa verkrochen habe. Das waren schon erste Anzeichen einer Depression, die sich mir ins Hirn und in die Seele brannten, wird mir schmerzhaft bewusst. Stopp. Folge lieber wieder den weiteren Erläuterungen von Dr. Federer zum letzten Punkt der körperlichen Symptome, In manchen Fällen kann auch das deutliche Abnehmen und Zunehmen des Körpergewichts als sichtbares Zeichen einer Depression angesehen werden, höre ihn trocken weiter reden, worauf ich es mir, jetzt wiederbelebt, nicht verkneifen kann, mit meiner ironischen Erkenntnis, zum Finale der Stunde, für eine befreiende Heiterkeit im Centercourt zu sorgen, *Ach ... dann sind ja die Bierbäuche bei den Männern die ersten Anzeichen einer beginnenden Depression.* Spiel – Satz – Sieg.

Der Rest des Nachmittags bleibt mir zur freien Verfügung. Lese im Schatten der Akupunkturnadelbäume im Vorgarten der Anstalt ‚*Die Stadt der Blinden*', rauche je und je gegenüber entspannt und erlaubterweise die eine und andere VanNelle im Wortaustausch. Treffe bei schönstem Sommerwetter den smarten Bänker von der roten Spaßkasse vor der Eingangstür, einen sympathisch-eloquenten Mitinsassen, stets mit einem leichten Pastellschal dekoriert. Notiere etwas später eine Headline in mein Buch >*Das Altern fängt schon früher an ...* <, weil der Bänker mir erzählte, dass seine Frau, auch Angestellte in der Bank, mit dreiundvierzig Jahren ungefragt eine neue Visitenkarte erhielt, jetzt *mit* Bild und *neuem* Titel: *Vermögensberaterin für Senioren.* Bitte den Bänker um sein smartes Mobiltelefon, Kein Problem, bitte schön ... wähle und reserviere einen letzten Platz und gebe ihm das Smartmobil zurück, Ganz lieben Dank, das hat ja gerade noch geklappt ... wollte heute Abend einmal fremdessen gehen. Auf dem Weg zur Raucherbank werde ich von der

Neuen abgefangen, die Nachfolgerin des jovialen Heimschläfers aus der ersten Woche, der im blaugestärkten Trainingsanzug morgens hin und abends zurückradelte. Die blutjunge Schockblonde mit den langen weiß lackierten Fingernägeln nimmt mich zur Seite, schaut sich verlegen um und drückt mich, bis ich denke, Bin ich schon weiß. Sie reicht mir verstohlen einen verschlossenen Briefumschlag, Falls wir uns morgen früh nicht mehr sehen sollten ... sagt, Ich bin so glücklich, ich werde Morgen entlassen, darf endlich wieder nach Haus, zurück zu meinem Kind ... Schockblond tauscht ein paar beschwingte Worte mit meinen über ihre Zeit-vor-Ort, in ihrem mir mittlerweile sympathischen Slang, bleibt geradeheraus im Wort, mit einer wiederhergestellten Herzlichkeit und runderneuerter Ausstrahlung, dreht sich abrupt um, ein kurzer Kuss auf die Wange lässt mich berührt am Eingang stehen, mir entgeht nicht, dass eine kleine Träne aus ihrem Augenwinkel perlt, löst sich vom Pflaster und verschwindet rasch zwischen den magischen Glastüren. Damit habe ich nun wirklich nicht gerechnet. Öffne vorsichtig den Umschlag, mein Blick sinkt auf schön gesetzte Versalien, lese die blaue Tintenschrift:

Lieber Monsieur Gris! Vielen Dank für die schöne Zeit an unserem Tisch! Die geistreichen und humorvollen Gespräche mit Dir und Deine leckeren Geschmackskompositionen werden mir fehlen! Ich wünsche Dir alles Liebe und Gute!

Liebste Grüsse C.

Beim letzten Gleitflug unter den kundigen Händen von Frau K., als ich ihr von meinem quälenden Magendrücken als langohriger Hase erzählte, verstand sie sofort. Aß auch sie nur äußerst selten die Köstlichkeiten dieser Anstaltsküche, empfahl mir daraufhin, sozusagen als verstärkende Therapiemaßnahme nach der Cranio-Sakralen, doch einmal ‚*außerhalb*' etwas Ordentliches zu essen, sich einmal etwas ganz besonders Leckeres zu gönnen, und gab mir die Adresse ihres Lieblingsrestaurants mit auf den Weg. Darum war ich ja auch am Nachmittag so froh, mit dem Smartphone vom Spaß-Bänker spontan den letzten Platz reservieren zu können. Das interne Abendessen lasse ich heute sausen, den Damen an meinem Tisch Nr. 9 leiste ich dennoch bei einem Alibi-Becher Blümchentee meine gern gesehene Gesellschaft, tausche das eine und andere verschwörerische Wort über die Kulinarik der Anstalt, Na ... heute gar keinen Hunger, fragen sie. Da erhebe ich mich stumm, streife mir in aller Seelenruhe mein Jackett über, verbeuge mich theatralisch und verabschiede mich höflichst mit ironisch-heiterem Wort, Meine Damen, mir ist bewusst, Sie werden mich vermissen, aber entschuldigen Sie mich bitte für den heutigen Abend, ich *muss* jetzt außerhalb essen gehen, Na, dann viel Spaß, wo geht's denn hin, fragt die Schnelle Inge als erste, Und wieso *musst* du ausessen gehen, legt die Dame in Schwarz mit achtsamem Lächeln nach, Ich sag' Euch morgen früh Bescheid, wie es war und ob es mir geholfen hat, habe da ein Rezept für eine therapeutische Maßnahme von allerhöchster Stelle verordnet bekommen, das werde ich nun als Freigänger wahrnehmen *müssen*, Dann hoffen wir, dass es deiner Gesundheit hilft ... scherzt das rote Lächeln.

18.17 Uhr Parke, frisch gekleidet mit blauem Hemd und dunkelblauem Leinensakko, am Ende der Schlosshofstrasse auf dem letzten freien Parkplatz, lege die blaue Parkscheibe hinter die Windschutzscheibe, sicherheitshalber, und bummle durch den Kern der Altstadt, quere den kleinen Marktplatz über altem Kopfsteinpflaster, vorbei am frisch gestrichenen Lächeln alter Fachwerkhäuser, deren Schaufenster „dies & das“ den Vorübereilenden zum Kauf anpreisen, halte kurz inne, verschnaufe, hebe meinen Blick auf die kupfergrüne, vom späten Mai-Licht beleuchtete Kirchturmspitze. Die Luft klar, gereinigt vom letzten kurzen Regenguss, die jetzt in der warmen Sonne die Nässe einatmet, derweil ich durstig meine Lunge mit den feinen Aromen der Kopfsteinpflastersteine fülle, lasse alsbald den offenen Wasserlauf rechts liegen, stehe 2 Minuten später, nicht ganz unerwartet, vor einem wunderschönen Jugendstil-Café von beachtlicher Größe und einladendem Charme. Die Dame in Schwarz hatte den Ort einmal lobend erwähnt. Folge weiter den ansteigenden Hausnummern, und inmitten eines leichten Linksbogens entdecke ich das mir verordnete Ziel, überprüfe noch einmal das ausgestellte Rezept: *Freigang Abendessen in der* TRATTORIA TOSCANA. Passt. Eine freundliche Atmosphäre heißt mich willkommen, steige über drei ausgetretene Steinstufen in das windschiefe jahrhundertalte Fachwerkhaus, werde sehr freundlich empfangen vom schattierten Licht im Raum und einer hübschen, schwarz gekleideten Bedienung, die sich nach meinem Namen erkundigt, mich vorauseilend zu meinem reservierten Platz begleitet, der, wo ich ihn jetzt sehe, mir sehr angenehm, wenn nicht sogar ideal erscheint, ganz im Gegensatz zu meinen Bedenken bei der telefonischen Reservation am Nachmittag, als ich etwas erstaunt reagierte, Oh, der letzte Platz, wenn er denn nicht vor den Toiletten ist … und in meiner rezeptierten Erwartung ein, Na ja, aber heute Abend möchte ich gern bei ihnen essen ... nachfüge und den Platz mit der Toilettentür im Rücken akzeptiere. Die freie Aussicht versöhnt mich, zur Rechten eine schlichte weiße Wand, im Rücken die Raumecke mit der unscheinbaren Tür, die zu den absteigenden Stufen toilettenwärts führt. Weiter rechts vor mir der offene Durchgang zur Küche, deren Eingang ein lustiger roter Feuerlöscher bewacht, und direkt hinter der hohen Lehne des gegenüberstehenden Stuhls an meinem weißgedeckten Zweiertisch liegt geheimnisvoll ein weißes Leinentuch über einem ausgehöhlten Parmesanlaib. Die liebevoll beschriebene Kreidetafel wird mir schräg an einen Stuhl gelehnt, studiere in genüsslicher Ruhe das Tagesangebot der Speisen, mir läuft das von der Altstadtluft aromatisierte Wasser im Munde zusammen und entscheide mich für die Linguini in flambierter Buttersoße aus dem verhüllten Parmesan mit frisch gehobeltem, weißen Sommertrüffel. Bestelle ein Pellegrino und ein Viertel fruchtig trockenen Rotwein. Beobachte erwartungsvoll, direkt vor meinen Augen, die Zubereitung der Vorspeise. Professionell wird mit sicherer Hand der kulinarische Zauber zubereitet, mit einem ‚*Buon appetito*' vom Chef auf einem heißen weißen Porzellan-Rechteck serviert. Das Gefühl, die Toscana schmelze in meinem Munde, versöhnt genussvoll die wunden Sinne von fast sechs Wochen Anstaltskost. Die untergehende Sonne der Toscana schmeichelt dem Gaumen so sanft wie die hausgemachten Linguini. Erbitte mir etwas Zeit vor dem zweiten Gang, Zeit für Gedanken und Notizen. Kühle meine Kehle mit dem Pellegrino, erhitze mit dem Roten meine Gedanken, die aus der Anstalt davonschwimmen, getragen vom Schimmer des Rotweinglases, befeuert von einem dahinter flammenden Dochtlicht. Genieße und teile diesen Genuss nur mit meinen Gedanken. Wie glücklich ich in diesem Augenblick bin, so glücklich wie schon lange nicht mehr. Nun ist die Zeit reif für die Secondi Piatti. Das Tagliata vom rosa gebratenen Kalbsrücken thront bald inmitten eines Kreises von feinstem reduzierten Balsamico auf gerösteten Kartoffelspalten, umspielt von jungen knackig grünen Bohnen und karamellisierten Möhrenstiften, bedeckt von zwei dünnen Spalten Parmesan, die unter der aufsteigenden Wärme transparent dahinschmelzen. Ein geschnittener, gebratener Kalbsrücken, so zart wie handgemachte Butter von einem toskanischen Wochenmarkt in der frühen Kühle eines späten Maimorgens, rosa wie der Schimmer auf der Wange einer Madonna. Der letzte Schluck leert den Roten. Jeder Platz im Restaurant ist jetzt besetzt. Ein wohl temperierter Stimmenchor schmeichelt meinem Ohr. Ganz anders als dieses bekannte Klangkonzert im Hungersaal, Alt, Sopran, ohne Bariton. Dennoch klingt etwas von der Enge des Raumes in mir, mischen die Töne der Stimmen zu einem Sforzato, dass ich mich nun hinwegträume, jetzt lieber draußen säße, dem Duft der Pinienbäume ausgeliefert, die Kühle der nahenden Abendluft auf der erhitzten Haut zu spüren und zu ahnen, dass die weiten Getreidefelder ihren gereiften Kornduft für Augenblicke, ja nur für Augenblicke zu mir senden mögen. Es ist die Sehnsucht, die sich in mir nach Stille sehnt.

19.36 Uhr Gönne mir vor der Türe eine erste VanNelle an diesem italienischen Abend, erstaunt über die blaue Klarheit eines makellosen Himmels, glaube mich unter einer duftenden Pinie, gehe ein paar Schritte auf und ab und kehre wieder an meinen Tisch zurück. Darf es noch ein

Nachtisch sein, fragt der Patron, Bitte das Tiramisu, wenn es schon gereift ist und bitte nur noch einen letzten Schluck von diesem Roten. Das kommt von mir ... antwortet kurze Zeit später der Patron, füllt das leere Glas halbvoll und serviert das Finale. Vier Notenkugeln von Tiramisu aufgereiht auf einem Blatt von weißem Puderstaub, dazu ein Notenschlüssel aus Früchten. Ein letzter kulinarischer Nachklang. Es war absolut köstlich, nimmt der Patron mein Lob entgegen, ein Lob an die Küche und bitte noch einen starken Kaffee zum Schluss. Während ich auf den kleinen Leistungsorientierten warte, frage ich mich, warum die graumelierten, wohl temperierten Damenstimmen gegenüber so laut erklingen mussten. Jetzt ist der Nebentisch verwaist. Gott sei Dank, oder wem auch immer, sind sie früh gegangen. Sonst könnten sie ja nicht schlafen, wie die vier hohen Stimmen betonten, die ohne einen kleinen schwarzen Kaffee die TRATTORIA TOSCANA verließen, nicht ohne ihre geschätzte Aufwartung dem Patron demonstriert zu haben, schüttelten sie zum Abschied ihre Gold behängten Armgelenke in seine lächelnde Hand. Business as usual. Espresso heiß, süß und Schluss.

Vor dem Einschlafen eine letzte Notiz: Ein Abend mit Aus-Klang! Kommen wir noch kurz zum Knie. Wäre der Weg durch die kleine Altstadt doppelt so lang gewesen, mir wären die Gedanken beim Genießen nicht so frei und glücklich geflossen, das Essen nicht so schmackhaft gewesen. Nur der Rücken ist schwer geworden vom langen, geraden Sitzen. Sei‘s drum. Die verordnete Therapie war erfolgreich und lädt zur Wiederholung. Schlafe federleicht ein.

Ein ungewöhnlicher Morgen in der Anstalt. Zum ersten Mal wache ich an einem Samstag in meinem Zimmer auf. Habe mich zu etwas besonderem entschlossen. Ein makelloses Blau markiert den Anfang vom Ende meiner sechsten Woche. Die opal-schimmernde Sonne am Horizont malt ein diffuses Licht in den Tag. Kurz nach sechs wache ich auf, und erste Gedanken fließen ins Buch. Sehe mich dabei wieder und wieder im Zimmer um, das mir in den letzten Wochen so vertraut wurde wie ein zweites Zuhause. Vielleicht denke ich über die Zeit nach, die ich hier verbringen durfte, vielleicht spüre ich auch dem nach, was sich in mir verändert hat, der Schmerz, meine Wahrnehmung und überlege, wohin mich diese Reise führen wird. Schaue auf meine alte Bergmann-Uhr, dusche, rasiere mir die Nacht aus dem Gesicht, lege ein paar Spritzer Aftershave auf, schlüpfe in die schwarze Lewis, überlege, welches Hemd heute das richtige ist, wähle das schwarze, binde sorgfältig die schwarzen Budapester, stecke den Montblanc in die Innentasche des anthrazitfarbenen Jacketts, nehme den gefüllten Therapieplan und mein Schreib- und Lesebuch, überprüfe mit einem Lächeln mein Aussehen in dem lebensgroßen Spiegel neben der Türe, verhänge ihn wieder mit dem weißen Laken, wie jeden Morgen, und verlasse das Zimmer 305. Schreite nun langsam, aber mit festem Schritt durch den langen sonnengelben Flur zum Aufzug, zögere einen Moment vor dem verwaisten Zimmer 310, drehe mich noch einmal um. Tiefes Durchatmen. Fünf Schritte weiter schlüpfe ich durch die geöffnete Aufzugstüre, sause lautlos ins Erdgeschoss und durchquere leichtfüßig das leere Foyer zum Ausgang hin. Geräuschlos öffnet sich die Glasschleuse. Erste Sonnenstrahlen befreien den Atem der Nacht aus dem Asphalt.

06.31 Uhr Die erste Zigarette auf der Raucherbank. Bin nicht alleine. Verschlafene und schon lebhaft flatternde Worte vermischen sich unter den Kastanienblättern zu surrenden Insektenschwärmen, suchen offene Ohren und warten nicht auf Antworten.

07.15 Uhr Frühstück mit der Schnellen Inge. Die gegenüberliegenden beiden Plätze bleiben heute leer. Auch Inge möchte sich entleeren, wie die flatternden Worte an der Raucherbank, sie fließen dort wie hier aus geöffneten Adern. Aderlass am Morgen, am Mittag, am Abend, nur die Nacht schließt die Wunden der Verletzten, und das auch nur für Stunden. Was machst du hier, du fährst doch immer schon am Freitagabend nach Hause ... möchtest du einen Kaffee, sie greift zur Kanne ... wir waren gestern Abend noch beim *Bauer* eingekehrt, bin noch ganz benommen, war ein langer Abend, zu viel getrunken, zu viel getanzt, fließt und fließt es aus ihr heraus. Sie gießt den Kaffee ein, den sie jetzt dringender benötigt als ich, wie sie ungefragt betont. Und ... sieht mich mit schrägen Augen von der Seite an, ... was machst du denn heute hier ... Hab‘ mich mal fürs ‚Kreative Schreiben‘ angemeldet, findet jetzt am Samstagvormittag statt. Leere schweigend meinen ersten Kaffee, derweil weitere Einzelheiten des vergangenen Abends in meine Ohren sickern. Erlebtes und Gerüchte, die mich nicht wirklich interessieren. Eine zweite Tasse Kaffee lehne ich mit den Worten, Ich muss noch mal nach oben, meine Tasche packen und das Zimmer aufräumen ... höflich ab und verabschiede mich mit tauben

Ohren und lächle ihr im Weggehen zu, Ich wünsche dir ein erholsames Wochenende. Wie befremdlich dieser Morgen, spüre zum ersten Mal seit sechs Wochen eine Leere am Tisch Nr. 9, in der Cafeteria, in der Weite der Eingangshalle. Alleine im Aufzug, hinauf in die zweite Etage, begegne niemandem auf dem Weg zu meinem Zimmer am Ende des sonnengelben Flurs. Betrachte die Nummern der verschlossenen Türen. In meinem Zimmer verstaue ich die getragene Wäsche der Woche, deponiere sie auf dem schon gemachten Bett. Begleite meine Gedanken wieder nach unten, durch die weiße Kühle der Cafeteria, die gerade geöffnet wird. Dort verweile ich mit ihnen alleine bei einer kleinen Tasse Crema, vertiefe mich lesend, bis zum Beginn des ‚Kreativen Schreibens', in *Die Stadt der Blinden*. Nur schattenhaft nehme ich einzelne Insassen wahr, die das Foyer lautlos durchkreuzen. Die *Blinden* verkürzen die Zeit bis kurz vor Zehn. Noch zwanzig oder dreißig Seiten und ich werde erfahren, wohin die Weiße Blindheit die Menschen führen wird, ob ihnen die Augen wieder geöffnet werden.

Zum Ende der Kreativen Zeit werde ich wissen, wie ich mit der Schreibaufgabe umgegangen bin. Die Kursleiterin, eine reife zarte Dame mit rauer, entschlossener Stimme und silbergrau gewickeltem Haar, leitet mit präzisen Sätzen das Thema und die Vorgehensweise für die nächsten zwei Stunden ein, erst Schreiben, kurze Pause und dann Vorlesen, wer mag. Bietet einige Titelvorgaben als Schreibanregung an. Wie alle anderen notiere auch ich diese Überschriften. Mehr Frauen als Männer wollen ihre Worte aufs Papier bringen. Auch hier. Sofort beginnen sie mit dem Schreiben, scheinbar haben alle sofort ihr Thema, ihren Titel gefunden, hier und da fällt noch eine Frage nach vorne, die Antwort knapp. Sie schreiben auf losen Blättern, in karierten Spiralheften, streichen durch, zerknüllen Angefangenes, schreiben schnell. Es ist still. Sitze selbst vor den leeren Seiten meines Notizbuchs und blicke lange über die Köpfe der neun Mitschreibenden. Versuche alles, was ich sehe und empfinde, in meinen Schreibüberlegungen zu verbinden, suche den roten Faden und entscheide mich dafür, einfach alle *Überschriften* zu berücksichtigen. Da äußert sich etwas spät und sichtlich irritiert von den Themenanregungen eine üppig nervöse Mittfünfzigerin, Ich dachte, das Kreative Schreiben wäre das Erlernen einer schönen Schrift, damit habe ich immer Schwierigkeiten, das habe ich mir hier ganz anders vorgestellt. Alle Köpfe blicken auf, schauen sich verwundert an, während die Nervosität ihre Schönschreibsachen packt, Nein, dann bin ich wohl falsch hier ... und verlässt, unter den langen Blicken der anderen, den Raum. Eine hagere Frau, Anfang fünfzig, mit zu schwarz gefärbtem Haar, beginnt leise zu weinen, zerreißt ihr beschriebenes Blatt, in ihrem Gesicht spiegelt eine schmerzliche Erinnerung. Sie möchte den Raum verlassen, sie kann nicht mehr weiter schreiben, sagt unter Tränen ... die Erinnerungen toben zu sehr. Natürlich dürfen Sie gehen, keiner muss hier bleiben, beruhigt die raue Stimme der Kursleiterin mit professionell trockenen Worten die Davoneilende. Das passiert immer wieder einmal, wenn die Seele sich öffnen kann, erklärt sie den nun Weiterschreibenden. Schweigende Betroffenheit steht im Raum. Verbinde nun, mit einem inneren roten Faden, die notierte Reihe der angebotenen *Überschriften*, öffne mein Inneres, Worte fließen aufs Papier, ohne dass ich den Füller einmal absetzen werde. Zum Ende der ersten Stunde verlasse ich den Raum,

um die angewinkelten Beine zu vertreten und eine VanNelle zu rauchen. Aber bitte nicht zu lange, wir wollen gleich unsere Texte vorlesen, mahnt die Kursleiterin. Als Vorletzter lese ich den verbundenen roten Gedankenfluss:
Wie ungewöhnlich dieser Morgen. Packe meine Gedanken der Woche in die schwarze Tasche, verschließe den Reisverschluss, deponiere sie auf gemachtem Bett und lasse sie warten, bis ich sie wieder abholen werde. Auch ich warte in der leeren weißen Kühle der Cafeteria, bei einer kleinen Tasse Crema, lese den Bericht: *Die Stadt der Blinden* von José Saramago. Warte ohne Langeweile, die Blinden verkürzen mir die Zeit, nur Geduld, noch zwanzig oder dreißig Seiten und ich werde erfahren, wohin die Weiße Blindheit führen wird. Warte ohne Mühe, ohne Eile und frage nicht nach dem Morgen. Verlasse meinen Platz der Observation, verlasse diesen Ort, wo ich für Stunden wohne, fahre im Edelstahlgehäuse nach oben, frage mich *Wo ist mein Weg*. *Der Mann im Mond* öffnet die Türen der Zeit, begrüßt mich mit den weisen Worten, *Es ist Zeit für Gefühle*. Ich folge seinen Worten, der Spur seines goldenen Lächelns. Ein Lichtspalt öffnet eine Türe, ich trete ein, meine Erwartung öffnet mir einen Rosengarten. Vorsichtig sehe ich mich um, betrete diesen Raum, blicke stumm auf die blühenden Blumen, die ihre Köpfe zum Licht recken wie Hungrige, die dem Duft der Küche folgen. Verdränge den Gedanken an sechs Wochen Anstaltskost ohne Mühe, kehre zurück in diesen Raum, atme den Duft, die Aromen, die diesen Raum füllen, finde einen Platz unter den Blüten, eine Insel der Zeit, und *Der Mann im Mond* wiederholt seine Worte, *Es ist Zeit für Gefühle*. Erste Gedanken legen sich wie frisch gefallener Schnee auf die leeren Seiten. Ein feiner Nebel benetzt die aufgereihten Blumenköpfe, die

jetzt ihre Richtung geändert haben, sie neigen sich nach vorne, nur leicht, nicht wie Verdurstende, eher wie Suchende nach der *Vergangenheit & Zukunft*, dennoch bleiben sie hier, wo sie schon Wurzeln geschlagen haben und der Mann im Mond sagt: In der Gegenwart. Und die Blumen fühlen sich verbunden mit dem, was sie erdet, saugen mit ihren neuen Wurzeln den Nektar der heilenden Zeit in ihre verwundeten Seelen, vergessen für einen Moment, der nicht die Ewigkeit bedeutet, die Frage nach der Zukunft, vergessen die Stürme der Vergangenheit und schreiben die Gegenwart aus ihren Gedanken auf das leere Blatt der Zeit. *Ein Clown,* der denkt, das wäre alles nur Theater. Theater war das Leben, nicht dieser Augenblick, der uns jetzt hier alle zusammenhält, dieser Augenblick ist die Bühne im Theater der Phantasie, auf der jeder das spielt, was er kann, keine Fragen stellt, nur spürt, wie das, was in ihm steckt, heraus will, ein Aderlass von Gebrauchtem, Gesammeltem, ohne viele Worte, die lähmen und lärmen, die Ohren verstopfen und vor den anderen zu Boden fallen. Es ist eine Stunde wie ein geschenkter Tag und *der Mann im Mond* lädt mich ein, mit ihm eine Zigarette zu rauchen. Ich folge seinem Lächeln nach Draußen. Sie schreiben aber auch nicht zum ersten Mal, lobt die Kursleiterin mit einem bestätigenden Lächeln meinen Text, Nein ... sage ich, ohne Weiteres zu erklären, Das spürt man gleich, auch so, wie Sie Ihren Text vorgelesen haben.

Zuhause angekommen erledige ich am späten Nachmittag noch einige Einkäufe für den Abend, trinke irgendwo in der Altstadt einen starken Kaffee und schreibe, ausnahmsweise, mit einem blauen Kuli auf ein loses Blatt ein paar Zeilen, noch ganz in meiner poetischen Blütenglocke verhaftet. Zeilen, zu denen ich mich in diesem Augenblick im Café entschlossen habe, nachdem eine kommentarlose Bestätigung für die Aufenthaltsverlängerung bis zur 9. Woche von meiner PKV gestern in der Anstalt eintraf. Möchte diese Zeilen am letzten Montag in der Chaosgruppentherapie vortragen. Zeichne ein Quadrat oben links aufs Blatt, rahme so die aktuelle Uhrzeit: 17.48. Nach Fertigstellung des Textes vermerke ich neben der Uhrzeit noch eine Notiz für jenen Montag des Abschieds. Nur ein paar Augenblicke erbitte ich von euch, ich möchte euch den Hintergrund dieser Zahl erklären. 1 7 0 6. Nur eine Minute, alles andere, was ich zu sagen habe, ist geschrieben und ich werde es euch einfach vorlesen. Mit schwerer und zugleich leichter Stimme werde ich der Gruppe folgenden Text vortragen: *Ich gehe am 17.06., mit einem lachenden und einem weinenden Auge, werde euch alle vermissen. Ich fühle mich nicht mehr wie auf tönernen Füssen, so wie ich vor neun Wochen hier ankam, ich balanciere jetzt auf dem Rand eines fein geschliffenen Kristallglases und trinke vorsichtig den süßen Wein der Achtsamkeit. Dieser Weg, der vor mir liegt, birgt aber noch die Gefahr der Verletzung oder eines Sturzes. Ich vertraue darauf, dass die Achtsamkeit mir das ermöglichen wird, was mir bestimmt ist, mir den täglichen Schmerz lindert, ihn je und je, für Stunden vergessen lässt. Ich vertraue darauf, dass die Achtsamkeit mir den Geist frei und die Seele hell erhält, damit ich das, was ich zu sagen habe, auf die leeren Seiten der Zeit, die vor mir liegt, fallen lassen darf, wie den ersten frisch gefallenen Schnee. Ich gehe am 17.06. und verlasse die Anstalt. Danke für diese Zeit, die ich hier mit euch verbringen durfte. Ihr wart mir eine Hilfe dabei wieder aufzustehen.*

Dieser kurze Text schließt mit der aktuellen Uhrzeit 18.06 und der Bemerkung am Rand: *So der Plan.*
Glocken läuten in der Ferne.

TAG 42 SO

Schreibe nur wenige knappe Sätze. Ein verkürztes Wochenende. Samstagmorgen 09.30 bis 11.30 Uhr >Kreatives Schreiben<. Zehn Personen mit ihren eigenen Gedanken, geraden und krausen, Insassen und Inhaftierte des eigenen ICHs. Spannend, kreativ, bewegend. 12.05 Uhr Geld an der Spasskasse abgehoben. Ein Gedicht von Blumen gereimt, gebunden für die Liebste daheim, mit einer Träne im Auge überreicht. Sonniger Landregen, vertraut sanfte Stimmung, marinierte Lammrippchen auf Kartoffelpüree mit Rucola-Pesto. Real Madrid gegen Atletico Madrid. Müder Rücken! Spätes Bett. Langer Schlaf. Sonntag mit Lila auf dem Balkon frühstücken. Kristallblauer Himmel. Ein aufgeschäumter Cappuccino für Lila, ein starker schwarzer Kaffee für mich. Am Nachmittag Formel 1 in Monaco. Kuscheln. Schlaf.
18.30 Uhr Rückfahrt in die Anstalt.

TAG 43 MO

Die siebte Woche erwacht, räkelt die Nacht aus ihren Gliedern. Ein glutroter Osten aquarelliert zartes Orange in blasses Blau. Jeans, schwarzes Shirt, die sommerliche Leinenjacke aus England, Tür zu und los. Das wird eine wunderbare Woche!

06.01 Uhr Eine erste Zigarette auf der Raucherbank. Die Schnelle Inge sitzt schon, in ihr offenes Wortgewand gekleidet, auf der Bank. Und der stets mürrische Kahlkopf mit seiner Rollator-gestützten Fülle retourniert mit schnellen Silbengeschossen, bereit zum Gefecht, mosert in einem fort, klagt einmal mehr über seine Zeit. Auch die wird einmal ablaufen, denke ich und nehme einen Zug, höre es schon: Morgen fahre ich wieder ab, mir reicht's hier nach drei Wochen. Die haben mir alle meine neunzehn Tabletten genommen (*wovon sich manche so ernähren*) und gegen andere ausgetauscht, einfach so, flucht wie ein Bass-Rohrspatz. Außerdem ist das Bett viel zu hart und hat auch noch 'ne Kuhle, zetert Unausgeschlafenes vor der besetzten Raucherbank. Na ja, bei der kugelförmigen Gestalt und den Kilos wohl auch kein Wunder, sag ich nicht, notiere es nur später. Eine frische Augenweide rauscht über die Kastanienallee, rauchend, einen Pappbecher Kaffee in der Hand, violette Hose, knall eng, cremefarbiges Jäckchen aus Teddybär-Plüsch mit rot gesticktem Monogramm auf der Brust >Hello Kitty<. Was für ein Morgen. Kitty reagiert optisch sehr sparsam auf die mosernden Fragen und die eigenen Antworten der kahlköpfigen Fettkugel. Ein anderer, etwas verwahrlost aussehender junger Mann, so um die Mitte dreißig, wischt ständig strähniges Haar aus dem Gesicht, humpelt verbissen am Stock heran, einer, der noch härter und weit lautstärker ins Moserkonzert einsteigt. Zu viel ist zu viel. Genervt und ausgeraucht stehe ich auf, biete ihm noch freundlich mein angewärmtes Sitzkissen an, Nein! will ich nicht ... zischelt er unwirsch und schlechtgelaunt, Hab' Scheißschmerzen im Bein, meine Tabletten haben sie mir geklaut (*aha, auch ihm*), Dann setz' dich eben aufs kalte Holz, sage ich, drehe mich um und gehe lieber hinein zum Weiterschreiben, bevor sich die Glasflügel zum Frühstücksballett öffnen.

Die Ursache des Schmerzes werden sie mir nicht wegtherapieren können. Die Valoron werden sie mir ja nicht klauen. Die Zermürbung der Seele, da kennen sie sich aus, die können sie wieder geschmeidiger herrichten. Mit ihrer und der eigenen Hilfe bilden wir ein gutes Team. Lösungsorientiert, nicht problemorientiert.

Am geselligen Frühstückstisch, mit einem „Guten-Morgen-die-Damen" als Letzter angekommen, dampft schon der Kaffee in meinem rotweißen Porzellanbecher. Die Schnelle Inge sah mich schon kommen. Da lag heute Morgen wieder so eine von den schönen Grußkarten vom Hause auf jedem Platz ... vernehme ich unbeteiligt die Freude der drei Damen und frage unschuldig, Ob sie das wohl bei allen so machen ... und blicke mal betont auf die Nebentische, Ja, und auch vom Chef selbst unterschrieben ... hab' ich doch sofort erkannt, ergänzt die Schnelle Inge, Vielleicht sollten wir ihn mal fragen ... schmunzle, schaue sie schräg von unten an, werfe einen aufrechten Blick zur Nr. 1, sie versteht – ich auch, stehe auf und verabschiede mich mit einem verschwörerischen Grinsen, Habe jetzt leider einen Keller-Termin ... 08.00 Uhr zum Hydro-Jet. Ah, ah ... raunt es. Warmwasserbettganzkörpermassage. Du weißt ja, wie gut das tut.

Liege diesmal auf der zweiten Liege unter dem schmalen Kellerfenster, drücke den roten Knopf und warte auf den Start der wohltemperierten Wassermassage. Spüre sofort die asynchronen Wasserhände, die die Wirbelsäule von oben bis unten befingern, bemerke sehr genau ihre massierende Rechtslastigkeit. Werde beim nächsten Mal darauf achten, auf der ersten, der neuen und noch synchron arbeitenden

Hydro-Jet-Liege zu liegen, die leider schon mit einer Muskelverspannung belegt war.

09.23 Uhr Begegnung mit Frau A. Vorbereitet, mit einem Lächeln im Herzen, war ich gerade auf dem Weg zu ihr. Aus meinem Zimmer 305 beschwingt gestartet, in Gedanken über den langen Flur Nr. 8 gezogen, vorbei an 306, 307, 308, 309, verharre einen Moment vor 310. Ein paar Schritte weiter der Aufzug. Abends höre ich immer genau, wenn jemand auf- oder abfährt, wusste die Dame in Schwarz zu berichten. Mit einem roten Zettel in der Hand flattert Frau A wie ein bunter Albatros plötzlich aus dem Edelstahlgehäuse. Ach, wie gut, dass ich Sie treffe ... erklärt mir atemlos die Worte des roten Zettels, Den wollte ich noch schnell an Ihre Zimmertüre heften. Ein Notfall ... sagt sie ... gut, dass ich Sie hier treffe. Sie müsse einen Einsatz leiten, Morgen werden wir einen neuen Termin für Mittwoch finden ... weht wallend herum und verabschiedet sich im Laufschritt. Wie eine geschenkte Stunde empfinde ich diese Absage. Zeit für mich alleine. Die Sonne scheint, auch in mir, so beginnt eine gute Woche, erstmal eine VanNelle anzünden und abseits die Raucherbankworte meiden.

Zurück aus dem Abseits notiere ich was mich gerade draußen bewegte. Geschützt an unserem kleinen runden Konferenztisch. An dem Tisch, direkt neben dem Ausgabekioskfenster, zu Beginn der langen Fensterreihe. Davor die beiden mannshohen Rollständer, prall bestückt mit bunten Motivations-Gruss-Karten, die allzu neugierige Blicke abschirmen, wenn ich in Ruhe schreiben möchte oder mit der Dame in Schwarz ungestört in die Vortragsworte eintauche.

Knie und Rücken spüre ich auf dem Rand des fein geschliffenen Kristallglases, auf dem ich jetzt gehe. Sie können mir hier die Schmerzen nicht nehmen, das ist mir schon klar und ich werde sie auch nicht vergessen, obwohl das immer wieder gesagt wird von denen, die nie chronische Schmerzen trugen, somit auch nichts zu vergessen hatten und so ein Vergessen, wie manche Alten es haben, die in Demenz die Gegenwart vergessen, so etwas keimte nicht in mir. Dafür floriert manchmal eine Angst, Wie mit den Schmerzen weiterleben … oder nur ein Gedanke, so kurz wie das unbeabsichtigte Zucken eines Muskels. Mein Schmerzgedächtnis lässt sich nicht ohne weitere Verluste löschen. Zu lodernd die täglichen Brandherde. Obwohl … im Moment. Keine Schreie bei jedem Schritt, die höre ich jetzt nur noch selten und wenn nur ganz leise, eher ein Wispern, das Spüren hat sich verändert, hellwach die Achtsamkeit. Vielleicht ist ja alles hier im Hause – die Elfen helfen, die diversen Gespräche und Therapiegruppen – nur dazu da, um das, was ich spüre bei Schritt und Tritt, mir eine liebevolle Erinnerung an die Achtsamkeit werden zu lassen. Diesen Gedanken nehme ich gerne auf, wie den Sonnenschein, der mir helfen möge, die Schatten der Zukunft in sonnige Vorstellungen zu transformieren, die Schatten aufzulösen, auf dass sie nicht mehr vor der Zukunft dahintreiben. Ich weiß, dass der Schmerz mein Begleiter bleiben wird, weiß, dass ich ihm mit Achtsamkeit begegnen werde, weiß, dass ein zerstörtes Kniegelenk und ein zertrümmerter Brustwirbel sich nicht einfach auswechseln lassen wie ein defekter Achsschenkel oder eine gebrochene Kardanwelle, nein, alles das lässt sich nicht erneuern. Erkenne deutlicher denn je die Grenzen. Verbringe im ‚Jetzt' diese geschenkte Stunde, lächle und fülle diese Seiten. Ohne Schatten. Punkt.

09.43 Uhr fährt Monsieur Gris hinauf auf Station 8, Zimmer 305. Füllt den fast leeren Montblanc. Legt sein aktuelles Lesebuch neben die anderen Bücher auf den Schreibtisch, die Blinden von Saramago müssen noch einen Augenblick warten, bis sie ihn wiedersehen werden, was für eine Ironie der Sprache, wird Monsieur Gris denken, derweil er jetzt in sonnigster Laune auf sein Taxi wartet, er weiß genau, und das erfüllt ihn mit erwartungsvoller Freude, dass diese kommenden eineinhalb Stunden ihm wieder Wertvolles vermitteln werden, dass er all das der Dame in Schwarz weitergeben darf. In der einen Hand flattert der grüne Transportschein, die andere hält sein schwarzes Observationsbuch und den gefüllten Therapieplan.

10.45 Uhr Aufführung mit Dr. No im Theater der Schmerz.Haft.

> Burgschlösschen, die IV. < Mit ausreichend Zeit im Gepäck erreiche ich den mächtigen Betonkörper des Burgschlösschens. Lenke den Taxifahrer zu dem versteckten Seiteneingang. Lässige Jeans, gestreiftes Hemd, so begrüßt Dr. No pünktlich die Anwesenden, eröffnet, diesmal bei offenen Fenstern, seinen vierten Vortrag auf karger Bühne. Ein frisches Aroma von Grün weht durch den Raum. Ich inhaliere dankbar und tief, mein schwarzes Buch auf den Knien. Am Nachmittag werde ich der Dame in Schwarz den Inhalt des Vortrags von Dr. No, wie schon die Male zuvor, bei allem Ernst der Thematik mit überzeugender Begeisterung und einer feinen Prise Humor gewürzt wiedergeben. Die Sprache des Schmerzes vermittelt cin Verstehen auf ganz besondere Weise. Mit der Dame in Schwarz über die eigenen Erfahrun-

gen reden und lachen zu können, ohne sich für irgendetwas zu rechtfertigen oder zu entschuldigen, ohne ein Fremdwörterbuch … nichts erklären zu müssen, beflügelt jetzt meine Aufmerksamkeit. Die Ursache für den Schmerz liegt in den verkrampften Muskeln … wiederholt Dr. No seine letzte Aussage, Und dann beginnt ein Teufelskreis … führt er fort, Was ein Gehirn lernen kann, kann es auch wieder vergessen, unter bestimmten Bedingungen, schränkt er ein. Die Empfindlichkeit durch die ständige Reizung der Nerven ist die Ursache für die subjektive Schmerzwahrnehmung, die Schwelle der Wahrnehmung steigt oder sinkt. Wir sprechen hier von einem multiplen Belastungssyndrom. Eine dauerhafte Reizung führt zu einer selbstständigen Schmerzkrankheit. Und verändert unser Leben. Wie wahr! Bis hin zur genervten Seele, die wiederum den Schmerz befeuert! notiere ich und setze ein Ausrufezeichen, weil Dr. No betont, dass hier eine multimodale Therapie angesagt sei. Jeder von Ihnen kennt die Schmerzskala, die die Schmerzstärke von 0 – 10 darstellt. Die Dame in Schwarz kennt, wie ich, diese Skala sehr genau. Die meisten Schmerzpatienten werden gefragt, wo sie sich dort sehen, aber nur selten werden sie darüber aufgeklärt, das werde ich auch der Dame in Schwarz vermitteln, und sie wird es mir bestätigen, dass die Stärke 10 den Ohnmachtsschmerz kennzeichnet, der nicht mehr bewusst erlebt wird, wie Dr. No sagt. Und die Dame in Schwarz wird die Stärke 9-10 bestätigen, Habe längere Zeit Opiate genommen, sie aber aus Überzeugung, gegen den Rat der zeternden Ärzte, abgesetzt, seitdem sind meine Gedanken wieder klar. Dr. No wechselt spontan die Richtung, Es ist ja nicht entscheidend, die Stärke des Schmerzes genau festzustellen, es ist die Dauer des Schmerzes, die auf Dauer nervt und zermürbt … und lässt an dieser Stelle eine eindrucksvolle Pause stehen. Das ist die größere Folter. Und verweist darauf, dass Schmerzpatienten einen Wirkstofftest benötigen, bevor sie ein geeignetes Schmerzmittel bekommen, von welchem ich zuvor in all den besuchten Schmerzkliniken noch nie etwas gehört hatte, ebenso wenig wie die Dame in Schwarz. Mit seinem Marker in der Hand skizziert Dr. No wie gewohnt folgendes einfache Bild: *SCHMERZEN? —-> BSV —-> ? ? ?* und stellt rhetorisch die Frage, Was passiert? Senkt den Kopf, als suche er einen Gedanken, geht ein paar Schritte schweigend auf und ab, hat das Wort gefunden, Jemand hat Rückenschmerzen … er geht zum Arzt … der diagnostiziert einen (*BSV*) Bandscheibenvorfall, und es wird überlegt, ob er a) konservativ oder b) operativ behandelt werden muss, aber keiner fragt nach der wirklichen Ursache der Schmerzen. Es geht immer nur um die Diagnose, als könnten die Maschinen die Ursache finden, immer nur um die Frage a) oder b), und ich empfinde Verärgerung darüber, während ich den weiteren Worten von Dr. No zuhöre. Fragt denn irgendjemand, warum die Bandscheibe krank ist? Da heißt es immer nur … und er sagt dies ganz deutlich mit seiner dreißigjährigen Erfahrung … schwere körperliche Belastung ist die Antwort, oder …? schaut in die Augen der Betroffenen und markert ein deutliches NO! an die Tafel. Nein … sagt er mit einer unerschütterlichen Überzeugung, Nein, es ist eine Fehlhaltung, eine einseitige Belastung, diese Fehlhaltung führt auf Dauer zu verkrampften Muskeln, die ja in großer Zahl an den Wirbelkörpern festsitzen. Ursache ist nicht der gern genannte Verschleiß der Bandscheiben. Bandscheiben sind bewegliche Stoßdämpfer, skizziert derweil eine flache und eine hohe Scheibe an die Wand, markiert sie mit auf-

und absteigenden Pfeilen, erklärt, dass die Bandscheibe am Tage zusammengedrückt wird und in der Nacht sich wieder erhöht, das sei völlig normal und erklärt, dass ein Bandscheibenvorfall ein schmerzhafter Krampf der Muskeln sei. Eine schwedische Studie an 2000 Probanden ‚ohne' Rückenschmerzen fand heraus, dass 60 bis 65% von ihnen einen Bandscheibenvorfall hatten, ohne dass sie ihn bemerkten. Jeder über fünfundsechzig hatte mindestens 1-2-3 Bandscheibenvorfälle in seinem Leben, die er nie spürte, weil sie genügend Platz hatten sich auszudehnen, sie dadurch nicht auf einen Muskelstrang drückten. Alle Menschen mit einem Brustwirbelschaden haben einen Muskel-Manko-Schaden. Das spüre ich seit 22 Jahren, nachdem mein 12. Brustwirbel bei einem Autounfall zertrümmert wurde. Sofort werde ich wieder aus diesem Gedanken herausgerissen, Dr. No zeichnet sechs große **? ? ? ? ? ?** an die Tafel, er ist jetzt voll in seinem Element, tanzt auf der Bühne, ohne Manuskript, wie ein von seiner Aufgabe zutiefst überzeugter Schauspieler. Es muss immer nach dem WARUM? gefragt werden, WARUM Schmerz? WARUM ein Bandscheibenvorfall? WARUM eine Fehlhaltung? WARUM ein Muskelkrampf? WARUM eine Spannung? Fragt, Wer setzt die Spannung? Wir! Wir denken und eine Vorspannung entsteht. Ja, die Vorstellung, die Absicht alleine erzeugt in uns schon einen ‚Strom', eine innere Spannung entsteht für das Gehirn. Wer immer zu viel will, wer tausend Gedanken hat, hat auch hohe Spannung. Im Gegensatz zu dem, der das Kommende relaxt sieht und „ent"-spannt an das zu Erledigende denkt. Kurz, bündig, knapp, das sitzt. Bin sicher, dass nicht nur ich, sondern jeder hier im Raum das so plastisch versteht, was Dr. No mit seinen einfachen Worten in seiner theatralisch-sympathischen Art auf der Bühne zelebriert. Aber es gibt noch ein 2. Stromsystem ... mahnt er an ... ganz ohne körperliche Anstrengung oder Denken, *die Gefühle* ... wie Freude, Angst oder auch Wut, nennt dies die Spannung der Gefühle. Angst und Wut können enorme Kräfte entwickeln. Gefühle „leben" immer, wir nehmen sie überall hin mit! Es existiert noch eine 3. Leitung, ein drittes Stromsystem, hier sind keine Gefühle, keine Gedanken und keine körperlichen Anstrengungen im Spiel. Ein Trauma. Was könnte da die Ursache für eine Spannung in den Muskeln sein? Ein weit zurückliegendes Ereignis, ein Trauma aus frühester Kindheit führt zu „Spannungs-Schmerz", wirkt auch noch nach 30 – 40 – 50 Jahren bis in unser heutiges Bewusstsein, bis in unser tägliches Verhalten hinein. Erinnere mich besorgt an die drei missglückten Hüftoperationen aus ihrer frühen Kindheit, von der mir die Dame in Schwarz an unserem Konferenztisch beim letzten Vortrag erzählte. *Das steckt dir heute noch in den Knochen*, zitiert Dr. No, den Satz kennt wohl jeder von uns. Lässt eine Atem- und Hör-Pause zur Entspannung weilen. Dann zeichnet er eine Tonne auf, drittelt sie, schreibt von unten nach oben [30%] – [60%] – [20%] in die Felder, dazu von unten nach oben die erläuternden Worte [Zuhause] – [Arbeit] – [10% Angst & 10% Wut] daneben. Setzt über die volle Tonne einen nach rechts gebogenen Pfeil, der sich erschöpft nach unten neigt, schreibt SCHMERZ daneben, sagt, So sieht das aus, wenn das Fass überläuft. Setzt eine zweite Tonne daneben, die Tonne der Woche, teilt das obere kleine Stück mit einer Wellenlinie, schreibt in das große Feld 88% Wochenarbeit, sagt, das passt doch gut ... schreibt dann in das kleine Feld 13% Gartenarbeit am Wochenende ... schickt den imaginären Probanden in seiner humorvollen Art am Montag zum Arzt.

Der dann klagt, Habe Rücken! Kann nicht mehr, der Doktor dann fragt, Warum? Weil ich am Wochenende im Garten gearbeitet habe, nur ein wenig ... antwortet der Rücken. Aber das ist ja nicht die Ursache seines Rückenleidens, keiner fragt je nach dem WARUM? Ein Orthopäde kann das gar nicht wissen, hat keine Zeit, und übrigens die vollsten Wartezimmer, versichert Dr. No, Keiner fragt lange genug nach der Ursache, nach dem wirklichen Warum. Es kann so viele Ursachen für einen Schmerz geben, was ganz lange zurückliegt, gesammelt im Fass des Lebens, was bis heute wirkt und schon mit einer ‚kleinen' Gartenarbeit am Wochenende zum Überlaufen gebracht werden kann. Anschaulich symbolisiert er, dass das Fass übergelaufen ist. Wiederholt zum Finale, Ohne die Fragen nach dem Warum, warum, warum, bleibt alles nur ein Kampf gegen Windmühlen, es werden immer nur Diagnosen gestellt, die Symptome bekämpft und nicht nach den Ursachen geforscht.

Zeit ist Geld. Geld ist knapp. Lebt der Schmerz, so rollt der Rubel.
Dr. No: Danke fürs Zuhören und genießen Sie entspannt *Ihren* Tag.

12.23 Uhr Auf seinem Tischplatz findet Monsieur Gris verdeckt eine Nachricht von der Dame in Schwarz: *Hallo Monsieur Gris ... Kannst Du mich bitte beim Mittagessen „vertreten". Komme gerade von der Cranio bei Frau K + muss erst austropfen und sortieren – Danke D.i.S.* Und Monsieur Gris ahnt, was geschehen ist, weiß aus eigener Erfahrung, dass die Cranio-Sakrale Anwendung Festsitzendes lösen kann. Kulinarisch kein Beinbruch.

06.03 Uhr Der verknitterte Mann, der die Nacht auf einer Sprossenwand schlief. Steigt aus dem Bett. Hört Knochen für Knochen das gläserne Lied des Schmerzes singen. Kristallglasrand. Nun sitzt er an seinem Schreibtisch und versucht darüber nachzudenken. Sucht Gründe in der letzten, der sechsten Woche, die sich so gut und leicht anfühlte, denkt an die Sonne, die seine Laune mit Spaß aufgefüllt hatte. Genoss dieses glücksspendende Gefühl, das er in sich wahrnahm und auch ausstrahlte. Die anderen um ihn herum bestätigten es mit anerkennenden Worten. Erinnert sich daran, dass er das Wochenende mit einem köstlichen Mahl kulinarisch beendete, erinnert an den Mittwoch, an seinen >Kreativen-Schreib-Unterricht<, an seine Begeisterung, die er von hier mitnahm und an seine Schreibbegeisterten weitergegeben konnte. Und nun frage ich mich allen Ernstes, warum ich mich so zerknirscht und so schmerzlich gläsern fühle. Mein Bewusstsein scannt jeden Knochen, höre den 12. BWK, die rechte Rippenseite, den leisen Schrei der Lendenwirbel, das Gezeter des Kreuzgelenks (ISG), wie es nach rechts rüber ruft, und das Summen des linken Kniegelenks. Versuche es mit Humor zu nehmen, schreibe: Ein Zirkus im Knochenkessel. Bedanke mich bei ihnen allen, dass sie mich daran erinnern, an die Schmerzen, an das Leid, den Frust. Welche Ironie. Will ich oder will ich nicht? Festhalten oder Loslassen. Fragen wirbeln in meinem Kopf. Machen sie eigentlich das, was Sie wollen? Wissen Sie denn überhaupt, was Sie wollen? Was für Fragen? Und die Antwort folgt im Galopp, JA. Genau nicht das, was ich jetzt spüre, will ich spüren, gerade erst aus dem Bett gestiegen. Frage, ob das die Belohnung für die letzte Woche sei, weil die sich so gut anfühlte. Schuldgefühle? Ja, ja, jetzt kann er alles aufs Wetter schieben. Heute soll es ohne Unterlass regnen, sogar schütten, orakelt der Wetterbericht. Ein Doppeltief nimmt Deutschland in die Zange, und mich hängen sie dazwischen. Dabei lief dieser gestrige Montag doch so gut, rekapituliere die Stationen. Begonnen mit dem massierenden Hydro-Jet, lief zwar nicht synchron, aber das ... dann der Vortrag im Burgschlösschen, begeistert ... aber das kostet ja auch Kraft laut Dr. No, das anschließende Mittagessen in der Anstalt, von dem ich den ganzen Nachmittag diesen üblen Einheitsgeschmack im Munde drehte, überlege ... ob das Glutamat auf das Schmerzempfinden wirkt. Nach einer kurzen gestreckten Mittagsruhe aufs Ergometer, die Pedale gequält und MTT an den Geräten, fürs Schwimmen war es dann um 14.55 schon zu spät geworden, das hätte ich sonst auch noch absolviert. Am Nachmittag in der Cafeteria der Dr. No-Termin-Vortrag mit der Dame in Schwarz, die aufgrund ihrer Körperlichkeit nicht den Weg und die lange Sitzung auf sich nehmen kann, die aber immer mit Begeisterung die lebhafte Wiedergabe, die pointierten Zusammenfassungen anhört, manchmal unsichtbare, manchmal sichtbare Betroffenheit zeigt. Bei einer Tasse Crema oder zwei Austausch über unsere Schmerzen, Ursachen und Folgen, über unsere Befindlichkeit. Dabei die Feststellung, wie gut es uns hier im Hause geht, fernab aller Belastungen und Überforderungen des Alltags auf dem Festland. Wie vermeide ich ein multiples Belastungssyndrom? Ursachenforschung. Der Gedanke an das Abendessen, an weiche ölige Bratkartoffeln mit rotem Blümchentee, würgte nur kurz in der Erinnerung. Der anschließende langsame Spaziergang mit der Dame in Schwarz bis zum Wendehammer der Kastanienallee war dagegen eine wohltuend anhaltende Entspannung und eine Annäherung an die Grundlagen des Belastungssyndroms. Vor der Anstaltstüre fing mich dann dieser stets nervöse Herr Detlef mit der Atemnot mit ein paar wehenden Blättern in der Hand ab, Ich muss dir was erzählen. Seine Begeisterung über den Strudelwurm, er hatte am Vormittag in seiner Gruppe einen Vortrag darüber angehört, verhaftete mich zu einem fünfzehnminütigen Stillhaltestand, daran erinnere ich jetzt schmerzhaft. Die Pflastersteine unter meinen Ledersohlen bohrten sich derweil einzeln in meinen Rücken, krochen durchs ISG in die Lendenwirbel. Ich konnte ihn doch nicht einfach so stehen lassen mit seinem Strudelwurm in der Hand. Jetzt, da ich darüber nachdenke, den Ursachen auf den Grund gehe, wird mir klar, ich hätte ihn stehen lassen müssen, mit ein paar höflichen Worten, brachte es aber nicht übers Herz. Die Summe des Tages, das Dr. No-Fass war übergelaufen. Ja und damit abends ins Bett. In diesem Moment wird mir klar, warum ich mich heute so gerädert fühle, in einer Zementmischmaschine übernachtete, die erst am Morgen zur Ruhe kam. SO WHAT! SHIT! Unterstreiche heftig, Tinte sprenkelt. Blicke nach links aus dem schrägen Dachfenster, Übrigens „Guten Morgen“ Sonnenschein, was schaust du denn so schelmisch hinein, warst für heute gar nicht angesagt. Machst dich wohl lustig über mich. Ein Schelm, wer Besseres da denkt. Vielleicht hilft die heiße Dusche jetzt um 06.31 Uhr, schließe die Morgenseiten und schiebe die Badezimmertüre zu ... Wut verdampft.

Auf dem Weg zum Frühstück werfe ich, wie jeder es jeden Morgen im Vorbeigehen nicht versäumt, einen obligatorischen Blick auf den Info-Briefkasten. Im Fach 305 blitzt ein Zettel. Ein Sonnenstrahl huscht über die Sitzgruppe am Ende des Flurs. Öffne das Fach: *Terminänderung!* Der heiß ersehnte Flug mit dem Kranich bei Frau K fällt aus. Auch Kraniche werden mal krank und sind dann flugunfähig. Dafür gibt es, kurzfristig um 07.30 Uhr eingeschoben, eine klassische Massage beim polnischen Hünen mit den großen Schaufelhänden. Nun aber fix in den Frühstückssaal. Guten Morgen zusammen, bitte nur einen schnellen Kaffee ... sage ich und halte der Schnellen Inge die Tasse hin damit nichts daneben geht ... möchte ja nicht Schlabberbrühe dazu sagen, man möchte ja höflich bleiben und keinen verletzen. Was ist los mit dir ... schaut die Dame in Schwarz besorgt ... heute einen schwarzen Tag ... und versucht zu lächeln, Nein, nur schwarzen Humor, gebe ich mit hochgezogenen Augenbrauen zurück, Mein Flug mit dem Kranich ist wegen Fluguntauglichkeit ausgefallen, ersatzweise aber gleich eine handfeste Massage, knurre ich wie ein angezählter Hund, und ein rotgeschminktes Lächeln heitert mich dennoch auf, Dann lass‘ dich einfach verwöhnen und schließe die Augen und träume schön, Danke ... bin aber gleich zurück zum Frühstücken, seid Ihr dann noch da. Ich habe erst um Neun meinen Termin, wirft die Schnelle Inge den Satz flach über den Tisch und zuvor noch eine Überraschung für euch. Also dann bis gleich, verabschiede mich, Gehe noch schnell eine rauchen, bis dann, freue mich schon auf die Überraschung, stehe auf und nehme den halben Kaffee mit raus.

08.03 Uhr Schwebe massiert zurück zum Frühstückstisch. Und wie war der Ersatzflug mit dem polnischen Hünen ...

fragt die Dame in Schwarz … gut geträumt, und bestimmt möchtest du jetzt noch einen starken Kaffee zum Aufwachen in der Realität … und greift, ohne auf meine Antwort zu warten, nach der roten Kaffeekanne. Sie beherrscht virtuos und feinfühlig die leise Sprache der feinen Ironie. Super … und ja, gerne … war ja tiefentraumentspannt, retourniere ich und strecke ihr meine Tasse entgegen. Die polnischen Schaufeln glätteten alle krausen Verspannungsfalten, die sich in der Nacht auf der Sprossenwand so verknittert hatten, schließe ich und fahre mit beiden Händen übers strahlende Gesicht … und verbindlichen Dank für diesen herzschonenden Kaffee. Zum Dank gibt's jetzt auch die Überraschung, quirlt die Schnelle Inge mit Ungeduld über den Tisch, entknotet vorsichtig ein rotkariertes Tuch und enthüllt mit einem Siegerstrahlen, Bitte schön … vier perfekt weich gekochte Eier, sogar echt Bio, habe sie gestern extra in der Stadt erstanden und heute Morgen auf dem Zimmer im Wasserkocher zubereitet, ohne dass mir das Thermostat um die Ohren flog. Na, wenn das mal nicht die Heeresleitung erfährt, witzele ich und schlage dem Ei den Kopf ab.

08.45 Uhr Körperwahrnehmung & Achtsamkeit. Gruppentermin bei Frau Meysel, die immer noch nicht Inge heißt, mir aber mit Humor begegnet. Da sitzen wir alle erwartungsvoll ohne Schuhwerk im Gymnastiksaal. Hier und gegenüber an den weißen Wänden je eine gepolsterte Stuhlreihe, hier vier Männer, dort sechs Frauen, und ich kann mir den Satz bei diesem Anblick nicht verkneifen, Das ist ja wie im Landgasthaus zur Alten Kastanie am Samstagabend. Es ist Damenwahl, meine Herren. Und die Lacher erhellen den Tanzsaal. Und als dann Frau M, kniend in der Mitte des Saales, wir alle reihum stehend, uns in einem großen aufgeschlagenen Körperbuch die Abbildung des Zwerchfells zeigt, die Funktion erläutert, erklärt, dass das Zwerchfell nicht Zwergfell heißt, es vielmehr für das Volumen im Bauchraum verantwortlich sei, da kann ich auch in diesem Moment nicht anders, Ach, dann sind es ja gar nicht die Biere, die bei den Männern für die Bäuche verantwortlich sind. Lachen lässt den Schmerz verklingen und mit Humor am besten verringern. Die Zeit ist knapp.

10.15 Uhr Papstvisite im Chefbüro, ermutigende Worte. *Allez!*

10.35 Uhr Wedelt ein grüner Taxischein zum Burgschlösschen.

>Dr. No Burgschlösschen, die V.< Dr. No schließt die Fenster bei strömendem Regen, notiert: *www.dgss.org* und bittet die Anwesenden um Aufmerksamkeit. Dort auf der linken Seite finden Sie die Patienteninformationen zum Schmerz, surfen Sie einmal dort hin, surft zum Publikum und startet ohne weitere Einleitungen den Vortrag. Morgen ist ja dann der sechste, der letzte Auftritt, wird mir bewusst, öffne das Schreibbuch, lehne mich zurück, mein Montblanc betitelt eine neue Seite: www.dgss.org – Dr. No Burgschlösschen, die V.
Aufklärung unterstreicht der Edding das erste Vortragswort auf der Tafel, Frauen sind schmerzempfindlicher als Männer ... eröffnet Dr. No sein inneres Repertorium, registriert die erstaunten Gesichter der Schmerzgeplagten ... außer in der Schwangerschaft und erntet von der Weiblichkeit bestätigen-

des Nicken. Außerdem sind Frauen feinfühliger ... fügt er ganz offen an. Denke an mein letztes Gespräch mit der Dame in Schwarz ... auch Männer können sehr feinfühlig sein ... und sie blickte mir sehr lange in die Augen.

Die Arthrose ist nicht entscheidend ... holt mich Dr. No aus den Gedanken zurück ... entscheidend sind die Schmerzen. Eine Arthrose, schreibe formschön *Art-Rose*, lässt sich, dank der heutigen bildgebenden Verfahren, deutlich erkennen, aber nicht immer schmerzt sie. Wenn eine *Art-Rose* Schmerzen bereitet, dann erst durch die dadurch entstandene Muskelverspannung (*nicht durch ihre Dornen*), die sich ja erst viel später über die Jahre als Schmerz äußert. Dr. No steigt jetzt tiefer, detaillierter in die Bandscheibe ein. Zeichnet den Faserring, der um die Bandscheibe liegt, in Rot. Er schützt die Bandscheibe, aber wenn dort ständiger Stress herrscht, entsteht eine Muskelspannung, der Faserring arbeitet nicht mehr richtig, seine zunehmende und abnehmende Funktion wird gestört, dadurch wird er auf Dauer porös und bricht – und – im schlimmsten Fall kann er sogar reißen, dann rutscht die Bandscheibe ungesichert vor. Schmerzattacke! Der Faserring lebt davon, dass er geschmeidig bleibt. Alles ist wie immer im Leben eine Frage der Balance, eine Frage der Bewegung, ein Ausgleich zwischen An- und Entspannung. Er steigt jetzt beherzt mit einem Lächeln von seiner Bühne und steht direkt vor seinem Publikum, Darf ich Sie berühren, fragt er eine junge Dame, die etwas erstaunt aufschaut ... keine Sorge ... nur Ihren Arm, Ja, antwortet ihr fragender Blick, Dann legen Sie ihn bitte flach auf die Stuhllehne auf. Sie folgt etwas verhalten seiner Bitte. Entspannen Sie sich, nichts wird Ihnen passieren. Und wartet.

Nach einigen Sekunden greift er den Arm, hebt ihn kurz an, Ich spüre eine Anspannung, der Arm ist nicht schlaff ... und sie bestätigt seine Beobachtung. Sehen Sie, eine Spannung entsteht schon beim bloßen Wollen, alleine durch die Absicht, durch unsere Erwartungshaltung. Fragt mit seinem gewinnenden Lächeln, Kann es sein, dass Sie mehr wollen als 100% ... und leitet geschickt zum Thema Belastung über. Am stärksten leiden Schmerzpatienten bei Überlastung. Wer kennt nicht die Aussage: *Ich hab' so 'nen Hals*, zitiert einmal mehr den durch Erfahrung klug gewordenen Volksmund. Im Hals- und Brustbereich versammelt sich die größte Spannung. Gedanken und Gefühle an „*etwas*" bereiten uns Stress, Erwartungen, die wir selbst oder die die Umstände an uns stellen, die Angst, ob wir sie erfüllen können, wir nicht genügen, vor allem aber Traumata, die wir in frühester Kindheit erlebt haben und die bis heute in uns wirken können. Die Belastungen sind vielfältig, wir können sie korrigieren, nicht um 100%, aber immerhin um 10% reduzieren, also auf 90%, aber besser noch auf 80%. Das Ziel ist es, dauerhaft unter die Marke von 100% der maximalen Belastung zu kommen ... und das Leben blüht wieder auf, weil es Raum zum Durchatmen erhält. Bestätigendes Seufzen und Kopfnicken, endlich einer, der uns versteht. KÖRPER – GEIST – SEELE sind eine Einheit ... und lassen sich nicht voneinander trennen. Herrscht dort irgendwo eine dauerhafte Spannung, entsteht irgendwann der Schmerz. Was passiert also im Leben ... fragt er, ohne auf eine Antwort zu warten, zieht eine senkrechte Linie. Schreibt links davon, von oben nach unten, die Aktivitäten: Hauskauf / Renovierung, darunter 1. Kind, Umzug, 2. Kind, Beruf, Geschäft. Setzt rechts der Senkrechten daneben die Jahreszahlen von oben nach unten. 1980 habe Rücken, 1983, neben dem ersten Kind, 1. Reha, neben dem Umzug und dem 2. Kind, 1986 Bandscheibenvorfall / OP, neben Überlastung im Job. So einfach und anschaulich stellt er eine aufgesammelte Lebensbelastung dar. Die Summe einer Schmerzursache.

Und welche Rolle spielt das Gefühl beim Schmerz ... leitet Dr. No von der körperlichen Belastung zum Thema *Geist & Seele* über. Alte Erlebnisse, die fünf, zwanzig oder vierzig Jahre zurückliegen, können dabei eine verstärkende Rolle spielen, wir brauchen nur an ein bestimmtes Ereignis zu denken und schon entsteht in unserer Vorstellung der Schmerz, und wir rufen Aua! Als Beispiel und das macht er so liebenswert, spielt er ein Grubenunglück im Bergwerk und einen Verschütteten. Noch dreißig Jahre später und zieht symbolisch eine Decke über seinen Kopf, wiederholt sich die Panik und er erlebt wieder den Schmerz des Verschütteten, dann erwacht plötzlich dieses tief in ihm verankerte Erlebnis. Oder auch die Angst vor Hunden, die manche von uns kennen, da braucht es alleine nur ein Bellen, um die Angst auszulösen. Selbst die Erziehung spielt eine beeinflussende Rolle im Schmerzempfinden. Wachsen Kinder in oder unter einer großen familiären Spannung auf, die stete Leistungssteigerung fordert ... und Monsieur Gris denkt spontan an den Leistungsdruck, der der Dame in Schwarz vom *perfekten* Vater zuteilwurde, denkt an die 1 mit Sternchen, die sie ja hätte auch erhalten können, wenn sie nur ... anstatt dass sie ein Lob für ihre stolz nach Hause getragene 1 erhielt ... so wird die Wirbelsäule krumm, verliert ihre Balance, und Dr. No begründet dies mit der Angst, die die Muskulatur dermaßen verhärtet, dass beim Wachstumsschub in der Kindheit die junge Wirbelsäule ‚ihren' krummen Weg findet. Die Spannung dauert in Folge dann 24 Stunden, 7 Tage, 12 Monate und Jahre an. Zeichnet jetzt, zur bildhaften Unterstützung seiner weiteren Ausführungen, eine einfache, große hohle Strichfigur an die Tafel, markiert mit feinen doppelten Linien waagerecht erst die Stirn, darunter die Schulter-, Ellbogen- und die Handgelenke, dann die Hüft-, Knie- und als Letztes die Fußgelenke. Erklärt, dass alle Gefühle im Bauchraum erzeugt werden, zum Beispiel die sehr bekannte Wut im Bauch wie auch die geliebten Schmetterlinge, und sagt, dass 90% aller Bauchschmerzen von Gefühlen verursacht werden, besonders von den unterdrückten Gefühlen. In den Bauchraum der hohlen Figur zeichnet er ein wildes Knäuel Gefühle ein, die als Angst hochsteigen bis zum Hals, die zu Atemnot oder zum bekannten Frosch im Halse führen, der darin steckenbleibt und uns sogar sprachlos machen kann. Alle Gefühle werden wie *Strom* erzeugt, der mit einem Lichtschalter, dem Solarplexus, angeknipst wird und die Lampen zum Brennen bringt. An diesem Ort, oberhalb des Bauchraums, befindet sich das dichteste Nervengeflecht. Nur leuchten die Lampen nicht dort, sondern ganz woanders auf, meistens in den Gelenken, und gerne schmerzt das Hüftgelenk. Das gestaute schmerzhafte Gelenk wird nach bildgebender Diagnose, wenn möglich, ausgetauscht, im zeitlichen Abgleich mit der Lebenserwartung, also nicht zu früh, aber die Ursache für die Schmerzen, die unterdrückten Gefühle ... werden dabei nicht als ursächlich erkannt, somit nicht beseitigt oder freigelassen. Die gestauten Gefühle verteilen sich im ganzen Körper, die, wie Lampen, bald dort oder dort aufleuchten. Man hat schon Gefühle, bevor sie zu leuchten beginnen, bevor man sie selbst wahrnimmt. Andere sehen sie zuvor möglicherweise in den Augen. Die Augen sind die Fenster zur Seele. Tränen sie erst einmal, und Dr. No zeigt auf sein linkes Auge, dann sprechen wir von Trauer-Tränen, weint das rechte, dann fließen Wut-Tränen. *Wieviel Schönheit empfängt die Seele durch das Auge*, erinnere jetzt an diesen Satz, den ich vor längerer Zeit in einem Text über die Schönheit der Dinge schrieb. Dr. No sagt: Menschen unterdrücken Gefühle durch aktive Muskelspannung. Angst entsteht durch ein *unterdrücktes* Gefühl im Bauchraum. Die Leitungen verengen, bringen keinen fließenden Strom mehr durch den Körper, es entsteht ein Stau, eine ‚*Ver*'spannung. Und dieser Stau hat dann eine Hüftgelenksperre zur Folge. Nehmen wir zum Beispiel die Höhenangst. Es wird in der Höhe ein innerer Druck in dem Betroffenen aufgebaut, der sich plötzlich entleert, ihm sacken die Beine zusammen. Oder nehmen wir den Magendruck, auch hier das gleiche Schema, der Stau steigt, der Strom der Gefühle übt einen Druck auf das Herz aus. Wir spüren eine Enge im Brustraum und im schlimmsten Fall erleben wir einen Herzinfarkt. Zum Schluss seines Vortrags fasst er noch einmal zusammen, nimmt den Edding, vergrößert das wilde Knäuel Gefühle, erklärt, Die Angst im Körper steigt, und der dadurch Gefüllte rennt zu allen möglichen Ärzten, zum Lungenarzt, zum Orthopäden, zum Neurologen, und so weiter … die Angst steigt immer höher bis zu den Ohren, ein Tinnitus klingelt, dann der Gehörsturz, er rennt genervt zum Ohrenarzt, bekommt Cortison injiziert, die Angst steigt weiter an bis unter die Hutschnur, er bekommt einen Tick, wischt sich ein unsichtbares Haar aus den Augen, von der Stirn. Es ist nur ein Gefühl, das ihn zu dieser Handlung veranlasst. Der Augenarzt schaut durch teure Geräte und stellt fest, dass alles mit den Augen in Ordnung ist. Und am Ende der Kette kommt der Schwindel, der noch mehr Angst erzeugt ... ein Erinnerungsblitz an das letzte Gespräch mit der Dame in Schwarz lenkt kurz ab, und Dr. No betont ... sogar eine *vierfache* Angst, die er auslöst, bis hin zur größten Krise ... hält einen Augenblick inne ... die Angst vor dem Tod. Das wird dann so stark, dass man nicht mehr allein sein kann, dass immer jemand da sein muss. Bringt noch einmal alles auf den Punkt, Die Grundursache dieser Entwicklung sind *nicht* die Gefühle, es ist die *Unterdrückung* der Gefühle. Wer von uns kennt nicht diesen ‚bescheuerten' Spruch aus der Kindheit ... ruft er verärgert, *Reiß dich doch mal zusammen! Der Verstand muss die Gefühle kontrollieren!!* Wird noch deutlicher, Gefühle zulassen, zeigen ... *nicht mehr festhalten!! – Gefühl zu haben ist völlig menschlich!!!* sie machen uns glücklich und frei. Nur das Aufstauen bereitet uns die Probleme, nicht die Gefühle. Bühnenabgang mit angedeuteter Verbeugung, Ihnen allen einen schönen Tag, und sammeln Sie leichte Gefühle. Bis morgen ... danke fürs Mitmachen. Kein hörbarer Applaus. Nicht nur ich bleibe stumm und beeindruckt, werde im Nachhinein über so vieles nachdenken und alles an die Dame in Schwarz weitergeben.

Gefühle wollen frei sein.

13.08 Uhr Im physikalischen Anwendungsbereich der Kellerebene flattert die ländliche Frau Snoezelen wie ein Schmetterling durch den Gang. Mit weit geöffneten Armen und unschuldig geneigtem Blick flattere ich ihr entgegen. Sie stoppt, rudert mit kurzen Armen in der Luft und meint nur, Ach, dann nehmen Sie doch einfach meine Decke ... erwidere das wärmende Angebot, Danke ... und zeige mich erleichtert, weil ich wegen der vergessenen Decke nicht ermahnt werde. Witzle: Und der Herr Hausmeister ... sagen Sie mal, dieser Lump, hat er die Fernbedienung denn schon reparieren können? A c h ... der ist doch gar nicht im Haus ... seufzt sie erschöpft mit baumelnden Armen ... außerdem ist die, die den Arbeitszettel für ihn schreiben muss, diese Woche krank. Das kann doch nur die Frau K sein, kombiniere ich, die Leitungsfunktion dieser Abteilung, die wegen Flugunfähigkeit diese Woche weder starten noch landen kann, Obwohl sie doch noch gestern ... Ja, erst heute Morgen hat sie sich abgemeldet, entschuldigt sich der Schmetterling ... also die Einzige, die schreiben kann, schmunzle ich und richte mich, so gut es geht, mit der geliehenen Schmetterlingsdecke im weißen Ruheraum ein. Musik wispert aus den beiden in den Deckenecken hängenden Gitterboxen, derweil mein Körper mehr liegend als sitzend in der Bodenkissenlandschaft eine angenehme Position findet. Weil Hausmeister und Zettelauftrag fehlen, rotieren die Schmetterlinge weiter an der Wand, größer und größer, was aber nicht weiter zu beachten ist. Das Wimmern der bemühten Musik, im versuchten Einklang mit dem kreisenden Insektenlicht, touchiert meine Gedanken, die nicht wirklich Ruhe finden. Öffne die Augen, schaue mich um, bestrebt um Objektivität, nicht werten, nur das, was ich wahrnehme, mit erhöhter Achtsamkeit betrachten, sehe, was ich sehe, und nehme einen Raum wahr, der ohne Liebe oder zumindest mit größerem Mangel davon dem Versuch netter Gestaltung unterzogen wurde, um es einmal höflich auszudrücken. Vielleicht wurde er auch nur so gestaltet aus Unkenntnis seiner Funktion. Nichts in diesem Raum sollte flirrende Gedanken stören oder irritieren, auch nicht jener leicht süßliche Duft von Badeanstaltsaromen, der sich heimlich unter dem Türspalt hindurch in den Raum geschlichen hat. Im Idealfall, so weiß ich, seitdem ich am letzten Wochenende zuhause nach den Hintergrundinformationen googelte, sollte die betreuende Snoezelen-Fachkraft (Begleiter/in) im Vorfeld Lichteffekte, Klänge und Musik, Aromen, Ort der Lagerung, Dauer des Angebots und Inhalt auf die zu betreuende Person abstimmen, so zumindest der Plan der Erfinder. Ich bin doch ein Kind vom Lande, liebe Schmetterlinge und Spinnen … summen die Worte der hiesigen Betreuerin. Mache ihr aber deshalb keinerlei Vorwürfe. Jeder wie er kann. Ihr freundlich kindliches Wesen verwaltet und gestaltet, nebst Fangopackungen, diesen Raum und zeichnet die wahrgenommenen Termine in den Therapieplänen ab. Dabei hätten sie in den letzten zwanzig Jahren, in denen der Raum so blieb, wie er jetzt noch immer ist, alle Möglichkeiten zur Optimierung gehabt. Zeit ist Geld, und Geld ist knapp, erinnere an die Worte von Dr. No. Schmerz sei Dank. Aber zurück zum *Snoezelen*. Der Begriff steht als Zauberwort für süßes Nichtstun. Wurde 1978 von zwei Zivildienstleistenden in Holland im therapeutischen Sinne als eine entspannte Sinneswahrnehmung in angenehmster Atmosphäre entwickelt. Aus dem Holländischen zusammengesetzt, aus *doezelen* und *snuffelen*, *dösen* und *schnuppern*. Gesnoezelt wird in einem *reizarmen* Raum mit bequemster Ausstattung, bei gedämpftem Licht in angenehmer Körperhaltung bei ausgewählter Entspannungsmusik. Das Ziel ist der Abbau von Stress, Minderung von Aggressionen, Kraft *tanken*. Es wirkt sehr entspannend bei erhöhten Schmerz- und Belastungszuständen, derweil die Farben, Gerüche und Musik intensiv auf einem weichen erwärmten Wasserbett für ein dahinfließendes Liegegefühl, zu erleben sind, umgeben von einem angenehmen Duft für die sensitive Wahrnehmung des Selbst. Nehme wahr und plane, zum nächsten Snoezelentermin die eigene Entspannungsmusik und ein sinnliches Duftaroma mitzubringen. Derweil drehen riesige Schmetterlinge schwindelig am Rad, halten wach. Und die, die hier liegen und sehen können, schließen die Augen, die anderen sehen, was sie sehen, ohne zu sehen, andere drehen sich bäuchlings aufs gewärmte Wasserbett in der Ecke und versuchen, unter der umherhängenden Lichterkette zu dösen. Ein jeder, wie er kann, ein jeder, wie er will, heute schreibe ich und döse nicht, und die liebevolle ländliche Raumbegleiterin öffnet die Türe und flüstert, Es ist Zeit ... Monsieur Gris. Gebe ihr dankend die gefaltete Wärme zurück und strebe in die Cafeteria.

Verspüre, auf dem Weg dorthin, noch immer den allumfassenden Geschmack der verwelkten Brokkolirosen vom Mittagessen im Mundraum. Erstaunlich ... und wundere mich nicht wirklich darüber, dass es der Küche immer wieder gelingt, bei gleichem Geschmacksempfinden die Form und Farbe der Speisen zu variieren. Da hilft es auch nicht, die trocken gebackene Hühnerbrust nicht zu pürieren und in Gänze auf die grünen Beilagen zu legen. Dringend benötige ich, vor dem nächsten Termin um 14.00 Uhr zum Autogenen Training bei Frau Z, einen leistungsorientierten starken Kaffee aus dem Anstaltskiosk, hoffe, dass dieser das aus dem Munde nimmt, was nicht wohltut und mir das zurückbringt, was gut tut – den richtigen Geschmack.

13.38 Uhr ... nur ruhig Ihr Knospen des verwöhnten Geschmacks, lange müsst Ihr nicht mehr warten, werde euch bald erwecken. Die weiße Halle ist gefüllt, ein Kommen und Gehen, Kuchenteller und Kaffeetassen kreuzen geräuschvoll, Wortfetztent wirbeln durch die Luft, ein Lachen hier und da, ein Hallo und ein, Ich komme gleich. Entdecke noch einen leeren Stuhl an einem besetzten Tisch gegenüber dem Kioskfenster, Ist hier noch Platz für einen schnellen Kaffee, Sicher … sagt eine fremde Stimme … dann hole ich mir auch noch einen Kaffee. Beim Genuss des Leistungsorientierten lese ich die in Kreide auf einer Tafel vermerkten Tagesangebote des Kiosk: bel. Brötchen mit Ei 1.40 €, mit gek. Schinken 1.60 €, Frikadelle 1.60 €, Früh~~stück~~…*chen* 2.90 €, Schnitzel 3.80 € … das teuerste – na klar! Da hat sich wohl jemand einen Scherz erlaubt. *~Flavour of the Day~* steht als Titel in gedruckter Schreibschrift über den Tagesangeboten. So kommt der gute Geschmack zurück.

TAG 45 MI

Der 44. Tag halbiert die siebte Woche. Um 06.32 Uhr sitze ich, wie fast jeden Morgen, am Schreibtisch unter dem schrägen Dachfenster, stelle mit einem Blick nach draußen fest, dass die Nacht über die Ufer getreten sein muss. Wie schon am Tag zuvor verloren in der Nacht die Wolkensäcke dicke Tränen. Land unter. Knochen rädern im Gebälk. Der 12. BWK und die Rippen poltern durcheinander, das ISG, das Tor zum Arsch, *Excusez moi*, trifft es ganz besonders. Nächtliche Überschwemmungsopfer. Wetterbedingter Kollateralschaden. Hinter der Stirn, die tief über den Zeilen hängt, drückt ein Schweinehund, die Nachtgedanken, die mich wieder und wieder gewendet haben müssen. Wendeschmerz hinterm Frontallappen, papperlapapp, es regnet nur, bestätigt mein erneuter Blick nach draußen. Regentropfen, die an mein Fenster klopfen … sind nur glitzernde Diamanten, die tanzen.

Ohne die lebhafte Frühstücksdiskussion, Wohl nur einen schwarzen Tag, der Herr … Nein, nur schwarzen Humor, die Damen, aber machen Sie sich keine Sorgen, Sie richten das schon … wäre meine Stimmung in den Nachtfluten versunken. Man/frau spricht hier auch von der Tischtherapie, die durch Wort und Lächeln motiviert, die Laune neu sortiert. Da habe ich mich sofort dazu entschlossen, mit Power aufs Ergometer zu steigen und im Anschluss an den Geräten gegen das nächtliche Überschwemmungsgefühl anzukämpfen. Im Nachhinein war das kein Fehler, stelle ich erleichtert fest, obwohl am Morgen noch der einzige steuerfreie Hund, jener jammernde Schweinehund, seine Knochen anknurrte. Für den Rest des Tages verstummt der Hund, duscht sich auf Zimmer 305 mit Vergnügen den Schweinehundschweiß von der Haut und trägt sein englisches ‚Trumpers'-Aftershave mit einem Spiegellächeln auf. Erfrischt, aufgerichtet, wieder beweglich, nimmt er beschwingt die Treppe hinunter in die Cafeteria, gönnt sich um 10:15, körperlich regeneriert, einen kleinen Crema zur Belebung seiner Geistgeister, um für den kommenden Tag an Körper und Geist gerüstet zu sein. Das Taxi hält vor der Anstaltstür, setzt ihn wenige Minuten später, zum letzten Mal, vor dem Seiteneingang des Burgschlösschens ab. Alles hat ein Ende, nur die Wurst … schnalzt der Hund. Dann wollen wir mal, Komm schon …

Dr. No >Burgschlösschen, die VI.< 10.45 Uhr Ein bisschen muffelte es hier noch, begrüßt Dr. No sein Publikum, das die vertrauten Plätze einnimmt, derweil er die weit geöffneten Fenster hinter ihnen schließt und sofort ins Thema einsteigt. Ganz viele Menschen leiden darunter, dass sie zum Arzt gehen mit ihren Schmerzen und er sie nicht versteht, sie nicht nach den Ursachen fragt. Das allerwichtigste ist aber, ‚*sie*' zu fragen, nach *ihren* Ängsten, *ihren* Gefühlen, ergo nach den Überforderungen zu forschen, wiederholt er gebündelt die Essenz der letzten Stunde. Es ist so wichtig ... betont er weiter ... dass wir dafür einen Gesprächspartner finden.

Ja ... den habe ich hier gefunden. Denke an die vielen offenen, ehrlichen Gespräche, die ich mit der Dame in Schwarz, nicht nur über die Schmerzen, sondern auch über die Begeisterung für das Leben, trotz des ständigen Begleiters, geführt habe und weiterführen werde. Da bin ich voller Zuversicht. Und nicht nur, wenn ich ihr im Anschluss an die Vorträge von Dr. No das Erfahrene weitergeben darf. Wie glücklich wir uns beide fühlen, endlich ein Verstehen gefunden zu haben, ohne Erklärung und Übersetzung, ein jeder für den anderen ein geduldiges Ohr hat. Nach zweiundzwanzig Jahren Schmerzodyssee einen vertrauensvollen Gesprächspartner zu finden, ein Verstehen ohne Vokalbelheft in der Hand, der sich, mit fast gleicher Historie, nach Austausch und gegenseitiger Stärkung sehnt. Zweiundzwanzig Jahre irrst du durch die Nicht-Verstehens-Wüste, redest in einer Fremdsprache, die keiner außer dir spricht, keiner wirklich versteht, da kannst du erklären und übersetzen wie du willst, aber niemand wird das so empfinden können, der es selbst nicht spürt, Tag für Tag. Aber wenn du dann jemandem begegnest, der über so lange Zeit Gleiches erlebt hat wie du selbst, fühlst du dich, als hättest du eine blühende Oase in der Wüste betreten.

Im Solarplexus beginnt der Strom der Gefühle, holt mich Dr. No aus meinen Oasengedanken zurück, fügt auch gleich eine seiner plastischen Beispiele für diese Aussage an. Da geht eine Frau zum Neurologen, weil ihr Knie mehr und mehr anschwillt, das Knie wird mehrfach punktiert, schwillt ab, aber bald wieder an, es wird über eine Operation verhandelt, im schlimmsten Fall an eine Amputation gedacht, bis sie durch einen glücklichen Umstand im Krankenhaus den Kontakt zur Chefärztin bekommt. Ein OP-Termin steht schon fest. Was passiert dann. Die Chefärztin nimmt sich Zeit, fragt die Frau nach der Ursache, fragt und fragt und gibt nicht auf, fragt solange, bis sie erfährt, dass die Frau in ihrer Kindheit sehr oft und ordentlich ‚*verarscht*' wurde, so drückt sich Dr. No ganz charmant aus, wenn er sehr überzeugend klarstellt: *Die Gefühle stecken fest!* Sie bewirken diesen Stau im Knie. Es folgten weitere Gespräche mit der Chefärztin über den schmerzhaften biografischen Stau. Die Frau fand endlich diesen Raum, um ihre Gefühle ‚*auszudrücken*'. Die Schwellung verschwand bald darauf, der angesagte OP-Termin wurde abgesagt.

Dr. No dreht begeistert auf, legt mit sonorer Stimme nach: Ein Kind bekommt Fieber, es wird gemessen und gemessen, keiner findet eine Ursache. Bis in Gesprächen herauskommt und das Kind unter Tränen sagt: *Der Papa ist weg.* Die Eltern hatten sich scheiden lassen. Das Kind litt unter einem Gefühlsstau. Nach dem Besuch des Vaters im Krankenhaus und anschließenden Gesprächen mit seinem kleinen Sohn sank das Fieber und stieg nie wieder an.

Wer sein Haus aufräumt … fasst Dr. No knapp zusammen … der wirbelt auch Staub auf. Oh … der Schreck ist zuerst groß, aber danach beginnt ein neues Leben … und fährt fort, Wer das Weinen vermeidet, der staut seine Gefühle, verspannt somit seine Muskeln. Sehen Sie … auf einer Beerdigung entsteht im Hinterbliebenen eine tiefe Traurigkeit, wir kennen dann das Schlucken, der Stau im Hals, das Weh!

Am Beispiel Knie möchte ich es nochmal verdeutlichen. Der allererste Befehl geht vom Gehirn ans Knie, dann laufen wir. In vielen Lebenssituationen haben wir die Wahl zwischen zwei Befehlen, soll ich … soll ich nicht. Geh ich … oder bleibe. Flucht … oder verharren? Dann wird die Spannung groß, bis der Schmerz das Knie erreicht. Der Schmerz verstärkt die Spannung und wir geraten in einen Kreislauf. Wir kennen ja alle den Spruch, *den Ärger runterschlucken* … oder … *das hat er sich zu Herzen genommen*. Darum ist die ganzheitliche Betrachtung des Menschen so wichtig, dann erst lässt sich ein Problem erfolgreich wandeln. Auch so ein widersinniger Spruch, den wir ja alle gut kennen, der da heißt: *Reiß dich doch mal zusammen*. Aber wie denn, scherzt Dr. No, das können ja nur die Muskeln, also … *Dann kotz dich doch mal aus* … auch das hilft ja nur kurzfristig, besser ist es, immer nach der Ursache zu fragen, den Stau zu ermitteln. Der Ärger, die Wut hat es schwer, sich auszudrücken, das Gefühl der Traurigkeit … es entsteht sozusagen ein Stausee in uns, der dann in Form von Tränen überläuft. Die Ursache für ein Verhalten im heute liegt oft in der Kindheit, in der Erziehung, es wird vieles unter den Tisch gekehrt, verschwiegen. Wie oft hören wir, Ach sei still, Kind. Papa sagt so und Mama so, was geschieht im Kind? Es bekommt ein verzerrtes Bild, hat kein klares Vorbild, an dem es sich orientieren kann, will weder Papa noch Mama sein. Es wird innerlich zwischen zwei Polen zerrissen, was die Eltern nie wollten, aber das Kind weiß ja nicht, wohin mit sich, lernte so nie, seine Gefühle wirklich zeigen zu können.

Dr. No gewährt uns Zuhörern eine kurze Atempause zur geistigen und emotionalen Hör-Verdauung, leitet mit einer geometrischen Zeichnung zu seinem letzten Kapitel der Vortragsreihe über. Auf die Spitze des Dreiecks der menschlichen Einheit setzt er den GEIST (*daneben in Klammern ... Denken, Glauben, Verstand*) an die untere linke Spitze KÖRPER, rechts SEELE (*in Klammern ... die Gefühle*). Widerfährt Ihnen etwas Angenehmes, da frage ich Sie, tut Ihnen das gut. Was geschieht hier nun ... und zeigt auf die drei Spitzen des Dreiecks, Schauen Sie ... der Körper *atmet auf*, der Geist sagt, *Ich glaube schon*, und die Seele spürt, *dass es schon besser geht*. Aber warum habe ich Schmerzen? Dann frage ich mich: Wovon habe ich zu viel, das mir schadet, und wovon habe ich zu wenig, das mir gut tut. Wir müssen also immer wieder Körper – Geist – Seele auftanken. Was passiert, wenn wir das nicht beachten. Irgendwann ist unser Tank leer. Wir brauchen vier Dinge zum Überleben! – Nahrung – Bewegung – Schlaf – Entspannung. Ein Beispiel zur Nahrung. Sie bekommen alles, was Sie brauchen, nur wird Ihrem Essen das Vitamin entzogen, was passiert: Tod durch Skorbut. Wichtig ist also eine *gesunde* Nahrung. Nichts ist teurer als schlechtes Essen! Unterstreicht er sehr deutlich. Mit einem Lächeln, bejahend, blicke ich von meinen Notizen auf. Ein Drittel aller Krankheiten weltweit könnten durch richtige Ernährung geheilt werden. Da melde ich mich zum ersten Mal zu Wort, Ja, bitte ... Sie haben eine Frage, Ja, aber warum arbeiten dann die Köche mit Händen und Füßen gegen diese Erkenntnis ... besonders in Kliniken, Kur- und Krankenhäusern. Die Antwort schoss wie aus der Pistole, Schau nach dir, du bist für dich selbst verantwortlich, schaue nicht nach den anderen ... schweige getroffen, verstehe ... was er damit sagen möchte.

Dr. No fährt mit seinem Vortrag fort und bremst beim zweiten Überlebenspunkt, der Bewegung. Der Muskel spannt sich an, ernährt sich, und bei der Entspannung wird die aufgenommene Schlacke abtransportiert. Und schlechter Schlaf, der dritte Überlebenspunkt, macht dich dick, dumm und krank, am Ende haben wir dann Diabetes. Und bei den Gefühlen läuft das so: durch eine aktive Muskelentspannung kommt zwar der Körper zur Ruhe, dafür tauchen die Gefühle wie Luftblasen aus dem Untergrund des Bewusstseins auf. Zum Beispiel im Autogenen Training. Sie werden bemerken, dass Sie dabei immer unruhiger werden, je mehr sich die Muskeln entspannen, oder auch abends im Bett werden sie das bemerken. Wer kennt nicht das Kopfkarussell. Entspannung, der vierte Überlebenspunkt, befreit das Gefühl, denn Gefühle lieben die Freiheit. Und auch unser Geist braucht Nahrung, er braucht eine Beschäftigung, er muss wissen, warum er morgens aufsteht. Ein Beispiel: Er ist gestorben, und ein halbes, dreiviertel Jahr später folgt sie ihm. Sie sah keine Aufgabe mehr in ihrem Leben. Und mir wird in diesem Augenblick schmerzlich bewusst, warum meine Mutter letztes Jahr einfach verstarb, sie folgte ihrem verstorbenen Mann genau einen Tag vor seinem nächsten Geburtstag, sie wollte ihn nicht ohne ihn feiern, alleine sah sie keine Aufgabe mehr für ihr Leben. Der Geist braucht also eine Aufgabe, resümiert Dr. No, etwas, worum er sich mit Begeisterung kümmern kann. Als Paar ist das einfacher, da kann und muss der eine den anderen auch mal überreden, etwas zu tun oder etwas Neues zu lernen. Oder sagen: Lasst uns mal wieder ins Kino, ins Theater, in die Oper gehen, oder machen wir mal wieder einen Ausflug zusammen. Im Nachhinein ist die Reaktion meist, Schön, dass ich etwas Neues kennenlernte, schön, dass wir das gemacht haben. Und zuvor hat es ja so viele Gründe gegeben, die ‚*das*' immer abgesagt haben.

Kommen wir zum letzten Punkt der Einheit Mensch, zur Seele, und fragen uns, welche Nahrung für sie wichtig ist. Heimat und Liebe wohnen in ihr. Heimat ist ja nicht nur der Geburtsort. Die wichtigste Heimat ist hier drin, und Dr. No führt seine rechte Hand zur linken Brust, sie ist da, wo ich mich wohlfühle, im Urlaub, zuhause, in der Ehe, in der Familie. Sie ist Liebe, die wir nehmen, Liebe, die wir geben. Dann erklärt er die Liebe: Die einzige Liebe, die wir geben, die selbstlos ist, ist die Liebe zum eigenen Kind. Darum darf man/frau von den eigenen Kindern nicht die Liebe zurückerwarten, die man/frau ihnen gibt, dann verkümmern sie. Und weil die Liebe die Energie zum Überleben ist, müssen wir die Kinder loslassen, ansonsten ist das seelischer Missbrauch. Liebe, die wir austauschen, die finden wir beim Partner.

Wie wichtig das *Selbst* ist ... sagt Dr. No immer wieder, *Mein* Leben steht an erster Stelle, ohne Leben gibt es keine Liebe, ohne Leben keinen Glauben, deshalb steht der Partner in unserem Leben an zweiter Stelle, an dritter Stelle stehen die Kinder. Wer kennt nicht die Aussage im Alltag, „*Mama, komm mal rüber … hier läuft gerade ein Film*“, sagt der Mann zu seiner Frau. Dr. No verdreht nicht wirklich die Augen auf seiner Bühne, betont aber liebevoll, Kehren wir lieber sprachlich zurück zu *Mann* und *Frau* und schicken die Kinder in die Wüste. Die Kinder sollten die Eltern ‚ehren‘. Ehren das Werk der Eltern, das eigene Leben. So … das waren die sechs Bausteine für das Haus des Lebens. Danke. Und beendet hiermit seine hochspannende, seelenvitaminreiche Vortragsreihe. Wir sehen noch, wie alle ihre Therapiepläne abzeichnen lassen und eiligst zum Mittagstisch strömen. Ich warte ab, bis ich mit Dr. No alleine bin. Herzlichen Dank an Sie, es hat so wohl getan, Ihren Worten zu folgen. Sie flossen wie Balsam auf meine wunde Seele, es war ein so klärendes Auftanken, um Ihre Worte zu nutzen, endlich jemanden gehört zu haben, der das jahrelange Leiden des Schmerzes versteht und uns so anschaulich und verständlich die Ursachen und Zusammenhänge erklären konnte. Dafür meinen tiefsten Dank, Dann achten Sie bitte weiterhin auf sich, vor allem, wenn Sie wieder nach Hause kommen, da wird erst die Arbeit beginnen. Ich wünsche Ihnen sehr viel Erfolg dabei. Und bitte nicht den Mut verlieren, es ist ein langer Prozess, aber er wird belohnt werden. Bleiben Sie dran, Sie sind wichtig, achten Sie auf ihr Ich, auch wenn Sie gelegentlich ins Stolpern geraten, das ist ganz normal, Eine Frage bitte noch, wäre es möglich, dass Sie Ihren Vortrag auch einmal für die Insassen auf der Kastanieninsel halten könnten. Ich habe bemerkt, als ich dort von ihren Vorträgen berichtet habe, wie groß das Bedürfnis nach solchen Worten ist, Leider lässt das meine Zeit nicht zu, aber danke für Ihre Anregung, ich werde aber den zuständigen Therapeuten einige Kopien meiner zusammengefassten Vorträge zukommen lassen, Vielen Dank und auch Ihnen eine gute Zeit, und bleiben Sie bei Ihrer grundehrlichen Überzeugung, Ja. Versprochen. Ein respektvoller Abschied mit langem Augenblick und festem Handdruck.

An der betriebsamen Rezeption des Burgschlösschens bestellt mein geflügeltes Wort: *Einen Raumgleiter für die Rückfahrt zur Anstalt.* Um 12.45 Uhr sitze ich alleine am späten Mittagstisch zum Mehr- oder Weniger-Rettich am Tafelspitz. Nach wenigen stummen Gabeln verlasse ich die Tafel, rauche schnell eine VanNelle an der Nachrichtenbank, wechsle das eine oder andere freundliche Raucherwort und schließe um 13.00 Uhr die Tür zur Gesprächskur bei Frau A.

Und, soweit wir das erkennen, geht er mit erhobenem Kopf, strahlendem Gesicht und aufrechtem Gang ins Einzelgespräch mit seiner Therapeutin. Wir warten geduldig am Ende des Flurs. Wenige Türen öffnen und schließen sich. Der Aufzug bringt oder nimmt einzelne Passanten, sie hinterlassen im Vorbeigehen flüchtige Grußspuren. Das Licht dreht, gießt einen schmalen Schatten auf die Sitzgruppe in der Wartezone. Um 14.00 Uhr öffnet die Gesprächstür, ein Lachen zur Verabschiedung schwingt heraus, wir sehen, dass Monsieur Gris einen roten Erlaubnisschein in der Hand hält für einen ‚Hofgang'.

Bestens gelaunt und motiviert packe ich vergnügt ein paar Wäschestücke zusammen, sehe mich eine Weile im Zimmer um, Ich komme ja wieder … nehme mein schwarzes Schreibbuch, fülle den Montblanc auf und stecke ihn in die Innentasche meines Zweireihers. Das perlmuttfarbige Licht lockt, gehe noch einmal zurück, öffne das schräge Dachfenster bis zum Anschlag, in meinem Gesicht spiegeln sich freundliche und leichte Gedanken. Mit tiefen Atemzügen gleiten Träume über die benetzten grünen Kastaniendächer in die Ferne. Mir ist als könne ich in die Zukunft schauen. Leichten Herzens denke ich über so vieles nach, über das, was ich hier alles erfahren und gelernt habe. Reflektiere darüber, und es wird mir so richtig bewusst, dass meine Schmerzen zwar immer noch existieren, ich aber gelernt habe, sie als Gesamtheit meines Seins zu akzeptieren und ihnen nicht mehr die Priorität im Leben zu geben. Zu sehr fühle ich mich mit dem bereichert, was Körper, Geist und Seele erlebten und erleben, und es scheint so, da bin ich noch etwas vorsichtig, dass mir klargeworden ist, dass man/frau mit Schmerzen leben kann, auch wenn sie nie ganz schwinden, und zwar dann, wenn etwas die Seele stärker begeistert als der Schmerz an Kraft entwickeln kann. Der Schmerz, den du heute fühlst, ist die Kraft, die dich morgen trägt.

Wir erlauben uns an dieser Stelle zu behaupten, Monsieur Gris erlebe einen Perspektivwechsel. Auf einem losen Zettel, den wir in diesen Tagen zwischen den aktuellen Seiten erblickten, stand in schnellen Bleistiftworten dieser Satz: *Ich habe mich verändert. Eine Veränderung genügt, und plötzlich wird etwas, das man bis dahin nicht beachtet hat, unglaublich sichtbar und überwältigt einen.*

Bevor ich mein Zimmer verlasse betrachte ich mich äußerst zufrieden im Spiegel, lasse das weiße Laken wieder über den Spiegelglanz fallen, gehe noch einmal zum Schreibtisch zurück, fast hätte ich es vergessen, stelle die gepackte Tasche kurz ab und werfe eine Valoron ein, sicherheitshalber, gegen die und wegen der flüsternden Schmerzen in Knie und Rücken. Vor allem aber vorsorglich, für den langen Abend, der vor mir liegt und meine ganze Aufmerksamkeit fordern wird. Mit der Begeisterung, die nach den verlorenen Jahren wie eine Blume neu erwacht und nun mit lustvoller Farbe aufblüht und von den Anstaltserfahrungen getragen, werde ich die Schreibgruppe ein weiteres Mal zum kreativen Schreiben motivieren. Tankte viel Energie und Selbstvertrauen in den letzten Wochen und konnte Verschüttetes freilegen. Flügel der Begeisterung tragen mit neugewonnener Leichtigkeit durch die Zeit, angetrieben durch eine voll aufgeladene Batterie, wie Dr. No jetzt sagen würde. Nicht nur die Vorträge des Dr. No trugen zu meiner positiven Stimmung bei, sondern, sogar maßgebend, die anschließenden Wiedergaben an die Dame in Schwarz am kleinen Konferenztisch in der Cafeteria, samt Schümli und Pralinen. Diese beflügelnde Lust und Freude, die ich in den letzten Wochen auf der Kastanieninsel wiederentdeckte, sind wie ein Geschenk fürs Leben. Dankbar für eine innerliche Befreiung, ein Entfesseln von Verkrustungen, eine Aufhellung all der vergangenen dunklen Tage, Wochen, Monate, Jahre. Selbstbewusst strahlend mit leichtem Fuß verlasse ich das Anstaltsgelände, verbringe einen erfolgreichen und heiteren Abend mit der motivierten Schreibgruppe und einen willkommenen Abend bei Lila zu einem kleinen Imbiss. Punkt 22.56 nehme ich Abschied vom ‚Hofgang'. Am Ende eines begeisterten Tages schließen sich die Glastüren der Anstalt hinter mir. Aufgetankt und zufrieden. Der sprachliche Wandel zum ‚Hofgang', wenn ich die Anstalt an einem Mittwochabend verlasse, das wird mir jetzt bewusst, gibt mir einen Hinweis darauf, dass ein Perspektivwechsel begonnen hat, aber noch nicht vollendet ist. Nicht ungewöhnlich nach so langer Zeit an einem anderem Ort, den ich inzwischen wie ein Stück Heimat betrachte. Heimat ist dort, wo sich die Seele wohl und zuhause fühlt und Anerkennung erhält. Immerhin leben die Gedanken, Notizen und Bewegungen seit 45 Tagen auf dieser Insel. Und ich stelle fest, dass das fotografische Schreiben, wie ich es nenne, mir mehr und mehr Freude bereitet. Erste Tintenflüsse nach Jahren des Schweigens.

TAG 46 DO

Wir werden diesem Perspektivwechsel von Monsieur Gris aufmerksam folgen und unsere Berichterstattung mit allem Respekt in seinem Sinne weiterführen, versuchen, uns mehr und mehr zurückzuziehen. In Kenntnis der weiteren Aufzeichnungen, die jetzt persönlicher und detaillierter seine Gedanken offenbaren, lassen wir diese zumindest weitgehend, so gut uns das gelingen mag, selbst sprechen und beschränken uns auf wenige Anmerkungen oder mögliche Schlussfolgerungen.

Heute ist Vatertag, wie ihn der Volksmund und die *Merci-Supermarkt-Werbung,* nicht nur zum Muttertag, so nennen. Für mich ein intensiver Tag, der mit folgendem Titel beginnt: 07:15 >Mein spätestes Frühstück.<

Eine halbe Stunde später stehe ich etwas verträumt mit dem Rücken gen Frühstückssaal, die leere obligatorische

Trinkflasche in der Linken, die Rechte drückt den Edelstahlknopf der Heilwasser-Spenderanlage und füllt ‚Stilles' Wasser in die Leere. Wie mehrmals am Tag. Gutes Wasser ist der Quell allen Lebens. Der linke Knopf bleibt unberührt. Zu viel Kohlensäure sprudelt dort heraus, wo es doch besser ist, dem Körper so wenig Säure wie möglich zuzuführen, gerade für Schmerzpatienten. Balance für die Basen. Das und vieles mehr lernst du im Laufe der Schmerzhaft. Eine bunte Wortknäuelwolke schwebt durch die halb geöffnete Doppelglastüre, drängelt heraus, fädelt über die Schulter, dringt ins linke Ohr. Obwohl die Väter heute alle unterwegs sein sollten, immerhin ist doch Vatertag, bollern viele nicht durchs Grün. Ich bin keiner und bleibe. Der Saal ist halbvoll oder halbleer, je nach optimistischer oder pessimistischer Wasserglasperspektive. Auf jeden Fall ist Feiertag, halbvoll oder halbleer. Einige sind heute verreist, Männer wie Frauen, ausgeflogen für einen Tag, Auszeit aus der Anstalt. Heute keine Anwendungen, keine Sitzungen, keine Visiten, keine Termine. Da bleiben einige länger liegen, endlich einmal ausschlafen, auf den Matratzen liegen, die so oft in traurigen Anstaltsliedern besungen wurden. Da erklingt, meist an der Raucherbank, die Strophe über die tiefen Kuhlen, das nervige Knistern der Matratze beim Einschlafen, das dir bei jeder Bewegung des Kopfes, nur knisternde Gedanken einhaucht und eine zweite Strophe wird auch gerne gesungen über die Härte der Beklagten, aber nur selten über ihre Weichheit, Sanftheit, je nach persönlichem Erleben. Alles ist eine Frage der Perspektive.

Schon beim Eintreten nehme ich wahr, wie die, die nicht ausgeflogen sind an diesem Feiertag, die im Frühstückssaal zwischen sich Lücken lassend Platz genommen haben, dennoch einen ganz ordentlichen Dauerton produzieren können. Oder sind meine Ohren nur empfindlicher geworden, trainiert durch das feine nächtliche Knistern, das durch eine die Matratze gegen nässende Unbill schützende Plastikfolie erzeugt wird, so oft besungen in einsamen Nächten der Stille und der Seelenheilung. Selbst habe ich eine klang- und klaglose Nacht verbracht, angeknistert versunken und traumlos aufgewacht. Suche nun meinen Tisch Nr. 9 auf, ungewohnt diese morgendliche Leere. Die Dame in Schwarz wurde gestern Abend von ihrem Partner abgeholt und wird erst heute Abend zurückkommen. Eine erste Tasse Anstaltskaffee versucht die Gedanken zu beleben. Die Augen gönnen sich einen Rundblick, bevor ich in aller Ruhe weiterschreibe. Observiere gelegentlich, hier und dort, ein stummes Nicken, welches den einen oder die andere oder auch jenen grüßt. Der Anstaltskaffee regt nicht wirklich an, dafür aber auch nicht auf. Er wärmt, immerhin. Bleibe nicht allzu lange alleine, aber lange genug für den Anfang eines ungewöhnlichen Tages. Da sehe ich die Schnelle Inge durchs halboffene Glas nahen, sie trippelt mit forsch gesetzten Schritten auf mich zu. Meine neue Tischnachbarin ist stets gleich gekleidet, Grauschwarzrot meliert mit unscheinbaren Farbsprenkeln untermalt, meliert vor allen Dingen, wie man/frau so sagt, wenn ein Fleck nicht sofort ins Auge springen soll, die weich flatternde Bluse ist selbstreinigend und selbstbügelnd, so meine Vermutung als Mann, aber wissend ums Material, welches das feste Hüftgold ihrer frühen 60iger Jahre schmeichelhaft umspielt. Flott zappelt ein kleines schwarzes Handtäschchen an ihrer Schulter. Schon sitzt sie mit einem seufzenden langgezogenem *A c h* … neben mir, füllt eine erste Tasse Kaffee und sofort sprudeln die Worte, immer die gleichen Wendungen, die nie müde werden, sich zu wiederholen. Je und je, zur Betonung ihrer gesellschaftlichen Stellung, folgen ein, zwei, drei markierende Worte ihres Wertes, wie unabsichtlich fallengelassen, was man/frau daran erkennt, dass das gesprochene wertvolle Wort der Unterstreichung so gerne wiederholt wird, nur um ganz sicher zu sein. Nach dem ersten Wortfluss springt die Schnelle Inge auf, tippelt zum Frühstücksbuffet. Das kleine schwarze Täschlein sitzt derweil bequem auf ihrem Platz Nr. 4 und schweigt, neigt sich erschöpft ein wenig zur Seite. Welch eine Wohltat. Ihre Besitzerin wird alles Unausgesprochene recht bald, recht schnell, recht lange zum Leben erwecken. Zwei Minuten später schrillt der Wortwecker an mein rechtes Ohr, das Gott sei Dank schon seit der Kindheit nur Halbes hört. Lausche wortlos den Wiederholungen, trinke still einen zweiten Kaffee.

09.31 Uhr Meine erste Zigarette auf der Raucherbank, die ganz verlassen auf ihren krummen Beinen steht, dunkel getränkt von der Nässe der letzten zweiundsiebzig Stunden. Rauch steigt auf. Mit Champagnerregen schleicht die Nässe aus. Ob es das war. Mit dem Regen. Ob die Sonne wiederkommen wird.

Mein Plan für heute. Den Vatertag alleine verbringen, im Sonnenschein die ‚Seerosenterrasse' im Inselpark besuchen, mir ausnahmsweise ein Stück Kuchen gönnen, alleine für ein, zwei Stunden unter der grün-gestreiften Markise sitzen, meine Gedanken wie Schiffchen über den See gleiten lassen, unter die Gischt der rauschenden Wasserfontäne mich für eine Zeit davonträumen und das zu Observierende notieren. Wie auch das Wetter werden wird, die Hoffnung stirbt zuletzt. Na dann, wohl denn. Bei einer starken Tasse Crema in der Cafeteria schreibe ich den Vormittag ins Buch.

Schräg hinter mir zwei strumpfstrickende Hände im blassen Morgenlicht, am Tisch parkt ihr Rollator. Grüsse freundlich zum halb fertigen Strumpf, eine leise Masche schickt tief versunken den Gruss zurück. Drei Meter entfernt, nach links versetzt, vor der weißen Wand, hängt ein schlanker blauer Trainingsanzug mit einer polierten Bowlingkugel auf dem hageren faltigen Hals, vornübergebeugt in fest verschränkten Armen und denkt. Denkt über gut sechzig Jahre alte Gedanken nach. Ein akuter Gedanke donnert unhörbar, richtet die Gestalt blitzartig auf. Die schwarze Brille, von fahrigen Händen schnell gerichtet. Greift rasch in die Tasche, fischt ein Kabel heraus. Schwarze Ohrstöpsel flüstern Gedanken oder süße Musik in zwei zu große Ohren. Mit gefalteten Händen, das linke Bein jetzt lässig auf das Tischchen neben dem kleinen chinesischen Plastikkaktus langgelegt, starren tief sitzende Augenhöhlen irritiert ins Leere. Welche Gedanken mögen in diesem haarlosen Kopf kreisen oder zur Ruhe kommen wollen? Meine Augen scannen vier weitere kleine runde Kaffeetische, mit einzelnen Gestalten besetzt. Nur die mausgraue Polstersitzgruppe zu meiner Rechten, entlang der Wand gen Rezeption, ist vollständig besetzt. Von dort wehen Alt- und Sopranstimmen herüber, im Austausch wichtiger und wichtigster Informationen, angereichert mit Belanglosem und Ereignisreichem. Neues aus der Anstalt gibt es täglich. Je und je durchstößt eine lachende Spitze das Klangdach des Stimmenchors. Ich hebe meinen Blick. Direkt über mir an der Decke beginnend und sich bis weit über den Eingangsbereich hinziehend, aufgereiht wie bei einer Landebahn, erstrecken sich drei versenkte Lichtspuren. Leuchtende Perlenketten. Drehe den Kopf schräg und stelle mir vor, wie auf dieser beleuchteten Landebahn Tag und Nacht die Flugzeuge landen und starten. Neue Insassen für die Anstalt liefern oder altgediente, renovierte Körperseelen wieder aufnehmen, um sie in ihren altvertrauten Heimaten abzuwerfen, zurück in ein neues Leben, das sie freiwillig oder in höchster Not, geordnet oder fluchtartig, verlassen hatten oder verlassen mussten. Erst dort wird sich zeigen, am Anfang eines neuen Lebens in den alten Häfen, nach der Wiederinbetriebnahme der heimischen Apparaturen, ob die Anstalt ihre Bemühungen und die Erwartungen bei den Entlassenen umsetzen konnte. Nicht ohne die Unterstützung der Entlassenen selbst. Darüber wird ein jeder aufgeklärt, der die Anstalt als *geheilt* verlässt. Die Hoffnungsvollen. Die Ängstlichen. Die Energiegeladenen. Die Wiedererwachten und Befreiten. Die Wollenden und die Unwissenden. Auch die zögerlichen Heimkehrer. Die Strahlenden sind die Optimisten unter den Genesenen.

Ausnahmsweise gönne ich mir einen Cappuccino, vielleicht, weil heute Vatertag ist und ich keiner bin, da werde ich in meinen Schreibgedanken jäh unterbrochen. Die Schnelle Inge spricht mich von der Seite fragend an, meine Antwort, Ja, einen Espresso nehme ich noch gerne … sie stellt ihren dampfenden Kaffee neben meine offenen Schreibgedanken, nimmt meine geleerte Cappuccino-Tasse und eilt zum Kiosk. Danke für die Einladung … sage ich, Ich stör‘ auch nicht lange … Kein Problem, ist schon OK. Der OK-Preis, den ich zahle: Meine

Ohren werden schnellstens gefüllt, ein fließendes Rauschen, Worte, die aus Spanien klappernd berichten, von Urlauben im Dachappartement der Freundin, mit herrlichem Balkonblick zur Fußgängerzone mitten in Barcelona, wo auch sonst. Von trockenen Paellas, köstlichen Gambas in Aioli und gegrillten Fischen. Den besten natürlich, nur den besten. Gefolgt von Berichten über Sardinien und Florenz, von den schönen Häusern ihrer Tochter, die verstreut in Italien abwechselnd auf ihre Benutzung warten. Weiteres sprudelt von den ‚Spaniern' in der Landeshauptstadt, die natürlich sofort verglichen werden mit dem *‚Ach so preiswerten Spanier'* hier vor Ort am gepflasterten Marktplatz, dem vielgepriesenen Restaurant unter den Anstaltsinsassen. Warst Du schon mal da? Nein, noch nicht ... Da musst du unbedingt mal essen gehen, den gegrillten Fisch, den gibt es da für kleine 14 Euro 50, er wird garantiert nicht von spanischen Fischern serviert, denke ich, man könnte sie auch zu zweit locker verspeisen, so groß die reichlichen Portionen ... beendet sie atemlos ihren kulinarischen Blitzausflug. Nach dieser kurzweiligen halben Stunde blickt sie immer wieder auf ihre kleine gold-gerahmte Armbanduhr, Ach, sehnst du dich schon nach dem Mittagsessen, frage ich sie, Nein, meine Wäsche ist bald fertig, muss darauf achten, sie pünktlich heraus zu holen, bevor sie mir jemand, der mit Händen voller Schmutzwäsche davor wartet, herausnimmt und wer weiß wohin legt. Greife dankbar ihre Besorgnis beim Schopfe und ziehe mich sanft aus der Wäsche, drehe ohne Eile eine Zigarette, schließe mein Schreibbuch, deponierte den Saramago und den Montblanc dekorativ auf dem kleinen Cafeteria-Tischchen, greife meinen Sakko von der Stuhllehne, schlüpfe hinein und verlasse den Monolog, Vielen Dank nochmal für den kleinen Schwarzen.

Mit der kalten Zigarette im Mundwinkel lasse ich diese wortgewaltige Begegnung ausklingen. Erreiche die dem Eingang gegenüberstehende Raucherbank. Hier ist das Rauchen offiziell erlaubt, weil die andere Straßenseite nicht mehr offizielles Anstaltsgelände ist, zum Glück aller inhaftierten Raucher. Der feine Nieselregen hat endgültig aufgehört. Rauche also trocken meine VanNelle unter den Dächern der mächtigen Kastanienkronen, von deren glänzenden Blättern sich die letzten Tränen der Nacht leise verabschieden, und hoffe, dass mir die zaghafte Sonne am Nachmittag die Seeterrasse erwärmen wird. So weit, so gut. Man freut sich darauf. Sehe, bevor ich die VanNelle ausdrücken kann, die Schnelle Inge auf mich zu sausen, ihre dünne schwarzgraurot-melierte Bluse flattert um ihr Hüftgold. Kannst du mir bitte Feuer geben ... Hast du denn deine Wäsche retten können ..., Ja, gerade noch. Der silberne Klick meines alten DuPont-Feuerzeugs ermöglicht ihr einen ersten dankbaren Nikotinzug, während ich meine Zigarette in die rostige Konservendose, die wohl schon seit Jahren als Ascher herhält, auf hundert verbogenen Stummeln ausdrücke. Ein Lob an dieser Stelle dem Anstaltshausmeister, einen schon in die Jahre gekommenen, verständnisvollen Raucher, der netterweise den Konservendoseninhalt alle paar Tage entleert. Höflich begleite ich die Schnelle Inge über die Straße zurück durchs Eingangsportal und verlasse sie mit einem Bis dann ... vor dem leuchtenden Aufzugsknopf, gehe wieder zu meinem wartenden Schreibtischchen zurück und versenke weiterhin Gedanken und Observationen im Buch, das mir so lieb geworden ist, dem ich anvertraue, was nicht verloren gehen darf, derweil eine leiernde weibliche Stimme im Hintergrund, ohne Unterlass, wie ein plärrender Gebirgsbach, jemandem von Dingen berichtet, deren Inhalt wie crushed ice mein Ohr durchdringt, aber immerhin einen beruhigenden kühlen Klangteppich in die weite Cafeteria legt.

Aktuelle Anstaltszeit: 11.36 Uhr und ich entscheide, mich jetzt nicht weiter ins Schreiben zu versenken, es lohnt nicht mehr. In neun Minuten werden sich die Flügel des goldbeletterten Restaurants öffnen. Da kreuzen schon erste Hungrige erregt durchs Foyer, der eine oder die andere geht noch schnell vor die Tür auf die offizielle Straßenseite. Ohne Hast & Eile schlendere ich zum Aufzug, drücke den Pfeil nach oben, der augenblicklich aufleuchtet. Werde meinen Montblanc neu befüllen, sicherheitshalber, es gibt noch so vieles zu beobachten. Werde wieder herunterfahren, abseits warten, bis sich der Strom der Hungrigen aufgelöst und Platz genommen hat. Freue mich nicht wirklich auf die vegetarische Pizza, bin aber froh, nicht die Alternative *Ragout* gewählt zu haben. Hinterher werde ich denken, hätte ich mir doch vom Frühstücksbuffet drei, vier Scheiben Salami für die Pizza mitgenommen.

12.28 Uhr Jetzt ist es vorbei, und ich weiß nun, dass keine Salamischeibe der Welt das hätte retten können, was vorgab, eine vegetarische Pizza zu sein. Auf der Schmerzskala von 1 – 10, wobei 10 den Ohnmachtsschmerz markiert, erhielt die Pizza, die sich nur selbst so nannte, eine klare 10 ... OK, OK, eine runde, satte 9. Der vegetarische Belag offenbarte sich so dünn und zart wie eine chinesische Teetasse aus der Ming-Dynastie, durchzogen von einem Schimmer von unklarem Grün, kein edles Jadegrün, sondern ein undefiniert blass-krustiges Spinatgrün, überfleckt mit Rotpusteln von

Tomaten, das ganze Drama überzogen von diesem gelblichen Farblosschimmer einer geschmolzenen Folie von Analogkäse, Käse, der aus recycelten Plastiktüten hergestellt wird. Alles blieb völlig unberührt. Der Putenspieß vom Nachbartisch hinter mir, ebenfalls verschmäht von Herrn Detlef mit seiner nervösen Atemnot, der mir, ebenfalls in Ermangelung seiner heutigen Mitesser, seine Menü-Auswahl zur Prüfung und Beurteilung vorlegte, liegt mit angebrochenem Putenstab auf seinem Teller, liegt dort und jammert, tief in den Beilagen eingetaucht, er bekam von mir eine motivierte 8 – 9 auf der kulinarischen Schmerzskala. Da er wie ich alleine saß, die meisten hatten ja die Anstalt ausflugsmäßig verlassen, setzte er sich auf ein Wort und zwei, Wenn ich darf ... Bitte gerne ... zu mir und redete und redete. Von seinen Ängsten, von Zuhause, von seinen Verfolgern, die ihn und seine Familie bedrohen. Warum auch immer, habe ich nie wirklich verstanden. Es sei wohl ein älterer Polizeikollege, der ihn dermaßen traktiert, dass ihm so oft die Luft wegbliebe. Einen richtigen Anwalt hatte er sich schon als Beistand engagiert, Einen echten Knochen, wie er sagt, dem werden wir es schon zeigen, den Alten mache ich fertig ... klingelt diese Wut noch in meiner Erinnerung nach. Er fühlt sich so dermaßen bedroht und ist so verzweifelt, dass er schon daran dachte, mit seiner Frau und seiner Tochter aus der Stadt wegziehen zu müssen. Er spricht oft von diesen Plänen, er müsse hier schnellstens wieder rauskommen, eine neue Wohnung suchen. Auch sucht er ständig den Kontakt zu der Dame in Schwarz und mir, Ihr seid die Einzigen ... wie er mir sagte ... mit denen man vernünftig reden und auf Verständnis hoffen kann. Manchmal wird mir angst und bange von seinen Erzählungen, aber nicht nur mir. Die Worte schnüren ihm mehr und mehr die Luft ab, beim Reden gerät er regelrecht in Rage, so als würde er alle Worte, die er spricht, körperlich durchleben, seine ganze Gestalt eine innerlich bebende Handgranate. Ich spüre seine bedrohlich kochende Wut, eingepresst in eine viel zu enge Weste. Vor meinem Auge wächst das Bild einer lebenden Handgranate mit zittrigem Mittelfinger im Abzugsring, vor allem, wenn er über die Möglichkeit spricht, seine Dienstwaffe zur Abwehr einzusetzen. Jeder hat so sein Ding, warum er hier ist ... denke ich noch, bevor ich mich dank meiner Nikotinsucht nach draußen verziehen kann, um selbst erst einmal Luft zu holen.

Rauch, überall Rauch. Um mich von all dem Wortgepressten durch ein paar Abseitsschritte zu befreien, suchte ich mir nach der Raucherpause wieder einen stillen kleinen Schreibtisch in der Cafeteria und entschließe mich, meinen Kopf mit anderem zu füllen, endlich den Bericht zu Papier zu bringen, der mir schon seit Tagen im Kopf rumspukte, wie man/frau so sagt, wenn etwas festsitzt und nicht gehen will. Dabei ist das Leben ein einziges Kommen und Gehen. Nur hier, seitdem ich auf der Kastanieninsel bin, ist das Gefühl, im Hier und Jetzt zu sein, so deutlich, so klar und leicht, so direkt und unbelastet, wie selbstverständlich von aller Last befreit, den Blick nach vorne gerichtet. L'humorion könnte die Insel heißen, groß genug, um sie nicht als begrenzte Insel wahrzunehmen. Das *Ich* wieder ganz bei sich selbst zu empfinden, so zu sein, wie man/frau wirklich ist, ohne Maske, ohne Spiel, einfach nur so da zu sein, wie man/frau ist und fühlt und akzeptiert wird. Alles Schwere liegt draußen. Selbst der Schatten des Schmerzes verliert an Gewicht. Etwas hat sich in mir gewandelt, etwas ist dazugekommen. Eine Bereicherung. Vielleicht nur unbewusst in mir schlummernd, ist da etwas zu mir gekommen, wie ein Geschenk. Etwas, das du nicht aktiv gesucht hast. Erst wenn du es selbst erlebst, weißt du, dass es dir schon lange fehlte. So ist das mit all den Dingen, Gefühlen, Gerüchen, über die du in tausend klugen Büchern lesen kannst, aber erst, wenn du es selbst erlebst, geschmeckt hast, ob mit der Zunge oder dem Herzen, kannst du es wirklich in dir spüren. Das Leben. Jeder schmeckt sein eigenes, so wie im folgenden Bericht, der aus dem selbst Erlebten und Gehörten nun entstehen wird. Die Tintenworte tanzen auf den leeren Seiten.

>Der Multiple Schatten<
(*Neues aus der Anstalt*)

Seit einigen Tagen durchschwimmt eine multiple Schattenflosse die Schmerzvollzugsanstalt. Kreuzt das therapeutische Wasserbecken stets nur am Rande, bekleidet mit einer knappen bunten Badehose und lässt die bewundernden Blicke der unter ihm schwimmenden Nixenaugen wie Balsam, der ihn heilen mag, an seinem Körper herauf- und hinabfließen. Später im Speisesaal, so beobachtete nicht nur ich, schwimmt er flossenlos durch die dichtgedrängten Stuhl- und Tischreihen der Hungrigen, auf der Suche nach seinem 3. veganen Schatten, den er dann auch fand, diesen aber irritiert am Buffet stehen ließ und alleine, mit gesenktem Haupthaar, die Hände schwer beladen, zu seinem Tische zurückschwamm. Sodann stapelt er drei bis vier gefüllte Gläser mit verschiedenartigsten Flüssigkeiten, stapelt Teller um Teller mit gehäuften Salaten reihum, teilt so manche Zitrone in dicke Scheiben, türmt sie zu einem gelben Turm auf, worauf er auf die Frage, Wieso ... antwortet, dass er sie weder esse noch lutsche, er sie für die Desinfektion seiner Hände gebrauche; er alsbald in einen weißen Leinenbeutel greift, ihm die verschiedensten Röhren, Dosen und Tüten entnimmt, diese zelebrierend über den Tellern leert beziehungsweise sie behutsam mit dem Inhalt bestreut und anschließend alles energisch miteinander vermischt. Hält einen Augenblick inne, nimmt die schwarze Brille ab, betrachtet das Angerichtete erneut, setzt die Brille wieder auf, drückt sich ein wenig in die Stuhllehne, betrachtet sein Werk jetzt aus der größeren Distanz, so als müsste er alles sicherheitshalber auf Vollständigkeit überprüfen, bestätigt die für gut befundene Anordnung mit einem stummen Nicken. Zufrieden schiebt er nun die Gläser mit den bunten Flüssigkeiten solange hin und her, bis eine uns unbekannte Ordnung gefunden ist, nimmt erneut die Brille vom Augenblick, stutzt und steht plötzlich auf, schwimmt zum Buffet zurück, nicht ohne sich nach weiteren veganen Schatten umzusehen, pendelt zurück, nicht mit leeren Händen, leert sie vorsichtig, nun wieder sitzend am Tische, aus, wohlwissend der bewundernden Blicke der irritierten Nixen, die an diesem Geschehen kleben wie Fliegen an gereiftem Fleische. Setzt erneut die Brille auf und beginnt zu verspeisen, was er auf dem Tische angerichtet. Und was soll ich Weiteres dazu sagen, lauschen wir einem Bericht, gesprochen auf der Raucherbank. Man sah ihn des frühen Morgens so kurz nach 06.01 Uhr, so wurde dort berichtet, im weißen reinen Frotteebademantel und nur mit diesem bekleidet, aus dem nahen Buchenwalde kommen, stellte er sich aufrecht vor die frühen Rauchenden und begann zu referieren. Dass er im Walde, im Schatten der großen Bäume Samenkörner gepflanzt habe, die er täglich besuchen müsse, um ihr Wachstum zu studieren. Ein Schelm, der jetzt denkt und fragt: „Warum unter den größten Schatten er sein Licht dort gestellt hat.“ Auf der Suche nach Erleuchtung ... diese Antwort blieben die verwirrten Raucher ihm schuldig.

Blicke aus dem Fenster, sehe verdichtete Wolken, sie begraben jetzt das Anstaltsgebäude unter dunklem Schatten, sperren alles aus, was Licht und Helle war. Übrigens am Frühstückstisch trägt der multiple Schattenmann einen hell- und dunkelblauen körpernahen Trainingsanzug, dessen Brust ein großes Wappen ziert: Bundeswehr und Adler. Soviel zum Mann, den man/frau den „Multiplen Schatten“ nennt. Keiner kommt ohne Grund in dieses Haus. Jedermann und jederfrau kommt mit ganz persönlichen Problemen hierhin, nur ich, „Ich“ habe natürlich keine, das ist wohl mein Problem.

14.39 Uhr Ich sitze schon eine gute Stunde in der mittlerweile mit Besuchern gefüllten Cafeteria, konnte in dieser Betriebsamkeit abgeschottet, ohne weitere Störungen Festsitzendes zu Papier bringen. Meine steifen Gelenke rufen nach Bewegung. Bei einer gehintensiven VanNelle-Pause bestätigt mir der Blick in den bedeckten Himmel und die unzureichende Temperatur, dass der Seeterrassenausflug heute nichts mehr werden wird, die Sonne hinter den Wolken verborgen bleibt. Immerhin fällt kein neuer Regen. Dafür trommeln in meinem Kopf die aufreibenden Gedanken des Mittagstischgesprächs mit dem Herrn Detlef. Sie geben keine Ruhe, lassen sich nicht einfach abstellen. Sie kreisen weiter, und ich versuche, etwas zu finden, das sie beruhigen könnte. Stattdessen drängen sich intensive Bilder kreuz und quer in mein Bewusstsein. Sehe wieder deutlich die orange gekleideten Sanitäter, wie sie ihn vor ein paar Tagen abends eiligst hinausrollten, Verdacht auf Atemstillstand. Angeschnallt, völlig >out of order< nach Luft ringend, mit hochrotem Kopf lag er auf der Krankentrage. Die Psyche nahm ihm die Luft zum Atmen. Körper folgt Seele. Ich entschloss mich, den trommelnden Gedanken mit Worten zu begegnen, holte mir einen kräftigen Crema, setzte mich wieder an meinen Schreibplatz und entschied mich, ihm ein paar liebe Worte aufzuschreiben, mich selbst damit zu neutralisieren.

Ein Wort für Detlef, der mir am Mittagstisch eine Visitenkarte seiner Frau, einer Bänkerin, zeigte. Manches scheint sich zu wiederholen, dachte ich noch, es gibt ja keine Zufälle, Hier sieh mal ... jetzt neu mit Farbfoto auf der Visitenkarte und Unterzeile *Beraterin für Seniorenkredite*: Lieber Detlef, du, der du die Worte aufmerksam verfolgst, die zu dir von allerorts gesprochen und du sie stets gerne und leicht in dir aufgenommen und dir so zu eigen gemacht hast, dir wünsche ich, da du ja alles schon ein Leben lang in dir trägst, grabe mit der Schaufel, scharre mit deinen Händen in dir selbst und pinsele das Freigelegte vorsichtig frei vom Staub deiner Erlebnisse und allen Adaptionen, werde der Archäologe deines eigenen Kernes, den du geborgen, und vertraue, dem was du selbst gefunden und bald in deinen Händen hältst, vertraue dir und dem, was in dir ist, mit vollem Herzen, und du darfst sicher gehen, frei aufzuatmen, dem Gleichklang deines Herzens folgend, dem entgegenzugehen, wozu du bestimmt bist. Geh und werde frei, genieße die Freiheit des Atems, der dich begleitet und beschützt auf all deinen neuen Wegen, die du nun mit erhobenem und mit weisem Haupte gehen wirst und willst. Höre nicht mehr auf die anderen, entspanne, folge dem Klang deines erlösten Selbst. Folge deinem Herzen. Meide die Regeln der anderen, die nur das Beste für sich selbst von dir wollen. Lasse sie alle los! Und Tschüss! Warum schreibe ich ihm eigentlich diese Zeilen? Habe die Zeilen ihm nie überreicht. Mir aber haben sie geholfen, die Gedanken loszulassen, um in Zukunft seiner Angst, seiner bedrückenden Enge nur noch mit positiven, aufmunternden Worten zu begegnen.

15.31 Uhr Der Druck steigt, stehe auf, gehe zur Toilette, vorbei an den fremden Gesichtern der zahlreichen Feiertagsbesucher der in der Anstalt verbliebenen Insassen. Vom Druck befreit stoppe ich auf dem Rückweg am Kiosk, Na, hat der Nachmittag mir noch etwas Süßes übriggelassen, Wie bitte ... und ich wiederhole mit feinem Lächeln, jetzt allerdings auf das zeigend, was ich zum zweiten Mal seit sieben Wochen mir gönne, Ein Stück Eierlikörsahne bitte ... Da haben Sie aber Glück. Ich zahle glatte zwei Euro fünfundfünfzig für das letzte Stück, gehe und notiere diesen süßen Gedanken, dann erst steche ich mit der Kuchengabel zu. Juhu!

15.49 Uhr Scheinbar musste das mal sein. Fühle mich magentechnisch völlig überlastet. Die Eierlikörsahne spannt augenblicklich den Hosenbund. Das war jetzt genug von Solchem oder Ähnlichem für den Rest des Jahres. Sicher!

16.08 Uhr Zurück von der Raucherbank. Entspannte Züge. Schatten. Gefühlte 10° C. Kalt. Trocken. Immerhin. Hinterlasse einem nachrückenden Süchtigen mein angewärmtes Sitzkissen, *SUNPOINT* auf dem Etikett. Stoppe ein zweites Mal am Kioskfenster, nehme mir einen Schümli, zurück zum kleinen Schreibtisch.

Erinnere mich, warum auch immer, überraschend an meine Antwort beim Chefarzt, als er mich am ersten Tag fragte, Warum sind Sie hier… *Ich bin seit 22 Jahren Schmerz!* Irgendetwas wird mich daran erinnert haben. Vielleicht dieser Leerraum, der heute so viele Gedanken in mir aufsteigen lässt, dieser Tag, den ich hier alleine verbringe, ohne Tränen, ohne Programm, ohne die Dame in Schwarz, ohne Termine, von den Essenszeiten einmal abgesehen. Ein Platz in der Zeit, die ich hier ganz mit mir selbst verbringe. Wie blass diese ersten Worte geworden sind nach sieben Wochen. Seit 22 Jahren bin ich Schmerz. Und heute? Seit 16 Jahren keinen Beruf. Seit 6 Wochen eine Berufung. Wiedergefunden. Sie drohte in den letzten Jahren zusehends zu vertrocknen, zu verkümmern, im Schmerz restlos zu Staub zu zerfallen. Zu verwehen im Wind, der mich nicht mehr auf seinen Flügeln tragen mochte, wie meine Träume, die versiegten, wie meine Beine es leid wurden, mich zu tragen, meine Schultern unter der Last der gesammelten Zeit immer schwerer tragen mussten. Alles fegte mich hinaus in eine Welt, in der ich nicht mehr sein wollte, der ich wurde, was ich war, bevor ich hier landete. Ein zermürbter Zyniker. Der ungeliebte Bruder des Schmerzes. Eine Enge, in der ich mich wie ohnmächtig fühlte. Hilflos. Alles wurde mir zu viel, zu dicht. Die ganze Wucht der Welt. Etwas lastete auf mir, das mir die Luft und die Worte nahm, die nicht mehr frei aufs Papier fließen wollten wie in all den Jahren zuvor. Meine Liebe zum Schreiben hatte ich verloren. Meine motivierende Zuversicht, meine Träume verdunkelt. Die Farben verblasst wie mein Selbstvertrauen. Sehnte nach Beachtung und Anerkennung. Ich wurde der mit der Kalaschnikow in der Hand, bereit zu töten. Der Stausee füllte sich randvoll und drohte überzulaufen. Was braute sich da in mir zusammen. Waren es all die menschlichen Enttäuschungen, die ich gesammelt hatte. Mein letztes Kulturprojekt die BUNKER.ZEIT, war ein Erfolg, unterstützt durch gute Freunde und die Presse, weil ich alle örtlichen Tageszeitungen und Kulturmagazine mit ins Boot genommen hatte, erhielt dafür viel Lob. Aber im Nachhinein auch bittere Vorwürfe von Lila, immer wieder diese kleinen Nadelstiche. Sie hat mir viel geholfen, sah meine Schmerzen, teilte aber nie meine Begeisterung, die mich die Schmerzen vergessen ließ. Trotz des Erfolges wurde das Projekt ein finanzielles Desaster. Sie hat das Desaster teuer mit *ihrem* Geld bezahlen müssen, wie sie immer wiederholte, was sie mir lange Zeit und immer wieder aufs Brot schmierte, wie eine Leberwurst. Es war doch nur Geld. Immer wieder diese Schläge. Dann löste der Tod meines Vaters im vorletzten Jahr etwas in mir aus. Sechs Wochen hat er gekämpft, bis der Krebs ihn in die Ewigkeit mitnahm. Ein Verlustgefühl, das völlig neu für mich war. Wie befremdlich empfand ich sein Sterben. Vielleicht habe ich den Tod nie wirklich an mich herangelassen. Später wurde mir klar, mit wieviel Würde er ging und sich vom Leben verabschiedete. Kein Jahr später meine Mutter. Sie hatte es aufgegeben, alleine weiterzuleben, starb einfach an gebrochenem Herzen. Sie hatte keine Aufgabe mehr in ihrem Leben gesehen. Meine Geschwister und ich hatten alles versucht, konnten sie aber nicht mehr erreichen, sie starb schon, als das Leben noch in ihr war. Lange Jahre vor dieser Zeit wuchs die Depression in Lila heran. Völlig unbemerkt. Kleine Anzeichen, die erst nicht weiter auffällig waren. Dann kamen die Tränen, Tag für Tag, fast jeden Morgen. Dann jeden Morgen. Wie schleichend sich die Depression in den letzten Jahren in ihr eingenistet hatte. Sie zog sich mehr und mehr in sich zurück und mied beharrlich alle Themen über Zukunft und Veränderung, so als hätte irgendetwas in ihr Angst davor. Ich erinnere mich, es irgendwo einmal gelesen zu haben, *Wer will, dass die Welt bleibt, wie sie ist, will sie nicht*. Die Zeiten ändern sich nun mal. Nichts bleibt wie es ist. Die Welt ist Bewegung, ist Natur, verliert und schafft Neues. Jeden Tag. Das kannst du nicht leugnen. Nicht einfach die Augen schließen und denken, das wird schon laufen. Wenn du dich nicht auf den Weg machst, dich nicht neuen Dingen, Gedanken und Veränderungen stellst, wirst du eines Tages von der Welt verändert werden, ob du nun willst oder nicht, wirst überrollt, zusammengedrückt, in die Ecke gepresst. Du findest dich nicht mehr zurecht. Das macht hart und klanglos. Risse entstehen in dieser erstarrten Welt, der du blind vertrautest. Die Staumauer bricht, dein Leben flutet ins Tal und reißt dich mit. Du bekommst Angst, das Klammern mitanzusehen, nicht eingreifen zu können, nicht wirklich zu wissen, wie du ihr hättest helfen können. Es drückte mir schmerzhaft auf die Seele. Dann geschehen Dinge, die du nicht wirklich willst. Die Klinik hat ihr geholfen, über das Schwerste hinwegzukommen, aber lange nicht über alles, zu vieles haftet noch im Verborgenen. Sie war schon immer eine gute Schauspielerin, ließ auch in der Anstalt niemanden hinter ihre Maske blicken. Mit meinen Schmerzen musste Lila umgehen, in all den Jahren meinen Anblick ertragen. Auch das hinterlässt

Spuren, nicht nur in mir. Sie wird so manches Mal eine Ohnmacht, gar eine Wut gegen mich gespürt haben. Das alles musst du erst mal über die Jahre wegstecken. Ich konnte das nicht. Sie auch nicht. Diese Entscheidung, sich nicht zu verändern, zu verharren, am eigenen Untergang sehenden Auges festzuhalten, konnte ich mit meiner Begeisterung nicht unterstützen. Wollte nicht verharren, wollte etwas ändern, nicht untergehen, machte mich auf den Weg Neues zu entdecken. Etwas Fremdartiges drängte sich zwischen unser vertrautes Miteinander. Wir verloren die Sprache und die Farbe. Unausgesprochenes türmte sich zu Schattenbergen auf. Und dann starb auch noch meine beste Freundin in meinen Armen. Sie hatte mich fünfzehn Jahre lang treu begleitet, mir täglich beim Kochen in der Küche assistiert, war mir auf Schritt und Tritt gefolgt, ein Herz und eine Seele. Am letzten Tag des Jahres musste ich sie am Morgen, bei allerschönstem Winterwetter, zum Tierarzt bringen, darauf warten, bis die Spritze das Leben aus ihr hauchte. Ich vermisse unsere Ridgeback-Schäferhund-Mischung *Lisa*, sie war mir über die Jahre eine liebe und treue Freundin geworden. Ich heulte tagelang, bis sich irgendwann der Schmerz verlor.

Im kommenden Frühjahr brach ich vom Zaune und wurde verhaftet. Ruderte mit letzter Kraft, mit all meinen emotionalen Fesseln in die Schmerzvollzugsanstalt. Eingeschlossen. Ausgeschlossen. Mit wunden Augen und trauernder Seele. Krank am Körper. Unterernährt im Geist. Verwundet in der Seele. Und wurde versorgt. Und angehört. Und verstanden. Und gedüngt. Wie eine zarte Pflanze, die aufkeimt, zum Leben, zur Sonne strebt. Seit sieben Wochen werde ich pikiert und sortiert, von manchem ungewollten Kraut habe ich mich befreien können. Und frisch stehe ich wieder aufrecht auf meinem Boden, voller Energie, Lebensfreude und Zuversicht. Bin wiederentdeckt. Habe mich entbunden. Ich bin nicht mehr Bruder des Schmerzes. Ich bin jetzt Schmerz. Hineingestiegen. Den Schatten getrunken wie ein Dürstender in der Wüste, den Schatten des Schmerzes, der immer neben mir stand. Die Perspektive gewechselt. Hineingekrochen, ihn an mich gebunden. Jetzt erleuchte ich ihn, bis er seine Schwärze verliert. Wenn er dann schwach und blass geworden, mir zuhört, was ICH ihm sage, er MIR nicht mehr ins Gesicht schreien kann, vielleicht ich dann, vom wöchentlichen Hofgang befreit und in die Welt da draußen wieder entlassen BIN, in die, die mir gefällt, für immer in die Freiheit vielleicht, die schattenlose, entlassen, wenn dann der rostige Schlüssel meiner Schmerz-Haft-Zelle den Weg ins Schloss meiner Träume gefunden hat, ja, vielleicht bin ich dann so weit, für den Rest meines Lebens das tun zu können, was meiner Berufung hier auf Erden entspricht. Nicht erst im Tod. So spricht der Hoffnungsvolle mit Zuversicht im Herzen. Seine Kreativität zum Wohl und Genuss der anderen, in Balance und Freude, in Überzeugung mit den eigenen Gefühlen leben zu dürfen. What's the matter. Solche Gedanken spült mir ein freier Tag wie heute in den Sinn. Schüttle sie wieder ab. All das schmerzliche Erinnern verblasst hier auf der Kastanieninsel. Alle Last bleibt draußen. Das schätze ich. Du lernst, nach vorne zu schauen, das Alte hinter dir zu lassen. Mit einem Kurzschluss anzukommen und auf einem Energiefeld wieder aufzuwachen.

18.53 Uhr Zurück von der Raucherbank. Vom Hier & Jetzt.

Zurück vom Lach-Yoga-Seminar unter Kastanienblättern. Wie belebend. Ein Spruch folgte dem anderen, es herrschte eine ausgelassene Stimmung, bei + 10° C, gefühlt im Minus von meinen vorspringenden Kniescheiben. Da jagte das eine das andere Wort. Lacher polterten im Rauch. Ein heiteres Puzzlespiel als Warm-up für den löchrigen Geist und Nahrung für die beladene Seele, bevor sich die eine oder der andere zum naheliegenden „BAUER“ hin entfernte, um das abendliche Feld zu bestellen. „Das“ Restaurant am Waldesrand für alle Kurschatten und die, die einen suchen, bei Hausmannskost und reichlich Bieren. Ich war niemals dort. Nahm heute mein Abendessen in der Anstalt ein. Zwei Scheiben krauses Brot mit Käse belegt, gepfeffert und mit einem Becher kalter Buttermilch verdaut, derweil die Schnelle Inge auf ihren multiplen Flossenmann wartete, das Wort auf loser Zunge im Kreise drehte und sprudelnd mir ins Ohr ergoss, bis dieses sich bewegte im Bemühen, sich zu schließen. Vergeblich. Liebe Inge, entschuldige ... ich muss noch mal ein paar Gedanken aufschreiben, so lange sie noch frisch sind ... war dann der Wink mit dem sprichwörtlichen Zaunpfahl. Die Wirkung nicht verfehlt. An der Raucherbank, deren Ruf ich erst später folgte, wurde ich schon erwartet. Das Raucherglück war mir hold und Monica, die mit dem ‚Hello-Kitty-Plüsch‘ und die anderen eröffneten mit mir erneut das neue Therapieseminar Lach-Yoga für Fortgeschrittene. Da hatte auch die Schnelle Inge ihren Spaß.

Und noch eins. Zwischen Abendmahl und Rauchopfer standen Sylvia aus B und ich vor der Freizeitangebotswand im Foyer und lasen einen Anschlag auf rosa Papier: Dienstagabend therapeutisches >LAUBSÄGEN< mit Frau A. Horn um 19.30 im Kellergeschoss. Das wäre doch was für dich … frotzelte Sylvia aus B, Klar, dann werde ich doch mal teilnehmen … sagte ich. Was mich in meiner Ungeduld animierte, mir diesen Kurs im Geiste vorzustellen und schon mal zu Papier zu bringen.

Wenn Sie erlauben, dass wir uns hier an dieser Stelle einmischen dürfen, werden wir berichten, was geschehen wird. Monsieur Gris wird am kommenden Mittwoch, nach dem Mittagessen, Sylvia aus B fragen, Erinnerst du dich noch an den rosa Anschlag mit der Fuchsschwanzskizze, Ja klar, warst du etwa da und hast alles notiert, N a t ü r l i c h … wird Monsieur Gris sagen. Bitte, magst du uns vorlesen, wir sind ja so gespannt, wie der Abend verlief. Sie wird nicht locker lassen, und für Monsieur Gris wird extra ein Stuhl an den Tisch geschoben, das Geschirr unter den erwartungsvollen Blicken ihrer Tischnachbarinnen zur Seite geräumt. Er wird Haltung annehmen, sich räuspern, bemüht um ein würdevolles Gesicht, wird sein Schreibbuch aufschlagen, die richtige Seite zweimal glatt streichen, einmal in die Runde blicken, die daraufhin verstummt und mit todernster Miene seinen Erlebnisbericht vortragen.

Also, da baumelte unter einer dicken roten Nadel der rosa Anschlag im Foyer an der Freizeitwand: >LAUBSÄGEN< mit Frau A. Horn, ein Kreativkurs im Kellergeschoss, der mich spontan animierte, daran teilzunehmen. Frau A. Horn (*ich sprach den Namen immer ohne Punkt wie ein Ahorn aus*) hatte den Kellerraum schon vorbereitet, erwartete die Angemeldeten, die, die etwas zu sägen hatten, zu sagen wahrscheinlich auch. Hatte ja gedacht, nur Männer hier anzutreffen, weit gefehlt, umso erstaunter war ich, dass ich der Hahn unter zehn Hennen war. Und sie hatten mir was zu sagen, schon lange bevor Frau Ahorn uns die Tür aufschloss und uns herzlichst hereinbat. Ich dachte sofort an meine Kindheit, den ersten „Pluto“ & an seinen Freund Goofy, in mühevoller Handarbeit mit der Laubsäge aus dem dünnen Sperrholz befreit, die Figuren mit Farbe zum Leben erweckt, die Kanten fein geschliffen, alles mit glänzendem Bootslack überzogen und in die Fußleiste fünf kleine goldene Häkchen eingeschraubt, eingepackt und unter den Tannenbaum gelegt, zur Freude meiner Eltern. Wir wollen aber nicht abschweifen, also zurück zum kreativen Teil des Abends. Wir staunten nicht schlecht, als wir sahen, noch unsere Plätze suchend, dass Frau Ahorn den großen Tisch fein dekoriert hatte. Ein liebevolles Wort, ein kurzes Vorstellen der Namen, Ich bin Helga, Silvia, Monika, Corinna und wie sie alle hießen. Frau Ahorn nahm jetzt das Wort wieder in ihre Hand, So ... begann sie entschlossen, Wir haben uns getroffen, um unsere Kreativität zu fördern und zu weiten, da hab‘ ich schon mal was vorbereitet. In der Mitte der Tischlandschaft stand zu unserer Verwunderung ein großer brauner Leinensack. Was dort wohl drin verborgen sei, welches Geheimnis er wohl barg, stand fragend in den Gesichtern der Gespannten. Auf die Frage einer ungeduldigen Henne, Warum die Säge auf ihrem Platz denn so rostig sei, und von der Frage angeregt auch ihr Gegenüber heftig nickte, sie auch von rechts Zustimmung fand, ein jeder nun den vor ihm liegenden Fuchsschwanz genauer untersuchte, auf Schärfe und weitere Rostflecken überprüfte, ich dieses wunderliche Objekt im Geiste mit dem verglich, was als Zeichnung auf dem rosa Anschlagsblatt, den kreativen >Laubsäge-Kurs< bebilderte. Die Kursleitung Frau Ahorn schien sichtlich irritiert, mahnte uns aber schnell zur Ruhe, Meine Damen, meine Damen, bitte ... denn das fragende Wort gackerte im Raume herum und schwoll stark an. All die rostigen Sägen, die Fuchsschwänze, dieser schlaffe Sack auf dem Tisch, all das hatte ja unsere Erwartung zum Kochen gebracht. Frau Ahorn, ganz therapeutisch professionell, hob beide Hände mit einem seufzenden langen *A c h* in die Luft, senkte sie langsam wieder herunter, sodass der Hahnen- und die Hennenkämme rasch verstummten. Nur ein feines Knistern lag noch in der Luft, das zittrige Schweigen der Gespannten. Frau Ahorn referierte über Kreativität, was dies denn sei und welche Heilkraft darin läge, welche Hilfe dies für uns bedeuten könnte, wären wir innerlich bereit dazu und ließ wortlos ihren Blick aus zitternden Mausaugen langsam in die Runde gleiten, vorbei an jedem stumm gewordenen Gesicht, das eine blass, das jene rot, das andere müde, das nächste froh. Und dann: Ihr beide rückt einmal bitte zur Seite, ein wenig nur, schob die Kursleiterin eine kleine drei-sprossige Trittleiter vor den großen Tisch, schob sich beide Ärmelenden hoch, trapp 1, trapp 2, trapp 3 und stand schon auf dem Tisch. Die Ungläubigen umgriffen, jede nach ihrer Kraft, die Fuchsschwänze fest mit der Hand, die Münder standen offen, je nach Grad des Erstaunens, als Frau Ahorn entschlossen mit der einen Hand an den schlaffen Kopf des Sackes griff, die andere unter seinen Hintern schob, diesen mit einem Ruck erhob, höher als den Kopf, und plötzlich entleerte sich der Sack in allerhöchster Not, spie einen großen Haufen getrockneter roter Ahornblätter aus. Ein spitzer Aufschrei gellte durch den Raum, ein großes Raunen staubte auf, ein jeder ließ die Säge fallen, und so manche rückte schnell zurück. So ... sprach Frau Ahorn ganz überzeugt, ... wir sägen nun das Laub, eröffnete mit diesem Wort den Kreativkurs >Therapeutisches Laubsägen<. Und hakte alle Teilnehmer ab, zur ordnungsgemäßen Bestätigung der Teilnahme. Übrigens, das sei zum Schluss sicherheitshalber erwähnt, alle haben diesen Test bestanden, nur Frau Ahorn, völlig erschöpft, stürzte am Ende der Stunde schwer vom Tisch, ward im leeren Sack verfangen, doch man/frau befreite sie schnell aus der Verstrickung, ein jeder griff zum Fuchsschwanz und sägte sie aus dem Laube. Daraufhin wurde das >Laubsägen< bis zum nächsten Jahr im Herbst eingestellt. Die Hennen falten jetzt nur noch Buchseiten, Blumen, Flugzeuge und Schachteln und nannten das dann *Origami*. Von weiteren Verletzungen wurde nichts bekannt, so hörte man/frau an der Anstalt-Raucherbank. Humor kann so schön entspannend sein.

Unter dem Applaus der Tischdamen, die sich herzlichst bei Monsieur Gris für so viel Humorvolles bedanken, schließt er mit einem todernsten Grinsen den Bericht. Soweit die Wirklichkeit meiner Phantasie, besten Dank, meine Damen, für Ihre geschätzte Aufmerksamkeit, achtet aber bitte auf das Laub beim Sägen, es könnte gefährlich werden, ich wünsche euch allen einen sonnigen Nachmittag und ... bitte nie das Lachen vergessen.

TAG 47 FR

10.15 Uhr Die fiktive Laubsägearbeit mit Frau A. Horn entstand an meinem Schreibtisch in der Cafeteria. Ich muss unbedingt mal mit meiner Frau A darüber reden. Bin ich achtlos, werde ich mit Schmerz dafür bestraft, dass ich mit

Begeisterung schreibe, wenn mich so ein Flow wie gestern beflügelt? Schuldgefühle helfen mir da auch nicht weiter, aber warum denke ich dafür bestraft zu werden? Welch ein Blödsinn, dabei habe ich es so sehr genossen, meine Gedanken festzuhalten. Bei Dr. No habe ich erfahren, dass die Psyche einen großen, wenn nicht sogar größten Einfluss auf das Schmerzempfinden hat. Hatte doch gestern keinen schlechten Tag, nur das Wetter spielte nicht richtig mit. Aus Erfahrung weiß ich, dass schleichende Kälte, vor allem, wenn sie feucht daherkommt, unbemerkt in die Knochen und Gelenke eindringt. Heute Morgen die Quittung. Der Rücken schwer und verknöchert, die Lende stand als Letzte auf, ging auf wackligen Beinen, im Klammergriff des schmerzenden Knies durch den Morgen, zum Frühstück, ins Moor, zur Raucherbank und wieder zum Schreiben zurück. Alles blieb steif … die Frucht des verschriebenen Vatertags oder des Regens, der am späten Nachmittag fiel, und den Gang zur Seerosenterrasse bei gefühlten minus 10° C verhinderte. Der Schatten des Schmerzes wird blasser.

10.43 Uhr Warte mit neun Gestrandeten vor der „Lösungsorientierten-Gruppen-Tür Nr. 1“ auf Öffnung und weitere Lösung. Auf dem Weg dorthin schleppte sich mein Kreuzgelenk durch die langen Gänge. Der Humor wird mir als Therapeut helfen, den Herrn Schmerz nicht so wichtig zu nehmen, Guten Tag und auf Wiedersehn, schenke ihm also keine besondere Aufmerksamkeit, nur ein bisschen Anerkennung. Frau L öffnet uns den Raum, beginnt mit der Begrüßung, ermittelt einen neuen Teilnehmer in der Runde, startet heute mit der ersten von insgesamt acht Seminarstunden. Was ist Verhaltenstherapie? Theorie als Vorbereitung zur praktischen

Anwendung. Zeichnet eine einfache Nussschale (*Wir*) aufs Flipchart, die über stürmischen Wellengang (*das Leben*) schippert, hochbeladen mit Kistentürmen (*die Last des Lebens*) und zeichnet in den Bug des Schiffes ein Loch mit Pfeil nach unten, verweist auf die Gefahr des Untergangs, falls wir nicht auf uns achten (*wir laufen sonst voll und drohen unterzugehen*), wir, die wir hier so beladen angekommen sind.

13.00 Uhr Depressions-Info-Vortrag im Kellergeschoss U 21
Frau Dr. Schneider, eine sympathische schlanke Oberärztin von Station 6, mit strengem Pferdezopf, in Vertretung des von ihr entschuldigten Dr. Federer, der vermutlich an einer Sehnenscheidenentzündung leidet, stellt sich vor, bittet zum Gespräch, die Anwesenden um Wortmeldung. Fragt, Wie entstehen Depressionen? Wortmeldungen flattern ihr entgegen. Sie sammelt, sammelt, sammelt Zugeworfenes und reflektiert dies mit angenehmem Wortbeitrag. Runter vom Pferd und Spuren lesen ... so ihre saloppe Empfehlung ... Der eigene Kriminalist werden, dies ist der erste Weg, das zu finden, was eine Depression auslöst, um sie dann mit sich selbst und der Hilfe der Anstaltselfen herauszuarbeiten und im besten Falle aufzulösen. Idealerweise mit multimodalem Therapieplan. Sie erläutert uns in dieser Stunde die verschiedenen Depressionsformen, ihre Arten und die Einstufungen. Mein Rücken spricht zum Vortragsende immer wieder mal dazwischen, obwohl er sehr aufmerksam ihren eloquenten Worten folgt, auf jeden Fall spannender, als dem Rücken-Schmerz-Ruf zu folgen. Eine hölzerne Steifheit sitzt mir in den Knochen, aber nach ein paar streckenden Bewegungen rappeln sie sich schnell zurecht. Weitere Schatten verblassen.

16.23 Uhr Kurz vor dem Abendessen schließe ich die Seiten des Doppelgängers von José Saramago, unbedingt lesen, jede Zeile bis zum Äußersten fantastisch formuliert, die Dualität und Verschmelzung einer Person, die sich selbst begegnet, auf höchstem Niveau beschrieben. Warum auch immer, das zugeschlagene Buch vor mir, strecke ich meine Beine lang unter den Tisch und denke nicht an das Warum ... warum mir gerade jetzt so spontan die Erinnerung an das heutige Mittagessen durch den Sinn tanzt, ich weiß es nicht, vielleicht ein Ablenkungsmanöver, aber ich möchte nicht versäumen, dieses Debakel zu beschreiben. Rede ich zu viel über das Essen. Mag schon sein. Es hat ja auch etwas Gutes, so verlor ich Woche um Woche an Gewicht, ohne Anstrengung, ohne je zu hungern und freute mich umso mehr auf die Wochenenden mit Lila, um dann das Vermisste kulinarisch nachzuholen. Den heutigen Nachmittag habe ich völlig verschlafen, ohne schlechtes Gewissen, mir die Ergotherapie und das MTT erspart. Nun hatte ich Zeit, die ich erst mit Lesen in der Cafeteria verbrachte, bis ich die Seiten schloss und mir am Kiosk den schon traditionellen Schümli holte, wenn man nach der 7. Woche schon von einer Tradition sprechen kann. Na ja, chronischer Schmerz entwickelt sich ja schon nach der 6. Woche, laut Expertenmeinung. Nun sitze ich beim chronischen Schümli-Trinken und sehe mit Vergnügen, dass der zunehmende Sonnenschein durch die Cafeteria flutet, bemerke, dass zuerst meine lesende und nun schreibende Haltung dem Rücken nicht unbedingt förderlich erscheint, Hallo, Guten Tag und Tschüss, werde ihn nun mit dem Mittagessensbericht ein wenig ablenken.

Als ob wir alle dumme, geschmacklose Schafe wären. Klingt

drastisch, bin aber gerade in bester Stimmung. Der Koch und seine Speisenkartenschreibgehilfen, so scheint mir, ein Team ohne echten Austausch oder Annäherung, dem einen das seine so egal wie dem anderen, so meine schäfische Vermutung. Die Restaurant-Mittags-Karte, auf der Rückseite ausgezeichnet mit dem RAL-Siegel für höchste Güte und Klasse (*muss unbedingt mal in der nächsten Woche einen Termin mit der verantwortlichen Diätassistentin vereinbaren*) versprach der Schafherde: Gebratener Lachs, Rahmspinat und Salzkartoffeln mit Kräutersoße. Hört sich doch erst einmal gut an. Den ersten Ansturm verstreichen lassend, mit dem selbstgewählten Menü Nr. 1-Zettel in der Hand, schließe ich mich am Ende der Schlange der Gleichgesinnten vor der entsprechenden Essensausgabe an. Stoßweise geht es voran, Teller für Teller, und keiner zuckt. Da stehe ich. Sehe, der Spinat fällt am schleimigen Stück aus der Kelle, floppt schmatzend neben die schwindsüchtig pelzigen Salzkartoffeln, und ich sehe und betone noch laut und deutlich, Für mich bitte nur ‚ein' Stück Lachs. Ohne eine Miene zu verziehen, und ich frage mich, ob sie sich jemals schon verzogen, gehoben oder gesenkt hat, schaufelt die weiß gekleidete Küchenhilfe mit weißer Haube auf ergrautem Kurzhaar völlig emotionslos mit dem schwarzen Heber unter das, was sie uns als gebratenen Lachs verkaufen, ein totes Stück Etwas auf meinen Teller. Meine Vermutung, die Farbe und der warme Geruch lassen den tranigen Schluss zu, es war einmal ein Fisch. Aber niemals ein rosa gebratener Lachs. Ein Fischfilet unbekannter Art, allerdings eines mehrfachen Todes gestorben, quasi in ein Massaker geraten, trübt das, was von ihm übrig blieb in einer lauen milchigen Flüssigkeit und jedes einzelne Stück sah aus, als hätte man ihm einen Eiweiß-

Schaum-Bart umgeheftet. Heilfroh, nur einen kleinen Teil von diesem Massaker auf dem Teller zu haben, unternehme ich den Versuch, wieder zurück an Tisch Nr. 9 auf Platz Nr. 3, mit einem Zitronenkeil das zu retten, was nicht mehr zu retten war, den Geschmack von Meer & Fisch, was nur weniger als mehr gelang. Die Gabel teilte, man staune nicht schlecht, ohne die Zinken dabei zu verbiegen, ein kleines Stück davon ab, führte es zum Mund und bekam kaum die Gabel wieder aus dem selbigen, so trocken und fest steckten die Zinken in dem, was einst, vor langer Zeit, im weiten Meere schwamm. Und wenn die Köche nicht verstehen, töten sie weiterhin. Das versteht jetzt das Schaf und geht zur Raucherbank.

Mit dieser kraftvollen Beweisaufnahme endet Monsieur Gris für heute seine Eintragungen. Einen weiteren Eintrag lesen wir erst wieder am kommenden Montag. Etwas uns Unbekanntes muss ihn am Wochenende am Schreiben gehindert haben.

TAG 50 MO

06.39 Uhr Morgendliche Leere. Weiße Cafeteria. Auf dem Marmorboden trocknen die letzten Wischspuren im Sonnenlicht, und ich weiß nicht, wie ich das hier alles finden soll.

Mein ganzes Knochengestell ein Haufen aufeinandergestapelter Trockenkekse. Jede Bewegung knirscht, selbst die Nichtbewegung schmerzt, bröselt bei jeder Belastung. Dabei war das Wochenende relativ warm, Freitagabend, Samstag, Sonntag, dennoch verbarg sich in der Wärme der Gartensonne eine schwebende Feuchtigkeit. Trügerisch. Etwas vibrierte auch in den Luft. Eine Kälte, eine unsichtbare Nässe, die unbemerkt in Mark und Knochen drang. Was ist der Grund? Geplättet, zerknirscht und hölzern quälen das ISG, die LWS und der BWK. Das Knie schweigt, wird sich wohl zu Wort melden, wenn es mit mir durch die langen Flure kreuzt. Um acht Uhr, sagt mir mein Blick in den Therapieplan, beginnt die Physio beim polnischen Hünen. Ein Lichtblick. Ein sanftes Gemüt, trotz oder gerade wegen seines mächtigen Körpers. Wenn ich mich ihm anvertraue, bin ich sicher, er wird mich richtig biegen, strecken und recken, den Schmerz mindern, durch das Feingefühl in seinen Handschaufeln. Ein Profi mit Herz, so sensibel wie ein Elefant.

War es die Nässe. Ich fühle mich wie ein Trockenkeks. Hart, trocken und brüchig. Was war das für ein Wochenende? Habe den Freitagabend noch mit Herrn Detlef verbracht. Es hatte sich einfach so ergeben. Na ja ... nicht wirklich, ich sprach ihn an, Hast du nicht Lust, mit mir in der Trattoria Toscana zu Abend zu essen. Es lockte mich, nicht in der Anstalt zu speisen. Fühlte mich irgendwie allein. Schnell überzeugte ihn mein Bericht vom ersten Besuch, als ich den Hochgenuss alleine genießen durfte. Heute Abend wollte ich auf keinen Fall alleine sein, suchte Ablenkung, brauchte an diesem Abend Gesellschaft. Bestes kann man nicht wiederholen. Bestes bleibt einmalig. Schon klar. Eine Wiederholung war ja nicht vorgesehen. Das Abendessen köstlich. Nicht allein zu sein angenehm. Der atemlose Herr Detlef, ein im Grunde bescheidener Mensch, aber irgendetwas presst und fesselt sein Sein. Immer etwas zu devot, mehr auf andere als auf sich achtend, in seiner Hilfsbereitschaft mir zu aufdringlich. Seine strategische Freundlichkeit trägt eine Spur zu dick auf. Dürfte öfter auf sich selbst hören anstatt immer auf die anderen. So habe ich mich bemüht, ihm beim Essen Raum zu geben, meine eigenen Gedanken hintenan zu stellen. Fazit: Alles war gut. Er konnte seinen Sprachraum genießen und ich seine Gesellschaft. Also kein Grund.

07.14 Uhr Auf ... auf ... motiviere ich mich und schüttle diese abendlichen Gedanken beim Blick auf die Uhr ab. Mit meinen aufgefächerten Mangoscheiben balanciere ich zum Frühstück. Die Schnelle Inge erblickt mich sehnsüchtig, sitzt alleine vor einem aufgeschnittenen Brötchen, bereit die Butter zu streichen. Mit ersten flüssigen Worten schenkt sie mir einen Schwall durchsichtigen Kaffees ein und ich bin froh um mein rechtes, fast taubes Ohr. Erinnere mich an die Worte der Parabel über einen armen (*reichen*) chinesischen Bauern ... der im Alter Weisheit erlangte und erkannte, dass in jedem Unglück die Wurzel des Glücks verborgen liegt und nur die Gelassenheit und das positive Denken des Herzens und der Seele diese verborgenen Wurzeln des Glücks düngen, wässern und schließlich zum Blühen bringen können. Sie legte das Messer aus der Hand.

Heute ist kein Worttag. Kein Schreibtag. Keine Sprechlaune. Keine Tintenlaune. Sprechblase. Ein knappes Telefonat mit Lila, kurz nach Mittag, regt zu diesen Zeilen an. Ein alter Freund von uns, der gern mal spontan auf einen Cappuccino aufschlägt, besuchte sie am Morgen. Ein grauhaariger, hundertachtunddreißig Kilo schwerer Klangkörper mit Eisenbahnerbart.

>Sein Schreien ist nur der Schmerz der sterbenden Seele<

… überschrieb ich die wenigen Zeilen, die mir nach dem Telefonat in den Sinn schossen …
>Ein langsamer und mühevoller und qualvoller Suizid, der ein Leben lang andauert, und wenn er wüsste, dass die Seele sich nicht töten lässt, bevor der Körper stirbt, erst dann sie sich erlöst von ihm trennen kann, dann würde er vielleicht aufhören können so zu schreien, wenn er spricht. Bei seinem eigenen Gebrüll hört er weder die anderen noch sich selbst, noch den Schrei seiner sterbenden Seele<.
… ein lieber Gast, der sich nicht lange und oft ertragen lässt. Die Welt kann, hin oder her, ganz schön schrill sein.

TAG 51 DI

Fühle mich unendlich leer. Warum das so ist, kann ich nicht erklären. Bemerke ein Gefühl der Dichte im Kopf. Trotz der Leere. Verrückt, beides zu empfinden. Ist das Gefühl der Leere vielleicht nur diese Ungewissheit, die mich beschleicht, alsbald diesen Ort der Erholung, des Erblühens, der Entschleunigung für immer zu verlassen, ohne zu wissen, was folgt. Ich habe die Zeit hier lieben und schätzen gelernt, frei von Abos und Verpflichtungen. Gibt es da eine Angst, das, was ich hier erreicht und erfahren habe, dort draußen nicht weiter ausbauen zu können, das zu leben, was mich ausmacht, was ich in den letzten Wochen freilegen konnte. Die Veränderung. Es ist mir klar, das Leben da draußen ist stürmischer, lauter, zerrender. Dabei bin ich so glücklich, hier meine verschüttete Begeisterung für das Schreiben und mein Leben selbst wiedergefunden zu haben. Und das Gefühl der Dichte, das mir heute so bewusst wird, vielleicht kommt es von all dem Gehörten, das mich mental so füllt. Selbst mein

Bauch hat sich ansehnlich gefüllt, was das Gefühl der Verdichtung aufs Unangenehmste bestätigt. Dreimal hab ich's heute Vormittag versucht das Unangenehme loszuwerden, mich seitlich im Badezimmerspiegel betrachtet, die Wölbung betastet und das verdrehte Spiegelbild nicht für gut befunden. Ein Versuch. Größte Mühe. Befreite. Und dennoch bleibt ein Gefühl der Fülle, ein Druck, der quält und hält, was eigentlich entfliehen möchte. Die Menge des Essens wird nicht die Ursache sein können, nun ja, vielleicht die sechs Riegel Trauben-Nuss-Schokolade von gestern Abend, die ich im Bett liegend verzehren musste, spielen wohl doch eine verstopfende Rolle. Habe sie gebraucht als Seelentrost, wie der Volksmund so schön sagt, das Serotonin, das Glück verheißt. Worte können zu Verdichtungen führen, das tägliche Sammeln sprudelnder Worte, besonders, wenn sie ohne Sinn und Zweck sprudeln, nur Auslauf suchen. Achtsamkeit bewahrt die Ohren vor weiterem Wortüberfluss. Keine Verdichtungen bitte. Nein, danke. Werde die Raucherbank, die stets rotierende Litfaßsäule, öfters meiden, dem Wortsog entfliehen, mich auf die zweite Raucherbank verziehen. Sie ruht meist alleine im Schatten, weiter rechts in grünes Buschwerk eingebettet, zurückgezogen vom Geschehen und beobachten und beobachtet werden. Scheint auf die Sonne zu warten, rechts vor dem Anstaltseingang, die luftigen Metallgitterbänke unter eierschaligen Sonnenschirmen, die den überzeugten Nichtrauchern und -innen vorbehalten sind. Kein Schutzraum, keine Garantie, dass sie dir aus nächster Nähe, fast unbemerkt, dafür garantiert nikotinfrei, dennoch einen Knopf an die Backe nähen. Eine Nichtraucherin schaffte es, mir ein verstimmtes Klavier daran zuhängen.

11.00 Uhr Schreibe in der Cafeteria, um die Verdichtungen zu befreien. Nein, leider nicht an meinem kleinen runden Schreibtisch mit dem Weitblick, er ist besetzt von diesen zwei faltigen Strickhänden, die schweigsam im Rhythmus des Atems die Nadeln durch die Maschen heben. Nein, auch kein traditioneller Schümli an meiner Seite. Die Maschine, die ihn in all den Jahren so fleißig brühte, fühlte sich plötzlich derart überlastet, dass sie ihren Dienst in den ersten Stunden des Morgens für immer aufgab. Mechanischer Herzinfarkt. Jetzt gibt es nur einen ‚selbstgemachten' Becher Kaffee, der sich durch nichts von der morgendlichen Anstaltsplürre unterscheidet. Dafür nur oder sogar zahlt man/frau ein Euro dreißig. Ein eiligst herbeigerufener Herr Ingenieur bemüht sich das Ausgediente zu entfernen, dem neuen Vollautomaten den Platz vorzubereiten, damit er die nächsten Jahre treu seine frischen Dienste verrichten darf. Hoffe, es gelingt ihm bis zum Nachmittag.

Derweil ich, so in Stille getaucht, meine Observationen niederschreibe, übertönt plötzlich ein schrilles spitzes Wortgeflecht den Luftraum. Sofort erkenne ich am Klang, aus wessen Hals die Worte spritzen, wie aus einem unter Druck stehenden plötzlich entknicktem Gartenschlauch. Es ist die Schnelle Inge, die ihre Ersatzkaffeebestellung hinaussprüht. Schnell senke ich den Kopf ins Geschriebene, tauche unbehelligt in die Stille. So und nun hoffe ich, wünsche es mir so sehr, dass mit dem Schreiben über die Verdichtungsformen diese den Ausgang aus Bauch und Kopf finden, damit die parallele Leere, die paradoxerweise von der Dichte selbst erzeugt wird, sich wieder mit Leichtigkeit und Heiterkeit füllen möge. Nun denn, noch eine Zigarette an der zweiten Raucherbank, bevor ich um 11.30 Uhr ins Moor einsteige und für fünfzehn Minuten die Wärme in absoluter Stille genießen werde. Voilà, das Leben ist schön!

Im Kellerflur vor der Moor-Türe sitze ich zwei, drei Minuten. Mein BWK wartet geduldig auf das verheißende Moorliegen, bis mich die schmetterlingsliebende Mitarbeiterin hereinbittet. Wunderbar bis in die Tiefen von der wohltuenden Wärme durchdrungen. Von den schwarzen Resten am Rücken befreit ziehe ich mich, völlig druckfrei, wieder an. Mit dem von Termin zu Termin abgezeichneten, nach 8 Wochen prall gefüllten Therapieplan steige ich aus dem Kellergeschoss, um noch vor dem Mittagessen eine Zigarette im Alleingang unter den Kastanienblättern zu genießen. Meide die Raucherbank. Zurück vom Gedankengang. Bereit für die Nahrungsaufnahme, spricht mich Herr Detlef vor dem Eingang von der Seite an. Vermutlich hat er mich mit seinen Blicken verfolgt. Du siehst aus, als wärest du tief in Gedanken versunken, du siehst so in dich gekehrt aus … und ich antworte ihm, Komm, wir folgen dem Ruf des Küchenmeisters. Kaum wage ich dieses Wort zu schreiben, aber ich habe es nun mal geschrieben, gesehen und probiert, was er für uns Insassen zaubert, wenn man/frau in diesem und in vergangenen Fällen überhaupt von Zauberei sprechen kann, bestenfalls von schwarzer Magie. Kurzum, ich reihe mich, ohne Herrn Detlef, der flugs irgendwohin verschwand, in die nachrückende Schlange der Hungrigen vor der Menü Nr. 1-Ausgabe ein. Vor mir 6 oder 7 leere schwebende Teller. Da erfahre ich von meinem Hintermann, einen durchaus attraktiven Mitvierziger mit dunklem Haar und braunem Teint, der mir zuvor nie aufgefallen war, die Geschichte seiner Unberührtheit. Irgendetwas an mir muss ihn motiviert haben, mir seine Unberührbarkeit mit aufgeregten Worten schnellstens zu erzählen. Spricht ganz frei und fließend über seine panische Angst, körperliche Berührung ertragen zu müssen, wenn sich Menschen um ihn herum zu sehr verdichten, ihn bedrängen. Welches Schicksal den Menschen hier so hin spült, denke ich im Stillen und rücke einen Teller vor. Ohne eine Reaktion von mir zu erwarten fährt er fort mit dem, was ihm widerfuhr. Noch 5 leere Teller vor mir. Jemand hatte ihn dieser Tage beim Frühstück, als er mit zwei Tellern in der Hand am Büffet stand, so arg bedrängt, ihn dabei von hinten an die Schulter gegriffen und versucht, ihn weg- oder vorwärtszuschieben. Was ich mir gut vorstellen kann, denn manch einer stellt sich gierig an, um möglichst schnell an den Futtertrog zu gelangen. Dabei geriet er dermaßen in Panik, dass er die Teller fallen ließ, als ihn die Berührung traf und er daraufhin fluchtartig den Speisesaal verließ. Zwei Schritte und 2 leere Teller weiter. Auf seinem Zimmer musste er sich erst einmal beruhigen, wieder zu Atem kommen. Erst zum Abendessen wagte er sich erneut ans Buffet. Noch 1 leerer Teller. Darauf achtend, respektvollen Abstand zu halten, gehe ich einen letzten Schritt vor, hebe meinen leeren Teller, um erwartungsvoll die Ankündigung des Küchenmeisters zu empfangen. Kalbsragout ward angepriesen, mit Spätzle und Leipziger Allerlei, oder Neudeutsch gesagt ‚Einerlei‘, wie es mich spontan durchfloss, auf dem Weg zu meinem Tisch. Ich erspähe schnell und sicher die drei Fleischwürfel, schätze das Gewicht auf 18,3 Gramm, steche mit der Gabelzinke in einen Würfel und versenke ihn in meiner Mundhöhle, schiebe ein wenig Leipziger Allerlei und etwas Spätzle hinterher und sofort stellt sich dieses bedrohliche Sättigungsgefühl ein. Vielleicht der Soßenbinder oder/und das Glutamat, nebst der noch zu verdauenden Abend-Trauben-Nuss-Attacke. Genug. Fertig mit dem Mittagessen. In diesem Moment spricht mich Sylvia aus B, die mich wohl beobachtet hat, von hinten an, doch bitte mal an ihren Tisch zu kommen, Ich habe da mal eine Frage, Was kann ich für dich tun? Bitte ... hast du einen Moment Zeit, dann setz dich bitte mal ... und fragt, derweil ich vor ihrem fast gefüllten Teller Platz nehme, Wie findest du das hier, was ich mit der Gabel hebe. Nun sehe ich, das das, was sie da hebt, an einem Stück wie ein vergilbtes Laken an ihrer Gabel hängen bleibt, worauf sie mich amüsiert fragt, ob ich schon das Nötigste notiert hätte, Nein, sage ich, noch nicht ... und betrachte mit Verwunderung die Soße, die immer noch an der erhobenen Gabel hängt. Nur langsam, langsam zieht die Schwerkraft die blassbraune, geschmacksverstärkte Masse, denn Soße wäre eine missverständliche Bezeichnung, widerwillig zum Tellerrand. Tja, sage ich, Normalerweise werden damit schwerste Raufasertapeten an die Wand geklebt. Alles notiert. Mein avisierter Termin um 13.00 Uhr mit der Diätassistentin & Ernährungsberaterin wurde mir kurzfristig gecancelt. Auf mein Klopfen hin blieb die Türe stumm, dahinter war alles tonlos. Meine Rückfrage beantwortet das Küchenpersonal mit schmaler Lippe, man finde sie nicht mehr, man wisse auch nicht, wo sie momentan sei und vertröstet mich auf morgen früh um acht, Da können Sie ja die Küchenchefin gleich zu Beginn ihrer Schicht ansprechen.

Bon appétit!

Sommerwärme im Innenhof ... Schattenspiele unter Sonnenschirm, Champagnerregen dichtet Worte, Tagliatelle al tartufo, Jakobsmuschel, Rotweinschimmer ... Dichterworte quatschen nicht kraus, haben genügend Erfahrung, um zu wissen, dass die einfachste Art, eine Rose zu töten, die ist, sie gewaltsam zu öffnen, solange sie nicht mehr als ein knospendes Versprechen ist. Nicht vieler Worte bedarf das Verstehen. Ein bestimmtes Wort, ein bestimmter Augenblick kristallklar von Seele zu Seele.

Bon appétit!

So fließt nun dieser sonnige Tag, mit einem letzten Satz, dank der Hilfe einer therapeutischen Abwehrlüge und unserer anschließenden Verpflichtung zur Wahrheit in das Abendessen mit der Dame in Schwarz in der TRATTORIA TOSCANA.

Bonne nuit!

TAG 52 MI

Vorbei die Vorträge (1-6) von Dr. No. Werde nun an den Gruppensitzungen vom Chefstrategen Dr. Richard Papst wieder teilnehmen. Vermisste diese Highlights, montags und mittwochs. Vertraute Gesichter verabschiedet, neue dazu gesellt, die sich zum Wiederbeginn der Gesprächsrunde nun kurz vorstellen und ihren ganz persönlichen Themenwunsch äußern werden. Der Chefstratege sammelt reihum, wie gewohnt, die geäußerten Themenwünsche, die jeder oder jede so auf dem Schirm hat, oder, wie man/frau hier treffender sagt, auf der Seele oder auf dem Herzen trägt und entscheidet sich, wie so oft, für das Thema, das am häufigsten genannt wird. Das Thema kreist heute um die Kreise. Na, das passt ja wie die ‚Faust aufs Auge'. Frau A, die ihrem Chef stets assistiert, klemmt ein großes weißes Blatt ans Flipchart, reicht ihm den dicken schwarzen Edding. In die Mitte zeichnet er einen großen Kreis, strahlenförmig umringt von einer Anzahl kleinerer Kreise. Darüber die Worte: *Viele Kreise und Fragen, Warum?* Jeder, der hierher kommt, steht zu Beginn in der Mitte, allein, im großen Kreis und hat Fragen über Fragen. Mit der Zeit umgibt ihn eine Vielzahl weiterer kleinerer Kreise. Dann steht man/frau für Wochen mittendrin im großen Kreis, umgeben von Erkenntnissen, Freundlichkeiten und netten Menschen, erfährt Ehrlichkeit und Offenheit, kurzum, man/frau fühlt sich nach langer Zeit wieder wohl. Irgendwann, und das braucht seine Zeit, beim einen mehr, beim andern weniger, schließen sich die einzelnen Kreise zu einem neuen farbigen Ganzen zusammen. All die gesammelten Erfahrungen aus den unterschiedlichen Therapien, Gruppen- und Einzelgesprächen, den körperlichen Aktivitäten und Anwendungen wie der therapeutischen Körperwahrnehmung, der lösungsorientierten Gruppe, den kreativen Kursen sowie den vielen verschiedenen Vorträgen hier im Hause, den Entspannungsübungen, um nur Einiges zu nennen, führen irgendwann zu einer neuen farbigen Wahrnehmung des Lebens, im Idealfall zu einer Belebung des verlorenen Seins. Und nach einiger Zeit verlässt man/frau diese ‚Insel', wird wieder hinaus in die wuselige Welt gespült, die man/frau zuvor verlassen hat ... melde ich mich und frage, Wie kann ich denn die Farben, die ich hier gefunden habe, *da* draußen erhalten, und blicke aus dem großen Fenster. Im Kern war mir die Antwort klar, nicht nur für den Äußeren Garten sorgen, sondern im gleichen Maße mit

Achtsamkeit auch für das Gedeihen des Inneren Gartens Sorge tragen. Und wie der Chef nun mal so ist, vergleicht er das Leben mit einem Drucker, der bei ständigem Gebrauch mit neuer Farbe aufgeladen werden muss, damit er weiterhin die Bilder des Lebens in leuchtenden Farben ausdrucken kann. Nicht wörtlich, aber genauso gemeint. Nicht ohne Grund wurde dieses Thema erörtert. Eine Buchempfehlung vom Chef zum Abschluss – *Robert Betz – Psychologe!*

Kurz nach 15.00 Uhr verlasse ich die Anstalt, wie jeden Mittwochnachmittag, werfe sicherheitshalber eine Valoron ein, damit kein eifersüchtiger Schmerz das Kreative-Schreib-Seminar verhagelt. Von der Dame in Schwarz erhalte ich eine Leseempfehlung. Zwei begeisterte Leser, die sich beim traditionellen Schümli mit gemeinsamer Literaturerfahrung bereichern. *Svenja Leiber – Das letzte Land,* eine brillante Autorin mit wunderbarer Sprache. Einklang hinter Motivations-Grußkarten-Ständern.

EPISODE 2

DIE METAMORPHOSE

TAG 53 DO

Ist dies die sichtbar gewordene Metamorphose, eine Nachwirkung der gestrigen Gruppentherapie oder das Zusammenziehen der kleinen, der großen, der farbigen Kreise, die sich heute Morgen um 08.23 Uhr zum ersten Mal auf diesen Seiten zeigen. Die sichtbare Veränderung von Tintenschwarz zu Irish Green. Gleich gestern Spätnachmittag, kurz vor dem Unterrichten, vollzog sich dieser optische Wandel. Das Gefühl, ein Zeichen setzen zu wollen. Mein Montblanc hatte mir seinen Wunsch geäußert. Nach all den Jahren, es mögen gut dreißig sein, würde er gerne einmal etwas Neues wagen, die Farbe der niederzuschreibenden Gedanken und Observationen seines Halters in einem neuen, einem farbigen Licht … So weit so gut, ich hatte verstanden. Im Schreibwarenfachgeschäft meines Vertrauens teilte ich *seinen* Wunsch einer freundlichen Verkäuferin mit. Sie nahm den Ball mit einem verständnisvollen Lächeln an und spielte ihn zurück. Dann will ich mal versuchen *seinem* Wunsch zu entsprechen, sie eine elegante Wendung drehte, Reihe um Reihe das Tintenfassregal absuchte, mir jene und diese Tinte, auch die eines

>*Grafen*< anbot, aber sogleich an meinem Gesichtsausdruck erkannte, dass ich keine Alternative zur originalen Montblanc-Tinte zulassen würde, sie nun ganz hoffnungsvoll versprach, Ich schau mal, wenn Sie erlauben, schnell im Lager nach, ob wir den Wunsch nach einem frischen Irish Green nicht doch noch erfüllen können. Nur kein Stress, wir haben genügend Zeit ... rief ich ihr hinterher, da hob sie schnell die Hand, rasselte mit dem Lagerschlüsselbund wie zur Bestätigung und entschwand in den hinteren Räumen. Mit einem Strahlen und den Worten, Na ... da dürfte sich Ihr Montblanc aber freuen, kam sie zurück, hob die gefundene Tintenfassverpackung wie eine Sieges-Trophäe vor meine Augen und sah dabei glücklich und äußerst zufrieden aus. Bedankte mich für ihre Mühe, sie kassierte die ordnungsgemäße Summe in bar und wir verabschiedeten uns mit einem „*Sonne durch den Tag zu gehen*“. Die Metamorphose vollzog sich mit diesen grünen Zeilen, unterschrieben mit *Jean-Paul Gris*. Das Innere vollzieht im Äußeren die Metamorphose.

Schattenregenflecken trocknen,
Sonne und Farbe blitzen auf.

09.56 Uhr Warum dies alles so geschah, was zuvor beschrieben, sei für einen Moment zur Seite gelegt. Mir fiel plötzlich, nach einem Blick auf die Uhr, der Termin mit meiner Gesprächstherapeutin, Frau A, ein, so sehr waren die Gedanken in die Metamorphose vertieft, dass ich fast den Termin verschwitzt hätte oder zumindest nicht pünktlich erschienen wäre. Frau A hatte mich vor gut zwei Wochen einmal liebevoll darum gebeten, genau zu beobachten und zu notieren, welche Umstände dazu führen könnten, den Schmerz im

Knie zu verstärken, und überreichte mir dazu ein kleines schmales Heftchen. Mit Aufmerksamkeit und Achtsamkeit notierte ich die Umstände, reduzierte, soweit es möglich war, die rein körperliche Belastung während der Übungen bei Frau M, was viel Training im Stehen und Gehen erforderte. Das Achtsamkeitstraining dagegen nicht. Das absolvierte ich mit Genuss und Dank. Vermied unnötige Flur-Wege, ökonomisierte meine Gehstrecken und Stehzeiten, verschmähte Ergometer und das Manual-Therapeutische Training an den Geräten. Wenn dies zu viel Knie- und Beinarbeit verlangte, wich ich auf andere Trainingsübungen aus. Beobachtete genau das Wetter, die Veränderung, die körperliche und kam nach einiger Zeit der achtsamen Observationen zu diesem Ergebnis: Die Reduzierung, das bewusste Vermeiden geh- und stehtechnischer Belastungen ist ein positiver Beitrag zur Schmerzreduzierung. Grenzen setzen. Zum anderen ist das Wetter eine besondere Belastung, wenn mit fallendem Tief kühle Feuchtigkeit in Knochen, Gelenke und Wirbelkörper dringt.
Hier verblasst die Spur von Monsieur Gris bis zum späten Nachmittag.

16.47 Uhr kurz vor dem Abendessen, beobachten wir ihn bei einer neuerlichen Notiz:

Sitze jetzt oft alleine in der Anstaltscafeteria. Leider nicht mehr beim *traditionellen* Schümli. Nachdem die ‚Alte' ihren Geist aufgab und durch eine ‚Moderne Vollautomatische' ersetzt wurde, habe ich erst den neuen ‚Schümli' aus dem sprechenden Vollautomaten probiert, dann einen Espresso, diesen beliebten, leistungsorientierten kleinen Schwarzen.

Auch den normalen Crema-Kaffee stellte ich auf die Geschmacksprobe.

Vor zwei Tagen wurde die Neue in Betrieb genommen, eine glänzende Edelstahl-Moderne mit beleuchtetem Multifunktions-Touchscreen, sogar mit bewegten Bildern im Display, die dem Personal zeigen, wie man richtig reinigt *in drei Schritten*. Alles scheint nun so einfach, so verbessert, so Smartphone-ähnlich-wischbar. Aber was für eine große, bunte Täuschung. Die Ingenieure entwickelten eine Maschine, die den Seh- und Bedienungsgewohnheiten der Smartphone-Generation entspricht, sie vergaßen aber dabei oder wurden im schlimmsten Falle dazu beauftragt, die Café-Genuss-Qualität zu verbessern. Die Füllmenge wurde reduziert, die alten Tassen nicht ausgetauscht, somit der Vergleich sicht- wie schmeckbar. Vielleicht nur eine Unachtsamkeit, ein Versehen, oder aus Kostengründen wurden die alten Tassen einfach nicht ausgetauscht. Nicht nur das Volumen der Kaffeemenge, auch der Geschmack und das Aroma wurden reduziert. Hätten sie mal kleinere Tassen genommen.

Das bemerkten sogar die Kaffee trinkenden Damen der Anstalt. Von den Herren hörte ich keine diesbezügliche Klage. Frauen sind empfindsamer. Doch zu wenige der Damen reklamierten an richtiger Stelle, beklagten einander am Kaffeetisch die Veränderung. Ich sprach dies liebevoll, selbstverständlich mit Humor verpackt, an richtiger Stelle an, fand sofort beim Servicepersonal ein offenes Ohr, erhielt die Bestätigung meiner Wahrnehmung und animierte die Kaffeetischdamen, ihre Sammelklage der Kioskdame mitzuteilen.

Das zeigte unmittelbar Wirkung. Aufgrund der Klagedichte griff sie engagiert zum Telefon. Ein Techniker müsse extra kommen, um per Laptop das System umzuprogrammieren, sie selbst habe da keinerlei Möglichkeit, verbessernd einzugreifen, seufzte sie. Bewegte schöne Bilder hin oder her, sagte ich.

17.39 Uhr So! Nun sind die Hennen vom Tisch geflattert. Endlich Ruhe! Donnerstags und freitags dreimal täglich und samstags, Anstaltsgott sei Dank, nur zum Frühstück. Danach bin ich zum ‚Wochenende' auf und davon. Sitze seit Neuestem mit zwei gackernden Hennen alleine am Tisch Nr. 9. Der vierte Platz von der Dame in Schwarz bleibt seit dieser Woche an drei Tagen verwaist. Ich spüre Hohlraum. Sie ist mir die einzige noch verbliebene im Geiste und Wesen angenehme Person. Nicht nur, dass wir eine fast ähnliche körperliche Schmerzhistorie seit 22 Jahren haben, uns in dieser Sprache des Schmerzes und seiner Begleiterscheinungen so motiviert unterstützen, es ist diese unaufdringliche und intelligente Art und Weise, respektvoll miteinander umzugehen, die ich vermisse, die uns über die letzten Wochen zu innigen Vertrauten zusammenschweißte. Und ihr stilles Lächeln. Nach neun Wochen Aufenthalt in der Anstalt ist sie jetzt nur noch von Montag bis Mittwoch anwesend, absolviert die sogenannte dreiwöchige Auswilderungszeit, wie wir beide diese Übergangszeit scherzhaft nennen. Ein langsames Annähern an das zuvor verlassene Draußen, ein schleichendes Ausklingen aus dem farbigen Inneren dieser Anstaltswelt. So müssen meine überforderten Ohren, zumindest bei den übrigen Mahlzeiten, leiden, Stunde um Stunde, die ich täglich mit den beiden Hennen alleine am Speisetisch verbringe. Und das meist stumm. Die Schnelle Inge, mir zur Rechten, nun schon in ihrer vierten Woche, knabbert jetzt noch intensiver an meinem Ohr, das lernte, sich selbst zu schützen. Mein limbisches System reagiert da völlig selbstständig. Ein rein vegetativer Schließmuskelprozess. Der Körper schützt sich in seiner ganz eigenen Intelligenz, jetzt, da er wochenlang in Achtsamkeit trainiert wurde. Die Schnelle Inge, ich kann sie kaum mehr ertragen, noch weniger akustisch. Heute Mittag erst, nur mal zu Studienzwecken, wechselte ich meine Hör-Perspektive, besetzte den verwaisten Platz der Nr. 1 ihr gegenüber, von wo aus die Dame in Schwarz mit Humor und feiner Ironie mir stets die Wortbälle zuwarf, wir uns gegenseitig achteten mit dem, was wir sagten, dieses nun leider nur noch montags, dienstags, mittwochs fortsetzen können. Ich wechselte also meinen Platz. Saß der Schnellen Inge gegenüber in der Hoffnung, dass sie nicht mehr so direkt mein rechtes Ohr anknabbern würde. Die Studie ergab: Es wurde alles nur noch schlimmer. Nicht nur, dass mir ihr Antlitz jetzt ganz offen und vollflächig gegenübersaß, nein, dass, was sie laut zu sagen hatte, sie jetzt noch lauter und spitzer mir entgegenblies und dabei das Wort im Winde wendete, wie es ihr beliebte, um es einmal höflich auszudrücken. Beim Mittagessen, wer weiß schon warum, sagte sie, Ach Kasseler ... igitt, das mag ich gar nicht, und aß es trotzdem auf. Zum Abendbrot füllte sie ihren Teller wiederum mit kaltem Kassler und Kartoffelmajonäse. Ich fragte sie, nach dem Abendessen, Was denn diesen Sinnes- oder Geschmackswandel bei ihr ausgelöst hätte, sie mir ohne nachzudenken schnellstens antwortete, Äääähhh ... ach kaltes Kassler mag ich gar nicht und auch keinen Kartoffelsalat mit Mayonnaise. Ich war platt. Verstummte. Mein Seufzer endete mit einem milden Lächeln. Ich sehnte mich nach Montag, Dienstag und Mittwoch. Ob die Schnelle Inge selbst das gleiche bemerkte wie ich, das bezweifle ich, und dennoch war mir so, als ob sie plötzlich etwas einsilbiger, auch etwas kurzatmiger wurde, so als ob irgendetwas ihr den Hals abschnürte. Ihre Gesichtsfarbe zeigte keine besondere Auffälligkeit, sie fluchte weiter über den obligatorischen roten Anstaltstee, vermutlich wie immer mit Hagebuttenaromen, wirklich dahintergekommen bin ich nie, was ihn so blass rot färbte, den sie ja überhaupt nicht mochte, die lauwarme Fruchtbrühe aber stets leerte. Sie aber staunte, dass ich selber nichts mehr davon trank. Ich versorge mich des Abends lieber mit zwei Bechern eiskalter Buttermilch ... entgegnete ich auf ihre Frage nach dem Warum und außerdem ist schönes Wetter. Ach, die habe ich noch gar nicht gesehen ... wo steht die denn, bin ja gar nicht bis ans Ende des Buffets gekommen. Dabei steht die Buttermilch dort wie jeden Abend, diesmal sogar direkt neben dem Silbertablett mit den kalten Kasseler-Restscheiben vom Mittag. Da staune noch, wer staunen mag. Nicht aber die Schnelle Inge.

Ich bleibe allein, notiere meine Gedanken und Observationen, solange sie noch frisch sind, ins neue Buch der grünen Metamorphose. Noch klingeln Inges schnelle letzte Worte in meinem Ohr, Ich renn' jetzt mal schnell in die Stadt herunter (*ca. 2 km*), muss zur Bank, Geld holen und Zigaretten kaufen ... Also, Geld könnte ich dir auch leihen ... fuhr ich fort, ... da brauchst du nicht schnell zu rennen, oder fahr doch mit dem Bus, der ist für uns umsonst ... Nein, nein ... sagt sie ... ich muss jetzt ganz schnell rennen ... und fragt noch, Soll ich dir was mitbringen ... schlüpft in ihre beiden gesteppten Ärmel, hängt den Riemen der kleinen Handtasche über die Schulter, Ach, einen Sack voll Geld, wenn du schon zur Bank rennst, könntest du mir gerne mitbringen ... scherze ich, Na, wenn ich noch welches bekomme ... und flatterte durch die aufschwingende Restauranttüre. Hennen muss man den Kopf abdrehen, wenn sie reif geworden sind.

Was ist geschehen? Das Platz vergebende Computersystem setzte uns vor zwei Tagen eine zweite flatternde Henne an den Tisch. Direkt mir gegenüber auf den Stuhl, der nur für wenige Tage schwieg und zuvor noch von der schockblonden Corinna mit ihrem Slang so angenehm belebt wurde. Manches lernt man/frau erst zu schätzen, wenn es nicht mehr vorhanden ist. Sechs Mal flatterte die neue Henne schon als Gast in diese Anstalt. Das Erste, was wir von ihr hörten war: Erst letztes Jahr einen Hirnschlag erlitten und deshalb zum siebten Mal hier an den Ort der Stille. Bei einem ersten Abendessen am Mittwoch erfuhr ich alles von ihr, im Schnellgang: Ich mag so gerne Tomaten. Dafür stand sie zweimal auf. Stakste groß und schlank mit ergrautem Kurzhaar zum Buffet, in der Hoffnung, man hätte wieder Rotes nachgelegt. Kam jedes Mal Tomaten- und atemlos zurück. Also zum siebten Mal bin ich jetzt hier. Hirnschlag. Wohne in Detmold. Und in Gelsenkirchen ... dort stehen aber nur leere Möbel. Der Vater aus dem Ruhrgebiet. Dreckig war es da. Kaufte in den Fünfzigern ein altes Haus auf Hiddensee, das habe ich aber bald verkauft. Der Vater starb. Die Kinder nicht. Sie bauten dann ein neues Haus, nachdem ich selbst zuvor schon ein neues baute. Dann geschieden. Dann die Kinder und immer so viel Stress. Das Haus mit den Kindern an den Wochenenden aufgebaut. Zum siebten Mal bin ich nun hier ... wiederholt sie zur Bestätigung ... und dann hasse ich die Hitze. *Puuuuh* ... ich ließ erstmal Luft ab. Dann sprudelte es weiter. Schon bei einem bisschen Wärme sehne ich mich nach Kälte und Regen, die Hitze macht's mir immer eng am Hals und in der Brust. Und dann *muss* ich täglich 1000 Meter schwimmen. Vor dem Frühstück, das mach' ich doch so gerne ... vernahmen meine erschöpften Ohren ... aber hier sind es 17 Bahnen oder 20, die ich schwimmen muss, das Joggen fällt ja hier aus, sagt sie, und Walken würde ja jetzt auch ausfallen. Wieso ... frage ich ... die Gruppe stöckelte doch heute Morgen wieder los, Nein, ich walke nur ohne Stöcke. Mein Arzt sagte mir, das sei gesünder, dann laufe ich lieber für 1-2 Stunden. Aber heute bin ich schon total gestresst. 5 Termine. Und schnaufte kurz aus. Da ergriff ich die letzte und erste Möglichkeit zu fragen, Und wann ruhst du aus, Ach, das macht mir alles so viel Spaß, ich bin schon zum siebten Mal hier, ich kenne das alles, wie es läuft, von früher her, da war ich schon mal für Wochen im Burgschlösschen, aber hier im Hause, da kenn ich mich viel besser aus. Ich ließ einen trockenen Seufzer auf die vollgesprochene Tischdecke fallen. Kurz darauf verschwand sie. Ich schrieb und schrieb, nur um mir das Klingeln aus den Ohren wegzuschreiben. Dr. No lässt grüßen. Überlastungssyndrom.

18.31 Uhr Atempause in der Anstalt.

19.01 Uhr Schlusswort. Ein letzter vibrierender Nachtrag. Noch einmal zurück zur Schnellen Inge. Komme ja kaum von ihr los ... was ist da los, bin ja schon ganz wuschelig. Heute Mittag bemerkte sie mit keinem Wort, dass ich ihr gegenüber saß. Den Platzwechsel in der Gischt ihrer Worte vermutlich

nur übersehen. Vor ein paar Tagen fragte sie, ob ich ihr ein Buch ausleihen könne. Aber bitte nichts Kompliziertes. Ich forschte in meiner kleinen Bibliothek, zu kompliziert, zu dick, zu anspruchsvoll, ah, das Schmale mit den Bildern, ja, das ginge vielleicht. Dieses erste Buch erhielt ich mit, Habe es schon gelesen, toll ... ohne weiteren Kommentar beim Frühstück zurück. Es ist ausgesprochen schmal und knapp geschrieben mit vielen Zeichnungen ausgeschmückt, nur eine kurze Abhandlung. Durch ihr *begeistertes* Feedback animiert, ließ ich mich dazu hinreißen, ihr ein ähnlich schlankes vom gleichen Autor *‚Murakami‘* zum kalten Kasseler-Abendessen mitzubringen. Legte es zwischen uns auf den Tisch. Derweil ich mir einen frischen Blattsalat zubereitete. Mit gereiftem Balsamico und bestem Olivenöl aus der heimischen Küche. Sie hat das Buch nicht wahrgenommen. Der Wind hob nur ihre Wortflügel. So nahm ich meine gute Absicht, die >*Unheimliche Bibliothek*< von Haruki Murakami wieder unbesprochen mit aufs Zimmer. Das sei mir eine Lehre. Ach verdammt, nur noch eine letzte Note. Dass Schnelle Inge, als sie meinen angerichteten Salat erblickte, ihr Kasseler zerschnitt und es klang wie eine Entschuldigung: Eigentlich wollte ich mir ja heute Abend auch einen Salat holen ... trank dabei einen Schluck kalte Buttermilch. Aha. So. Nun ist aber gut mit ‚das‘ Schnelle Inge! Sonst träum ich noch von ihr, anstatt von ...
Bonne nuit.

TAG 54 FR

Allein in der Dunkelheit des Zimmers. Ein Platzregen am frühen Morgen. Unter den Regentrommeln rollen Körper und

Gedanken von Seite zu Seite. Schaue verschlafen auf die Uhr, kurz vor sechs. Bleibe liegen. Auf der beschlagenen Fensterscheibe eilen letzte matte Perlen. Die aufsteigende Sonne wird die Feuchtigkeit aus meinen Knochen ziehen. Ich spüre den letzten Schmerz.

Und Leben. Atme. Das Leben.

Ein Morgen wie aus dem Bilderbuch. Die Nässe der Nacht schwebt über dem Asphalt. Feine Nebelfahnen kräuseln zur Sonne. Unter azurblauem Himmel erwachen Träume.

Und Leben. Atme. Das Leben.

06.41 Uhr Guten Morgen! Inhaliere die erste Zigarette auf der Raucherbank. Ich rauche gerne. Das ist wie mit Hunden, da bekommst du sofort Kontakt. Vernehme die ersten Berichte des Tages über ‚*Schulte*', übers Tanzen, Anmache und Wein im Kopf, der morgens verkatert vom Abend spricht, über den Schwarzen Mann und ‚*den*' mit den roten Haaren.

Jetzt bin ich sicher, *googel***n** führt zu Muskelverspannung. Mit der attraktiven Sylvia, nicht die aus B, eine liebenswürdige schlanke Mathematiklehrerin Mitte dreißig, mit transparenter Sommersprossenhaut, bewegungsaktiv bis fließend nervös, die ihren Aufenthalt einem unerklärbaren Ganzkörperschmerz verdankt, sitze ich schon länger auf der sonnigen Raucherbank. Der Schmerz, das gemeinsame Thema, verbindet in vertrauensvollen Gesprächen, in denen wir Gedanken zu und Erkenntnisse aus den Vorträgen >Über Ursache und Wirkung< austauschen. Durch unser Erzählen angeregt führte ihre Bitte zum Erfolg. Der Chef der Anstalt ermöglichte ihr die Teilnahme an den nächsten sechs Vorträgen von Dr. No im Burgschlösschen – sie war begeistert – Dienstag soll es losgehen... strahlt sie mich an ... und vielen herzlichen Dank für deine Unterstützung. Aber zurück zur Ursache der Muskelverspannung. Sie quält ihr Smartphone, wir *googeln* Schulter an Schulter, suchen Kopf an Kopf nach einem indischen Restaurant. Wollte unbedingt meinem abendlichen Hennen-Tisch entfliehen, nicht noch einmal allein zwischen zwei stürzende Wortkaskaden geraten, nicht ohne die humorige Hilfe der Dame in Schwarz sein, mit der ich alles Flattern am Tisch mit Ironie würzen würde. Mühsame dreißig Minuten später, nach vielem, vielem, Schau mal hier, schau mal da, wisch rauf und wisch runter, dabei schlug sie immer wieder ihr langes blondes Haar hinter ihr rechtes Ohr, Mist ... irgendwann haben wir Erfolg. Sie wischt nach und stoppt plötzlich, Hei ... ich glaube, es gibt nur einen Einzigen in der Gegend, der erreichbar wäre, schau mal. Notiere mir Namen und Adresse von >*Zambo*< und verabschiede mich mit einem ganz herzlichem Dankeschön für die engagierte Suchhilfe. Gerne ... und berichte mir, wie es war, ob sich die Suche denn gelohnt hat. Mit einem ‚Ja sicher...' ziehe ich mich Muskel verspannt und Augen erschöpft auf die Nichtraucherbank zurück. Gedanken surfen im Schatten unter dem Sonnenschirm.

Meine Phantasie zeigt mir eine Gesellschaft im Leistungsstress, stets auf der Suche nach der optimalen Muskelverspannungs-Frequenz G3, G4, G5. Sie zahlen drei oder sechs oder neunhundert Euro, Sind jederzeit verfügbar. Sie eilen. Sie optimieren ihre Zeit. Das Selbst dürfen sie nicht verlieren. Die Ereignisse rücken immer dichter zusammen. Nur die Zeit bleibt. Erinnerungen vergessen. Leerräume. Zwischenräume versiegen. *Atemlos durch die Nacht ...* singt Helene und vom Himmel stürmt ihr der Wind lichterloh durch die blonden Haare und die Fans surfen ins Land ihrer Träume. Und ich frage mich unter dem schattigen Sonnenschirm, ob Google, Facebook & Co sich mit den Sozialanstalten dieser Welt verbündet haben und ob sie die Nahrungsmittelindustrie mit ins Aida-Boot nahmen. Schließlich müssen die Nerds- und Wisch-Phone-Junkies ja smart ernährt werden, Pizza, Cola, Chips, diesen Heißhunger der Seelen stillen, aber niemals sättigen. Stets bleibt eine Hungerspalte für Nachschub offen. Zeit ist Geld. Wir dürfen nichts verlieren. Vor allem nicht uns selbst.

So wie ich den Schmerz (er)trage
Spannung <> Entspannung
Metamorphose
!

10.45 Uhr Termin ‚Lösungsorientierte Gruppensitzung‘. Die ausdrucksstarke psychologische Verhaltenstherapeutin begrüßt mit serbischer Klangfarbe die Damenrunde *(pardon: und wir ... wir sind ja nur zwei Männer)* und begrüßt dann doch, *(...aha)* mit einem, Herzlich willkommen der Herr ... den heutigen Neuzugang, den *‚Herrn Detlef‘* zur 3. Sitzung ... suchen Sie sich bitte einen Platz zwischen den Damen ... dreht und sucht, rosig seine Wangen, richtet verlegen seine Haare, putzt seine rahmenlosen Brillengläser und setzt sich.

Der Therapie-Plan für heute sieht Folgendes vor: Bildet

Vierer-Gruppen. Entwerft eine imaginäre Person mit einer passenden Biografie und gestaltet einen Tag dieser Person, von A - Z. Also einen Tag lang die Aktivitäten durchtackern, notiere ich mir am Rande. Und richtet eure Aufmerksamkeit ... so reibt die raue, rauchige Stimme ihre Worte weiter ... im Augenblick nur auf die schönen und positiven Momente. Der Tag muss strukturiert werden, wenn er angenehm gestaltet werden möchte. Ab Fünfzig ist es ja auch sinnvoll, wenn man sein Gewicht halten möchte, 3 x die Woche für 80 Minuten den Körper zu trainieren. Zu Beginn mag das ja mühsam sein, doch nach der 6. Woche tritt so etwas wie ein Automatismus der körperlichen Übung ein, so wie das tägliche Zähneputzen, welches ja auch ohne Mühe geschieht. Das dauert ja auch nur 3 Minuten, frotzelt mein Gedanke. 20 Minuten Zeit für den Tages-Plan-Entwurf. Schnell finden sich zwei Vierer-Gruppen, ziehen sich in eine Ecke des Raumes zurück, begleitet von lebhaftem Gemurmel. Der ‚Unterwürfige Herr Detlef', die sommersprossige Mathematiklehrerin, ein mir unbekannter Polizist, ein Neuzugang von letzter Woche, und ich bilden die dritte Vierer-Gruppe. Wir ziehen uns in den stilleren Wartebereich des Flurs zur konzentrierten Planerfüllung zurück. Mit viel Freude und Humor, Nein das können wir so nicht schreiben ... Wieso nicht, das soll doch ein perfekter Tag werden, Ja aber ... das ist doch nicht glaubwürdig, Kein Aber ... kontere ich mit einer Prise Ironie den Einwand. Ausschlafen, Kaffee ans Bett, schöne Musik, Sonnenschein ... ich notiere nur die schönsten Momente ... entscheidet Sylvia und kommt kaum mit dem Schreiben nach. So entsteht in zwanzig lachenden Minuten unser ‚idealer' Plan eines ‚idealen' Tages einer ‚ideal' strukturierten Person. Jede Gruppe ist gespannt auf den Tagesablauf der anderen.

Alle drei Pläne werden von je einem Auserwählten im Plenum vorgetragen und mit einem anerkennenden Applaus belohnt. Die serbische Stimme kommentiert jeden Planentwurf, gibt Lob und Hinweis für eine sinnvolle Tagesstrukturierung. Für unsere Gruppe spricht unsere Mathematiklehrerin, gewohnt, Geschriebenes gekonnt vorzutragen. Stellvertretend erhält sie ein großes Lob für unseren im Detail ‚ideal' ausgearbeiteten Plan einer ‚idealen' Tagesstruktur. Wir schauen uns an, mit Humor und viel Lachen lassen sich immer beste Ergebnisse erzielen. Vor allem in solch einem geschützten Umfeld, frei von allen privaten, beruflichen, familiären oder gesellschaftlichen Verpflichtungen. Eine druckfreie Zeit, in der sich Körper, Geist und Seele weiten dürfen. Aber wie wird später die Welt dort draußen auf uns reagieren? Wenn Herr Ernst und Frau Ärger und der Sorgen Chef wieder die Tage übernehmen, uns zweifeln lassen, uns von den neu betretenen grünen Pfaden wieder zurück auf die eingefahrenen Autobahnen jagen werden. Ja, ‚*ihr*' hattet ja auch eine stressfreie Zeit auf der grünen Kastanieninsel ... höre ich sie schon ... aber wir unterdessen ... das schiebe ich weg.

Zum Ende der Stunde, als Letzter an der Tür, frage ich die serbische Stimme, ob es eigentlich schädlich sei, wenn man abends zum Einschlafen den TV-Timer auf 30 Minuten einstellen würde, um im beruhigenden Gemurmel einzuschlafen. Nein, nicht wirklich ... sagt sie, Es wäre nur gut, wenn der Fernseher weit genug von Bett wegstünde. Der TV-Timer ist auf jeden Fall nicht schädlich. Antwort mit Ironie. Verstehe. Sie verabschiedet mich mit dem liebevollen Hinweis, Besser sei es natürlich, mit autogenem Training die Gedanken zu schlichten, um anschließend friedlich einzuschlafen. Bei allem Humor. Sie hat Recht.

Sofort nach der ‚Lösungsorientierten Gruppe' erst einmal hinaus an die frische Luft. Eine köstliche VanNelle im Sonnenschein. Die steifen Beine vertreten, ohne zu stolpern, achtsam in Bewegung bleiben, dann geht's gut.

12.05 Uhr Freitag. Fischtag. Ein kleines Stück Seelachs. Immerhin hat er noch ein offenes Auge, ist also noch halb am Leben, nicht totgebacken wie der Lachs vom letzten Freitag. Ein Seelachs ist ja kein Blindfisch. Als Beilage gibt es zwei kleine Kartoffeln mit etwas weißer (?) Soße, sicherheitshalber ganz ohne definiertes Aroma. Dazu vom Buffet, wer mag, einen Eisberg-Möhren-Salat. Ich mag, wenn ich ihn mit den mitgebrachten Zutaten mariniere. Wirklichen Hunger entwickelte ich hier nie. Nur kulinarische Sehnsüchte. Und dann die ‚Schnelle Inge'. Wieder einmal in Hochleistungsform. Noch bevor ich sitze, übergießt sie mich mit einer Kaskade grauer Nebelschwaden, ausgefallenen Terminen und nicht erfüllten Wünschen, der ich inhaltlich nicht mehr folgen kann und möchte. Nun aber ihre Lobpreisungen, Eisberg & Möhren marinierend, die ich nicht mehr ignorieren kann. Siehst du ... spricht sie mich ganz direkt an und vergewissert sich, dass ich ihr auch zuhöre, Siehst du ... und strahlt übers ganze Gesicht ... ich habe mir heute auch einen Salat genommen, werde ihn so wie du würzen und anmachen. Bitte schön ... und reiche ihr den alten Balsamico und das kalt gepresste Olivenöl. Es war nicht zu überhören, wie sie so laut und glücklich wie ein ADS-Kind mir mitteilen musste, was ja nun nicht mehr zu übersehen war. ‚Es' spricht ohne Punkt und

Komma weiter über dies & das und jenes, wovon sich nur unzusammenhängende Fragmente in mein rechtes Ohr nisten, dass ja ohnehin nur noch zu 20% aufnahmefähig ist (*Zwei Mittelohrentzündungen in der Kindheit … sei Dank in diesem Moment … in jedem Unglück wurzelt ein neues Glück*). Und zur akustischen Abwechslung wende ich mich meiner zweiten Tisch-Henne zu.

„Die Vielfalt macht das Leben bunter, die Einfalt gräbt sich nur tiefer ein", zitiere ich am Morgen bei Frau K, während der letzten Cranio-Sakralen Anwendung. Ich bin ab morgen im verdienten Urlaub … strahlt ein gesundetes Gesicht unter aschblond gewelltem Haar. Ich danke ihr für ihre Hilfe in den vergangenen Wochen, für ihre kurzen, aber stets intensiven Worte des Mutes und der Zuversicht. Sie wünscht mir viel Kraft für meinen Weg, verleiht ein Kompliment für das schriftliche Feedback, das ich ihr nach meinem ersten Besuch in der TRATTORIA TOSCANA überreicht habe. Immerhin hat sie mir zu diesem Ort verholfen, den Besuch als Therapie verordnet. Sie sollten Bücher schreiben! Wie oft habe ich das hier gehört.

Ein Zeichen. Die ganze Anstalt weiß Bescheid. Selbst der Schnellen Inge ist es nicht entgangen, dass ich jetzt mit Grüner Tinte schreibe. Und sie fragt mich nun schon zum 3. Mal (*heute!*), Wann fährst du denn zum Wochenende nach Hause … Samstag nach dem Kreativen Schreiben … wiederhole ich, Ja, dann sehen wir uns ja noch … Ganz sicher, sage ich, und sie schwirrt mit schnellem Schritt davon, lässt mich allein am Kaffee-Schreibtisch zurück. Komme gleich zu dem, was ich mit dieser Vorbereitung auf den Punkt bringen möchte, und Sie werden mir verzeihen, Sie so lange auf die Folter der Spannung gehalten zu haben, schon am Tag zuvor um 16.47 Uhr habe ich damit begonnen, sie einzuleiten, nun aber genug der Vorbereitung für dieses nicht so ernst gemeinte Traktat: *Ritalin* ist begrenzt eine Hilfe. So hilfreich wie notwendig für die Prüfungsvorbereitung zum Bachelor oder zum Magister am Ende eines Jurastudiums, wenn die Überforderungen die innere Aufnahmebereitschaft schwächen, bei geistiger Erschöpfung das Gehirn wieder reaktiviert werden muss. Leider wird Ritalin auch gegen ‚unruhige' Kinder verordnet, wenn Eltern verzweifeln. Mutter: Kann ich Ihnen meine Tochter vorbeibringen, sie hat ein Problem? Therapeut: Nein, Sie dürfen selbst kommen, und zwar allein. Alles will heute optimiert sein. Zeit ist Geld. Und Geld ist knapp. Aber warum müssen dann die Kinder unter den Versäumnissen und Ansprüchen der Erwachsenwelt leiden. Ritalin und Teletubbies sind eine süße Vergewaltigung der kindlichen Psyche. Dennoch, so heißt es ja, sei es manchmal notwendig, die besonders harten Fälle damit zu therapieren. Dringend sei eine Ritalin-Therapie angezeigt, wenn ein Härtefall am Rad dreht, schneller und schneller rotiert, die Worte wild herausschleudert und ich denke, nun komme ich zum Punkt der hoffentlich nicht zu langen Ausführung: wir landen bei *der* ‚Schnellen Inge'. Sie möge doch, so die Empfehlung ihres Therapeuten, einmal in der Woche, für je eine Stunde, in einer warmen Wanne Ritalin baden, nackt und schutzlos dem Wirkstoff ausgeliefert, den gekachelten Erholungsraum mit Kerzenlicht, die Luft mit Lavendelduft stimulieren.

Zur Bestätigung dieser Therapieform sei noch nachgeschoben. Die Aufnahmebereitschaft der ‚Schnellen Inge' scheint völlig erschöpft, und dies so kurz vor ihrer baldigen Entlassung. Eine halbe Stunde nach Mittag sitze ich mit der sommersprossigen, schmerzgeplagten Mathematiklehrerin auf der Raucherbank. Ganz vertieft in ein leises Zwiegespräch über die Vorträge von Dr. No. Der Chef der Anstalt hatte sie zu mir geschickt und mich gebeten, ihr, wie zuvor auch der Dame in Schwarz, von diesen Vorträgen zu berichten, ihr meine Begeisterung und Erkenntnisse weiterzugeben. Die Ganzkörperschmerzmathematiklehrerin wird in der nächsten Woche in den Genuss dieser sechsteiligen Vortragsreihe kommen. Wir sitzen also vertieft im Austausch, als plötzlich die Schnelle Inge auftaucht, dazwischenfährt und sich lauthals am eigenen Wort verschluckt, ich sie höflich, aber deutlich mit der flachen aufrechten Hand stoppe, Entschuldige, bitte ... wir sind gerade in einem sehr persönlichen Gespräch (*sah sie es denn nicht deutlich...*). Nachdem ich der Mathematiklehrerin ihre Fragen teilweise beantworten konnte, steht die Schnelle Inge, etwas abseits, vor der Raucherbank. Liebe Inge ... so bitte ich sie nun, ihre Frage zu stellen, die ihr eben noch so sehr auf der Zunge brannte. Sag' mal ... wann fährst du eigentlich zum Wochenende nach Hause, bist du heute Abend denn noch da ... Liebe Inge, und nehme sie liebevoll zur Seite ...das hast du mich heute schon mehrmals gefragt, das letzte Mal beim Mittagessen, was ist los mit dir. Sprudelnde Worte, gestresste Züge, beim Rest ihrer Zigarette die Antwort, die sie sich selber gibt. Ich habe nichts wirklich davon verstanden. Geschafft. Nun gab sie für den Rest des Tages Ruhe. Habe endlich Zeit, Gedanken und Beobachtungen aufzuschreiben. Die aufheiternden Gesprächsstunden mit der Dame in Schwarz sind selten geworden. Vermisse sie sehr. Ihre Energie. Ihr Lachen. Ihr Vertraut-Sein.

Spannung >< Entspannung.

15.23 Uhr Am Ende meiner 8. Woche sitze ich bei einer heißen Tasse Crema in der Cafeteria. Wie schnell die Zeit jetzt vergeht. Habe nicht einen Tag verloren. Zwischenräume wiedergefunden und geweitet. Die ersten zwei Wochen, ich erinnere mich sehr gut, waren wie einen steilen Berg zu besteigen oder eine Mauer zu durchstoßen. Zeit für ein Resümee finde ich noch in der nächsten Woche. Meine letzte. So der Plan. Ich habe Zeit gefunden. Und Leben. Mit Humor. Nun abseits der Raucherbank unter den Kastanien rauchend die Beine vertreten. Den Körper drehen. Dehnen. Strecken. Das Schreiben unterbrechen.

16.26 Uhr zurück zur fast leeren Cafeteria. Werfe einen Blick ins Buch der Eintragungen für die diversen Kurse, suche das Anmeldeformular für das >Kreative Schreiben<, mich interessiert, wie viele Insassen sich mit mir für morgen angemeldet haben. Blättere und finde nichts. Irritation. Nur ein Gefühl. Ein Gedanke. Dabei bin ich mir ganz sicher. In meinem Therapieplan steht doch der Termin: Samstag 9:30. Fahre mal nach oben, um nachzuschauen. Spannung <> Entspannung. Drücke den Liftpfeil und innen die quadratische 3 zum gelben Flur. Völlig entspannt und beruhigt lese ich: Sa 07.06. 09:30 Kreatives Schreiben, 2. Etage, Vortragsraum 212. Also doch. War ja auch nur so ein Gefühl. Zurück im Lift, drücke ich auf E, auf 1 hält der Aufzug, zwei Insassen steigen wortlos zu. Erst eine beleibte Dame mittleren Alters mit violett getöntem Silberhaar, sie drückt erst die 2, dann dreimal kräftig auf mein leuchtendes E, lässt erst dann den krebsroten Herrn einsteigen, auch er bleibt stumm ohne Gruss, presst seine rechte Faust zu, wieder auf, wieder zu. Spannung <> Entspannung. Der ganze Fahrstuhl vibriert. Die beiden halten es kaum aus. Was ist los? Dann endlich kommt der Aufzug auf E zum Halten. Der Krebsrote drängt in Atemnot hinaus, ich folge ihm, aber wohl nicht schnell genug, schon droht die ‚drückende' Dame mittleren beleibten Alters sich an mir vorbeizuschieben, der Zettel mit den Restaurantöffnungszeiten demonstrativ in ihrer Hand. Die Ungeduld eines Neuzugangs. Die große Wanduhr im Foyer zeigt 16.54. Draußen schießt sie an mir vorbei. An diesem Abend werde ich den Hungersaal nicht betreten.

Spreche die Rezeptionistin im gläsernen Infomodul an, Guten Abend ... hätten Sie einen Moment Zeit für mich? Ja ... blickt sie auf, und ich bitte freundlich um ihre Hilfe, bei der Lösung meiner Irritation. Nach einem anfänglichen mürrischen NEIN, wenn es nicht an der Freizeitangebotswand im Foyer stände, würde das >Kreative Schreiben< ja wohl auch nicht stattfinden. Von meinem freundlichen Lächeln unterstütz, mehrt sich dann doch ihre Bereitschaft, mir zu helfen. Nicht, dass ich Ihnen nicht glaube, dass der Termin für morgen früh in Ihrem Therapieplan stände ... sagt sie und geht forsch durchs Foyer. Wir beide überzeugen uns an der Anschlagswand, dass dort kein Terminzettel hängt. Verschwindet Kopfschüttelnd wieder hinter ihr schützendes Glas. Ich bitte Sie, vielleicht könnten Sie ja irgendwo anrufen, Da kann ich jetzt um diese Zeit keinen mehr erreichen, wir machen ja die Pläne nicht, die Plangestalterin ist freitagnachmittags nicht mehr im Hause ... lässt sie mich wissen ... wir haben auch keine Telefonliste, Ist da wirklich nichts zu machen, trägt denn keiner die Verantwortung ... bleibe ich hartnäckig, bestehe auf einer Klärung und setze mit meinem schönsten Lächeln nach, Vielleicht ist die Kursleiterin selbst zu erreichen, ich bin extra wegen ihres Kursangebots hiergeblieben, und mein Urlaubsschein gilt erst ab morgen, sonst könnte ich ja schon heute Abend nach Hause fahren ... schmolle ich enttäuscht. Jetzt kann ich ihr Mitgefühl gewinnen. Das ist ja wirklich nicht schön ... und ihr Gesicht öffnet sich, Sie haben ja Recht, dann hätte man das auch offiziell bekanntgeben müssen, wenn der Kurs ausfällt ... Ja, das finde ich auch, da haben Sie ganz Recht ... bestätige ich ihre Feststellung. Da kommt sie auf die Idee, Ach, ich könnte mal versuchen, die Kursleiterin auf dem Handy zu erreichen, Toll, das wäre ganz großartig, viel Glück dabei und danke, lobe ich sie. Ziehe mich zuversichtlich an meinen Schreibtisch zurück. Zehn Minuten später steht sie mit traurigem Blick vor mir, entschuldigt sich, sie sei so sehr bemüht gewesen, jemanden zu erreichen, sei aber gleich an zwei verschiedenen Stellen erfolglos geblieben. Das tut mir nun sehr leid für Sie ... bemüht sie sich, mich zu trösten ... extra das Zuhause für heute Abend abgesagt, da kann ich Sie gut verstehen. Aber Danke, dass Sie mir weiterhelfen wollten, hätte heute Abend lieber mit der Liebsten im Garten gegrillt ... schmolle ich mit großen Augen, Ich verstehe Sie, werde mich am Dienstag selbst erkundigen und Ihnen Rückmeldung geben, versprochen. Danke, machen Sie sich bitte ab jetzt keinen Kopf mehr um die Sache, Aber es bleibt für Sie dennoch saublöd, Ist schon in Ordnung, schließe ich beruhigend. Mit Charme erreicht man mehr.

17.18 Uhr Was nun? Stehe schwankend vor der Raucherbank. Um diese Zeit nur mit vier leeren Sitzkissen besetzt.

Das Anstalts-Restaurant ist ausgebucht. Polster auf zwei Kissen, denke bei einer Zigarette darüber nach, wie ich mich mit dieser Absage des >Kreativen Schreibens< fühle. Nichts Schweres. Nur Leichtes. Ein pergamentdünnes Ärger-Papier flattert im Wind des Gelernten davon. Relaxen. Keiner stört mich. Keiner unterbricht mich bei der nachfolgenden Arbeit. Nehme zwei-, drei VanNelle-Züge unter dem schattigen Kastaniendach. Lege in die erste Waagschale: Sofort nach der Zigarette unerlaubter Weise nach Hause fahren, mit Lila den Abend verbringen, sie liebt Fußball im TV - Deutschland vs. Armenien, mit ihr ein Glas Wein und einen Joint zur Entspannung genießen. Die Schale sinkt. Lege nun das Gewicht *Alleine-Essen-Gehen-zum-Gesucht-und-Gefunden-Inder* in die zweite Waagschale. Sie pendelt. Inhalt der ersten Schale: *Eine Überraschung*, ob sie gelingt, wenn ich unverhofft, mit leichter Pergamentverärgerung zuhause auftauche wie ein unerwartetes U-Boot aus dem Nichts, bleibt an dieser Stelle so undeutlich. Lege ein zweites Gewicht in die pendelnde Waagschale: 3 Nächte in Folge, Freitag bis Pfingstmontag, im eigenen Bett an der Seite der Liebsten verbringen? Die Schale sinkt ganz schön nach unten. Dagegen steht, und dies zieht die Schale wieder ein Stück nach oben, ohne den gültigen Freitagabend-Entlassungsschein so einfach zu verschwinden, ist nicht ganz ohne, rechtlich gesehen. Wenn etwas passiert und die Nachtfee, die allabendlich die Insassen auf Anwesenheit überprüft, wird mir keinen Haken auf ihre Liste setzen. Und was dann? Alarm. Suchtrupp. Gehe einen virtuellen Schritt nach rechts, bleibe vor der hoch gependelten zweiten Schale stehen. Lockere beide Arme und das Handgelenk, greife nach dem Gewicht, um die rechte Schale zu füllen: Allein Ausgehen zum Inder wie geplant, lege ich vorsichtig hinein, den Geschmack exotischer indischer Köstlichkeiten genießen. Was aber noch genauso wiegt ist, meine Gedanken zu Papier zu bringen. Nehme jetzt das zweite Gewicht, das da heißt, *Ja-Zum-Inder*, auch wenn er nicht meiner Erwartung entsprechen sollte, was hier an diesem ländlichen Ort nicht wirklich verwundern würde. Als Option im Ärmel und die tiefe Überzeugung in mir hätte ich, in der TRATTORIA TOSCANA, selbst an einem so schönen Sommerabend, ohne Reservierung einen Platz zu ergattern. Lege dieses Gedankengewicht in die Schale. Sie senkt sich. Lege gleich noch ein weiteres Gewicht dazu: Ich komme erst morgen Früh mit frischen Brötchen in den Garten zu Lila. Anruf genügt. Und das sogar drei Stunden früher als erwartet, dank des Kursausfalls, eine vielleicht gern gesehene Überraschung. Gebe jetzt in beide Schalen eine Prise sommerlichen Optimismus, trete ein, zwei Schritte zurück, die ausschwingende Balance bringt alles Zweifeln und Überlegen zum Erliegen. Die Entscheidung ist klar.

17.32 Uhr Rauche eine weitere Zigarette. Nicht mehr alleine. Das immer gleiche Abendessen nimmt das gewohnte Ende. Die gesättigten Nikotinhungrigen stürmen als erste zur Raucherbank, drei finden neben mir Platz, die anderen stehen davor, und der Informationsaustausch fließt. Auch die Schnelle Inge lehnt in Ermangelung einer adäquaten Sitzgelegenheit mit etwas Abstand, rauchend und mit observierendem Gesichtsausdruck, an einem in die Erde eingelassenen sitzhohen Holzpfosten, die hier in Reih und Glied das wilde Parken gegenüber dem Eingangsbereich verhindern sollen. Drücke das glimmende Ende meiner VanNelle in die bemalte Würstchendose. Freue mich, diesen Entschluss zu Gunsten der zweiten Waagschale getroffen zu haben, erhebe mich langsam mit einem strahlenden Siegerlächeln und wünsche hoch motiviert, Euch allen noch einen schönen Abend und genießt ihn ... Wo geht's denn hin ... möchte die Schnelle Inge noch schnell wissen, Du warst ja gar nicht beim Abendessen ... Ich fahre jetzt zum Abendessen ... Ja, allein ... beantworte ich die Frage nach meiner Begleitung, drehe mich um, bin dann mal weg. Mit leichten, Valoron-gestärkten Schritten schlendere ich zur nahegelegenen Tiefgarage, schiebe den Chip in den Öffnungsschlitz, das Gittertor rattert. Der Autoschlüssel klickt, ich starte und öffne das Seitenfenster.

Der Sommerwind weht hunderttausend grüne Schatten aus den Bäumen, sie tanzen Tango und wirbeln auf den Asphalt. Zukunft füllt meine Lungen. Die Zeit dehnt sich. Alles atmet grün. Höre das Flüstern der Reifen und fahre, fahre ... Ich habe mich verändert. Eine Veränderung im Dasein genügt, und plötzlich wird etwas, das du bis dahin nicht beachtet hast, sichtbar und überwältigt dich. Etwas, das du nicht gesucht hast. Du betrachtest die Alben, in denen die Jahre dein Leben gesammelt haben. Die Seiten tanzen im Wind wie das Schattenlaub auf dem Asphalt. Ich blicke nach vorn und weiß, dass das Leben vor mir liegt.

Der letzte freie Parkplatz am Ende der Schlosshofstrasse. Platziere die Parkscheibe auf dem Armaturenbrett und bummle im späten Sonnenlicht zum Ziel meiner Entscheidung, zum gegoogelten Inder >*Zambo*<. Ein schiefer Buchladen, ein altes Café, Passanten wechseln die Seite, Geranien erröten auf schwarzem Brückengeländer, ein später Kleiderständer rollt in den Feierabend. Erreiche nach gut zehn Minuten die notierte Adresse, Osterstrasse – Ecke Grabenstrasse, und stehe zu meiner Verwunderung vor einem blinden Eck-Schaufenster, teils beschmutzt, teils mit Zeitungspapier zugeklebt. An der Eingangstür hängt schräg ein selbstgemaltes Hinweisschild: *Wir sind umgezogen in die Obere Mühlenstrasse 10-12*. Valoron und mit Laubschatten gefüllter Laune sei Dank, mache ich mich auf den Weg, wohlwissend, dass dieser Ort für mich fußläufig noch zu erreichen ist, und ... wer hätte das gedacht, *Es-gibt-keine-Zufälle* ... unmittelbar in der Nähe der TRATTORIA TOSCANA liegen müsste. Balanciere über Kopfsteinpflaster auf das angesteuerte Ziel zu. Nicht wirklich einladend liegt ein flaches unscheinbares Gebäude aus den Siebzigern in einer schmalen Gasse im stummen Schatten der Altstadt. Das >*Zambo*< heißt jetzt >*Daim*<. Die Adresse stimmt. Ich staune nicht schlecht. Sowohl außen als auch innen ist kein Tisch besetzt, ich wundere mich nicht wirklich. Sicherheitshalber blicke ich durchs Fenster, ja, sie haben wirklich geöffnet. Leere sei Dank, das ist keine Einladung zum Einkehren, so bemühe ich die Waage kein zweites Mal, der Weg ist abendsonnenklar, ich weiß, dass die TRATTORIA TOSCANA nur unweit entfernt liegen kann und freue mich auf die letzten 365 Schritte. Finde den eingedeckten, aber Gäste-leeren Innenhof. Erkläre meinen Wunsch nach einem spontanen Einzeltisch, worauf die Dame vom Service wortlos ins Restaurantinnere verschwindet. Vermutlich wird sie Rücksprache nehmen. Zwei Minuten später erscheint der Patron auf der erhöhten Außentreppe, im Gefolge sein Koch. Ein helles Lächeln auf den Lippen begrüßen sie mich mit festem Händedruck. Es ist nur so eine spontane Idee von mir, mich ein weiteres Mal von Ihnen verwöhnen zu lassen. Sie möchten bestimmt draußen essen an diesem lauen Sommerabend, alle Tische sind aber schon reserviert. Sie überlegen. Ohne meine Reaktion abzuwarten drehen sich beide um, verschwinden im Inneren des Restaurants. Zu fest meine Überzeugung? Denke an den Zufall, den es ja nicht gibt. Drei Minuten später tragen sie einen kleinen Holztisch die Treppe herunter und stellen ihn an die gegenüberliegende Wand des alten Fachwerkes. Eine schöne Tischdecke und ein Stuhl werden sofort folgen, sagt der Patron. Erhalte den strategisch besten Platz für eine abendfüllende Observation. Ein organisatorisches Missgeschick wendet sich zum Besten, was mir an diesem Abend passieren kann. Die gesammelten Bilder fließen wie grüner Saft auf die leeren Seiten und mir das Wasser im Mund zusammen.

20.04 Uhr Der feine Genuss eines Antipasti-Tellers mit Kalbscarpaccio. Gebratene Entenleber. Salat-Parmesan-Bouquet. Büffelmozzarella mit halbierten süßen Datteltomaten. Ein Glas Leitungswasser und ein Viertel fruchtig trockener Roter. Was für ein sinnlicher Einstieg. Die Linguini in heißer Butter, in einem ausgehöhlten Parmesan, gerührt, flambiert mit Grappa und mit weißem Trüffel reichlich behobelt, ein nicht enden wollendes Aromaspiel. Ein zweites Glas Wein und ein frisches Wasser verlängern mir die Zeit für weitere Tischnotizen. Bitte die Servicedame um eine Nachspeise, sie reiht verbal diverse Desserts auf, überlege kurz, und sage, Bitten sie den Patron, das auszuwählen, was er als Abschluss dieser Köstlichkeiten empfiehlt, Ja, das werde ich ihm gerne so weiterleiten ... steigt die Außentreppe hinauf und entschwindet.

Die leeren Seiten warten nicht vergebens auf meine Tintenworte. Der Innenhof empfängt nach und nach neue Gäste. Auf gestärkten Tischdecken zeichnen weiße Kerzen zitternde Schatten. Als Erstes wird, schräg vor mir, ein reservierter Vierertisch belegt. Erkenne eine stramme, kurzhaarig Melierte in Begleitung dreier Männer. Vier stämmige Körper füllen die gepolsterten Flechtstühle. Acht nackte Unterarme blättern in vier Speisekarten, blättern vor, blättern zurück. Unüberhörbar schwärmen sie kreuz und quer vom Meer und mehr noch von ihren weißen Yachten, den Küsten, Kosten und Häfen. Erst jetzt erkenne ich, dass der *dritte* Mann die Ehefrau des zweiten Mannes ist. Wie sehr doch Paare in langen Jahren verschmelzen. Zwei gebräunt und gereifte Seglerehepaare überbieten sich gegenseitig. Was ich sehe und höre liefert anregenden Stoff für einen leichten Sommerroman, alle Attribute ihres Wohlstandes sind wie Flaggen an ihre Körper geheftet. *Sansibar*. Schlag auf Schlag rudern neue Gäste in den kulinarischen Hafen, begrüßen den Patron und ankern an den reservierten Tischen. Lauer Abendwind weht Gedanken übers Sommermeer.

20.18 Uhr Das vom Patron ausgewählte Parfait, auf weißem Porzellan serviert, findet den Weg auf meinen kleinen Beistelltisch. Ich schraube die Kappe auf den Montblanc, klappe die Sommerromanseiten zu und genieße. Eine gute Wahl.

20.32 Uhr Süß gesündigt, noch ein Wort zum Sommer-Tisch-Roman. Die erste Romanszene, zwei Yachting-Paare, unübersehbar ihre innere und äußere Zusammengehörigkeit, nicht frei von Signal sendenden Statussymbolen, liefern reichlich Stoff. Das erste Paar: In Beige und Schwarz gekleidet. Sie, regelmäßig von oben bis zum Knie quer gestreift. Ihr Gegenüber, mit langem Nackenhaar, gereift an Jahren, trägt uni kurzarm-beige mit schulterüberschlagenem schwarzem Kaschmir gekrönt. Daneben das zweite Yachting-Paar in gleich gereiften Jahren. Sie, die auf meinen ersten Blick ein Mann gewesen war, trägt ein feines blau/weiß gestreiftes Sansibar-Ich-war-auf-Sylt-Hemd mit hinten hochgeschlagenem steifem Kragen. Heraus reckt ein fein geäderter Kugelkopf mit sprödem Silbergrau, kurzgeschoren, seitlich gescheitelt, dreht sich bei jedem Wort unruhig hin und her. Ihr Gegenüber, beleibt in gelbem Polohemd, lässig angelehnt, trägt eine blaue Yachting-Weste mit gelben Kedern. Artig bestellt er für alle am Tisch, ganz wie nebenbei, die getrüffelten Linguini. Ein borstiger Seebär-Schnauzer wippt zur Bestätigung seiner kundigen Wahl auf und ab. Seinen um Anerkennung nachsuchenden Blick durch das schwarze Brillengestell heftet er jedem ins Gesicht. Teil eins der ersten Szene.

Weiter rechts ein gedeckter Tisch. Mir direkt gegenüber eine zweite steile Romanvorlage, ebenfalls mit vier Protagonisten bestückt. Hinten zur Linken sitzt Er: längs rosarot gestreift unter weißem offenen Kragen, das Hemd frisch gestärkt, gebügelt und auf Kniff zusammengelegt, schützt den stattlichen Leib bis zum Gürtel. Die breiten Schultern modisch bedeckt mit einem lässig übergeworfenen glühend pinken Sommerstrick. An seinem linken, braun gebrannten Handgelenk, seltsam hochgeschoben, klemmt ein schweres goldenes Gliederband, das in der Mitte eine schwarze, Gold gerahmte Rolex hält. Sie daneben, ihre Ohrläppchen mit zwei schweren Goldkugeln, ein wenig schon abgehängt, einen modischen

Rot-Stich ins Haar gefärbt, gebändigt von einer 300 Dollar teuren Designerbrille, im Hofschattenlicht nur mal schnell nach oben ins brünette Haar verschoben, sicherheitshalber, wer weiß denn schon, wer noch so kommt. Zum sicheren Zeichen ihrer Lässigkeit werden auch hier die Schultern ganz modisch umspielt mit einem Hauch von weichem Tuch in Neon-Gelb, umschmeichelt ihre nackten gebräunten Luxusärmel. Jetzt, um exakt 20.48 Uhr, füllt der Schatten den Innenhof, Er setzt, der rosarot gestreifte, eine leichte Sonnenbrille auf. Inkognito de Luxe.

Das zweite Luxuspaar am weiß gedeckten Sommertisch, mit Rückenansicht zu mir. Der zweite Er, ruhiger, womöglich gereifter, trägt grau-weiß-schwarz-Kariertes, darüber, der angesagten Mode folgend, ein blasses Seide-Baumwoll-Strick-Rosa. Seine Angetraute zur Rechten, das kurze Silbergrau gegen den Strich geföhnt, trägt unauffälliges Geschmeide. Und um nicht im Abseits zu stehen beziehungsweise zu sitzen, schultert sie leichtes Dunkelblaues. Soviel zu den beiden Kurzromanen, mir direkt ins Blickfeld geschrieben.

Beim letzten Absatz versiegt die Irish-Green-Tinte. Ausgeschrieben. Erschöpft. Leergelaufen. Liebenswert wie der Patron ist, leiht er mir seinen Schulfüller. Einen knallroten Lamy, den er extra aus seinem Büro holt, zusammen mit einem leistungsorientierten Kaffee. Allerdings gibt er schon auf den ersten Metern seinen schulblauen Geist auf. Ein Zeichen, meine Observationen zu beenden, mich zu bedanken, zu zahlen und zur Anstalt zurückzurudern. Ein friedvoller Abend im Inneren und Äußeren. Ein harmonischer Ausklang eines lauen Sommertages ohne Schmerzen schließt mit der Erinnerung an ein Zitat, das ich in den letzten Wochen irgendwo gehört oder gelesen habe: *Wer seinem Herzen folgt, lebt im wahren Glück, welches ohne Leiden ist.* Und nebenan sehe ich eine sehr eigensinnige junge Hundedame, die lieber neben statt auf ihrer wolligen Fußmatte liegt und Augenkontakt mit mir aufnimmt. Aber das wäre jetzt der Beginn eines dritten Romans. Mit dem letzten Tropfen Schultinte schließt dieser lange Tag. Sommerwind.

TAG 55 SA

Samstagmorgen, mit einem Blumenstraußgedicht für Lila im Gepäck mache ich mich auf den Weg zum heimischen Festland. Langes Wochenende. Hurra. Pfingsten. Das heißt zwei Tage, zwei Nächte. Freue mich auf meine grüne Oase. Zusammen einkaufen. Mit Hilfe einer Valoron am Nachmittag den sonnigen Rasen gemäht und den grünen Duft geatmet. Im strahlenden Garten der Düfte Kaffee getrunken und viel erzählt. Abends leichte Speisen und schwere Rotweine. Zu viel *Horst* geraucht (*biologisches Marihuana aus dem eigenen Garten*). Und dann dreht der Kreislauf.

TAG 56 SO

Sonntagvormittag ein Frühstück unter dem sonnenschattierten Rosenapfelbaum. Die gestern aufgeladene Batterie heute in den Oldtimer eingebaut, der nun bereit ist für eine längere Landpartie. Sehr gute und intensive Gespräche mit Lila, schöne Worte, Innigkeit und Frieden versüßten uns diesen gemeinsamen Tag zur Nacht.

Spätes Erwachen. Runderneuert reisen wir auf einem Sonnenstrahl zum vorgezogenen Auswilderungsfrühstück, wie ich es hier einmal nennen möchte. Eingeladen bei unserem Freund der mächtigen Klangfülle und des lauten Wortes. Pünktlich um 12:30 landen wir zu einem sommerlichen Spätstück auf seiner Terrasse. Ein großes, verwinkeltes Haus, teils mit Fachwerk, geerbt und neu belebt, liegt vis-à-vis des katholischen Friedhofs und neben den darbenden Mauerresten der elterlichen Fabrikanlage am Rande der Stadt die es eigentlich nicht gibt, wie es selbst die Tagesschau einmal thematisiert hat. Wir konnten ausschlafen, ließen es am Vormittag bei einem und einem zweiten Kaffee langsam angehen. Der Freund des lauten Wortes war am Tag zuvor von einem Schottlandausflug mit seinem langjährigen Kumpel zurückgekommen. An der zum Bersten gefüllten Tafel sitzen nun er und sein Kumpel, beide prall gefüllt mit frischen Reiseeindrücken. Sie gondelten mit einer historischen Eisenbahn durch die schottischen Highlands. Daneben plaudert die Gattin, eine modische Radiologin in den besten Jahren, giftgrüne Augengläser unter feuerrotem Haar und ihre nicht minder füllige und lautstarke, fast erwachsene Tochter, grünweiß gefärbtes Haarkraut mit noch bestem Augenlicht, die im Osten des Festlandes Biologie studiert und über die Feiertage auf Kurzbesuch verweilt. Was für ein Kontrast. 55 Tage Aufenthalt in der Anstalt, von kurzen Heimwochenenden einmal abgesehen. Mehrere aufgefächerte Wurstplatten vom rosa Schwein, sortierte Käsescheiben, undefinierbare Cremes in unüberschaubarer Zahl und Farbe. Majonäsehaltige, herzhafte und süße Salate, Tunken, Soßen und zuckersüße nussige Streich-Cerealien in den bekannten großen rot-weißen Gläsern, aufgelockert von stramm stehenden Ein-Liter-Tetra-Packs, Kakao-, Milch-, Frucht. An jedem Platz ein weich gekochtes Ei, in der Mitte eine Schüssel mit Nachbedarfseiern. Zwei reich gefüllte Strohkörbe mit bunten Brötchen und süßen Rosinenwecken, Butterblöcke gesalzen und ungesalzen, silberne Isolierkannen mit Kaffee und eine bauchige Teekanne aus braunem Steingut für den Earl Grey runden den Kalorienturm zu Babel ab. Dabei habe ich in den letzten Wochen entschieden, mich zukünftig bewusster und möglichst gesund zu ernähren. Obst oder Müsli zum Frühstück ein erstes leichtes Vergnügen am Tag. Und nun das. Ich bin überwältigt und schon satt vom Anblick. Ich fühle mich wie am Schopfe gepackt und ausgesetzt. Ich taumle akustisch zwischen wilden Impalas und Affenherden hin und her, ausgehungert und alle versammelt an der Wildnis Tränke. Ein donnerndes Auf und Ab der Berichte, der Satzfragmente, der rauschenden Wortgirlanden, tosendes und sprudelndes Wildwasser. Und Lila spielt auf dieser Bühne ihr Spiel im Wortgefecht. Nur ich verstricke mich. Nicht. Eigentlich haben wir nicht wirklich etwas über die Reisetage mit der historischen Schmalspurbahn erfahren. Versuche optimistisch, mit 2-3 Fragen Näheres zu hören, erhalte aber keine Antworten. Wichtig war jetzt anderes. Niemand interessiert sich für meinen Aufenthalt in der Anstalt, keiner fragt, wie es mir ergangen ist und so lasse ich es mit Gleichmut geschehen. Alles ist mir dennoch eine Schmalspur zu laut, ratternd, lärmig, zerrissen, alles redet durch- und übereinander, keine schottischen Schönheiten, nur schlechtes Essen und die Beschwerde der beiden Heimgekehrten, dass es vor Ort noch nicht mal einen McDonalds gab. Nach zwei

Stunden rauschen mir die Ohren, als hätte ich unter einem Wasserfall gefrühstückt. Mit herzlichem Dank, Wort, Umarmung verabschieden wir uns. Genießen zuhause die wiedererlangte Stille. Den Nachmittag versüße ich mit französischen Langusten mit einem frischen Basilikum-Tomaten-Ragout auf Biospaghetti. Köstlich.

16.58 Uhr Endlich. Rückfahrt zur Anstalt. Auf spätem Sonnenlicht.

Bin ich endlich angekommen? Höre nur dieses weiße Rauschen. Ich stiere ins Nichts. Im Fenster der Cafeteria mein Spiegelbild. Fast durchsichtig. *Seltsam, seltsam …* Worte ohne Sinn. Sie mehren nur die Dunkelheit. Meine Gedanken dürfen sich nicht verlieren. Atme tief und lange ein, ohne Erfolg. Öffne mein Buch, den Montblanc und schreibe Worte, darf sie nicht verlieren. Das habe ich versprochen. Ein Lächeln schimmert in der Dunkelheit. Die Dame in Schwarz. Ein erster Reflex: ein Gefühl der Unendlichkeit. Ein zweiter Reflex: mein Brustkorb, das Gefühl eingeklammert zu sein. Ich bin nur erschöpft. Versuche nochmals tief und lange durchzuatmen. Das Atmen fällt mir schwer. Ich werde nicht aufgeben. Werde weitere Worte schreiben. Habe das letzte Mal die Schmerz.Haft für ein Wochenende verlassen. Nächstes Wochenende ist Ausgangssperre. Das gehört zum Therapiekonzept der Anstalt, kurz vor der Entlassung in die freie Wildbahn. In der Auswilderungszeit, wie wir beide diese Zeit nannten, erst dann wird sich zeigen, ob wir hier genug aufgetankt haben, lernen konnten. Stark genug sind, den Wirrungen, Irrungen, den Lärmungen im Draußen zu widerstehen. Nicht entgegenzuhalten, nicht zu kämpfen. Wahrnehmen, an uns vorbeifluten lassen, früh genug auf die eigene innere Insel zurückfinden, die Pforte zum inneren Garten öffnen und die Aromen atmen. Die Balance bewahren. Spannung > < Entspannung. Mindern und mehren. Achtsamkeit sieht auch Unachtsamkeit. Nicht werten – annehmen – erkennen – verhalten.

TAG 58 DI

07.09 Uhr Das sanfte Rauschen der Worte im Speisesaal. Wähle ein leichtes Frühstück. Bin heute ausnahmsweise mal der Erste an unserem Tisch. 3 Minuten später leimt die Schnelle Inge ihr gesamtes Pfingstwochenende an mein rechtes Ohr. Rauschzunahme. 6 Minuten später, Freude fürs Ohr, doppelte für die Augen: die Dame in Schwarz, in bester Laune, zurück aus ihrem Pfingstwochenende. Trägt heute einen apfelgrünen Armreif. Ihr morgenfrisches Lächeln vertreibt alle Berichte. Da schwimmt 5 Minuten später die stets gehetzte Wasserhenne an den Tisch, stürzt ins Wort, Hab‘ Stress, hab Stress ... wenn ich morgens vor dem Frühstück erst noch 1000 Meter schwimmen muss, begrüßt sie uns atemlos. Vielleicht versuchst du es mal mit 950 Metern ... versucht die Dame in Schwarz zur Entschleunigung beizutragen. Nein, nein, auf keinen Fall ... rudert sie schnell zurück. Ach ... die Zeit wird dich schon beruhigen, spätestens nach der ersten Woche. Nein, nein, bei mir wirkt das nicht, bin ja schon das fünfte Mal hier. Na dann ... sage ich nur und wundere mich, zähle aber nicht nach und schenke der Dame in Schwarz ein Frühstückslächeln.

09.15 Uhr Körperwahrnehmung & Achtsamkeitstraining bei

Frau M. Das Training ist heute sehr relaxed. Atemübungen, Lendenwirbel, Schulterblätter im Liegen auf zwei Matten, was mir sehr entgegenkommt. Immer auf zwei Matten, das habe ich dank der Achtsamkeit gelernt. Der Rücken sagt, Gut gemacht, ich lobe Dich. Liege auf der tiefsten Entspannungsstufe.

10.14 Uhr Kurzer Zwischenstopp in der Cafeteria an meinem Schreibtisch. Signalisiere mit meinem schwarzen Buch den Wunsch zur Gedankenablage, komme so unbescholten an der Kaffee trinkenden Schnellen Inge vorbei, die mir im Vorbeigehen wünscht, Schreib nicht so viel … und, Anstaltsgott sei Dank, sich in ein Gespräch mit jemand anderen verwickelt.

10.29 Uhr Visite. Fange den Chefarzt Dr. Richard Papst mit einem ‚Guten Morgen' vor meiner Zimmertüre ab. Die ihn mit einem Aktenrollwagen stets begleitende Schwester tauscht meine Akte mit der nächsten Akte aus, die daraufhin nach mir die letzte Visite des Tages wird. Bitte nach Ihnen … sagt der Chef, und wir beide gehen ins Zimmer Nr. 305, das im milden Schatten des Fensterrollos dämmert, zum Schutz gegen die 30 Grad, die schon mächtig auf die Zimmerschräge drücken. Biete dem Chef meinen bequemen Sessel an, setze mich selbst auf den Schreibtischhocker, stecke meinen Montblanc in die Innentasche meines Sakkos und lege das Schreibbuch auf den Tisch, neben meine Bücher. Obenauf liegt José Saramago, Der Doppelgänger. Sie lesen viel und schreiben noch mehr wie ich sehe, sagt er und öffnet derweil meine moosgrüne Akte. Ja, das Schreiben ist mir ein inneres Bedürfnis, vor allem das direkte, fotografische. Er versteht.

Und er versteht auch, dass ich der einzige in der Anstalt bin, der immer ein Jackett trägt. Das Sakko ist meine Handtasche. Und ich frage ihn, warum er dienstags und freitags zur Visite immer einen weißen gestärkten Kittel trägt, da er sich sonst lässiger in Jeans, Hemd oder Pullover kleidet. Es gab je und je Beschwerden ... witzelt er ... von ganz bestimmten Privatpatienten, die erwarten, dass ein Chefarzt zur Visite einen ordentlichen Eindruck vermittelt. Er nimmt sich viel Zeit für einen Gedanken- und Erfahrungsaustausch. Interessiert sich für mein Befinden. Spricht mit mir über eine mögliche Verlängerung von ein oder zwei Wochen oder eine Teilzeitentlassung. Das heißt: drei Wochen jeweils von Montag bis Mittwoch. Sie meinen wohl eine schleichende Auswilderung, und wir lachen über diesen Begriff, den er so bisher noch nicht gehört hat. Erläutere ihm meine Gedanken und meine positiven Erfahrungen mit den Programmen und den helfenden Elfen hier im Hause. Schildere meine Erfahrung mit der Entfesselung der Seele, mit dem erlebten Perspektivwechsel, spreche über die Metamorphose, den Wechsel von Schwarz zu Irish-Green. Über meine neue Sicht zum nicht einfach austauschbaren Schmerz. Achsschenkel und Kardanwelle ex und hopp und wieder neu eingebaut wie bei einem gebrauchten Auto, das geht ja nicht. Obwohl ich mich manches Mal danach sehnte. Das Bild betrachtet er mit Humor. Kein Chirurg kann Ihnen einfach die beschädigten Gelenke und Wirbel austauschen, Ja, das ist schon klar, aber ich habe hier gelernt, den Fokus auf den Schmerz anders zu justieren, den Blick mit positiven Gedanken auf den Schmerz zu lenken, ihn nicht so negativ wie zuvor auszurichten. Und die Valoron ist keine Scheißtablette, wie ich einmal zu ihm sagte, sondern das Glühsternchen einer helfenden Elfe. Da haben Sie völlig Recht, so wirkt sie besser. Es gibt immer zwei Möglichkeiten und man hat immer die Wahl, sind wir uns einig. Ich fühle mich stabil und entscheide mich mit seinem Einvernehmen, das Angebot einer Verlängerung oder einer schleichenden Auswilderungszeit nicht in Anspruch zu nehmen. Die Option bleibe aber offen, bietet er an. Ich erwarte, dass das Beste geschieht.

In 8 Minuten werde ich snoezelen, aber zuvor eine VanNelle und einen kleinen leistungsorientierten Schwarzen.

11.04 Uhr Ein letztes Mal die Killerschmetterlinge rotieren sehen, ein letztes Mal in den eigenen Tai-Chi-Too-Klänge versinken, ein letztes Mal in diesem Raum davonschweben, ein letztes Mal zum Snoezelen. Liege rücklings auf dem erwärmten Wasserbett, die verschränkten Hände unter dem Kopf, lausche den Wellen der meditativen Klänge, schwebe in sommerlichen Träumereien. Da öffnet sich ganz langsam die Tür, ein schmaler Lichtspalt trägt einen jungen Pfleger in Weiß hinein, Entschuldigen Sie, dass ich Sie störe, man hätte sich auf dem Flur *geäußert* über die Musik, Ach, hört man wirklich die Klänge auf dem Flur, frage ich ihn überrascht, Scheinbar ja, sagt er und reduziert fast verlegen die Lautstärke und schließt leise die Tür gegen die Geräusche von außen. Wer sich wohl davon belästigt fühlt. Frage mich, da ich jetzt, nachdem er den Bass und das Klangvolumen nach unten drehte, kaum noch etwas höre, in den leisen Passagen nur einer Erinnerung lausche. Alles geht zu Ende, selbst die Musik scheint sich, zumindest hier im Raum, von mir zu verabschieden. Und die Schmetterlinge, nein, sie werden wohl noch lange nicht Abschied nehmen, werden sich weiterhin tiefer und tiefer in die weiße Wand bohren, aber irgendwann, so hoffe ich für alle Nachfolgenden, werden sie erlahmen und ausgetauscht werden. Vielleicht schon im nächsten Jahr, man darf ja wohl mal optimistisch denken. Komme gerne wieder, eine Woche vor oder nach Ostern, vielleicht nur für vier oder sechs Wochen, zum Nachjustieren der Achtsamkeits- und Perspektivschrauben, wie der Chef salopp betonte. Schmerzschatten. Lasse alles los, genieße, zum letzten Mal, ganz bewusst das warme Wasserbett, schließe das Buch, schließe die Augen. Jetzt. Träumereien.

Später erfahre ich, eine Nachjustierung im nächsten Jahr wird meine Krankenversicherung verweigern. Aus *Kostengründen* sei dies frühestens in zwei Jahren wieder möglich, aber auch nur dann, wenn ein Aufenthalt als *medizinisch notwendig* begründet wird.

12.57 Uhr Kontraste auch heute. Ein zufriedener, ausgeglichener Start in die Woche. Nehme nach dem Mittagessen an der Rezeption einen amtlich braunen Briefumschlag entgegen. Bonjour Monsieur Gris, Sie haben Post. Wiege den schweren Umschlag in der Hand, Merci. Schiebe den Gedanken an den Inhalt zur Seite. Herzklopfen.

Wie geht es ihnen jetzt dabei, wird mich Frau A in 3 - 4 Minuten fragen. Sitze vor ihrer Türe und warte mit dem schweren braunen DIN A4-Umschlag in der Hand auf meinen Gesprächstermin. Meine Neugierde öffnet ihn vorsichtig, immerhin habe ich fast vier Monate darauf gewartet. Eine Ahnung tackert ihn sofort wieder zu. Sicherheitshalber. Wollte nicht wirklich wissen. Was war auch zu erwarten von den

Gutachtern, die ich im Februar besuchte. Der eine, ein pensionierter Chirurg, der orthopädische Gutachten für die BfA erstellt, der andere ein strähnig dunkler Psychologe, der Angst hatte, mir in die Augen zu sehen und froh war, dass er für gutes Geld schwache Gutachten erstellen durfte. Darf ich das Gutachten lesen, fragt mich Frau A, Klar, ich bitte Sie sogar darum, habe mich entschlossen, es mir nicht alleine anzutun … Das war eine gute Entscheidung, darf ich Ihnen das Ergebnis mitteilen … Natürlich. Mit professionellem Blick fliegt sie seitenlang über die gutachterlichen Ausführungen. Und … frage ich sie, Sie ahnen doch schon das Ergebnis … Ja und deshalb bat ich Sie ja es zu lesen und mir nur das Ende mitzuteilen, Lesen Sie es nicht, es würde Sie emotional nur aufregen. Also … was sagt es, frage ich, deutlich angespannt. Volltauglich arbeitsfähig im erlernten Beruf des Modedesigners, Vollschichtig einsetzbar für leichte bis mittelschwere Tätigkeiten, ihre direkte Antwort. Basta! Bin sicher, den Gutachtern ist nichts bekannt über die Welt des schönen Scheins, die kilometerlangen Laufwege und Stehzeiten eines in der Welt Tourenden, stets auf der Suche nach neuen Inspirationen für kreative Entwürfe, eines, am Puls der Zeit Trends aufspürenden Gestalters. Dieses Suchen und Finden hat mich jahrelang und mit Erfolg begeistert. Obwohl ich nichts anderes erwartet habe, steigen mir sofort die Tränen in die Augen und die Wut, oder war es Verzweiflung? Natürlich war ich sauer, wusste ich was alles auf mich zukommen würde. Frau A ruft den Chefarzt sofort an, vereinbart einen Termin um 15.00 Uhr. Toll und danke, dass das sofort geklappt hat … wische mir die Tränen aus den Augen, Keine Sorge, Monsieur Gris, ich kenne den Chef sehr gut, er wird das alles mit Ihnen besprechen, er hat große Erfahrung mit solchen Gutachten. Machen Sie sich jetzt keinen Kopf mehr ... reicht mir ein neues Kleenex ... alles wird gut. Den Umschlag klebe ich jetzt erst mal wieder zu. Und denken Sie daran, ihn zu fragen, ob die Möglichkeit für Sie besteht, hier im Hause >Kreatives Schreiben< anzubieten, Danke für Ihre Hilfe, es ist mir stets ein Vergnügen, mit Ihnen zu reden, Sie versprühen immer so viel Zuversicht, Und Sie motivieren mich für meine Tätigkeit ... sagt sie zum Abschied.

Auf dem Weg zu meinem Zimmer begegnet mir die Dame in Schwarz. Was ist los mit dir ... sieht mir an, dass etwas nicht stimmt. Komme gerade aus der Gesprächskur von Frau A, Was ist passiert ... Habe heute Post vom Sozialgericht erhalten ... Komm, wir setzten uns und du erzählst mir, was los ist. Sie hört geduldig zu. Ich atme auf. Darf ich dich einmal drücken, Ja, lächelt sie, umarmt mich und atmet aus, Alles wird gut.

Die verbleibende Zeit bis zum Chef-Termin bleibe ich auf meinem Zimmer. Augen duschen und trocknen. Versuche zu lesen, zu ruhen, zu schreiben. Die Zeiger scheinen die Zeit zu dehnen. Dann muss ich los und finde außen an meiner Tür eine Motivationsgrußkarte: KOPF HOCH! In großen Lettern geschrieben, mit D.i.S. unterzeichnet. Auf der Vorderseite aufgedruckt: *Lieber Gott, gib mir die Gelassenheit, Dinge hinzunehmen, die ich nicht ändern kann, den Mut, Dinge zu ändern, die ich ändern kann und die Weisheit, das eine vom anderen zu unterscheiden.* Nach dem Abendessen werde ich mich bei der Dame in Schwarz bedanken.

15.00 Uhr Der Chef nimmt sich alle Zeit, die ich brauche. Hört sich alles in Ruhe an, meine Sorgen und Ängste. Ja ...

Frau A hat das Gutachten schon gelesen, antworte ich, während er den Umschlag öffnet und die Seiten professionell quer überfliegt. Er weiß genau, wonach er sucht. Es ist wirklich nicht gut, wenn Sie das Gutachten studieren ... bestätigt er die Entscheidung seiner Assistentin. Sie haben zwar ein Spiel verloren ... versucht er mich zu motivieren ... aber es gibt ja noch die zweite Halbzeit. Sie brauchen jetzt einen eigenen Gutachter. Fragen Sie einmal Dr. No, Sie haben ihn ja gut kennen- und schätzen gelernt. Können Sie mich beim Sozialgericht unterstützen, frage ich und spüre ein Zünglein Hoffnung. Kann ich gerne, aber meine Erfahrung sagt, dass der behandelnde Arzt eher Minuspunkte bei Gericht mit einer Stellungnahme zu seinem Patienten sammelt. Fragen Sie doch bitte beim VDK an, ob der offizielle Entlassungsbericht der Klinik nicht im Vorfeld dem Sozialgericht als Info für eine Entscheidungsfindung dienen könnte. Dieser offizielle Bericht, und dabei sieht er mich verschwörerisch mit einem aufmunterndem Lächeln direkt an, wird Ihre Angelegenheit deutlicher beurteilen können als diese beiden Gutachter. Haben Sie Vertrauen. Übrigens ... und er zeigt mir seinen alten Pelikan-Füllfederhalter ... auch ich habe seine Farbe gewechselt, vor drei Tagen, das Grün sieht wirklich viel freundlicher aus, da muss ich Ihnen Recht geben. Ihre Metamorphose zieht Kreise. Und ich werde mich gerne für Sie bei der Verwaltung erkundigen, wie die Voraussetzungen für das Angebot des Kreativen Schreibens aussehen, bitte erinnern Sie mich noch einmal beim Abschlussgespräch daran, Ja, das wäre klasse, danke Ihnen sehr, vielleicht ist das ja eine Möglichkeit, meine Begeisterung an andere Menschen weitergeben zu können, Und denken Sie daran, es war nur die erste Halbzeit. Mit diesen Worten gehe ich aufgerichtet in den Rest des Tages.

16.13 Uhr Und nun ... Am Schreibtisch in der Cafeteria ... Was nun? Sehe das Grün, ein offenes Buch ... Weitergehen! Kopf hoch! Halbzeit!

Ich fühle mich wieder frisch. Den Schrecken des braunen Umschlag von Haut und Seele geduscht. Als Notfallkit: ein blütenweißes Hemd, das seit 8 Wochen in der Schrankecke auf seinen Einsatz wartete. Zum Hörer gegriffen. Die Nummer von Lila gewählt, wollte ihr mit Freude ... konnte leider nur zwei Minuten mit ihr sprechen, sie habe gerade eine Freundin zu Besuch, eine etwas komplizierte Sache, also nur ein kurzes Wort getauscht, Alles OK bei dir ... Ja ... alles soweit OK, alles läuft, wir telefonieren morgen.

Soeben, hier am Tisch, zum Schreiben einer Grußkarte meinen schwarzen Montblanc-Füller aufgedreht und *mon dieu* habe mir eine grüne Tinten-Schweinerei an der rechten Hand zugezogen. Tintenfluss. Rache? Strafe? Dafür, dass ich seit letztem Donnerstag mit Irish Green schreibe? Blödsinn. Völliger Blödsinn. Füller können weder denken noch Emotionen zeigen. Oder doch? Über dreißig Jahre flossen schwarze Tinte, Gedanken und Begegnungen aufs Papier, um sie für immer festzuhalten. Nichts darf je verloren gehen. Die Zeit heilt alle Wunden, wie der Volksmund spricht, die Zeit verbindet, spüre ich. Zusammen gingen wir durch die Jahre, flogen über Höhen oder robbten durch Tiefen. Aber nie wurde es uns langweilig, viel Erleichterung erfahren, den Schmerz gemeinsam über- und durchgestanden. Selten nur fehlten mir die Worte, habe Sätze, Gedanken, Freuden, Sorgen, Ängste ausgegossen, habe mit all diesen Worten in all den Jahren ein Seelenbild auf tausenden Seiten hinterlassen. Das mit der Tinte? Nein, das war keine Strafe. Nur eine Ungeschicklichkeit. Es bedurfte einer gewissen Zeit der intensiven Reinigung, bis die grüne Tinten-Schweinerei auf meinen Fingern verblasste.

TAG 59 MI

Zu schnell zerfließen die letzten Tage. Versuche, die Zeit, die Ereignisse, Beobachtungen, all die Gedanken nachzuschreiben. Die Anstalt verdichtet mir hier für die letzten Tage auf der Kastanieninsel die Termine, sie stehen in Konkurrenz zu meinen Worten. Auf angenehmste Weise.

07.09 Uhr Die ersten Worte tanzen mit *grüner Tinte*, die erste VanNelle kräuselt weiße Zirkusringe in das Morgenblau, der erste Anschlag überquert den gewölbten Asphalt. Die Schnelle Inge tackert ihr Wort an die Bank, setzt dort an, wo sie gestern Abend aufhörte. Eine ganze Gruppe war nebenan beim ‚*Bauer*' eingekehrt, um ihr Feld zu bestellen, wie man oder in diesem speziellen Fall, frau schnell sagt. Der Wirt servierte selbstgemachte Wirsingrouladen, nur nach Vorbestellung, wie die Schnelle Inge betont, sie kennt sich gut aus mit den Gepflogenheiten von nebenan. Sie schwärmte schon gestern Abend, wie auch jetzt in der Wiederholung, vom allerfeinsten Geschmack. Und dann haben sie das Feld bestellt, wie man auch beim ‚*Bauer*' sagt. Bier und Schnäpse geordert, als wäre es der letzte Tag. Die Schnelle Inge bis zum Rande vollgelaufen. Verabschiedungssause im Schatten ihrer Kur.

Schönheit ist die Freiheit der Wahrheit.
Ein letzter Tag mit der Dame in Schwarz.

Wer will, dass die Welt bleibt, wie sie ist, will sie nicht … nach diesen leisen Worten finden Hände ineinander, Kraftstromquellen, ein sanfter warmer Regen rinnt durch umschlungene Körper und lässt sie erschaudern, Ich will leben … Ich … wir hören drei Worte flüstern, die in der Umarmung dieses warmen lautlosen Regens ineinanderfließen, Nichts in dieser Welt geht je verloren … Auch wir nicht … Nichts geht jemals verloren … nicht ein einziger von 365 Tagen im Jahr, Niemals … Ja, ich bin sicher, das wird niemals geschehen, Habe Vertrauen … Ja … und ein Diamant glitzert nicht nur in ihrem Augenwinkel. Und Dichterworte quatschen nicht kraus, sie bereuen nichts. Hinter ihnen schließen die Glasschleusen. Mit leichtem Gepäck verbleibt die Dame in Schwarz am Ufer der Kastanieninsel, bereit für die endgültige Auswilderung.

À bientôt.

Im Anschluss an den literarischen Abendausflug zu seinen Wortakrobaten des Kreativen Schreibens fliegt Monsieur Gris auf Flügeln der Begeisterung zu einem kleinen Abendimbiss zu Lila, zu leisen Worten und leichtem Wein. Erschöpft und spät landet Monsieur Gris in der Anstalt. Mit einem Bouquet roter Rosen in der Hand blüht ein Zimmer im Rosenduft.

TAG 60 DO

Die Einladung zur Abschiedsfeier mit der Schnellen Inge konnte ich gerade noch schadlos und schmerzlos abwenden. Sozusagen mein zweites Abwehrmanöver, um nicht in ein kollektives Trink-Verabschieden beim *Bauer* hineingezogen zu werden. Innerlich gestärkt konnte ich auch der hilfsbedürftigen Abschiedseinladung von Herrn Detlef eine freundliche Absage erteilen. Aber das ist eine ganz andere, eine nicht so leichte Aufgabe für mich gewesen, einen diplomatischen Weg zu finden, ihm abzusagen, ohne ihn emotional zu verletzen. Mit guter Laune gewinnt der Optimist.

08.03 Uhr Frühstück. Mir gegenüber flattert die Flügel schlagende Henne, das einzige Huhn, das ich kenne, das täglich vor dem Frühstück 1000 Meter schwimmen muss. Herr Detlef schleicht wie ein unruhiges Wiesel um mich herum, fragt mich schon zum x-ten Mal, ob ich am Wochenende hier sei. Alzheimer? Demenz? Du weißt doch, das letzte Wochenende vor einer geplanten Entlassung bleiben alle Insassen in der Anstalt. Oder ist es nur seine Angst, mich vor meiner anstehenden Entlassung nicht mehr an den Haken zu bekommen. Möchte auf keinen Fall wie ein Fisch am selbigen zappeln. Schon wieselt er weiter und ich beobachte, wie er sich mit seinen roten Saugnäpfen an die heftet, die ihm nicht entfliehen können oder wollen. Das atemlose Wiesel wechselt den Frühstücksplatz, verlässt den Tisch hinter mir, an dem es alleine frühstückte, saugt sich drei Tische vor mir an die dortigen Insassen. Donnerstags ist Bettenwechsel in der Anstalt. Ob sie mir heute noch Neues, Überraschendes dazusetzen werden und ich frage mich, ob die da oben, die Küchenleitung oder das Zufallsprinzip des Computers, die Sitzverteilung zusammenstellen. Die Flügel schlagende Henne flattert ihrem ersten Termin entgegen. Bleibe alleine am Tisch zurück.

Obwohl ich nur einmal kurz vom Schreiben aufblicke, einem Gedankenfaden nachhänge, erwischt mich Herr Detlef, als hätte er darauf gewartet, obwohl er gerade mit der neuen Begleiterin des ‚Multiplen Schattenflossenmanns' in ein intensives Gespräch vertieft schien. Er sprudelt der Frau Lydia bewegende Worte aus seinem Leben ins offene Ohr, ihr, die früher einmal hundert Freunde hatte und heute keine mehr. Facebook Burn-out. Ein ihr vielleicht willkommener Versuch einer neuen analogen Freundschaft. Jeder hat ja seinen ganz persönlichen Grund, warum er auf dieser Insel strandete.

Ob ich einen Saugangriff ein zweites Mal abwehren kann, frage ich mich. Vorletzten Dienstag konnten wir einer Abendesseneinladung dank einer abgesprochenen Taktik entgehen. Herr Detlef wollte unbedingt seine liebsten Ohrenpaare, die von der Dame in Schwarz und meine, zu einem Ohrabknabberabendessen einladen, ein wortloser Blick einte uns, wir beide teilten die nicht unbegründete Befürchtung, dass er uns mit einer Soße von pulsierendem Hass, Vibrationen und einer Menge aufgestauter Lebens-Würz-Wut übergießen wollte. Und das auch noch in der Trattoria Toscana. Das ging nun gar nicht. Oh ... leider haben wir für heute Abend schon eine Verabredung, sorry, schon seit Tagen, lautete unsere Entschuldigung, aber danke für die Einladung. Die Dame in Schwarz und ich nutzten diese therapeutische Ausweichlüge, verletzen wollten wir ihn auf keinen Fall. Vorsicht war angesagt, denn ein in unbeabsichtigter Weise verletzter Hund könnte ganz wild ins Bellen geraten und vielleicht sogar um sich beißen. Vor allem, wenn sich seit so vielen Jahren Wut, Hass und was sonst noch alles so aufgestaut hatte. Natürlich ist er ein lieber Mensch, hilfsbereit im Umgang mit anderen, weder Schwein noch Teufel, keiner, der dich bewusst hintergehen oder über den Tisch ziehen würde, und dennoch könnte er dir etwas *Falsches* antun, wenn irgendetwas bei ihm zum Durchbrennen käme, ein falsch gesetztes Wort, vielleicht nur ein falsch verstandenes, das Gefühl einer Ablehnung, die er als persönliche Niederlage empfinden würde. Was folgt: Die Sicherung fliegt im hohen Bogen raus, verletzt erst ihn, dann auch andere. Nicht um meine Sicherheit mache ich mir Gedanken, er ist selbst in Gefahr, in Gefahr zu ersticken, in Hustenattacken zu verkrampfen, am Herzstillstand zu kollabieren. Erinnere an letzten Samstagmorgen. Nur Vereinzelte saßen im Frühstückssaal bei einer letzten Tasse Kaffee. Herr Detlef setzte sich nach seinem Frühstück zu mir an den Tisch, Darf ich ... Ja, gerne, nimm Platz. Mein Schreiben wollte ich sowieso gerade beenden. Bei einem frischen Kaffee kam er ins Erzählen. In bester Laune erläuterte er mir seine neuen Lebenspläne, völlig überschwänglich, getrieben, fast gehetzt von der eigenen Begeisterung. Was war passiert? Jetzt wisse er genau, wie alles läuft, er müsse sein Leben sofort verändern, den Polizeidienst quittieren (*er war sein Leben lang bei der Polizeibehörde*) und ... und ... und ... es waren derlei so viele Informationen, dass ich ihnen kaum folgen konnte. Hörte seinen Zukunftsplänen schweigend zu, er kam dann richtig in Fahrt. Und wie aus heiterem Himmel, als habe etwas in seinem Kopf auf einen Knopf gedrückt, schossen plötzlich Tränen des Glücks aus seinen Augen, ich war mir nicht wirklich sicher, war es Glück oder Wut, ihm blieb ruckartig die Luft weg. Bedrohlich veränderte sich seine Geschichtsfarbe. Der Atem stolperte und stürzte, dass es mir Angst und Bange um sein Leben wurde. Das brauchte ich nicht wirklich.

Werde mich mit Frau A besprechen. Wie kann ich mit einer solchen Situation umgehen? Auch habe ich noch keine weitere Ausweichlüge für eine Absage parat. Sorry, Detlef, danke für die Einladung, aber ich gehe heute Abend alleine essen, erschiene mir komisch. Mir ist heute Abend nicht gut, ich bin so traurig und möchte lieber alleine bleiben, erschiene mir zu gelogen. Welche Möglichkeit bleibt? Oder ich entscheide mich doch für die Alternative – lasse mich zum Essen einladen – höre *alles* an, genieße vielleicht sogar Mediterranes beim ‚berühmten' Spanier (*den mit den großen Portionen*) am Busbahnhof im Herzen der Altstadt. Nur nicht bei meinem Italiener. Am liebsten aber überhaupt nicht.

08.42 Uhr Sitze vor der Tür des Gruppenraums I und warte auf die Körpertherapie mit Frau Meysel, deren Vorname immer noch nicht Inge ist, die mir von Mal zu Mal sympathischer wird, das generalstabmäßig Empfundene in ihrer Stimme schwindet, ich lernte, von Mal zu Mal, ihren hochprofessionellen Therapieansatz bei den Körperwahrnehmungsübungen zu schätzen. Heute zum letzten Mal. Wie so vieles zum letzten Mal in diesen Tagen. Ein Abschied in dünne Scheiben geschnitten. Werde am kommenden Dienstagmittag den Rest vom Messer nehmen, sie einpacken und diese Kastanieninsel verlassen. Der Chef streift durch meinen Warteraum, hält kurz inne, lächelt, verspricht mir Hilfe für die 2. Spielhälfte, sagt mir seine Unterstützung beim Sozialgericht zu, Bleiben Sie zuversichtlich, das war erst die Hälfte. Das baut auf, verleiht dem Tag ein Lächeln. Dennoch steht mir das Wasser Oberkante Unterlippe, wenn ich daran denke, was da alles in der zweiten Spielhälfte auf mich zukommen wird.

Im Gruppenraum I liegen wir auf dem Rücken – Körpertherapie – Wahrnehmung. Blicken Sie rechts, langsam ... blicken Sie links, Augen auf. Aufmerksame Betrachtung des Blickfeldes. Sehe links körperlose Chrombeine in Reih und Glied, rechts einen schwebenden Heizkörper ohne Beine, darüber im verglasten Draußen tanzende Schattenbäume. Und später folgt das Gehen, Abrollen der Fußsohlen, bewusstes Spüren des *‚Echos im Kopf‘*, besonders wenn man/frau den Asphaltgang geht, tapp – tapp – tapp, im Gegensatz zum natürlicherem Abrollgang auf weichem Boden, dann meldet sich, wenn man sich mit Achtsamkeit bewegt, das weiche *‚Echo‘* der abrollenden Fußsohlen im Kopf. In der Unachtsamkeit, in der Eile, in der Hetze von Termin zu Termin, entsteht ein hartes *‚Echo‘* und erinnert dich an das *Nicht-Gute-für-jeden-einzelnen-Wirbelkörper* und an die Bandscheiben, die Höchstleistungen treiben, um die Asphalt-Tritt-Schritte zu dämpfen. *You are on the wood way.*

12.56 Uhr Jetzt hat es mich doch erwischt. Sitze alleine am Mittagstisch, bin fast fertig, da weht Herr Detlef mit Schwung aus dem Hinterhalt heran, setzt sich mir ungefragt gegenüber, vor ihm der geleerte Teller der flatternden 1000 Meter-Henne. Die beiden anderen Plätze am Tisch sind noch immer nicht besetzt. Zwei Neuzugänge werden durch die bereitgelegten Haus- und Restaurant-Menü-Prospekte angekündigt. Herr Detlef bleibt, gerät bedrohlich in Wallungen. Stellt aber nicht *die* Frage. Ich muss ins Moor, bis später ... sage ich und eile nach draußen.

13.28 Uhr erst jetzt, ein paar Tage vor meiner Entlassung,

erfahre ich ihren Namen. Bestelle jetzt bei *Verena* einen Crema. Ihr Name wird nun einen Platz in diesen Seiten finden. Über Wochen bediente sie mich und andere seit acht Jahren. Mit liebenswürdigen Worten nahm sie unsere Wünsche entgegen, erfüllte sie so gut sie konnte, schenkte allen stets ein Lächeln, Ach nein, den Kaffee und Kuchen bringe ich Ihnen gleich an den Tisch ... oder, Ach, das Geld, das können Sie mir auch später geben. Und sie bleibt freundlich, auch zu denen, die ihr das Leben hinterm Kioskglas mit Murren oder schlechter Laune nicht immer einfach machten. Selbst mit dem neuen Kaffee-Smart-Automaten hat sie sich angefreundet, obwohl sie den Abschied von der ‚Alten' sehr bedauert, wie sie mir gestand, waren die analogen Möglichkeiten an der verstorbenen Maschine, auf die Wünsche der Insassen einzugehen, eindeutig größer, und es lag in ihrer Erfahrung, besser gesagt in ihrer Hand, das ein oder andere zur Zufriedenheit der Insassen zu korrigieren.

Retour aus dem wärmenden Moor, wieder aufgetaucht aus jenem tiefen Moor, in dem man für immer versinken und Dinge, die einem ungeliebt erscheinen, einfach versenken könnte oder nur wünschte, dies zu tun, nutze ich nun die Zeit bei einer heißen Tasse Crema für weitere Observationen, drehe Kreise im Kopf, spinne Satzfäden, genieße weitere Zeit. Ich, der es nicht mehr tragen konnte, nicht mehr wollte, werde sie versenken, alle Last, auch jene Last, die der unterwürfige Herr Detlef versuchte, mir auf den Rücken zu binden, mir vor die Füße goss oder mir ins Gesicht kotzte. Sorry für meine Ausdrucksweise – es war heftig. Zwanzig Minuten eingewickelte Moorgedanken haben mich davon befreit.

Diese Vorstellung, diese Last einfach ins tiefe Moor zu versenken, erwärmte mich. Ich lasse die Vergangenheit los und nehme mein Gutes jetzt in Anspruch.

Nur für Minuten, zwischen Mittagessen und Fangowärme, feuerte der Vulkan. Herr Detlef blieb, wie kurz zuvor erwähnt, am leeren Mittagstisch vor den leeren Hennen-Tellern sitzen und geriet derart in Redewallung, dass ich mich nicht wirklich wehren konnte. Ich fühlte mich von seinen Vibrationen rücksichtslos belagert. Ohnmächtig. Ob er wohl noch seine Dienstwaffe zu Hause hat, schoss es mir durch den Kopf, während eine glühende Wut Lava aus dem Vulkan sprühte, mir bis zur Raucherbank folgte, obwohl ich vom Mittagstisch mit den Worten, Oh, ich muss jetzt aber dringend los, ein Termin im Moor ... flüchtete. Vergeblich hoffte der Raucher, den Luft schnappenden Nichtraucher dort loszuwerden. Mitnichten. Drückte die erst halb gerauchte Van-Nelle in den rostigen Soßendosenbecher. Ließ den Nichtraucher im eigenen Wortstrom stehen. Eilte zum Moortermin, der mich aus der Gefahr einer Ganzkörperverbrennung rettete. Nun lag ich gerettet, geschützt und fest eingewickelt in wolligem Mango-Gelb auf der Liege. Sie sehen aus wie ein Eis am Stiel, scherzte die Elfe vom Lande, die, die die Spinnen so liebt, weil sie ja ein Kind vom Lande ist und deshalb auch die großen rotierenden Schmetterlinge so gerne möge. Sie strahlte vor guter Laune. Mein letzter Tag, Morgen geht's ab in Urlaub ... zog sie die Tücher und Decken noch etwas fester und tänzelte mit einem ‚Auf Wiedersehen' davon. Und wieder eine Scheibe Abschied. In dieser freundlichen Mangoeisumwicklung konnte ich lärmgeschützt, störungsfrei und bewegungslos meine Gedanken drehen und wenden: Tut mir leid, Herr Detlef, war ein Gedanke, der sich in mir aufwickelte wie ein zu lange eingerolltes Papier, Ich spüre, dass ich nicht gewachsen bin, diese deine Last zu tragen, alles neue Leben in mir ist noch zu zart, zu grün. Betrachte mich bitte als eine neugeborene Pflanze, die gerade erst wieder ans Licht strebt, bin noch zu unerfahren, um mit deinen Problemen richtig umzugehen. Es gibt so vieles, was ich hier in den 9 Wochen gelernt habe und das erst noch positive Festigung in mir finden möchte. Ich wünsche dir, dass du Ohren findest, die dir aktiv und professionell helfen können. So oder so ähnlich drehten sich meine Fangoüberlegungen auf der Suche nach einer Ausweichlüge, ohne zu lügen, die Situation ohne Verletzung zu meistern.

Und wie der Wind ein manches Mal den Staub aufwirbelt, wirbelt der Staub in diesem Moment des Notierens den Herrn Detlef in die Cafeteria. Tief versunken im Schreiben sehe ich ihn nicht kommen. Schlich wohl schon einige Male um meinen kleinen Schreibtisch, muss aus fünf Metern Entfernung gesehen haben, dass meine Kaffeetasse leer ist, ruft dann plötzlich aus Richtung Verenas Kioskfenster, Möchtest du noch einen Espresso ... und ergänzt in seiner aufdringlichen Freundlichkeit ... oder störe ich. Ich blicke erschrocken auf, zeige auf die sich füllenden Seiten. Und er versteht den wortlosen Wink mit meinem ‚grünen Tintenfinger'. Und ich ... lasse erleichtert Luft ab, heilfroh, einem weiteren Lavastrom entkommen zu sein.

Im Gesprächstermin mit Frau A schildere ich ihr meine Hin- und Herüberlegungen. Wie sollte ich damit umgehen, wie eine Lösung finden, zwischen einer Ausweichlüge und einer krassen Absage. Ich fühle mich zwischen Stamm und Borke eingeklemmt. Wir gelangen gemeinsam zu dem recht ehrbaren Entschluss, diese Kraken saugende Einladung zum Ohr abknabberndem Abendessen in eine kurze Café & Kuchenstunde in der Cafeteria zu verwandeln. Mit dieser mich schonenden Ressourcenentscheidung war ich sofort einverstanden, sie im Falle eines Falles anzuwenden.

14.15 Uhr Eine weitere Scheibe fällt dem Abschiedsmesser zum Opfer. Das letzte Mal autogenes Training bei Frau Dr. Z., die mich mit rauchig-osteuropäischer Stimme stets tief in die Versenkung führte. Auf doppeltem Polster gebettet genieße ich, in Begleitung meditativer Klänge, diese wohltuende Entspannung nach der Moorpackung. Fühle mich nach einer halben Stunde wieder geerdet, ruhig und geborgen. Ganz im Gegensatz zu der Situation vor ein paar Tagen, als mir die Tränen ohne Gegenwehr davonliefen, kaum dass man/frau mich ansah und ansprach, erschüttert von der Offenbarung aus dem schweren braunen A4-Umschlag. Da halfen mir die tröstenden Worte meiner Frau A *Alles wird gut...* über den Berg, und noch viel mehr die liebevolle Umarmung und die munter schwingenden Worte der Dame in Schwarz *Kopf hoch, ich weiß, du schaffst das.* Erinnere, wie sie mir auf dem gelben Flur begegnet ist, meine roten Augen sah und fragte, *Na, was ist dir für eine Laus über die Leber gelaufen, was ist passiert ...* und ich ihr meine Enttäuschung anvertrauen durfte. Ich fühlte mich wieder stark genug, das Spiel in der zweiten Halbzeit zu gewinnen. *Danke für dein Ohr ...*

Unter schattiertem Sonnenlicht, zwischen den Lippen eine VanNelle, fiebere ich aufgeregt, aber gut vorbereitet, dem

‚spontan' gewährten Termin mit der Küchenleitung entgegen. Leider nur mit der Vertretung. Die Küchenleitung *floh*, legte mir einen schmalen Einladungszettel *„Heute 15.00 Uhr"* auf den Mittagstisch, nicht ohne einen mahnenden handschriftlichen Hinweis darunter zu setzen: *Dauer höchstens 30 Minuten.* Zehn Tage habe ich mit Geduld gewartet, nach dreimaligen Versuchen wurde mir dieser Termin, nach meiner bisherigen positiven Erfahrung ein eigentlich völlig harmloser und verständlicher Wunsch nach einem Küchen-Gespräch, gestattet. Aus meinen früheren Schmerzklinikaufenthalten kannte ich das ganz anders. Da wurde meiner Bitte, die Küche und die Abläufe kennenzulernen, gerne entsprochen, die Küchenleitungen zeigten stolz ihre Reiche, erklärten Abläufe und Kochmaschinen und wiesen auf die Schwierigkeiten mit den behördlichen Auflagen für eine Klinik-Großküche hin, mit denen sie täglich zu kämpfen hatten. Aber hier in dieser Anstalt scheint es so, als wollten sie etwas vor mir verbergen, spürte deutlich, wie sich die Küchenleitung sperrig gab, dass sie vielleicht Gefahr in Verzug witterte, da wollte doch einer genau wissen, was wir in der Küche wie und womit zubereiten. Darum plante ich das Gespräch mit der Küchenleitung mit einem Lob zu öffnen, um das zu finden, was ich suchte, den Einblick in die Küchenräume, in Arbeit und Last der Herstellung unserer täglichen Kost, wollte einen ehrlichen Dank aussprechen für das elfenhafte Umsorgen der Servicedamen, die immer mit einem freundlichen Lächeln für das Decken und Abräumen der weiß gedeckten Speisetische Sorge trugen.

16.01 Uhr Zur Feier des Tages, heute ... bitte ein Stück Erdbeertorte, bestelle ich mit einem lächelnden Augenaufschlag bei Frau Verena, die sofort erstrahlt und sich über meine ungewöhnliche Bestellung freut, da sie ja genau weiß, dass ich kein Freund von Kuchen & Torten bin. Er ist sogar mit Frischkäse zubereitet ... preist sie das letzte Stück Erdbeertorte des Tages an, als wäre es eine kulinarische Offenbarung, Ah, mit Philadelphia, vermute ich richtig ... Ja, genau ... ganz frisch von heute, Ja, das sieht man ... lobe ich sie ... da habe ich aber Glück, Auch eine Tasse Crema dazu ... und schaut mich fragend an, Woher wussten Sie das, Na, dafür kenne ich Sie schon zu lange, gibt es denn heute etwas zu feiern, fragt Verena, Nein, nicht wirklich, ich habe nur gerade einen langersehnten Termin wahrnehmen können. Sie reicht mir Kaffee & Kuchen. Finde einen Platz. Nun gut. Aber erst die Erdbeertorte ...bevor ich Ihnen, verehrte Leser und Leserinnen, über den Termin berichten werde. Danke für Ihre Geduld.

Frisch war sie wirklich. Nun zum Bericht. Soeben den 15.00 Uhr Termin beendet, konnte sogar die Gesprächszeit um gut 10 Minuten überziehen, trotz des handschriftlichen Warnhinweises der Küchenleitung: *Dauer höchstens 30 Minuten*. Punkt 15.00 Uhr klopfe ich an die Bürotür der Küchenleitung. In der einen Hand das schwarze Notizbuch. In der anderen die zuvor bei Verena erworbene Geschenkschachtel *Merci*. Höre ... nichts ... klopfe erneut. Lausche. Schon denke ich, dass ... aber da öffnet zaghaft eine kleine gedrungene Frau um die fünfzig, mit rosig fleischigem Gesicht, im weiß gestärkten Küchenkittel, einen Spalt weit die Tür, einen Telefonhörer in der Hand, und bittet mich, noch einen Augenblick draußen zu warten, sie möchte gern das Telefonat zu Ende führen. Fünf Minuten später. Ein kleiner karger Raum.

Neonlicht, weiße Wände, Tisch, zwei Stühle, Anrichte, bunter Wandkalender. Begrüße sie freundlich mit festem Handschlag und einem offenen Lächeln. Nenne meinen Namen und sie mir ihren. Sie bietet mir einen Platz am nackten Tisch an. Sitze ihr gegenüber. Im Blick das matte weiße Fensterglas. Spüre eine knisternde Anspannung. Steif sitzt sie auf der vordersten Stuhlkante, was die Vibration im Raum verstärkt. Sehe in ihre nervösen Augen, die mich dann fragen, welche Ernährungsproblemfrage ich denn nun hätte, Keine ... antworte ich ehrlich und schaue sie weiterhin an. Einen Moment lang knistert die Stille. Um die Situation zu entschärfen und das Gespräch über mein Anliegen zu öffnen, überreiche ich ihr die Geschenkpackung *Merci*. Ja, nehmen Sie diese Geschmacksrichtung, die ist sehr beliebt bei den Damen, hatte Verena mir geraten. Irritiert nimmt die verdutzte Küchenvertretung die *Merci* entgegen, legt sie auf den leeren Tisch und fragt, Was möchten Sie dann? Zuerst einmal bedanke ich mich im Namen unseres Tisches Nr. 9 für die liebevolle Betreuung, die die *Küchenelfen* ... sie stutzt bei diesem seltsamen Wort ... uns täglich auf sehr freundliche und nette Art zukommen lassen, lobe das Decken und Abräumen der Tische, die Sauberkeit und das Kümmern, wenn einer einen Wunsch außerhalb der Reihe hat, und schon hellt ihre rosige Geschichtsfarbe auf. Ihre Spannung lässt hörbar Druckluft entweichen. Sie sind ja die Küchenchefin, die Verantwortliche für das ganze Team, darf ich Sie etwas fragen ... starte mit der Absicht, meinen Wunsch zu äußern, Nein ... unterbricht sie mich, ich bin nur die 2. Kraft, wie sie sich selbst bezeichnet, Und wer ist denn dann die Verantwortliche für die Küche und das Essen. Erschrocken fährt sie zusammen, überrascht über meine direkte Frage, die ihr das Rosige wieder ins Gesicht zeichnet. Die Küchenleitung sei zurzeit nicht im Hause, aber was ich denn nun genau wolle. Sehe ihr Unbehagen steif auf der Stuhlkante klemmen. Nein, habe keine Beschwerde, keine Klage über jemanden, vermittle ihr ganz behutsam mein Anliegen, erkläre ihr zuvor meine Berufung zur Schreiberei, mein großes Interesse am Kochen und meinen Wunsch, die Küche auch in diesem Hause einmal besichtigen zu dürfen. Aber Sie notieren doch wohl nicht meinen Namen, presst sie brüsk aus schmalen ungeschminkten Lippen, Natürlich werde ich nur Kürzel verwenden, wie A aus B in F, auch würde ich unter einem Pseudonym schreiben, um nicht selbst erkannt zu werden. Hörbar erleichtert atmet sie auf, verharrt aber weiterhin mit verschränkten Händen im Schoß auf der Stuhlkante. Dabei hatte ich doch keine gefährliche Frage gestellt. Erkundige mich höflich nach dem Namen der Küchenleitung, weil sie mir meine Bitte, einen Blick in die Küche zu werfen, selbstverständlich nur vor oder nach getaner Arbeit, um auf keinen Fall die Abläufe zu stören, mit der Begründung der strengen Hygiene-Vorschriften, strikt ablehnt. Ihr Misstrauen verstärkt sich, ihre Anspannung zieht über beide Schultern in ihren zusammengedrängten Hals. Was soll vor meinen Augen verborgen bleiben, frage ich mich verwundert und versuche, einen anderen Weg in die Küche zu finden. Aus Erfahrung kenne ich diese Vorschriften und wenn man sie beachtet, öffnen sich alle Küchentüren, sage ich und lächle sie an, natürlich nur vorschriftsmäßig ausgestattet mit Schutzhaube, Kittelschürze und den blauen Schlüpf-Plastikschuhen, dann wären die Vorschriften ordnungsgemäß erfüllt, und es gäbe keinen offensichtlichen Grund mehr für so eine krasse Ablehnung. Nein!, pfeift es scharf aus ihrem Kopf, jetzt zucke ich zurück,

Das geht auf keinen Fall, pfeift sie eine Oktave höher, Gibt es denn für diese Klinik hier ganz besondere Hygienevorschriften, eine, die von allen anderen abweicht, frage ich mit ruhig dunkler Stimme, Nein, das haben wir noch nie gemacht, da lassen wir gar keinen rein, das sei ja auch verboten, wiederholt sie, drückt mit ihrem ganzen Körpergewicht ihr Argument nach vorn. Dann muss ich ja vielleicht doch die Küchenleitung selbst oder den verantwortlichen Kopf aller Küchen sprechen und bitte nochmals um den Namen eines Verantwortlichen, der mir die Erlaubnis ausstellen könnte. Ganz leise säuselt der Name der obersten Wirtschaftsleitung der Anstalt aus ihren Lippen, so leise, dass ich nochmals nach seinem Namen fragen muss. Darf ich ihn mir notieren, frage ich sie höflich und öffne meine Tinte, Sonst vergesse ich den Namen wieder. Sie blickt irritiert vom Tisch auf, derweil ich mein Buch öffne, den Stift zur Hand nehme und frage, Mit ‚c' oder mit ‚ck' geschrieben, Mit ‚ck', gibt sie leise von sich. Und bitte, das wäre sehr lieb von Ihnen, wenn Sie mir seine Telefonnummer noch geben könnten. Nein, das geht nicht ... wehrt sie abrupt ab, Haben Sie die Nummer denn nicht zur Hand, Doch schon ... stammelt sie ... nur weiß ich nicht, ob ich sie Ihnen geben darf, versucht sie mich zu vertrösten, Och ... was befürchten Sie denn, versuche zu scherzen, aber sie druckst nur unverständlich herum. Wie könnte ich ihn denn erreichen, Da fragen Sie am besten mal an der Rezeption nach, doch was wollen Sie denn von ihm, setzt sie unsicher nach. Nicht ohne Sie zuvor gefragt zu haben, möchte ich ihn um Erlaubnis bitten, mit seinem Einverständnis die Küche vielleicht doch noch besichtigen zu dürfen. Na, dann versuchen Sie es mal vorne, aber ob die Ihnen die Nummer geben, weiß ich allerdings nicht. Vielen

Dank für den Hinweis. Soviel sei hier schon vorweggenommen, die Telefonnummer bekam ich selbstverständlich sofort, ohne irgendwelche verdächtigen Fragen. Behutsam wechsle ich nun das Thema, spreche noch einmal ein Lob für dies und jenes aus, zeige ein echtes Interesse an ihrer Arbeit, frage nach ihrer Ausbildung und erfahre, dass sie schon seit 24! Jahren hier in dieser Küche arbeitet. Dann ist das ja bestimmt eine gute Arbeitsatmosphäre hier im Hause, wenn Sie so lange schon dabei sind, unternehme ich einen erneuten Versuch das Gespräch zu entspannen. Bitte sie ganz höflich und es bitte nicht persönlich zu nehmen, ihr etwas über das Essen reflektieren zu dürfen. Ein zögerliches *Ja* quält aus ihrem Mund. Ein verstohlener Blick auf die Uhr. Gefolgt von dem Hinweis, Wir legen sogar Frage-Ampel-Zettel, Rot-Grün-Gelb auf den Tischen aus, weil uns die Meinung der Insassen ja sehr interessiert, Habe ich die Zettel vielleicht in den letzten 9 Wochen übersehen, frage ich verwundert, Nein, das machen wir ja nur 3 x im Jahr an einem Tag! Ich schüttle den Kopf, Nein, solange wollte ich denn doch nicht bleiben … und wir lächeln uns für einen kurzen Moment an. Sie rutscht sogar ein bisschen bequemer in ihren Sesselstuhl hinein. Darf ich Ihnen dennoch, außer der Reihe, ein Feedback geben. Ein stummes Nicken erteilt mir ungern die Erlaubnis. Schildere ihr die Erfahrung mit den Speisen, die Reflektion der eigenen und der der anderen Insassen, versuche, dabei so vorsichtig wie möglich, aber dennoch so deutlich wie nötig zu sein, was aber an der Tatsache eines negativen Feedbacks nichts ändert. Je und je gäbe es ja mal etwas, was man oder frau durchaus essen könne, aber weitgehend wäre das Essen schon eine kulinarische und fachliche Katastrophe. Nun nimmt sie ihrerseits ein kleines Heft, notiert wortlos die ein oder andere Bemerkung, und ich erfahre von ihr ... reines Soßenpulver aus Metalleimern, hergestellt aus fein zerriebenen Knochenabfällen ... Mit Geschmacksverstärker angereichert ... interessiere ich mich fragend, Äh ... Ja ... Nein ... Äh, nicht immer, aber mit geriebenen Knochen, wiederholt sie ganz stolz, als wäre das die kulinarische Offenbarung dieser Anstalt, Verwenden Sie auch Hefeextrakte, Ja ... äh ... aber nicht immer, beschwichtigt sie mich ohne Erfolg. Die Speisen, der Geschmack und ihr Aussehen sind ja dem Leser durchaus vertraut, habe sie in den vergangenen Wochen ein manches Mal mit einem ironischen Augenzwinkern beschrieben, weshalb ich auf eine wiederholende Beschreibung hier an dieser Stelle verzichte, es genügt, dass ich der stellvertretenden Küchenleitung soeben einiges davon mitteilen durfte. Mit welchem Erfolg oder mit welcher Folge werde ich nicht mehr während meines Aufenthaltes erfahren. Es blieb mir nichts anderes übrig, als mich für ihre Zeit und das Gespräch zu bedanken, nicht ohne noch zu erwähnen, dass sie selbstverständlich nicht mit Namen in meinen Aufzeichnungen genannt würde, nur anonym würde ich über sie berichten, nur A aus B in F verwenden, alles sei gesichert ... Ein Blick auf ihre Armbanduhr, ein breites Lächeln, ein erlösendes Händeschütteln, eine hörbare Erleichterung fließen mit mir zusammen aus der geöffneten Türe. Ich gehe. Sie bleibt. Ich bin mir sicher, während sich mein vom Sitzen steif gewordenes Knie vor der geschlossenen Türe streckt, einen langen erleichterten Seufzer zu hören. Und warum hat nun dieses seltsame Gespräch stattgefunden, frage ich mich im Nachhinein, kaum dass ein irgendwie befriedigendes Ergebnis dabei heraussprang. Sicher, ich konnte Elfen-Lob und meine Kritikpunkte anbringen, aber ob dies je etwas ändern wird wage ich zu bezweifeln. Nun, ich suchte das Gespräch, weil ich es wünschte, es als meine Aufgabe ansah, das an richtiger Stelle weiterzuleiten, was ich kulinarisch auf der Zunge trug. Immerhin ist der Mensch das, was er isst. Er ist es wert, mit dem ernährt zu werden, was ihm gut tut. Gerade in solchen Häusern, die sich verpflichten, die Summe der Gestrandeten an sichere Ufer zurückzuführen. Essen ist Teil einer erfolgreichen Insel-Therapie.

TAG 61 FR

Die Tage dehnen. Die kürzeste Nacht. Nach Mitternacht eingeschlafen. Das Ende der schwedischen TV-Serie >*Real Humans*< auf *arte* nicht mehr erlebt. Trotzdem um 05.00 Uhr aufgewacht, gewendet, gedreht. Zwanzig Minuten später reaktiviert die heiße Dusche Körper und Geist. Nicht sicher, was ich anziehe, durchforste ich den Kleiderschrank, zähle die verbleibenden Tage, überlege, stelle zusammen, wechsle und entscheide mich, obgrund der frischen Worte, die dieser Morgen spricht, für einen leichten schwarzen V-Pullover mit weißem T-Shirt, blaues Leinensakko, Jeans und schwarze Lederflechtschuhe. Ein frischer Körper, ein frischer Geist. Schneide eine Viertel Ananas in gabelgerechte Stücke, schlage Frischhaltefolie darum, sortiere meinen Schreibtisch, kontrolliere meinen Therapieplan: Um 07.30 Uhr Blutabnahme – 08.00 Surf & Turf im Trainingslager – 10.45 „Lösungsorientierte Gruppe 1“.

Ein zwitschernder Morgen. Ein Himmel aus blauer Seide. Die Sonne kräuselt die Feuchtigkeit der Nacht aus dem Boden, aus den Büschen, von den Dächern. Ohne Schmerzen. Eine frühe Zigarette unter den dampfenden Blättern der Kastanien.

In der fast leeren Cafeteria sitze ich an meinem kleinen runden Schreibtisch, ohne Crema, ohne Schümli. Der Kiosk öffnet erst um 09.00 Uhr und der Frühstückssaal (*Hunger-Saal*) erst um 07.15 – Zeit – Endlich fühlt sich das, was ich an diesem Freitagmorgen fühle, nicht mehr so an wie am gestrigen Tag. Der schmeckte, als hätte ihn jemand mit Asche bestreut. Fühlte mich verdichtet, inmitten dieser wuseligen Insel, einsam und vom Rest des Geschehens getrennt, und dieser Rest wurde mir, durch die Begegnung mit dem unterwürfigen Herrn Detlef, noch krasser vor Augen geführt. Kann und werde mich nicht erneut ansaugen lassen, zu negativ, zu Kräfte verzehrend die vibrierende Aura von Hass, Wut und Vermauertheit. Gestern klammerte ein Eisenring um meine Brust und erste Gedanken regten sich, einen Vulkanausbruch melden zu müssen. Hätte ich eine Waffe zur Hand gehabt, er hätte jetzt ein Loch im Kopf … mittendrin, da kannst du völlig sicher sein … platzten seine Worte und sein spitzer Zeigefinger traf die blanke Stirn. Wollte es nicht wissen. Ein weißer Schaum, Wut und Verzweiflung blähte aus seinem Mund, der Atem stockte, krampfartiger Husten, Sorry, Detlef, sagte ich zu ihm, Ich kann das nicht mehr mit anhören. Die dringend notwendige Aufenthaltsverlängerung, die der Anstaltschef ihm nahegelegt hatte, schmetterte er rigoros ab, er müsse jetzt seine am Boden liegende Frau und seine 18jährige Tochter wieder aufbauen, sie stützen, gar therapieren, das hätte er in den vergangenen Wochen ja alles gelernt, wie das geht und so, er müsse sofort hier raus, weil die Bedrohung zu groß, dass sie nicht mehr sicher leben könnten. Folglich hieß es sofort umziehen, die Eigentumswohnung verkaufen und den Umständen entfliehen. Der Feind, dieser Kollege, der 83 Jahre alte Ex-Polizist, der sie einfach nur fertigmachen wolle, seine ganze Familie vernichten werde, davor müssen sie fliehen, sich vor weiteren Anschlägen schützen. Wow! Ohrverstopfung! Du, Detlef, fragte ich erschrocken, Wenn du jetzt dreißig Kilometer weiter ziehst, hört er dann auf, dich vernichten zu wollen. Warum dieser Vernichtungskrieg stattfindet, das sagte er nie, ich fragte auch nicht, alles klang so irre. Der Ex-Kollege habe Anwälte, Richter, sogar seinen eigenen Anwalt bestochen, falsche Zeugen bezahlt, er verstehe das alles nicht mehr, er in seiner Hilflosigkeit hätte doch gar nichts getan, was all das bewirken konnte, was ihm und seiner Familie widerfahre, es ist das System, das ihn vernichten wolle. Ich verstehe auch das nicht. Horror! Ein echter Psycho-Krimi. Hochspannungsleben. Ohne Entspannung. Ein jeder hat seinen Grund, warum er hier ist. Auch ich.

07.09 Uhr Sechs Minuten Luft bis zum Ananas-Frühstück.

07.35 Uhr Freitag. Vampir-Termin zur Blutabnahme. Es läuft und läuft. Montags gibt es frische Blutwurst zum Frühstück.

08.05 Uhr bis 09.22 Uhr Surf & Turf – Trockengymnastik & Wasserballett. Und heute wieder im rosa Tütü, Monsieur ... begegnet mir eine weibliche Frage vor dem Aufzug im Badekeller. Man sieht es einem ja sofort an, wenn man frisch geduscht und *ohne* Frisur in Trainingssachen, mit dem gerollten Handtuch unterm Arm, aus dem Kellergeschoss auftaucht. Oui, naturellement, im rosa Tütü, ma chère dame … die Wassernixen rechnen doch damit, erwidere ich charmant der Aufzugsfrage.

Werde mich um halb Elf bei Schwester Regina melden, damit wir abchecken können, wo der Chef heute seine Visite abhält. Möchte ihn daran erinnern, ob er sich schon nach der Möglichkeit fürs >Kreatives Schreiben< erkundigen konnte. Das wäre eine emotionale Bereicherung, die mir lieb wäre, eine, die ich körperlich leisten könnte und die genau dem entspräche, was mir am Herzen liegt. Der limbische Sprudelwurm kann seiner Berufung ruhig sicher sein (**Das limbische System liegt im Inneren des Großhirns und kann als Gefühlshirn bezeichnet werden. Es hat auch eine zentrale Bedeutung für unser Gedächtnis und unser Lernvermögen. Das limbische System ist Ursprung der Gefühle und mit einem «Belohnungszentrum» versehen, das der Angriffspunkt für die euphorisierende und damit suchtfördernde Wirkung von Drogen wie Opiaten, aber auch von Schokolade und Extremsport ist. Wenn wir etwas denken, fühlen und wahrnehmen, bewerten wir automatisch: positiv, neutral oder negativ. Diese Bewertungen laufen blitzschnell – innerhalb von einigen tausendstel Sekunden – im Unterbewusstsein ab. Unser limbisches System reagiert unmittelbar auf unsere Gedanken und sendet die Information an den Hirnstamm, was im Körper verschiedene Reaktionen auslöst*). Sehen wir einer Antwort entgegen.

Steh auf! Geh! Lächle! Vertraue! Worte erinnern sich. Wenn ich alleine in diesen vertrauten Räumen und Sälen oder durch die Flure und Gänge flaniere: Erinnern an die Zeit mit der Dame in Schwarz. Sie war und ist und bleibt die Quelle aller Farben, so oft wir uns, hier und dort, auf dem gelben Flur, im Edelstahlaufzug, im Speisesaal, in den Gruppen oder in der Cafeteria trafen oder uns vor der Eingangstür zu einem kleinen, goldklirrenden Alleespaziergang unter den Kastanienblättern verabredeten. Sie mit ihren beiden schwarzen Gehstützen, die ihre aufrechte Haltung mit Eleganz betonen, ich mit meinem lahmenden Knie, wir beide überzeugt in Schwarz gekleidet, nur hier und da, mit einer klaren Farbe von Accessoires akzentuiert und ich dieses Bild einmal mit einem aquarellierten Blütenhemd pointierte. Ein vertrautes Bild, dem man und frau hier gerne nachsah, der eine rauchte schlendernd, die andere stakste tapfer, und stets strahlte in beiden Gesichtern ein verbündetes Miteinander. Wir waren und sind uns einig, dass Schwarz der Quell aller Farben ist. Ja, dies wurde sogar zum Thema in einer der wöchentlichen Chaosgruppen beim Chef. Die Wirkung der Farben auf die Emotionen der Menschen. Im Anschluss stimmte der Chef mit seiner Assistentin, die sich zuvor über Ursprung und Wirkung der Farben erkundigte, unserer Überzeugung zu. Wie angenehm, ruhig und bereichernd die Gespräche über das, was wir hier sahen, fühlten, träumten und beobachteten. Wie befreiend dieser Austausch über Erkenntnisse, die jeder auf seine Art & Weise hier und in seinem Leben erfahren hatte; motivierend und unterstützend dieser Austausch gleicher und ähnlicher Erfahrungen über die innere und äußere Belastung, die der Schmerz mit sich bringt, der uns beide seit 22 Jahren wie ein Schatten begleitet. Wir sprechen eine eigene Sprache, die wie eine Fremdsprache auf Außenstehende wirken musste, in der wir uns ohne Erklärung, ohne Entschuldigung verstehen. Zwei dürstende Seelen in einer Oase inmitten einer endlos erscheinenden Wüste. Von Wort zu Wort, von Seele zu Seele, von Augenblick zu Augenblick, im Vertrauen, mit Respekt, ohne Wörterbuch: *Schmerz – Kein Schmerz.* Verstehen. Akzeptanz.

10.43 Uhr Eine weitere Scheibe fällt zum Abschied. Ein letztes Mal die ‚Lösungsorientierten Gruppe 1'. Nach dem Aderlass bei Schwester Regina sofort zur Chefvisite, Nein ... er hatte sich noch nicht erkundigen können. Das Thema >Kreatives Schreiben< bleibt offen. Der Nachmittag zur freien Verfügung. Ich werde mal zu *Rewe* fahren, ein Dankeschön-Leckerli für die Schwestern-Elfen-Station erwerben.

10.45 Uhr Tür auf! Die dunkle serbische Stimme bittet uns Wartende einzutreten. Nur *acht* Kandidaten heute ... zähle ich hörbar. Wir fangen trotzdem pünktlich an ... sagt sie und schließt ... und im gleichen Moment galoppieren vier Verspätete um die Ecke und als Nachzügler, atemlos, der sichtlich ‚erheiterte' Herr Detlef. Nun geht's aber los ... die Tür schließt, die Stühle rücken. Namensliste, Abfragekontrolle, zwölf Anwesenheitshäkchen. Heute ist *Rollenspiel-Tag,* meine Damen und Herren ... ein leises Raunen bewegt den Luftraum. Der Spielerklärung folgt die Besprechung, ein Tuscheln hier, ein verdecktes Lachen dort, ein: Na, das geht aber nicht... Nein fünf Kinder sind zu viel ... Und wenn sie Witwe ist ... Wieso hetero ... Ideensuche. Hat jemand aus der Runde einen Vorschlag ... lockt die serbische Stimme. Alle blicken verlegen um, der eine oder die andere schielt in die Luft oder kontrolliert den Bodenbelag, jeder hofft auf ein spontanes, *Ja, wir hätten da einen* ... Rasch meldet sich eine lebenserfahrene Mutter zu Wort, und alle Augen sehen sie erleichtert an. Ihr Wort entflammt für folgendes Rollenspiel: *Ein 18jähriger Sohn räumt nie sein Zimmer auf – Mutter bekommt die Krise und wird aggressiv*. Zustimmung. Raumluft wie Bodenbelag vergessen. Die serbische Stimme lobt den Vorschlag, erläutert Ursache & Wirkung im menschlichen Verhalten. Druck erzeugt Gegendruck ... das Mit- und Untereinander im Alltag ... Wer kennt das nicht ... Ja ... und wer möchte denn jetzt den Sohn oder die Mutter spielen? Ein Kichern, ein Knuffen in die Seite, Blicke schwirren wie Fliegen ums Licht, suchen im Raum nach zwei Freiwilligen. Da sich niemand für die Rolle des Sohnes meldet, stehe ich auf, biete mich an. Et voilà. Unter der begeisterten Zustimmung der erleichterten Männer lege ich mein Jackett ab, kremple mir die Ärmel hoch, wuschle durchs Haar, Wäre jetzt startbereit ... wo ist meine Mutter. Die lebenserfahrene Initiatorin will partout nicht die genervte Mutter spielen. Halb so alt an Erfahrung, meldet sich meine gebräunte Nachbarin, deren Texte ich beim letzten >Kreativen Schreiben< kennen lernte. Die Chefin gewährt uns fünf Minuten Spielzeit. Ein paar *trotzige* Handgriffe sorgen für ordentliches Durcheinander auf der *Bühne*, verstreue diverse Broschüren, Papiere und Unterlagen. Gebe den perfekten (*unordentlichen*) Rollen-Sohn, verzweifelt gut ist meine Rollen-Mutter. Spielen ernst mit enormem Spaß. Stürmischer Applaus für unser improvisiertes Zwei-Personen-Bühnen-Stück. Dann geht's erst richtig zur Sache. Nachbesprechung. Die Regisseurin sieht in die Runde, Welche Gefühle hat das Spiel bei Ihnen ausgelöst ... pflückt Emotionen wie reife Äpfel, hört geduldig, spricht behutsam zum ausgeladenen Gefühl, baut im Positiven auf, was negativ klingt, fragt ruhig nach, kann aber auch direkte klare Sprache, wenn Emotionen sinken. Satzhavarie auf dem Wörtersee. Der ‚erheiterte' Herr Detlef explosiv, echauffiert dermaßen über die ‚Unverschämtheit' des Sohnes, der den Anweisungen der Mutter nicht folgte und so rebellisch trotzte, dass die Regisseurin dominant serbisch rau dazwischenfahren muss, den Worttsunami stoppt, begründet ganz ehrlich und offen, sie habe die pfeilartig geschossenen Sprachspitzen fast nicht mehr ertragen können, legt theatralisch die flache Rechte auf ihren Bauch und sagt: Ich sitze genau zwischen Detlef (zur rechten) und dem Sohn (zur Linken), spüre hier, genau dort, wo ich jetzt meine Hand halte, eine beunruhigende, aggressive Kraft, die mich durchdringt. Blickt in die Gesichter, Spüren Sie das auch ... und erhält ein einstimmig betroffenes Nicken. Botschaft angekommen. Aber was antwortete der ‚echauffierte' Herr Detlef, der nach seiner Meinung gefragt wurde, Wie hätten sich die Eltern beziehungsweise die Mutter denn alternativ verhalten können. Aus der Antwort stolpern die Worte, Na da ... da ... und sein Atemweg verengt sich, Na ... ich wäre ..., und er hebt nicht nur die Augenbrauen, sein ganzer Körper richtet sich auf, die rechte Hand schießt angespitzt vor, Na, wenn das mein Sohn wäre ... dem hätte ich erst mal was erzählt, hier gibt es Regeln ... kommt lauthals mit Hilfe seines rechten Armes so richtig in Fahrt, Und die müssen eingehalten werden, dafür sind Regeln da, gerade in einer (*preußischen?*) Familie ... und verleiht auf der Stuhlkante seinen Worten deutlich Nachdruck, Gerade in einer Familie ... legt er ohne Stolpern nach, Gerade in der Familie gebe ich hier den Ton an ... der jetzt frei fließt ... das hätte sich der Sohn bei mir nicht getraut ... ich hätte, schaut mich, *die-*

sen Sohn, durch seine beschlagene Brille an, rutscht hin und her und ist kaum mehr auf dem Stuhl zu halten. Betretenes Schweigen steht im verdichteten Theaterraum, die versammelten Augen auf den Erschöpften fixiert. Für einen Moment lang lässt die Gruppenleiterin die Stille wirken, wendet sich an mich, *den* jugendlichen Übeltäter, Was würde da jetzt der Sohn denken und fühlen, wenn der Vater so spricht ... sieht mich einen Augenblick beruhigend an, den ich auch brauche, um mich als Sohn zu äußern, Ich hätte ... emotional gesehen ... diesen Vater hochkantig und sofort aus dem offenen Fenster geworfen ... und mir entgehen nicht die zustimmenden Blicke der anwesenden Mütter, worauf die professionelle und intelligente Serbin (*seit 21 Jahren in ihrem Traumberuf als Therapeutin tätig*) mit ihrer beruhigenden Stimme zu Herrn Detlef spricht, ihm lobende Worte entgegenbringt, ihn für seine Äußerungen lobt, ohne dabei aufgesetzt zu wirken, dass eine Regel ja im Grunde etwas Gutes sei, wenn sie mit dem Sohn auf Augenhöhe und ‚*mit*' seinem Verständnis geschlossen worden wäre. Mittlerweile wieder von der Stuhlkante zurück zur Rückenlehne gefunden, schnappt Herr Detlef hörbar nach Atem, will noch etwas sagen ... kann ein Röcheln kaum unterdrücken, weitere Worte stauen stumm, nimmt stattdessen mit gesenktem Blick seine Brille ab, wischt mit Zeige- und Mittelfinger zwei laufende Tränen aus den Augenwinkeln. Sorry ... ist schon alles gut ... es geht wieder, poliert die Gläser, setzt die Brille auf ... es ist schon wieder gut. Die Runde tritt erlöst aus ihrer Betroffenheit, folgt für den Rest der Stunde konzentriert dem abschließenden Wortbeitrag der Gruppenleiterin über Ursache & Wirkung menschlichen Verhaltens und schließt, Ich danke Ihnen für diese Stunde,

Sie waren ein gutes Publikum. Das Publikum zerstreut sich rasch. Der Sohn bleibt. Bevor ich mich, Auge zu Auge, von ihr mit einem Handschlag und einem Dankeschön für alles verabschiede, entschuldige ich mich noch für mein Durcheinander auf der Bühne, hebe die Blätter und Hefte wieder vom Boden auf und lege alles zurück auf den Tisch. Wir lächeln uns an.

Warte vor dem Edelstahlaufzug. Da bemerke ich, wie Herr Detlef hinter mir schwer atmet, mich bemüht am Arm ergreift, So, ich hoffe, jetzt ist wieder alles bereinigt zwischen uns ... sehe in seine Augen und bin nicht wirklich verwundert, Wieso, Detlef ... und achte darauf, mich nicht ansaugen zu lassen, mich mit Humor aus der Armschlinge zu ziehen, Es ist doch gar nichts schmutzig geworden zwischen uns ... Ist alles wieder gut zwischen uns ... wiederholt er sichtbar aufgeregt und lässt meinen Arm wieder frei, Na klar doch ... nein, Detlef, das war doch alles nur ein improvisiertes Rollenspiel zwischen Rollen-Sohn und Rollen-Mutter ... da öffnen sich die Edelstahlflügel und schließen hinter mir, der Vogel fliegt zum dritten Stock. Vergnügt schwenke ich nach rechts in den gelben Flur, vorbei an der Leere in Zimmer 310, und schwebe in mein Zimmer 305, lege eine Verschnaufpause ein, bevor der Vogel mich zum Mittagessen wieder abwärts bringt.

Morgen um 09.30 Uhr nehme ich am >Kreativen Schreiben< teil. Vielleicht treffe ich meine gebräunte Rollen-Mutter wieder. Freue mich auf intensive Texte. Heute Nachmittag keine weiteren Termine. Also Freizeit. Zeit in der ich nicht nur ein Lächeln vermissen werde. Kopf hoch. Es geht zu *Rewe*.

13.28 Uhr Vom Rauchen zurück. Ein Wort. Habe Uwe, einem ganz lieben Mitinsassen in den Fünfzigern, klein, hager und faltig, den ich nur hier an der Raucherbank ab und zu antreffe, der sein Leben mit guter Laune und brüchiger Stimme schmerzvoll am Rollator entlang schiebt und dennoch immer ein freundliches Wort auf den spröden Lippen trägt, meine blaue, echt französische Packung *Gitanes* geschenkt. Schweifende Gedanken in der fast leeren Cafeteria denken darüber nach, womit sie diesen angefangenen Nachmittag sinnvoll ausfüllen können, mal abgesehen von *Rewe*. Vorbei die spannende Vortragsreihe von Dr. No, an der ich so begeistert teilhaben durfte, die ich sechs Mal an dem kleinen runden Konferenztisch, in der Fensternische, neben dem Kiosk von Verena, hinter den Blick schützenden Gruss-Kartenständern, der Dame in Schwarz und einmal sogar zu dritt mit dem Leiter der Spaßkasse, wie er seinen ‚roten' Arbeitgeber immer scherzhaft nannte, weitergeben durfte. Denke oft an die Gespräche, in denen wir uns motivierten, in unseren Welten mit neuen Kräften den Anforderungen des Lebens zu begegnen. Vorbei die vertraute, farbstarke Schümli-Zeit. Nur noch vier Mal schlafen und diese Observationsgeschichte einer 9-wöchigen Anstaltszeit, und *nur* diese, nimmt Abschied. Am Montag das Abschlussgespräch mit dem Anstaltschef, auf das ich mich mit einer gewissen Erwartung freue. Was wird er mir mit auf den Weg geben, was werde ich ihm reflektieren. Mit einer Träne im Auge habe ich mich schon von meiner Frau A verabschiedet, sie ist nächste Woche im Urlaub. Wie dankbar ich ihr bin. Wieviel Leid konnte ich bei ihr ablegen. Wie oft hat sie mich aufgehoben, ein Kleenex gereicht, wenn ich down lag, auch sie hat mir geholfen, das Lächeln wiederzufinden und das Schreiben wieder aufzunehmen.

Meine Gedanken flitzen rund wie in einem Teilchenbeschleuniger. Auf der einen Seite tanzt Freude, auf der anderen drückt Schwere, und ich dichte in der Mitte. Hinter mir die bekannte, vor mir die neue Zeit. Eine Zeit, die mit der sogenannten Auswilderung beginnt, ohne Teilzeitauswilderung, kein stufenweises Zurückgleiten, dazu habe ich mich im Einverständnis mit dem Chef ja entschieden, also heißt es direkt hinaus, hinaus zu den wilden Herden an die Futtertränken, ins Gebell der Gefüllten, über die graue Autobahn zurück in den Lärm eines geschäftigen Festlandes, aber auch zurück in den vertrauten Schutz der heimischen grünen Garteninsel. Zurück zu Lila. Zurück ins Leben, das ein anderes ist. Angereichert ist mit neuen Eindrücken, Erkenntnissen und zahlreichen Begegnungen. Ausgestattet mit dem für mich neuen Bewusstsein einer Achtsamkeit, die wir hier in den verschiedensten Kreisen kennenlernten, wie auch den schmerzlindernden Perspektivwechsel, den Schmerz zu akzeptieren als Teil meines Ganzen, ihn freundlich anzunehmen, ihn zu schätzen und nicht zu bekämpfen. Die Intensität der diversen Kreise habe ich als etwas sehr Wertvolles erfahren, weil, und das erlebe ich hier zum ersten Mal nach all den Jahren, Körper, Geist und Seele als untrennbare Einheit angesehen werden, ganz im Gegensatz zu anderen reinen Schmerzkliniken, in denen ich in vielen Jahren viele Wochen Erleichterung suchte. Ganz besonders aber schätze ich diese tiefe Verbundenheit mit der Dame in Schwarz, diese intensive innere Freude, die ich nach all den Jahren, die der Schmerz mich begleitet, wiedergefunden habe. Wir konnten und werden in dieser für Außenstehende so unverständlichen Schmerzsprache frei und offen reden, intensive Erfahrungen teilen. Unsere Seele spiegelt sich in unseren Worten. Kein Wörterbuch.

Kein Übersetzen. Ein Geschenk, das wir beide mit Dankbarkeit zu bewahren wissen. Zu wissen, zu verstehen, ohne zu erklären, sich gegenseitig helfen, wenn der Schmerz mal wieder das Ruder übernimmt, wenn der Blumenkohl und die Umstände alle Aufmerksamkeit einfordern, dir das Leben zur Last wird, du mürbe wirst und so dankbar bist, diese Seelenverwandtschaft im Schmerz deinen Freund nennen zu dürfen. „Du sitzt am Ufer ... Kristall. Klar." Die Augen voller Tränen und Freude. Nun ... steh auf! Und gehe deinen Weg zum Leben! Kopf hoch ... es geht weiter, du bist stark!

Und draußen schwebt ein feiner Wolkenschleier unter milchblauem Himmel. Und drinnen spritzen Alt- und Sopranstimmen zur Decke, das Echo erwidert der beleuchtete Marmorboden. Schattenmorellen tanzen. Und süße Gedanken an Schwarz. An diese lebendige Quelle. Und eine leichte Schwere, zwischen Brustraum und Zwerchfell, lässt mich spontan an Frau Meysel denken, an das lachende Zwergfell, wie ich es immer scherzhaft nannte, an die vielen Stunden in der Körperwahrnehmungs- und Achtsamkeitsgruppe. Ja, ich habe hier einen Sechsjahresvertrag, das könnte also gut sein, versichert sie zum Abschied, nachdem ich fragte, ob wir uns vielleicht im nächsten Jahr wiedersehen würden. Vielleicht auch im übernächsten. Ein Grund, aber nicht der wichtigste, die eigenen Gedanken auf eine vierwöchige Nachjustierung im nächsten Jahr zu lenken. Zimmer 305 und Zimmer 310 markieren nicht nur Anfang und Ende des 8. gelb gestrichenen Flures, wo vertraute Gedanken & Worte reiften. Übrigens der einzig farbige unter den sonst weißen Raufaserfluren.

14.08 Uhr Genug der gedenkenden Observationen. Der Protagonist der Geschichte braucht dringend eine Ablenkung. Intensive Gedanken. Zu groß für einen Nachmittag. Einen Crema, eine Zigarette, ein paar Schritte der Zerstreuung an der frischen Luft werden den Nachmittag tragen. Die intensiven Gedanken verschleiern in den letzten Seiten des *Doppelgängers* von José Saramago, einem grandiosen, intelligenten Buch über die Identität und die Einmaligkeit, die ins Straucheln gerät, als der Protagonist eines Tages sein identisches Doppel trifft, packend und den Rest des Nachmittags füllend. So ... jetzt hole ich mir den Crema dazu und lese ...

14.46 Uhr Bewegungstherapie auf achtsamen Sohlen. Dann zurück zum Schreibtisch. Buch zu. Heft auf. Die grüne Tinte bereit. Erstes Wort. Ein seliges Grinsen. *Man ... Scheiße auch*, das Leben eines Schriftstellers oder eines Mannes, der es gerne sein möchte, fließt, wenn es fließt, nicht immer so frei wie die grüne Tinte, mit der er schreibt, sie fließt, sie stockt, ein Auf und Ab, über Berg zu Tal und zurück. Bist du oben, ist das Leben eines Schriftstellers unendlich frei, er kann mit seiner Phantasie reisen, eine Realität erschaffen, wie es die Realität selbst nicht vermag. Sie leben, zumindest die meisten von ihnen, fernab eines beruhigenden Kontostandes, wer denkt denn schon beim Schreiben an morgen, dafür sind die Tage reich an Farben, an Träumen, Visionen, Erkenntnis und Achtsamkeit. Beflügeln mit Leichtigkeit die Schmerzen. Doch bei all diesem Reichtum flattern zwischen den grünen Tintenzeilen Reste zerfranster Fesseln, an deren Enden sich Tränen klammern, Gedanken im Sturm an die

1. verlorene Halbzeit heften und die Farben der aufschwingenden Flügel trüben, die mit Hilfe vieler heilender Worte und der Fürsorge aller helfenden Elfen erweckt und wiedergeboren mit einer zuvor nie in dieser Form empfundenen Intensität und Wortstärke erlebt wurden, alleine dafür allen ein großes DANKE. Dennoch verdunkelt ein Schatten, der über der 2. Halbzeit kreist, diesen Wortfluss, diese innere Sehnsucht nach Leben. Der Gedanke drückt, dass bald die emotionslosen Formulare das Spiel wieder in eine schmerzhafte Defensive treiben könnten ... Sorry, an dieser Stelle muss ich den Leser jetzt bitten, zu warten, selbst die grünste Tinte verliert beim Schreiben vieler Worte ihre Irish-Green-Intensität. Eine sofortige Aufzug-Flur-Zimmer Bewegungstherapie zur dringenden Wiederauffüllung des Schreibgerätes in Raum 305 belebt Körper, Geist und Seele. Kopf hoch! So, das neue Grün fließt jetzt wieder mit kraftvoller Farbe. *Spannung >< Entspannung.* Dr. No's Worte klingen wie Glockentöne zwischen Brustraum und Zwerchfell, schwingen mit den zuversichtlichen Chefworten im Einklang: *In der Verlängerung wird so manches Spiel auf dem grünen Rasen gewonnen, nur die 1. Halbzeit ist verloren.* Also wird der Protagonist dieser Geschichte seinen Kopf weiter hoch halten. Seine Worte sind zwar kurzfristig ins Straucheln geraten, aber noch lange nicht gefallen. Halbzeitpause, Zeit zur Regeneration, Farbe aufgetankt, Ressourcen schonen und achtsam verwenden, dann kann die 2. Hälfte angepfiffen werden. Und immer noch bleibt die Verlängerung. Also. Auf dem Rasen laufen die Worte in die richtige Richtung, laufen und laufen, grün die Farbe der Hoffnung, der Erneuerung, der Erweckung und des Mutes, aber auch der Beruhigung. Also ... Kopf hoch.

Die Geduld sammelt die Erfolge,
die Eile treibt sie vor sich her.

Also übe Geduld, folge mit der Weisheit des Herzens deiner Spur, keiner kennt dein Ziel so gut wie du, also vertraue dir und nicht der Angst, sie kostet Kraft.

15.43 Uhr Der Rücken zwickt vom langen Sitzen, das Knie möchte Bewegung, der Blumenkohl einen Perspektivwechsel. Nach einer VanNelle wieder geschmeidiger zurück, den aufziehenden Regen lasse ich draußen fallen. Der zufriedene Protagonist entspannt sich mit den letzten Seiten des *Doppelgängers*.

Alles kostet Kraft, besonders die Dinge, die wir lieben ... (*Nachklang – Dr. No-Vorträge*). Nun gut. Und zu. Für heute. Blümchentee ruft.

TAG 62 SA

07.36 Uhr Samstagmorgen. Die scheidende Zeit sendet neue Zeichen und besetzt die beiden leeren Plätze an dem verwaisten Tisch Nr. 9. Das Computerauswahlprogramm ‚*Wen-setze-ich-wohin*' pflanzt das traurige Gegenteil der letzten neun lächelnden Wochen auf Platz Nr. 1. Gereift, weiblich, farblos und stumm, den scheuen Blick kraus gesenkt, vom Humor verlassen. Du bist aber ein Frühaufsteher ... begrüßt mich eine zweite neu gesetzte Tischpflanze mit sonorer Stimme. Ein neues offenes Lächeln von rechts fächelt mir einen willkommenen Ausgleich zum verlassenen Humor zu. Ein angenehmer Tausch gegen die Schnelle Inge, die uns ja am letzten Mittwoch geheilt, nach einer volltrunkenen Abschiedsfeier, endlich verlassen durfte. Ein *Herr Peter von Hahn, nicht adelig, aber ledig*, stellt sich mit festem Händedruck vor. Ein lebenslustiger frischer Fünfziger, graumeliertes volles Haar, Kripobeamter, wie so viele, die hier landen, denen das Leben und der Beruf zu viele Verdichtungen hat zukommen lassen. Aber er ist jemand, der mit ansteckendem Humor gesegnet ist, sodass meine vegetative rechte Ohrverschließung (*Inges Worte klingen noch in meiner Erinnerung*) sich auf angenehmste Weise entspannt. Spannung > < Entspannung. Ein Hoffnungsschimmer leuchtet für die letzten Tage an der gekräuselten Ödnis. Ein anregender Schlagaustausch von Worten und Gedanken wird uns begleiten. Keine Einbahnstraße. Fragen erhalten respektvolle Antworten, fein gewürzt mit einer Prise Ironie. Ein humorvoller Trost für den schmerzlichen Verlust der Dame in Schwarz. Die Erinnerung ist steter Quell aller Farben.

09.06 Uhr Sitze nicht an irgendeinem kleinen runden Schreibtisch in der Cafeteria, wähle in Memory unseren kleinen Dr. No-Konferenz-Tisch in der geschützten Kioskecke, werde bei Verena einen Crema bestellen, vielleicht beflügelt er die Gedanken, die sich jetzt auf das >Kreative Schreiben< vorbereiten.

09.31 Uhr Öffne die Tür zur Phantasie, betrete als Letzter den kreativen Schreibraum. Sehe meine gebräunte Rollen-Mutter, startbereit mit Stift und Spiralblock, sehe einige verwelkte Blüten und einige neue, mir unbekannte Blüten, die ihre Köpfe zu mir drehen. Setze mich zwischen sie. Fragen öffnen die Bühne. Professionelle Worte übernehmen und erklären, Nein, wir lernen hier nicht Schönschrift. Lacher stäuben aus den Blütenköpfen. Sorry ... ich dachte, weil meine Schrift so .... Eine irritierte Stimme zittert und flüchtet mit leerem Blatt aus dem kreativen Schreibraum. Die Schreibleitung lässt wie Papierflieger Überschriften im Raum kreisen. Jede blickt sich um, jede angelt sich einen Titel, dann fischen die Schreibminen im Meer der Gedanken nach Worten, aus den Blütenköpfen fließen Sätze der Phantasie und trocknen auf Papier. Ich versinke im Meer und finde meinen eigenen Titel: *Multiple Schatten.* Lasse der Phantasie freien Lauf, ergebe mich den Tintenworten. Wie ein Echo ... höre ich die Laute in der Stille, eine leise Zeit, die sich leert. Ein Schatten haucht auf meine Seele. Ein Nebelwind berührt. Der bunte Seelenvogel landet am Ufer. Ein Tropfen schwarzer Tinte trinkt am klaren Wasser. Ein strahlender Blütenkopf, von Schatten gesenkt, sehnt Nähe und klopft leise an meine Pforte. Ja, ich öffne. Nicht auf fliegenden Teppichen landeten wir hier. Nein, wir sind aus dem Alltag gefallen, verletzt, erlahmt, verwundet, gestützt, sehnend nach Worten.

I.
Du am Ufer
Wind.Stille.
Dein Spiegelbild
Kristall.Klar.
Tränen der
Schmerz.Haft.

II.
Du am Ufer
Kraft.Voll.
Dein Selbstbildnis
Himmel.Blau.
Deine Augen
Liebe.Voll.

Steh auf! Nun geh! Vertraue! Geh deinen Weg nach morgen, vergiss das Heute, verlasse das Gestern, genieße einen Tag deiner Träume, genieße einen Tag ... nur ein Leben lang. *365* Tage pulsieren im Jahr, wie mein Herzschlag im Rhythmus der Zeit die Zeilen schreibt. Ich fühle eine neue Zeit, 365 Stunden am Tag, 365 Minuten in der Stunde, 365 Sekunden in der Minute, ... etwas umständlich in Zahlen ausgedrückt, aber so in etwa sagen die Zahlen, wie ich mich fühle, und denke an die Zeit und an ... und hier enden diese Zahlenworte, erinnere mich an dieser Stelle an die schon zitierte Wahrheit, wenn zu viele Worte nur schmücken wollen.

Schattenfarben verdichten mir die Worte, sie fließen wie warmer Regen auf meiner Haut, wie der Schmerz, den ich mit mir trage, und das Wasser nimmt mich mit, spült mich an den Rand, und über mir tanzten die Farben mit den Schatten. Ein wildes Spiel. Ein wildes Tier. Der Boden unter meinen Füßen. Dieses intensive Gefühl. Eine leichte Verschiebung. Der Horizont neigt die Balance. Ein schwaches Beben. Ein Schmerz. Deine Hände lassen mich los ... ich greif nach dem Atem deiner Seele, spüre, wie mir die Sinne ... eine unbekannte Kraft mich mitreißen will, das Dröhnen unter meinen Fußsohlen ins Wanken gerät, mir den sicheren Halt versagt, das Sinken in die Fluten ... unendlich tief – die Schatten verdichten die Worte, in denen ich fließe, fließe, fließe ... unendlich frei und leicht, sinke und sinke, aber ich komme nicht an. Ein Taumeln dreht Gesichter, Totenköpfe, Gedanken, bekannte und neue Geschichten, ein Bilderrausch, die gewelkten Blütenköpfe und die neu erblühten, die jetzt höher und höher zum Licht sich strecken, ein Singen ganz nah, die Klänge ein Echo aller Töne, der Freude, der Begeisterung, eine Träne des Schmerzes ...

Und dann … Stille.
Lautloses Schwarz.
Verdichtete Farben.

Jetzt … jetzt weiß ich, dass ich angekommen bin. Spüre das Schwarz ohne Schmerz, die verdichtete Quelle aller 365 Farben.

10.32 Uhr Gelesen. *Metamorphose*. Der Titel.

Meine Worte enden hier. Schließe meine Phantasie. Bewässerte Blütenköpfe verlassen aufgerichtet den kreativen Raum.

Das *köstliche* Anstaltsmenü fällt heute aus.

14.03 Uhr Lila begrüßt mich. In ihrer Hand ein wilder Strauß roter Penselin-Rosen. Lilas letzter Besuch in dieser Anstalt, die wir sofort hinter uns lassen. Ein letzter gemeinsamer Ausflug in hiesiger Region. Vier Augen lokalisieren das Ziel: Eine Stunde über sonniges Land – der Fluss – die alte Garnisonsstätte.

15.37 Uhr Mit Lila im Ufergras. Hand in Hand. Im Rücken steigt gemähtes Grün. Soldatenbäume, so alt wie die Garnisonsstätte, säumen oben den Fußweg. Gegenüber taucht milchiger Horizont in blasses Land. Gedankenwellen treiben flussabwärts. Ein grünweißes Schrebergarten-Lokal fragt nach unseren Wünschen. Lila antwortet, Zwei Becher Kaffee bitte, dreht sich zu mir, Natürlich Melitta gefiltert. Na, dann mal her damit. Selbstbedienung im Uferausflugsrestaurant.

Ein quadratisches Stück Erdbeerkuchen, auf muffigem Biskuitboden. Wir sitzen nebeneinander auf Paulaners Biertischbänken. Lärm plärrt aus Gitterboxen, überschattet die Flussidylle. Worte tauschen sich schwer. Beobachte ringsum gerötete Köpfe. Hochspannung tanzt auf matten Gesichtern. Die Maß Bier (1! Liter) 12 Euro 50. Die Gitterboxen übergeben sich atemlos zu Helene Fischer. Lautloser Fluss sucht abwärts das Weite. Komm, wir folgen ihm ein paar Schritte. Halber Erdbeerkuchen bleibt zurück. Und unsere Gespräche. Die Dächer der Garnisonsgebäude berühren den Horizont. Meine Träume dreihundertfünfundsechzigtausend Sterne.

TAG 63 SO

Salamitaktik. Tack – Tick – Tack – Tick.

Ein letzter Sonntag auf der grünen Kastanieninsel.

19.03 Uhr Es tut gut. Es lenkt ab. Den Abschieden entfliehen, albern sein, den Tag an den Humor abgeben: Es sind Wahlen im Land. Überall schwirren Volkes Stimmen zur Urne, wie Motten zum Licht. Und es ist die Gründungsstunde einer neuen Partei. Im Schattentanz der Kastanienallee, noch vor dem ersten Morgenkaffee, wurden der von mir gewählte Vorsitzende *Herr Peter von Hahn, nicht adelig, aber ledig* und ich als sein Stellvertreter von einer verrückten Idee beseelt. Wir nennen uns Mahatma & Gandhi, demokratisch selbst gewählt, um die Welt mit einem Lächeln zu ändern. Das läuft ... wenn der Humor das Wort übernimmt, es mit ein paar scharfen Prisen Ironie würzt und kräftigt durchschüttelt, das befreiende Lachen kein Ende nehmen will und jeder weitere Satz den angestachelten Humor zur Höchstleistung treibt. Das ist die beflügelnde Kraft des Anstaltskaffees ... scherzt Gandhi später am Frühstückstisch, Du hast alles notiert ... fragt Mahatma, Aber mit Sicherheit, Herr Vorsitzender. Der Name der Partei lautet einfach und schlicht: TRANSPARENT. Und wie lautet das Programm, Herr Gandhi, Das Programm ist durchsichtig, Herr Vorsitzender. Offen und unverkennbar. Und wie werden wir die Botschaft verbreiten, Natürlich mit den Werbetrinkflaschen aus der Anstalt, sie sind natürlich und sichtbar transparent, sogar von Designerhand mit farbloser Prägung versehen: TRANSPARENT – Untertitel – *Für Ihren Durchblick*. Aus transparenten Parteikulis fließen aus gläsernen Minen weitere leicht durchschaubare Parteiparolen. Sie informieren so sichtbar wie die an überzeugte Insassen verteilten Mitgliedsausweise. Aber nur gegen eine Handvoll Humor, so unsere werbenden Worte, das ist der Preis für Ihre Mitgliedschaft, seien Sie herzlich willkommen. Die Mitgliedsausweise aus transparenten Folien, geschnitten in Visitenkartenformat, ganz offiziell in den ergotherapeutischen Werkstätten hergestellt, sind so selbstverständlich wie die transparenten Plakate mit den glücksverheißenden Wahlsprüchen unserer Partei. Durchsichtig. Transparent. Eindeutig. Sehr gut, aber noch eine Frage, hängen die Wahlplakate schon aus? Aber selbstverständlich, Herr Vorsitzender, sofort nach dem Frühstück wurde die ganze Kastanienalle bestückt, keiner soll hinterher sagen können, *Das hab‘ ich nicht gewusst*. Die Idee brandete in uns zwischen Humor und Ironie, surfte auf hohen Wellen über einen sonnigen Tag, bis am Abend die Wahllokale schlossen.

07.15 Uhr Ein erster schneller Kaffee. Eine erste VanNelle.

07.35 Uhr Eine Salamischeibe fällt ins Moor. Ein letztes Mal als *Mango-Eis-am-Stil* in warme Decken gewickelt, zwanzig Minuten geschmolzen, tiefenentspannt wieder ausgewickelt. Am Frühstückstisch. Allein. Ein Opinel spaltet einen Apfel. Leinsamen verrührt im Magerquark.

Überall Abschiede. Eine Wolke wirft Schatten über die Anstalt, das Geläut ferner Worte berührt mein Ohr. Ein Zauberteppich schwebt auf und ab. Worte wollen nicht versiegen – Gedankenquelle. Anfang. Neubeginn. Druckraum im Brustkorb.

Ein Blick auf die Foyer-Zeit. Es bleibt mir noch eine knappe Stunde bis sich mein Körper unter den massierenden Händen von Frau PS entspannen wird.

09.01 Uhr Ich nutze diese Stunde, um einen Crema an meinem liebgewonnenen runden Schreibtisch zu genießen. Öffne mein schwarzes Schreibbuch, das vierte, welches bald gefüllt sein wird. Ein letztes Mal noch verwickeln sich grüne Tintenworte mit Herrn Detlefs letzten Worten. Eine läufige Hündin folgt mir, in ihrer Pfote baumelt der obligatorische weiße Anstaltsbeutel aus Baumwolle mit dem blauen Logoaufdruck der Anstalt, darin verborgen vor den Blicken der anderen, >*Die Grauen Seelen*< von Phillip Claudel, eine Erzählung aus der Zeit des 1. Weltkriegs, ein Dorf in Frankreich, das Land, ein Richter … die verletzten Seelen der

Kinder. Vor zwei Wochen an Herrn Detlef verliehen, als auch er mich um ein Lesebuch bat. Bitte schön ... sagte ich. Und er jetzt, völlig atemlos, in der letzten Woche nicht zum Lesen fand, nun in den letzten Tagen meines Aufenthaltes, mit aller Eile die grauen Seelen, wie mit einem Staubsauger, aus dem Buch saugen will. Nur die Geduld sammelt Erfolge. Er wird die Zeilen schlucken, vielleicht sich sogar verschlucken, nicht einmal kauen, geschweige denn verdauen. Ruft mir zwei- bis dreimal am Tage zu, Bin jetzt schon auf Seite so und so ... am nächsten Tag, Jetzt schon auf Seite ... nur noch ein Viertel, dann hab‘ ich’s geschafft ... verschwindet geschwind, Ich muss mich beeilen, ich muss schnell zum Ende kommen ... seine letzten Worte. Ich knurre, schlage die grünen Zeilen zu.

Der Crema schmeckt fade, so wie die Idee, aus BWL-Gründen die Anzahl der Bohnen einzusparen. Da spricht zögernd ein Herr von hinten, sagt, Mit allem Respekt, ich habe Ihre Handschrift in der Anmeldeliste zum >Kreativen Schreiben< gesehen, und jetzt sehe ich Sie hier schreiben und möchte Ihnen ein Kompliment machen, Sie haben eine wunderschöne Schrift, Vielen Dank ... sage ich nicht wirklich irritiert, Darf ich Sie fragen, sind Sie Architekt ... Nein, Designer und Dozent für Kreatives Schreiben, der das Schreiben mit Tinte liebt, Ich sehe schon, Sie haben noch manches zu notieren, wünsche Ihnen weiterhin einen schönen Tag, Ihnen auch und bleiben Sie gesund.

09.47 Uhr Liege unter den schmalen Händen von Frau PS, genieße diese Sanftheit auf meinem Rücken, den Schultern, wie wohltuend diese tröstende Massage, franzbranntweinversiegelt. Vielleicht sehen wir uns ja mal wieder ... bedanke mich, Ich hoffe doch, dass ich noch länger hier arbeiten darf, Ihnen alles Gute für Ihren Weg, Und Ihnen weiterhin muskelentspannendes Vergnügen bei Ihrer Arbeit, lächle ich sie an, derweil sie die Franzbranntweinflasche ins Ikea-Holzregal verstaut.

Zum letzten Mal reihe ich mich in die Chaosgruppenrunde ein. Bin vorbereitet. Die Spielzeuge der Erwachsenen und der Kinder unterscheiden sich nur in ihrer Größe, öffnet der Chef die interaktive Gesprächsrunde, nachdem ein jeder, wie bei jedem Mal zuvor, sich kurz vorstellt, mit Namen, Dienstgrad und seinem Themenwunsch für die heutige Runde. Ich würde gerne erfahren, wie ich die Farben, die ich hier tankte, in mir bewahren kann, wenn ich morgen wieder in das Draußen zurückkehren werde. Die anfängliche Skepsis gegenüber diesen Psychorunden, die ich, in meiner bisherigen Unkenntnis so salopp mit diesem Namen bezeichnete, hier lernte ich sie zum ersten Mal mit Haut und Haaren kennen, wandelte diese Unkenntnis in den vergangenen Wochen in Begeisterung. Neue Ideen und Gedanken beflügeln mich. Ich bin dankbar, mich ganz frei und offen in dieser Runde vor Gleichgesinnten so äußern zu dürfen wie ich mich fühle. Ohne Scham. Auch wenn ich mit meinen Worten Tränen vor Euch verlor, sie wurden verstanden, niemals weggewischt, dafür danke ich Euch allen, die Ihr mich in dieser Zeit begleitet habt. So verabschiede ich mich von vertrauten wie neu dazugesellten Gesichtern, die alle ihre Geschichten in diese Runde trugen und weiter tragen werden.

Schöpferische Wortbeiträge, kritische Fragen, mal mit Ernst

und Respekt, mal mit erfrischender Ironie vorgetragen, erhielten die Anerkennung der Gruppe, etwas, das ich seit Langem vermisste. Abgesehen von den ersten Sitzungen, die ich mehr schmerzhaft als bereichernd empfand, würzte mein Humor die Stimmung, erntete ein Lob vom Chef und seiner Assistenz Frau A. Bewahren und schützen Sie Ihre Farben wie einen wertvollen Schatz im inneren Garten, geben Sie sie bewusst für Dinge aus, die Ihnen wichtig sind, und vergessen Sie nie, sie rechtzeitig wieder aufzutanken, gibt der Chef mir zur Antwort. Ein Drucker funktioniert auch nur gut, solange seine Farben im Inneren gefüllt sind. Gehen sie zur Neige, verblassen sie, die Bilder werden grau und streifig, wie die Lebensfreude, die sich unbemerkt müde und blass entleert. Er thematisiert noch einmal den inneren Garten, den Hort unserer Seelen, den Quell aller Farben. Wer die Farben in sich trägt und pflegt, wird sie in die Welt hinausstrahlen können. Der Chef spricht unverhofft eine Buchempfehlung in die Runde. So wie ich mich gerade daran erinnere, es kam mir so vor, als würde er das Buch >*Die Seele der Welt*< nur mir ganz persönlich ans Herz legen wollen. Ganz zufällig sei er darauf gestoßen, in einem kleinen Antiquariat. Manchmal lasse ich mich dort treiben, sagte er, suche nicht nach einem bestimmten Titel. Dann strahlt so ein Buch und entdeckt mich. Jetzt weiß ich auch warum. Zum Ende der Runde bitte ich den Chef um sein Autogramm. Vielleicht werden Sie ja mal berühmt, auf jeden Fall wird Ihre Unterschrift mir eine Erinnerung sein, an die Zeit mit Ihnen, an Ihre Erklärungen der Psyche und die Darstellung des Gehirns mit seinem kleinen emotionalen Kraftzentrum, dem Limbischen System, der Blumenkohl, wie Sie unser Gehirn so charmant nennen und natürlich an die grünen Trampelpfade abseits der ausgetretenen Autobahnen, die zu begehen zu neuen Erkenntnissen und neuem Erleben führen. Löse die beiden großen Blätter mit den kindlichen Zeichnungen und klugen Bemerkungen zum inneren wie zum äußeren Garten vom Flip-Chart, die der Chef während der letzten 1 ¾ Stunden mit farbigen Edding-Stiften skizzierte und erhalte mit einem Lächeln eine dunkelblaue Unterschrift.

Vor dem Mittagessen, über das Sie hier, aus verständlichen Gründen, weder jetzt noch später Weiteres hören werden, werde ich von dem sympathischen Bänker der roten Spaßkasse und der lachenden Sylvia aus B, der überarbeiteten Angestellten des Bürgermeisters ihrer Stadt, zu einer Tasse Crema auf einen letzten Worttausch eingeladen.

Der Therapieplan ist angeschwollen, stark die Wörter in einer verdichteten Novelle über die Rückkehr ins Leben festgehalten, jede Seite, jedes Wort, jeden Termin mit Intensität wahrgenommen, einmal abgesehen von den verschlafenen oder in Absprache überblätterten, jede Teil- oder Nichtteilnahme mit allerlei bunten Kürzeln am Rande bestätigt. Habe die Termine nie gezählt, nie zählen wollen, es gibt keine, die ich, im Nachklang der Zeit, mit der Summe der Erfahrung, hätte missen wollen, weder Kürzel noch Termine. Na ja, vielleicht den ein oder anderen MTT-Termin an den Fitnessgeräten, zugegebener weise, wenn mir das schmerzende Knie die Bewegung versagte. Der Nachmittag dehnt sich, alles entfernt sich, die vergangenen Wochen, die Menschen, die Gespräche, ihre Geschichten, die Räume, die Geräusche, alles flieht davon, nur eines nicht ... das mehrt sich: Die Wahrheit. Spüre Einsamkeit, die meinen Brustraum klammert, vielleicht ein Verlassensein, vielleicht ein Verlassenwerden. Habe ich Angst vor dem, was da draußen auf mich wartet? Bin ich in der Lage, das Erlernte auf Dauer zu bewahren, rechtzeitig ans Aufladen zu denken, umzusetzen, nichts zu verlieren? Habe ich die Kraft, sicher auf beiden Beinen zu stehen, im wörtlichen wie im übertragenen Sinne, und wird mich der Schmerz sanfter behandeln, mir ein anderes, ein befreites, ein Leben in geduldiger Achtsamkeit ermöglichen? Mein Schmerz hat an Schärfe verloren. Seine Konturen lösen sich im Nebel des Vergessens auf. Möchte ich denn wirklich diese Insel verlassen? Kann ich Lila noch länger warten lassen? Nein. Wie werde ich ihr begegnen? Wie wird sie mich empfangen? Aufnehmen? Kann ich etwas von dem, was ich hier erfahren habe, etwas von meiner Begeisterung an sie weitergeben? Kann ich das, was ich erkannt habe, vermitteln, wird sie mich verstehen, wird sie meinen Bildern folgen? Wird Lila mich wiedererkennen? Den, der mit neuer Farbe versehen und vor Zuversicht strahlend, mit Kraft und neuer Energie aufgeladen. Wie sehr werde ich mich verändert haben? Frage und bleibe die Antwort schuldig. Vielleicht, weil ich sie nicht kenne. Nicht den Mut habe. Was werde ich vermeiden? Was werde ich mehren? Werde ich Lila mitnehmen können, Hand in Hand, wird sie es wollen oder sogar wünschen, zusammen mit mir einen neuen bewussten Weg gehen, es zulassen, mit Veränderungen zu leben, oder wird sie meine Begeisterung erschrecken, mir Fragen stellen, um zu verstehen, wird sie von den Antworten irritiert sein, oder wird die Erwartung, die sie in sich trägt, den gemeinsamen Weg verdunkeln? In diese auf baldige Entspannung hoffende Gedanken gewickelt wie das Mango-Eis-am-Stiel verlasse ich entspannt mein Zimmer mit Füllhalter und Buch, finde meinen kleinen runden Schreibtisch mit der weiten Aussicht ins Foyer besetzt, werde also letzte grüne Tintenworte an dem leeren Vortrags-Konferenztisch in der Ecke der Anstaltscafeteria, verborgen hinter den schützenden Motivations-Grußkarten-Ständern, niederschreiben, bei einem heißen Schümli, der jetzt Crema heißt, und mir zum krönenden Abschluss ein hausgemachtes Stück Schwarzwälder-Kirschtorte leisten. Bin Verenas süßen Verführungskünsten noch einmal erlegen. Denke mit Vergnügen an die Vorträge von Dr. No – die ich, dürstend wie ein ausgetrockneter Wüstenschwamm, aufsaugte und mit tausend Tintenworten niederschrieb, jedes einzelne in diesem geschützten Raum wiedergab. Erinnere an den sympathischen Bänker der roten Spaßkasse, der einmal an unserer Vortragsreihe teilnahm, nachdem er mitbekommen hatte, wie begeistert ich der Dame in Schwarz die Worte und im Anschluss daran mein kulinarisches Erlebnis in der TRATTORIA TOSCANA vermittelte, er uns dann appetitlich angeregt fragte, wie gut die Idee sei, heute Abend dort gemeinsam essen zu gehen. Oder wird einer von euch die Anstaltsküche vermissen? Nein, auf keinen Fall, Wann darf ich denn den Wagen vorfahren, Ach, das wäre ja ganz super, Also, dann kurz vor sechs vor der Türe. Vor allem aber vermisse ich, mehr denn je, die Dame in Schwarz, die keinen der Vorträge versäumte, erinnere mich, als wäre es gestern, an die Schutzglocke ehrlicher und offener Gespräche. Da ließen wir, das eine oder andere Mal das Abendmahl im Hungersaal sausen, war doch der Austausch über unsere Erfahrungen des Lebens auf unseren Planeten, mit und ohne Schmerzen, so spannend wie bereichernd und sättigend, so dass wir die Zeit bei einem Schümli und einer Praline Noir oftmals vergaßen.

Die nächste Erinnerung klopft ungeduldig an die Tür, ich sage, Ja ... herein, Denk mal an das Abschlussgespräch mit Dr. Richard Papst, an die spontane Geste des Chefs, wie ihr euch zum Abschied ganz herzlich umarmt habt, Darf man das mit einem Chef, egal, wir durften das. Am Anfang hätte ich nicht gedacht, Sie erreichen zu können, So zu war ich ... Ja, und ich dachte mir, das wird eine schwere Aufgabe, Wie meinen Sie das ... Durchzudringen ... Sie zu erreichen ... Sie zu öffnen, Ja, das stimmt, ich kam völlig grau, matte Augen, hatte Wort und Farbe verloren ... kam ja nicht ohne Grund ... war völlig eingestaubt, Schmerzablagerung von 22 Jahren ... Ja, das war nicht zu übersehen ... Sie haben die Erfahrung im Auge ... strahlte ich, Und Ihren sehe ich jetzt an, dass Sie wieder Leben ausstrahlen, Wurde ja auch Zeit ... sagte ich ... denn dieser Frieden im Inneren, den ich mit meinem ständigen Begleiter schließen konnte, ermöglicht mir den neuen Blickwinkel, sogar mit Humor und ja, so unwahrscheinlich es klingen mag, auch das Wiedererlangen von Lebensfreude!, Das erleben wir oft bei Schmerzpatienten, dass sie sich Therapien gegenüber verschlossen zeigen, Stimmt, zu Anfang stand ich neben mir ... vielem skeptisch gegenüber ... wurde aber positiv überrascht, und im Vertrauen gesagt, vor der ersten Gruppentherapie dachte ich, Oh Gott! diese Psychonummer, ob dieser Seelen-Striptease überhaupt was bringen mag, aber jetzt, nach dieser Erfahrung, könnte ich glatt Ihr Praktikant werden, Das kann ich Ihnen bestätigen, vielen geht's so am Anfang, und er lächelte weitere Worte, die wie Balsam auf die Seele flossen, Die meisten wollen auch ganz schnell wieder zurück in den äußeren Garten, Nein, das will ich nicht, nicht ins staubige Grau zurück, habe an der Quelle meines inneren Gartens neue Kraft getankt, mich geöffnet und mein Selbst freigelegt, Das war nicht zu übersehen … Wieso … habe ich mich so verändert, Nun ja, nicht nur im Innern, alleine das Hemd, das Sie zur Verabschiedung in der letzten Gruppensitzung trugen, sogar mal ohne Jackett … Ach, das mit den Aquarellblüten, ja, das habe ich mir für einen besonderen Moment bewahrt, Ein sichtbares Zeichen Ihres inneren Wandels, Es war auch ein befreiender Moment, dieses motivierende Gefühl wieder zu spüren, wieder anfassen zu können. Auch Ihr Abschiedsgeschenk an die Gruppe zeigte diese Veränderung, Stimmt, wir wollten die Tradition der gemischten Supermarktsüßigkeiten unterbrechen, deshalb schmückte die Dame in Schwarz zur Verabschiedung ihr orientalisches Tor zum inneren Garten ja mit honigsüßem Pistaziengebäck aus dem Orient, Das war etwas sehr Besonderes, nicht anders zu erwarten, denn ich habe sie beide als kreatives Team eingeschätzt, Ja, die Idee kam uns, um etwas zu verändern … daran zu erinnern, das Leben zum Blühen zu bringen, Und Ihre Idee mit den farbigen Filzquadraten … mein Respekt, lobte er, Und die weißen Brillenputztücher standen für den klaren Durchblick … fügte ich an, So sprechen Ihre Augen, die wieder leuchten … Sie haben mir sehr geholfen sie zu öffnen, Sie haben es geschafft sich von inneren Fesseln zu befreien und alte Krusten abzusprengen, Ja, in manchen schmerzhaften Momenten ist mir vieles klar geworden, dank Ihrer Hilfe und der aller Elfen dieser Anstalt, Sie waren aber auch bereit sich zu öffnen, Oder fertig genug … scherzte ich, Ich möchte gerne noch eins … und versuchte die richtigen Worte wieder zusammenzusetzen, die ich mir zuvor alle so schön aufgereiht hatte, Wenn ich das tun kann, was ich an der Quelle meines Seins auftanken konnte … das weitergeben kann, was ich hier lernen durfte, dass ich das, was mir gut tut ... und verwies dabei, mit einem Danke, das Sie mir dies ermöglicht haben, auf die Vorträge von Dr. No, ... also, wenn ich meine Begeisterung an andere ... also mit Freude weitergeben ... wenn ich meine Farben achtsam versprühe ... In Ihrem Fall ja mit der Grünen Tinte, unterbrach er mich, Genau damit, dann bin ich auf einem ... und irgendwie hat es dann doch geklappt mit der richtigen Reihenfolge ... guten Weg zu mir selbst, dafür Danke, Danken Sie sich selbst, Sie haben das geschafft und mich sehr positiv überrascht, bewahren Sie sich den Anschluss an Ihr Selbstvertrauen, Ja ich werde mit einem weinenden und einem lachenden Auge diese Kastanieninsel verlassen, Welches Auge verliert eine Träne, fragte er, ich sagte spontan, Das Linke und mein rechtes lacht, Seien Sie geduldig, die Schönheit einer Rose vergeht, will man ihre Knospe gewaltsam öffnen ... denken Sie daran, vertrauen Sie, Ja, ich werde an Ihre Worte denken, Ich wünsche Ihnen viel Licht und Erfolg auf Ihrem neuen Weg.

Schließe hier die Erinnerungen und eröffne das letzte Abendmahl.

TAG 65 DI

Nicht anhalten. Ziehe das weiße Laken vom Spiegel. Falte es zu einem kleinen Paket zusammen. Schnell ist alles andere gepackt. Kein langer wehmütiger Abschied. Das Zimmer 305 geleert. Den Kleidersack über dem linken Arm, rolle ich mein Gepäck, aufrecht und wie aus dem Ei gepellt, mit bester Laune durch den sonnengelben Flur, rolle über den goldgekrönten königsblauen Teppichboden Richtung

Aufzug, rolle vorbei an 306 … 307 … 308 … 309 … stoppe für einen stillen Moment vor der Leere im Zimmer 310, rolle die Gedankenbilder behutsam in ein Tuch, eile die letzten Meter zum Aufzug, der auf mich zu warten scheint, drücke den Leuchtknopf, steige ein und unten wieder aus, rolle das Gepäckkonvolut neben die gläserne Rezeption, Nein, das ist kein Problem … wir werfen ein Auge darauf, gehen Sie erstmal in aller Ruhe frühstücken, die Papiere erledigen wir später. Alles hat seine Zeit. Letzte Minuten für grüne Zeilen.

07.09 Uhr Der Rolli steht stumm. Der Kleidersack hängt. Es gibt jetzt kein Zurück. Ein letzter messerscharfer Salamischnitt zum Abschied. Ein letztes Mal an diesem Ort, an diesem kleinen runden Schreibtisch in der Anstaltscafeteria den Füllhalter laufen lassen, noch einmal den Blick erheben, ein letztes Mal mit wachen Augen auf der Lande- und Startbahn an der Decke der Foyer-Halle aufsetzen, den Leuchtspuren der vergangenen Zeit folgen. Das Echo aller Geräusche, ein feiner Nebel, abreisebereit auf fliegendem Teppich, Perlen der Melancholie, das Auf- und Abschwellen, der Hall, dieses Rauschen atmen. Vor neun Wochen, ich erinnere mich wie gestern, stolperte ich mit ungewisser Erwartung und verhaltener Neugier in diese Landehalle. Fremd, der Neuling unter den Eingeweihten. Höre für einen Moment das Scharren der Ungeduld, Minuten bevor das goldene Restaurant öffnet. Erst wenn das Scharren verklungen, werde ich folgen, einen letzten Anstaltskaffee trinken, der nie die Herzen beschleunigte, dafür aber nach der dritten Tasse die Säureproduktion anfeuerte, weshalb ich lieber dem starken Schümli zusprach. Werde für ein Jahr oder zwei oder auch nie wieder mit dem schwarzen Ring-Chip das Auge des Speiseauswahlcomputers küssen, die verführerische Sprache der drei angebotenen Tagesmenüs studieren, wie oft stand ich davor, wusste nicht zu entscheiden, wohl wissend um die Entschlossenen hinter mir, habe meistens vegetarisch entschieden, verlor so, eine angenehme Nebenwirkung, ohne Mühe gut fünfzehn Kilo an überflüssigem Gewicht. Knochen sagen Danke. Dafür habe ich, dank meiner Hartnäckigkeit, von der Küchenvertretung erfahren, wie sie täglich 200 Insassen mit Knochenmehl am Verhungern hindern können, ohne sie jemals kulinarisch zu inspirieren, habe aber auch erfahren, dass manche meiner Mitinsassen hier besseres Essen als zuhause erhalten. Alles eine Frage der Perspektive. Demut ist nicht nur ein Wort, das der Chef einmal in der Chaosrunde zur Sprache brachte, es ist eine innere Haltung gegenüber dem Anderen. Seltsam, als Zeichen des Abschieds nagelt es in der rechten ISG Seite. Vielleicht ein letztes Adieu, vor dem Verlassen der Schmerzvollzugsanstalt ... nun denn ... lasst uns strahlen ... allen Dingen mutig und entschlossen begegnen, das Leben mit Zuversicht aus einer entfesselten Perspektive neu erleben. Möge der verblasste Schmerz uns ein angenehmer Begleiter sein.

Mit dem Satz ‚*Letztes aus der Anstalt, der Schmerz verblasst*' schließe ich mein schwarzes Observationsbuch, sichere die Seiten mit einem Gummiband und stecke den Montblanc in die linke Innentasche meines anthrazitfarbenen Jacketts, ganz in die Nähe meiner geschützten Gedankenbilder. Die letzten Tintenworte stottern, wollen nicht so recht fließen. Ich weiß, dass es mir nicht an Worten mangelt, vielmehr bin ich mit zu vielen davon gefüllt, sie stauen sich, statt zu fließen. Mit schweren Schritten gehe ich das letzte Mal zum Frühstückssaal.

Au revoir, Belle du Jour - Île de châtaignes.

EPISODE 3

DIE AUSWILDERUNG

TAG 66 MI

15.39 Uhr Landungsgeschichte. Insel. Klima. Wechsel. Festland. Der Vogel ist gelandet. Alleine an diesem Ort, im Mantel des Schweigens. Die Uhrzeiger halten die Stunden. Stillstand Schümlizeit. Sitze nicht im Echoklang der wuseligen Anstaltscafeteria, nicht an meinem kleinen Schreibtisch unter der beleuchteten Landebahn, dieser Ankunfts- und Abflughalle für all die, die von fernen Planeten angereist hier aufsetzten, oder wie ich, der mit dem Ruderboot am Ufer der Kastanieninsel erschöpft anlegte. Der Chef der Anstalt nannte diesen Ort: *Das Trainingslager*. Nein, sitze nicht mit der Dame in Schwarz an unserem kleinen Dr. No-Vortrags-Konferenztisch hinter den rotierenden Kartengrüßen, an dem so viele Augenblicke, Worte und Erkenntnisse flossen, ein Segen für verwundete Seelen, Motivation für das Leben im Heimathafen. Diesen Balsam gemeinsam getrunken. Diese süßen Augenblicke nie mit feisten Tortenstücken verfettet. Ich gestehe: Ich vermisse dich sehr, dein strahlendes Lächeln. Deine erhellende Energie. Dein Leben. Nicht die üppigen Tortenstücke. Wenn ich nun mal zurückblicke, gestehe ich auch: zwei halbprozentige Eierlikör-Sahne-Tortenstücke in der Zeit im Trainingslager, ganz ohne schlechtes Gewissen. Zuviel ist Zuviel. Das Stück Schwarzwälder-Kirschtorte möchte ich natürlich nicht unterschlagen.

15.58 Uhr Schümlizeit. Sitze mit meinem inneren im äußeren Garten meiner grünen Insel, kopfgefüllt mit Worten, herzgetränkt mit Eindrücken. Entleerte Schmerzen. Denke Zeit, gedenke Zeit an der Quelle dieses Gartens, in dem ich meine leeren Farbpatronen auftanken konnte, schöne und verrückte Momente, leise und laute Stunden, taste nach der Hand des Lächelns, fest und warm, möchte mit Achtsamkeit und Geduld die gesammelten Erfolge in Balance halten, mich bewusst erinnern, bevor die Bilder verblassen. Hebe den Blick von den Seiten, schweife ab, die Vielfalt des Grüns umarmt diese poetischen Worte: *Wieviel Schönheit empfängt das Herz durch das Auge.*

Beginne lieber von vorne, zurück zur Landungsgeschichte. Ich werde am Ufer der grünen Kastanieninsel bei leichter See zum Ufer des fernen Festlandes überführt, ausgeschifft. Herzklopfen. Am Zielpunkt der Auswilderung. Die Welt erlaubt Zeit. Kontaktaufnahme. Was bedeutet Zeit. Benötige drei, sechs, vielleicht nur fünf, womöglich aber 365 Momente, das Alles-um-mich-herum einzuatmen. Mir wird bewusst, dass dort draußen nicht nur saftiges Grün, hell strahlende blühende Farben gedeihen, sondern auch mattes Grau, mageres Braun, stumpfer Staub auf dürren Stellen ödet.

Spüre Entfernung. Ängstliches Annähern. Ein pulsierendes Unbehagen an der Sammelstelle, wo ich nun erinnere, dies aufschreibe, ein heißer Schluck Schümli durch meine Brust fließt. Erste Festlanderfahrung. Innere Unruhe. Bewusst, dass ich hier und jetzt nicht vergessen darf. Besonders in den ersten Tagen. Auf meine inneren Farben achten. Der Wildnis mit großer Achtsamkeit begegnen. Dieser Gedanke beruhigt. Mein Atem fließt gleichmäßiger, spüre augenblicklich diese Kraft der Kastanieninsel, die nun im Schleier des Abschieds liegt. Drehe eine VanNelle. Zünde sie. Weiter. Ankunft. Festlandufer. Tiefe Atemzüge, Blickumkontakt, Rotation nach allen Seiten, nun nicht mehr ängstlich, nur unsicher und fremd, zögere einen Moment ... dann öffnet geräuschlos die gläserne Tür des Transportbehälters. Was schützt mich vor dem Draußen? Stumme Tränen verlassen Augenränder. Die Kastanieninsel und die Wildnis, beides verschwimmt. Betrete das Festland. Zögerlichkeit bewegt meine Beine, setze erst einen, dann den zweiten Fuß, ich muss wieder lernen, festen Boden zu betreten. Der Boden vibriert. Ein Zittern steigt über beide Knie hinauf bis zur sprichwörtlichen Hutschnur, schwanke am Rande der Auswilderung, verharre einen feuchten Augenblick, fasse mit beiden Händen ein Herz voller Wärme, steige Stufe um Stufe zur Pforte, die mich von der Welt trennte, der ich vor langer Zeit, an Körper, Geist und Seele wund, entfloh. Atme mehrmals tief ein ... aus ... warte ... warte ... bis ich das Gefühl habe, wieder sicher zu stehen, drehe, von Neugierde gewendet, um die eigene Achse, blicke ins Panorama, lausche in eine neue Welt, ahne die verborgenen Augen, die geschützt hinter niedrigen Büschen oder auf hohen, einzeln in der Landschaft stehenden Bäumen meine Anlieferung ebenso neugierig beobachten wie ich sie. Öffne unter ihren Blicken die Pforte. Und trete ein. Die Elfen, die mich bis ans Ufer des Festlandes begleiteten, verloren nach einem, *Ihnen alles Gute in der neuen Welt, und bleiben Sie sich treu*, ihre Konturen. Staubwolke am Horizont. Wage Schritte. Bleibe stehen. Schritte. Stehen. Zeitlupenartig bewegen sich Haus, Wände, Lila, das erste Augenpaar auf mich zu, mehr denn je bewusst, welche Aufgabe, welche innere Berufung vor mir liegt. In inniger Umarmung lebt eine leichte Brise von Westen auf. Den feinen Staub der neuen Welt auf meiner Zunge, die nicht von der Inselkost zu Schaden kam, die feiner und sensibler die wiederentdeckte Freiheit schmeckt. Eine Balance aus der Süße der vergangenen Zeit und der Salzigkeit des Augenblicks, eine Spur belebender Schärfe und einer erfrischenden Fruchtigkeit.

Sie schmeckt gut!

Allein im französischen Garten meines Hauses: Alte englische Rosen. Hellgrüne Schatten. Kniehohe Buchsbaumhecken. Solitäre Buchsbaumkugeln in allen Größen. Formen werfen Grüntöne wie stumme Zeugen auf den ungemähten Rasen. Bin sicher, die Schatten beobachten mich. Nur im Juni blüht Weißrosiges in der wilden Rambler-Rose, die in fünfzehn Jahren einen alten knorrigen Apfelbaum bis in die Krone berankte. Im Flimmerschattenlicht schreiben Gedanken grüne Zeilen, eine Melange von Aromen historischer Rosen und weiß blühender Kastanienkerzen. Erinnerung. Melange. Die Witterung im inneren Garten berührt mein Herz mit einem Regenbogen-Lächeln. Schütze die geborgenen befreiten Schätze aus den geöffneten Truhen, die der Chef der Anstalt wieder und wieder mit klugen Worten und zeichnerischen Versuchen ins Bewusstsein rief, uns stets sensibilisierte, diese Schätze im Inneren liebevoll zu hegen und achtsam zu verteilen, nicht immer nur den Rufen, Erwartungen und Anforderungen des äußeren Gartens oder den nicht immer uneigennützigen Forderungen des Blumenkohls, wie der Chef das logisch denkende Gehirn so humorvoll nannte, zu folgen. Die ausgetretenen Bahnen einmal verlassen, einmal ganz bewusst grüne Trampelpfade betreten, abseits allen Lärms, alles Gewohnten Neues entdecken. Und deshalb schätze ich das Geschenk dieser tiefen Freundschaft mit der Dame in Schwarz. Zwei Seelen hungerten und pflückten einen Strauß blühender Lebendigkeit. Eine vertrauensvolle Verbindung, ein besonderes Geschenk, das es zu bewahren gilt, Blumenkohl hin oder her. Geduld sammelt Erfolg. Mit Achtsamkeit. Ich sage: Merci, dass ...!

Dem Tag ins Auge sehen. Ordnung in die neue Zeit bringen. In diese Stunde. Zum Ende des Tages liegen lange Schattenarme erschöpft im Gras. An der Rückseite unseres ‚*Claude Monet in Giverny*'-Hauses sitze ich, windgeschützt, am Ende des schmalen Balkons. An Gitterstäben windet sich eine knorrige Glyzinie, Arm in Arm, über die Länge der Hausseite, bis sie die weinblätterbedeckte Wand berührt. Auf dem kleinen runden, grün lackierten Metalltischchen, kaum kleiner als mein Schreibtisch in der Anstalts-Cafeteria, warten das schwarze Notizbuch, der Montblanc, eine blaue Packung VanNelle Halfzware, daneben ein kleiner Bakelit-Ascher. Von den Weinblättern zurück zu den geschriebenen Zeilen. Mein Blick versinkt im Rot des Weinglases in ferne Unendlichkeit. Dunkles Farngrün und eine Reihe in Würde gealterter, spargeldünner Tannen säumen die Endlosigkeit. Eine hundertjährige Birke greift mit ausladender Goldkrone ins sinkende Abendblau. Flirrendes Grün tanzt in den Büschen.

In der Weite matte Farben verwitterter Dächer, ein Spiel von Rost und Terrakotta, schattiges Mausgrau zittert auf bröckeliger Mauerwand, unter der Giebelspitze reflektiert ein Glasauge das Lachen des letzten Sommerlichts, spiegelt Leben und Abgeschiedenheit durch die Gitterstäbe. Bis zum Ende des Blicks windet diese hungrige Schlange von Glyzinie, verblühen die violetten Blütenrispen beim Tanz im Abendwind. Grün steht für Erneuerung, nachzulesen in der Kopie, die uns Frau A nach der Gesprächsrunde beim Papst über die psychologische Bedeutung der Farben mit auf den Heimweg gab. Grün ist die Symbolfarbe des Lebens, jener Farbstoff, der das Leben aufbaut – mit der Sonne als Kraftquelle und der Erde als Basis. Grün lässt in unserem Kopf immer, auch in einem Schriftstück oder Brief, Vorstellungen von Natur, Wachstum und Lebensfreude entstehen. In meinem Leben steht Grün jetzt für Ruhe, Großzügigkeit, Sicherheit, Harmonie, Hoffnung und Erneuerung, schenkt Vertrauen und lässt Geborgenheit und Sicherheit keimen.

Der Abend neigt sich im Erinnern. Ein zärtlicher Hauch von Luft und Himmel kühlt glühende Haut.

TAG 67 DO

Ankommen ist Erinnerung. Nicht Abschied. Die erste Nacht in der Wildnis suchte Geborgenheit. Schutzsuche hinter Spinnweben der Zeit. So nah. Ein erster Blick der Annäherung an eine fremdgewordene Welt. Erschöpft verliert sich der erste Tag. Erinnerung an die Jahre, die Schwere, die Tränen. Gedanken fliehen erst in der Bewusstlosigkeit der späten Nacht. Suche Schutz, eingerollt wie ein Embryo. Und lange bevor der Horizont die aufgehende Sonne hebt, die Tauperlen ein fernes Lächeln spiegeln, befreie ich die Zeit von den Spinnweben, sehe das zersprungene Fensterglas: Erwachen in der Wildnis.

Ich steige auf, verlasse 305 rechts über den langen gelben Flur, 310 nur ein Augenblick, muss weiter. Drücke das quadratische **E**, das sofort weiß aufleuchtet, abwärts ruft. Der Aufzugsknopf **E**, den ich nach meiner dritten Woche mit einem ‚**Nach Hause**'-Quadrat überklebte, schmunzelte nur für zwei Tage dem Auf-und-Ab ins Gesicht, bis ihn irgendjemand entfernte. Ohne Humor. Handelte die Furcht der Ankommenden, der Schmerz der Verlängerten? Oder entfernte am Ende der lange Arm der offiziellen Ordnung? Wir werden es nie erfahren. *Stelle die Fragen, und irgendwann wirst du in den Antworten leben*, Rainer Maria Rilke. *Mit Achtsamkeit wirst du die Metamorphose trinken, trinken … trinken* … schreibe, schreie Tränen.

Das Manometer zeigt genügend Druck. Die Nase saugt das Aroma frisch gemahlener Arabica-Bohnen. Senke den Hebelarm der Pavoni. Crema de Luxe. Schiebe den rotweißen Porzellanbecher mit der Anstaltsplörre, nicht achtlos, aber wieder einmal zur Seite. Verliere den Tag. Am späten Abend verdichte ich diese Zeilen …

Fensterblick
Spinnweben verdichten die verbleibende Zeit.
Der leere Blick zerspringt im Fensterglas.
Ein Windhauch berührt die Stunden.
Warten. Zögern. Atem zerknittert die Stille.

Ich bin bemüht, motiviert, bin offen ... dann tritt ein Wort,
eine Reaktion in meinen Tag, in meine Seele, Schmerz.
Mir fehlt die Kraft diese Schwere zu tragen,
die Jahre, die Tränen und das Schweigen.
Nadelstiche perforieren mein Lächeln am Morgen,
sieben meine Energie zu Sand,
erschöpft bohrt sich der Schmerz in den Tag,
zerbricht erst in der Bewusstlosigkeit der Nacht.
Ich will diese Tage nicht mehr,
frage wo bleibt das schöne Leben.
Kein Zögern mehr.
Hart und kalt das runde Metall an meiner Schläfe.
Zu schwach die Hand am Abzug.
Lege die Kalaschnikow zurück.
Befreie die Zeit von den Spinnweben,
öffne mit einem Lächeln
das zersprungene Fenster,
ein warmer Wind greift
unter die Arme ...
wie leicht ein Leben fliegt.

TAG 68 FR

Der Sprung aus der warmen Mulde der Bewusstlosigkeit. Auf allen Vieren. Ein kurzes Vibrieren in allen Gliedern. Drehe Richtung Osten. Strecke die Nacht aus allen Knochen. Trockne ein sardonisches Gesicht im ersten Sonnenstrahl am offenen Fenster.

Ich bin. Lächeln. Frage. Angst. Schmerz. Umkehr. Rückkehr. Veränderung. Strecke beide Arme aus, greife ... weiche. Fühle

Gewissheit, sehne zurück, suche für einen Moment den Schutz.

Schwebe im Vakuum einer Zwischenwelt. Sitze mit dem Rücken zur Wand an der ehemaligen Bürgerwache, heute Bistro, im Sommer auch draußen, Kultur, Soziales, Viertel-Magazin-Redaktion. Ein langgestrecktes, treppauf erhöhtes Gebäude am Kopf des Marktplatzes, das im Sommer den hundertsten Geburtstag feiern wird. Schreibe an einem grünen rechteckigen Metalltisch. Halte erste Zeilen des dritten Auswilderungstages fest. Nichts darf je verloren gehen. Aus bedecktem Himmel fließen grüne, ein Lächeln huscht übers Gesicht, Wort für Wort. Spüre die vergnügte Arbeit. Das limbische System. Es lebt. Juhu! So lebendig wie die Erinnerung. Die Uhr zeigt 16.18 Uhr Schümli-Zeit. Wort-Zeit. Hinter Glückwunsch & Motivations-Grußkarten. Leichtigkeit. Freude. Farben. Lächeln. Vertrauen. Leben. Zurück ins Hier & Jetzt. Marktzeit. Vor mir lächeln das schräg gestapelte reife Obst und Gemüse in den Marktständen. Unter grünorange gestreiften Dächern hebt leichte Brise, Menschen tragen sich und ihre Einkäufe, laufen, stehen, reden, verwirren und schwirren in Gesprächen oder Flüchtigkeiten. Rotierende Schmetterlinge bei Frau Snoezelen im weißen Anstaltskellerraum. Greife zum Therapieplan ... ein Griff ins Leere. Die geschlossene Kladde. Die Kappe auf die Feder. Drehe VanNelle, zünde mit Gedanken, lasse Rauch in Kringeln aufsteigen. Luft holen. Ein. Aus. Ein. Aus. Tiefenatmung. Keine Raucherbank. Keine neuen Nachrichten. Keiner, der mich anspricht, genieße dieses Alleinsein am Vormittag unter all dem Marktgewimmel. Nur einen Moment lang. Plötzlich bleibt er wie ein Schatten vor mir stehen.

Ein flüchtig Bekannter, der Herr Gabor von Wall zu Rabenstein, klein und rund, gestützt auf schwarzen Gehstock mit rundem Silberknauf. Ein Fahrradunfall. Der Name verspricht viel, die Phantasie sei hier nicht gebremst und darf sich im Klang des Namens frei entfalten. Die Realität dagegen, das Ungestüme spricht eine andere Sprache in der Wildnis da draußen, trägt einen anderen Klang, sie setzt sich zu mir, die Sprache des Überflusses, nicht die des Luxus oder des Status äußerer Gärten, nein, ich meine die Sprache des inneren Überflusses an Gestautem, an Gehortetem, an Gehäuftem und Gemodertem, alles will raus aus von Wall zu Rabenstein, heraus, heraus, heraus. Die Wildnis erwacht, mein vegetatives Ohrverschlußsystem erinnert sich, ich werde überflutet durch ‚von und zu'- Worte. Habe also nichts im Trainingslager gelernt. Wo bleibt die Nachhaltigkeit in der Auswilderungsphase. Versage. Herr ‚von und zu', bitte entschuldige, möchte noch einige Seiten füllen, wäre ganz toll, wenn du auf deine Verabredung nebenan warten würdest. Ja, klar, kein Problem, hätte er bestimmt geantwortet, Danke, dass du Zeit hattest ... sagt er stattdessen. Konnte dieses freundliche NEIN noch nicht sagen. Es gibt noch so viel zu lernen, sie sagten es uns: Erst zu Hause beginnt mit Achtsamkeit & Geduld die Umsetzung des Gelernten aus den Trainingslagertagen, dann erst sammeln Sie erste Erfolge. Jeden Tag. Auch Rückschläge. Bitteschön immer wieder ins Bewusstsein rufen. Ich verzeihe mir. Bereit für eine zweite und dritte Begegnung dieser Art. Übung macht ja bekanntlich den Meister. Und ich werde üben, da kannst du sicher sein, mein Blumenkohl, noch manches Mal werden sie wie Hagelkörner auf uns niederprasseln oder uns hinter Masken der Täuschung ansprechen. Du kennst das. Mutlosigkeit schaudert. Stehe auf! Gehe zur Quelle, öffne das Gartentor, morbide und schön, leichtgängig. Tanke 365 Farben. Die Farben der Bilder dürfen nicht verblassen. Verschließe die Pforte. *Bonne nuit.*

TAG 69 SA

Löwenschmerz. Die krause Mähne getrocknet. Schritte in die Wildnis. Körper zur wärmenden Sonne. Knochen verharren auf allen Vieren. Die verborgenen Augen, die mich seit der Auswilderung versteckt in Büschen und Bäumen observiert hatten, ziehen sich mehr und mehr zurück, erkennen nicht genau, was sie beobachten, einen Rückkehrer, einen freien Menschen, ein neues Leben? Löwenleben wird ein anderes sein. In Begeisterung. Die neuronalen Autobahnen verlassen, in Ruhe heimgekehrt, aufgeblüht, Energie sprühend, die Wildnis auf grünen Pfaden neu erkunden. Achtsam teilt die Löwenpranke das Gestrüpp.

Traumlose Nacht vor dem Morgen. Die Gedanken hellwach, springen, suchen, finden Bilder, die wie Sand zwischen den Fingern zerrinnen. Die Bilder der ersten Tage vermischen sich mit den Bildern der letzten Wochen. Der Blumenkohl sucht das Verbindende. Bittersüße Melange. Gieße einen Kaffee nach. Es ist kalt, so früh auf dem Balkon, Glut glimmt auf, Nikotin und Koffein werden die Wirrnis in eine irgendwie begehbare Ordnung bringen. Tiefe Erschöpfung kaut mit Mühe all das Erfahrene, Gelernte, Observierte, um das mit verzehrendem Hunger verschlungene Brot der Einsicht und Erkenntnis zu verdauen. Die Reinheit bewahren. Du schüttelst den Staub von der Schulter. Die Seele ist zerrissen. Die Vergangenheit zerrt am Morgen. Wie kann ich die Früchte genießen, die ich gepflückt. Kopfkarussell. Alles rotiert. In Körper, Geist und Seele. Alles beschleunigt. Tragen die Gestalten Grimassen, die in der Rotation nach außen drängen? Traum. Hoffnung. Reiches Leben. Halten die Kreise, bleiben sie stark? Bleiben sie miteinander verbunden? Ist die Vorstellung Wille oder Fluch? Träume ich eine Welt der Klarheit, eine Welt der Stille und Betrachtung, eine Welt des Verstehens, der Farben, eine Welt der Kunst des Müßiggangs, der begeisterten Schöpfung, der Schönheit, der Geduld und Achtsamkeit. Wie schwer, wie hoch dieser Anspruch. Darf ich denn kein Ideal anstreben, mich über den grauen Alltag der Umstände erheben, im thermischen Kreisel unter der Sonne aufsteigen, weiter und weiter vom Staub der Erde mich entfernen. Spalte Leben. In ein Leben der Vorstellung und in ein Leben, ja, in welches ... finde nicht das richtige Wort. Kann ich nicht einfach das alte Leben abstreifen wie eine getragene Haut die zu lange getragen, zu dünn geworden ist. Glück und Schmerz, die beiden Pole, zerren, bringen mich zum Taumeln, und – wie aus dem Dickicht entspringt der neue Themenwunsch für den nächsten Mittwoch in der Gesprächsgruppe beim Chef: *Stabilität in der Auswilderungsphase* – wie lange es wohl dauern mag – und kann – wann es vorbei ist – wann ich in der Wildnis angekommen bin. In mir. Keinen Themenwunsch kann ich äußern, keiner wird mir antworten, die Pforten der Anstalt haben sich hinter mir geschlossen. Und ich frage mich, ob ich sie durchschritten habe oder mich dagegen wehre, die grüne Kastanieninsel zu verlassen, ihr Adieu zu sagen. Frage, was ich mitgenommen habe und erhalten kann. Spüre, dass ich das Band der Freundschaft mit der Dame in

Schwarz nicht trennen will, kann und werde. Das Band, das uns gegenseitig Stabilität und Halt gibt, das ich von Herzen gerne in meiner Hand halte, bewahren und schützen werde. Wir werden Antworten finden, jede Frage stellen, verstehen, Wünsche äußern, uns gegenseitig stärken, unserem Schmerz mit einem Lächeln begegnen, das Leben leichter nehmen und uns dabei unterstützen, nicht aufzugeben, den Mut nicht zu verlieren, wenn der Schmerz mal wieder nach Beachtung schreit und keiner da draußen diese Sprache versteht. Ein schwarz-grünes Band, geflochten auf der Kastanieninsel in Schmerz, in Freude, in Verstehen und Achten, miteinander verbunden im Lichtschatten grüner Dächer.

An dieser Stelle meldet sich plötzlich der ‚Gesunde Menschenverstand', sagt, Du musst nur Ordnung in die Zeit bringen. Aber wie kann ich Ordnung herstellen, alles ist so neu, so fremd. Ach, stell dich nicht so an, etwas mehr Disziplin bitte. Na danke, du hast ja leicht reden, schwebst da oben und lässt Worte wie Steine herabfallen. Bist du ein Mädchen? Nein, was soll denn diese Bemerkung, du weißt genau, wer ich bin. Nein ... du bist natürlich kein Mädchen, aber reiß dich mal zusammen und jammere nicht rum. Du immer mit deinen Sprüchen, mich zusammenreißen .... Ja, was willst du denn von mir hören? Na, halt keine Sprüche. Was dann ... soll ich dir sagen, alles ist gut? Wenn ich dich da unten sehe, kann ich das nicht sagen. Nun bleib doch mal ruhig. Und ... was siehst du da unten, da du ja scheinbar alles im Griff und im Blick hast? Was willst du denn sehen ...? Ach, jetzt fragst du mich, was ich sehen will, bist du denn blind? Soll ich dir jetzt sagen, was du siehst und mir nicht sagen willst? Oh, oh,

Ich verliere mich in dieser Atmosphäre. Scheue mich in der Realität anzukommen. Nun, ich bin froh in dieser Oase, innerhalb des äußeren Gartens, so offen und liebevoll aufgenommen worden zu sein. Mir ist, als bewege ich mich in einem Gehege, umgeben von einem Vogelgezwitscher-Konzert. Ein Ort, an dem es mir leicht fällt, bei mir zu bleiben, mich geschützt zu fühlen. Ich existiere in einer Glasglocke, in einer Zwischenwelt, zwischen dem Draußen der Welt und dem Drinnen in mir. Weiß nicht genau, wo ich bin. Stehe mit einem Fuß auf der Insel, mit dem anderen auf dem Festland. Aber wie schon gesagt, ich wollte ja zur Sache kommen: Das Knie hat sich heute mit dem 12. BWK ganz ordentlich ins Zeug gelegt. Gestritten haben sie übers ISG, und wenn es zwischen ihnen heftig wird, sie sich nicht einigen, wer die Oberhand behält, dann regen sie sich über die Zickigkeit der Lendenwirbel auf. Aber wie sagt der Volksmund: Kleinvieh macht auch Mist. Und ich sage: Ich halte mich da raus, sollen sie sich doch die Köpfe einschlagen. Haut drauf, aber lasst mich in Ruhe mit eurem Scheiß! Ist das nun der erwartete Perspektivwechsel? Liebe Valoron, komm zu mir, die Elfen mögen helfen anstatt zu sagen, Ich brauch jetzt wieder die scheiß Tablette. Jetzt bloß nicht klagen. Ein Lächeln über mich selbst hebt meinen Blick. Tauben turteln flügelschlagend im Birkengeäst. Es fällt mir nicht leicht, in der Auswilderungsphase anzukommen. Neues zu wagen, nicht zu verzagen, mich nicht zu vergraben, nicht aufzugeben. Dass es so schwer ist, hätte ich nicht gedacht. Wie lange die Phase wohl andauern mag? So lange, wie die Zeit im Trainingslager? Was soll ich sagen, manchmal ist schon der reine Gedanke schwer, den ich wie eine Last vor die Türe trage. Wie gestern. Ab in den ersten Supermarkt seit Wochen. Durch

Ich schüttle den Kopf, trinke einen Schluck kalten Kaffee, spüre ein Frösteln, das sich in meine Knochen eingeschlichen hat und weiß, dass ich hier an dieser Stelle das Gespräch mit mir unterbrechen werde, muss erst einmal Ordnung in die Zeit bringen. Ich stoppe die neuronalen Rotationen, recke vorsichtig die schmerzenden Teile meines Körpers, beruhige den erschöpften Geist, besänftige mit schönen Gedanken di Unruhe in meiner Brust, versuche, eine Stabilität von Kör per, Geist und Seele herzustellen. Sehne mich nach der Fre heit meiner Gefühle, nach Leichtigkeit und Akzeptanz. Ic möchte den aufgewühlten Geist zur Ruhe kommen lasse Ich friere. Es ist erst kurz nach sieben. Wildnis-Zeit.

11. Stunde des Tages geflossen. Ein anderer Ort. Neue G danken. Versuche sie festzuhalten. So gut es gelingen ma Ob ich das schaffe? Ich weiß es nicht. Wenn die Zeilen flie denke ich wenig darüber nach, was sie festhalten, sie zeig was wichtig ist. Es ist mild auf der Terrasse. Halbh schwebe ich über dem Garten. Grün tanzt vor meinen Aug Rosentupfer, Blutbuchendächer. Schaukeln im Wind. H tensienreihen, gekämmte Farnblätter, Blütenrispen, die voreinander verbeugen. Buchs in Reih und Glied. Herzen nen in tiefrot und violett. Ein ganzer Busch voll. Nur Armlänge vor mir berühren die dunkelgrünen Blattspi der Rhododendronbüsche den Handlauf des Terrasse ters. Wassertropfen schimmern im Schatten. Blattsp strecken gespreizte Finger ins Zwielicht, lachen zusam mit den wehenden Eibenarmen um die Wette. Rosa P lanrosen schlängeln in die knorrigen Arme des alten A baumes. Zwei Armlängen entfernt, am morbiden Maue der Terrasse klettert die hundertjährige Glyzinie nach

du willst mich herausfordern, bitte schön, ich bin bereit ... Nun schau nicht so überheblich auf mich herunter, lass‘ mir einen Moment der Ruhe. Na ... willst du dich jetzt schon zurückziehen? Nein, nur einen Augenblick verschnaufen. Aha ... hast du dich vielleicht schon verausgabt? Ja vielleicht. Versuch es doch mal mit kleineren Schritten, Rom ist ja auch nicht an einem Tag erbaut worden. Musst du nun schon historische Ereignisse bemühen, um mich ...? Nein, nein, das macht mir keine Mühe, ich .... Kannst du denn nicht mal beim Thema bleiben, musst du immer soweit ausholen? DU hast mich doch herausgefordert. Ach ... jetzt bin ich wohl daran schuld, dass du so tief in die Trickkiste greifen musstest. Schuld ... geht es hier um Schuld? frage ich dich. Wie meinst du das? Du machst mir doch einen Vorwurf, weil ich Rom zitierte und du fragst mich, wie ich das meine ... Ich frage dich, wie du das meinst. Willst du mich jetzt völlig verwirren, mir die Worte im Mund umdrehen? Gewiss nicht, das ist nicht meine Aufgabe. Na, dann lass es doch bleiben, rühr nicht in den alten Töpfen rum .... Das sagst du, hast du mich denn nicht provoziert, du mit deinen Gedanken, die du mir wie im Sturm entgegenbläst, aber keine Angst, das bin ich gewohnt von euch Menschen, mit euren Stürmen umzugehen. Ach was .... Nun bleib mal ganz ruhig, ich bin nicht dein Feind, bleib doch mal stehen. Ich weiß, ich dreh mich im Kreis .... Wird schon. Du hast gut reden .... Wenn du mich brauchst .... Wie meinst du das? Na ja, wenn du ein klares Ziel hast, du weißt ja, dass ich gerne logisch und erfolgreich arbeite. Aber überstürze nichts, die Tulpen wachsen nicht schneller, wenn du an ihnen ziehst. Du hast gut reden. Hast du das nicht eben schon mal gesagt? Ja, das habe ich. – Morgengedanken!

die Stadt, die Autos, die Gebäude, alles lärmt mich an, schreit wortlos, schreckt meine innere Ruhe. Das ist eine Sache. Die andere Sache sind die Menschen auf diesem wieder betretenen Festland. Mir scheint sie vermehren sich wie wild. Wo immer ich auch hinsehe: alle sind enorm schnell. Die ersten Bekannten, die ich besuche: auch sie rennen hinter irgendetwas her, ermattet, auf der Suche nach der verlorenen Zeit. Ich stocke beim Schreiben, so wie ich einer verlorenen Zeit hinterherlaufe? Scheiße, ja, das stimmt. Sehe uns in Sieben-Meilen-Stiefeln laufen, zerzaust, getrieben. Wenn ich diese Verdichtung spüre, die mich zu erdrücken scheint, wenn sie von sich reden im Fluss ohne Interesse an anderem oder an mir. Wie ein Telefonat ohne Sinn. Nur Hörer. Das will ich nicht. Ich will NEIN sagen, sagen, wo ich nein meine und brauche, höflich, natürlich, man/frau will ja keinen verletzen, weder die anderen noch sich selbst. Aber was soll denn daran so schwer sein? Du hast gut reden, aber zu wissen scheinst du ja auch nicht alles, zum Beispiel, wie es mir hier drinnen geht. Lenk nicht ab. Schwer ist mir hier drinnen, klopfe auf meine Brust. Was ist schon schwer? Ein Sack Steine ganz sicherlich. Bleib bei der Sache. Ja, Sache, Thema, Sache, ich kann es drehen wie ich will. Dann bleib ganz ruhig und rotier nicht. OK, zur Sache: es ist womöglich die Angst, die es mir so schwer macht, die Angst, dass die Kastanieninsel mit Steinen beworfen wird. Das kann schon sein. Stürme und ein Orkan werden kommen können, du weißt doch genau, das Trainingslager war nur deine Ausbildungszeit. Ja, du hast Recht, ich weiß das, habe es nicht vergessen, aber ... ich meine ... es ist ... dieses Gehen, das neue, das mit einem geraden Rücken Gehen, das achtsame Gehen, Denken und Empfinden und Sprechen und Lachen, leicht und befreit, diese Sehnsucht und das alles erhalten, Angst, zu verlieren … Sprich ruhig weiter, ich höre dir zu. Was soll ich noch sagen, all das verursacht ein Gefühl von Schwere hier drinnen, so fremd und neu und schön zugleich, ein mulmiges Drehen. Frau Snoezelen, bitte warten Sie draußen mit Ihren rotierenden … Entschuldigung für diese Unterbrechung, sie wusste ja nicht … aber zurück, du warst hängengeblieben … Ach ja, an den Schmetterlingen, oder vielleicht an der Angst, in das alte Muster zurückzufallen. Aber du kannst nicht anders. Wenn du verstanden hast, gewinnst du. Ja, ich habe vieles verstanden, gesehen, erfahren und gelernt, und es hat auch geklickt. Aber du darfst nicht zu viel auf einmal erwarten, zu schnell alles erhoffen. Hast du denn nicht auch die Geduld kennengelernt. Ja, habe ich. Na also, wie heißt es so schön … Mit Achtsamkeit sammelt die Geduld die Erfolge, mit Eile rennt sie ihnen nur hinterher. Na also, du erinnerst dich an deine eigenen Worte. Sorry, mir ist kalt. Dann achte auf deine Knochen und geh rein. Danke. Bitte.

TAG 70 SO

Schmerzhaft der Morgen aus der Nacht. Reines Blau ohne Schleier. Früh und zart. Ein Crema. Eine VanNelle. Gedankenverhangen. José Saramago >Der Doppelgänger< geschlossen. Endlich. Die Seiten durchschwommen, nicht untergegangen, tief beeindruckt von der Erzählstimme. Ein Doppelgänger, ein Mensch, der sein Ebenbild trifft, sich fragt, wer er ist. Wie schön lassen sich Worte zu einem Klang komponieren, der die wunde Seele berührt, vielleicht sogar heilt, sie nährt, den Geist beruhigt, wo er in Unruhe ist, sanft die Worte aneinanderreiht zu einer traurig melancholischen

Melodie, Gedanken träumen lässt und ganz sein darf. Ich liebe diese frühe Zeit am Morgen, bin so dankbar. Lange bevor der Tag die Flügel trocknet, und sich aus seinem Nest erhebt.

Und ich? Bleibe lieber in meinen Träumen, wie ein trotziges Kind, das nicht nach Hause will. Ich erinnere an den einen oder die andere, die mich seit Jahren begleiten, sich ganz stolz als Realisten bezeichnen, mich einen idealistischen Träumer nannten oder noch nennen. Mich, der so seltsame Ideen von Freiheit, Stille, Wärme, ohne Hetzen, und leidenschaftliche Träume verfolgt. Verwirklichung anstrebt, wie beim Chateau in Frankreich. Ein Symbol. Träume, die schon vor dem ersten Unfall im Verborgenen keimten, nach dem zweiten ans Licht reckten. In der Phantasie zu Blütenteppichen gediehen. Ich sie mit leichten schwebenden Schritten, mir nun der Ohnmacht der realen Unbegehbarkeit bewusst, sie dennoch stets als Wildblumenwiese durchkreuzt und betreten habe. Habe ich mich von dieser blühenden Wiese meiner Träume verabschiedet? Alles hat seine Zeit. Und wenn ich zulasse, mir Hilfe gewähre, die ich in jener Zeit des Durstes so nötig hatte und gierig trank, dann weiß ich, dass ich nicht in die Irre gelaufen bin. Dass ich nun nicht mehr auf den alten neuronalen Autobahnen der Realität hinterherrennen muss, es auch gar nicht mehr kann.

Am Anfang: ein Versuch. Mit der Zeit die Irrwege mehr erspürt als erkannt. Erlebt, dass ein zarter neuer Traum wächst. Jetzt, da ich, wieder zurückgekehrt in die Wildnis, den Lärm und das Gewimmel kaum ertrage, gelernt habe, den Dingen wie sie sind, mit dem Perspektivwechsel zu begegnen, schütze ich mich vor dem, was die sogenannten Realisten als Quell und Sinn ihres Strebens und damit einhergehenden Leidens kundtun, sie dies aber nicht als Ursache und Wirkungszusammenhang erkennen, davor werde ich mich schützen. Ein Versuch der Gelassenheit.

Wie deutlich sie vor mir stehen. Der eine an der Realität, die ihm alles abverlangte, zerbrochen und gestorben. Der andere unter ihr geschmolzen und verbrannt zur Erde gelegt. Realisten. Sehe die, die leben, die Freunde, die mich begleiten. Der eine, der seine Träume, die ich in ihm spüre, mit der Keule der Vernunft und der Realität versucht zu erschlagen, der sich mit Händen und Füßen wehrt, wie ein trotziges Kind, Angst hat, sein Inneres zu berühren, so trotzig, wie ich mich ja auch wehre gegen die Realität des Festlandes und lieber in meinen Träumen bleiben möchte. Wie heißt es so schön, wenn ich den Volksmund mal wieder zitieren darf, oder klingt da jetzt eine Spur von Ironie zwischen den Zeilen, also wenn er sagt: Lebe deine Träume und träume nicht dein Leben.

Mit meiner entfesselten Begeisterung habe ich versucht, diesen Freund zu erreichen, fühlte mich so stark. Ich besuchte ihn am Tag vor meiner Entlassung von der grünen Kastanieninsel. Er lag ganz in der Nähe, in einem riesigen betongegossenen orthopädischen Rehazentrum, mit frischer, wunder Narbe, gerade erst operiert. Mit sechzig Jahren schraubten sie ihm ein neues Hüftgelenk ein. Zwei Jahre quälte ihn der Schmerz, bis er ihn nicht mehr tragen konnte, das Gehen nicht mehr aushielt, der Realität nicht mehr ausweichen konnte. Jetzt kann er verstehen, was ich seit 22 Jahren spüre und erleide, natürlich nicht immer so schmerzhaft wie bei ihm, kurz vor seiner erlösenden OP, aber dennoch in steter und so manches Mal auch in heftigster Umarmung. Jetzt versteht er, warum ich mich quäle, wenn ich länger als eine halbe oder dreiviertel Stunde auf den Beinen bin. Ja, jetzt kann er meinen Schmerz nachvollziehen. Meine Begeisterung für einen Perspektivwechsel allerdings nicht, die tropft an ihm ab, ich erreiche ihn nicht. Vielleicht war ich zu begeistert, zu euphorisch. Mag sein. Drei Wochen Reha, so der Plan: er sollte zur Ruhe kommen, sein neues Gehen trainieren. Drei Tage später rief er mich an, teilte mit, er habe diesen ganzen Mist des stationären Aufenthaltes so satt, er sei nur umgeben von Idioten und schlechtem Geschmack, langweile sich zu Tode und sitze auf dem Trockenen. Er setzte alles unter Dampf und ließ sich die Reha-Anwendungen auf seinem Therapieplan, gegen den Rat der Ärzte, auf einen dicht getackerten Zeitraum komprimieren, damit er das notwendige Übel, wie er die Physiotherapiemaßnahmen nannte, ohne Pause ambulant und hintereinander abarbeiten könne. Aber ich kenne ihn und weiß genau, der Grund für seine Reha-Flucht ist ein ganz anderer und das bereitet mir mehr Unruhe als ein Haufen rennender Ameisen. Es macht mich traurig, weil ich nicht weiß, wie ich ihm begegnen kann, ob ich es überhaupt darf oder sogar muss, weil er mein Freund ist. Bin hin- und hergerissen. Ganz hinten in mir weiß ich, befürchte es zumindest, dass ich einem Freund, den ich schon so viele Jahre begleiten darf, nicht helfen kann. Was ihn hinaustrieb aus seiner stationären Reha, die erste seines bislang kerngesunden Lebens, war das strenge Vor-Ort-Verbot für seine Liebe, den Alkohol, den er trinkt wie ich das Wasser. Sehe einen Ertrinkenden, der sich selbst zuwider an einen Strohhalm klammert. Am Tag seiner Selbstentlassung heult er sich in den Armen seiner Liebsten aus, verabschiedet sich schon am selben Abend von ihr, emotional gestärkt, trifft sich zum Alibi-Fußball-TV, zum Trinken mit seinen Kumpanen in einer nahegelegenen ländlichen Rasthausidylle, ersäuft die Realität im Kreise Gleichgesinnter und muss, um nach Hause zu kommen, abgeholt werden. Mir ist schon klar, auch sogenannte Realisten möchten vor ihr fliehen, so wie ich vor der Realität des Festlandes. Er ist und bleibt ein sehr guter Freund. Bin dankbar, ihn so nennen und kennen zu dürfen. Er würde mir sein letztes Hemd schenken, wenn ich friere, aber ich friere statt seiner.

Und die Begegnung bei meinem fast gleichaltrigen Fotografenfreund, den ich am dritten Tag meiner Auswilderung besuchte. Übrigens mein Erstkontakt in der Wildnis außerhalb meiner heimischen Glasglocke. Ich stieß hier zwar auf offene Ohren, aber unter allem Gesprochenen, das wir miteinander austauschten, nahm ich eine lastende Schwere wahr, sowie die Trauer eines Verlustes. Ich empfand alles so klar und intensiv, was in ihm schwelte: der Abschied von den guten alten Zeiten vor der digitalisierten chipgesteuerten Einheitsknipserei. Natürlich sprach er nicht davon. Ich las es aber zwischen den Zeilen. Jahrzehntelang pflegte er mit größtem Ehrgeiz die handwerkliche Fotografie mit höchstem Anspruch. Eine Hürde, die seine Knie nicht mehr überschreiten konnten. Wie lange sie das noch aushalten. Die Zeit steht nie still, ist stets in Bewegung. Es war da kein Abschied, den ich spürte, keine Änderung im Zeitfluss der Bewegung, ich spürte seinen Schmerz des Klammerns an Verhaftetem, seinen Schmerz in Schulter und Knie, der mir lärmend ins Ohr drängte. Loslassen können!

Brauche Abstand. Verlasse das Haus. Erreiche den Park. Lenke meine Gedanken auf andere Wege. Schaue mich um. Was mache ich hier in der Wildnis? Fühle mich so leicht und frei, glücklich, belebt, voller Energie und Zuversicht. *Her mit dem schönen Leben!* Dennoch mischt sich etwas in dieses Gefühl, das mir fremd und unbekannt ist, etwas, das ich nicht wirklich deuten kann. Habe Angst, dieses Gefühl könnte schwinden, verlorengehen. Ich frage mich: Was schützt mich vor den wütenden, schmerzhaften Steinwürfen. Ist es meine Aufgabe, Farbe in eine stumpfe Welt zu sprühen, weil ich so viel Farbe tanken durfte? Erlebte, dass die Quelle in meinem inneren Garten zu versiegen drohte, ich sie in langen Wochen aber wieder freilegen konnte. Ein einmaliges Geschenk, das schwarz-grüne Band, das ich hüte wie ein Geheimnis. Nicht alle Tore aufstoßen. Nicht ‚Herein spaziert' schreien. Diese Quelle nicht leichtfertig öffnen, keinen Lärm und Gewimmel hineinlassen, sie nur mit dem teilen, was von Seele zu Seele fließt. Ohne Gefahr. Die Klarheit dieses Kristalls nicht trüben. Ich laufe rund und hin und her und lache und heule. Schon steigt Erinnerung, ein Satz von Dr. No, so viele habe ich mir merken können, weil ich so vieles wiedergeben durfte: *Nur die Starken können weinen, weil sie die Kraft dazu haben, den Schwachen fehlt sie.* Ich kann darüber lachen, fühlen, wie viel Glück ich erfahren durfte. Und was soll ich sagen: der Himmel beginnt zu weinen. Ich möchte diese Gedanken jetzt schützen, nichts darf je verloren gehen, auch diese Worte nicht. Erste Tropfen fallen. Wolken wandern. Eile ins Haus zurück.

13.22 Uhr trinke den Rest kalten Crema im äußeren Garten. Der innere wird die Pforte fest verschließen. Gefühle wollen geschützt sein. *Bon! À bientôt.*

06.38 Uhr Es ist fordernd, zerrend. Es ermüdet, in die alte Wildnis zurückzukehren. Nun steht es an zu lernen, sich zurechtzufinden. Das Erlernte, das Freigelegte mit dem Hier & Jetzt in einen harmonischen Einklang zu bringen. Ist es die Erwartungshaltung, die mich so fordert? Das Bekannte und das Neue, das beides an mir zerrt? Keiner bedrängt mich. Lila lässt mir Raum anzukommen. Stellt keine Fragen. Bin mir nicht sicher, was sie über sich, über mich denkt, wie sie mich wahrnimmt, sich selbst. Sie schaut mich mit großen Augen an. Er hat sich verändert. Er wirkt so anders. Erneuert. Hat sie Angst vor Veränderung? Und ich? Habe ich Angst?

Keine akuten Termine stehen an, die mich überfordern könnten, keine aktuellen Sorgen, weder finanziell noch offiziell, die mich quälen, und dennoch bedrängt mich das, was um mich herum und in mir geschieht, was ich sehe, fühle und höre. Lila schleicht um mich herum, wie um den bekannten heißen Brei, weiß nicht, wie sie mich ansprechen soll, bleibt lieber fern. Zwei Welten treffen aufeinander. Bewegungslosigkeit und Veränderung. Veränderungen meidet sie wie der Teufel das Weihwasser. Hält lieber an dem fest, was sie nicht ändern will. Und ich? Die Dichte der Anwendungen eines wochenlang mich begleitenden Therapieplanes wie auch die drei täglichen Nahrungsaufnahmen im Hungersaal, all dies empfand ich nie als Druck oder Enge, eher als eine belebende Herausforderung, eine in Wellen sich ausbreitende Erleichterung. Die Seele erlebte eine Art heilende Ordnung, eine Struktur, die mir die Freiheit und die Möglichkeit eröffnete mich wiederzufinden. Hoffe im Nachhinein, dass meine überschwänglichen Kommentare zur Anstaltskost, die ich so ausgiebig über so manchen nicht geleerten Teller ergoss, meine Ironie nicht aushungerten. Deshalb gönnte ich mir zur kulinarischen Versöhnung, je und je, ein köstliches Essen in der Trattoria Toscana. Alles in allem war es bestens organisiert. Akzeptierte, was auf mich zukam, ließ mich voller Vertrauen hineinfallen, lernte, blieb wachsam. Es gab nichts, gegen das ich mich wehrte. Ich suchte die Veränderung, Bewegung. Keinen Stillstand. Keinen Untergang. Selbst der Schmerz wurde mir Freund. Entdeckte Neues.

Spannung < > Entspannung. Das besondere Highlight – Dr. No's Konferenztisch an den Nachmittagen. Die vielen Spaziergänge, der stets belebende Austausch mit der Dame in Schwarz unter den Aromen der Kastanienblüten, bis zur Wende und zurück. Wieviel Motivationsgrußkartenständer gibt es eigentlich, frage ich mich hier draußen? Sehe mich um. Was haben wir nicht alles gesponnen, wie oft zusammen gelacht, verstanden, uns gegenseitig beflügelt, ohne zu bedrängen. Jetzt müssen wir uns die Karten selbst gestalten, aufzeichnen was wir gelernt haben, sie versenden, sie empfangen. Vielleicht ist das ja die Aufgabe, die jeder von uns mitbekommen hat: das Gelernte, das Gesammelte, unsere wiedergefundenen Farben dosiert und mit Achtsamkeit zu versprühen. Balkongedanken beim Crema aus der Schiebekanne. Ein leichtes Morgengrau mit Vogelkonzert, das Eichhörnchen findet die angeknackten Walnüsse, wie jeden Morgen. Rituale orientieren im Alltag. Nur zu. Verharren lähmt. Forschen entdeckt und bewegt. Und das ist gut so.
Mehren wir das, was uns gut tut und mindern das, was uns

nicht gut tut – Gefühle wollen frei sein! (Ein Dr. No Zitat zum Anfang eines neuen Tages).

So begann der 6. Tag seiner Auswilderung. Die Sonne wärmte am Morgen seinen Rücken. In aller Herrgottsfrühe erwacht, deutlich und klar, sich aber alsbald, von ihm unbemerkt, hinter ersten Wolkenbildern versteckte und ihn draußen in der Kühle den ersten heißen Kaffee in seinen Händen drehen ließ. Er spürte nicht die Kälte, die langsam in seine Knochen drang.

Begleiten wir Monsieur Gris nun mit etwas Abstand. An einem ganz ungewöhnlichen Ort öffnet er zum zweiten Mal sein Buch, in das er seine neuen, nennen wir sie ruhig grünen Gedanken einträgt. Vor einer kleinen Handwerksbäckerei am Ortsrand seiner Stadt sehen wir, wie seine Hände einen heißen schwarzen Kaffee umschließen. Vor ihm der asphaltierte Parkplatz, auf dem kaum ein Auto steht. Um diese Zeit erledigt er den Supermarkteinkauf, erspart sich die lange Schlange an der Kasse, vermeidet jetzt bewusst zu langes Stehen. Aber nun sitzt er entspannt in der Vormittagssonne, trinkt einen zweiten Kaffee und lässt den Rauch seiner Van-Nelle aufsteigen. Liest erneut den Brief, den er am letzten Montag schrieb und am Dienstag auf die Reise an die Dame in Schwarz zu ihrem Heimatplaneten schickte, sehnt ihre motivierenden Worte und ihre Zeilen über ‚ihr' Ankommen in der Wildnis herbei. Verlässt bald diesen Ort, an dem ihm der Kaffee nicht besonders schmeckt, faltet den Brief zur Hälfte, steckt die kopierten Tintenworte ins Buch zurück, steht mit einem Lächeln und einer Beschwingtheit auf, der wir entnehmen, dass das, was er gerade gelesen hat, seinen Dingen entspricht, mit ihm selbst im Reinen liegt.

Unterwegs mit dem Auto stoppt er an einer roten Ampel, na ja, er kann nicht nur Sprüche, stellt Monsieur Gris beruhigt fest, er kann sich auch schützen. Blickt durch die mit Insekten behaftete Windschutzscheibe und scheint irritiert, beobachtet einen jungen Mann. Mitte zwanzig, groß und kräftig. Erinnert sich, es schon öfters beobachtet zu haben, dieses versunkene Nach-unten-Sehen, sieht das erste Mal ganz bewusst jemanden, der schon eine Stufe höher auf die medialen Leiter gestiegen ist. Beobachtet, wie der junge Mann kein Smartphone, sondern vorsichtig ein kleines Tablett vor sich her trägt, als würden die Dateien sonst herausfließen, sieht, wie er die neusten Informationen oder die neuesten Apps konzentriert überwacht, die Nachrichten von links nach rechts wischt, akustisch unterstützt durch zwei weiße kabelverbundene Ohrstöpsel. Und nun, in diesem Moment, den Zebrastreifen wie ferngesteuert bei Grün überquert.

17.54 Uhr Bin wieder zurück auf meinem Glyzinienberankten Balkon. Die schöne Aussicht. Ausschweifender Gartenblick. Warmer Rücken. Habe vorsichtshalber um 12.43 eine Valoron genommen. Sicherheitshalber. Mähte am Nachmittag beschwingt die zweite Hälfte des langen Grüns. Die erste Hälfte schon am Samstag. Keine dicken Bretter mehr bohren, sagte der Chef zum Abschied. Auf Balance achten! Spannung < > Entspannung. Die Erneuerung nicht verlieren. Zufrieden verlasse ich den Augenblick, nehme einen frisch gebrühten Crema und mein Schreibzeug mit nach unten, schreibe noch ein paar Worte im Schatten des Rosenapfelbaumes. Vögel. Immerzu. Zwitschernde Vögel.

Werde Gedanken sammeln, sie wachsen lassen, ordnen. Drehe mir zur Unterstützung der zu ordnenden Sammlung eine entspannte Marihuana-Zigarette, natürlich Bio aus dem eigenen Garten. Etwas grünes Äußeres fürs innere Erblühen. Das langsame Sammeln wird Erfolg zeigen. Mit jedem Atemzug entspannen meine Gesichtszüge, schlüpfe in eine Heiterkeit wie in einen leichten Sommermantel. Werde ‚*ihr*' diese Zeilen widmen. Mein altes silbernes Dupont klickt hörbar, werde mich zurücklehnen, die Beine übereinanderschlagen, den ersten Zug in weißglühenden Wolken aufkräuseln lassen und in einem Meer von Grün versinken. Ein breiter Arm von spätem Licht legt sich um meine Schulter.

Wir nehmen an, und das schließen wir aus seiner Mimik, dass sich die Schatten, die ihn vom Vormittag bis zum Mittag begleiteten, nun gelichtet haben, da sehen wir, wie er den Füllfederhalter aufschraubt, einen Moment zögert und schreibt: Ich fühlte mich in eine transparente und zugleich dichte Wolldecke eingewoben, leicht und wattig. Oder war es eher so, dass ich eine Rolle mitspiele. Das Drehbuch ist geschrieben, die Rolle gelernt, die Wege bekannt. Treibe durch die Zeit, weit weg von allem und doch mittendrin. Bewege mich automatisch. Alles strömt ohne Eile, du denkst über die Achtsamkeit nach, sprichst deinen gelernten Text, sprichst die Worte klar aus, dass sie klingen ohne zu stolpern, tust nur die Dinge, die du gerade tust. Du schwebst *auf*-gelöst durch die Zeit, alles zieht ruhig im Fluss dahin, ein Lächeln am Uferrand, ein Wort gesellt sich zum anderen.
Es ist erst der 6. Tag der Auswilderung. Habe Geduld. Trotz meiner zurückgewonnenen Energie, die ich in Körper, Geist und Seele pulsierend wahrnehme, bin ich mir sicher, dass ich

diese Energie nicht mehr in ein klassisches Arbeitsverhältnis investieren werde. Davon musste ich mich schon vor 22 Jahren verabschieden. Notgedrungen. Habe es aber wieder und wieder verbissen versucht, obwohl der Schmerz mein Leben und Denken übernommen hatte, mich für Jahre durch die Gezeiten endlosen Liegens schaukelte, der Schmerz die Gedanken ins Kissen presste, wässrige Augen zum tausendsten Mal das Weiß der Decke erforschten, die Bilder des Winterschnees mich wieder und wieder an das späte Licht erinnerten, mit dem ich im Morphiumrausch im Helikopter über die Berge flog, mich zu erinnern begann, dass ich ein Jahr lang mit nur einem Bein tapfer auf zwei schwarzen Gehstützen kämpfte, dann wieder lernen, wie ein Kind mit beiden Füssen auf dem Boden zu gehen und feststellen musste: Der Schmerz bleibt. Vergangen diese Zeit! Endgültig!

Wie lange Monsieur Gris da Untertage gearbeitet hatte, wissen wir nicht. Die Gestalt geneigt und satt, gefüllt von der Zeit seiner Schatten, die ihn mantelten, die er trug wie ein einsamer Held. Das Rosten, das er ersticken wollte, ließ ihn erinnern, welche Aufgabe er, der Schmerz, für seine Existenz zu erledigen hatte.

Ich entscheide mich, beginne jetzt eine Zeile tiefer. Mir gefällt das Ende dieser Seite nicht, eine Leere schließt diese Seiten, nein, lässt sie eher offen. Nun gut. Habe sie geändert. Gott sei Dank, oder dem Schöpfer oder Buddha oder dem Universum, hat sich die Watte entwölkt, lässt mich nach einem kurzen Mittagschlaf wieder frei. Die Luft wird wieder sommerlicher, die Insel leuchtender, die Temperatur wärmt geduldig die Zeit, 18.49 Uhr Wildnis-Zeit. Ein Vogelpaar beschwert sich lautschnäbelig bei seinen Nachbarn oder warnt vor einer lauernden Katze.

Wir sehen, wie er den Füllfederhalter verschließt, eine Zigarette in Form rollt, den kräuselnden Rauchbildern nachsinnt, es ihm nun leichter fällt, seine korrigierte Stimmung in den Abend hineinzutragen. Er nimmt den vor zwei Tagen begonnen Roman von Malcolm Lowry >*Unter dem Vulkan*< und wird zur Balance einige Seiten lesen. Über ihm schwebt ein grandioses Wolkendrama. Mächtige Formationen. Leuchtend weiß treiben sie auf der Bühne. Färben im Westen den Abend.

Spannung < > Entspannung.

TAG 72 DI

Ende Juni. Meine Knochen sind fast so kalt wie der Schümli, trinke ihn trotzdem. Muss etwas von dieser Farbe trinken, auftanken. Und wenn ich schreibe, lange genug eintauche in diese Zeilen, verweile ich in einer anderen Welt. Das fühlt sich wohl und warm an. Literatur, und ich spreche von Literatur, die ich gelesen habe. Worte können etwas schrecklich Schönes sein und dennoch, wenn ausgesprochen, können sie auch manchen Schaden anrichten, wie in *Die Gesänge des Maldoror*, die Lautréamont, alias Isidore-Lucien Ducasse, schon 1869 in seinem infernalischen Werk verewigte und damit die literarischen Konventionen des 19. Jahrhunderts sprengte. Daran ist jetzt nicht zu denken. Schöneres liegt mir im Sinn. Lausche den fernen Worten von André Breton der einmal weise bemerkte: *Wir schreiben uns die Welt, so wie sie uns gefällt.* Zwei, drei Jahre tauchte ich in die Welt der Surrealisten ein. In dieser Zeit entstand ein Text, der mich später zur Inszenierung einer surrealen Oper mit dem Titel: FRIEDHOF DER LITERATEN inspirierte. Aufgeführt von einer Gruppe befreundeter Literaten in einer heißen Sommernacht, inszeniert in surrealem Nebellicht & klassischer Musik in Moll-Dur auf einem uralten Friedhof, auf dem in einer früheren Vollmondnacht Text und Idee zu diesem >GRABGEFLÜSTER< entstanden.

Ein ordentlicher Landregen prasselt. Garten und Wein in heller Freude. Sitze geschützt unter der grünen Markise auf der Terrasse und schreibe Blödsinn in die Welt hinein, so wie sie mir gefällt.

18.23 Uhr Wildnis-Zeit. Die erste Woche der Auswilderung neigt ihrem Ende zu, und ich frage leicht fröstelnd, beginnt jetzt eine Regenzeit? Der ganze Himmel ergießt sich. Donnergrollen in der Ferne. Lila fragt mich zögerlich, Bist du traurig ... Nein, nur bedeckt wie der Himmel. Sie geht wortlos zurück. Das habe ich nicht gewollt. Ich schaue nach Osten dem Donner hinterher, hoffe auf Ostwind, der trägt das schöne Wetter und damit die gute Laune in die nasse Wildnis, in Knochen und Seele zurück. Ach, die Arcoxia (*eine neue Schmerztablette*) hilft seit heute Vormittag, nachhaltig. Ob sie wohl meine Gesichtszüge traurig erscheinen ließ? Ich weiß es nicht. Warum fragt Lila nach meiner Stimmung und geht dann ohne ein weiteres Wort.

Die vertraute Valoron stellt mir den Schmerz wie einen Schatten direkt neben mich, du siehst ihn, aber er interessiert dich nicht mehr. Die Wirkung der Arcoxia auf meine Gesichtszüge werde ich mit Achtsamkeit beobachten. Sie hilft mir. Aus den lauten Gebeinen sind leise Knochen geworden. Nun Schweigen. Alles hat seine Zeit.

Monsieur Gris lässt in diesem Augenblick seine entsafteten Gedanken tropfen, schlägt den Kragen hoch, ganz leise, sicherheitshalber, verschraubt den Tintenfüller, dreht sich eine VanNelle und nimmt den letzten kalten Schluck ... schiebt den Grusskartenständer zurück. Morgen ist Gruppensitzung beim Chef - Themenwunsch bitte: Stabilität in der Zeit der Auswilderung. 10.15 Uhr im Gruppenraum GR2 – im Erdgeschoss.

TAG 73 MI

Tage
Weh & Gut
Wohin
Glocken
Oszillieren

10.19 Uhr Muss mir ein Ritual setzen. Termine achten. Struktur geben. Geländer suchen ...

Gibt es einen Schmerz, der weder mit Arcoxia noch mit Valoron zu dämpfen ist? Ein Schmerz, so fremd, so unbekannt, abseits allem Körperlichen, fernab jeglichen Unfalls oder derben Missgeschickes. Es schmerzt, nicht zu wissen, ob ich noch draußen oder schon drinnen bin, mich emotional haarscharf auf Messers Schneide befinde. Würden Knie und Rücken schreien, ich wüsste mir zu helfen. Aber nur ein leises Flüstern ist von dort zu vernehmen, kein Stress vom ISG. Kann nichts unternehmen. Atempause. Schutzraumsuche. Alles bekannt, alles vertraut, dennoch fremd. Meine Gedanken ertrinken in der Erinnerung. Ein Dürstenden auf der Suche nach der Oase, auf der Suche nach dem orientalischen Gartentor, das mir die Dame in Schwarz öffnet. Dunst zieht auf. Es wird Nacht. Tau fällt. Ein Traum.

TAG 74/75 / DO/FR

10.33 Uhr Freitag. Markttag. Sonne. Sitze im Rollkragen des frühen Morgen. Im Schattenrest der Sonne mit dem Rücken zur Wand an der Bürgerwache. Heute schon vor 6:00 unter die Dusche. Die Nachtträume verloren. Erste Morgenworte aus dem Universum geerntet und neue gepflanzt. Kaffee & Zigarette im Draußen. Seiten verschlungen, zu harter Tobak dieses Buch: *Unter dem Vulkan*. Lese es nicht zu Ende. Es wird kalt, ziehe mich zurück.

Später ein paar notwendige Einkäufe. Gemüse, Eier, Obst, ein Blumenstrauß. Marktrundgang zum Markt-Café. Lächeln unter dem großen Sonnenschirm. Etwas Ordnung in die Zeit und etwas Ruhe in die neuronalen Rotationen bringen. Sind die Menschen jetzt besser drauf bei Sonnenschein, frage ich mich, spüre die Wärme im Rücken, ich bin jetzt besser drauf als in jenen Tagen, als ich durch die Straßen fuhr, in Watte gekleidet und NICHTS dabei empfand, oder sehe ich alles nur sonniger, weil sie mich jetzt so warm berührt, jetzt, wo ich hier sitze und nicht mehr so schwer um Herz & Seele fühle? Ich merke, wie mir die Achtsamkeit hilft, im Alltäglichen, bei den kleinen Dingen, bei jeder einzelnen Handlung, sie ganz bewusst und solitär wahrzunehmen, darauf achte, sie reinzuhalten, die Gartentüre zu bewachen, nicht jeden hereinzulassen. Genieße das Stimmengewirr, das der leichte Vormittagswind von den Marktständen herüberträgt. Hinter mir, aus dem offenen Fenster, klingt das Arbeitsgeräusch der baristatischen Brüh-Einheit wie ein metallisches Aromaten-Lied. Das dumpfe Abschlagen des verbrauchten Kaffeepulvers, das Klirren der vorgewärmten Tassen, das Zischeln der Milchschaumdüse, das alles singt um mich herum, kein Wort des Überflusses knabbert an meinem Ohr, fühle mich nicht bedrängt, nur leicht und schmerzfrei, genieße die wunderschöne Wärme der Sonne. Die ‚Eierfrau' und auch ‚Josef' vom Obst- und Gemüsestand freuen sich, dass ich wieder da bin. Sie hatten mich vermisst. Wie gerne würde ich jetzt mit der Dame in Schwarz bei einem echten starken Schümli zusammensitzen, ein motivierendes Wort wechseln, einen Augenblick mit Respekt und Sinn genießen. Denke gerade daran, lese ihre Worte im Geiste nach. Sie bekam schon bald doppelten Besuch während des Weinfestes im Laden ihres Mannes, es herrschte großer busy-trouble vor der Tür. Im Schatten der alten Kirchturmspitze. Thomas, der lange Dünne von T10 aus der Anstalt und die immer noch desolate Skatspielerin aus den neuen nun schon alten Bundesländern, meine immer so gehetzte Tischnachbarin der ersten Tage, rauschten nur mal so auf einen schnellen Nachmittagskaffee bei der Dame in Schwarz vorbei, hinterließen ihr nur einen Windzug, der sie nicht stabilisierte. Beide befanden sich auf dem Rückweg aus einem Urlaub an der Ostsee. Ob sie dort keine Ruhe fanden. Manche bleiben, wie sie sind. Aber was ist schon leicht, schrieb sie mir. Stille Gedanken.

Eine feine Ameisenstraße kurz über dem Bauchnabel sucht ihren Weg. Werde weiterhin mit Achtsamkeit auf Ernährung, auf mein Gewicht achten, diese neue Leichtigkeit möchte ich, da bin ich mit meinem Knochengerüst einer Meinung, nicht mehr missen. „Wir können Ihnen nur zeigen, wo die Früchte hängen, Sie werden entscheiden, wann Sie reif sind, sie zu pflücken.“ (*Anstalts-Tipp*)

TAG 76/77 / SA/SO

Samstag – der ‚Dicke‘, der Klangkörper, der ab und zu auf einen spontanen Kaffee und eine Zigarette zu Besuch kommt, feiert heute seinen 60. Geburtstag. Ab 19.00 Uhr geladen. Zuvor mit Lila in die Altstadt, heute ist auch NRW-Geburtstag, Programm, Volksbelustigung, Musik, Hüpfburgen, Stadtführung, Entertainment rundum, Literatur-Bühne besucht von 18.00 bis 19.00 Uhr. Poetry-Slam bei leichtem Dauernieselregen. Wortwider-Stand-up gegen die, die nicht anders können, weil sie so sind, wie sie sind. Überheblichkeiten fallen mit schnellen Worten von der schwarzen Bühne auf genässtes Hörvolk. Nils ist zu Besuch, der Sohn einer befreundeten Designerin ist aus dem Süden am Nachmittag angereist, genießt, derweil wir unterwegs sind, bei uns zuhause sein Alleinsein. Fliegt Mittwoch mit seiner Gang! nach Mallorca – nur zu Sozialstudien! wie er betont. Er ist hochintelligent und smart und weiß genau, was er will, wie er wirkt.

Dann pünktlich um acht zur Geburtstagsfeier in den nassen Garten zum ‚Dicken‘ hinterm Haus – Streuobstwiese. Nur die Starken kommen in den Garten – die Weichen sitzen innen und trinken sich vor einer großen Leinwand die Fußball-Weltmeisterschaft schön. Draußen keine Musik – nur der Regen singt sein nieselndes Leid. Das offene Fenster schreit die geschossenen Tore in den Garten. Überall gesteppte Daunenmenschen. Lehmgerahmtes Schuhwerk. Vier Gummistiefelbeine im Dialog. Rutschige Wiese unter Streuobstbäumen. Vier Stunden ziehen darunter hinweg. Vom Grill ist alles durch, na ja, wenigstens ist das Fleisch schön trocken geworden. Schuster bleib‘ bei deinen Leisten. Ein Scherz für zwischendurch. Es lebe die Ironie. Die Salate und die Beilagen sind langweilig bis fade. Das weiße Verleih-mich-Zelt ist so romantisch, schön kühl und sehr hell. Neon hell. Hatte aber dennoch eine spaßige (*trockene*) Zeit in der offenen Garagensitzreihe. Wortwitz, Scherz und trommelnde Ironie bei den Observationsnotizen.

Sonntag – Pure Entspannung beim *Rosaroten Panther*. Zum Abendessen der Rinderschmorbraten von Nils. Ein angenehmer Gast, der lecker kocht.

TAG 78 MO

19.00 Uhr Erster Besuch von einem alten Freund. Wir haben uns lange nicht gesehen, drei Monate mindestens. Angeregter Austausch bei einem Glas Kaffee in der schattigen Glyzinienecke auf Balkonien, direkt und ohne Smalltalk in intensive Gespräche eingetaucht. Natürlich hat er viel geredet über seine busy-Welt und Geld, den Stress, seine Himmel stürmenden Erfolge, vergaß aber nicht, das Ohr für meine Worte zu öffnen. Ob er sie verstanden hat. Zaubere am Abend frische Pasta, wir speisen mit Lila. Ein Glas samtigen Roten. Eine runde Sache. Zusammen das WM-Fußballspiel Deutschland vs. Algerien geschaut bei relaxter Stimmung. Lila fiebert gerne mit, schreit den Ball ins Tor. Meine Gedanken fiebern woanders. Ausschalter. Ein Tag flog. Auf und davon.

TAG 79 DI

16.46 Uhr Monsieur Gris sitzt schon länger. Diesmal nicht unter dem Rosenapfelbaum. Das Wetter, die Feuchtigkeit des Rasens lassen dies nicht zu. Wir finden ihn auf der halbhohen Terrasse im Schatten der grünen Markise. Eine hundertjährige Antiquität mit einer schweren Eisenkurbel. Wir observieren, wie er dort lange unbeweglich verharrt, bei seinem kalt werdenden Kaffee, mit seinen Sinnen wer weiß wo hinsegelt, dann an der erloschenen Zigarette zieht, ohne ihr weitere Beachtung zu schenken. Er hört plötzlich ein Klingeln, das er wie Bellen empfindet. Das alte Bakelit-Telefon ruft ihn von nebenan, gleichzeitig meldet sein mobiles, er drückt den grünen Knopf, ohne einen Empfang zu bekommen, das Klingeln lässt sich nicht ins Hören wandeln, schlägt sein stummes Mobil in die hohle Handfläche und ärgert sich, worüber. Über die Technik. Mist ... muss jetzt doch nach nebenan ans Festnetztelefon, und schon sackt dieser fordernde Bakelit-Ruf so plötzlich in sich zusammen, wie er gekommen ist. Zurück greift er zur Feder, so dass wir seinen Gedanken weiter folgen können.

Nicht immer liegen die Dinge so günstig, und wenn ich sie mir jetzt vorstelle, nebeneinander, hintereinander aufgereiht, mir vorstelle, wie sie dort stehen, wacker, erhaben, geerdet, umgeschlagen, aufgestanden, gestrandet, verletzt und glänzend, dann denke ich über das Immer nach und über die Dinge; es bleibt nicht viel da draußen, aber das, was bleibt, ist, wie gerade schon gesagt, dass wacker bis glänzende, eine feste Basis, ein Fundament im übertragenen Sinne und eins im wörtlichen. Zwei Autos, alt, einfach aber komfortabel, ein Oldtimer, so alt in Monat & Jahr wie ich selbst. Und wir hören ihn rechnen anhand dieses Oldtimers, wie alt er selber ist, scheinbar kommt er zu einem Ergebnis und drückt beherzt die Zigarette in den Duroplast-Ascher. Nein, ich höre nicht auf mit dem Rauchen, soll ich mich jetzt verrückt machen lassen, nicht von einer Zigarette, die werden weggeraucht, und ein Rest Asche bleibt, und dann gibt es Dinge, und wenn sie günstig liegen, und sie lagen wohl sehr günstig, wie wir in den letzten Tagen und Wochen verfolgen konnten, die kann man nicht einfach wegrauchen, die Asche zusammenfegen und alles ohne weitere Beachtung entsorgen, folgert er. Wenn sie nun mal so günstig liegen, dann kann das ja alles kein Zufall sein. An Zufälle glaubt er eh nicht, da ist er sich mit der Dame in Schwarz einig. Ein Fall also der ihn beseelt und gleichzeitig verwirrt, wie sollte er so einen Fall, der ihm so zufiel, denn auch richtig einordnen, in so etwas Speziellem ist er überhaupt nicht geübt. In vielen Dingen hat er sich geübt. In den Jahren. In den Dingen, die günstig lagen und in denen, die ungünstig lagen, darin kannte er sich genauso gut aus. Hat jetzt auch nicht das Gefühl, in seinem Leben benachteiligt worden zu sein, dafür fühlt er sich, trotz aller Fälle und besonders in diesem Falle, äußerst gut, geradezu elementar begeistert. Spürt die Dinge, und gerade liefen sie ja gut, die er, so wie sie ihm begegnet sind, soweit seine Erinnerungen ihn nicht belügen, sie noch nie so dermaßen außergewöhnlich und intensiv erleben durfte. Ob es einen

Planeten mit dem Namen Schmerz gibt? Was denke ich jetzt bloß wieder, einen Schmerzplaneten. Welch ein Blödsinn. Wer hat schon jemals von einem solchen Planeten gehört. Und dennoch fällt ihm dieser Name gerade erst ein. Er scheint auf der Suche zu sein, wie ein Fährtenleser in der Wildnis, auf der Suche nach dem literarischen Ausdruck für das Worum-er-die-Ganze-Zeit schleicht, wie um einen süßen Brei, würde der Kindervolksmund jetzt sagen. Einen Ausdruck zu finden, der das auch nur im Entferntesten zu Papier bringen könnte, Was-mir-auf-der-Seele-liegt, eine neue Sprache wollte er sich aneignen, eine neue Schrift, einen neuen Klang. Vielleicht kam er deshalb auf den Gedanken eines Planeten, weil ihm alles so vertraut fern und fremd vorkam.

Wie soll ich das auch alles einschätzen, schreibt er, Kann das alles nur mit großer Aufmerksamkeit verfolgen, diesen fremden fernen Planeten ganz vorsichtig betreten, mit Respekt und Achtung meine Schritte auf 1000 Wiesentauperlen setzen. Und nach der Nacht trinke ich Morgentau. Zu Beginn meiner dritten Auswilderungswoche brachte die Dame in Schwarz einen Erweiterungsgedanken ins Spiel, der mir sehr gut gefällt. Den uns so vertrauten Grußkartenständer aus der Anstaltscafeteria, mit einer Reihe motivierender, Mut machender, Rat gebender, erheiternder und auch ernster und philosophischer Motivations-Gruss-Karten zu erweitern. Was man/frau da für Ideen entwickeln könnte. Zur Unterstützung der Wiedereingliederung in der Auswilderungsphase. Dem Wieder-Zurück in die alte neue Welt. Für all jene, die die Anstalt verlassen haben oder für all die, die sich schon voneinander verabschiedeten, zurück ins neue alte

Leben, um ihnen, soweit man/frau sich die Adressen austauschte, die besten Wünsche hinterherzusenden. Diese Idee kreist jetzt hinter meinen Augen.

Was uns in diesem Moment bleibt, ist die Beobachtung dessen, wie sich seine Ausdrucksform verändert, entwickeln wird. Die Idee der Dame in Schwarz, die Erweiterung oder vielmehr die Bereicherung des Grußkarten-ständers mit den Auswilderungsmotivationsgrußkarten zu erweitern, diese Idee, und das fügt er noch kurz an, diese Anregung empfand er so wundervoll, schiebt jetzt den Grußkartenständer ein wenig vor, zum Schutz dieser Erinnerung.

TAG 80 MI

Auf der Terrasse unter dem Markisengrün schreibt der ‚Wiederaufgetauchte' Grünes in sein schwarzes Buch zur traditionellen Schümli Zeit.

Ihm schmeckt die 17.00-Uhr-Kost des gold-geletterten Restaurants schon lange nicht mehr. *Dit avec un sourire au revoir*. Und er stellt fest, es gefällt ihm. Trägt jetzt leichter, kocht wieder selbst. Viel Vegetarisches, am Wochenende auch mal Fisch oder ein gut gepflegtes Mais-Huhn oder ein kleines Steak vom Metzger des Vertrauens, dazu kleines, feines Gemüse aromatisiert mit Gartenkräutern. Er pult Saubohnen aus dem samtpelzigen Mantel, befreit den Kern, blanchiert, schwenkt die grüne Zauberbohne in heißer Butter, etwas Fleur de Sel zur Hebung der Aromen, ein Hauch Pfeffer aus der Mühle, junge Minze aus dem Garten, ein Esslöffel Sahne. *Et voilà: La Vie est belle !* ... träume ins Kulinarische.

Es ist wieder Mittwoch ... und ich denke an die kleine Handwerksbäckerei, an den Plastikholzlattentisch, einen schwarzen Kaffee, stark, aber nicht schmackhaft, eine VanNelle, an Geschriebenes. Denke mit guten Gedanken an die Dinge. Freue mich auf das Gespräch mit der Dame in Schwarz, auch wenn das Wort von Schmerzplanet zu Schmerzplanet durchs Universum reisen muss. Ich weiß, ich bin auf der Suche nach dem mir richtigen literarischen Ausdruck, was mag hier schon richtig heißen. Ich erinnere ... erinnere an mein erstes Blitzlicht. Es ist wieder Mittwoch, wieder Themenwunsch beim Chef, zu seiner Rechten die Frau A. Erinnere an dieses Eröffnungsritual. Der Elfte oder Zwölfte, da hielt der Zeiger oben an. Mein Name ist ... ich erinnere wie gestern, konnte meine Tränen nicht unterdrücken, also Name ... Dienstgrad, dabei tippte der Chef mit einem Lächeln auf seine linke Schulterpatte, Und nennen sie uns bitte den Dienstgrad Ihres Aufenthaltes, und wie's ihnen so geht ... und ob sie etwas auf dem Herzen tragen, etwas, das sie beschäftigt, über das sie gerne sprechen möchten ... ich sammle die Themenwünsche ... bereite mich erst gar nicht auf ein bestimmtes Thema vor, sie lenken mich ... und alles, was gesprochen wird, bleibt in diesem Raum, das ist das einzige Gesetz, sonst können sie machen und sagen, was sie wollen ... Aber ich saß zum ersten Mal, namenlos, wusste nicht, was ich wollte, wusste nur, warum ich dort war, *Ich bin seit 22 Jahren Schmerz* ... höre ich mich sagen, erinnere, wie ich mich im Vorstellungsgespräch beim Chef entschuldigte und mich korrigieren wollte, *Ich habe seit* ... er mich ermutigte, *Passt schon, die Seele hat ihre eigene Sprache.*

TAG 81 DO

Ein goldener Sonnenschein im Abendrot. Ein leuchtender Stern. Die Sonne sinkt zur Nacht. Mir fehlen heute die Worte.

Deshalb ergänzen wir: Monsieur Gris erhielt am späten Nachmittag lieben Besuch von einer sehr guten Freundin, die prächtige Sängerin Marleen, ein Rauschgoldengel mit Soulstimme, feuerroten Lippen und lockigem blonden Haar. Beide genießen seit Jahren ein ausgesprochen ehrliches Miteinander, bereichern und motivieren sich in dem, was sie tun. Eine beflügelnde Inspiration unter zwei vertrauten Kreativen verbindet Wort & Klang. Gesang & Lesung. Gemeinsame Auftritte, ein Verstehen auf emotionaler Ebene, auf der Bühne Sopran und auf dem Blatt Moll. Sie lachen und spaßen, trinken Tee, lesen und planen visionäre Projekte unterm Rosenapfelbaum. Monsieur Gris blüht auf. Lila schmollt. Zieht sich zurück.

TAG 82 FR

Erwache aus einer tiefen, traumlosen Nacht. Drehe einmal, zweimal, dreimal ... mit Körper und Gedanken um die Nachtachse, versinke in ein halb bewusstes Nicht-aufwachen-wollen. Zustand: Unruhe. Etwas vibriert. Der Morgen, die neue Welt, meine Stunde, die mir so wertvoll ist, um mit mir in Einklang zu sein. Eine Stunde, die ich damit verbringe, frische Gedanken ins Universum zu senden oder sie mit grüner Tinte in das schwarze Buch zu schreiben. Empfange Worte, vermische sie mit den eigenen. Sende sie mit motivierenden Gedanken bereichert durch das Universum zu diesem neu entdeckten Planeten. Zu dieser frühen Stunde, wo nur die Vögel die Stunde mit ihren friedvollen Stimmen begleiten, schreiben sich an dem kleinen grünen Balkontisch, bei einer Crema, diese Worte ins Buch: Gibt es denn nicht genug Platz in diesem Universum, können wir uns nicht frei und ungebunden fühlen in dieser Schwärze da draußen, die uns so fest umhüllt. Hat die Weite nicht genug Raum, um die Bereicherung, die wir spüren, empfangen zu dürfen. Haben die unzähligen Planeten nicht genug Luft zum Atmen. Einen eigenen Planeten finden. Einen erweiterten Raum im All betreten, so wie Forscher oder Entdecker, angetrieben von der Neugier und dem Bestreben, neue, noch unbekannte Gebiete zu erforschen, diesem inneren Spüren nachfolgen, es sogar als Verpflichtung empfinden, nicht zurückzuweichen. Diesen unbekannten Boden erforschen, uns nicht erschrecken, wenn uns ein Ast ins Gesicht schnellt, wir womöglich straucheln, einen Schritt zurückweichen, um uns eine Zeit der Sammlung, der Ruhe zu gönnen, um dann wieder Kraft und Mut zu finden, weiter mit Achtsamkeit einen nächsten Schritt zu wagen, tiefer in dieses Unbekannte vorzudringen. Fühlen wir denn nicht mit jedem Schritt diese Bereicherung und die Erweiterung alles Bekannten, wie auch die Angst, auf Unbekanntem vom Weg abzukommen. Spüren wir nicht das Adrenalin, das Blut einer schmerzlindernden Energie, die uns zum Leben erweckte, abseits aller eingetretenen Pfade und Erfahrungen? Da wir den neuen Planeten nun einmal betreten haben, nicht zurück können. Haben wir nicht auch die Pflicht, diese Entdeckung bekanntzugeben, dieses Einatmen auf unseren Planeten wieder bereichert auszuatmen. Und wenn wir bedenken, dass unsere Aufgabe vielleicht ist, durch Erweiterung unseres Bewusstseins Neues, Lebendiges,

Farbiges und Freude, das wir aus der Tiefe geborgen, dies alles unserem Heimatplaneten zu schenken, ja dann ... Wie antwortete Konfuzius auf die Frage, Was ist das Wichtigste im Leben? *Die Treue zu Dir selbst und die Güte zu anderen.*

Halte einen Augenblick inne, lausche einer Erinnerung und denke daran, was Dr. No so eindringlich in seinen Vorträgen thematisierte. An erster Stelle steht das ICH (*der innere Garten*), dann der Partner, dann die Kinder, die Arbeit, das Haus, das Auto, die Rolex, all die ... (*der äußere Garten*). Die Erfahrung zeigt, wenn wir uns nur um die Umstände und hauptsächlich immer um die anderen und um anderes mühen, sorgen, kümmern, wir dabei nur allzu oft vergessen, uns um uns selbst zu kümmern, und dann vergessen, unsere Kraft zu erneuern, Körper, Geist und Seele wieder aufzuladen. Dafür müssen wir selbst sorgen, weil dies kein anderer für uns kann. Wir müssen dafür Sorge tragen, unseren inneren Garten zum Blühen zu bringen.

Und erst dann, wenn wir uns in Balance mit uns selbst befinden, diesen Gleichmut, diese innere Gelassenheit, diese Zuversicht und Sicherheit, mit einem Lächeln ausstrahlen können, werden wir dieses stimulierende Gefühl wahrnehmen und den Mut finden andere Wege zu gehen, frei von schmerzhafter Erinnerung und dem folgen, was unser Herz beflügelt, in Bewegung bleiben, ohne Schmerz, ohne Angst, ohne Eile, mit Achtsamkeit die Grenzen erkennen. Ich bin überzeugt, dass es Wege gibt, die uns weiter beflügeln werden, vielleicht sogar weiter als jene, die mit beiden Beinen fest in der Erde stecken.
Voilà.

10.09 Uhr Mit diesen Blumenkohlgedanken enden seine frühmorgendlichen Notizen. Beobachten wir ihn weiterhin, wie er sich müht, sein eingerastetes Knie in Bewegung zu bringen, wie er steifbeinig durch die Räume seiner Wohnung stakst. Sein Gesicht dabei heiter, nicht von Schmerz oder Groll gezeichnet, er mit Heiterkeit den kleinen Schlüssel umdreht, dem cremeweißen Medizinschränkchen eine Arcoxia entnimmt und sie mit einem kühlen Glas Wasser schluckt.

So vergnügt diese Stimmung, die ihn trägt, wenn er mit seinem schwarzen 11 CV Oldtimer durch die vertraute Stadt fährt, nicht weit, nur hie und da ein paar Kleinigkeiten besorgt, in einer kleinen Bücherei an der Ecke das Buch >*Die Seelen der Welt*< bestellt, dann seine automobile schwarze Zeitmaschine, in der er stets einen Zeitenwandel erlebt, im Schatten einer Platane abstellt, einen Zettel mit grüner Tinte beschreibt und an die schmale Windschutzscheibe heftet: *Ich bin eine Parkscheibe – ab 10.30 Uhr – Danke!*

Wir begleiten ihn über den Wochenmarkt, er kauft Gemüse und Kräuter, sammelt dieses und jenes in seiner schwarzen Leinentasche. Am Kopfende des Platzes, der mit gefleckten Platanen gesäumt ist und ihm Halt gibt, bestellt er einen einfachen schwarzen Kaffee. Und wir halten an dieser Stelle fest, dass die Metamorphose nicht nur seine Tintenfarbe geändert hat, sondern auch seine Kaffeetradition. Vor zwei Monaten verabschiedete er sich ohne Mühe, dank einer inneren Einsicht, von Milch und Cappuccino. Ich glaube, eine Metamorphose, so notiert er, spielt sich auf vielerlei Ebenen ab. Ehrlich, offen und mit Vertrauen ausgestattet, wird sie uns und allen Bewohnern alter und neuer Planeten etwas Neues, nie Dagewesenes zukommen lassen. Ihm schmeckt das sanfte Licht der neu betretenen Pfade. Nicht nur das Gehirn, auch die Seele hat Hunger und möchte ernährt werden. Behutsam hält er dieses Licht in seinen Handflächen, trägt es mit Vorsicht durch den Tag. Ein Lächeln. Die Parkscheibe wurde akzeptiert. Geht doch.

TAG 83 SA

Vor Monaten hatte die Zeit ihn gedehnt. Jetzt dehnt die Zeit sich selbst zwischen ihrem Anfang und ihrem Ende. Und er scheint diese Umformung der Gedehntheit körperlich zu begreifen. Bemerkt diese körperliche Leichtigkeit. Erhebt sich förmlich unter dem Loslassen so mancher getragener Last. Und wenn wir genau hinhören, vernehmen wir ein fließendes Ein- und Ausatmen, eine sehr ausgleichende Reduzierung der Bewegung. Zum einen in ihrem ‚Hin und Her'. Zum andern in der Verlangsamung. Er strömt dabei eine ansteckende Ruhe aus, der wir uns nicht ganz entziehen können. Bewirkt dies seine gewonnene Achtsamkeit? Dieser plötzlich aufflammende Gedanke stoppt für einen Moment seinen Tintenfluss ... dann schreibt er fort: „Die Reduzierung der Quantität aller Handlungen und deren gleichzeitig verlangsamte Durchführung." In einem tiefen Ein und Aus nimmt er noch einmal ganz bewusst körperlich die Umformung der Gedehntheit wahr. Um in diesem Bild zu bleiben, sehen wir, wie er der körperlichen Veränderung nachspürt. Und soweit wir die Eigenarten von Monsieur Gris kennengelernt haben, erstaunt es uns nicht, dass sich seine Hände bald auf seinen Schläfen wiederfinden. Hände, die so aussehen, als versuchten sie, die Gedanken nicht fliehen zu lassen. Ein blinkendes

Wort schwebt direkt vor seiner Stirn, er versucht, denn es scheint ihn zu irritieren, mit erst vorsichtigen, dann mit immer schnelleren Bewegungen den grün blinkenden Schriftzug >Umformung< zu verwischen. Er stoppt mitten in dieser Geste. Rügt sich aufgrund seiner törichten Handlung. Denkt und richtet sich auf. Dem grünen Schriftzug schenkt er bald keinerlei Beachtung mehr, beschäftigt sich jetzt mit der Frage: Wenn wir die Quantität unserer Handlungen reduzieren zwischen dem Anfang und dem Ende der Zeit sowie die Geschwindigkeit eines jeden Handlungsablaufs, sei es auf der körperlichen, der geistigen oder der seelischen Ebene, erleben wir dann eine tiefere, intensivere Bewusstheit über unser Sein? Mit dieser Frage sitzt er eine Zeit lang in der Stille seines Gartens, lauscht dem heiteren Tanz der Blätter. Wie um der rauschenden Stille einen Klang zu geben, hört er aus der Ferne tiefe Glockenschläge, die der aufbrausende Wind von der nahestehenden Kirchturmspitze heranträgt. Sie kommen wie gerufen, so wie die Antworten, die wir eines Tages bekommen werden, wenn wir die Fragen mit Geduld und Ernsthaftigkeit stellen. Er schreibt weiter: *Die Glockenklänge sind wie Bojen.* Mit einer schlichten Reduzierung der Handlungen alleine ließe sich das nicht bewerkstelligen. Und je mehr er sich diesem, sagen wir mal beachtenswerten Gedanken anvertraut, desto größer wird das Universum, die Tiefe der Möglichkeiten, einer intensiven Bewusstheit näherzukommen. Die Tiefe und Größe seiner Möglichkeiten hier zu nennen sind wir natürlich nicht in der Lage, wir können nicht in seinen Kopf eindringen, das kann nur er, und selbst wenn wir es dennoch versuchten, würde das seinem konzentrierten Gedankenspaziergang oder, sagen wir richtigerweise, seiner längeren Wanderung nicht dienlich sein. Ihm selbst werden sie bewusst sein. Er schreibt: Achtsam stoppe ich jetzt, komme langsam aus der Rotation, wieder in diese Zeit zurück, halte an. Und wir hören, wie er das Wort leise ausspricht, *Achtsamkeit*. Er schreibt es in Versalien mitten auf eine leere Seite, richtet sich ganz bewusst auf seiner hölzernen Gartenbank unter dem Rosenapfelbaum strahlend auf. Und streckt sich.

ACHTSAMKEIT

Mit 80% seiner Energie, in fast meditativer Andacht, bereitet Monsieur Gris über den Tag hin das indische Menü für den Abend. *Und irgendwann lebst Du in den Antworten*, schrieb Dichter Rilke. Wir wollen aber hier an dieser Stelle nicht verschweigen, dass er am Vormittag eine dieser kleinen weißen Elfen-Helfen-Pillen nahm. Sie sei ihm gegönnt, wenn er weiterhin mit Achtsamkeit seine Handlungen verfolgt und seine Grenzen beachtet. Die Gäste werden zufrieden sein, das indische Menü mit dem Finale eines Safranjoghurts mit Pistazien wird ein Erfolg.

TAG 84 SO

Nebel steigen im Osten. An diesem Morgen stehe ich nicht auf schwankenden Beinen. Sehe die Bilder die aus dem Nebel emporstreben, trinke die Farben und schärfe die Konturen, denke an die Ordnung der Zeit, der Dinge, die in Reih und Glied gestellt werden wollen oder schon geordnet stehen, denke ohne Furcht an die Zeit, die folgen wird, die sich nicht anhalten lässt. Dieser Fluss fließt durch mich hindurch, reißt mich nicht in wilder Flut mit sich, schärft mein

Auge. Am Küchenherd beobachte ich das Wasser auf der Gasflamme, bis eine kleine Nebelfahne kräuselt, lausche dem Mahlen der Kaffeebohnen, atme ihr Aroma, sende erste Gedanken ins Universum, mit Bedacht und klaren Konturen gewählt und in Worte gefasst. Mit einer zweiten Tasse gehe ich hinaus an meinen kleinen grünen Schreibtisch in der Balkonecke, nehme Platz in der Armbeuge der Glyzinie, tanke im milden Schein des bewölkten Morgens den Montblanc auf, um neuen Worten eine sichere Heimat zu geben.

Die Metamorphose lässt mich die Dinge, die schon sind, in einem hellen Licht sehen, ein Meer am Ende des Horizonts. Mir wird bewusst, dass ich meinen Namen schon ein Leben lang trage, wie eine zweite Haut, und da sagt der Volksmund noch, Namen sind Schall und Rauch. Mich lärmt weder Schall, noch steigt Rauch in meine Augen. Eine Idee taucht auf. Wie wäre es, diese zweite Haut einfach wie ein benutztes Kondom abzustreifen, hinauszuschlüpfen aus dieser verbrauchten Hülle, die längst durchbrochen ist, diese Enge zu verlassen, den Atem zu vertiefen auf der Suche nach unentdeckten Aromen. So weit, wie sich die Welt um mich spannt, gibt es Aromen, die nach mehr Erfahrung, Erkenntnis, Erweiterung und Bereicherung duften. Neue Aromen, die hinter den aus Schatten gebauten Mauern warten, die ich übersteigen werde, damit sie vor mir aufblühen. Mir ist bewusst, dass ich sie nur mit Geduld und nicht im Rausch erreiche. *Der Weg ist das Ziel.* Dort stehen keine Ge- oder Verbotsschilder, Warntafeln, oder schwarze Zahlen in roten Rahmen. Nutze die Gelegenheit, mir eine erste VanNelle anzuzünden.

Und wenn ich den Aktivitäten dieser inneren Spaziergänge folge, ich nicht zurück, sondern mit ihnen nach vorne blicke, sehe ich, wie meine Gedanken leuchtende Farbtafeln an den Rand meiner Trampelpfade setzen. Je tiefer ich dabei in die Unendlichkeit des Universums vordringe, sich mein Weg durch das Dunkel bahnt, desto klarer kann ich dieser farbigen Spur folgen und dem Gedanken nachspüren, den ich soeben wende, mir die zweite Haut, wie einen Namen aus Schall und Rauch, von meinem Leben abstreife. Allerdings nur virtuell. Aber wundervoll. Dabei ist mir bewusst, dass das Raunen der Autobahnen mich noch lange begleiten wird, ich zur Rast oder zur Erledigung, noch einmal eine Raststätte besuchen werde, eher betreten als besuchen, bewusst der Gefahren, die mir dort begegnen können, und klar ist ebenso, dass ich für diesen Weg, der mich verändern wird, die Hilfe benötige, die ich aus der Weisheit des Universums empfange.

07.08 Uhr Die Nebel gelichtet.

TAG 85 MO

Die Nacht hat meine Stimmung gewendet. Die ganze Nacht unter einer falschen Farbe geschlafen. Weiß eingedeckt und schwarz erwacht. Selbst der durchnässte Himmel scheint diese Stimmung zu reflektieren. Er senkt sich, um genauer zu sehen und was er sieht, reißt ihn nicht auseinander, er kann sich nicht teilen, um ein Sonnenloch in meiner Seele zu öffnen. Meine Haut fühlt. Stehe auf. Empfinde die Schwere, die auf beiden Schultern, auf mein ganzes Selbst drückt, wie die Last von 1000 nassen Säcken. Nicht fähig, mit eigener Kraft die Last abzuwerfen.

Wie jeden Morgen erhitze ich das Wasser für den Kaffee. Den Lärm des Mahlwerkes empfinde ich heute nicht berauschend. Diese morgendliche Zeremonie wirkt auf einmal wie einstudiert. Wie abwesend schwebt mein Körper hinaus auf den Balkon, wischt die Tränen der Nacht von dem kleinen grünen Tischchen. In den frühen Stunden haben sie aufgehört zu weinen. Nehme das nasse Tuch, wringe es aus und lege es zum Trocknen über die Glyzinien-Arme. *Was tue ich hier*? Fast schneidet mir diese Frage eine Wunde ins Herz. Nehme die Frage behutsam in die Hand. Auf einer blutenden Schnittwunde hätte ich ohne Mühe, sichtbar für alle Welt, ein Pflaster, einen kleinen Verband tragen können, um meinen Schmerz all denen zu zeigen, die mir begegnen. Dieser Schmerz ist aber nicht sichtbar. Nur ich spüre ihn. Suche einen Ausweg aus diesem mentalen Stauraum. Wenn ich nur meine Stimmung so einfach glattstreichen könnte, wie ein krauses Laken, das in jeder Falte die Erinnerung der letzten Nacht verborgen hält. Ein paar entschlossene Handstriche, ein energisches Ziehen an dieser oder jener Ecke. Die Erinnerung einfach wegwischen, die sich so tief eingebettet hat. Ja, wenn das nur so einfach wäre. Lustlos trinke ich einen ersten Kaffee, heiß fließt das starke Getränk durch meine Seele. Ist das die Last, die sich im Schatten der Mauer, vor der ich stehe, auftürmt? Selbst im Rauch der ersten VanNelle vermag sie sich nicht aufzulösen. Wie gerne würde ich sie einfach, wie eine zweite Haut, von mir abziehen, gleichzeitig das krause Laken mit wegziehen, das den nassen Himmel bedeckt. Ratlos sitze ich vor den Zeilen, blicke ins Grün. Sende Hilferufe ins Universum. Empfange Worte der Aufmunterung, des Mutes, ein zartes Lächeln, das mir Trost sendet, das mich durch diesen Tag tragen wird, der so zerzaust und kraus begann. Das Eis beginnt zu schmelzen, feste Stiefel stehen jetzt bereit. Nur sie wissen, dass sie mit mir zum örtlichen Personenstandsregister stiefeln werden.

Drei Stunden später. Wir begleiten seine Schritte, die er vorsichtig behutsam oder auch zaghaft setzt. Beobachten, wie er mitten auf dem leeren Marktplatz steht, seine rechte Hand zwischen Brust und Magen legt, wie um sich zu beruhigen. Er beschließt, diesen neuen Tag selbst zu bestimmen. Nicht umsonst hat er seine Stiefel fest geschnürt, um seiner inneren Stimme zu folgen. Von einer fast fieberhaften Entschlossenheit angetrieben setzt er seine Schritte fester auf den Weg zu einer kleinen Bücherei in der Nähe. Auf dem Weg dorthin stoppt er. Öffnet sein Portemonnaie, zählt 12 Euro 99. Zu wenig. Was ich ausgebe, muss ich zuvor einnehmen. In der Erkenntnis dieser begrenzten Barmittel zieht er einen 50 € Schein aus dem lächelnden >*Wir-sorgen-für-Sie-Apparat*< der roten Spaßkasse. Betritt Minuten später den kleinen Eckladen der Worte und Bücher, freut sich über die eingetroffene Bestellung, die er vor Tagen dort aufgab. Zahlt mit Vergnügen den Preis für das Buch >*Die Seelen der Welt*< von Frédéric Lenoir, Schriftsteller & Philosoph. Verlässt den Laden mit einem heiteren Gruß und einem schmalen Buch in der Hand, kehrt zurück zum leeren Marktplatz. Da lichtet sich plötzlich die Wolkendecke, ein strahlendes Sonnenblumengelb erhellt das Grau der letzten Stunden. Weiße Wolkenfäden im Sommerwind. Unter ihm der gepflasterte Marktplatz. Vor dem geschlossenen Café setzt er sich auf einen der leeren Stühle, dreht sich in aller Ruhe eine Van-Nelle, öffnet das Buch, das ihm bei der letzten Gruppensitzung in der Anstalt vom Chef empfohlen wurde: „Ihre Seele ruft nach Nahrung." Jetzt ist er sich ganz sicher, die Empfehlung des Chefs der Anstalt galt nur ihm. Gestern hat er die letzten Seiten von *Alle Namen* von José Saramago verschlungen. Er schlägt das Buch *Seelen der Welt* auf und ein Lächeln streichelt sein Gesicht. Das Buch wird ihn anregen, über den Sinn des Lebens, die Einheit von Körper, Geist und Seele, über wahre Freiheit, Freundschaft, Liebe, Leben, über die Tugend und die Dinge, die man/frau meiden sollte, ergo über die Kunst des Lebens sowie über die Fähigkeit, zu akzeptieren „was ist", nachzudenken. Hoffen wir für ihn, dass sich mit der Lektüre ein befriedigendes Sättigungsgefühl einstellen wird. Er beginnt zu lesen und zu unserer Überraschung sehen wir, wie er sich mehr und mehr unserem Blick entzieht, die neuen Seiten werden sich seiner vollen Aufmerksamkeit absolut sicher sein.

Seitenweise fließen Stunden, in denen wir mit Geduld einer Verschmelzung bis zur letzten Seite beiwohnen, bis die Farben und Konturen sich auffächern, sich klar voneinander lösen, die versunkene Gestalt wieder eine aufrechte Form annimmt, den silbernen Gehstockkopf fest umschließt und leichten Fußes den sonnigen Marktplatz verlässt. Wie wir vorausschickten, ist nun der Augenblick gekommen, der Gestalt bis zum Personenstandsregister zu folgen. Immer wieder verlieren wir unseren Blick auf die tänzelnde Gestalt, so schnell haben wir sie noch nicht erlebt, können ihr kaum folgen, bis die schwere amtliche Eichentüre der Amtsbehörde hinter ihr zuschlägt, uns den weiteren Einblick versperrt und so können wir nur vermuten und unserer Phantasie freien Lauf lassen, wie Monsieur Gris, gestützt auf seinem eleganten schwarzen Gehstock, den ein silberner Gazellen-Kopf ziert, im Inneren der Behörde die steinernen Stufen aufsteigt, 3 x behördlich anklopft … das *Herein…* hört, sodann in die Amtsstube des ersten Sekretärs eintritt, den artigen Beamten unmissverständlich um einen dringenden, nicht aufzuschiebenden Termin bei seinem Vorgesetzten bittet, bald darauf vom Personenstandsregistervorsitzenden irritiert, aber dann, als er seinen entschlossenen Blick wahrnimmt, betont freundlich empfangen wird. Monsieur Gris wird, ohne weitere Verzögerung, mit entschlossenen Worten seine Absicht dieser würdigen und wichtigen, aber durch diesen ungewöhnlichen Antrag durcheinandergeratenen Amtsperson aufrecht stehend vortragen. Stellen wir uns weiter vor, wie die erblühte Gestalt strahlend vor den geweiteten Augen der Behördenamtsleitung ihre zweite graue Haut entschlossen abstreift und die Änderung ihres Namens unmissverständlich zum Ausdruck bringt, im weiteren Verlauf der nach Atem ringende Vorsitzende seinen ersten Sekretär ungeduldig hereinruft, Na endlich … nehmen Sie den Mann mit, er hat die Anstalt erst vor kurzem verlassen, begleiten Sie ihn, sorgen Sie dafür, dass er umgehend, also ohne Verzögerung, das bekommt, was er begehrt, einen neuen Namen und die behördlichen Stempel. Nun gehen Sie schon, er hat keine Zeit zu verlieren.

Soweit kann sich unsere lebhafte Phantasie den Ablauf vorstellen. Keine Stunde später, derweil wir geduldig vor dem historischen Amtsgebäude gewartet haben, und wir werden in unserer Voraussage nun bestätigt, öffnet sich die schwere amtliche Eichentür, die hinter der Gestalt wieder knarrend ins Schloss beißt. Fast hätten wir sie nicht wiedererkannt, wie sie so dasteht. Eine strahlende Gestalt im Sommerlicht, die einen Augenblick lang innehält, *Sie werden die Früchte pflücken, wenn sie reif sind …* flüstert eine Stimme in seinem Kopf, dann betrachtet er mit einem Lächeln die frisch gestempelten Papiere, wedelt sie mit schmerzloser Heiterkeit, wie zum Trocknen von Tinte und Stempel, sicherheitshalber ein wenig in der frischen Luft, lang genug, um einen Blick darauf zu werfen. Die Gestalt verlässt als MRGreen das Personenstandregister, das sie als Monsieur Gris betrat. Sie verlässt die Behörde, lässt die abgestreifte graue Haut und den Gehstock zurück. Wir sehen, wie MRGreen in seine schwarze Zeitmaschine steigt, die Zeit sich um die eigene Achse dreht, sehen die geöffnete Mauer, die er durchbrochen hat, er sich unserem Blick entzieht und am Horizont, aus unserem Blickfeld entschwindet. MRGreen hat das Festland verlassen, um auf 365 grüne Trampelpfade zu *inseln.*

Da uns keine weiteren Aufzeichnungen vorliegen und wir uns nun die Frage stellen, ob das das Ende der Observation ist, sozusagen mit seiner Entlassung aus der SCHMERZ.HAFT, können wir die Frage mit einem klaren JA beantworten und wünschen ihm an dieser Stelle das Beste für seinen Weg zu seiner inneren Mitte, besinnen uns, nun wieder ganz auf uns selbst und nutzen diese wiedergewonnene Zeit, unsere eigenen Gedanken, Gefühle und Handlungen mit erhöhter Achtsamkeit zu observieren und versuchen uns, uns selbst zu stellen.

ANMERKUNGEN

(1) **ISG** Iliosakralgelenk – Kreuzgelenk

(2) **Cranio-Sacrale** (Die Cranio-Sacral-Therapie (vom Lateinischen cranium: Schädel; sacral: das Kreuzbein (os sacrum) betreffend: „Schädel-Kreuzbein-Therapie", auch Kraniosakraltherapie) ist eine alternativmedizinische Behandlungsform, die sich aus der Osteopathie entwickelt hat. Es ist ein manuelles Verfahren, bei dem Handgriffe vorwiegend im Bereich des Schädels, des Nackens, des Zungenbeins, des Thorax, der Wirbelsäule, des Kreuzbeins, des Zwerchfells, des Beckens und der Füße ausgeführt werden. Es gibt nur wenige Studien zur Cranio-Sacral-Therapie. Wissenschaftlich lässt sich keine Wirksamkeit belegen.) Quelle: Wikipedia das gute Allwissen.

(3) **BWK** Brustwirbelkörper

(4) **LWS** Lendenwirbelsäule

(5) **Konvektomat** (von lateinisch *convectum* ‚mitgetragen') ist der aus dem Lateinischen abgeleitete Begriff für einen Heißluftofen, der auf dem Prinzip der thermischen Konvektion arbeitet. Dieser kommt hauptsächlich als professionelles Küchengerät in Verpflegungsbetrieben zum Einsatz.)

(6) **ICH – ES – ÜBER-ICH**

Hier nun eingeschoben die Quelle zum Tagesthema der Chaosgruppe:
www.sigmund-freud.biz/3-instanzen-modell.shtml
SigmundFreud, Das 3-Instanzenmodell – Ich, Es und Über-Ich
Freud entwickelte ein dreiteiliges Modell der Psyche, welches er an seinen Patienten analysierte und entwickelte. Dieses Modell erklärte Freud so, dass die Psyche des Menschen aus drei Teilen bestehe - dem Es, dem Ich und dem Über-Ich. Dazu stellte er die These auf, dass sich etwa 90% der Entscheidungen eines Menschen aus dem Unbewussten heraus entwickeln.
Im ersten Teil von Freuds Modell unterscheidet er zwischen dem Bewussten und dem Unbewussten, wobei das Unbewusste die Überhand hat und das Bewusste beeinflusst. Im zweiten Teil erwähnt Freud das bereits genannte Es, Ich und Über-Ich. Das Es übernimmt die Rolle des Unbewussten. Hierbei stellt das Es einen triebhaften Zweig der Psyche dar, der keine Zeit, keinen Widerspruch und keine Ablehnung kennt. Die Bedürfnisse und Gemütsbewegungen, wie Hass oder Neid, werden durch die Triebe ausgelöst. Diese Triebe, Bedürfnisse und Gemütszustände nimmt ein Mensch unbewusst wahr und richtet sein Handeln zum größten Teil danach.
Das Ich beinhaltet die strukturelle Einheit des vernünftigen und selbstkritischen Denkens. Auch äußerliche Einflüsse, wie Normen und Wertvorstellungen, haben Auswirkungen auf die Vermittlung zwischen dem Es und dem Über-Ich. Zudem haben sie auch Auswirkun-

gen auf das soziale Umfeld und die Welt. Ziel ist es, die entstandenen Konflikte zu lösen und verschwinden zu lassen. Somit hat das Ich also die Aufgabe, die Wünsche zwischen dem Es und dem Über-Ich zu vermitteln. Das Ich sucht nach Lösungen und wird bewusst wahrgenommen.
Aus dem Über-Ich entstehen Verhaltensweisen, Ideale und erlernte Einstellungen der Welt gegenüber. Hierbei werden das Gewissen und die Werte gebildet. Auch die Ansichten von Gut und Böse, Verbote und Gebote entstehen aus der Entwicklungszeit. Das Über-Ich ist das passende Gegenstück zum Es, wobei aber das Ich und das Über-Ich aus dem Es heraus entstehen. Erwartungen und Vorstellungen, die verdrängt werden und hauptsächlich aus dem Es entstehen, erhält das Über-Ich. Daraus entsteht ein Teil, welches zu dem Ich gehört und die Gedanken, Gefühle und Ausführungen der Handlungen beurteilt. Freud behauptete, das Über-Ich entstehe nach der Auflösung des Ödipus-Komplexes, welcher ein Mensch etwa im 5. Lebensjahr bekomme. Ebenso behauptete er, dass die Motivation bei einem Menschen aus dem Aneinandergeraten der Triebe des Es und der strengen Bewertung des Über-Ichs entstehe. Daher liege auch manches gesellschaftliche Verhalten an diesen Trieben.

(7) **Schmerz – eine Herausforderung**
Informationen für Betroffene und Angehörige von Hans-Günter Nobis und Roman Rolke)

Wissenswertes über Schmerz – Ursache und Hilfe
Quelle: www.dgss.org

Schmerz – Zahlen – Fakten

Chronische Schmerzen in Zahlen
5 Millionen Menschen sind schmerzkrank. Nach einem Dossier der "Deutschen Schmerzliga" aus dem Jahr 2010 leiden 12 bis 15 Millionen Menschen an länger andauernden oder wiederkehrenden Schmerzen. 4 bis 5 Millionen dieser Menschen sind davon stark beeinträchtigt. Ihr Leiden hat sich verselbständigt und gilt als eigenständige Schmerzkrankheit.

Häufigkeit chronischer Schmerzen in Deutschland:
10 bis 20 %
Geschätzte Anzahl der Menschen mit chronischen Schmerzen:
8 bis 16 Millionen

Ursachen von chronischen Schmerzen
Häufigste Ursache chronischer Schmerzen: Erkrankungen des Bewegungsapparates (16 %); Hier am häufigsten: Rückenschmerzen (ca. 10 % der Gesamtbevölkerung)

Personen mit chronischen Schmerzen warten Jahre auf eine Diagnose. Fast die Hälfte (43 %) der Patienten mit chronischen Schmerzen musste über ein Jahr auf eine Diagnose warten. 19 % sind der Meinung, dass ihre Schmerzen nicht angemessen behandelt werden.

Auswirkungen auf die Arbeitsfähigkeit der Patienten
50 % der Personen geben an, dass ihr chronischer Schmerz

direkte Auswirkungen auf ihren Beschäftigungsstatus hat und durchschnittlich 18 % der Patienten mit chronischen Schmerzen sind aufgrund ihres Gesundheitszustands nicht in der Lage zu arbeiten. Selbst wenn sie ihrer Arbeit nachgehen können, haben die Patienten in mindestens 42 % der Fälle das Gefühl, dass sie durch den chronischen Schmerz in der Verrichtung ihrer Arbeit beeinträchtigt sind.

Auswirkungen auf die Beziehungen und das Privatleben
39 % der Patienten mit chronischen Schmerzen sind der Ansicht, dass ihr Gesundheitszustand negative Auswirkungen auf das Zusammenleben mit ihrem Partner, Familie und Freunden hat, und 21 % haben das Gefühl, aufgrund ihres Schmerzes gesellschaftlich isoliert zu sein.
Hausärzte benötigen weitere Schulungen für die Behandlung chronischer Schmerzen. 52 % der befragten Hausärzte glauben zu wissen, was zu tun ist, wenn ein Patient nach der Behandlung weiterhin über Schmerzen klagt. 78 % der Hausärzte würden gerne weitere Schulungen erhalten, insbesondere für den Umgang mit Patienten, die an chronischen Schmerzen leiden, sowie zu Richtlinien bezüglich Überweisungen und Behandlungen.

Kosten durch chronische Schmerzen
Nach einer Schätzung aus dem Jahr 2002 entfallen 6 bis 8 % der Gesundheitsausgaben auf die Behandlung chronischer Schmerzen. Insgesamt resultiert aus den direkten und indirekten Kosten eine volkswirtschaftliche Belastung von 20,5 bis 28,7 Milliarden Euro. Dies dürfte sich bis dato gesteigert haben.

Quelle: InSites-Consulting. Pain Proposal Patient Survey. August – September 2010. Power Point. (Conducted in 2.019 people with chronic pain, across 15 European counties. Funded by Pfizer Ltd.),

DANKSAGUNG

an alle,
die mir die Kraft gaben
und mir ihr Vertrauen schenkten,
mich bestärkten und dazu motivierten,
diese Worte zu finden.
Im Besonderen meinen Dank
an die Dame in Schwarz.

• • •

Eure Begleitung – ein Geschenk
Merci

Im Grunde sind es immer die Verbindungen mit Menschen,
die dem Leben seinen Wert geben.
Wilhelm von Humboldt

Du sitzt am Ufer.
Wind. Stille.
Dein Spiegelbild. Klar.
Deine Tränen
Schmerz.Haft

BERNHARD HORRES

aufgewachsen in Köln, studierte in Bielefeld. Er lebt und schreibt wahlweise in seiner Mühle in Frankreich und unterrichtet hier wie dort das Kreative Schreiben.

STEFANIE GREGG
KOFFER VOLLER BRIEFE
ROMAN
Softcover, 240 Seiten
ISBN 978-3-946112-88-4, 16,00 EUR
E-BOOK ISBN 978-3-946112-99-0, 10,99 EUR

BARBARA HENNINGS
ROSA DAMÀS
ROMAN
Softcover, 416 Seiten
ISBN 978-3-946112-81-5
20,00 EUR

ALEKSANDRA BOTIC / SUSANNE KONRAD
AM UND IM FLUSS
ROMAN
Softcover, 415 Seiten
ISBN 978-3-946112-79-2
19,00 EUR

THOMAS BERGER
DER FREMDE ARCHIVAR
ROMAN
Festeinband, 292 Seiten
ISBN 978-3-946112-80-8
24,00 EUR

JONAS ZAUELS
DIE REISE DES ELIAS MONTAG
ROMAN
Softcover, 212 Seiten
ISBN 978-3-946112-72-3
13,95 EUR

KAREN AYDIN
SAPPHOS SPRUNG
ROMAN
Softcover, 376 Seiten
ISBN 978-3-946112-71-6
15,95 EUR

SYLVIA SCHMIEDER
SALING AUS DEM WALD
ROMAN
Softcover, 182 Seiten I
SBN 978-3-946112-70-9
13,95 EUR

PETER JABULOWSKY
LENA
ZWISCHEN LIEBE UND INTRIGE
ROMAN
Softcover, 308 Seiten
ISBN 978-3-946112-61-7
14,95 EUR

JONAS ZAUELS
BOHÈME
ROMAN
Softcover, 270 Seiten
ISBN 978-3-946112-58-7, 14,00 EUR
E-BOOK ISBN 978-3-946112-64-8, 10,99 EUR

JANNIS RAPTIS
ELASPHERA
DER FALL DES KAISERS
FANTASYROMAN
Softcover, 876 Seiten
ISBN 978-3-946112-48-8, 19,00 EUR
E-BOOK ISBN 978-3-946112-65-5, 15,99 EUR

BIRGIT SINGH-HEINIKE
KINARE UND DIE UMARMUNG DER UNENDLICHKEIT
ROMAN
Softcover, 288 Seiten
ISBN 978-3-946112-54-9
14,50 EUR

BERNDT SCHULZ
SCHÖNE GRÜNE WELT
EPISODEN VOM LAND
ROMAN
Softcover, 192 Seiten
ISBN 978-3-946112-36-5, 14,00 EUR
E-BOOK ISBN 978-3-946112-43-3, 11,99 EUR

PATRICK WEBER
DER PFAD DES EWIGEN FEUERS
ROMAN
Softcover, 480 Seiten
ISBN 978-3-946112-34-1, 16,80 EUR
E-BOOK ISBN 978-3-946112-39-6, 12,99 EUR

PATRICK WEBER
DER BOTE DES
JÜNGSTEN GERICHTS
ROMAN
Softcover, 390 Seiten
ISBN 978-3-946112-24-2, 14,80 EUR
E-BOOK ISBN 978-3-946112-40-2, 11,99 EUR

JOHANNES CHWALEK
GESPRÄCHE AM TEETISCH
ROMAN
Softcover, 198 Seiten
ISBN 978-3-946112-35-8, 13,00 EUR
E-BOOK ISBN 978-3-946112-42-6, 10,99 EUR

ANTHEA BISCHOF
DES ZIMMERMANNS SOHN
VON BLUT UND WEIN
NOVELLE
Softcover mit Klappen, 245 Seiten
ISBN 978-3-946112-33-4, 15,00 EUR

BERNDT SCHULZ
GLÜCKLICHE PAARE
IN UNGLÜCKLICHEN ZEITEN
ERZÄHLUNGEN
Softcover, 202 Seiten
ISBN 978-3-946112-68-6, 13,95 EUR

CARINA SCHMIDT
WAS WISSEN HEILIGE
VOM LEBEN
ERZÄHLUNGEN
SOFTCOVER, 156 SEITEN
ISBN 978-3-946112-55-6, 13,00 EUR

SUSANNE KONRAD
WALZER MIT MR. SPOCK
ERZÄHLUNGEN
Softcover, 152 Seiten
ISBN 978-3-946112-53-2, 12,50 EUR

CHRISTIANE WIDROWSKI
JEDES JAHR EIN SCHMETTERLING
ERZÄHLUNGEN
Mit Gemälden von Brigitte Struif
Softcover, 160 Seiten
ISBN 978-3-946112-28-0, 14,50 EUR

MATHIAS SCHERER
VOM IRRWITZ DES ALLTAGS
ERZÄHLUNGEN
Softcover, 210 Seiten
ISBN 978-3-946112-14-3, 15,90 EUR

MARKUS BECKER
SCHWEFELGEDANKEN
Drei Gesänge
Softcover, 152 Seiten
Fotografien: Marco Schütze
ISBN 978-3-946112-82-2
16,00 EUR

THOMAS BERGER
AUF DICHTERSPUREN
LITERARISCHE ANNÄHERUNGEN
BIBLIOPHILE AUSGABE
Illustrationen von Denis Mohr
Festeinband mit Schutzumschlag
und Leseband, 464 Seiten
ISBN 978-3-946112-52-5, 34,00 EUR

THOMAS BERGER
ALBERT CAMUS
ABSURDITÄT UND GLÜCK
ESSAY
Softcover, 80 Seiten
ISBN 978-3-946112-69-3, 12,00 EUR

THOMAS BERGER
WILHELM BUSCH
BEKANNT UND UNBEKANNT
ESSAY
Softcover, 48 Seiten
ISBN 978-3-946112-57-0, 8,00 EUR

THOMAS BERGER
GUTENBERG UND DIE REFORMATION
EIN FOLGENREICHES BÜNDNIS
ESSAY, REIHE V
Softcover, 64 Seiten
ISBN 978-3-946112-32-7, 6,50 EUR

SONST GEHT ES MIR NOCH GUT
FELDPOSTBRIEFE VON GEORG ROLLY
10. Mai 1940 bis 2. Februar 1944
Herausgeberin: Eva Schlingmann
Festeinband mit Leseband, 336 Seiten
ISBN 978-3-946112-45-7, 28,00 EUR

KARINA LOTZ
ALLES AUF EINER KUHHAUT
HEITERE VERSE
Mit Illustrationen von Denis Mohr
Festeinband mit Schutzumschlag, 128 Seiten
Format: 18 x 27 cm
ISBN 978-3-946112-17-4, 18,00 EUR

SYLVIA SCHMIEDER
FREIBURG MEDITATIONEN
GEDICHTE
Mit Illustrationen von Ulrich Birtel
Softcover, 92 Seiten
ISBN 978-3-946112-84-6, 20,00 EUR

DAVID H. RICHARDS
MOSAIKO
GEDICHTE
Softcover, 106 Seiten
ISBN 978-3-946112-62-4, 12,50 EUR

ANDREAS EGERT
FEHLFARBENFROH
APHORISMEN
Mit Zeichnungen von Norbert Städele
Softcover, 106 Seiten, 2. Auflage 2023
ISBN 978-3-946112-66-2, 20,00 EUR

... IM LEBEN / ... IN LIFE
ANTHOLOGIE
Festeinband, 48 Seiten
ISBN 978-3-946112-27-3, 12,00 EUR

TONY BÖHLE
PLAYLIST
TANKA
Mit Illustrationen von Valeria Barouch
Softcover mit Klappen, 84 Seiten in Farbe
ISBN 978-3-946112-56-3, 18,00 EUR

BRIGITTE TEN BRINK
& GABRIELE HARTMANN
KNOTEN IM KOPF ...
DOPPEL-RENGAY UND TAN-RENGA
Softcover, 64 Seiten
Format: 16 x 16,5 cm
ISBN 978-3-946112-10-5, 9,50 EUR

DANA POLZ
FRAGIL
REIHE K - das Buch für die Hosentasche
Festeinband, 140 Seiten,
Format: 8,5 x 12,5 cm
ISBN 978-3-946112-73-0, 12,00 EUR

BERNDT SCHULZ
DER GOTT DES GLÜCKS
EINE LIEBESGESCHICHTE
REIHE K - das Buch für die Hosentasche
Festeinband, 176 Seiten
Format: 8,5 x 12,5 cm
ISBN 978-3-946112-60-0, 10,00 EUR

MATHIAS SCHERER
ERSTLINGSWERK
EIN WIESBADEN-KRIMI
REIHE K - das Buch für die Hosentasche
2. Auflage 2022
Festeinband, 120 Seiten
Format: 8,5 x 12,5 cm
ISBN 978-3-946112-25-9, 11,00 EUR

ERICH NIEDERDORFER
BRICKEGICKEL
KRIMINALROMAN
Softcover, 130 Seiten
ISBN 978-3-946112-78-5, 14,00 EUR

Die Landkrimi-Reihe:

BERNDT SCHULZ
EIN HERBST AUF DEM LAND
ROMAN
Softcover, 250 Seiten
ISBN 978-3-946112-74-7, 14,95 EUR

BERNDT SCHULZ
DIE RÜCKKEHR DER KRANICHE
EIN LANDKRIMI AUS DER SCHWALM
Softcover, 246 Seiten, 2. Auflage 2023 ISBN 978-3-946112-77-8, 14,95 EUR

BERNDT SCHULZ
KELLERS RUHE
EIN LANDKRIMI AUS DER SCHWALM
Softcover, 260 Seiten
ISBN 978-3-946112-83-9, 15,00 EUR

BERNDT SCHULZ
DAS DUNKEL IM INNEREN DES WOLFES
EIN KRIMI AUS DEM ROTKÄPPCHENLAND
Softcover, 212 Seiten
ISBN 978-3-946112-87-7, 15,00 EUR

HAJO GELLHAUS
MORD IM
TAUNUS ADVENTURE PARK
KRIMINALROMAN
Der zweite Fall von Kommissar Leichtfuß
Softcover, 182 Seiten
ISBN 978-3-946112-30-3, 12,50 EUR E-BOOK
ISBN 978-3-946112-38-9, 9,49 EUR

HAJO GELLHAUS
MORD AN DER ALTEBURG
KRIMINALROMAN
Der erste Fall von Kommissar Leichtfuß
Softcover, 176 Seiten, 4. Auflage 2018
ISBN 978-3-946112-06-8, 12,90 EUR
E-BOOK ISBN 978-3-946112-37-2, 9,49 EUR

KARLHEINZ SELLHEIM (HG.)
AUTORENTREFF BAD CAMBERG E.V.
WELLENREITER
ERZÄHLUNGEN
Softcover, 295 Seiten
ISBN 978-3-946112-67-9, 12,00 EUR

KARLHEINZ SELLHEIM (HG.)
AUTORENTREFF BAD CAMBERG E.V.
FEDERSPRUNG
Eine humorige Mischung
ERZÄHLUNGEN
Softcover, 242 Seiten
ISBN 978-3-946112-49-5, 10,00 EUR

FRANK HARALD SCHRÖDER
DAS SCHWEINCHEN RUTZEFUTZ
UND SEINE FREUNDE
TEXTE UND LIEDER
Mit Illustrationen von Marvin Herbring
Festeinband, Großformat in Farbe, 88 Seiten
ISBN 978-3-946112-76-1, 20,00 EUR

GERHARD MOHLER (HG.)
MÄRCHEN UND LEGENDEN
FÜR KINDER UND ERWACHSENE
SCHRIFTKUNST
Festeinband mit Leseband, 112 Seiten in Farbe
ISBN 978-3-946112-50-1, 18,00 EUR

NIELS-JOHANNES GÜNTHER
DIE SCHATZFÄNGER
UND DAS HÖHLENABENTEUER
JUGENDROMAN
Mit Illustrationen von Lara Ennigkeit
Softcover mit Klappen, 180 Seiten in Farbe
ISBN 978-3-946112-26-6, 15,00 EUR

EMELY ARNHEITER
LÜMPFLAND IN GEFAHR
ERZÄHLUNG
Mit Illustrationen von Denis Mohr
Softcover, 102 Seiten
Format: 17 x 17 cm
ISBN 978-3-946112-51-8, 15,00 EUR

BERNHARD SATTLER
LUALMA STRAHLT IN DIE WELT
ERZÄHLUNG
Mit Illustrationen von Denis Mohr
Softcover, 153 Seiten
Format: 17 x 17 cm
ISBN 978-3-946112-22-8, 15,00 EUR

JELISAVETA KOVA
MIT TIERKINDERN
AUF ENTDECKUNGSREISE
GESCHICHTEN
Softcover, 50 Seiten
Format: 21 x 21 cm
ISBN 978-3-946112-08-2, 11,80 EUR

SCHREIBTISCH. Literarisches Journal

Ausgabe 2022
Softcover, 220 Seiten
ISSN 2567-1138
ISBN 978-3-946112-85-3, 15,00 EUR

Ausgabe 2021 - Jubiläumsausgabe
Softcover, 258 Seiten
ISSN 2567-1138
ISBN 978-3-946112-75-4, 14,00 EUR

Ausgabe 2020
Softcover, 236 Seiten
ISSN 2567-1138
ISBN 978-3-946112-59-4, 12,00 EUR

Ausgabe 2019
Softcover, 224 Seiten
ISSN 2567-1138
ISBN 978-3-946112-44-0, 10,00 EUR

Ausgabe 2018
Softcover, 160 Seiten
ISSN 2567-1138
ISBN 978-3-946112-07-5, 9,00 EUR

Ausgabe 2017
Softcover, 112 Seiten
ISSN 2567-1138
ISBN 978-3-946112-04-4, 8,00 EUR